KB123903

The Golden Forest

황금숲 2

2018년 4월 26일 초판 1쇄 발행
2022년 5월 23일 초판 5쇄 발행

지은이 윤소리
발행인 이종주

기획 편집 정시연 이은정 주수지 주종숙
경영 지원 배진경
마케팅 김정수

발행처 (주)로크미디어
출판 등록 2003년 3월 24일
주소 서울시 마포구 성암로 330 DMC첨단산업센터 3층 14호
Tel (02)3273-5135 **Fax** (02)3273-5134
홈페이지 rokmedia.blog.me
E-mail queens@rokmedia.com

값 14,000원

ISBN 979-11-294-6355-5 04810 (2권)
ISBN 979-11-294-6353-1 04810 (세트)

황금숲
The Golden Forest
윤소리 장편소설
Ⅱ
Queen's Selection

Contents

The Golden Forest

22. 루갈, 쿤

"우와아, 사, 사람 살려, 우왁, 우웩, 으허억! 레니, 레니에에에!"

톤이 높고 날카로운 텔코스의 비명이 귀청을 찢는다. 중간중간 추임새를 넣는 것처럼 웩웩거리며 구역질도 해 댄다.

생전 처음 겪는 극심한 공포로 텔코스는 완전히 정신이 나갔다. 머릿속에 저장된 모든 욕설과 애걸과 헛소리와 비명이 한꺼번에 뒤섞여 튀어나오고 있다.

"차라리 날 죽여라, 새끼들아! 아무 죄도 없는 사람을 이렇게 고문을…… 엄마아아아! 어헝헝헝!"

레니에의 상황도 크게 다르지 않았다. 고문도 이런 고문이 없다. 걸핏하면 당했던 주먹질이나 채찍질 따위는 애교였고, 시간이 갈수록 상황은 더욱 끔찍해졌다.

허리가 가죽 줄로 꽉 묶인 상태에서 할 수 있는 짓이란 이를 물고 눈을 질끈 감는 것뿐인데, 그마저도 끔찍한 고통 앞에선 아무 소용 없었다. 몸이 흔들릴 때마다 그대로 죽어 버리고 싶을 지경이었다. 레니에는 앞을 바라보며 이를 부득부득 갈았다.

귀청 터지겠어! 토하지 마! 내 이름 부르면서 토하지 말라고!

7세켈 까짓거 돌려주고 저 빌어먹을 장사꾼을 죽여 버릴 테다. 나를 이 빌어먹을 곳에 보낸 알티르 그 빌어먹을 자식도 죽여 버릴 테다, 헉, 주, 죽여 버릴, 저 빌어먹을 북국 개놈의 새끼도 기필코 죽여 버릴 테다. 개애애애새끼, 죽여 버릴 테다. 죽여, 버릴, 테…….

쾅, 머리가 벽에 세게 부딪혔다. 끄으윽, 다시 속에서 격심한 구역질이 치밀었다.

두 사람은 지금 안마르에 타고 하늘을 날고 있었다.

❖ ✝✝ ❖

눈밭에 엎어진 채 취조를 당하던 텔코스는 황금숲의 간자가 아니라는 것을 믿게 하려고 죽을힘을 다해야 했다.

"아이고, 몰랐습니다. 저는 전쟁이고 나발이고 아무 소식도 듣지 못했습니다. 헤다 섬에서 홀로 사시는 어머니가 큰 병을 앓느라 돈벌이든 뭐든 접고 섬에 처박혀서 병구완을 했단 말입니다. 아, 글쎄 황금숲에 들른 건 새로 나온 아크 점토판을 사느라고 그랬던 것뿐입니다. 그, 불의 낙인 아크 점토판이라고, 북국에선 쓸모가 없지만 노예 놈 도망치지 못하게 하는 기가 막힌 물건이 있는데, 그게 가는 곳곳마다 최고 인기입죠. 그걸 사러……."

텔코스는 눈물까지 어룽거리며 변명을 늘어놓았다. 하지만 모여 있던 전사들은 텔코스의 변명에 콧방귀만 뀌었고, 그들의 수장은 여전히 속을 짐작할 수 없는 얼굴로 듣고만 있었다.

"루갈, 이자들의 목을 치고 물건을 가지고 돌아가는 것이 좋겠습니다."

"아닙니다, 루갈. 이 자리에서 당장 저자들을 고문하여 황금숲에서 무슨 획책을 하고 있는지부터 알아보아야 합니다."

"그렇습니다! 저렇게 물렁해 보이는 자들이라면 오래 버티지도 못할 것입니다. 꼬챙이로 손톱 발톱 밑부터 시작하면……."

텔코스의 얼굴이 새파랗게 질렸다. 뒤에 서 있던 남녀 전사들이 분분히 고개를 끄덕였다. 쿤의 옆에 서 있던 덩치가 크고 퉁퉁한 전사가 그들의 의견을 정리했다.

"루갈, 저자들은 황금숲에서 북국에 보낸 정탐들이 틀림없습니다. 황금숲의 사악한 알티르와 신관들은 신성석이 모자라 숨이 턱밑까지 차올랐을 겁니다."

북국의 왕이라는 자는 여전히 말 한 마디 없이 팔짱을 끼고 두 사람을 훑는다. 그의 얼굴은 얼음으로 뒤덮인 바윗덩어리처럼 보였고, 그의 눈빛은 날카로운 창으로 내리찍는 것 같았다.

꾹 다문 입술 끝이 무겁게 처진 것으로 보아, 분위기가 점점 안 좋은 쪽으로 흘러가는 듯했다. 텔코스는 오줌을 지릴 것 같아 허벅지를 바짝 붙이고 말 한 마디 못 하는 채로 쩔쩔맸다. 레니에가 대신 나서서 호소했다.

"루갈, 위대한 엔릴과 대지와 생명수의 엔키와 풍요의 이난나께 맹세코, 저희는 밀사가 아닙니다."

"내 앞에서 신들의 이름으로 맹세하지 마라. 네가 그들을 믿는지 아니 믿는지 어찌 알며, 네 맹세가 거짓이라도 그 일로 신들이 벌을 내릴지 안 내릴지 어찌 알겠는가."

레니에는 씁쓸하게 웃음을 삼키며 고개를 들었다. 태양신 우투의 이름으로 맹세한 것을 지키기 위해 눈에 가린 수건을 풀지 않은 채 얼굴을 보여 달라 이름을 알려 달라 울부짖던 소년은 어디로 사라졌을까? 그와 눈이 마주친 순간 레니에는 황급히 고개를 숙였다.

"그러면 무엇으로 저희의 결백을 증명하겠습니까? 정말 저희는 남국과 동방의 귀한 물건들을 암염과 맞바꾸러 온 장사꾼일 뿐입니다."

"훔바, 짐 안에 무엇이 들었는지 확인하라."

쿤의 옆에 서 있던 덩치 큰 전사가 짐을 바닥에 내려놓고 칼로 풀어 헤쳤다. 레니에는 그제야 간신히 한숨을 쉬었다. 다행이다. 짐 속에는 그들의 호기심을 자극할 만한 것이 들어 있으니 바로 죽지는 않을 것이다.

"헉! 저게 뭐야!"

전사들이 갑자기 한 걸음 물러섰다. 칼로 찢은 짐 뭉치의 틈이 벌어지면서 그 속에서 구름처럼 허연 것이 뭉게뭉게 솟아올랐던 것이다. 시끄럽게 떠들던 소리가 순식간에 조용해졌다. 쿤이 눈을 가늘게 뜨고 자세히 들여다보았다.

"이게 무엇인가?"

레니에는 텔코스를 따라오면서, 북국에는 아직 알려지지 않았지만 널리 쓰일 법한 신기한 물건을 찾아내 짐에 끼워 넣었다. 소금성에 간다 해도 왕을 만날 수 있을지 장담할 수 없었기 때문에 높은 사람들의 관심을 끌 만한 무언가를 가져가야 했다.

보통 도시의 왕들은 타지의 상인들이 진귀하거나 새로운 물건을 가지고 왔을 경우, 상인들을 접견하여 신상품에 대한 소개를 듣거나 대량으로 구입하는 경우가 많았다. 까놓고 말하면 각 도시의 왕족들은 통 큰 구매자 집단이었다.

레니에가 쿤의 관심을 끌기 위해 선택한 물건은 바로 이것이었다.

"이것은 동방의 남쪽 산악 지역에서 구한 것으로, 목화라고 합니다."

"목화? 양털 같은 걸 모은 것이냐?"

"아닙니다. 이것은 식물의 꽃입니다. 꽃이 펴서 벌어진 후 따서 모으면 이런 모양이 됩니다. 가볍고 폭신하며 옷 안에 넣어 입으면 양털만큼 따뜻합니다."

레니에의 매끄러운 대답에 뒤에 서 있던 전사들이 한 걸음씩 가까이 다가왔다. 쿤은 보슬보슬한 솜 덩어리를 손끝으로 한참 만지고 손가락으로 비벼 보았다. 가는 실이 자신의 손가락 끝에서 점점 길게 꼬리를 내리는 모습을 보며 쿤은 이마를 찌푸렸다.

"양털보다 부드럽고…… 실이 수월하게 만들어지는군."

"그렇습니다. 가을마다 양털을 뽑느라고 양들과 악전고투할 필요도 없지요. 본디 야생목화는 꽃의 크기가 작지만, 이것은 그 지역에서 특별히 큰 꽃들만 교배시켜 몇백 년 동안 개량한 것이라 합니다."

북국에서 가장 부족한 것은 식량과 의복이었다. 살면서 가장 필요한 것이 가장 부족한데, 기후 문제가 있으니 어떻게 손을 쓸 수 없었다.

북국은 기후 때문에 대규모로 양을 기르기 어려웠고, 날이 추워 마를 재배하기에도 적절하지 않았다. 야생동물의 털가죽은 많지만 직조된 천은 다른 나라에서 수입할 수밖에 없었는데, 교역이 끊어지면서 직물 값은 곡물 값처럼 가파르게 올라갔다. 오죽하면 약탈할 때 나달나달하게 해진 옷까지 벗겨 가서 '북국 거지새끼들'이라는 욕까지 먹게 됐을까.

"그렇고말고요, 호랑이 가죽, 늑대 가죽을 아무리 부드럽게 무두질을 한다 한들 무겁고 뻣뻣한 것은 어쩔 수 없잖습니까? 아무리 멋진 카우나케스 치마나 숄이라 해도 몸에 붙지 않아 바람이 숭숭 들고, 피부에 쓸리면 아프고, 접히고 긁힌 곳에 피가 날 수도 있고요. 하지만 요 천은 절대 그런 일이 없습니다. 온몸에 보드랍게 착착 휘감기지요."

그들이 홀린 것을 눈치챈 텔코스는 얼른 앞으로 나서서 떠들어대기 시작했다.

쿤의 부하들은 장사꾼의 짐을 차례로 풀어 헤쳤다. 하지만 수상한 것이라고는 병아리 발톱만큼도 발견되지 않았다. 목화로 직조된 각색의 면, 세마포, 장신구, 남국과 동방의 말린 과일들과 향신료, 약초, 양털 카우나케스를 세탁하는 데 특효라는 덩어리 비누들이 한 무더기 쏟아져 나왔다.

덩어리 비누를 만드는 방법은 서역의 몇몇 성에서만 알려진 특급 비밀로, 그것들은 같은 무게의 백은 덩어리의 값과 비슷할 정도로 비쌌다.

"성에서 기다리시는 왕비님께 이 일곱 가지 색깔로 물들인 천을 선물해 보십시오. 길고 추운 겨울밤에, 침실에서 입으실 옷으로 이런 옷감 이상 가는 것이 없습니다! 한두 겹만 입고 있어도 가죽옷만큼이나 따뜻하면서도 맨살을 만지는 것처럼 보들보들 야들야들 손에 착착 감기는데 그 맛이 기가 막힙……."

직업 본능이 공포를 이겼는지, 드디어 장사꾼의 입이 신나게 달린다. 엎드려서 듣고 있던 레니에는 기겁했다. 이 인간이 무서워서 정신이 나갔나. 어디 남국에서 씨불이던 버릇대로 늘어놓고 있어. 레니에는 급히 그의 말을 가로막았다.

"루갈, 원하신다면 다음번에 올 때 목화의 씨를 한 단지 가져다

드리겠습니다. 북국의 남쪽 경계 지역은 적당히 온화해서 야생목화를 기를 수도 있을 것입니다. 그리고 동방의 어느 지역에서 보았던, 한 큐비트(45~50cm) 폭의 베틀도 가져올 수 있습니다. 그곳 여자들은 하루에 10큐비트의 천을 짠다고 합니다. 그럼 하루에 옷 한 벌을 지을 수 있는 천이 나오는 거죠."

레니에는 목화가 북국에서 자랄지 안 자랄지, 정보가 사실인지 아닌지 따지지 않고 일단 미끼를 마구 던져 댔다. 제대로 된 왕이라면 왕비를 위한 잠옷이나 덩어리 비누보다는 백성들의 옷감에 더 관심을 가질 것이다. 아니나 다를까, 텔코스의 말에는 눈썹을 확 찌푸렸던 쿤이 레니에의 말에 다시 관심을 보였다.

하지만 부하들의 생각은 왕과 조금 다른 듯했다.

"루갈, 의심이 가는 자들을 죽이고 물건만 취하는 것이 좋을 듯합니다."

"그렇습니다. 저들을 살려 보내면 돌아올 턱이 없습니다. 저들의 말을 믿어서는 안 됩니다."

"루갈! 상인을 죽이고 물건을 뺏는 것은 도적 떼나 하는 짓입니다. 저는 북국의 루갈께서 공명정대하고 정의로운 분이라 들었습니다."

레니에가 다시 나서서 큰 소리로 말했다. 쿤은 웃음기 한 자락도 없는 얼굴로 내뱉었다.

"아첨한다고 생과 사가 달라질 것은 없다. 너희는 죽어야 할 합당한 이유가 있을 때 죽을 것이다. 다만 네 말대로 우리는 도적 떼가 아니니, 만약 너희가 이 자리에서 죽는다 해도 물건값은 후히 쳐서 불순물이 없는 백은으로 달아 시체 옆에 묻어 둘 것이다. 안심하라."

아아, 너무 안심이 돼서 기뻐 죽을 지경이다. 레니에는 이 와중에도 저놈의 성격이 조금도 변하지 않은 것을 보고 어이가 없어서 웃음이 나왔다.

홈바라 불린 덩치가 큰 전사가 머리를 조아리며 묻는다.

"어찌하시겠습니까, 루갈? 두 사람을 이 자리에서 문초하고 처분하시겠습니까?"

"이곳은 문초하기 적당하지 않다. 반나절 후 눈 폭풍이 닥칠 것이다. 홈바! 짐들을 안마르에 나누어 싣고, 썰매와 개들은 인근 마을에 맡겨 두었다가 폭풍이 지나가면 끌고 오도록 하라."

"저, 저희는, 저희는 어디, 이, 인근 마을로 갑니까?"

"안마르를 타고 소금성으로 간다. 밀정이 아님이 밝혀지면 소금성에서의 상행을 허용할 것이나."

레니에의 등으로 끈끈한 땀이 배어 나왔다. 무겁고 차가운 목소리가 엎드려 있는 두 사람의 등으로 떨어졌다.

"결백을 밝히지 못하면 내 손에 죽을 것이다."

"밖에 토해라."

한 손으로 여러 개의 고삐를 틀어잡고 안마르를 몰던 사내가 짧게 명령했다.

"예, 예! 그러고말고요, 바, 밖에다 토…… 으, 으아, 와아아아!"

간신히 몸을 틀어 밖으로 고개를 내민 텔코스는 자신이 어느 정도 높이에 떠 있는지 눈으로 확인하고는 다시 비명을 지르며 안마르 벽에 머리를 콱콱 박았다.

아이고, 저 빌어먹을 자식은 괴물인가, 이렇게 미친 듯이 흔들리는데 왜 멀미도 안 해. 그러고 보면 안마르에 타고 있는 북국 사람들은 이렇게 지독하게 흔들리는 수레 안에서도 허리를 가죽 띠로 단단히 고정하고 한 손으로 손잡이를 꽉 쥔 채 태연하게 서 있었다.

"헤다 섬의 텔코스! 이곳에서는 소변을 보면 안 된다!"

"우, 우웩, 요, 용서, 용서! 우웨에에에엑!"

오줌을 지리던 불쌍한 장사꾼은 용서를 빌다가 다시 거하게 토하고 말았다.

레니에는 자신이 지켜야 할 장사꾼을 돌아볼 수 없었다. 자신도 텔코스와 상황이 별반 다르지 않았기 때문이다. 속이 울렁거리고 세상이 빙빙 돌고 까마득한 얼음 벌판에 추락해서 죽을 것만 같다. 오금이 저릿저릿, 등골이 지릿지릿, 손잡이를 꽉 붙잡고 눈을 질끈 감아도 아무 소용 없다.

안마르에 타면 어떤 기분일까 상상하면서 설레었던 오래전의 머저리를 쥐어 패고 싶었다. 한겨울에 바다에 빠지는 것보다 북국의 하늘이 백배는 더 추운 것 같았지만, 바구니가 요동칠 때마다 진땀이 훅훅 솟았다.

레니에는 한 손으로는 벽에 고정된 손잡이를 꽉 쥐고, 한 손으로는 입을 필사적으로 틀어막았다. 그 지독하다는 뱃멀미도 겪어 봤지만, 안마르의 멀미에 댈 게 아니었다. 새처럼 저 하늘을 훨훨 날아다니면 좋겠다, 따위의 소원은 절대 빌어서는 안 될 것이었다.

간신히 고개를 돌려 배 속에 든 것을 안마르 밖에 모조리 토하고 나니 딱 죽을 맛이었다. 이제 텔코스는 눈물 콧물을 폭포처럼 쏟으며 울기 시작했다.

"제발, 제발 아까처럼 썰매로 가게 해 주십쇼. 루갈, 루갈? 그래만 주시면 제가 앞으로 위대한 신처럼 모시겠습니다. 아이고 엔릴이시여, 엔키시여, 우투시여, 난나, 여섯 날개의 카타시여으으으아, 으아아아아!"

눈물과 콧물과 그 밖의 지저분한 것이 잔뜩 뒤얽힌 얼굴로 텔코스는 부모가 죽은 것처럼 울부짖었다. 하지만 쿤은 눈썹 하나 꿈쩍하지 않았다.

"텔코스, 그대는 안마르에 탄 것을 고마워해야 할 것이다. 그 썰매로는 반나절 후 닥칠 대평원의 눈보라를 통과하지 못하고 얼어 죽었을 것이다."

"예예! 바로 그겁니다! 제발 얼어 죽게 해 주십쇼! 이래 가다간 이놈은 소금산에 도, 도착도 못 하고 고만 주, 죽겠습니다. 아이고 환장하네, 저놈의 새들이 사람 잡네. 제발, 아이고 제발 이 자리에서 그냥 죽여 주십쇼! 우욱!"

난기류를 만났는지 안마르가 크게 움직였다. 텔코스는 공포에 사로잡혀 미친 갈매기처럼 울부짖으며 손을 뻗어 쿤의 옷자락을 확 끌어당겼다.

"지금 뭐 하는 짓인가!"

쿤은 극도로 짜증스러운 얼굴로 무언가를 휘둘렀다. 허연빛이 번쩍, 두 사람 사이를 갈라놓았다.

"어, 어?"

레니에는 꼼짝도 못 하고 멍청하게 입을 벌렸다. 그가 휘두른 것이 등에 달려 있던 거대한 도끼였다는 걸 알게 된 때는, 퍽 소리와 함께 텔코스가 고개를 꺾으며 쓰러진 후였다. 믿을 수 없을 정도로 빠른 공격이었다.

레니에는 기겁하며 고함을 질렀다.

"루갈! 이게 무슨 짓입니까!"

"입 다물어. 방해하면 누구든 죽는다."

레니에의 고함에도 그는 뒤돌아보지 않았다. 죽을 만한 합당한 이유가 있어야 죽인다, 그 이유는 내가 정한다, 하는 말이 이 순간만큼 역겹게 느껴진 적이 없다. 백염산맥 도굴꾼들은, 그래, 북국 사람 기준으로 죽어 마땅했다 치자. 저 속없는 장사꾼에게 무슨 죽을 만한 이유가 있었니? 그 합당한 이유라는 게 고작 '방해하면 죽는다'는 거였어?

레니에는 난간을 잡고 안마르를 크게 흔든 후 허리끈을 풀고 발길질을 했다. 덩치와 완력으로 보면 승산이 없으니 반탄력과 흔들림을 이용해서라도 기습 공격을 먹인 후 어떻게든 안마르를 땅에 착륙시켜야 했다.

게다가 레니에는 무기가 없었고, 상대는 무시무시한 무기를 손에 쥐고 있었다. 일단 저놈의 도끼만이라도 밖으로 집어 던져야 했다.

"엘데 섬의 레…… 윽!"

이상한 기척에 뒤를 돌아보다 얼굴에 정통으로 발길질을 당한 쿤은 도끼를 놓치며 안마르 벽에 세게 부딪쳤다. 안마르가 크게 휘청대자 놀란 누움마들이 후우, 후우어, 후어, 길게 울부짖으며 하늘로 치솟는다.

저, 저기 바닥에 있는 도끼를 집어 내던지기만 하면 되는데…….

퍽! 딱!

레니에는 이를 악물고 연달아 발길질과 주먹질을 날렸지만 쿤은 더 이상 공격을 허용하지 않고 한 팔로 모두 막아 냈다. 그는 여전히 가죽끈으로 허리가 고정된 상태라 공격을 옆으로 돌려 분산시키지 않고 그대로 치받듯 막아 냈다. 그 바람에 레니에에게도 상당한 타격이 왔다.

"죽고 싶은가!"

레니에가 세 번째 발길질을 했을 때, 그는 손잡이를 움켜쥔 채 다른 손으로 레니에의 발에 그대로 맞주먹질을 했다. 빡! 발목뼈가 부러지는 것 같은 지독한 통증이 일었다.

퍽! 뒤이어 그의 발이 레니에의 옆구리를 가격했다. 공격에 들어가는 힘 자체가 달랐다. 눈앞으로 노랗게 불꽃이 튀면서 척추가 모조리 박살이 나는 것 같았다. 너무 아파서 비명조차 나오지 않았다.

"꼼짝하지 마라."

레니에는 그의 발에 등을 짓눌린 채 헐떡거렸다. 눈앞으로 고개를 푹 꺾고 늘어진 텔코스가 보인다. 몸을 꿈틀대는 순간 쿤의 발이 몸을 짜부라뜨릴 것처럼 짓누른다. 헉! 등뼈가 튕겨 나가고 배가 으스러질 것 같다.

이제 안마르는 미친 듯이 흔들리고 있었다. 덩치 큰 사내는 한 발로는 레니에의 배가 터질 정도로 짓밟고, 손으로는 누움마 여덟 마리가 각각 묶여 있는 고삐들을 당겼다 풀었다 하며 수레가 기울어지지 않도록 힘겨루기를 하기 시작했다.

이번엔 내가 저 도끼에 머릴 찍혀서 피투성이로 널브러질 차례인가, 생각하던 레니에는 이내 눈을 찌푸렸다.

왜 텔코스에게서 아직도 피가 안 흘러나오지?

아무리 텔코스를 살펴봐도 찍힌 자국도, 피 한 방울도 보이지 않는다. 이상하다? 아까 저 인간이 도끼로 머리를 후려치는 걸 분명히 봤는데?

눈은 뒤집혀 있지만, 가슴은 오르락내리락한다. 죽지 않고 기절했다는 의미였다.

"도, 도끼로…… 찍은 게 아니었어? 아까 분명……."

"너무 괴로워하는 것 같아 날을 돌려 후려쳐 기절시켰다. 하지만."

그의 표정이 순식간에 살벌해졌다.

"네놈은 머리를 찍을 생각이었다. 안마르를 탔을 때는 원수라도 격투를 벌일 수 없고, 고삐 쥔 자를 건드린 자는 무조건 죽이게 돼 있다. 고삐를 잡은 자가 잘못되면 그 안에 있는 자들도 전부 죽게 되기 때문이다."

"죄, 죄송합니다, 루갈. 몰랐습니다! 제 주인을 공격하는 줄만 알고! 죄송합니다!"

"튕겨 나가지 않게 몸을 고정해라. 난기류가 잦다. 내가 끝까지 몸을 붙잡아 줄 순 없다."

아, 지금 배를 짓누르고 있는 게 몸이 안 튕기게 붙잡아 주는 거구나. 레니에는 간신히 비틀거리며 일어나 벽에 고정된 가죽끈에 허리를 다시 묶고 손잡이를 꽉 잡았다. 쿤은 레니에에게 발길질을 당해 벌겋게 부어 버린 뺨을 지그시 누르며 낮은 목소리로 말했다.

"소금성까지는 한나절이면 도착할 것이다. 눈을 감고 심호흡을 해라."

레니에는 그의 누그러진 말투에 간신히 마음을 다잡았다. 다행히 하늘수레는 난기류를 벗어나고 쿤이 누움마들을 잘 달래면서 흔들림이 잦아들었다.

레니에는 손잡이를 꽉 잡고 눈을 감은 후 길게 심호흡을 했다. 그의 퉁명스럽고 불친절한 듯한 말투에서 불현듯 그의 예전 말투가 떠올라 당황스러웠다.

하지만 소금성에 있는 넓은 광장에 도착한 쿤은 안마르에서 뛰어내리자마자 주변의 전사를 돌아보며 고함을 질렀다.

“엘데 섬의 레니에, 저 암살자를 묶어서 무릎을 꿇려라! 내가 직접 목을 칠 것이다.”

23. 전사의 승부

그의 말이 떨어지기가 무섭게 사방에서 시커먼 옷을 입은 전사들이 튀어나와 레니에를 에워쌌다. 레니에는 간신히 정신을 차린 텔코스를 막아서며 고함을 질렀다.

"무슨 말씀이십니까, 루갈! 암살자라뇨! 저희는 장사꾼이고 짐꾼입니다. 억울합니다!"

"레니에! 너는 짐꾼이 아니라 암살자다. 안마르에서 공격할 때 바로 알아차렸다."

"무슨 말씀이십니까! 저는 루갈께서 제 주인을 죽이신 줄만 알고 겁이 나서, 아 그게, 전 무, 무기도 없고, 핫, 루, 루갈! 제 말을 믿어……!"

갑자기 레니에의 앞으로 거대한 도끼가 내리꽂혔다.

쿤은 레니에의 움직임과 공격 방식을 정확하게 기억했다. 보통 전사들과는 달리 살기도 없고 기척도 없고 움직임이 지나치게 기민하고 음습했는데, 공격 자체는 단 한 방에 목숨을 날릴 수 있을 정도로 날카로웠다. 안마르가 불안정해서 공격에 힘이 실리지 않아 위력을 발휘하지 못했을 뿐이다.

무기 하나 없이 상대를 제압하도록 연습한 자의 움직임. 어둠이나 극도로 불안정한 상황에서도 상대의 급소를 본능적으로 공격하는 능력. 전사라기보다는 감각이 뛰어난 사냥꾼이나 비밀리에 상대의 목숨을 취하도록 훈련받은 암살자의 냄새가 났다.

"루갈!"

레니에는 기겁하고 몸을 튕겨 넓은 공간으로 빠져나갔다. 퍼런 도끼의 날은 간발의 차이로 레니에의 목이 있던 자리를 가르고 지나간다. 쩍, 하는 소리와 함께 견고한 안마르의 벽이 단번에 쪼개진다. 아슬아슬하게 발목이 날아갈 것을 면한 텔코스는 비명을 지르며 울부짖기 시작했다.

뒤에 서 있던 훔바라 하던 덩치 큰 전사가 텔코스의 목을 틀어잡았다. 켁, 으케켁, 통통한 상인의 발이 허공에 달랑 매달렸다.

"엘데 섬의 레니에! 네가 계속 움직이면 이자의 목을 찍을 것이다."

레니에는 그 자리에서 그대로 발을 멈췄다. 둥그렇게 둘러싼 전사들은 자리에서 움직이지 않았지만 사방으로 살기가 흉흉하게 뻗쳤다. 텔코스는 컥컥대며 고함을 질렀다.

"레니에, 빡빡이, 야 이 빡빡이, 흐엉, 흐어엉, 나 살려, 우, 움직이지 마! 움직이지 마! 으억, 으어억!"

조용히 좀 해요, 텔코스! 제발 좀!

레니에는 포위망 한가운데서 멈춰 선 채 사방을 돌아보며 이를 갈았다. 쿤이 그를 향해 한 걸음, 두 걸음 다가가자 텔코스의 우는소리는 점점 더 커져 갔다.

"사, 살려 주십쇼, 살려 주세요, 루갈. 태, 태양의 우투시여, 대기의 엔릴이시여, 달의 난나시여, 저 저를 살, 아이고 루갈, 부, 북국의 왕이시여, 여, 열두 부족의 위대한 루갈이시여! 마, 말씀드리겠습니다, 전부 다! 말씀……."

"열한 부족이다."

쿤은 못마땅한 표정으로 정정했다. 그리고 버둥대던 텔코스의 발이 땅에 닿는 순간 날이 퍼렇게 서 있는 도끼의 날을 그의 목에 갖다 댔다.

"히코르테스의 아들, 헤다 섬의 텔코스. 엘데 섬의 레니에의 정체가 무엇인가. 정말 짐꾼인가? 저런 작고 가늘고 약해 빠진 자가?"

텔코스는 콧물을 줄줄 흘리며 울기 시작했다.

"지, 짐꾼이라기보다, 그 엄밀히 말씀드리자면 심부름꾼으로 고용했습니다. 뭐 저라고 딱히 고용하고 싶었던 건 아닙니다만 어쩔 수 없이 고용해야 하는 상황도 있지 않습니까?"

"이런 사지에 오면서 어쩔 수 없이 데려와야 할 이유라는 게 뭔가? 언제, 어디에서, 무슨 이유로 이자를 고용했나?"

"저, 저 자식은 이곳, 이곳으로 오기 직전에, 아는 분 소개로, 저는 안 데려오고 싶었는데, 흐어, 엉, 어엉, 저, 저는 정말 아무것도 모릅니다, 루갈."

그는 이제 눈물과 콧물을 줄줄 쥐어짜며 울기 시작했다. 레니에는 눈앞이 깜깜해지는 것을 느꼈다.

"루갈! 전 주인을 지키려 했던 것뿐입니다. 저는 목동 출신이고 들에서 사냥도 자주 해 봐서, 손에 익은 버릇대로 허둥지둥 손발을 휘둘렀을 뿐입니다. 제발 용서해 주십시오."

레니에의 말이 끝나기도 전에 쿤의 도끼 끝이 장사꾼의 턱을 툭, 건드린다. 텔코스의 염소수염 몇 가닥이 소리도 없이 떨어진다. 히익! 겁 많은 장사꾼은 와들와들 떨며 끵끵 울기 시작했다.

"텔코스, 사실대로 대답하라. 언제, 어디서, 무슨 이유로 저자를 고용했나?"

"화, 황금숲에서, 시, 신관님께서, 필요할 거라면서……. 흐, 흐어으어, 어으어."

"황금숲?"

순식간에 분위기가 얼어붙었다. 저 새끼가 미쳤나! 레니에는 속으로 욕설을 퍼부었다. 이렇게 손발이 안 맞아서야. 거의 발을 빼고 있었는데 막판에 똥을 집어 던지다니!

그러잖아도 황금숲의 간자라고 오해받고 있는데 대가리가 있다면 황금숲에 대해선 떠들지 말아야지. 저 빌어먹을 장사꾼의 입을 틀어막지 못한 것이 천추의 한이었다.

"점토판을 사러 황금숲에 갔는데, 거기 신관님께서 북국에 가려면 잔심부름을 할 놈이 필요할 거라면서, 괜찮은 노예를 싼값에 빌려주겠다고 했습니다. 높은 분의 말씀을 저 같은 장사꾼이 어찌 거역합니까. 울며 겨자 먹기로 7셰켈, 불순물이 없는 백은을 7셰켈이나 주기로 했습니다."

한 마디 한 마디가 흘러나올 때마다 머리가 핑핑 돈다. 지금이라도 저놈의 주둥이를 막아야 할까. 돌을 던져 이빨이라도 날려야 하나. 말하지 말라고 아무리 눈을 부릅뜨고 눈치를 줘도 아무 소용이 없었다. 쿤이 음산한 목소리로 추궁했다.

"황금숲의 신관이 저자를 자네의 상행에 밀어 넣었다 했나?"

"루갈! 아닙니다!"

결국 견디다 못한 레니에가 끼어들어 고함을 질렀다.

"저자가 먼저 상행의 호위를 수소문했고, 신관님께서 낮에 나무에 앉아 졸고 있는 저를 소개한 것뿐입니다! 저는 그곳에서 낮에 무릿매로 날아가는 새나 잡아먹고 밤에 망을 보는 것 말고는 빵이나 축내는 아무 쓸모 없는 노예였…….”

우우웅!

묵직한 파공음이 들렸다. 쿤의 손에 들린 푸른 쇳덩어리가 번쩍, 빛을 발하며 빙그르르 한 바퀴 돌았다.

“어느 입이 거짓을 고했는가.”

우웅, 우우웅, 부우우. 그의 손안에 있는 거대한 도끼가 보이지 않을 정도로 빠르게 돌았다. 남들은 두 손으로 들어도 질질 끌릴 무거운 쇳덩이를 한 손으로 빙글빙글 돌리는데, 새까만 흑호의 가죽으로 감싸인 그의 등과 어깨가 물결치듯 움직인다.

“아이고, 루갈, 아닙니다. 제가 거짓말을 한 게 아닙니다. 분명히 잔심부름할 놈이라고 하셨습니다. 신성석을 구할 수가 없으니 알티르께서 몰래 신성석 구할 방법을 찾아보라고 밀어 넣은 게 틀림없…….”

“지금 자네 알티르라고 했나?”

“아, 아이고. 제가 그랬나요?”

심문이 시작되기도 전에 장사꾼은 알고 있는 것은 물론이고 모르는 것까지 모조리 지레짐작해서 불기 시작했다. 앞이 노래졌다. 레니에는 쿤과 텔코스를 향해 악을 썼다.

“아닙니다! 루갈, 사실이 아닙니다! 텔코스 미쳤어요? 왜 없는 말까지 지어내서 하는 거예요!”

미쳐 버리겠다. 저놈의 싸구려 주둥이가 북국에서 기어코 문제를 일으킬 줄 알았지. 하지만 이런 식으로 자신이 옴팡 불똥을 뒤집어쓸 줄은 몰랐다.

놈이 싸질러 대는 말은 이제 수습할 수 없는 지경이 돼 버렸다.

나는 모른다, 정말 아니다 버티기만 했어도 쿤의 성격상 죽이지 않고 풀어 줄 가능성이 컸다. 하지만 저런 식으로 나불거리면 텔코스 자신의 목숨도 위험해진다. 그 당연한 사실을 모르는 걸까?

"그치만 빡빡이, 네놈은 분명 북국의 신성석…… 으헉!"

땅! 소리가 나면서 튀어 오른 돌이 텔코스의 앞에서 허공으로 붕, 떴다가 바닥으로 떨어졌다. 으아, 으아, 으아아악! 텔코스는 말을 멈추고 미친 듯이 비명을 질러 대기 시작했다. 코앞으로 커다란 도끼날이 서 있었다. 레니에가 집어 던진 작은 돌이 텔코스의 이빨을 부러뜨리는 대신 쿤의 도끼에 막혀 위로 튀어 오른 것이다.

"주인의 입을 막는 살수가 사악하다, 엘데 섬의 레니에."

"빌어먹을! 나를 죽이려고 없는 말까지 나불대는 새끼는 주인 아니고 개새끼야!"

훅, 훅.

레니에는 검은 그림자가 움직이는 것을 보며 황급히 옆으로 튀었다. 아까 간신히 넓혀 놓은 간격을 그는 단 두 걸음 만에 따라잡았다. 그는 엄청난 덩치를 가지고도, 검은 표범이 눈 위에서 움직이는 것처럼 매끈하고 유연하게, 소리도 없이 움직였다. 살기 외에는 아무것도 느껴지지 않아 레니에는 숨이 막혔다.

무기도 없이 공격만 받으면 바로 죽는다.

레니에는 옆으로 몸을 빼 달리면서 앞을 막고 있는 전사를 그대로 들이받았다. 그자가 휘청하며 방패를 놓치고, 한 걸음 물러서 공격 태세를 갖추는 사이, 레니에는 그의 허리에 꽂혀 있던 단도를 잡아 뽑은 후 방패를 주워 들었다.

후웅!

레니에가 허리를 펴는 순간 시퍼런 도끼날이 머리 위로 날아들었고, 레니에는 기겁하며 방패를 올리고 허리를 굽혔다. 쩍, 소리가 나며 방패의 귀퉁이가 잘려 나갔다.

쿤은 사방을 둘러보며 큰 소리로 외쳤다.

"모두 자리를 지켜라. 이자의 팔다리를 찍어 내고 문초하여 황금숲에서 획책하는 바를 밝힐 것이다."

"루갈! 잠시, 잠시만, 잠시만!"

레니에는 포위망 안에서 미친 듯이 쫓기며 고함을 질렀다. 텔코스에게 휘둘렀던 도끼가 시늉뿐이었다면, 자신에게 들이닥치는 도끼날에는 살의가 흉흉했다. 황금숲에서 자신을 보낸 것을 안 순간, 그는 손에 조금의 자비도 두지 않았다.

"황금숲의 알티르가 무엇을 획책하고 너를 보냈는지 말하라."

생각해 보면 뻔하잖아! 너를 만나서 죽이라고 했다, 이 멍청아! 그래서 굳이굳이 동방에서 돈을 처들여 가며 그 귀한 목화를 바리바리 쟁여 온 거고!

"억울합니다! 엔릴과 엔키와 신성한 이난나 여신께 맹세코 억울합니다! 획책은 무슨 획책입니까! 저는 그저 은 7세켈에, 악!"

"신들을 걸고 맹세하지 말라 했다! 그들은 네 거짓을 보증하기 위해 존재하는 자들이 아니다."

"부하들로 포위해 놓고 공격함은 정정당당하지 않습니다, 루갈!"

"나는 전사도 아닌 자에게 전사의 승부를 요청하지 않는다!"

레니에는 그의 도끼를 방패로 막다가 바로 포기했다. 그가 휘두르는 도끼는 힘이 무시무시해서 꽤 무겁고 단단한 방패임에도 귀퉁이가 쩍쩍 잘려 나갔다. 방패를 돌려 치는 식으로 도끼의 힘을 분산해 보려 했으나 그마저도 실패했다. 도무지 옆으로 흘려보낼 만한 기운이 아니었다. 그나마 옆으로 돌려 쳤으니 망정이지, 정통으로 올려 막았다면 팔까지 함께 잘려 나갔을 것이다.

"아, 씨! 빌어먹을!"

레니에는 딱 세 합 만에 방패를 내던졌다.

"판단이 빠르다. 좋은 재능이다."

웅, 웅, 부우우. 그의 손에서 서슬 푸르고 투박한 쇳덩이가 큰 소리를 내며 빙빙 돌았다.

"도끼는 공격의 범위도 좁고 공격 방향을 틀기도 어렵지만."

"루갈, 씨, 씨발, 루갈! 텔코스 이 개새끼! 당신 내 손에 죽었어!"

붕, 부우우, 휘, 쩍. 레니에는 욕설을 퍼붓다 멈추고 헐떡거렸다. 저렇게 미친 속도로 들이닥치는 도끼의 날을 피하자니 숨도 못 쉴 지경이었다.

"……단 하나 좋은 점이 있다."

도끼의 날이 다가오는 것을 보고 피하면 늦는다. 무기 자체가 갖는 무게에 그가 가진 무시무시한 힘이 더해지니 이건 도망치는 것 말고는 대책이 없었다.

시커먼 살기가 피어오르는 방향, 그의 몸이 기울어지는 방향, 발의 움직임, 시선의 움직임, 어깨의 움직임, 그것을 본능적으로 파악해서 번개처럼 몸을 움직여야 했다. 다행히 도끼는 내지른 힘을 회수하거나 방향을 트는 데 시간이 걸린…….

"어떤 것으로도 내 공격을 막을 수 없다는 점이다."

걸리기는 개뿔, 그의 도끼는 팔에 매달린 손처럼 허공에서 자유자재로 방향을 틀었다. 미쳤어, 저게 사람이야? 엔키와 닌후르상께서는 저 자식을 만들 때 힘이란 힘은 모조리 팔다리에 몰아넣고, 그것도 모자라 머리에 가야 할 모든 힘까지 근육에 발라 넣으신 게 틀림없다.

그나마 다행인 것은, 쿤은 전사의 승부가 아니라 했지만 둘러싸고 있는 전사들은 왕의 명예를 생각해서 레니에를 공격하지 않고 있다는 점이었다.

부우웅, 쩍!

"루, 루갈, 쿠, 쿤! 루갈, 아, 빌어먹을! 악!"

레니에는 황급히 고개를 뒤로 빼서 다시 간발의 차이로 도끼의 날을 피했다. 쿤, 이라는 이름을 들은 그가 잠시 멈칫하지 않았으면 그대로 목이 날아갔을 것이다. 그의 잇새로 이가 부드득 갈리는 소리가 들린다.

"감히 누구의 이름을 함부로 불러!"

도끼를 휘두르는 속도가 한층 빨라졌다. 끔찍하다. 이제 겨우 열 번 정도 공격을 피했을 뿐인데 온몸에 땀이 줄줄 흘러내리고 목구멍에서 피비린내가 올라왔다. 팔다리가 후들거려 말을 듣지 않는다.

레니에의 가장 큰 장점은 움직임이 빠르다는 것이었는데, 불행히도 쿤은 상상을 초월할 정도로 힘이 무지막지한 데다 움직임 역시 레니에만큼이나 빠르고 기척조차 없었다. 감지되는 것은, 오로지 살기. 온몸을 시커멓게 감아 오르는 살기의 방향뿐이었다.

그래, 열 살 때 검치호를 혼자 잡았다 했지. 그 말이 드디어 이해가 된다. 혼자 적의 부족에 뛰어들어 전사들을 몰살했다더니, 그 말도 드디어 이해가 된다.

다른 곳은 말짱하고 머리만 두 쪽으로 쪼개졌다던 검치호, 소년은 단 한 번의 공격으로 그 거대한 짐승을 잡았으리라. 아마도 소년의 어머니와 아버지, 가족과 부족 전사들을 속여 몰살한 그 부족은 그 대가를 열 배, 백 배로 치러야만 했을 것이다.

살기조차 느끼지 못하고 목이 떨어져 나간 세데크, 살기만으로 오줌을 지리며 떨던 키시. 한 부족을 몰살하고 단숨에 북국을 통일한 피의 군주, 소금성의 루갈 쿤.

그렇게 순박하고 순진한 웃음을 짓던 소년은, 나를 아프게 할까 봐 그렇게 조심스럽게 내 몸을 매만지며 손을 떨던 소년은.

……대체 어디로 사라진 걸까?

— 이번 임무만 완수하고 오면, 네 가장 간절한 염원을 이루어 주겠다.

기치다 님, 제 간절한 염원이 뭔지는 정말 알고 계세요?

— 이번에 목숨을 거둬 와야 할 자는.

이자의 목숨을 거둘 기회는 지금 한 번뿐인데.

— 분열돼 있던 열두 개 부족을 통일한 북국의 왕, 쿤이다.

명령이니 최선을 다해 따르겠지만…….

— 내 마지막 명령이다. 무사히 돌아오너라, 레니에.

……저는 무사히 못 돌아갈 것 같아요. 죄송합니다.

도끼가 옆구리를 크게 베며 들어온다. 온몸에서 흉흉하게 뻗치는 살의로 숨이 막힌다. 레니에는 그것을 피하는 대신 단검을 쥐고 그대로 치고 들어갔다. 허리가 동강 나는 순간, 내 손에 쥔 단검은 쿤 네 목에 꽂힐 것이다.

북국의 아름다운 왕비는, 질투가 심하다던 내실의 여자는 네 죽음을 슬퍼할까.

갑자기 웃음이 나왔다. 적어도 나는 너의 첫 번째 여자였고, 너는 내 첫 번째이자 유일한 사내였다. 이런 사람들끼리 서로 죽음을 확인하고 명부로 향하는 여행길의 동반자가 되는 것도 나쁘지 않겠다. 은혜를 원수로 갚은 자의 손을 잡아끌고 에레쉬키갈 앞에 간다면 그것도 좋겠다.

이렇게 될 줄 알았으면 저울을 맞추네 어쩌네 하면서 너를 구할 필요도 없었는데. 그동안 나는 다섯 명의 생명 따위는 아무렇지도 않게 웃어넘길 정도가 됐거든.

예전에 내가 너를 찾아가면 고통 없이 단번에 죽여 달라고 한 적도 있었는데. 네 눈동자도 한 번쯤은 보고 싶었는데.

네 눈, 생각보다 예쁘다, 쿤.

부우우.

레니에는 단검을 한 손으로 잡은 채 고양이처럼 가볍게 뛰어올랐다. 손에 꽉 쥐인 단검은 그의 목을 향해 쭉 내달렸다. 지익, 그의 피부가 칼끝에 걸리는 느낌이 났다. 그는 순간 목을 비틀며 도끼의 방향을 확 꺾었다.

붕, 부웅, 빠그작, 빡!

허리에 엄청난 충격이 연속해서 일었다. 온몸의 뼈가 차례로 부서져 나가는 듯한 기분이었다. 레니에가 확 뒤로 밀려 나가는 순간 그의 오른손에 쥐어진 도끼가 빙글, 돌면서 레니에의 가슴을 휘갈기고 지나간다. 레니에는 그대로 얼음 바닥에 나동그라졌다.

“레니에! 빡빡이! 야!”

“루갈! 루갈!”

여기저기서 고함이 터지는데, 머리가 웡웡 울려 무슨 말인지 분간이 되지 않는다. 기어 일어나려 버르적대는데, 몸의 어느 곳도 움직이지 않는다. 그가 한 손으로 다친 목을 꽉 누르는 모습과 힘껏 찡그린 눈썹이 눈에 들어온다.

하얀 눈, 새까맣고 반질거리는 털가죽, 상복처럼 온통 새까만 옷을 입고 두 사람을 둘러싸고 있는 전사들. 그들의 뒤로 보이는, 얼음으로 지어진 듯 눈부시게 새하얀 소금성, 그리고 티끌 하나 없이 새파란 하늘.

……그 속에서 그의 손가락을 타고 흐르는 핏줄기, 새빨간 핏줄기만 끔찍하게 선명했다.

"으아아아아아! 레니에, 레니에에에! 미안, 미안해애애!"

뒤에서 텔코스가 찢어지는 비명을 지른다.

아, 시끄럽다.

레니에는 멍하니 눈을 깜박였다. 시간이 갑자기 천천히 흘러가는 것 같다. 허리 아래로 아무런 감각이 없다. 허리가 잘려 나간 걸까. 가슴에 도끼날이 박힌 걸까.

쿵, 쿵. 그가 도끼를 움켜잡고 한 걸음씩 다가온다.

기치다 님, 죄송해요. 임무 실패한 것 같네요.

레니에는 눈 위에 널브러진 채 히히, 조그맣게 웃었다.

이제 눈앞은 온통 새파란 북국의 하늘뿐이다. 그 외에는 아무것도 보이지 않고, 손끝 하나 움직일 수 없었다. 어깨도 감각이 없는 걸 보니 어쩌면 목이 떨어져 나간 건지도 모르겠다. 그래도 목이 꽉 잠기는 것이 신기했다.

쿵, 쿵, 쿵, 쿵. 소리가 가까워진다. 저자는 내 머리통을 발로 걷어차려고 다가오는 걸지도 모른다.

그가 다가와서 허리를 굽힌다. 가슴에서 축축하고 뜨끈한 것이 천천히 흘러내리는 감각이 느껴졌다. 아, 목이 떨어진 게 아니고 도끼날이 가슴을 가르고 지나간 건가?

……아파.

파란 하늘로 그림자가 늘어진다. 그의 얼굴이, 커다랗게 벌어진 눈이, 심하게 경련하는 입술이 보인다.

"……엘데 섬의 레니에. 그대는 여자인가?"

레니에는 대답하는 대신 눈을 깜박거렸다. 어떻게 알았지? 하긴, 저 멍청한 놈이 내가 여자라는 건 이상하게 잘도 알아보더라. 저 멍청한 게, 눈치도 없는 게, 눈치도 더럽게 없는 게…….

눈물이 눈꼬리를 타고 주르르 아래로 내려갔다. 그의 목소리가 부들부들 떨리는 것이 이상했다. 그가 도끼의 날에 찢어진 왼쪽 옷깃을 천천히 벌렸다. 손을 뿌리치고 싶은데 몸이 전혀 움직이지 않았다. 매서운 바람이 상처를 꼬챙이로 파내듯 후벼 댄다.

"레니에……라고 했나. 엘데 섬의……."

그는 더 이상 말을 하지 못하고 끅, 끅 목이 졸아붙는 소리를 냈다. 그는 옷깃을 잡은 채 눈에 띌 정도로 몸을 떨었다.

"너는 누구냐."

"루갈……."

"이 낙인은 대체 무엇인가! 이 나무 모양의 낙인은 대체!"

드러낸 가슴에서 피가 계속 흘러나와 빠르게 식었다. 대답, 대답해! 그의 목을 타고 흘러내리는 핏줄기가 눈이 아플 정도로 선명한데, 의식은, 의식은 점점 희미해진다.

"나는, 가슴에 이 낙인이 찍힌 자를 알고 있다."

쿤의 목소리가 아스라하게 멀어졌다.

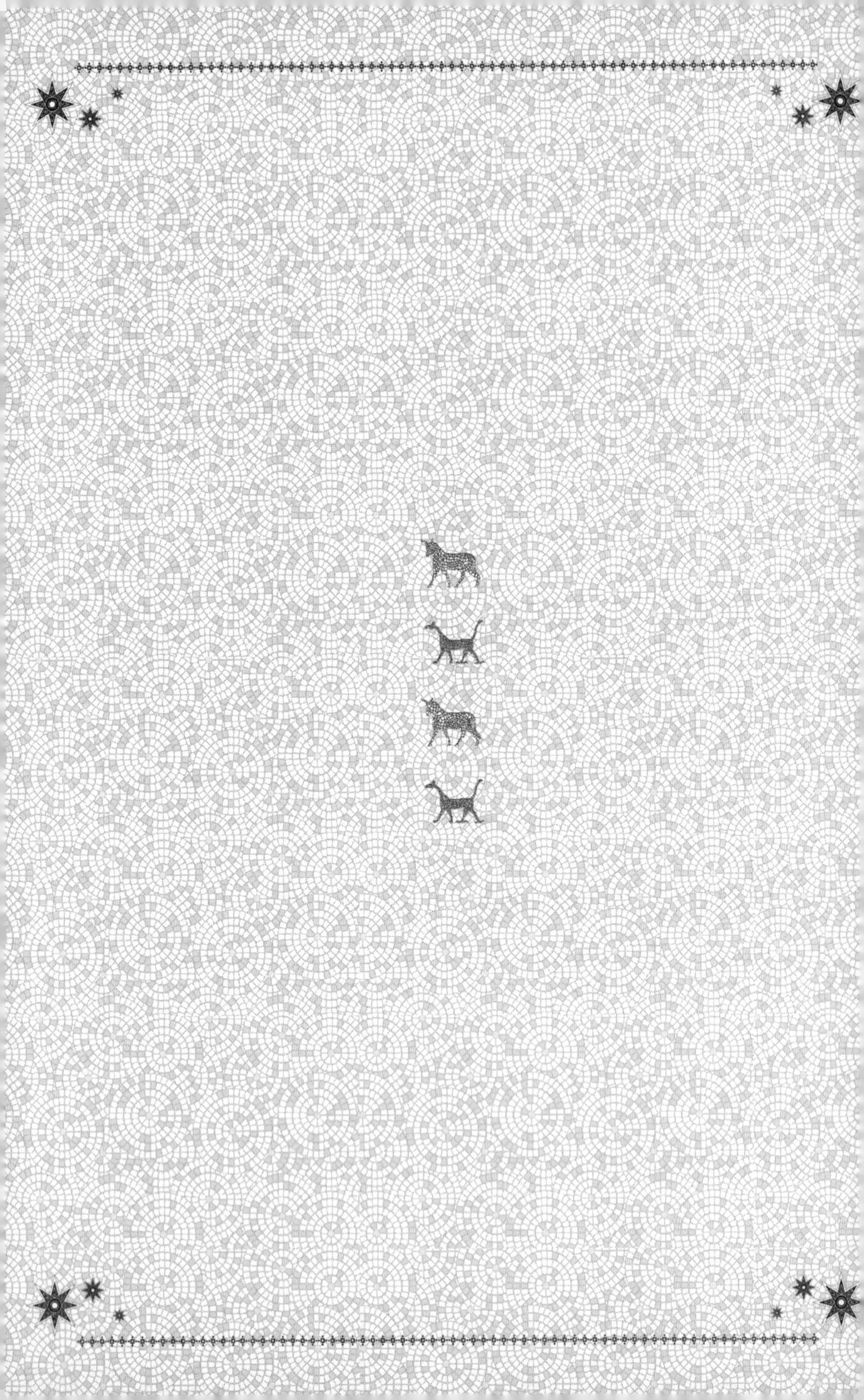

24. 두 가지 머리카락

훔바는 이 망할 놈의 사태가 어떻게 돌아가는 건지 도저히 짐작할 수 없었다.

일단, 소금성의 주인이자 자신이 존경해 마지않는 북국의 루갈께 호적수가 나타났다는 건 알겠다.

루갈 쿤은 북국이 낳은 전무후무한 전사였다. 북국 사내들은 기본적으로 호전적인 전사였기에 힘의 위계에 민감하고 상대가 가진 힘을 가늠하는 것을 중시했다. 힘을 가진 자에게 앞에서만 복종하고 뒤에서 수군수군하며 눈을 흘기는 게 아니었다. 그들은 전사다운 능력을 가진 자를 진심으로 존경하고 마음 깊이 떠받들었다.

적어도 그의 친위 전사들은 북국에서 손꼽히는 실력을 가진 자들이었는데, 그들 중에서도 루갈과 맞서 10합 이상 버틸 수 있는 자가 없었다. 더욱이 루갈의 목에 상처를 낼 수 있을 정도의 실력자는 북국 전체를 통틀어 봐도 거의 없었다.

그런데 남국에서 온 나뭇가지처럼 빼빼한 노예가 루갈의 공격을 10여 합이나 피했고, 결국 루갈의 목에 상처를 냈다.

게다가, 알고 보니 여자였다!

그 일로 인해 전사들은 크게 자존심을 다쳤고, 한편으로는 레니에에 대한 감탄과 호기심이 불 일듯 일어났다. 소문은 순식간에 퍼져 호기심이 승한 사람들은 소금성 근처를 오락가락하며 새로운 소식을 캐려 했고, 성문 인근의, 사람들이 많이 오가는 광장에서는 서로 알고 있는 정보를 나누느라 야단이었다.

싸움을 지켜본 전사들은 모두 알고 있었다. 그 여자는 마지막 합에 자신을 전혀 방어하지 않았다. 자신의 허리가 잘리는 것을 감수하고 루갈의 목을 찔렀다. 자신이 먼저 죽고서야 상대를 죽일 수 있는 살수 중의 살수였다.

루갈은 본능적으로 몸을 뒤로 틀어 급소를 피했고, 그 서슬에 공격하는 각도가 어긋나자 바로 도끼를 돌려 도낏자루로 옆구리를 후려친 후 그 기세 그대로 방향을 위로 틀어 도끼날로 가슴을 갈랐다. 번개 같은 전환이라 눈에 제대로 보이지도 않았다.

쿵.

여자가 멀찍이 나동그라진다. 그나마 여자는 운이 좋았다. 원래대로라면 그 자리에서 즉사했겠지만 가슴을 돌처럼 단단한 가죽으로 몇 겹이나 싸매 놓아서 도끼날이 중간에 걸렸던 것이다.

처음에는 가죽으로 만든 갑옷을 카우나케스 속에 겹으로 받쳐 입은 줄 알았다. 그런데 아무래도 이상했다. 설마? 설마. 그럴 리 없다 생각했지만 볼수록 뭔가 수상했다.

루갈의 목에서 피가 흘러내리기 시작했다. 피가 솟구치지 않는 것으로 보아 큰 상처는 아닌 것 같았다. 그는 목을 왼손으로 꽉 누르고 오른손으로 도끼를 고쳐 잡고 여자를 향해 걸었다. 그리고 최후로 여자에게 공격을 가하려 도끼를 번쩍 치켜들었다.

순간 그는 그대로 돌이 된 것처럼 움직임을 멈췄다. 잠시 후 그는 도끼를 팽개치고 여자 노예의 옆에 쭈그리고 앉더니 옷을 들췄다.

헉, 숨을 크게 들이쉬는 소리가 여기저기에서 터져 나온다. 전사들은 드디어 루갈에게 상처를 입힌 남국 노예가 여자인 것을 알게 되었다. 남국의 장사꾼이 기겁하며 비명을 지른다. 아, 아, 으아아, 레, 레니에, 저게 여자였어? 여자였어! 으아아악! 레니에에에!

일은 점점 더 이상하게 돌아갔다. 여자의 앞에 쭈그리고 앉은 루갈이 몸을 부들부들 떨기 시작했다. 얼굴이 새하얗게 변하면서 입에서 뜻도 알 수 없는 괴성이 터졌다.

그러더니 여자의 모자를 벗겨 짧게 밀어 버린 머리카락 색깔을 재차 확인하고는 이번엔 짐승이 죽어 가는 것처럼 신음했다. 흥분에 들떴던 얼굴이 순식간에 시커멓게 변하며 어깨가 축 가라앉았다.

그는 조금 전까지 목을 치려 길길이 뛰던 여자의 상처를 눌러 지혈을 시키기 시작했다. 하지만 아무리 눌러도 피가 멎지 않자 그는 겉옷을 벗어 여자를 꽉 감싸 안고는 자리에서 벌떡 일어났다.

"훔바! 의사를 불러! 닌갈사르밧을 당장 내 방으로 데려와! 안 오겠다면 멱살을 잡아끌고 와!"

"루갈, 루갈!"

"따라오지 마라. 아무도 따라오지 마!"

여자의 상처에서는 피가 쉼 없이 흘렀다. 여자를 안고 가는 덩치 큰 사내의 뒤로, 눈이 아플 정도로 붉은 핏방울이 길게 꼬리를 남겼다.

❖ ✝ ❖

닌갈사르밧은 올해 육십 살 먹은 노파로, 쿤의 유모이자 훔바의 어머니였다. 백염산맥에서 나는 온갖 약초와 독초에 해박했고, 소금성에서 가장 솜씨가 좋은 의사였다. 그리고 북국에서 젊은 루갈에게 가장 용감하게 막소리를 해 댈 수 있는 사람이기도 했다.

닌갈사르밧은 도끼로 가슴이 쪼개질 뻔한 환자를 가리키며 조금만 더 깊이 박혔으면 죽었을 거다, 힘 좀 작작 쓰라고 당당하게 직언했다.

도끼의 주인은 여자를 살려 놓지 않으면 당신이 죽게 될 거라는 무시무시한 협박을 했다. 용감한 노파는 대놓고 콧방귀를 뀌었다.

혼수상태의 남국 노예가 누워 있는 곳은 놀랍게도 루갈의 침실이었다. 그는 시중드는 노예나 측근 부하들까지 모조리 쫓아낸 채 방에 틀어박혀 한 걸음도 나오지 않았다.

노예는 오랫동안 정신을 차리지 못했고 닌갈사르밧과 시녀 두엇이 부지런히 들락거리며 남국 노예를 치료했다. 닌갈사르밧은 삼나무를 끓여 식힌 물로 상처를 씻거나 약초를 붙인 붕대를 갈아 주거나 옷을 갈아입히고, 열이 오르면 물수건으로 몸을 닦아 열을 내렸다.

쿤은 닌갈사르밧이 올 때마다 침실 밖으로 쫓겨났다. 레니에의 주변에서 벌레 몇 마리가 오락가락하자 칼을 빼 들고 잡아 죽인 것이 화근이었다.

환자까지 잡아 죽일 거냐, 정신 사납다, 온갖 잔소리를 들은 왕은 '내 손은 실수하지 않는다.' 어쩌고 지랄을 하다가 잔소리를 열 배로 처듣고서야 온갖 인상을 쓰면서 방 밖으로 물러났다.

왕의 심통은 오랫동안 가라앉지 않았다. 뒷짐을 지고 쿵쿵 소리를 내며 복도를 이리저리 돌아다니거나 도끼와 만곡도를 양손에 갈라 잡고 붕붕 돌려 댔다. 이제는 날벌레가 방 안으로 들어가지 못하게 방 밖에서 벌레를 잡았다.

훔바는 복도 끝에 서서 왕이 하는 꼬라지를 보고는 길게 한숨을 쉬었다. 물론 훔바가 보기에 왕은 칼로 벌레를 잡는 솜씨가 발군이었다. 날벌레든 땅벌레든 칼을 한 번 휘두르기만 하면 몸이 반쪽이 되어 바닥에 떨어졌다. 심지어 도끼에 잡히는 눈먼 벌레도 있었다. 하지만 남들이 보기엔 복도 한가운데 서서 망나니 춤을 추는 것으로밖에 보이지 않았다.

훔바는 저놈의 해괴망측한 춤이 멈추기만을 참고 기다리다가 결국 발걸음을 떼었다. 왕의 사적인 공간까지 들어갈 수 있는 몇 안 되는 최측근 전사로서, 주변에서 떠넘긴 임무가 무겁기 짝이 없다. 훔바는 두 번, 세 번 헛기침을 하고 왕을 불렀다.

"저, 루갈. 드릴 말씀이……."

쿵, 쿵, 쿵쿵쿵쿵, 쿵, 쿵.

현재 왕은 직무유기 상태였다. 며칠 동안 미루어 둔 재판이나 분쟁 조정, 결정해야 할 일, 신전에서 드릴 제사, 신혼부부와 갓 태어난 아기들에 대한 축복 의례 따위가 차곡차곡 쌓여 가는데, 그런 일을 보고하고 의논해야 할 원로들은 저놈의 붕붕대는 소리만 들으면 오금을 떨며 줄행랑을 놓았다.

"루갈, 판결하실 일이 쌓여 있습니다. 원로 다섯 분께서 아침부터 찾아오셨다가 헛걸음을 하셨고……."

"어차피 매일 싸우는 놈들, 하루 이틀 더 싸운들 무슨 상관인가."

쿵쿵쿵쿵. 쿵, 쿵.

"루갈! 초하루입니다. 신전에 올라가셔서 제사를 집전하시고 신혼부부들을 축복해 주셔야 합니다. 우투의 대신관께서 축복을 해 주셔야 신혼부부들이 해로한다 하지 않습니까?"

"나 같은 엉터리 신관이 축복했다간 평생 부부 싸움만 할 텐데! 게다가 8년 동안 독수공방 수절하는 내 신세를 뻔히 아는 신혼부부들이 내 축복을 받고 싶겠나?"

붕, 부, 부우웅. 그는 다시 칼을 휘둘러 천장에서 줄을 타고 내려오는 작은 거미를 두 쪽으로 쪼개며 퉁명스럽게 쏘아붙였다. 훔바는 심호흡을 하고 어깨를 잔뜩 움츠린 후 조그맣게 말했다.

"루갈. 그분은 돌아가셨습니다."

"……."

붕붕대던 소리가 딱 멎었다. 한참 만에야 다시 부웅, 칼 휘두르는 소리가 났다.

"죽지 않았다."

"루갈. 그분께서는 돌아가셨습니다. 도끼를 전해 준 수문장 무르크가 분명 그리 말했습니다. 우투의 이름과 두 아들의 이름까지 걸고, 틀림없이 그렇게 들었다고 맹세했습니다."

"확인되지 않았다. 시신을 보지 않고서는 믿을 수 없다."

훔바는 다시 한 번 심호흡을 하고 말했다.

"루갈께서는 그분을 충분히 찾아보셨고, 충분히 기다리셨습니다. 이제 새로운 내실의 주인을 맞이하셔야 합니다. 루갈께서는 큰수리의 후손인 소금산 부족장 집안에서 유일하게 남으신 분입니다. 지금까지 대도 잇지 않고 혼자 계시는 것은 옳지 못합니다."

"훔바, 나는 아내가 있고, 내 아내는 죽은 것이 확인되지 않았다. 아내가 아닌 여자를 통해 대를 잇는 것이야말로 옳지 못하다! 아내는 그날 나를 만나러 성에 왔었어!"

순간 방에서 닌갈사르밧의 격앙된 목소리가 튀어나왔다.

"루갈! 저도 아름다운 왕비님을 찾을 수 있기를 바랍니다만, 살아 계신다 해도 이제 무슨 재주로 찾아내겠습니까? 북국의 신성석 동굴은 이미 뒤질 만큼 뒤졌고, 벌써 8년이나 지나 그분도 어떻게 변하셨을지 알 수 없습니다!"

"닌갈사르밧! 의사는 참견 말고 환자나 돌보라!"

물론 북국에서 손꼽히는 여장부 노파가 왕의 말이라고 까딱할 리가 없다.

"루갈께서는 후계를 보셔야 합니다. 그러잖아도 루갈의 집안은 대대로 손이 귀했잖습니까. 루갈께서도 나이가 스물다섯이나 되었는데 대체 뭘 하고 계시는 겁니까? 이러다 대가 뚝 끊어지면 어쩌실 겁니까! 능력 부족이라 하지 마십시오! 이건 직무유기입니다, 직무유기!"

아이고. 훔바는 어깨를 움츠리고 귀를 막았다. 어머니 닌갈사르밧은 젊어서는 한가락 하는 전사였는데 지금은 그 기운이 죄다 입으로 가 버렸는지 한번 우다다다 쏟아 내기 시작하면 아무도 말릴 수 없었다.

"누가 대를 끊겠다 했나! 누가 능력 부족이란 헛소리를 해! 나는 아들을 백 명이든 천 명이든 낳을 것이다. 나와 같은 훌륭한 전사들을…… 그러니까, 내 아름다운 비를 통해 낳을 것이다."

아, 예…….

"지금도 어디선가 내 아기가 자라고 있을지 모른다. 그러니까, 왕비는 그때 내 아이를 가졌을 수 있다. 닌갈사르밧, 그게, 그러니까…… 난 그날 분명 네 번이나……. 그러니까 확인을 해야 한다지 않아!"

왕의 말이 꼬이기 시작한다. 훔바는 한숨을 거하게 쉬면서 고개를 숙였다. 저놈의 말만 나오면 항상 결론이 이 모양이다. 아무 말도 통하지 않았다.

"어, 흠. 흠흠."

훔바는 고기와 염소젖과 과일주를 챙겨 들고, 왕의 침실 앞에서 조심스럽게 기척을 냈다. 왕은 여자를 살피느라 식사까지 거르기 일쑤였다. 아무 응답이 없기에 침실 문을 슬그머니 열고 들어가니, 왕은 날이 파랗게 선 칼을 여자의 머리에 대고 서 있었다.

루, 루갈?

훔바는 바짝 긴장했다. 아니, 하는 짓이 오락가락하는 것도 유분수지, 우리 어머니가 온갖 고생 다 해 가며 죽어 가던 사람 숨을 겨우 붙여 놓았더니 왜 또 갑자기 죽이려 하지? 마음이 변했나?

아니, 그리고 죽이려면 목을 치거나 염통을 찔러야지, 왜 칼날이 잘 먹히지도 않고 미끄러지기만 하는 머리통에 저러고 계실까?

쿤의 큼직한 손이 천천히 움직인다. 칼날은 여전히 정신을 차리지 못하고 있는 여자의 머리통을 따라 주르르 미끄러졌다. 훔바는 눈을 믿을 수가 없었다. 한 번 도끼질에 세 명의 모가지를 한꺼번에 날려 버리는 주군께서 무려 손을 벌벌 떨고 진땀을 흘려 가며 칼질(?)을 하고 있었다.

다행히 훔바의 얼빠진 얼굴을 본 쿤은 화닥닥 허리를 펴고 일어났다. 그러더니 이내 잡아 죽일 듯이 고함을 왈칵 질렀다.

"죽고 싶은가! 들어올 때는 기척을 하라."

"아, 하, 하긴 했습니다만……. 저, 루갈? 그보다 오늘 아무것도 안 드셔서……."

"안 고파! 배 안 고프다고 말했다. 누굴 곰으로 아나! 먹는 것이 인생의 전부는 아니다!"

훔바는 무엄함을 무릅쓰고 쿤의 얼굴을 빤히 바라보았다. 항상 겨울잠 자기 직전의 곰처럼 먹어 대던 소금성 최고의 대식가가 할 말은 아닌 것 같다.

게다가 저 기골이 장대하고 허우대가 예술 같던 분이, 대체 꼴이 저게 뭔가. 며칠 만에 사람이 이렇게 홀랑 삭아 버릴 수 있나 싶은 것이, 한숨도 자지 못한 것 같았다. 목소리조차 푹 곯아 버린 게 못 들어 줄 지경이다.

"저, 루갈. 무슨 일인지 여쭤봐도 되겠습니까?"

"별일 없어, 없다! 그보다, 이것 좀 보겠나?"

그가 불쑥 손을 내민다. 손바닥에 뭔가 노르스름하고 보슬보슬한 것이 소복하게 쌓여 있었다. 사자나 개의 털처럼 누르스름했는데 그보다는 훨씬 짧아 보였다.

"이게 뭡니까."

"보면 모르나? 머리카락 아닌가."

훔바는 그의 손에 소복하게 쌓인 머리카락을 보고, 쿤의 얼굴을 보고 침대에 누워 있는 여자의 얼굴을 보았다. 여자는 애초에 머리가 짧……다기보다 박박 밀려 있는 쪽에 가까웠는데 고 조금 남아 있는 그루터기를 칼로 긁어 낸 것이다.

그는 손에 있는 머리카락 가루(?)를 어찌해야 할지 안절부절못하다가 훔바가 쟁반 위에 놓인 흰 수건을 펼쳐 주자 크게 안도의 한숨을 내쉬며 손에 든 것을 톡톡 털었다.

그 움직임이 어찌나 조심스러운지 훔바는, 이렇게 허리를 잔뜩 구부린 채 땀에 젖어 손바닥에 달라붙은 머리카락을 떼 내려 진땀을 흘리고 있는 이 사내가 자신이 그렇게 자랑스러워하는 북국 열한 개 부족의 수장이라는 사실을 도무지 믿을 수가 없었다.

"이것도 좀 봐 봐."

그러더니 쿤은 품속에서 부스럭부스럭 무언가를 끄집어냈다. 아마포로 만들어진 작은 주머니였는데 본래는 희었을 그 주머니는 이미 기름때에 찌들어 누렇게 변색이 되어 있었다.

그는 크고 두툼한 손가락으로 조막만 한 아마포 주머니를 꿈지럭대며 열었다. 어찌나 긴장했는지 이마 위로 땀이 송골송골했다. 훔바는 어리둥절해서 멀뚱멀뚱 쿤을 바라보았다.

"아무것도 없잖습니까?"

"이 두더지 같은 놈. 나이 서른에 벌써 눈이 침침해지면 어쩌란 말인가. 잘 봐, 눈을 부릅뜨고 이것이 저것과 색깔이 같은지 잘 보란 말이야."

아, 그러고 보니 주머니 안에 무언가가 있긴 있었다. 훔바는 얼굴을 바짝 들이대고 눈을 부릅떠서 '이것'을 들여다보았다. 그리고 루갈의 얼굴을 보고 '이것'을 또 들여다보았다.

아무리 보아도 머리카락이었다. 반 뼘 정도 길이의, 그것도 선명하게 짙은 갈색의 머리카락 몇 가닥이었다. 그리고 같은 색깔이냐고 묻는 '저것'은 조금 아까 여자의 머리에서 긁어 낸 누런 지푸라기 색깔의 머리카락 가루였다.

금발과 짙은 갈색 머리카락이 같냐고 물으시는 건가, 루갈은? 우리 루갈이야말로 한 며칠 밥을 못 드시더니 드디어 두더지가 되셨나?

하지만 훔바는 속의 말을 함부로 할 수 없었다. 아무리 왕이 직속 전사들과 허물없이 지낸다 해도 이럴 때 직언을 고했다간 무슨 벼락이 떨어질지 몰랐다. 왕은 두 종류의 머리카락과, 침대에 누운 여자와 훔바의 얼굴을 번갈아 바라보며 침을 삼키고 있었던 것이다. 훔바는 필사의 용기를 쥐어짜 대답했다.

"다른뎁쇼."

"좀 제대로 잘 봐!"

"보십쇼, 이건 금발이고, 이건 삼나무 가지처럼 선명한 갈색 아닙니까."

"이게 너무 짧아서 제대로 안 보이는 거 아닌가?"

"짧은 걸 이렇게 수북하게 쌓아 두셔서 잘 보입니다."

"너무 어두침침해서 헷갈릴 수도 있고."

"지금 우투의 수레가 하늘 꼭대기에 닿아 있습니다. 그리고 이 머리카락은 갈색이고, 저 머리카락은 금색입니다."

훔바는 다시 필사적으로 용기를 짜내어 결론을 내렸다.

"두 사람은 다른 사람입니다, 루갈."

간절하게 들여다보던 덩치 큰 사내의 입이 힘없이 벌어진다. 하지만 어릴 때부터 훔바가 모셔 온 저 사나이는 꽤 집요하고 끈덕진 데가 있었다.

"훔바. 혹시 지금까지 살면서 어렸을 때와 어른이 됐을 때 머리카락 색깔이 달라지는 사람을 본 적은 없나?"

"한 번도, 한 번도 없습니다."

"햇빛을 많이 받으면 갈색도 누렇게 바래지 않나."

"사막에 사는 서역 놈들이 햇빛이 모자라서 머리가 까맣겠습니까?"

"어른이 되고 더 어른이 되면 머리가 희어지지 않나. 닌갈사르밧도 젊었을 땐 검은 머리였잖나!"

"저 여자가 저희 어머니처럼 늙은 것 같지는 않은뎁쇼. 그리 보이십니까?"

"……."

"아차, 루갈, 제가 어머니한테 늙었다고 했던 건 제발 비밀로 해 주십쇼. 제 아들놈에게, 할머니가 아빠 머리카락을 죄다 뽑아 놓는 꼴을 보여 줄 순 없습니다."

쿤은 허둥지둥 뒷말을 수습하는 훔바를 잡아먹을 듯 노려보았다. 눈빛이 이글이글 불타는 것이 눈빛만으로 사람 태워 죽이게 생겼다. 존경하는 루갈께서 도끼를 들고 거짓말을 하라고 협박하기 전에 훔바는 한숨을 쉬며 말을 돌렸다.

"깨어나면 직접 하문하심이 좋을 듯합니다, 루갈."

"누가 그걸 몰라! 지금까지 안 깨어나니까 이러지 않나!"

콰르릉, 천장이 무너질 정도로 커다란 고함이 터졌다. 순간 뒤에서 이불이 부스럭대는 소리가 나더니 나직하고 고요한 음성이 흘러나왔다.

"아 씨, 왜 이렇게 시끄러워……."

25. 8년 전

쿤이 사라졌다. 검은바위산 사람들을 몰살한 그날, 그는 피에 흠뻑 젖은 꼴 그대로, 살기등등한 기세 그대로 자취를 감추고 이튿날까지 돌아오지 않았다.

열한 부족의 회합을 통해 그가 북국 전체의 루갈로 추대되던 날, 쿤은 그날도 사라졌다. 수습하고 정리할 일이 산더미 같은데 쿤은 틈만 나면 어디론가 사라졌다. 쿤은 소금성에서 새들을 다루는 솜씨가 가장 빼어나서 안마르를 타고 사라지면 쫓아갈 수조차 없었다.

가끔 휘파람으로 직속 부하들을 호출하기는 했다. 열이면 열 신성석 동굴 앞이었고, 갈 때마다 도굴꾼들의 시체 무더기가 쌓여 있곤 했다.

부하들은 루갈이 사냥개까지 동원해 누군가를 필사적으로 추적하는 것을 보며, 검은바위산 족장 가문의 누군가가 신성석 도굴꾼들 사이로 숨은 게 틀림없다고 여겼다.

아니나 다를까. 왕은 '키가 작고', '갈색 머리카락을 가진', '여자'를 찾고 있었다. 그들은 그 여자가 왕과 혼인 말이 있었던 검은바위산 부족장의 딸 중 하나라고 확신하게 되었다.

전사들은 저들끼리 이마를 맞대고 그 여자를 반드시 잡아 그의 앞에서 죽이는 것으로 왕의 아픈 마음을 위로하기로 맹세했다. 하지만 맹세가 무색하게도, 여자는 끝내 잡히지 않았다.

또 한 가지 이상한 것은 왕이 언제부터인지 새벽마다 산꼭대기의 신전에 올라가 우투에게 기도를 드리고 온다는 점이었다.

사람들이 기억하기로 대신관이 되기 전의 그는, 신관직 계승을 위해 어쩔 수 없이 후와투의 손에 잡혀 신전에 끌려다니긴 했지만, 빈말로라도 열성 신도라고는 할 수는 없었다.

하지만 지금 쿤은 그 추운 새벽에 안마르를 타고 산꼭대기에 가서 고행 기도를 드리는 중이었다. 고행 기도에는 해가 떠 있을 동안의 금식과, 얼음물에 몸을 씻고 돌바닥에 맨몸을 완전히 붙이고 드리는 긴 기도와, 몸에 상처를 내서 피를 제단에 바르는 과정이 포함되어 있었다.

몹시 고통스러운 과정이었고, 몸이 상하기도 쉬웠다. 검은바위산 족장의 딸을 찾아 죽이는 게 목적이라기엔 뭔가가 너무 절박하고 이상했다.

주변 사람들은 이제 궁금하다기보다 걱정스러워서 미칠 지경이었다. 결국 닌갈사르밧의 지령을 받은 최측근 전사들이 눈을 부릅뜨고 왕을 감시하기에 이르렀다.

며칠 후, 신전에서 내려온 쿤이 다시 안마르를 타고 몰래 성을 빠져나가는 순간, 사방에서 매복하고 있던 전사들이 튀어나와 안마르에 매달렸다. 여덟 명이 매달린 안마르는 하늘로 뜨지 못하고 기우뚱기우뚱했다.

쿤은 주먹을 휘두르며 그들을 떼어 내려 했으나 부하들은 코피를 터뜨리면서도 꿋꿋하게 그의 주먹질을 견뎠다. 아무리 에레쉬키갈의 사자라 불리던 쿤이지만 부하들에게까지 도끼를 휘두르진 못했다. 안마르는 그대로 주저앉았다.

"아내를 찾는 중이다."

왕의 폭탄 발언에 얼굴에 멍이 들고 코피를 터뜨렸던 최측근 전사들과 다섯 명의 원로들은 모두 벼락 맞은 얼굴로 멀뚱거렸다.

"성인식도 마쳤고, 우투의 이름으로 서원한 바도 갚았고, 부모와 가족의 명예도 회복했으니, 이제는 아내를 맞아들여야 한다. 그런데 내가 복수를 위해 지체하는 사이 아내가 거주지를 옮긴 듯하다."

쿤은 동굴의 도굴꾼들과 키시가 오줌까지 줄줄 지리며 한 말을 떠올리고 이를 물었다.

어디 있는지 몰라, 정말 몰라, 여자는 없어, 꼬맹이는 많이 앓고서 정신이 반쯤 나갔어, 얼마 전까지 같이 있었어, 다른 곳으로 갔어, 미친 새끼 신경 쓸 여력이 어딨어, 아침에도 봤어, 아니 다른 곳으로 갔어, 동굴이 수백 수천 개인데 어느 동굴로 튀었는지 어찌 알아, 몰라 난 아무것도 모른다고!

쿤은 동굴에 있는 자들의 손발을 차례로 찍어 댄 끝에, 적어도 그녀가 죽지 않았다는 사실과 얼마 전까지만 해도 동굴에 있었다는 것만 확인할 수 있었다.

주변 사람들을 끌고 가고 싶지 않았다. 다른 사람들 모르게 가서 나란히 마주 앉아 보고 싶은 얼굴을 원 없이 보고, 하고 싶은 말도 원 없이 하고, 그냥 손을 잡고 한참 울고 싶기도 했다.

물론 그런 꼴을 부하들에게 보여 줄 순 없었다. 그래서 혼자 몰래 찾아가서 회포를 다 푼 후에 소금궁에 데려와서 최고로 어여쁘게 단장시켜서 보여 줄 생각이었다.

모인 사람들은 한참 동안 입을 벌린 채 말을 잇지 못했다. 침묵을 깬 것은 역시나 침착하고 대범한 닌갈사르밧이었다.

“아내…… 결혼도 안 하셨는데 왕비님이라뇨, 루갈? 그동안 몰래 밤마실을 다닌 겁니까? 아니, 왕비님을 원하시면 참한 신붓감 물색부터 하셔야죠.”

“참하다! 아주 참하고 용감한 신붓감, 아니, 아내다!”

“아내는 결혼을 하고서야 아내라 하는 것입니다!”

“서로를 반려자로 받아들이고 우투께 고했으면 그게 부부지, 뭐가 더 필요한가!”

“대체 아가씨 집안에 허락이라도 받고 그런 말씀을 하시는 겁니까?”

“고아로 자란 딱한 사람이다! 그녀 앞에서 부모님 얘기를 하는 놈들은 죽여 버릴 테다.”

하지만 쿤이 아무리 험악한 얼굴로 협박을 해 봤자, 이 문제에 대해서는 전혀 협박이 먹히지 않았다.

뒤늦게 정신을 차린 전사들이 악머구리처럼 떠들기 시작했다. 여자 전사들의 목소리가 특히 높았다. 아쉬, 디쉬라 불리는 쌍둥이 여전사들이 주먹을 움켜쥐고 번갈아 외쳐 댔다.

“무슨 결혼을 그렇게 소리 소문 없이 꿩 구워 먹듯 하십니까? 혼사는 우투께서 인연을 묶어 주시는 일입니다! 합당한 예의와 절차라는 것이 있단 말입니다!”

“루갈의 결혼식은 소금성에서 석 달 열흘 내리 잔치를 해야 할 일입니다! 휘뚜루마뚜루 넘어갈 수 있는 게 아닙니다.”

"정식으로 고백하고 구혼은 하셨습니까? 그분을 루갈의 집에 들이고 보호하겠다고 우투의 이름으로 확실히 서약은 하신 겁니까? 엉터리로 은근슬쩍 지나간 건 아닌가요?"

"예물은 제대로 드리셨습니까? 설마 소금성 내실의 주인이 되실 분께 토끼 가죽 열 장이나 붉게 물들인 카우나케스 한두 벌 정도로 퉁치신 건 아니죠?"

이제는 나이 어린 막내 전사 이야까지 끼어들었다. 사내들도 웅성웅성한다.

"같이 하룻밤을 자고 부부가 된 것을 우투께 고한 다음에 신관의 축복을 받아야 진짜 부부가 되는 겁니다!"

"같이 자는 거, 그냥 잠만 자는 게 아닙니다! 이게 무슨 말인지는 아십니까, 루갈?"

"입 다물어! 그 입 다물라고!"

쿤은 천둥처럼 고함을 쳐 전사들의 입을 틀어막았다. 닌갈사르밧이 조심스럽게 끼어들었다.

"혹시 루갈, 그분이 지난번 루갈의 목숨을 구해 주신 분입니까?"

쿤은 무겁게 고개를 끄덕였다. 그제야 와글대던 전사들이 조용해졌다. 고행 기도까지 간절하게 올리던 이유가 단번에 납득이 된다.

"부모님을 모른다면…… 소금산 어느 지역의 여인입니까? 혹시 다른 부족 사람은 아니겠지요?"

"남국 사람이다."

모여 있는 사람들의 턱이 다시 아래로 뚝 떨어진다. 뭐? 다른 부족이래도 가자미눈을 하고 째릴 판인데 뭐? 남국 사람?

아이구, 골치야.

닌갈사르밧은 속으로 한숨부터 쉬었다. 일단 국적 문제는 여기 모인 사람부터 철저하게 입단속을 시켜야겠네.

북국 사람들은 워낙 오랫동안 인간 취급조차 못 받고 살아왔던 지라, 이방인을 자신의 울타리로 받아들이는 일에 대해 거부감이 대단히 컸다.

더욱이 쿤의 집안은 식인수리의 직계 후손이라 소금산 부족 안에서도 선불리 혼인하겠다고 나서는 자들이 없어, 오래전부터 철저하게 가내혼을 유지해 오고 있었다.

지난번 검은바위산 부족장의 딸과 쿤의 혼사를 추진할 수 있었던 단 하나의 이유는 우투의 신탁이라는 거짓말 때문이었다. 그런데 이번엔 신탁도 뭣도 없고, 철천지원수인 황금숲과 같은 편인 남국 사람이란다.

그것도 모자라 신성석 동굴에 있던 고아 아가씨란다. 이게 소문이 나면 무슨 뒷말이 나올지 알 수 없는 일이었다. 닌갈사르밧은 머릿속으로 열심히 해결책을 궁리하며 조심조심 물었다.

“저, 루갈? 그분의 성함은요?”

“모른다.”

“네? 아…… 네, 그건 나중에 뵈면 여쭙도록 하고, 그럼 고향은요?”

“남국이라 했잖나! 그거면 됐지.”

“남국이 무슨 옆 동네…… 아, 아니, 저, 그럼 그분의 나이가 어찌 되십니까.”

“모른다. ……아마, 나보다 나이가 좀 많은 것 같긴 했는데. 키는 나보다 많이 작지만…….”

쿤의 목소리가 우물우물 점점 작아진다.

모인 사람들은 점점 기가 막혀서 뭐라고 말을 해야 할지 알 수 없게 됐다. 뭐가 어쩌고 어쩐다고? 지금 웬수 같은 남국 여자를 왕비로 모셔야 할 판인데 이름이건 나이건 아는 게 하나도 없고, 기껏 아는 정보라는 게 키가 나보다 작다아? 루갈보다 큰 여자가 전 세계 통틀어서 대체 몇 명이나 있을 것 같은데요?

"왜 이렇게 꼬치꼬치 묻고 있나? 무례하다, 닌갈사르밧."

드디어 얼굴이 시뻘게진 왕이 말꼬리를 흐렸다. 그는 자신을 길러 준 유모에게는 꽤 물렁물렁 소심한 편이었다. 드디어 닌갈사르밧이 폭발했다.

"루갈! 그럼 뭘 믿고 당당하게 아내라고 하시는 겁니까? 아는 것도 하나 없고! 우투 앞에서 아직 고하지도 못하셨으면서!"

"내가, 내가…… 우투께 다 고했다."

"이름도 나이도 고향도 모르면서 뭘 고하십니까?"

길길이 뛰는 노전사 닌갈사르밧을 잡아 누른 것은 그의 아들이자 쿤의 막역지우 전사인 훔바였다.

"아, 루갈. 루갈? 그게, 신전에서 제사 집전하실 때마다 저희가 다 옆에 있었는데, 언제 고하셨단 말입니까?"

"그러니까, 신전은 아니고, 나 혼자 있을 때. 하지만 분명 고했다. 내가 우투의 대신관 아닌가."

아니 이건 무슨 참신한 권력 남용일까? 닌갈사르밧이 가슴을 퍽퍽 쳐 댔다.

"혼자서요? 혼자 고하셨다고요? 아이고, 우투 님 앞에서 두 분이 같이 서서 같이 맹세를 하셔야 혼인이 성사되지요! 애들 소꿉장난에서도 혼자 결혼하는 법은 없습니다, 아이고!"

뒤에 서 있던 측근과 원로들과 전사들도 가슴을 퍽퍽 쳐 댔다. 쿤의 얼굴이 화로 속의 숯처럼 달아올랐다.

"어차피 치러야 할 절차는 대부분 다 끝났으니 우투께 먼저 고하고, 축복 먼저 한 것뿐이다. 빼먹은 아내의 맹세와 결혼 잔치만 채워 넣으면 되는 것이다. 뭐가 문젠가!"

"맹세를 빼먹은 게 문제가 아니라 왕비님 당사자를 빼먹은 게 문제라니까요!"

평소에는 답답할 정도로 곧이곧대로라 속을 터뜨리더니, 이제는 다른 의미로도 속을 터뜨리게 됐구나. 장하시오! 닌갈사르밧과 훔바는 손을 부여잡고 눈물을 펑펑 흘렸다.

❖ ✝✝ ❖

"루갈, 우투께서 분명 경고하셨습니다. 성인식도 치르기 전에 내뱉은 고백은 아직 스스로를 책임질 수 없는 자의 것, 열기에 들떠 변개하기도 쉽고, 책임이 없는 만큼 무게도 없는 것이니 그런 값싼 고백은 맺어지지 않게 막으신다 하셨지요."

북국 사람들은 외인들 앞에서 애정 표현 하는 것을 부끄러운 일이라 여겼고, 사랑을 외부에 과시할수록 허공으로 도망쳐 버린다고 생각했다. 아름답고 소중한 감정일수록 깊은 내실에만 꼭꼭 감춰 두어야 오래 지속된다 믿었다.

그래서 북국 사람들은 성인식을 치르기 전, 한때의 감정에 들뜨기 쉬운 소년, 소녀들에게는 청혼하는 것을 절대 금하고 있었다.

쿤의 행동은 보수적인 북국 사람들의 눈으로 볼 땐 '적절치 못한 사고'에 속했다. 아랫도리 가볍고 자기 절제가 부족한 짓으로 흉잡힐 일이고, 내실의 주인이 될 분의 명예에도 흠이 될 만한 짓이었다.

무엇보다 어렸을 때부터 쿤을 기르고 지켜보았던 닌갈사르밧은, 쿤의 행동을 믿을 수 없었다.

"알고 있다. 그래서 지키지 못할 말이나 책임지지 못할 말은 절대 하지 않았다. 정말 하고 싶은 말도 잘못될까 봐 계속 참았다. 나는 할 수 있는 말만 했다."

"그렇다면 아내라는 말씀은 어떻게 나온 겁니까, 루갈?"

"우투의 대신관으로서, 그분의 이름과 우리 조상 큰수리의 심장에 걸고 그녀를 내 집에 들이고 보호하겠다고 약속했다. 성인식을 마치고 우투께 서원한 일을 완수한 후에 바로 데리고 오겠노라 했고, 그녀는 기다리겠다고 했다. 그리고 절차에 따라 내 피에 적셔진 예물을 주었다. 그녀는 예물을 돌려주지 않고 가져갔다."

사방은 조용해졌다. 상황이 어땠는지는 모르지만 그의 말대로라면 제대로 된 형식의 구혼 절차는 맞았다.

"그리고 합방한 후 절차에 따라 그녀가 가죽끈으로 발목을 매주고, 내 머리를 틀어 올려 주었다. 아내의 머리가 너무 짧아서 나는 손으로 빗겨 주는 것으로 대신했지만 나 역시 같은 의식을 모두 제대로 행했다."

아, 이곳에 도착했을 때 그 머리를 말하는 건가? 전사들은 쿤이 귀환했을 당시의 머리 모양을 떠올리고 당황한 기색을 감추지 못했다.

이곳에서는 혼인하고 첫날밤을 보낸 부부는 서로의 머리를 틀어 올려 묶어 주고 발목에 가죽끈을 감아 주는 것으로 기혼자가 된 표식을 삼았다. 머리끝부터 발끝까지 모두 당신에게 묶였습니다, 하는 뜻이었다.

하지만 그의 머리를 보고 기혼자의 묶음 머리라 생각한 사람은 아무도 없었다. 다들 머리카락이 나뭇가지에 걸려 엉킨 것을 풀지 못해 그 지경이 된 줄로만 알았다.

어쨌거나 문제는 그게 아니었다. 모양이야 어떻든, 같이 밤을 지낸 여자와 남자가 서로의 머리와 신발 끈을 묶어 주는 것은 부부에게만 허락된 권리로, 다른 자들은 절대 침범할 수 없는 영역이었다. 여자의 행동은 자신이 쿤의 아내라는 것을 인정하지 않고서는 나올 수 없는 행동이었다.

누군가가 조심스럽게 의견을 냈다.

“혹시 남국에서는 결혼해도 머리 안 묶어 주거나 그런 건 아니겠지요?”

말이 끝나기도 전에 사방에서 와글와글 반박이 쏟아졌다.

“설마! 그러면 결혼한 남자 여자를 어떻게 구별한단 말이야?”

“말도 안 돼. 헷갈리고 조심스러워서 어찌 살아?”

“글쎄, 남국에 가 보지 않아서 모르겠는데, 아무리 그래도 결혼한 사람을 아무 표식도 없이 처녀 총각처럼 돌아다니게 놔 두겠어?”

하지만 남국에 대해서는 쥐뿔도 아는 게 없는 인간들끼리 아무리 떠들어 봐야 소용이 없었다. 와글와글하던 사람들은 고개를 돌리고 심각한 얼굴로 물었다.

“루갈, 왕비님께 예물을 주셨다고 하셨지요? 무엇을 주셨습니까?”

“열 살 때 아버님께 받은 큰수리의 심장을 주었다.”

맙소사. 상황 끝났군.

쿤이 갖고 있던 검은 돌은 식인수리의 심장이라 전해지고 있었다. 검치호를 사냥해 최고 전사로서의 가치를 증명한 쿤은 열 살 나이에 그 유물을 후와투에게 받았다. 차기 부족장으로서의 증표이기도 했지만 북국에서 가장 귀한 보물이기도 했다.

그러니까 루갈께서는 북국 제일의 보물을 이름도 얼굴도 나이도 고향도 모르는 남국 여자에게 주었다는 것이다.

하지만 진짜 대형 화산이 남아 있었다.

“아내가 내 아기를 가지고 있다. 그러니 무슨 수를 써서라도 빨리 찾아 데려와야 한다.”

사람들이 돌처럼 굳어 버린 가운데 닌갈사르밧이 더듬대며 물었다.

“아기가 있다고 하셨습니까? 확실히 아기가 생겼다고 했습니까?”

쿤은 실종된 지 세 이레 만에 돌아왔다. 아기가 생긴 것을 알아차리기엔 조금 빠듯한 시간이었다. 하지만 쿤은 화를 버럭 내며 고함을 질렀다.

“내가 그런 일로 거짓말을 할 것 같은가! 아기가 생긴 것이 맞고, 오는 늦가을이면 나는 아버지가 된다. 그러니 이렇게 떠들어댈 시간에 그녀를 데려와서 내실에 편히 모셔야 한다!”

이제 더 이상 무언가를 캐물을 상황이 아니었다. 모여 있던 사람들, 특히 여전사들은 비명인지 환성인지 모를 소리를 지르며 손뼉을 쳐 댔고, 남자 전사들은 술렁술렁하면서도 반가운 기색을 감추지 못했다.

루갈은 큰수리에서 내려오는 족장의 직계 혈통 중 유일하게 남은 사내였다. 그러니 그에게 아기가 생겼다는 것은 이유 여하를 막론하고 대단한 낭보였다.

“꼭 모시러 가야겠군요.”

모인 사람들은 맹렬히 고개를 끄덕였다.

하지만 그들에게는 더 큰 난관이 남아 있었다.

“키는 작다. 내 어깨 반 뼘 아래에 정수리가 닿는다.”

“손도 작고 발도 작고 허리는 내 손으로 두 뼘 반도 안 된다.”

"머리카락은 갈색이고 석 달 전에 반 뼘 정도 길이였다."

"성정이 보통이 아니고 무시무시하니 건드리지 않도록 극도로 조심해야 한다."

"그것 말고 다른 특징은 없습니까, 루갈? 저희가 알아볼 수 있는 얼굴의 특징을 설명해 주셔야죠."

"……예쁘다."

"……."

"참으로 예쁘다."

"그러니까, 루갈……."

"그러니까, 소금성 내실의 주인은 북국에서 가장 예쁜 여자다. 그러니 반드시 찾아내라."

그러구러 이 기쁜 소식은 그날 바로 소금성 밖을 넘었고, 순식간에 열한 개 부족에 쫙 퍼졌다—물론 왕비의 출신지에 대한 정보는 쏙 빠졌다.

열한 부족에서는 뒤늦은 혼인 선물과 왕손을 위한 선물을 줄지어 바쳤다. 온갖 색으로 물들인 양털 침구나 북국에서는 거의 찾아볼 수 없는, 속살이 비칠락 말락 한 얇은 자리옷, 정력에 좋다는 꿀술이 수십 항아리, 아기를 위한 부드러운 옷감, 쌍으로 짝지어진 각색 장신구는 물론이고 설화석고 병에 담은 향 기름, 꽃물, 아몬드와 대추야자와 말린 무화과 같은 귀한 간식거리, 몸에 지니고 다니면 운우지정이 좋아진다는 목각 장신구, 색깔별로 물들인 일곱 단 카우나케스가 열다섯 벌에, 정력 좋다 소문난 해달의 통가죽 침대 깔개가 다섯 장이나 들어왔다.

"그러니까, 루갈……."

암염으로 만들어진 내실에는 왕과 왕비의 결혼 선물이 산더미

같이 쌓여 가는데, 닌갈사르밧은 선물 더미와 쿤을 번갈아 바라보며 시커멓게 가라앉은 얼굴로 한숨을 쉬고 있었다. 쿤은 얼굴이 시뻘게진 채 열심히 설명했다.

"그대가 예전에 말하는 것을 분명히 들었다. 여인의 자궁에 정수를 뿌리면 아기가 생긴다 하지 않았는가? 그대는 소금성에서 의술이 가장 뛰어난 여인인데 설마 허튼소릴 하지는 않았겠지?"

"의술에 해박하지 않아도 여인들은 그 정도는 기본으로 압니다, 루갈."

"그리고, 나는 그녀의 자궁에 내 정수를 뿌렸다. 한 번도 아니고 네 번이나, 확실하게."

"그래서 아기가 생겼다고 장담하신 겁니까? 왜, 네 번 뿌렸으니 네 쌍둥이가 생겼다고 하시죠? 아이구 미치겠네, 루갈, 루가아아알!"

"닌갈사르밧. 소리치지 말고 내 말이 어디가 잘못된 건지 말하라. 정수를 뿌려 아기를 만드는 게 사실이라면, 내가 정수를 뿌려 내 아기를 만들었다는 말이 뭐가 잘못됐는가? 물론 나도 하룻밤에 아기가 네 명이 생기지 않는다는 것은 알고 있다. 그랬다간 여자들의 배가 터지지 않겠는가. 내가 남녀 관계에 그렇게 무지하진 않아."

이건 무슨 근거 없는 자신감이란 말인가. 닌갈사르밧은 이제 화도 내지 못하고 우는소리로 설명하기 시작했다.

"루갈. 아기는 정수를 뿌리면 생기지만, 뿌릴 때마다 항상 생기는 건 아니에요. 여인의 길일과 씨를 뿌리는 날이 맞아야 생기는 거란 말입니다. 할 때마다 아기가 생긴다면 집집마다 아이들이 수십 명씩 바글바글하지 않겠습니까."

"그건, 아기를 원하는 만큼 낳으면 그다음부터는 씨를 안 뿌리는 것 아니었나?"

"북국 남정네들한테 그게 가능할 것 같습니까? 환갑 칠순까지 정력들이 그렇게 뻗치면서?"

"아, 음. 실은 그게 좀 이해가 안 되긴 했다. 괜한 걱정을 했군."

쿤은 진심으로 안도하는 표정을 지었다. 닌갈사르밧은 머리를 쥐어 싸고 끙끙 앓았다. 이건 후와투 님과 카할라 님의 직무유기야.

하지만 쿤만 마냥 타박할 순 없었다. 북국에서는 방중 기교를 주도하는 것은 여인들의 영역이라는 인식이 강했다. 특히 뼈대 있는 집안에서 엄격한 교육을 받고 자란 사내라면 여자에 대해 가진 지식이란 대충 저 모양 저 꼴이었다. 후와투와 카할라가 워낙 엄했던지라 쿤이 정도가 심한 것뿐이었다.

그렇다고 개방적인 분위기로 자유롭게 만나고 연애하게 젊은것들을 풀어놓을 수도 없었다.

가뜩이나 정력 넘치고 힘이 좋은 북국 사내들의 호기심과 야릇한 상상력에 불을 질러 놓으면, 여기저기서 입에 담기 거시기한 사건 · 사고가 펑펑대고 폭발할 것인데, 명예와 자존심만으로 살아가는 북국 사람들이 집안의 불명예를 용서할 리가 없었다.

여기에 강간, 임신, 먹고 튀기, 파혼 같은 덤까지 끼어들면 양쪽 집안은 그야말로 피의 복수의 광풍에 휘말려 싸그리 몰살할 것이 뻔했다. 현재 북국의 이 엄격하고 복장 터지는 전통은, 안전한 종족 보존을 위한 조상들의 무수한 시행착오와 필사적인 연구의 결과물이었다.

이해할 수 있다. 아무렴. 엄격한 집안에서 반듯하게 잘 자란 루갈이 이제 갓 성인식을 마치고 남녀 간의 삽질과 헤매는 과정을 착실하게 잘 밟고 있다는 것도 충분히 이해할 수 있다. 아니, 나름 기특하다고까지 할 수 있다. 다만 문제는!

"대체 이 선물들을 다 어쩌실 겁니까, 루갈?"

두 사람은 입을 다물고 천장까지 쌓아 올린 혼인 선물과 아기용품들을 바라보았다.

쿤은 북국 최초의 왕이었고, 검은바위산 부족과 가까이 지냈던 몇몇 부족을 비롯하여, 쿤에게 목숨 걸고 잘 보여야 할 부족들이 이런 좋은 기회를 놓칠 리가 없었다. 그들은 부족장 집안의 백 년 묵은 가보까지 모조리 털어서 소금성으로 바리바리 실어 보내는 중이었다.

"닌갈사르밧. 난 거짓말을 한 건 아니었다."

"지금 그건 아무 상관이 없습니다."

"하지만 일국의 왕이자 대신관이 되는 자가, 아기가 어떻게 생기는지도 몰랐다는 게 알려지면 그, 그것도 좀 문제가 되지 않겠나?"

쿤은 쭈그러진 목소리로 더듬더듬 말했다. 그의 처량한 목소리에 별 존재감 없이 뒤에 앉아 있던 닌갈사르밧의 남편, 시무그 원로가 끼어든다.

"뭐 그렇다기보다 그동안 결혼한 부부들과 새로 태어난 아기를 축복해 주셨던 게 신뢰도가 많이 떨어지겠죠. 앞으로 축복받으러 오는 사람들도 다들 저 대신관님이 뭘 알고서나 축복해 주는 걸까 하고 뱁새눈을 할 거고요."

쿤과 닌갈사르밧은 갑자기 조용해졌다. 이건 문제가 더 심각했다. 자그마치 대신관의 권위와 위엄과 관련된 문제였다.

아무리 생각해도 결론은 단 한 가지였다. 쿤은 비장하게 고개를 들었다.

"그 말을 사실로 만들면 모든 문제가 해결된다. 그렇지 않은가?"

"그야……."

"역시 아내를 얼른 찾아 데려와야겠다."

❖ ✝✝ ❖

소금성 앞의 넓은 광장으로 안마르 열 대가 한꺼번에 착륙했다. 커다란 새들이 날개를 퍼드덕거리며 큰 소리로 울어 대고, 안마르에서 고삐를 잡은 전사들이 새들을 진정시키느라 삑삑 휘파람을 분다. 쿤은 안마르가 땅에 닿기도 전에 훌쩍 뛰어내리며 고함을 질렀다.

"훔바! 훔바 어디 있나!"

"옛, 루갈."

"새들을 잡아! 지금 그자는 어디 있지?"

"소금궁 접견실에서 대기하고 있습니다, 루갈."

말이 떨어지기도 전에 쿤은 번개처럼 성을 향해 달렸다. 검치호 한 마리가 사냥감을 쫓아 대평원을 질주하는 것 같다. 고삐를 잡고 새들을 천천히 하강시키던 아쉬가 안마르 위에서 큰 소리로 물었다.

"훔바? 대체 무슨 일이지? 대체 무슨 휘파람 신호를 받았기에 루갈께서 이렇게 불에 덴 듯이 귀환을 하신 거야?"

"우르투르가 돌아왔어."

훔바의 대답에 안마르에서 뒤따라 내리던 전사들의 눈이 둥그레졌다.

우르투르는 쿤이 북국 최고의 야장인 시무그에게 온갖 구박을 받아 가며 직접 주조해 만든 도끼로, 어릴 때부터 몸에서 떼 놓지 않고 갖고 다니던 것이었다.

쿤은 그 도끼에 우르투르—강아지라는 애칭까지 붙여 주고, 도끼날이 청동거울처럼 반짝일 때까지 항상 갈고닦았는데 지난번 검은바위산 사태 때 그 도끼를 잃었다고 했다. 디쉬가 고개를 갸웃했다.

"그렇게 귀한 도끼가 돌아와서 흥분하셨나?"

"그런 게 아냐."

훔바가 고개를 흔들면서 수군거렸다.

"우르투르를 두고 온 장소를 아는 사람이 왕비님밖에 없다고 하셨거든."

헉. 사방에서 숨을 들이켜는 소리가 터져 나왔다.

"끼얏호! 드디어!"

아쉬와 디쉬가 허둥지둥 안마르에서 뛰어내리더니 환호성을 지르며 왕을 따라 소금성으로 달리기 시작했다. 뒤이어 민, 에쉬, 림무, 이야까지 안마르가 땅에 닿기도 전에 펄쩍펄쩍 뛰어내리더니 고삐를 내팽개치고 소금성으로 미친 듯이 뛰기 시작했다.

루갈께서 그렇게 애타게 찾아 헤매던 왕비님이 소금성에 오셨다!

"이 도끼를 어디서 얻었는가?"

탁자 위에 놓여 있는 것은 제대로 관리를 못 해 푸르스름하게 얼룩이 생긴 자신의 도끼 우르투르였다. 동굴로 가는 길목 어딘가에 버려서 영 못 찾을 줄 알았다.

이걸 찾을 수 있는 사람은 단 한 사람뿐이었다. 만약 눈이 녹아 모르는 사람이 도끼를 주웠다 해도 그 주인이 누구인지는 알 턱이 없으니까.

그렇다면 이것을 주워 가지고 온 사람은 틀림없이…….

하지만 쿤의 눈앞에 있는 사람은 덩치가 커다란 전사 두 명이었다. 소금성의 수문장이라 했다. 기대에 한껏 부풀었던 쿤의 얼굴이 순식간에 푹 쭈그러들었다.

무르크라 하는 키 큰 사내가 손을 모으고 공손하게 대답했다.

“일전에 어떤 떠돌이가 소금성에 왔습니다. 저희 부족 사람도 아니고 연고도 없이 소금성 구경을 하고 싶어서 지나가다 들렀고, 루갈께 물건만 전해 달라 했습니다. 오면서 만난 여인에게 이 도끼를 받았다고 하면서요.”

수문장들은 존경하는 전사이자 북국을 통일한 루갈을 직접 접견한 것만으로도 황송한지 연신 손을 비비며 땀을 훔쳐 댔다.

“오면서 만난 여인에게…….”

쿤은 탁자에 놓인 도끼를 아연하게 내려다보았다. 팔을 내밀어 천천히 도낏자루를 쥐었다. 손때에 결은 도낏자루가 맞춘 듯이 손바닥에 달라붙는다. 자신이 직접 주조해 한시도 몸에서 떼지 않았던 우르투르가 틀림없다. 입이 바짝 말라붙는 것 같았다.

“왜 그 여자는 직접 오지 않고 다른 자를 보냈지? 여자는 어디에 머무르고 있다고 하던가? 그런 이야기는 안 하던가? 그럼, 그 떠돌이는 지금 어디 있는가? 가던 길을 갔다고? 도끼만 전해 주고? 제기랄!”

뒤늦게 헐떡대며 따라온 사람들은 접견실 문앞에서 얼씬대며 귀를 기울였다. 누구? 어디 계시지? 저 자식은 수문장 무르크 녀석 아닌가. 왕비님은 대체 어디? 수군대는 소리가 한마디씩 기어들어왔다.

왕의 반응이 생각보다 훨씬 격렬하자 수문장은 모자를 쥐어뜯으며 진땀을 흘렸다.

"루갈, 고정, 고정하십시오. 도끼의 주인이었던 여자는 죽었다고 했습니다. 그래서 대신 전해 드리러 왔다고……."

무르크는 말을 맺지 못했다. 덩치 큰 왕의 손에서 도끼가 툭 떨어진다. 입이 얼없이 벌어지는 것이 보인다. 밖에서 수군대던 소리가 순식간에 멎더니 사방은 이내 쥐 죽은 듯한 침묵에 휩싸였다.

"다시 말하라."

부릅뜬 눈에서 불이 쏟아져 나올 것 같다. 무르크는 영문도 모른 채 벌벌 떨며 되풀이했다. 도끼의 주인이던 여자는, 죽었다고 했습니다. 다시, 다시 말해 봐. 죽었다고. 그래서 대신 전해 달라고. 죽었다고.

"거짓말하지 마라!"

쾅, 벼락 치는 소리가 들렸다. 쿤이 앞에 놓인 나무 탁자를 도끼로 내리찍은 것이다. 탁자는 중동이 쪼개져 그대로 주저앉았다. 그는 눈을 부릅뜬 채 미친 듯이 고개를 저었다.

"그럴 리가 없어. 그럴 리가 없다. 그녀는 감이 좋은 사냥꾼이다. 토끼만큼이나 민감하고 도망치는 사슴보다 빠르고 벌새보다 잘 숨을 수 있는 여자다. 그렇게 허투루 죽을 리가 없다."

"루갈, 고정하십시오, 제가 듣기로는 틀림없이……."

쿤은 몸을 부들부들 떨며 황급히 무르크의 말을 막았다.

"우투께서 내게 그러실 리가 없다. 나는 그분께 서원을 갚았고, 이름의 명예를 다시 높였고, 그분의 이름으로 공의를 세웠다. 그런데 우투께서는 어째서! 어째서 내게 이러시는가!"

투그럭, 퍽. 곁에 놓인 질화로가 박살이 났다.

"어째서! 어째서어어!"

모여 있던 사람들은 무르크와 동료 수문장의 뒷덜미를 황급히 잡아챘다. 물그릇과 과일 바구니가 뒤집히고 의자가 나뒹굴었다. 그들은 두 명의 수문장을 질질 끌고 허둥지둥 방을 빠져나갔다.

문을 닫자마자 안에서는 목이 터질 것 같은 고함이 터졌다. 와악, 아아아악! 붕붕, 부우우, 붕. 무시무시한 파공음, 쩍쩍 갈라지고 부서지는 소리, 깨지는 소리, 울부짖음인지 비명인지 알 수 없는 소리가 천정을 쩡쩡 울렸다. 호위 전사들은 방문을 가로막고 아무도 들어가지 못하게 막았다.

해가 진 후, 사람들은 방 안으로 들어가 시체처럼 늘어진 왕을 끌어냈다. 주먹질, 발길질에 부서지고 도끼와 칼로 난도질당한 방은 폭풍이 휩쓸고 지나간 들판처럼 엉망진창이었다. 왕은 방구석에서 사지를 벌리고 늘어져 있었다.

사람들은 그를 들것에 눕혀 침실로 옮겼다. 침대 위에는 누렇고 지저분한 양털 깔개가 둥글게 뭉쳐 있었는데, 왕은 초점이 나간 눈으로 더듬더듬 깔개를 움켜쥐더니 그대로 정신을 놓았다.

급히 불려 들어온 닌갈사르밧은 여기저기 찢어진 상처를 씻어내고 약초를 찧어 붙인 후 붕대로 감았다. 하지만 쿤은 치료를 받고 정신을 차린 후에도 멍하니 눈만 껌벅거리며 말 한 마디 없이 양털 깔개만 끌어안고 있었다.

사람들은 대체 이 상황에서 무엇을 해야 할지 몰라 갈팡질팡했다. 얼굴도 보지 못한 왕비, 잉태되었는지 아닌지 확인도 할 수 없는 왕손, 정말 죽었는지 확인도 할 수 없는 부고. 거기다 모든 것을 결정하고 일을 처리해야 할 왕은 혼이 빠져나간 얼굴로 더러운 깔개만 움켜쥐고 누워 있었다.

훔바는 왕이 자해하지 못하게 순번을 정해 그를 감시하게 했고, 왕을 자극할 만한 어떤 말도 하지 못하게 신신당부했다.

그때 부고를 전했던 수문장, 무르크를 불러온 것은 닌갈사르밧이었다. 훔바는 어머니께 눈을 부라리며 을러댔다.

"그러잖아도 돌아가실까 봐 걱정돼 죽겠는데 대체 이게 무슨 짓입니까!"

"시끄럽다! 어디서 쥐방울만 한 것이 아는 척이냐! 지금 루갈은 화를 버럭버럭 내고, 욕을 하고, 원망하고, 펑펑 울게 해야 한다. 안 그러면 미쳐 죽을 것이다. 비켜라, 미련한 놈!"

왕의 침대 곁에 선 무르크는 수문장이 쓰는 둥글고 납작한 모자를 벗고 고개를 깊이 숙였다.

"루갈. 제가 좋지 못한 소식을 전해 드려 죄송합니다. 도끼를 전해 준 떠돌이가 루갈께 7년 후에 이것을 전해 달라고 부탁을 했는데, 루갈을 기쁘게 하려는 일념으로 먼저 갖다 드렸던 게 잘못이었습니다."

시체처럼 퀭하니 뚫린 눈에 희미하게 빛이 들었다. 갈라져 터진 입술 사이로 가느다란 목소리가 한 토막 굴러 나온다.

"……왜."

7년을 기다리고 전해 주라 했는가.

"그건 저도 잘 모르겠습니다, 루갈."

"떠돌이는."

지금 어디로 갔는가.

"앞으로의 거취를 고하지 아니하였습니다. 떠돌이의 여정에 긴 계획이 있을 리 없사오니."

"떠돌이를."

찾아와. 그리고 이 앞으로 끌고 와. 나는, 알아야 할 것이 많다.

"그 여자가."

어디서 죽었는지, 왜 죽었는지, 죽을 때 많이 괴로워했는지, 시신은 온전히 수습됐는지.

"장례는."

제대로 치렀는지, 지금도 시신이 어느 길바닥에서 들개에게 뜯어먹히고 있는 건 아닌지. 입술이 실룩실룩한다.

"장례를, 내가, 시신이라도, 수습을."

드디어 그의 입에서 제대로 된 말이 나오기 시작했다. 허깨비처럼 누워 있던 왕은 눈을 꾹 감은 채 허공에 손을 저었다. 놓쳐 버린 무언가를 잡으려는 듯. 눈꼬리에서 가늘게 눈물이 흘러 머리카락 사이로 스며들었다. 그는 침을 꿀럭꿀럭 삼키며 중얼거렸다.

"할, 말이, 있었는데."

어른이 되기 전에 그런 감정을 입 밖에 내면 날아간다 했다. 어린 시절의 경솔한 유혹과 약속 따위는 우투께서 막으신다 했다. 조급한 고백으로 잃어버리기엔 너무 소중하고, 너무 무겁고 버거운 감정이었다. 죽는 것이 무서운 적은 없었지만, 그녀를 잃는 것은 겁이 났다. 상상만 해도 너무너무 무서웠다.

이럴 줄 알았으면. 그따위 금기가 뭐라고. 아직 못 한 말이 있었는데. 그냥 해야 했던 말이. 이름도 얼굴도 모르는 그 어여쁘고 사랑스러운 여자에게. 분했다. 이대로 죽어 버리고 싶을 만큼 분했다.

쿤은 이를 악물고 몸을 뒤틀었다. 루갈, 루갈! 훔바가 달려가 그를 부축해 일으켰다. 말라서 꺼풀이 잔뜩 일어난 입술이 들썩였다.

"그 떠돌이를…… 찾아."

그 떠돌이를 당장 찾아서 시신이 있는 곳을 알아내. 내가 그녀의 시신을 수습하겠다. 내가 묻히게 될 동굴에, 나의 조상이 대대로 묻혀 있는 그 동굴에, 나의 아내로, 북국의 왕비로.

"무르크. 그 떠돌이의……."

모습이 어떠했나, 무르크? 그 떠돌이는.

무르크는 생각을 더듬으며 말했다.

"떠돌이는 아직 나이 어린 소년으로, 키는 루갈의 어깨보다 손가락 하나 정도 작았고, 한 뼘 정도 되는 짧은 갈색 머리카락을 가지고 있었습니다."

갑자기 왕의 몸이 돌처럼 딱딱하게 긴장했다. 그는 후들후들하는 팔로 이불을 걷고 부축을 받아 침대에 걸터앉았다.

"……그리고?"

"손가락이 가늘고 손발이 많이 작았습니다. 몸도 깡말랐고요. 얼굴은 진흙투성이라 제대로 보지 못했습니다."

홈바는 자신의 팔에 기대고 있는 왕이 몸을 떨고 있는 것을 알아차렸다. 그의 눈에서 다시 눈물이 흘러 턱에 맺힌다. 툭툭툭툭, 무르크는 존경하는 왕의 눈물을 차마 볼 수 없어서 고개를 숙이고 말을 이었다.

"떠돌이 소년은 도끼를 준 여인이 죽었다는 말을 하면서 많이 울고 갔습니다."

"울어? 왜?"

"그것까진……. 이유를 물어볼 수 없었습니다."

"왜 나를 만나지 않고 갔지?"

왕은 여전히 눈물을 주체하지 못하고 몸을 떨었다. 무르크에게 묻는 것 같지는 않았다. 홈바는 그의 정신 상태가 걱정스러웠다.

"죽은 게 아니었다. 죽은 게…… 그렇지? 홈바, 홈바? 안 그런가?"

"루갈, 고정하십시오, 소년이라 하지 않습니까. 떠돌이 소년이라고요."

“아니야, 아니다! 그 여자가 왔어. 내 아내가, 나를, 나를 만나러 왔었어! 그런데 왜? 왜 도끼만 전해 주고 그냥 가? 그러면서 왜 울고 가? 왔으면, 허억, 왔으면 나를, 소금성의 쿤을, 만나러 왔다고, 말을, 말 한 마디를! 흐억, 컥, 컥컥!”

왕은 훔바의 팔에 기대서 울부짖었다. 울부짖는 소리는 이내 격렬한 기침에 잠식됐다. 훔바는 소매로 왕의 얼굴을 덮어, 무르크와 다른 수문장이 위대한 전사인 왕의 눈물을 보지 못하도록 막았다.

왕은 휘청휘청 부축을 받으며 몸을 일으켰다.

“소년을 찾아라. 아니, 안마르를 준비하고 물과 식사를 다오. 내가 직접 찾으러 가겠다.”

훔바는 그의 말을 막지 못했다. 그가 왕비의 죽음을 받아들이지 못하는 것을 알았지만 어떻게 하는 것이 맞는 방향인지 알 수 없었던 것이다. 그를 설득해 죽음을 받아들이게 하는 것이 옳은지, 아니면 가짜 희망을 가지고 어떻게든 살아가게 하는 것이 옳은지.

“훔바, 루갈을 그대로 두어라. 시간이 해결할 것이다. 하지만 시간에게 기회를 주기 위해선 일어나 먹고 마시고, 머리를 빗고 향 기름을 바르고 옷을 입고 매일의 일과를 살아야 한다.”

닌갈사르밧이 약과 향유를 가지고 왕의 뒤를 따르며 빠르게 속삭였다.

그날 이후, 도굴꾼들에게는 ‘7년의 공포’, 북국 사람들에게는 ‘백염산맥의 정결례’라 칭해진, 신성석 도굴꾼들에 대한 대대적인 소탕 작업이 시작되었다.

26. 취조

"이 나무 형상의 낙인은 황금숲의 제물에게 찍는 도장입니다."

쿤은 입을 꾹 다물고 앉아 레니에의 말에 귀를 기울였다. 그는 더 이상 레니에에게 살의를 보이지 않았고, 죽었다 살아난 레니에도 더 이상 뻗대지 않고 수긋하게 취조에 응했다.

뻗대는 건 고사하고 조금만 움직이면 아파 죽을 지경이라 꼼짝도 할 수 없었다. 두 발이 침대 기둥에 가죽끈으로 묶여 있긴 했지만 묶여 있으나 풀려 있으나 큰 차이가 없을 지경이었다.

레니에는 진통 작용을 하는 약차를 마시고 종일 기절한 듯 잠을 잤고, 깨어 있을 때는 누운 채 쿤에게 심문을 당했다.

"……나무의 낙인이 단순한 노예의 인이 아니란 말인가?"

"노예의 인이긴 하지만, 특별한 노예라는 표시입니다. 봄의 축제에 아르마누 여신의 현현이 되어 살아 있는 제물이 되는 용도입니다."

"황금숲에는 연례적인 인신공희가 있나?"

"그렇습니다."

북국의 대신관이 눈썹을 확 찌푸린다.

"너 말고도 이 낙인이 찍힌 사람들이 많은가? 나는 신성석 동굴에서 남국 노예들의 낙인을 많이 봤지만 이런 낙인은 단 한 번밖에 본 적이 없다."

하긴, 신성석 동굴에는 낙인이 찍힌 노예들이 많았을 것이다. 그리고 죽이는 대로 홀랑 벗겨 장대에 매달아 독수리 밥을 만들어 놓으니 각 집안의 노예 낙인들을 신물 나게 보긴 했겠다.

"사내들에게는 이 낙인이 찍힐 일이 없었을 겁니다. 황금숲의 축제 제물들은 알티르와 교합 의식을 치러야 하기 때문에 여자 노예로 뽑습니다. 하지만 축제가 끝나기 전에 전부 죽으니 밖에 알려질 일이 없었겠지요."

교합 의식이라. 쿤은 착 가라앉은 목소리로 중얼거렸다. 불쾌하고 언짢은 기색이 여실했다.

"그럼 레니에 그대는 어떻게 살아남았나?"

"……루갈께서 아시다시피 제가 사냥을 좀 잘합니다. 높은 분께서 그 솜씨를 아까워하셔서 다른 사람과 바꿔치기하셨죠."

레니에는 어깨를 으쓱하며 대답했다. 죽을 뻔했다가 살아나고 보니 단번에 죽을 좋은 기회를 놓친 것 같기도 했고, 그래도 살고 보니 좋구나 싶기도 했다.

아니, 생각해 보니 오래 살아야 할 것도 같다. 기치다 님이 약속한 것이 어마어마했으니까. 레니에까지 사지로 밀어 넣는 냉혹무비한 성격을 감안하면, 기치다 님은 살아생전 기필코 소금산 부족을 몰살하고 신성을 회복해서 하늘로 올라갈 것이다.

"널 빼돌린 게 황금숲의 현 알티르인가?"

"그렇습니다."

"그자가 너를 이곳에 보낸 건가? 이 위험한 곳에 가는데 남편이나 가족이 말리지도 않았나?"

"……알티르 님께서 보낸 것이 맞습니다. 장사꾼의 짐꾼으로 따라가서 신성석을 구할 선을 찾아보라 명하셨지요. 남편이나 가족 따윈 있어 본 적이 없으니 그건 홀가분했습니다."

레니에는 텔코스가 멋대로 주절댄 말을 갖다 붙였다. 미리 준비된 변명이 편하기도 했다. 쿤의 눈이 실긋 가늘어졌다.

"그 말을 믿기엔 네 살수가 너무 음습하고 지독했다. 북국의 루갈을 죽이고 신성석을 구할 수 있으리라 생각했나?"

"어차피 죽을 거면 뒷일이 무슨 상관이겠습니까? 이판사판이었죠. 손이 지독한 것으로 따지면 루갈께서 더 심하셨습니다."

"엘데 섬의 레니에는 내 손이 독한 것을 따질 수 없다. 너는 죽어 마땅할 임무를 갖고 왔다."

어이구, 복장 터져.

문을 지키고 서 있던 훔바는 쿤의 취조하는 꼬라지에 한숨을 쉬었다. 루갈은 지금 최선을 다해 무시무시한 말투를 사용하려고 애를 쓰는 것 같았다. 물론 그게 잘 되고 있지 않다는 건 문밖에 서 있는 훔바가 훤히 알 정도였다.

소금성의 주인께서는 예나 지금이나 감정을 감추는 일에는 도무지 재주가 없었다. 북국 사나이들 기준으로 볼 때도 쿤은 단순하고 무뎌 터진 감성의 소유자로 다섯 손가락에 꼽힐 수준이었는데 그 단순한 감정조차 숨기질 못하고 질질 흘리고 다녔다.

지금 루갈은 8년 전 실종된 왕비에 대한 아주 작은 정보라도 얻어 내려고 필사적이었다.

훔바는 혹시 누구라도 올까 싶어 밖으로 통한 복도 쪽으로 고개를 내밀고 두리번거렸다. 루갈의 명예를 위해서는 저 바보 같은 취조 장면은 아무에게도 들키지 말아야 했다. 다행히 루갈과 '무시무시한 남국의 여전사'의 소식이 궁금하다고 왕의 침실까지 기어들어 올 정도로 간덩이가 부어터진 놈은 없었다.

안에서 왕의 무거운 목소리가 흘러나왔다.

"혹시, 자네 말고 황금숲에서 도망친 다른 제물이 혹시 있었나?"

훔바는 '나무의 인이 찍힌 도망친 제물'이 누구인지 어렴풋이 알고 있었다. 다만 그 사람이 살아 있으리라 생각하지는 않았다. 한참 만에야 내키지 않는 듯한 목소리가 흘러나왔다.

"예전에, 전임 알티르 키로스 님께서 살아 계실 때."

"……."

"북국으로 도망친 제물이 하나 있었다고 들었습니다."

"말하라, 엘데 섬의 레니에. 북국으로 도망쳤다는 그 제물에 대해."

방문 안쪽에서 바짝 긴장한 왕의 음성이 들린다. 그에 반해 남국 노예의 목소리는 차분하고 무덤덤했다.

"제 목숨을 해하시지 않겠다고 맹세하시면."

"맹세하겠다. 우리에게 위해를 가하거나 거짓을 고하지 않는다면, 내 명예와 목숨을 걸고 네 목숨을 보장하겠다."

"우투의 이름으로 맹세하지 않으십니까? 아하, 신으로 하는 맹세는 안 믿으신다 했던가요?"

묻던 여자가 말하다 말고 가볍게 웃었다. 하지만 왕의 목소리는 여전히 무겁고 힘겨웠다.

"알았으면 이제 말하라. 그녀의 이름은 무엇인가?"

"들은 지 오래라서 이름은 기억나지 않습니다."

"좋다. 그렇다면 아는 것을 모두 말하라. 그녀에 대해 들은 대로, 기억나는 대로, 하나도 빼놓지 말고 소상하게."

"그러니까, 그게 벌써 11년 전의 일입니다, 루갈."

여자는 천천히 이야기를 시작했다.

"황금숲의 고위 신관 한 명이 그해에 제물로 쓸 노예 소녀 열 명을 사 왔는데, 그중에 작은 섬에서 노예로 있던 시골 소녀가 있었습니다. 부모의 이름도, 얼굴도 모르는 고아 소녀였는데요."

"그런데?"

"그 소녀는 어렸을 때 이난나 여신에게서 이상한 축복을 받았더랍니다."

"어떤 축복인가?"

내용을 알고 있는 사내가 아무것도 모르는 것처럼 잔뜩 긴장한 목소리로 묻는다.

"……뭇 사내들의 탐욕의 대상이 되리라는 축복이었죠."

"……."

"그 노예 계집애는 위대한 여신의 축복을 거절하는 것으로 산뜻하게 인생을 시작합니다."

❖ ✝ ❖

훔바가 왕의 식사를 챙겨 들고 왕의 침실로 되돌아왔을 때는 이미 캄캄한 밤이었다. 왕은 오늘 여자의 이야기를 듣느라 식사를 내리 걸렀다.

여자는 쿤이 끓여 준 약차를 마시고 깊이 잠든 상태였다. 닌갈사르밧이 처방한 약차는 상처와 통증을 가라앉히는 데는 특효였지만 환자를 기절한 것처럼 잠들게 하는 부작용이 있었고, 쿤이 급한 마음에 약한 불이 아닌 강한 불로 내리 끓여 대서 딱한 환자는 몇 배로 진해진 약차를 마셔야만 했다.

쿤은 침대 옆 의자에 앉아 있었다. 고래기름이 담긴 작은 그릇에서는 엄지손가락만 한 불이 심지에 달라붙어 일렁일렁 빛나고 있었고 그는 털끝만큼도 움직이지 않고 여자의 얼굴만 바라보고 있었다. 방에서 움직이는 것은 촛불의 일렁임에 따라 흔들리는 왕의 그림자뿐이었다.

훔바는 쿤의 시선을 따라 여자의 얼굴을 바라보다가 그대로 얼어붙었다.

"루, 루갈, 저 여자가……."

말문이 막히고 말았다. 등잔불 아래 누워 있는 작은 여자는, 루갈과 목숨 걸고 싸우던 그 시커멓고 흉악한 짐꾼과는 완전히 다른 사람이었다.

여자는 갸름하고 윤곽이 또렷한 얼굴에 갓 짜낸 염소젖처럼 깨끗한 피부를 갖고 있었다. 새하얀 소금 바위를 골라 매끈하게 깎아 만든 얼굴 같았다.

훔바는 저렇게 아름다운 여자가 왜 머리를 박박 밀어 버리고 진흙과 먼지를 부러 뒤집어쓰고 장사꾼의 짐꾼 노릇을 하게 된 건지 도무지 알 수 없었다. 그리고 더 이상한 것은 왕의 얼굴이었다. 그의 표정은 간절하고 필사적일 뿐, 여자의 얼굴에 홀린 기색이 전혀 없었다.

붙잡아 둔 텔코스라는 놈한테서도 여자에 대한 제대로 된 정보를 전혀 들을 수 없었다. 일단 그 딱한 장사꾼은 자신이 데려온 노예가 여자라는 것을 알고 넋을 잃은 상태였다.

그 꼬질꼬질한 놈이 여자일 리가 없다, 어쩐지 곱상하고 자그마한 태가 그럴 줄 알았다, 이 헤다 섬의 텔코스, 눈치 하나로 대륙을 누비며 살아왔는데 나도 이제 글러 먹었다, 판 접어야겠다, 그 자식과 알티르가 나를 속였다, 나는 분하고 억울하다, 아이고 내 7세켈!

그가 하도 시끄럽게 떠들어 대서 훔바의 부하 전사들은 그의 입을 틀어막아 돌방에 가둬 두고 말았다.

"루갈, 식사하셔야죠."

"……."

"오늘 아무것도 드시지 않았습니다. 조금이라도 드세요."

쿤은 여전히 미동도 않고 여자의 얼굴만 바라보고 있었다. 얼굴에 담긴 감정이 너무 복잡해서 훔바는 그가 기분이 좋은지 나쁜지조차 짐작할 수 없었다.

훔바는 곁의 탁자에 고기와 염소젖, 그리고 말린 과일 몇 가지와 벌집 조각이 담긴 접시들을 차례로 내려놓았다. 말린 과일은 텔코스의 짐에서 나온 것으로 남국과 서역의 건포도와 말린 살구, 무화과 같은 것들이었다.

그 귀하고 맛있는 것들을 앞에 놓고도 왕은 고개도 움직이지 않았다. 입에서 혼잣말처럼 중얼대는 소리가 흘러나왔다.

"키는 내 아내보다 작다. 내 아내는 어깨에서 반 뼘 정도 밑에 정수리가 닿았는데."

"예."

"그래. 내가 성인식을 치른 후에도 키가 컸다. 그러면 어떻게든 이해는 가는데."

왕은 여자와 아내와의 연결 고리를 찾아보려 필사적이었다. 훔바는 눈썹을 찡그리고 시선을 피했다. 둘 사이에는 결정적인 차이점이 있었고, 그것은 도저히 뒤집히거나 바꿀 수 있는 게 아니었다.

왕은 여자의 얼굴을 뚫어지게 바라보며 속이 녹아내리는 것처럼 중얼거렸다.

“내 아내에 대한 이야기를 자세하게 알고 있더군. 내가 몰랐던 이야기까지.”

“그렇습니까.”

“그런데 왜 머리카락이 다를까. 내 아내의 머리카락은 이런 흐릿한 금발이 아니고 아주 곱고 예쁜 갈색인데.”

“예, 루갈. 아주 곱고 예쁜 갈색이었습니다. 그리고 이쪽은 달콤한 벌꿀…… 흐리터분한 누런색이고요.”

훔바는 슬픈 목소리로 덧붙였다.

“루갈, 왕비님께서는 돌아가셨습니다. 부탁이니 이제 그분을 놓아주십시오. 자꾸 이러시면 돌아가신 왕비님께서는 에레쉬키갈의 땅에서도 편히 쉬지 못하실 것입니다.”

“그런데 목소리는 비슷해. 아주 많이 비슷하다.”

이제 쿤의 목소리는 깊이 잠기고 어둡게 가라앉아 제대로 들리지도 않았다. 훔바는 조심스럽게 의견을 말했다.

“루갈, 목소리가 비슷한 자들은 많습니다. 형제간 자매간은 물론이고, 이름도 모르는 먼 친척이라도 비슷한 외양과 목소리를 가진 자는 얼마든지 나올 수 있습니다.”

“과연 그럴까.”

쿤은 여전히 미동도 않은 채, 여자의 얼굴만 바라보며 중얼거렸다.

“그런데 움직일 때 느껴지는 기척까지 왜 비슷할까. 머리카락만 같았으면, 나는 처음 보자마자 아내라고 확신했을 것이다. ……머리카락을 두 번, 세 번 아무리 확인해도 금발인데 왜 내 기억은 자꾸 그 목소리와 기척이 맞다 하는 걸까. 나한테 어쩌라고.”

홈바는 나직하게 한숨을 쉬었다. 자신은 쿤의 유모의 아들이었고, 어렸을 때부터 함께 자라 쿤의 뚝심 있고 끈덕진 성격을 잘 알고 있었다.

하지만 지금 왕의 상태는 아무래도 걱정스러웠다. 누군가를 좋아한다는 감정이 이렇게 오랜 시간 강렬하게 남아 있을 수는 없다. 홈바는 그때의 감정이 지금까지 남아 있다기보다 포기를 모르는 그의 성격이 집착으로 변한 것이 아닐까 걱정스러웠다.

"루갈, 8년 전의 일입니다. 소리, 기척, 목소리에 대한 기억은 온전하지 않을 수도 있습니다. 물론 루갈께서 상대의 기척이나 살기를 놀랍도록 정확하게 분별할 수 있다는 건 압니다. 하지만 그래도 눈으로 본 것이 더 정확할 것입니다."

"……안다."

"얼굴의 외양은 어떻습니까. 예전 형태가 조금이라도 남아 있습니까?"

쿤은 눈을 꽉 감고 고개를 수그렸다. 그는 두 손으로 얼굴을 감싸고 한동안 침묵하다가 침통한 목소리로 중얼거렸다.

"홈바. 나는 아내의 얼굴을 한 번도 보지 못했다."

입이 저절로 덩그러니 벌어진다. 처음 들어 보는 이야기였다. 그동안 왕비에 대해 슬며시 떠보기라도 하면 '최고로 예쁘다'느니, '북국에서 제일 아름답다'느니 하는 대답만 줄곧 튀어나와서 홈바는 정말 그런 줄로만 알았다.

쿤은 두 손에 얼굴을 묻은 채 침통하게 말을 이었다.

"입의 맹세에 매여서 눈을 가린 수건을 풀어 볼 엄두도 내지 못했다. 그래도 내 아내인데, 얼굴도 보지 못했고, 이름도 듣지 못했고, 나이도 묻지 못했다. 우투께 맹세한 복수를 먼저 해야 한다는 강박 때문에 아내를 신성석 동굴에 놓아두고 왔다. 가족을 다

잃고 제정신이 아니었어. 내가 무슨 짓을 했는지 생각할 때마다 미칠 것만 같다."

아, 이런. 훔바는 한동안 말 한 마디 못 하고 눈만 껌벅거렸다.

생각해 보니 쿤은 대신관이 된 후 우투의 이름으로 맹세를 하지 않게 되었다. 우투의 이름으로 맹세하는 것은 자신의 말이 진심이라는 것을 확언하기 위해 종종 쓰는 말인데도 그랬다. 물론 우투의 대신관이라면, 그리고 쿤의 성격이라면 그 맹세의 무게가 달랐겠지만.

"그럼 루갈께선 그 일 때문에 우투의 이름으로 맹세하지 못하게 된 겁니까."

그는 무겁게 고개를 끄덕이다가 머리를 감싸 쥐었다.

"그리 섣불리 맹세해서는 안 됐다. 그날 내 눈을 가린 수건을 풀고, 아내의 얼굴을 똑똑히 보고, 손을 잡아끌고 데려왔어야 했다. 그러면 따라왔을 것이다. 그건 확실하다."

맙소사. 대체 그때 루갈과 왕비님 사이에선 무슨 일이 있었던 거지?

"나는 맹세를 깰 용기도, 우투 님의 노여움을 끌어안을 용기도 없는 겁쟁이였다. 내 아내는 이난나 여신의 노여움을 끌어안는 것을 무서워하지 않았는데."

두 사람 사이로 무거운 침묵이 고였다. 훔바는 그때 왕비와 무슨 일이 있었는지 묻고 싶었으나 어떤 대답이 나올까 두려워 차마 입을 뗄 수 없었다. 쿤이 행방불명이 되었던 세 이레 동안 무슨 일이 있었는지 자세한 이야기를 아는 자는 아무도 없었다. 쿤은 최측근이자 죽마고우인 훔바에게도 끝까지 입을 다물고 있었다.

"훔바, 나는 8년 동안 행방도 생사도 모르는 여자를 포기하지 못하는 내가 아무래도 미친 것 같다는 생각을 한다."

"감정이 깊은 상태에서 헤어지시고 끝내 찾지 못했으니 그 안타까움이 열 배, 백 배로 깊어진 게 아니겠습니까?"

"그럼 헤어지지 않고 아내로 곁에 두고 살았으면 감정이 이리 깊어지지 않았을까?"

"지금 루갈께서 느끼시는 안타까움과 절절함은 없겠지요."

"차라리 기억이 안 나면 이 힘든 감정도 언젠가 사라질 거라 기대라도 해 보겠는데."

쿤은 무겁게 고개를 흔들며 암담한 목소리로 털어놓았다.

"하나도 잊히지 않는다. 아내의 얼굴을 손으로 만질 때 느껴지던 그 감촉과 형태, 손을 쥘 때 느껴지던 체온과 가늘고 자그마한 손가락의 움직임, 입맞춤할 때의 느낌, 숨소리까지 다 기억하고 있다. 어떻게 이리 생생하게 기억나는지 나도 믿을 수가 없어."

북국의 겨울밤은 길고, 잉걸불이 꺼진 동굴 속은 빛 한 점 들지 않고 온통 깜깜했다. 쿤은 곁에 웅크리고 누워 있는 여자의 숨소리를 들었다. 차고 밀도 높은 어둠 속, 그녀의 숨소리 말고는 아무것도 들리지 않았다.

쿤은 밤새 한숨도 자지 않고 여자의 숨소리를 들었다. 숨소리가 그렇게 달게 느껴질 수 있다는 것을 그때 처음 알았다. 여자의 날숨이 너무 달고 달아 호흡하는 것만으로도 숨이 막혔다. 폐 속으로 꿀이 꿀렁꿀렁 소리를 내며 들어차는 기분이었다.

그때의 기이한 감정을 도저히 설명할 수 없었다. 온 세상에 여자와 자신 외에는 아무도 존재하지 않는 것처럼 느껴졌다. 애초부터 서로를 위해 만들어진 존재가 서로를 위해 태어나 이제 때가 되어 서로 만난 것이다. 쿤은 그때 여자가 자신의 운명이라고 믿게 되었다.

"우리 아버지는 신전에서 결혼하는 부부들을 축복하실 때, 우투께서 운명으로 정해 준 사람이라고 말씀하곤 하셨다. 그때는 그 말이 전혀 믿어지지 않았는데……."

쿤은 혼잣말처럼 중얼중얼했다. 훔바는 뭐라 대답해야 할지 알 수 없었다. 8년 전 잃은 여자에 대한 왕의 집착은 그의 말대로 '신이 정해 준 운명'이라는 말 외에는 이해하기 어려웠다.

"훔바, 결혼하고서 내자에 대한 감정이 좀 달라졌나?"

"아무래도 편해지고 익숙해지니, 혼례를 치를 때의 마음과 같을 순 없겠지요. 하지만 여전히 소중한 사람입니다."

"아들을 낳았다고 그랬지."

"네. 루갈께서 이름도 내려 주셨잖습니까. 훔바두무, '훔바 아들이다!'라고."

작명 실력이 영 시원찮은 왕이 멋쩍게 웃었다.

"예쁜가?"

"사내자식 예뻐서 뭐에 씁니까. 머리도 힘도 그만그만합니다. 그래도 덩치 하나는 엄청나서 다른 아이들의 두 배 세 배는 실히 되더군요. 덩치가 그래 놓으니, 어디 내놔도 싸움에선 지지 않습니다."

자식 자랑, 아내 자랑을 낯부끄러워하는 북국 사내 아니랄까 봐 시큰둥한 흉내는 내는데 그래도 자랑 한 자락은 어떻게든 끼워 넣는다. 쿤은 다시 희미하게 웃었다.

"좋아하는 여자가 아이를 낳아 주니 기분이 어떻던가? 자네의 내자는 아이를 낳고도 씩씩했는데 자네가 옆에서 펑펑 울었다고 닌갈사르밧이 격분했던 기억이 난다. 이런 거 보면 북국 사내들 정말 물러 터졌지."

"……루갈도 장담 못 하십니다. 겪어 보지 않으면 그 기분 모릅니……."

홈바는 문득 말을 멈췄다. 여자가 손을 버르적거리며 잠꼬대를 하고 있었다.

"아파, 아으, 아! 이잇, 빌어먹을…… 쿤!"

희미한 목소리였지만 똑똑히 들렸다.

"저게 어딜 감히!"

홈바는 저절로 주먹을 불끈 움켜쥐다가 쿤의 분위기를 보고 일단 꾹 참았다. 그래도 기가 막혀 말이 나오지 않았다.

처음 보았을 때 쿤이 자신의 이름을 알려 주긴 했지만, 그렇다고 왕의 이름을 마구 깔겨 불러도 된다는 건 아니었다. 왕이 워낙 소탈해서 부하나 원로들과 격의 없이 지낸다 해도, 왕의 이름을 함부로 불러 댈 정도로 간덩이가 부어터진 놈은 없었다. 더욱이 북국에 처음 들어와 왕을 처음 만나 보았다는 노예의 입에서야.

홈바가 왕을 돌아보았을 때, 그는 눈썹을 찡그리고 여자를 바라보고 있었다.

"지금 내 이름을 부른 건가? 그대, 이봐, 레니에!"

레니에가 가슴을 움켜쥐고 이맛살을 찌푸린다. 몸부림이 조금씩 심해진다. 약차의 효과가 떨어져서 통증이 심해지는 것 같았다. 아파, 아파아아! 이, 개……애애애자식!

"이봐! 몸을 자꾸 뒤틀면 상처가 아물지 못해!"

왕이 버르적대는 여자의 팔을 침상 위에 눌렀다. 여자가 몸을 뒤틀 때마다 상처가 터져 피가 스며 나오곤 했다.

"조금만 참아. 약차를 바로 줄 테니까. 이봐! 내 말 안 들리나?"

잠든 여자에게 잔소리를 하던 왕은 뒤를 돌아보며 빠르게 말했다.

"홈바! 창가에 있는 약차."

"창가에 있어서 약차에 살얼음이 끼었습니다. 조금 데울까요?

어머니가 따뜻하게 먹여야 한다고 했습니다."

"이렇게 아파하고 있는데 언제 기다려. 그냥 가져와."

쿤은 여자의 몸을 한 손으로 받치고 약차를 조심조심 흘려 넣었다. 여자가 하도 입을 벌리지 않아 훔바가 나무 숟가락으로 입을 억지로 벌린 후에야 약차를 넣을 수 있었다. 도끼와 만곡도와 강궁을 귀신처럼 다루는 쿤이었지만 약차 몇 모금 마시게 하는 데는 진땀을 뻘뻘 흘렸다.

여자가 간신히 차를 몇 모금 마시고 하아아, 길게 한숨을 쉬는 순간이었다. 여자의 머리를 받치고 있던 쿤이 갑자기 돌처럼 굳었다.

"무슨 일이십니까?"

훔바가 눈을 껌벅였지만 쿤은 눈을 커다랗게 뜬 채 여자의 입만 바라보고 있었다.

여자는 여전히 잠에 취한 채, 몸서리를 치면서 남은 약차를 삼켰다. 얼마나 쓴지 잠에 취해서도 미간을 힘껏 찡그렸다. 닌갈사르밧의 약차는 효과가 좋은 데 반해 지독하게 썼다. 하지만 이 약을 다 먹고 나면 내일 혹은 모레까지 달게 숙면을 취할 수 있을 것이고, 그러면 몸이 적잖이 회복될 것이다.

여자의 몸부림이 천천히 멎었다. 하아아, 다시 긴 한숨이 흘러나온다. 쿤은 여전히 멍청한 얼굴로 여자를 내려다보고 있다. 아까 취조할 때와 확연히 다른 표정이었다. 미간이 꿈틀거리고 벌어진 입이 다물어지지 않는다.

"우투시여. 우투……시여."

그가 믿을 수 없다는 표정으로 입술을 달싹거린다. 훔바는 조심스럽게 그의 얼굴을 살폈다. 커다랗게 부릅뜬 눈이 번들번들하다. 그가 잔뜩 갈라진 목소리로 중얼거린다.

"훔바."

"예. 루갈, 말씀하십시오."
"내 아내는."
"예, 루갈."
"그때 나를 감싸 안고 대신 주먹질과 발길질을 당하다가……."
훔바는 믿을 수 없어서 고개를 저었다. 대체 어떤 미친놈이 루갈에게 감히 주먹질과 발길질을 할 생각을 했을까. 목숨을 열 개쯤 전대에 넣어 가지고 다니는 놈일까. 혹시 루갈은 행방불명 상태였던 세 이레 동안 그렇게 약하고 위태로운 상태였던 건가? 작고 연약한 누군가가 감싸 안고 대신 맞아 주어야 할 정도로.
"이가 부러진 적이 있어. 오른쪽 윗어금니가."
쿤은 힘겹게 말을 이었다.
그녀에게 처음 입을 맞출 때 쿤은 흥분할 수 없었다. 혀가 그 비어 있는 공간을 더듬을 때마다 너무 괴롭고 미안하고 부끄러웠다. 그 위치를 기억하지 못할 리 없다. 그런데, 그런데…….
"그런데 이 여자, 오른쪽 윗어금니가 하나 없다."
"……우투시여."
이번에는 훔바가 새하얗게 질린 채 중얼거렸다. 쿤은 허리를 구부리고 천천히 여자의 앞에 엎드렸다.
눈앞에 놓인 여자의 손을 더듬어 쥐었다. 얼굴과 손의 외형 따윈 전혀 모른다. 본 적이 없으니 떠오를 리 없다. 기억하는 것은 자신의 손이 기억하는 그녀의 작고 갸름한 얼굴이고 오목조목 모인 이목구비이고, 깡마른 어깨이고, 가는 손목이고, 작고 도톰한 손과 가는 손가락이었다.
"루갈?"
쿤은 눈을 감은 채 여자의 손을 쥐고 천천히 쓰다듬기 시작했다. 손바닥과 손가락과 손목을 오랫동안 더듬었다. 뒤이어 손끝으로 찬찬히 여자의 얼굴을 읽기 시작했다. 눈을 힘껏 감은 채, 이를 물고 여자의 얼굴을 필사적으로 더듬었다. 그의 움직임은 느릿하고 간절하고 그 어떤 제의보다 신성해 보였다. 꽉 눌러 감은 눈꼬리에서 천천히 눈물이 흘러내렸다.

"……레니에."

그는 여자의 한 손을 끌어당겨 자신의 뺨에 갖다 댔다. 여자의 손이 순식간에 함빡 젖었다.

훔바는 한 걸음 물러서서 손으로 입을 가렸다. 맙소사, 이런 맙소사, 어떻게 이런 일이. 왕은 고개를 위로 들고 눈을 꽉 감은 채 여자의 얼굴을 더듬으며 어깨를 들썩이기 시작했다.

"레니에. 네 이름이, 레니에. 레니에, 흐, 흐으으, 레니에. 이제야 네 이름을, 레니에. 으흐으, 으으윽, 레니에. 레니에에에!"

쿤은 여자 곁에 그대로 허물어지듯 주저앉았다. 으허, 허으윽, 흐으으……. 레니에, 레니에에에! 그는 여자를 끌어안고 엎드린 채 울부짖기 시작했다.

훔바는 뒷걸음질로 조용히 방을 나왔다. 신의 장난인지 축복인지 알 수 없는 이 상황이 도저히 믿어지지 않았지만, 루갈과 여자의 인연과 그동안의 세월을 생각하면, 두 사람은 정말 운명으로 만나게 될 사이였구나, 하는 생각이 들었다. 가슴이 욱신욱신 뻐근해지면서 눈시울로 후끈 열이 올랐다.

방문 밖에서는 닌갈사르밧과 두 명의 호위 전사가 안절부절못하고 서 있었다. 안에서는 왕이 울부짖는 소리가 계속 이어지고 있었다. 훔바는 손등으로 눈물을 문질러 닦은 후 간결하게 말했다.

"루갈께서 왕비마마를 찾으셨습니다."

27. 에레쉬 레니에

레니에는 겨울잠을 자는 동물처럼 오래오래 잠을 잤다. 진하게 끓인 약차가 레니에의 의식을 해일 같은 잠으로 밀어 넣어 통증을 감추고 몸을 빠르게 치유하는 동안, 레니에는 길게 꿈을 꾸었다.

북국에 오면서부터 꿈속을 심하게 어지럽히던 소년이 이제 장성해서 나타났다. 그는 자신에게 무슨 말인가 열심히 속삭였으나, 레니에는 그 속삭임을 들을 수 없었다. 오래전 동굴에서처럼, 그의 말은 여전히 레니에의 손이 먹어 버렸다.

그는 키가 훌쩍 더 컸다. 어깨도 넓어지고 목소리도 굵어졌다. 그는 아름다운 잿빛의 눈동자로 자신을 내려다보았고, 레니에의 손을 감싸 쥐었고, 얼굴을 더듬었다. 오래전 동굴에서 그랬던 것처럼 발을 감싸 쥐고 아주 오랫동안 주물러 주기도 했다. 몸이 녹아 버리는 것처럼 나른하고 편안했다.

레니에는 꿈속에서도 그의 손이 여전히 크고 두툼하며 믿을 수 없을 만큼 따뜻한 것을 알고 조금 안심했다.

깜박, 깜박.

레니에는 천장을 올려다보며 멍하니 눈을 깜박거렸다.

……뭔가 달라졌다?

투명하게 느껴질 정도로 얇은 아마포 천이 침상 곁에 늘어져 한들거리고 있었다. 취조를 받던 왕의 침실이 아니었다.

물론 취조라기에는 분위기가 지나치게 물렁물렁했고, 왕의 침실이라기에도 너무 소박하고 볼품없긴 했다. 게다가 왕이 자는 방이라면서 꽤 썰렁하기도 했다.

그런데 지금 이 방은 따뜻한 것을 넘어 후끈후끈했다. 게다가 이곳은 황금숲의 신전 안에 있는 알티르의 침실 이상으로 아름다웠다. 갖은 장식품으로 너절너절 꾸민 게 아니라 간결하고 기품있으며 우아했다.

사방을 분홍빛이 감도는 하얀 돌로 두르고, 침상에는 눈처럼 새하얀 털가죽을 몇 겹이나 얹고, 바닥에는 새까만 흑호의 털가죽을 반드르르하게 깔았다. 눈을 돌리는 곳마다 숨 막히게 아름다웠다.

"이건…… 또 뭐야."

네 귀퉁이가 예쁘게 접힌 작은 기름 등잔, 그 아래엔 은으로 만든 쟁반과 우유 단지와 소뿔을 세공해 만든 잔이 두 개 놓여 있었다. 은쟁반 위에는 북국에서 그렇게 귀하다는 과일, 얇게 밀어 구운 과자, 김이 모락모락 올라오는 빵과 거무스름한 빛이 도는 석청이 가지런히 담겨 있고, 작은 화로에 얹혀 있는 질그릇에서는 고기 국물 냄새가 솔솔 흘러나오고 있었다.

아, 이것도 꿈이구나.

생각하던 레니에는 고개를 갸웃했다. 꿈이라기엔 이놈의 냄새가 너무 생생했고, 팔다리에 휘감기는 양털 깔개와 이불의 포근포근한 감촉이 잿그럽도록 선명했다.

몸을 꿈적꿈적 움직여 보니 상처가 아릿아릿하게 느껴진다. 통증은 훨씬 줄었지만, 아직 남아 있는 것이 분명했다.

한쪽 볼을 쭉 잡아당겨 보던 레니에는 바로 아이고 소리를 내며 볼을 문질렀다. 꿈인 줄 알고 너무 세게 잡아당겼다가 제 손이 얼마나 매운지만 실감하고 말았다.

……뭐야. 꿈이 아니잖아.

혹시 죽었다가 다시 태어났나?

고개를 갸웃하며 옷깃을 열고 상처를 내려다보니 아마포 붕대가 친친 감겨 있는 건 여전하다. 다만 더 이상 피가 스며 나오지도 않았고 몸을 이리저리 뒤틀어도 며칠 전처럼 아프지는 않은 걸 보니 대충 아물어 붙은 모양이다.

끙, 소리를 내며 몸을 움직였다. 온몸이 삐거덕삐거덕 아프다고 아우성을 치면서도 한편으로는 개운하고 쾌적했다. 레니에는 발을 단단히 묶어 둔 가죽끈마저 없어진 것을 알고 뭐가 뭔지 알 수 없는 기분이 되었다.

"으음…… 일어났나?"

"으악, 우와아아!"

레니에는 기겁을 하고 뒤를 돌아보았다. 침대 발치에서 팔을 괴고 엎드려 자던 사내가 고개를 들고 눈을 둥그렇게 뜬다.

"나다. 왜 이렇게 놀라는가?"

믿을 수가 없다. 저 인간이 발치에서 머리를 대고 자고 있는데 기척을 전혀 눈치채지 못했다.

이런 제기랄. 저 인간이 날 죽이기로 작정했으면 백 번쯤 뒈지고도 남았겠네. 레니에는 혀를 찼다. 그가 작정하고 기척을 죽이면 아무것도 느끼지 못할 정도였다는 것이 뒤늦게 떠올랐다.

"루, 루갈, 죄송합니다. 제가 멋모르고 퍼져 잤습니다. 얼마나 오래 잔 겁니까?"

"레니에, 그대는 이틀 반을 잤다."

쿤은 잔뜩 쉬고 갈라진 목소리로 조용히 대답했다. 레니에는 그의 얼굴을 보고 고개를 갸웃했다. 그의 붉게 부어오른 얼굴과 저 이상한 표정을 도저히 이해할 수 없었다.

쿤은 옆에 놓인 쟁반을 들고 와 침대에 내려놓고 레니에의 옆에 걸터앉았다. 그리고 손수 우각 잔에 염소젖을 따라 내밀었다. 레니에는 손을 내밀지 못하고 눈치를 흘끔대며 보았다. 이게 뭔 놈의 조홧속인지 모르겠다.

"따뜻한 염소젖이다. 이틀 동안 아무것도 못 먹어 배가 고플 텐데 좀 마시도록 하라."

레니에는 멍청하게 그의 얼굴을 바라보았다. 그가 안타깝게 덧붙였다.

"꿀도 넣었다, 레니에. 그대가 좋아한다 하지 않았는가. 뭐라도 먹어야지."

"루, 루갈."

"이름을 불러라. 내 이름을 알고 있지 않은가."

드디어, 잠든 사이에 무슨 일이 일어났는지 천천히 감이 오기 시작했다.

"……쿤?"

"그래."

"쿤."

"그래."

"쿤……."

"……응."

덩치 큰 사내의 고개가 아래로 푹 떨어졌다.

레니에는 가늘게 몸을 떨었다. 8년 전과 정반대로 뒤집힌 이 반응을 이해할 수 없었다. 떨림은 점점 심해져서 입술 사이로 덜덜대는 소리가 흘러나오기 시작했다.

"……쿤."

"으……."

그는 이제 대답조차 제대로 하지 못하고 이상한 소리만 삼켰다.

혼란스러워서 머리가 터질 것 같다. 하지만 아무리 기다려도 눈앞의 사내는 이 상황에 대한 설명은커녕 말 한 마디 못 하고 어깨만 들먹거릴 뿐이었다.

이게, 대체…….

레니에는 쿤을 내려다보며 멍하니 눈을 깜박거렸다.

나는 분명 잠에서 깼고, 눈앞에서 벌어지는 일이 현실인 건 아는데, 현실감이 전혀 느껴지지 않는다. 여전히 꿈속에 남아 있는 것만 같다.

……나는 지금 뭘 하고 있는 거지?

쿤이 흐느끼는 것을 보고 있자니, 꿈속에서 항상 그랬던 것처럼 손이 저절로 움직인다. 오래전에 그랬던 것처럼, 레니에의 두 손은 익숙하게 아니, 기다렸다는 듯 그의 뺨을 향해 조심스럽게 내려간다.

손가락이 그의 젖은 뺨을 부드럽게 어루만지기 시작했다. 이건 뭘까. 자신의 몸이 의지를 가진 것처럼 멋대로 움직이는 것을 바라보고 있노라니 점점 이상한 생각이 든다. 점점, 이상한, 생각이.

……혹시 내 손은 나 몰래 그를 그리워하고 있었던 게 아닐까?

손뿐만이 아니었다. 눈도 그렇고 귀도 그렇다. 입도, 팔도, 다리도 그를 향해 안달안달하며 아우성을 친다. 이제 보니 레니에라는 여자를 이루고 있는 것들은, 팔다리, 눈 코 입뿐만 아니라 아주 작은 진흙 알갱이까지 모두 그를 보고 싶어 했던 게 아닐까 싶을 지경이었다. 레니에는 자신의 반응을 도무지 이해할 수 없었다.

후드득, 몸을 크게 소스라친 사내는 이내 순한 강아지처럼 레니에의 손길을 받아들였다. 레니에의 손바닥이 순식간에 흠뻑 젖어버린다. 얼굴을 보고 싶은데 그는 한사코 고개를 처박고 얼굴을 보여 주지 않는다.

"……레……니에."

"응."

그는 고개를 푹 수그린 채, 레니에의 손을 떼어 제 입술로 가져간다. 입술이 손바닥 안에서 달싹달싹 움직이고, 그의 목소리가 손을 타고 올라온다. 레니에, 레니에, 레니에. 들리지 않지만 레니에는 이제 알아들을 수 있다.

"레니에, 레니에. ……레니에, 레니에."

이름을 알지 못해 그렇게 애를 태웠던 소년은 이제 원 없이 이름을 불러 댔다. 응, 응, 그래. 레니에는 쿤의 머리를 끌어당겨 곱게 끌어안았다. 그는 순순히 끌려와 레니에의 가슴에 얼굴을 묻고 소리 없이 눈물을 쏟기 시작했다.

"모, 못 알아봐서 미안…… 미안해. 너 같았는데, 분명, 너 같, 흐, 그런데 머리, 머리카락이, 그, 아니, 아프게 해서 미안하다. 이렇게 아프게 해서…… 흐으으."

그는 어깨를 거세게 들썩이며 더듬더듬 횡설수설했다. 가슴이 축축하게 젖어 들면서, 레니에의 눈시울에도 뜨끈한 열기가 차올랐다.

눈시울에 괸 것이 그에게 떨어지지 않게 고개를 위로 들어 올리니 사방을 두르고 있는, 분홍빛이 살짝 감도는 희고 투명한 암염들이 뒤늦게 눈에 들어온다.

……혹시?

– 암염으로 만든 아름다운 방이 있긴 하다. 어머니께서 쓰시던 내실에.

"……벽도 짜고, 바닥도 짜고 천장도 짜다. ……네, 네 말대로 내가, 지, 직접 탁자를 놓고 올라가서……."

천장과 사방 벽을 보며 두리번거리자, 쿤이 꽉 잠긴 목소리로 중얼거린다. 이제 목으로 불덩이가 치미는 것처럼 아팠다.

자신이 이 방에 와 있다는 것이 무슨 의미인지 모를 정도로 멍청하지는 않았다. 레니에는 손을 들어 그의 흩어진 머리카락을 가만가만 쓰다듬었다. 가슴에 얼굴을 파묻고 있던 사내가 드디어 번질번질 얼룩진 얼굴을 조금, 아주 조금 들어 올렸다.

"너, 너는 그런데, 나한테 그런 창피한 짓을 시켜 놓고! 8년 동안 오지, 오지도 않다가, 이제, 이제야 왔어. 이러는 게 어딨나, 엉?"

"혹시 그동안 나 많이 찾았어?"

"응."

그가 고개를 끄덕이더니 푹 잠긴 목소리로 덧붙였다.

"검은바위산 부족을 없애자마자 옷도 갈아입지 않고 갔었다. 안마르를 타고 네가 있던 곳으로 바로 날아갔는데, 네가 없었어."

머리가 아뜩해진다. 그 말 한마디로, 레니에는 그날 쿤에게서 미친 듯이 뻗쳐오르던 살기의 정체를 단번에 이해할 수 있었다. 그랬었니? 그래서 그랬던 거야? 레니에는 떨리는 목소리로 그때 무서워서 묻지 못했던 것을 끄집어내기 시작했다.

"그런 것치고 겁도 없이 동굴에 있는 사람을 모조리 죽였더라? 넌 내 얼굴도 몰랐잖아."

"내가 널 못 알아차릴 것 같았나? 난 네가 사냥에서 돌아올 때, 동굴 입구에 들어설 때부터 늘 네가 오는 걸 알고 있었다. 네 발걸음 소리나 작은 기척만 있어도, 아니 네 숨소리 한 자락만 들어도 나는 바로 알 수 있었다."

제기랄. 점점 속이 끓어오르기 시작했다. 누구에게랄 것도 없이 분하고 안타까워 속이 북받쳤다.

"그럼 내실의 왕비는 대체 누구야? 나도 너 찾아왔었어! 소금성까지 왔었는데, 분명히 수문장들이 내실에 왕비님이 계시다고 그랬단 말이야! 내, 내가 그때 기분이, 얼마나 더러웠는지 네가 알아?"

그 말에 쿤은 갑자기 어깨를 움츠리더니 풀 죽은 목소리로 실토했다.

"……내가 너를 찾아 헤매는 동안 너에 대한 소문이 앞질러 나갔다."

"나에 대한 소문?"

"내, 내가 아내를 맞았다는 말이 널 찾기도 전에 바깥으로 먼저 나가 버렸다. 내가 항상 기혼자의 묶음 머리를 하고 다녔기 때문에 소문이 도무지 사라지지 않았다. ……아니, 실은 그 소문이 사라질까 봐 겁이 났고……."

뭐? 뭐가 어째?

암염으로 만들어진 아름다운 내실. 북국에서 제일 아름다운 내실의 주인, 그녀의 치마폭에 싸여 도낏자루 썩어 가는 줄도 모른다는 북국의 왕.

……그런데 그 내실의 주인이 나였다고?

레니에는 입도 다물지 못하고 쿤의 횡설수설을 듣고 있어야만 했다. 너무 기가 막히다 보니 말도 안 나오고, 화가 나는 게 아니라 머리만 지끈지끈했다. 북국에서 머리와 신발 끈을 묶어 준다는 의미까지 알게 되니 이젠 허탈한 것을 넘어 넋이 나갈 지경이었다.

하지만 남국에서도 당연히 같은 관습이 통용되리라는 북국 사람들의 순진한 믿음에는 차마 화를 낼 수가 없었다. 레니에 역시 북국 사람들이 정말 야만인이라고 멋대로 오해한 적이 있지 않았던가.

레니에는 길게 호흡을 가다듬었다. 그들의 기준에서 보면 레니에는 결혼 잔치는 안 했지만 적어도 쿤의 정혼자定婚者에 가까운 상태였던 것 같다. 그를 동굴에서 기다리겠다 약속도 했고, 그가 쥐여 준 맹세의 증표도 갖고 있었으니까. 나 역시 그의 아내가 될 상상에 잠시 가슴이 부풀기도 하지 않았던가.

……꺼져 버리라는 말이 진심이었다면, 도끼와 함께 목걸이도 돌려주었어야 마땅했다.

입장을 바꿔 놓고 생각하니 쿤이 불쌍했다. 함께 밤을 보낸 후 아내처럼 머리와 발을 말없이 묶어 주는 여자, 사랑하는 여자의 손길과 숨결을 고스란히 느끼며 녀석은 무슨 생각을 했을까. 어떤 마음으로 앉아 있었을까.

레니에는 쿤을 잊으려 노력하며 8년을 지냈고, 잊어버리는 건 실패했어도 미워하는 건 성공했다고 생각했다. 하지만 그동안 쿤은 필사적으로 레니에를 찾아 헤매고 있었다.

미안했다. 누구의 잘못이라 말하기도 어려운 일이었지만, 그래도 미안하고 쿤이 겪어야 했던 고통이 마음 아팠다. 미안, 미안해. 레니에는 목멘 소리로 속삭였다.

"……너도 그동안 많이 힘들었구나."

예전 같으면 이난나 여신의 고약한 선물이라 하며 원망하거나, 오해였다 잘못 알았다 하며 억울해했겠지만, 이제는 그러고 싶지도 않았다. 이 가늘고 연약한 연이 끊어지지 않고 이렇게 서로를 끌어당겨 주었다는 게 너무 예쁘고 기특할 뿐이었다.

"나도 소금성에 찾아갔다가 그 얘길 듣고, 도끼만 돌려주고 그냥 돌아갔던 거였어."

"그래서 울고 갔나? 그렇게 많이 울고 갈 거였으면 한 번이라도 나를 만나고 갔어야 옳다! 내가 너를 해치기라도 할 거라 생각했나, 엉?"

드디어 그가 고개를 들어 올리며 와락 고함을 지른다. 퉁퉁 부은 눈과 시뻘겋게 달아오른 뺨이 아주 볼만했다.

"왕손이니 왕비니 하는데 그럼 내가 무슨 용쓰는 배짱으로 널 만나러 가니? 아니아니 그보다, 왕비는 알겠는데 왕손은 대체 어디서 나온 말이야? 엉?"

"왕손은, 네 자궁에 정수를 네 번이나 넣었으니 당연히 생긴 줄 알았다."

"……이 멍청아."

이건 도저히 용서가 안 된다. 레니에는 쿤의 뺨을 죽 잡아당기며 화를 냈다. 쿤은 아픈 기색도 없이 퉁퉁 부은 눈을 찌그러뜨리며 웃었다.

"응응, 닌갈사르밧도 그 말을 듣고 나한테 바보라고 했다."

그 말을 들으니 또 화가 났다. 내가 바보라고 할 때는 몰랐는데 남이 바보라 했다 하니 내가 욕을 먹은 것보다 훨씬 기분이 더러웠다. 당장 쿤의 손을 잡아끌고 싸우러 가고 싶었다.

"누구야! 누가 왕한테 그따위 말을 해? 확 때려잡아."

"나는 바보 맞고, 들을 만한 소리를 들었다. 그래도 네가 죽었다는 말은 끝까지 믿지 않았다. 반드시 만날 수 있을 거라 믿었다. 이봐, 이렇게."

그가 기회를 만난 듯 레니에를 힘껏 끌어안는다. 레니에는 이제 스물다섯이 된 덩치 큰 녀석이 열여섯 살 때보다 힘이 무지막지 세진 것을 깨달았다. 가슴의 상처는 둘째 치고 척추가 부러질 지경이었다.

아으으! 야! 레니에가 비명을 지르자 그는 당황해서 허둥지둥 몸을 떼고는 다시 상처가 벌어졌나 괜찮은가 야단야단을 한다.

북국의 기운 센 왕은 채신머리라고는 쥐뿔도 없었다.

"네 머리카락이 변하는 바람에 너라고 생각하지 못했다. 목소리도 비슷하고, 기척도 비슷해서 처음부터 모자를 벗어 보라 한 거였다. 그런데 머리카락이 왜 변한 건가?"

"그러게. 살다 보니 별일이 다 있더라. 황금숲에 도착하는 날 바로 변했더라고."

레니에는 짧게 한숨을 뱉었다. 이놈의 머리카락에 대해서 대체 뭐라고 설명해야 할지 모르겠다. 어느 날 갑자기 황금숲의 신관이 됐어, 라고 말해야 하나? 생각하다가 이내 쓴웃음을 지으며 고개를 저었다.

그동안 레니에는 스스로를 신관이 아니라 생각하며 살았다. 황금숲에서 존재를 인정하지 않는 혼혈이고, 아크조차 제대로 못 쓰는 엉터리이기도 했거니와, 무엇보다 그녀가 스스로 진흙인간이

기를 선택했기 때문이다.

곁에서 본 천족의 삶이 끔찍하고 이해할 수 없는 것투성이라는 것이, 지상의 족속으로 살겠다고 결심한 가장 큰 이유였다. 머리카락이 노랗게 변한 것뿐, 달라진 것은 없었고, 달라질 것도 없을 것이다. 레니에는 그렇게 확신했다.

쿤은 레니에의 박박 밀린 머리를 어루만지며 골똘히 생각에 잠겼다.

"그것도 저주일까? 가슴에 박힌 낙인처럼 몹쓸 신관이 걸어 둔?"

"맞다. 신관이 걸어 둔 건 아니지만 황금숲의 저주라면 저주일 수도 있겠다."

레니에는 고개를 끄덕이며 히죽히죽 웃었다. 쿤의 말이 맞다. 진흙인간이기를 택한 이상, 노란 머리카락은 저주나 재앙과 다름없었다. 레니에는 어깨를 으쓱하며 물었다.

"걱정 마, 쿤. 먹고사는 데는 전혀 지장 없어. 혹시 내가 금발이 되어서 마음에 안 들어?"

"아니, 예쁘다."

"대답이 성의 없다. 소금성의 쿤."

"정말 예쁘다. 금발이든 갈색 머리든 하얀 머리든 대머리든 상관없이 그냥 예쁘다. 예쁜 것을 예쁘다는 말 말고 무슨 말로 해야 하나? 그러니까, 어, 너는 정말 예쁘다."

이 바보 같은 놈한테 대체 무슨 말을 해야 할까. 그의 크고 두툼한 손이 다시 레니에의 뺨을 부드럽게 쓸었다.

"예쁘다, 레니에. 아아 정말, 내가 생각했던 것보다 더 예쁘다."

그가 얼굴을 온통 찌그러뜨리고 웃는데 목소리는 점점 짠물에 잠긴다. 그의 손은 여전히 부드럽고 따뜻해서, 레니에의 눈이 천천히 감겼다. 그의 목소리가 점점 가까이 다가왔다. 그가 레니에를 조심스럽게 품에 들이고 속삭였다.

"나는 성인식을 치렀고 우투 님에게 맹세한 것도 갚았으니, 그때 못 했던 말을 이젠 할 수 있다."

"……."

"나는 너를 사랑한다. 아주 많이 사랑해."

머리가 띵 울렸다.

8년 전 그날, 설원에서 헤어질 때 하고 싶었던 말, 해야 했던 말, 하지만 끝내 레니에의 귀에 와닿지 못했던 그 말. 너무나 늦게 도착한 이 말. 레니에는 그의 가슴에 뺨을 댄 채 조용히 물었다.

"하고 싶었던 말이 이거였어? ……그때는 왜 말 못 했어?"

쿤은 눈을 껌벅이며 애써 호흡을 다스렸다. 그동안 속에서 차곡차곡 쌓여 맺히기만 했던 말이 드디어 주인을 만났는데, 흉하게 떨려 나올까 봐 겁이 났다. 레니에를 안은 팔에 지그시 힘이 들어간다.

"북국에서는 성인식을 치르기 전에 사랑을 고백하면 이루어지지 않는다고 믿는다. 우투 님께서도 어리고 경박한 자의 고백은 이루어지지 못하게 막으신다 하셨다. 게다가 나는 그때 부모님과 집안사람들이 모두 죽은 상태였고, 복수를 하기 전까지는 아내를 맞지 않겠다고 우투 님께 서원까지 한 상태였다."

"아……."

"그래서 그때 네게 말하지 못했다. 너무너무 말하고 싶었지만, 내가 경솔하게 고백했다가 너를 잃게 될까 두려웠다. 죽는 것은 무섭지 않지만, 너를 잃는 것은 무서웠다. 서원을 지키지 않고 너를 먼저 아내로 맞았다가 우투 님의 노여움이 우리를 갈라놓을까 봐 정신이 하나도 없었다. 동굴에 있을 때, 그 말이 맘대로 튀어 나가지 않게 하려고 하루에도 열 번씩 입을 후려쳐야 했다."

그는 불그레한 콧잔등을 문지르며 눌러놓았던 말을 열심히 풀어놓기 시작했다.

"이제 말할 수 있어서 너무 좋다. 이제 매일매일, 아침이고 저녁이고 말할 것이다. 난 네가 좋다. 8년 전에도 좋았고, 지금은 더 좋다. 너무 좋아서 숨도 못 쉬겠다."

뭐라 대답해야 할지 알 수 없어서 그를 가만히 올려다보았다. 이마에 조르르 맺힌 땀방울마저 애처롭고 사랑스러웠다.

그가 등을 부드럽게 쓰다듬는다. 그 큰 손은 여전히 따뜻했고, 그것만으로도 이상하게 안심이 되었다. 너는 여전하구나. 정말 변함이 없이, 8년 전에 내가 좋아했던 쿤 그대로구나.

그의 심장이 쿵쿵 들뛰는 소리 사이로 가만가만 떨리는 그의 목소리가 스며들어 이상하게 들렸다. 꿀꺽, 꿀꺽, 꿀꺽. 목이 메는지 가끔 말이 끊어지며 아픈 침을 힘겹게 삼키는 소리도 들린다. 그 떨림과 아픔이 천천히 자신의 심장으로 옮겨지는 것 같다.

"나, 나는 그때부터 쭉, 너는 운명……으로 정해진 사람이라 생각했다. 우리는 서로…… 짝으로 만들어졌고, 짝으로 만나도록 이끌렸고, 때……가 되어 만난 사람들이다. 8년 전에 헤어졌지만 나는 결국 언젠간 다시 만날 거라고 믿었다. 이제, 이제 이……렇게 다시 만났으니, 나는 너의 남편……이 되고, 너는 내 아내가 돼서 죽을 때까지 헤어지지 말고 살면 된다."

가슴으로 옮겨 온 통증이 이제 점점 위로 번져 간다. 목이 아프고, 눈이 욱신대고 귀는 윙윙 울리고 머리는 어지럽다.

"레니에, 너는 내가 지킬 것이다. 이곳은 소금성의 내실이다. 북국에서 가장 높고, 깊고, 견고하고, 안전한 곳이다. 너는 누구든 만나도 되고, 아무도 만나지 않아도 된다. 꿀이 든 우유를 얼마든지 먹을 수 있고, 추운 곳에서 잠들지 않아도 된다. 내가 네 지붕과 단단한 돌벽과 따뜻한 양털이 되어 주겠다."

"쿤……."

"좋은 천을 얻게 되면 너에게 가장 먼저 주고, 맛있는 것도 너에게 가장 먼저 주겠다. 힘든 일은 힘센 내가 하고, 너 혼자 감당하지 못할 짐도 내가 지겠다. 나는 북국의 루갈이고 우투의 대신관이다."

레니에는 눈을 감고 길게 심호흡을 하면서 쿤의 고백에 귀를 기울였다. 자꾸 흐느낌이 터져 나오려고 했지만, 끝까지 참고 그가 하는 말을 집중해서 마음에 새겼다. 오랫동안 힘겹고 고통스럽게 지켜 왔을 그의 마음이니 단 한 마디도 빠뜨리지 않고 기억해 두고 싶었다.

"그리고 분명히 약속하겠다. 나는 너하고만 입을 맞추고, 너하고만 성교를 하고, 너에게서만 아이를 낳겠다. 너도 그렇게 약속해 줘. 네가 다른 사내와 입을 맞추고 성교를 하면, 나는 너도 그 사내도, 그리고 나 자신도 모두 죽이고 싶어질 것이다."

하, 하하. 눈물이 나오는데, 또 너무나 여전해서 웃음도 같이 나온다. 이런 말로도 안심하고 웃는 자신이 너무 이상해서 다시 웃음이 난다.

레니에는 그의 얼굴을 끌어 내려 이마를 마주 댔다. 얼룩덜룩 벌겋게 달아오른 얼굴로 열심히 고백하는 사내는 터무니없이 진지했고, 고백하는 내용은 터무니없이 구체적이면서도 살벌했다. 그래서 더 속이 욱신거렸다.

"레니에, 레니에, 이제야 네 이름을 부를 수 있게 돼서 너무 기쁘다. 밤새도록 부를 수 있을 것 같다. 레니에, 네가 좋다. 네가 정말 좋아. 좋아서 죽을 것 같다. 아아, 레니에, 레니에."

레니에, 레니에, 레니에. 그동안 이름을 불러 보고 싶어서 얼마나 애를 태웠던 건지, 쿤은 끝도 없이 이름을 불러 댔다. 대답도 핀잔도 부질없었다. 제가 원하는 양껏 이름을 불러 대고야 직성이 풀릴 기세였다.

쿤, 고작 내 이름 하나 가지고 그렇게 행복하니?

그런데 이상하다. 레니에, 레니에. 그냥 이름만 하염없이 듣고 있는 것뿐인데, 뱃속에 박혀 있던 커다란 얼음 덩어리가 쩍쩍 소리를 내며 갈라지는 것 같다. 레니에, 레니에, 레니에. 갈라진 얼음은 벽돌 가마 속에 던져진 듯, 뭉글뭉글 흘러내리며 순식간에 형체를 잃기 시작했다.

"나, 나는…… 8년 전에……."

레니에는 더듬더듬 입을 열었다. 얼음 덩어리가 녹아 사라진 빈 자리에는, 그동안 주인을 기다리던 숱한 말이 서리서리 또아리를 튼 채 기다리고 있었다.

8년 전, 나는 신성석 동굴에서 지독한 열병을 앓았다. 너를 떠밀어 보내 놓고 뒤늦게 내 속에서 이상한 것이 자라난 것을 알았다. 깨달음은 뒤늦게, 후폭풍은 거세게 찾아왔다.

눈을 감건 뜨건 네 생각밖에 나지 않았다. 눈길이 닿는 곳마다 너만 보였다. 오지 말라고 야멸차게 밀어 보낸 주제에 하염없이 소금성을 바라보며 너를 기다렸다. 낮이고 밤이고 미친 사람처럼 네 이름을 불렀다.

쿤, 보고 싶다. 쿤, 내 귀여운 우르투르. 넌 모르고 있겠지만 너 정말 귀엽고 예뻐, 이 바보야. 내가 예쁘다면 예쁜 거고 귀여우면 귀여운 거라고. 네 눈 색깔은 어떤 색이었을까? 한번 물어보기라도 할걸.

쿤, 내 이름은 레니에야. 엘데 섬의 고아, 레니에. 알려 줄 걸 그랬나? 정말 반가워했을 텐데. 쿤, 성인식은 잘 마쳤니? 보고 싶다, 너 정말 보고 싶다. 왜 안 오니? 미쳤나 봐, 오지 마. 그래도 보고 싶은데. 딱 한 번 정도면 괜찮지 않을까? 응?

이건 사람이 의지로 저항할 수 있는 힘이 아니라고 생각했다. 결국 멋대로 자라난 감정은 나를 소금성까지 가도록 내몰았다.

하지만 그곳이 내가 갈 수 있는 길의 끝이었다.

작은 몸뚱이에 그렇게 많은 눈물이 있을 줄은 몰랐다. 네게 눈물을 한 바가지가 아니고 연못 한두 개 정도를 떠넘겨도 좋았을 걸 그랬다.

국경까지 가는 두 이레 동안, 내 뒤로는 꽁꽁 얼어붙은 작은 소금기둥들이 줄지어 따라왔다. 너를 잊으려고 발버둥을 쳤고, 끝끝내 잊히지 않자 차라리 미워하려고 노력도 해 봤다. 안 그러면 내가 죽을 것 같았으니까.

미워하는 건 조금 성공했던 것 같다. 여기서 깨어나기 전까진. 하지만 잊어버리는 건 끝끝내 되지 않아서, 너를 만나기 직전까지도 네 꿈을 꾸었고, 네 생각에 시달려야 했다.

레니에는 고개를 들고 눈앞의 사내를 물끄러미 올려다보았다. 깊은 재색의 눈동자가 자신을 빨아들일 것처럼 응시하고 있다. 레니에가 알고 있는 모든 색깔 중 가장 따뜻하고 넉넉한 색이었다.

그 눈을 마주하고 있으니, 억지로 짓밟아 묻어 두었던 마음이 기지개를 켜며 일어나는 것만 같다. 8년의 시간이 묻어 두었던 마음을 업고는 껑충껑충 달려온다. 하늘로 높이 뛰어오른다.

……그리고 팔을 활짝 벌리고 있는 내 품에 있는 힘껏 안긴다.

아아. 하아아. 레니에는 눈을 감고 숨을 한껏 들이쉬었다. 몸을 짓누르는 어마어마한 힘에 가슴이 터질 것 같다.

톡톡톡, 조심스럽게 몸을 두드리는 세미한 소리가 가슴까지 와 닿는다. 정수리 위로 따끈한 물방울이 연이어 떨어지고 있었다. 레니에는 손을 위로 올려 천천히 그의 뺨을 쓰다듬었다.

"레니에…… 음, 으음."

습하고 따뜻한 목소리가 귀를 간질인다. 그의 입술이 레니에의 흠뻑 젖은 속눈썹을 살풋 덮는다. 짠물이 더 이상 나오지 않을 때까지 오랫동안 눈을 덮고 있던 입술은 이제 레니에의 젖은 뺨을 쓰다듬기 시작했다.

그 움직임이 너무나 조심스럽고 애틋해 심장이 뛴다. 아랫배가, 온몸이 간질간질하고 따뜻해지는 것 같다. 한껏 들뜬 그의 속삭임이 깃털처럼 사붓사붓 내려앉는다.

"네 몸이 낫는 대로 우투께 고하러 가자. 너를 그분께 보이고 부부가 되었음을 고한 후에 백 마리의 양을 잡아 감사의 제의를 드릴 것이다. 그리고 열흘 동안 이어지는 큰 잔치를 베풀 것이다. 북국의 사람들은 에레쉬 레니에를 큰 소리로 외치며 기뻐할 것이다. 그러면 너하고 나는 드디어 제대로 된 부부가 되는 것이다."

레니에는 대답하지 못하고 잠시 머뭇거렸다. 그럼 앞으로 어떻게 되는 거지? 임무에 실패한 내가 이곳에 남아서 쿤하고 혼인하면? 기치다 님이 이걸 아시면 어떻게 반응하실까? 생각이 닿는 순간, 갑자기 등으로 소름이 주르르 돋았다.

"레니에."

생각을 길게 이을 수 없었다. 눈을 떠 보니 바로 앞에서 잿빛 눈동자가 은은하게 끓어오르고 있었다.

"네게 입을 맞추고 싶다, 레니에."

그는 레니에의 눈을 빤히 바라보면서 말했다.

"음. 오래오래 해 보고 싶다, 어, 그러니까, 혀를 넣어서, 깊게 넣고 입맞춤을, 어, 이제는 저번보다 좀 잘해 보겠다."

"혼자 연습이라도 했어? 저번에도 뭐 그리 나쁘지 않았는데?"

말이 끝나기도 전에 그가 거대한 해일 같은 기세로 레니에를 휘감았다. 그는 레니에의 작은 몸을 억센 힘으로 끌어안고 몸을 바짝 붙이더니 그녀의 입술을 단번에 삼켜 버렸다.

훅훅, 시익시익, 귓가를 후려치는 숨소리가 엔릴의 채찍 소리처럼 크고 거칠었다. 입맞춤은 믿을 수 없을 만큼 힘차고 길었고, 레니에가 어지럽고 숨이 막혀 기절할 지경이 되어서야 물러났다. 입술을 떼고도 아쉬운 듯, 이마에, 뺨에, 눈 위에 도장을 찍듯이 한참 입술을 눌러 댔다.

"레니에…… 후우우, 레니에."

그의 한숨이 레니에의 뺨을 뜨끈하게 달구었다.

"몸이 괜찮아지면 너와 성교하고 싶다. 지난번에는 아는 게 없어서 너를 몹시 아프게 했다. 정말 미안하다. 이제는 네 성기가 아프지 않도록 많이 조심하겠다. 그러니 얼른 나아라."

이렇게 부끄러움을 많이 타는 놈이 말하는 건 너무 적나라하고 일상적이라, 레니에는 도무지 적당한 중간 지점을 찾을 수가 없었다. 익숙해지는 수밖에 없다고 생각했다. 레니에는 애써 태연하게 웃었다.

"지금도 몸은 괜찮아, 쿤."

"가슴이 이제 막 아물어 가는데. 손을 댔다가 터지면 어찌하나. 정말 괜찮은가?"

쿤은 양심과 욕심이 뒤죽박죽 엉킨 얼굴로 레니에를 바라보았다. 온몸에서 내뿜는 흥분의 열기가 너무 솔직하고 투명해서 괜찮지 않다고 대답했다간 맞아 죽을 것만 같았다.

"괜찮은 것 같은데? 조심하기만 하면."

쿤은 두 번 묻지 않았다. 수인종족의 속에는 진짜로 짐승이 살고 있었고, 특히 그의 속에는 기다리는 것은 잘하지만 참을성이 좀 많이 부족한 짐승이 살고 있었다.

"레니에, 레니에."

레니에는 그가 자신을 침상 위에 곱게 눕힌 후, 옷을 벗고 단단히 묶어 둔 머리까지 풀어 내리는 것을 물끄러미 바라보았다.

숱이 많은 적갈색 머리카락이 넓은 어깨를 뒤덮었다. 옷에 가려졌던 그의 나신은 생각보다 훨씬 크고 두껍고 장대했고, 사내다운 냄새가 물씬 풍겼다.

레니에는 천천히 눈을 감았다. 어지럽고 정신이 아득했다. 이제 어찌할까. 내가 이렇게 북국 왕의 아내가 되면 일이 어떻게 흘러가려나. 모든 일이 예상에서 크게 벗어나는 바람에, 레니에는 이제 아무것도 짐작할 수 없었다.

"나의 아기를 낳아 다오. 너와 나를 닮은 아이들을 많이, 많이."

아. 레니에는 눈을 번쩍 떴다. 깊고 부드러운 잿빛 홍채가 바로 눈앞에 있었다. 그의 입술이 레니에의 입술을 막고 그의 몸이 레니에의 팔다리를 강하게 짓눌렀다.

쿤, 나는 네게 아기를 낳아 줄 수 없는데.

황금숲의 누군가가, 나를 절실하게 살리고 싶어 했던 누군가가, 혹은 자신의 씨를 지상의 진흙종족에게 남기기 싫어하는 누군가가 내 태를 막아 버렸어.

하지만 입술이 단단히 가로막힌 레니에는 대답할 수 없었다.

……혹은, 대답하지 않았다.

28. 북국 동화

어쨌거나, 썩 명예롭지 못한 소문이 퍼져 버렸다. 북국 사람들은 남녀 관계에 대해서는 점잖고 반응이 느린 편이지만, 젊은 루갈에 대한 소문은 가차 없었다. 저녁때 성문 앞에서 퍼진 소문은 다음 날 아침 소금산 부족의 석 달 된 강아지까지 왕왕대며 떠들 지경이 돼 버렸다.

"내가 일부러 그런 게 아니고."

"더 이상 말씀하지 마십시오, 루갈! 방에 못 들어가십니다!"

"닌갈사르밧, 내 아내다!"

"저는 루갈께서 그렇게 상식이 없고 앞뒤 분간 못 하시는 분인 줄 몰랐습니다! 도끼로 가슴을 쪼개 놓고 안 살리면 절 죽인다고 펄펄 뛰실 때는 언제고! 이 노파가 몇 날 며칠 밤새워 가며 간신히 살려 놓았더니, 이젠 이따위 방법으로 죽이실 작정입니까!"

길길이 날뛰는 닌갈사르밧을 아무도 막지 않았다. 그녀의 남편이자 쿤의 스승인 시무그 원로도, 평소 왕의 편이던 홈바도, 휘하의 측근 일곱 전사마저도 폭풍처럼 분노하는 노파를 말리지 않고 내버려 두었다.

쿤은 억울해 죽을 지경이었다. 제 깜냥으로는 시작도 안 한 것 같은데 어쨌든 레니에는 침대 위에서 졸도했고 간신히 아물어 붙던 상처마저 다시 터져서 피가 펑펑 쏟아졌다. 쿤은 새파랗게 질려서 레니에를 이불에 둘둘 말아 안고 소금성 밖 닌갈사르밧의 집까지 한달음에 달려갔다.

"루갈께 더 이상 환자 간호를 맡길 수가 없습니다. 벌레를 잡는답시고 머리맡에서 도끼를 휘두르지 않나, 조사할 게 있다고 머리에 칼질을 하지 않나, 약초 공부 좀 했답시고 약차 정도는 내가 끓인다 어쩐다 큰소리만 뻥뻥 치더니, 백곰도 뻗어 버릴 정도로 진하게 끓여서 내내 퍼먹이질 않나, 왜 안 일어나느냐, 나도 안 먹겠다, 나도 안 일어나겠다 환자 머리맡에서 밤이고 낮이고 소란을 피우질 않나! 그래 놓고 간신히 일어나니 기껏 하는 짓이라는 게 상처 터뜨려 놓고 기절시키는 겁니까!"

"해도 해도 너무하셨습니다, 루갈. 8년을 참아 놓고 고 며칠을 못 참으십니까?"

"북국의 루갈은 정력 대마왕~ 이런 노래가 만들어지길 원하시는 겁니까? 한 곡 만들어 드릴까요?"

홈바의 집에 와 있던 일곱 전사가 고개를 들이밀고 한마디씩 거들었다. 훈련을 끝내고 대장의 집에서 식사를 하던 중이라 했다. 원래 목소리가 크던 아쉬와 디쉬는 물론이고 평소 소심하고 과묵하던 홈바나 림무, 막내 여전사 이야, 시무그 원로까지 고개를 절레절레하며 혀를 차고 앉았다.

쿤은 머리를 쥐어 싸고 끙끙거렸다. 입이 열 개라도 할 말이 없었고, 할 말이 있어도 큰 소리로 싸워 대기엔 너무 창피한 사안이었다.

"그대들은 훈련이 끝났으면 얌전히 집에 가서 씻고 저녁밥이나 먹을 것이지, 왜 대장의 집에 몰려와서 이 야단인가."

투덜대 봐야 이미 늦었다. 급하다고 바로 닌갈사르밧의 집으로 안고 허겁지겁 뛰어온 게 사달이었다. 사자를 이곳으로 보내고 닌갈사르밧이 의복을 정제하고 노파의 걸음걸이로 오는 시간을 도저히 기다릴 수 없었던 것뿐인데 누가 이럴 줄 알았겠나.

이 빌어먹을 소문은 자신이 죽을 때까지 절대 사라지지 않을 것이고, 널리널리 퍼질 것이고, 잘못하면 노래로 만들어져서 대대로 전해지게 될지도 몰랐다. 생각만 해도 앞이 노래졌다.

하지만 사람들은 아주 신이 났다. 고자 아닌 고자가 되어 독수공방하던 루갈이 드디어 오매불망 그리던 왕비님을 찾으셨는데! 죽어 가던 루갈을 목숨 걸고 살려 낸 은인이라는데! 눈깔이 튀어나올 정도로 어여쁘다는데! 그것도 모자라 루갈과 맞짱을 뜰 정도로 막강한 전사란다! 그런 것들 하나하나가 엄청난 점수를 얻어서 타국 여자라는 거부감을 모조리 갈아엎어 버렸다.

그럼 그렇지, 우리 루갈 정도 되는 분의 곁에 계시려면, 세계 최고의 여전사쯤은 되어야지. 북국 제일의 미인쯤은 되어야지, 아무렴. 사람들은 둘만 모여 앉으면 귀하게 숨겨 놓은 과일주와 약초 술을 꺼내 한 그릇씩 돌려 마시며 제 일처럼 기뻐했다. 그것도 모자라서, 왕비의 얼굴을 먼발치에서나마 구경하려고 일도 없이 성문 앞을 오락가락 배회하는 백성들이 떼를 이루었고, 성벽 위에 난 길을 슬금슬금 돌아다니며 '에레쉬에 대한 소문'을 수집하던 사람들도 한둘이 아니었다.

그런데 루갈께서 대낮에 일을 치르다가 기절한 왕비를 안고, 맨몸에 털가죽 겉옷 한 장만 걸치고 개산발 머리카락을 휘날리며 의원의 집에 달려가는 꼴을 보게 된 것이다. 그것도 사람들이 가장 많이 오가는 대로를 가로질러서! 신이 안 날 수가 없다.

레니에는 이튿날 점심때 깨어났다.

❖ ☨ ❖

"그래서 북국의 루갈씩이나 되는 주제에 그 구박을 다 받고 있었다고? 세상에, 부하들이 네 친구야?"

"친구다. 부하들 중엔 어릴 때 친구로 자란 전사들이 많다. 특히 훔바는 유모의 아들이자 내 가장 오랜 친구이기도 하다."

레니에는 간신히 면회를 허락받은 쿤에게 그간의 사정을 듣고는 기가 막혀 한숨을 쉬다가, 부하들을 스스럼없이 친구라고 하는 데 이르러서는 그냥 웃고 말았다.

레니에가 관찰한 쿤과 소금성 백성 간의 친밀감은 예상을 깨는 부분이 있었다.

남국 도시의 왕들은 백성과 거리를 두기 위해 애를 쓴다. 백성에게 없는 특별함을 애써 강조하기도 하고, 소탈하고 격의 없게 행동하지도 않고, 무엄한 행동을 허락하지도 않는다. 황금숲의 알티르만 해도 봄의 축제만 되면 자신이 백성과 같은 인간이 아니라는 것을 나타낼 이적을 보여 주어 그들을 위압하곤 하지 않던가.

쿤은 그렇지 않았다. 그는 누구에게든 자신의 모습을 있는 그대로 보이는 것을 두려워하지 않았다. 낮은 자를 박대하고 높은 자를 우대하지도 않았고, 백성에게 오만하고 섬기는 신에게 비굴하지도 않았다.

사고방식은 간결했지만 깊이가 있었고, 교활함이 없었다. 무지를 부끄러워하지 않고 무엇이든 열심히 배우고자 했다. 자신의 입이 약속한 것을 지키고, 자신의 뒤에 있는 자들을 지키고, 자신이 섬기는 신의 명예를 지켰다.

소금성의 거민들은 쿤이 북국 역사에서 손꼽힐 만한 위대한 전사라는 것을 자랑스러워했고, 도굴꾼들을 쫓아내 북국의 상처 입은 자존심을 회복시킴을 기뻐했으며, 아무리 가난하고 힘없는 자의 재판이라도 시시비비를 칼같이 가려 공명정대하게 판결하는 일을 크게 칭송했다. 공포와 신비감을 조성하지 않아도 쿤이 명령하면 백성들은 기꺼운 마음으로 복종했다.

레니에는 쿤이 좋은 왕이라 생각했다. 그리고 그 좋은 왕이 옆에서 풀 죽은 소리로 중얼거린다.

“나는 돌을 맞아도 싸다. 네가 그렇게 힘들어할 줄은 몰랐다.”

레니에는 킬킬대고 웃었다. 네가 눈에 보이는 게 있었겠니. 수절 8년 차 피 끓는 사나이가 밀린 거 벌충 좀 하려다 생긴 일인데 어떻게 돌을 던질 수 있겠니.

아니, 그보다 누가 감히 너한테 돌을 던질 수 있겠니. 죽으려고.

“괜찮아, 쿤. 금방 나을 거야. 며칠 동안 먹은 게 없어서 그랬지. 상처도 잘 아물고 있고, 이제 잘 먹고 있으니까 그런 일은 없을 거야.”

“너는 대체 왜 이렇게 안 자랐나. 왜 아직도 이렇게 죄다 조그마한가. 손발은 콩알만 하고, 허리는 한 줌도 안 되고. 대체 팔다리는 왜 이렇게 나뭇가지처럼 앙상한가? 톡 건드리면 부러질 것 같잖은가. 사람 손도 못 대게.”

“못 먹고 자라서 그랬다, 왜!”

레니에의 입술이 삐죽 튀어나왔다. 돌 못 던지겠다는 말 취소. 이게 어디서 씨알도 안 먹힐 소릴.

"그리고, 말이야 바른 말이지 손도 못 대셨다고? 할 거 다 해 놓고?"

"할 거 다 하지 않았다! 턱도 없었다!"

왈칵 고함이 터졌다. 레니에가 질린 얼굴로 쳐다보자 그는 고개를 획 돌리고 코가 빨개질 때까지 콧잔등을 문질렀다.

"어쨌든 이레 동안은 팔베개만 해 주고 재워 주기만 하겠다. 그렇게 약속했다. 그동안 너는 많이 먹고 많이 자고 빨리 나아야 한다. 보면서 참는 건 안 보면서 참는 것보다 훨씬 힘들어."

쿤은 레니에의 고개를 조심스럽게 받쳐 들고 팔베개를 해 주었다. 통나무처럼 굵은 팔이라 딱딱하고 불편한 줄 알았는데 쿤이 힘을 빼니 꽤 물렁하고 편안했다.

이쪽으로 누우면 그의 투명하고 깊은 잿빛 눈동자가 보이고, 저쪽으로 누우면 등을 푹 감싸 안아 따뜻하게 해 주는 체온이 느껴졌다. 어깨가 넓어서 그가 뒤에서 감싸 안으면 자신의 두 어깨가 그의 가슴에 폭 파묻혔다.

토닥토닥 어깨를 두드리는 손길에 심장이 팅팅 통통 노래를 한다. 아랫배가 따끈따끈해진다. 아, 누군가의 팔을 베는 게 이런 느낌이구나. 누군가의 품에서 잠을 잔다는 게 이렇게 편안하고 따뜻한 거구나. 레니에는 생전 처음 겪는 이런 느낌이 신기하고 놀라웠다.

고개를 옆으로 돌리니 저도 모르게 벙긋 웃어 보이는 얼굴이 참 순해 보인다. 남국이나 서역에서는 피의 군주라고 불린다는 놈인데 왜 이렇게 순박하고 안쓰러워 보이는지.

……나도 참 미쳤지.

레니에는 빙긋 웃으면서 쿤의 뺨을 쓰다듬었다. 길게 흩어진 그의 머리카락도 차분차분 쓰다듬어 주었다. 황금숲의 신관들과 몇 년을 살아서 그런지 빈말로라도 잘생겼다고 해 줄 순 없었지만 왜 이렇게 애틋하고 귀엽고 예뻐 보이는지 알 수 없는 일이다.

"예뻐."

레니에는 배시시 웃으면서 나른하게 중얼거렸다. 쿤은 질색을 하며 고개를 흔들었다.

"사나이한테 예쁘다니."

"남자라도 예쁘면 예쁘다고 하는 거지. 황금숲에는 여자보다 예쁜 남자 신관들이 얼마나 많은데. 그리고 너 진짜 예뻐."

"빈말 마라. 나는 예쁜 얼굴이 아니야. 잘생긴 얼굴도 아니다. 난 태어나서 지금까지 한 번도 잘생겼단 말을 들어 본 적이 없는걸. 어머니는 나를 잘못 구워진 호밀빵이라는 별명으로 부르셨다."

쿤은 자신의 아픈 과거를 털어놓았다. 세상에, 잘못 구워진 호밀빵이라니. 그래도 명색이 족장의 아들이었는데! 그것도 엄마가! 레니에는 이걸 웃어야 하나 위로를 해 주어야 하나 한참 헷갈렸다. 그런데 당사자는 별로 안 아픈 모양이었다. 쿤은 씩씩한 목소리로 말을 이었다.

"레니에, 사람은 얼굴이 아니라 마음이 중요한 거다. 북국 사람들은 외모를 중시하지 않는다!"

"아, 그럼. 그렇고말고."

아니, 그래야 하고말고, 하는 진실 선언이 목구멍 밖으로 나오려는 것을 꼴랑 삼켰다. 하지만 냉큼 눈치챈 쿤이 레니에의 어깨를 지그시 누르며 흠, 헛기침을 했다.

"레니에, 이 방을 둘러싸고 있는 암염들에 대한 이야기를 들으면 그렇게 이상하게 웃진 못할 것이다."

"응? 이 암염이 왜? 무슨 구슬픈 전설이라도 깃들어 있어?"

놀랍게도 쿤은 진지한 얼굴로 고개를 끄덕였다.

"그렇다. 소금산의 암염 덩어리들에는 슬픈 전설이 있고, 그 전설은 우리 인생에 대단히 중요한 교훈을 준다. 우리는 주변에 있는 암염이나 암염 기둥들을 보며 매일 그 교훈을 되새긴다."

아아, 이쯤 되면 당황스럽다. 소금에 깃든 구슬픈 전설과 중요한 교훈이라니. 그게 뭘까? 인생은 원래 짠 내가 풀풀 난다는 것? 레니에가 귀를 쫑긋하는 순간 쿤의 입에서 굉장히 황당한 말이 나왔다.

"사람이 너무 얼굴을 밝히면 안 된다는 것이다."

뭐뭐뭐뭐?

레니에는 멍청한 얼굴로 쿤을 빤히 바라보았다. 금방이라도 폭소가 터질 것 같은데, 저놈의 얼굴이 너무 진지해서 레니에는 그냥 멍청한 얼굴로 듣고 있을 수밖에 없었다.

"북국 어린이들이 자기 전에 매일 듣는 옛날이야기에 그런 이야기가 나온다. 나도 어머니께 잘 때마다 들은 건데."

"그, 그래? 어떤 이야기인데?"

"잘생긴 것을 좋아하던 어떤 장사꾼 이야기이다."

커다란 손이 등을 투덕투덕 두드린다.

❖ ✝✝ ❖

옛날 옛날 어떤 마을에 멋쟁이 상인이 살고 있었어요. 상인은 어렸을 때부터 잘생기고 예쁜 것을 좋아했어요.

상인은, 아침에 잘생겼다는 말을 들으면 저녁까지 기분이 좋았어요.

어여쁜 여자를 보면 또 기분이 좋았고, 하루라도 잘생겼다는 말을 듣지 않으면 기분이 나빠 심통을 부렸지요. 창고에 소금에 절인 고기가 다 떨어져도, 화덕에서 호밀빵을 굽지 못해도, 잘생겼다는 말만 들으면 배가 부른 것 같았어요.

상인은 매일 꽃물로 세수하고, 머리에 올리브기름을 발라 곱게 빗고, 수염을 둥글게 꼬아 장식하고, 여자들처럼 화려한 다섯 단 채색 카우나케스를 입고, 새하얀 여우 꼬리털로 만든 목도리를 둘렀답니다.

상인에게는 아들이 두 명 있었어요. 한 명은 친아들이고, 한 명은 아기 때 주워 기른 노예로, 친아들을 형제처럼 도와주라는 뜻으로 어릴 때 양자로 삼아 함께 길렀어요.

상인은 장사를 하기 위해 집을 떠나 10년간 먼 나라를 떠돌며 돈을 벌었어요. 그래서 큰돈을 벌어 집으로 돌아왔어요. 그사이 아내는 죽고 두 아들은 자라서 성인이 되어 있었지요.

상인은 친아들에게 전 재산을 물려주겠다고 했어요. 두 아들은 서로 자신이 친아들이라고 우겼어요. 상인은 큰 고민에 빠졌어요. 너무 어렸을 때 보아서 어른이 된 얼굴로는 친아들을 구별할 수 없었거든요.

상인은 두 아들을 나란히 세워 두고는 누가 친아들인지 바로 깨달았어요. 한 아들은 몸집이 크고 퉁퉁하고 아주 못생겼고, 한 아들은 희고 가늘고 아주 잘생겼지요. 상인은 잘생긴 아들이 자신의 친아들이라 확신하고 그에게 전 재산을 물려준 후 건방진 노예는 때려 내쫓았답니다.

10년 후 소금성에 자신의 얼굴을 보여 주는 청동거울이라는 진귀한 물건이 들어왔어요. 반질반질한 청동거울을 생전 처음 본 장사꾼은 크게 놀라 몸을 떨었어요. 거울 안에는 크고 퉁퉁하고 아주 못생긴 늙은 사내가 얼굴을 잔뜩 찡그리고 있었거든요.

상인은 진짜 아들을 찾아 헤매고 다녔어요. 친아들은 백염산맥의 동굴 속에서 집도 옷도 먹을 것도 없이 숨어 살고 있었어요.

상인은 거울 속에서 보았던, 자신의 모습과 똑같이 생긴 친아들을 끌어안고 엉엉 울었어요. 아들도 같이 울었어요. 아버지, 저에게도 재산을 나누어 주세요. 저에게 줄 것은 아무것도 남아 있지 않나요?

하지만 이미 때는 늦었어요. 가짜 아들은 받은 재산을 모조리 차지하고, 진짜 아들까지 죽이려고 호시탐탐했지요. 상인은 죽을 때까지 백염산맥을 빙빙 돌며, 그곳에 사는 불쌍한 아들을 지켜 주어야 했어요.

상인은 훗날 죽어서 커다란 소금 바위가 되었고, 아직도 백염산맥에 남아 그곳에 사는 사람들을 지키고 있답니다.

❖ ✝✝ ❖

이야기를 끝낸 쿤은 매우 엄숙하게 결론을 내렸다.

"사람은 얼굴이 중요한 게 아니다. 마음이 중요한 거지."

레니에는 미친 듯이 웃을까 한숨을 쉴까 망설이다가 얌전히 고개를 끄덕이는 쪽을 택했다. 카할라라는 여자가 '잘못 구워진 호밀빵'에게 저 이야기를 밤마다 열심히 들려주어야 했던 이유를 추측해 보니 안쓰럽기 그지없었던 것이다.

역시나 예상대로 북국의 옛이야기는, 야시시하고 불륜투성이에 일확천금 한탕 만세를 외치는 남국의 옛이야기나 바람둥이 신들의 오입질 대행진과 달리 매우 교훈적이었다. 레니에는 쿤의 얼굴을 쓰다듬으면서 애잔한 목소리로 말했다.

"그럼, 쿤 너는 소금산의 많은 암염을 보면서 항상……."

“그렇다. 얼굴이 중요한 게 아니고 마음이 중요하다는 교훈을 항상 되새긴다.”

미치겠다. 레니에는 입술을 실룩거리며 필사적으로 웃음을 틀어막았다. 입에서 쥐가 날 지경이다.

“그럼 넌 이 암염으로 된 방에 들어와서, 내 옆에 누워서도 똑같은 생각을 하고 있었다는 거야? 얼굴은 중요하지 않다, 얼굴은 중요하지 않다, 이러면서?”

자신만만하던 쿤이 갑자기 꿀 먹은 벙어리가 된다. 그는 커다란 눈을 둥글둥글 굴리며 레니에의 얼굴을 힐끔 보고, 또 보고 요리조리 돌려 보더니 우물우물 실토했다.

“물론, 그, 그래야 하지만, 네가 예뻐서 더 좋다는 건 어쩔 수 없다. 너는 예쁘고, 음, 많이 예쁘고, 아니 어쨌든 숨도 못 쉬게 예쁘다. 처음에 예뻐서 반한 것도 조금 있다. 아니, 많이.”

“무슨 말이야? 나 안 보였잖아.”

“네 목소리나 냄새만으로도 네가 예쁘다는 걸 알 수 있었다. 네가 걸어오는 소리만으로도 나는 네가 세상에서 제일 예쁘다는 것을…….”

“야야야! 됐어! 됐어!”

레니에는 결국 깔깔대고 폭소를 터뜨렸다. 이쯤 되면 뭐라 손댈 수 없는 콩깍지다. 답도 없고 설득도 되지 않는 초강력 콩깍지다. 레니에가 배까지 움켜잡고 너무 심하게 웃자 쿤은 머쓱해하면서도 꿋꿋하게 우겼다.

“정말이다. 원래 뛰어난 사냥꾼들은 그런 감이 있다. 너는 목소리도 냄새도 소리도 정말, 정말 예뻤다. 하지만 정말 예쁜 건 네 마음이었다. 아, 그만 웃어! 레니에!”

저놈의 정체를 알 수 없는 꿋꿋한 신념은 견고하기가 바윗덩어리 같다. 레니에는 포기하고 운명을 받아들였다. 어쨌든 예쁘다니 좋았고 옆에서 쿤이 열을 올리며 이야기하는 모습을 볼 수 있다는 것도 좋았다. 볼에 가볍게 입을 맞추어 주자 집어삼킬 듯한 입맞춤으로 바로 답례를 해 주는 것도 가슴이 뻐근하도록 좋았다.

그래, 외양이 중요하지 않다는 것은 이제 나도 안다. 나는 네가 예쁘다. 처음 보았을 때는 억세고 무서워 보였던 네가 이제는 예쁘다. 아주 예뻐서 미칠 지경이다. 레니에는 입맞춤을 받으며 그의 뺨을 오랫동안, 오랫동안 정성껏 어루만졌다.

쿤은 한쪽 팔로 레니에의 머리를 괴어 주고 다른 팔로 레니에를 부드럽게 감싸 안더니, 한참 뺨을 비벼 대다가 천천히 잠에 떨어졌다. 쿤의 깊고 고른 숨소리가 레니에의 귀를 간질였다.

레니에는 눈을 감은 채 생각에 잠겼다. 앞으로 남아 있는 날이 이런 것들이라는 것이 믿어지지 않았다. 이런 행복이 정말 나에게 주어진 게 맞는지, 다른 사람에게 갈 행복이 길을 잃어버리고 나에게 잠깐 찾아온 게 아닌지 걱정이 될 정도였다.

황금숲으로 돌아가지 않고 영원히 이곳에서 숨어 살게 된다면 그보다 더 행복한 일은 없을 것이다. 레니에는 이 행복과 따뜻함을 놓치고 싶지 않았고, 쿤은 더더욱 놓치고 싶지 않았다.

레니에는 문득 궁금해졌다.

나는 행복함과 따뜻함을 잡고 싶은 걸까, 쿤을 잡고 싶은 걸까.

레니에는 자신에게 바짝 몸을 붙이고 깊이 잠에 빠진 덩치 큰 사내를 물끄러미 바라보았다. 쿤은 여전히 팔을 내어 준 채 입을 살짝 벌리고 깊이 숨을 쉬고 있었다. 자면서도 시선을 느꼈는지 흐응, 응, 가볍게 웃는 소리를 내며 레니에를 더듬어 안는다. 가슴을 짓누르던 뻐근함이 목으로, 눈으로 번져 올라오기 시작한다.

넌 어쩌면 이렇게 누군가를 무방비하게 좋아할 수 있니.

나는 어떻게 이런 너를 암살하러 올 생각을 할 수 있었을까.

내가 미쳤었지, 내가 어떻게.

자신이 원하는 게 무언지는 뒤집어 생각해 보니 바로 알 수 있었다. 꿀을 넣은 염소젖과 비를 피할 지붕과 따뜻하고 안전한 방을 모두 뺏긴다 해도 레니에는 쿤의 옆에 있고 싶었다.

죽을 때까지 신성석 동굴에서 살아야 한다 해도, 매일매일 누군가에게 목숨을 위협당하며 쫓겨야 한다 해도, 이 녀석의 옆에서 이렇게 팔베개를 베고 이 숨소리를 들으면서 잘 수만 있다면 다 감수할 수 있을 것 같다.

……나도 네가 좋아, 쿤.

네가 내 분수에 넘치는 사람인 거 잘 알아. 믿을 수 없을 만큼 과분해. 내 운명에 어떻게 너 같은 사람이 깃들였을까 싶을 만큼.

뻔뻔한 욕심쟁이, 후안무치한 년, 무슨 소리를 들어도 싸. 하지만 무슨 소리를 들어도 좋으니 욕심 좀 내고 싶어. 무슨 꼴이 돼도 좋으니, 그냥 네 옆에 있고 싶어.

레니에는 한 손으로 눈을 가리고 길게 한숨을 쉬었다. 한숨에 눈물이 녹아 나올 것만 같다.

희망과 달리 상황은 그리 얌전하지 않았다. 일단 북국과 남국 사이에 언제 전쟁이 터질지 모르는 일촉즉발의 상황이고, 전쟁이 터지면 쿤은 전장 한복판에 가 있게 될 것이다.

전쟁은 북국이 아닌 남국에서 벌어지겠지. 북국은 백염산맥이라는 지리적인 이점이 있고, 제공권을 장악할 수 있는 안마르라는 압도적인 무기가 있다. 그리고 안마르를 대적할 수 있는 것은 황금숲 신관들의 아크뿐이다.

아크가 통하지 않는 북국에서의 싸움은 황금숲이나 남국에게 절대적으로 불리하다. 그러니 명민한 기치다 님은 무슨 수를 써서라도 북국 사람들이 남국에서의 대규모 전면전에 응할 수밖에 없도록 판을 짤 것이다.

레니에는 이리저리 흩어진 적갈색 머리카락을 정리해 귀 뒤로 넘겨 주고 귀를 가만히 쓰다듬었다. 크고 두툼한 귓불에는 작은 금고리 세 개가 앙증맞게 박혀 있었는데, 어울리지 않게 귀여웠다. 무슨 좋은 꿈이라도 꾸는지, 녀석이 눈을 감은 채 하아, 소리를 내며 웃는다.

만에 하나 전장에서 너를 잃는다면.

상상도 할 수 없는 일이지만 상상해야 한다. 그리고 그 상상이 현실이 되지 않도록 최선을 다해 막아야 한다.

어떻게 막지? 대체 내가 어떻게?

전쟁으로 치닫는 상황을 멈추려면 북국이 신성석에 대한 자존심을 접은 후 적절한 대가를 받고 채굴을 허락해야 하고, 남국은 식량과 생필품 교역을 재개해야 하고, 무엇보다 가장 중요한 것은 황금숲 원리주의자들이 승천의 꿈을 포기해야 한다.

과연 이게 가능할까?

레니에는 길게 한숨을 쉬며 눈을 감았다. 세 가지 중 자신의 힘으로 이룰 수 있는 것은 아무것도 없었다.

일단 황금숲과 나와의 관계부터 정리를 하고 다음 생각을 해야 할 텐데.

그러기 위해선 제일 먼저, 지금 어디선가 갇혀 고생하고 있을 텔코스를 풀어 달라 청하고 황금숲으로 돌려보내야 한다.

레니에는 곰곰이 생각에 잠겼다. 어떡할까? 그 떠벌이 장사꾼에게 무슨 말을 해서 돌려보내야 할까? 이제 나는 소금성의 왕비가 될 것이니 혼자 가라 말해야 하나? 쿤에게 텔코스가 맡은 임무를 알려 주고 그 일을 못 하게 막아야 할까?

쓴웃음이 나왔다. 그랬다간 텔코스는 죽게 될 것이다. 레니에는 그 속없는 장사꾼이 그렇게 죽기를 바라지는 않았다.

그렇다면, 그냥 다른 부족과 접촉하지 못하게 하고 바로 돌려보내는 정도까지는 가능하지 않을까? 그럼 텔코스의 목숨은 구해줄 수 있을 텐데.

그러면 기치다 님에게 무슨 말을 전해야 할까? 그 무섭도록 집요하고 명철한, 인간에 대한 연민 따위는 별로 없는 천족이, 무슨 일이든지 두 갈래 세 갈래 꼬리를 생각하는 통치자가 나를 잊게 하고, 자신의 이상과 꿈과 탐욕을 접게 하려면.

"큔과 결투를 하다가 생긴 상처가 크게 덧나서 죽었다고 할까? 그런 일로 격분해서 개전 선언을 하시진 않겠지?"

풀풀 웃음이 나왔다. 기치다 님은 그런 일로 감정적으로 반응할 분이 아니다. 일단 그분은 인간과 어떤 형태로든 얽히는 것을 싫어하신다. 내게 깊은 감정을 갖고 있고, 발정했음을 숨기지 않으면서도 끝까지 손을 대지 않았던 이유가 무엇이겠는가.

기치다 님은 인간에게 발목을 잡힐 만한 상황을 필사적으로 피하고 있었다. 그는 금욕이라는 미덕과는 거리가 먼 사람으로, 레니에가 모셨던 8년간 품에 들였던 여인들의 수는 결코 적지 않았다.

하지만 그는 철저하게 천족 여인들 중에서만 택했고, 임신이 되지 않을 기간을 정확하게 따진 후에야 관계를 가졌다. 인간 여인들에게는 눈길도 주지 않았다. 그는 자신의 먼 조상이기도 한 아르마누가 카타의 발목을 잡았음을 증오하고 있었다.

기치다 님은 목표를 이루기 위해서는 다른 것들을 능히 접어 버릴 수 있다. 그게 나라고 해도.

굳이 나를 지목해 암살의 밀명을 내린 것을 보면, 큔과 내가 깊은 인연으로 얽혀 있는 걸 어느 순간 알아차린 게 틀림없다. 그렇지 않고서야 이렇게 생뚱하고 앞뒤 없이 사지로 밀어 넣을 수 있겠는가. 그걸 알면서도 내게는 전혀 내색 없이 똑같이 행동했다는 걸 생각하면 두렵고 소름이 끼친다.

기치다 님은 내가 이곳에서 살아 돌아가지 못할 가능성도 충분히 감안하셨을 것이다. 그 역시 기치다 님의 결정답다. 아니, 가장 기치다 님다운 결정이다.

기치다 님께는 시간이 없다. 그는 알고 있다. 쿤이 북국을 통일하긴 했지만 아직은 각 부족의 알력이 남아 있어 힘이 약한 상태고, 남국의 도시 간 반목은 더욱 심해질 것이라는 것을.

남국 연합군이 간신히 결성된 지금이 북국을 정복할 마지막 기회라는 것을 그는 잘 안다. 시간이 흐르면 북국의 기틀은 견고히 잡힐 것이고, 왕에 대한 충성심은 확고해질 것이다.

그래서 기치다 님에게 시간이 없는 만큼, 나에게도 시간이 없다.

레니에는 손등으로 눈을 덮고 눈을 꽉 감았다. 생각의 타래가 너무 복잡해 머리가 터질 지경이다.

"레니……."

생각이 멈췄다. 잠이 설핏 깼는지 쿤이 레니에의 얼굴을 당겨 입을 맞추며 중얼거린다. 레니에, 아아 좋아, 레니에. 그가 굵은 근육이 박힌 팔다리로 레니에를 단단히 휘어 감는다. 하아아, 괴로운 듯한 날숨이 뺨으로 훅 끼친다.

"……고 싶어, 레니……."

"쿤?"

"……아이를, 내 아이를, 많이……."

날숨이 가파르게 올라가는 것이 느껴진다. 하지만 쿤은 레니에를 안고 몸을 비비며 힘껏 입맞춤하는 것으로 그것을 간신히 다스린다. 레니에의 가슴으로 무거운 바윗돌이 쿵쿵 떨어져 내렸다.

쿤, 나…… 아기 못 낳는데.

너한테 이 이야기를 대체 어떻게 해야 할까?

매운 연기를 들이켠 것처럼 목이 따가웠다. 물론 기치다 님이 원망스럽진 않았다. 기치다 님이 그때 독한 약을 썼던 것은 분명 목숨을 구하려는 이유에서였을 것이고, 레니에는 그것을 몹시 고맙게 생각하고 있었다.

물론 혹여 진흙인간에게 씨를 남길 가능성을 원천적으로 차단하기 위해 해독 방법이 있는데도 그냥 내버려 두는 거라면 문제가 다르겠지만, 레니에는 진실이 그 정도까지 잔혹하지는 않으리라 믿었다.

맥없는 웃음이 흘러나온다. 8년 동안 측근으로 모셨지만, 레니에는 여전히 그의 말과 행동이 보여 주는 두 갈래의 꼬리를 해석하는 일이 버거웠다.

그 고귀하고 오만한 분이 왜 진흙인간 노예 따위를 마음에 담게 되었을까? 또 열네 살의 나는, 그리고 그때 제물로 죽었던 동료들은 왜 또 그렇게 기치다 님을 좋아했던 걸까? 다정하고 친절해서? 그 냉혹하고 무서운 분이? 혼이 빠질 정도로 아름다워서?

– 사람은 얼굴이 중요한 게 아니다. 마음이 중요한 거지.

뜬금없이 툭 튀어나오는 목소리에 레니에는 히득히득 웃었다. 얼음으로 빚어진 듯한 소름 끼치게 아름다운 천족, 그리고 어릴 적에 들은 동화의 교훈을 지금껏 진지하게 신봉하고 있는, 이제는 미추를 알 수 없게 된 나의 어여쁜 수인종족.

나도 네 아이를 낳고 싶은데. 너를 닮은 아이라면 얼마나 사랑스러울까.

나 어떡해야 해, 쿤?

레니에는 그의 가슴에 얼굴을 파묻었다. 훅, 밀려 들어오는 그의 냄새마저도 숨 막히게 좋았다.

29. 미리 알아야 할 것

사르르, 사르르. 머리 빗기는 소리가 두 사람의 주변으로 사락사락 쌓였다. 벽에 나 있는 창으로 아침 햇살이 말갛게 들어오고, 아침 공기는 맑고 산뜻했다. 침대 곁의 벽난로와 화로에서는 장작과 숯불이 이글거렸지만 따뜻한 양털 이불 바깥으로 나가자니 자꾸 꾀가 난다.

레니에는 쿤의 머리카락을 한 올도 빠져나가지 않게 틀어 올리느라 애를 먹었다. 쿤의 머리카락은 억세고 고집이 세서 아무리 기름을 발라 올려도 자꾸 올이 튀어나왔다. 실패할 때마다 풀었다 올렸다 머리 가죽이 까질 정도로 되풀이하는데도 쿤은 자리에 돌처럼 앉아서 기다렸다.

"천천히 해. 괜찮다."

"으으, 팔 아파. 잘 안 되네. 네가 직접 하는 게 더 나을 것 같은데."

"아, 팔 움직일 때 많이 힘든가? 미안하다."

쿤은 뒤늦게 아차 싶은 얼굴로, 하지만 분명 내키지 않는 얼굴로 빗과 끈을 받아 들었다. 레니에는 쿤이 능숙하게 머리를 틀어 올리고 이마 위로 띠를 둘러 잔머리를 빠르게 정리하는 모습을 보며 조심스럽게 물었다.

"이렇게 잘하면서 왜?"

"보통 아침에 머리 묶는 건 배우자가 해 주는 거라서 아무 생각 없이 부탁했다. 너도 머리가 자라면 내가 해 줄 일이고."

"그래도 네가 한 게 백배 낫다. 솔직히, 내가 동굴에서 묶어 줬던 머리, 진짜 별로였거든."

"아니다! 나는 좋았다. 정말 좋았다! 그때 나, 나는, 음, 가슴이 너무 심하게 뛰어서 말이 잘 안 나왔었다."

레니에는 그 말을 듣자마자 다시 빗을 뺏었다. 그것 때문에 쿤이 시무룩한 거라면 빗질을 하다가 머리카락이 죄다 뽑히고 아물어 붙은 상처가 다시 째져도 직접 묶어 줄 것이다. 쿤이 고개를 숙이고 나직하게 웃었다.

고개를 숙일 때 하얗게 드러난 뒷목이 너무 예뻐서 레니에는 그 위에 입술을 댔다. 촉, 하는 부드럽고 습한 소리가 났다. 나직하게 웃던 쿤이 갑자기 웃음을 멈추고 입을 틀어막는다.

"쿤?"

"……하지 마라. 성기가 뻐근해서 견디기 어렵다."

그가 낮은 목소리로 웅얼웅얼한다. 이런 말이 멋지게 들리기 시작했다니, 진짜 망했다.

레니에는 키들키들 웃으며 다시 목덜미에 입을 맞췄다. 아 진짜, 레니에, 가라앉히기 힘들다니까. 쿤이 고개를 푹 수그리고 목덜미를 매만지며 한숨을 쉰다.

희던 목덜미가 이제는 발갛게 물들기 시작했다. 오래전에 그랬던 것처럼 불그레하게 물든 귀도 살짝살짝 움직인다. 레니에는 귀에도 입을 맞추려다 그랬다간 정말 무슨 일이 일어날 것 같아서 가만히 쓰다듬어 주는 것으로 만족해야 했다. 그것만으로도 쿤에게는 굉장한 고역인 것 같았다.

"옷 입는 거 도와줄까?"

"그래 주면 고맙고."

레니에의 말이 떨어지기가 무섭게 희색이 만발한다. 옷 입혀 주는 것 역시 감정 표현에 서툰 북국 사람들이 애용하는 애정 표현 아닐까 싶다.

오늘 신전에 올라가야 할 대신관은 갖춰 입어야 할 옷도, 단장할 장식품도 많았다. 양털로 짠, 무릎까지 오는 속옷과 아마포 윗옷을 입고 그 위에 소매가 길고 화려한 자수가 놓인 겉옷과 금빛으로 물들인 일곱 단 양털 카우나케스를 입는다.

그 위에 검은 가죽으로 만든 허리띠를 두르고 어깨에서 정강이까지 닿는 무거운 털 망토를 걸친다. 그러면 함부로 다가서기 힘든 위엄 있고 장중한 모습이 갖추어진다.

거기에 움직일 때마다 절그렁절그렁 소리가 나는 금귀걸이, 가슴 아래까지 늘어지는 세 겹의 목걸이, 사슬이 길게 매달린 철퇴와 허리 안쪽에 차는, 은으로 만든 두 개의 단검까지가 제의祭衣에 포함되었다. 옆의 탁자에 쌓여 있는 옷과 장신구만 산더미 같았다.

"잠깐만."

"음?"

"흉터가 이렇게…… 크게 남았네."

저절로 눈썹이 찌푸려졌다. 허벅지에 남아 있는 흉터가 도드라지게 보인다. 창날이 파고들었던 길이도 깊이도 보통이 아니었지만 어두운 곳에서 떨리는 손으로 상처를 지졌던 흔적이 생각보다 굉장히 넓었다.

얼른 지혈부터 해야 한다는 마음에 급하게 눌러 주었던 건데 지금 보니 얼마나 아팠을까 싶다. 레니에는 우둘투둘 부풀어 오른 상처를 조심스럽게 쓰다듬었다.

"미안해. 그때 너무 어두운 데다 손도 너무 떨렸어. 끔찍하게 아팠을 텐데."

흉터를 매만지며 먹먹해하는 동안 쿤은 굉장히 난감해했다.

"그게 왜 미안한가? 네가 용기를 내지 않았으면 난 그날 밤에 죽었을 텐데. 지금은 아프지 않다. 전혀, 전혀. 덕분에 잘 나았어."

"……."

"그런데 레니에, 미안하지만 손은 떼 주면 좋겠다. 다시 말하는데, 한번 부어오르면 저절로 가라앉을 때까지 견디기가 조금 괴롭다. 잠깐 잊었나 본데 나는 우투의 대신관이고, 오늘 초하루라 제사가 있다. 제의 전에는 여인을 안는 것을 금하고 있고…… 스스로 처리해도 부정을 입은 것이 돼서 제의를 집전할 수 없, 아, 레니에, 제발."

쿤은 흉터를 덮고 있는 레니에의 손을 떼어 내더니 앓는 소리를 하며 쭈그려 앉았다. 제기랄, 그가 거칠게 숨을 쉬며 간신히 묶어 정리한 머리카락을 헤집는다.

레니에는 그의 옷 입혀 주는 것을 포기하고 잠자코 물러났다. 한참 만에 자리에서 일어난 쿤 역시 자신의 '아리따운 꿈'을 포기하고 잠자코 제 손으로 옷을 입고 장신구를 매달기 시작했다. 그러지 않으면 저녁때까지 신전에 못 올라갈 판이었다.

단장을 마칠 때쯤 내실의 시녀들이 두 사람의 간단한 아침 식사와 큼직한 나무 상자 두 개를 가지고 들어왔다.

상자 하나에는 레니에가 입을 만한 아마포 치마 두 벌과 깨끗하고 넉넉한 겉옷, 그리고 두툼하게 털이 덧대진 옷들이 놓여 있었고, 다른 상자에는 텔코스를 따라올 때 입었던 낡은 옷과 신발, 그리고 레니에의 잡다한 소지품이 깨끗하게 정돈되어 있었다.

레니에는 귀퉁이에 있는, 끈이 끊어진 작은 주머니를 발견하고 눈을 크게 뜬 채 천천히 집어 올렸다. 싸우다가 도끼에 걸렸는지 줄이 끊어져 있었고 피에 젖어 온통 거무스름하게 변한 상태였는데, 그래도 그걸 누군가 주워 챙겨 준 듯했다.

"네 물건은 땅에 떨어진 머리카락 하나까지 모두 챙겨 두라고 했다. 소지품 주머니인가? 그 안엔 무엇이 들었나?"

옷 입는 것을 도와주던 쿤이 레니에의 얼굴을 보고 고개를 갸웃한다. 레니에는 쿤에게 주머니를 내밀었다.

"열어 봐."

쿤은 주머니에 든 것을 손에 털어 보다가 멈칫했다. 그의 손바닥 안에는 자신이 오래전에 약속의 증표이자 예물로 주었던 검은 돌이 얌전하게 놓여 있었다. 쿤은 떨리는 목소리로 물었다.

"이걸 갖고 다녔어?"

"응."

당연히 갖고 다녀야만 했다. 레니에는 황금숲에 있을 때, 아침마다 조금씩 자라 나오는 금발을 갈색으로 바꾸어야 했고, 레니에가 가진 신성석은 쿤이 '조상의 심장'이라 우기며 건네주었던 이 검은 돌밖에 없었다. 쿤은 눈을 둥그렇게 뜨고 손에 든 돌과 레니에를 번갈아 바라보았다.

"……지금껏? 한 번도 몸에서 뗀 적이 없……."

"그렇다니까."

말이 끝나기도 전에 쿤이 레니에를 왈칵 끌어당겨 안았다. 어깨가 아스러질 것 같았다. 쿤은 레니에의 입술을 잡아먹을 것처럼 집어삼켰다. 아파, 아프다고! 소리가 저절로 나오는데 입 밖으로는 읍, 읍, 하는 신음밖에 나오지 않았다.

무엇이 녀석의 속을 건드렸는진 모르지만, 그는 레니에가 목에 입을 맞추거나 허벅지의 상처를 쓰다듬을 때보다 훨씬 흥분해서 어찌할 바를 몰랐다.

"레니, 레니에. 하아, 죽을 것 같아, 레니에."

"응?"

"오늘 나와 함께 우투의 신전에 가 줄 수 있겠나? 몸이 나을 때까지 기다리려 했는데, 그러면 다음 초하루까지 한 달을 꼬박 기다려야 한다."

"제사 집전해야 한다며. 내가 가도 돼? 움직일 순 있는데 이 몸으론 산꼭대기까지 올라가긴 힘들지."

이 정도면 어지간하면 쉬라고 할 것 같은데 쿤은 고집을 부렸다.

"움직일 만하면 내가 안마르에 태워 올라가겠다. 대평원을 가로지르는 게 아니니까 지난번처럼 난기류는 없을 것이다. 내가 북국에서 누움마들을 제일 잘 다루는 전사란 건 아나? 침상 위에 앉은 것처럼 편안히 데려가겠다."

"그런데 왜 내가 꼭 가야 해?"

"우투께 당장 고하고 진짜 부부가 되고 싶다. 모인 사람들에게 정식으로 너를 왕비라고 공표하고 싶어. 지금, 오늘 당장."

레니에는 고개를 저으며 한 걸음 물러섰다. 아니야, 아직 아니다. 아직 북국 사람들과 맞대면할 준비도 안 되었고, 정식으로 북국의 왕비가 되겠노라 뻔뻔하게 나설 수 있는 상황도 아니었다. 아직 말하지 못한 것, 정리해야 할 것, 해결할 문제들이 레니에의 앞을 첩첩 가시나무처럼 막아서고 있었다.

"쿤, 찬찬히 해. 오래 기다린 건 알지만 나에게도 시간을 조금만 줘. 우리 그동안 어떻게 지냈는지 서로 이야기도 하고 준비도 차근차근히 하고. 이건 너무 갑작스러워."

"너는 준비할 게 없다. 혼인 준비는 내가 전적으로 맡을 것이다."

"마음의 준비도 찬찬히 하고 싶어. 하다못해 북국 왕실 예법이나 규율 같은 거라도 알아야지. 시간을, 시간을 좀 줘."

레니에가 한 발, 두 발 뒤로 미루는 것을 보고 쿤은 잠시 침묵하더니 고개를 끄덕이며 무뚝뚝하게 말했다.

"그래, 내가 급했다. 너는 지금 많이 정신없고 당황스러울 텐데. 다음 달 초하루까지 기다리도록 하겠다. 편히 앉아."

레니에는 그제야 안도의 한숨을 쉬었다. 쿤은 맞은편에 앉아 레니에의 얼굴을 물끄러미 응시하더니 덤덤하게 말했다.

"레니에, 네가 근심하고 내게 숨기는 것들, 이젠 말해 줄 때도 되지 않았나?"

뜨끔해서 쿤을 올려다보았다. 쿤은 스스로를 눈치 없고 무디다고 말하곤 했지만, 사실 남녀 관계 같은 부분을 제외한 많은 영역에서는 상상을 초월할 정도로 예민했다. 어쩌면 무딘 것이 아니라 포용력이 넓은 것인지도 몰라, 레니에는 종종 그렇게 생각했다.

"나는 지금까지도 그랬지만, 앞으로도 너를 속이는 일이 없도록 노력할 것이다. 아무리 사소한 일이라도, 아무리 창피하고 숨기고 싶은 일이라도. 그러니 너도 나를 속이지 말아 줘. 나는 많이 부족한 사람이라 네 부족함을 흠잡을 입장이 못 된다. 문제가 있으면 하나씩 함께 풀어 나가면 돼."

"쿤."

"그러니까 혹시 내가 미리 알아야 할 것, 다른 자들을 통해 들으면 괴로울 만한 이야기가 있다면 지금 알려 줘."

속이 지글지글 타는 것 같아 입술을 꽉 물었다. 쿤은 자신이 뭔가 숨기고 있다는 것을 진작 눈치채고 있었다.

레니에는 천천히 고개를 끄덕였다. 인생을 새로 시작하는 순간이라면 당연히 전에 자신을 묶어 두었던 것을 끊고 나가야 할 것이다. 자신에게 얽혀 있던 더럽고 무거운 짐은 모두 내려놓고 파묻고 가야 할 것이다. 그것이 자신을 믿고 사랑해 주는 사내, 헤아릴 수 없이 깊고 넓은 품을 가진 자에 대한 예의였다.

그래도 막상 말을 하려니 가슴이 빡빡하게 조여든다. 진실을 모두 알게 된 후에도 너는 나를 끌어안을 수 있을까? 만약 네가 진실을 알고 나를 거절하고 밀어내면 나는 그걸 견딜 수 있을까?

쿤의 잿빛 눈동자가 레니에의 얼굴을 향한다. 그 눈빛이 너무 부드럽고 따뜻해서 레니에는 점점 무서워졌다. 저 눈빛을 잃게 된다면. 상상만 해도 눈물이 울컥 치민다. 레니에는 억지로 웃으면서 물었다.

"글쎄, 네가 감당할 수 있을까? 내 말을 죄다 듣고도 나를 버리지 않을 자신 있어?"

쿤의 눈썹이 꿈틀 움직인다. 그는 몹시 언짢은 듯 레니에의 말을 반박하려 했다. 레니에는 그가 경솔한 맹세를 발하기 전에 얼른 질러 말했다.

"쿤, 나 8년 동안 황금숲 알티르 님의 호위 전사로 지냈었어."

"8년? 백염산맥에서 돌아간 직후부터 지금까지?"

쿤의 눈썹이 꿈틀, 찌푸려진다. 하지만 이내 표정을 수습하고 조용히 물었다.

"혹 그자가 예전에 네 목숨을 구해 주고 동시에 네게 숲을 떠나지 못하게 저주를 박아 넣은 자인가?"

레니에는 태연한 얼굴을 가장하며 고개를 끄덕였다. 이해가 간다는 듯 덤덤한 얼굴로 고개를 끄덕이는 그를 보니 뜨겁게 달군 인두로 목을 짓눌리는 것 같았다.

"응. 그리고 이번에 그분께 비밀 임무를 받아서 북국에 오게 된 거야."

"신성석을 구할 선을 대 보라는 것……?"

레니에가 했던 말을 되풀이한 쿤은 씁쓸한 얼굴로 덧붙였다.

"……은 아닐 거라 생각한다."

"맞아. 수단 방법 가리지 말고 너와 접촉해서 네 목숨을 취해 오라는 명령이었어."

그는 움직임 없이 그대로 앉아 레니에를 응시했다. 레니에는 아픈 목을 부여잡고 조심스럽게 물었다.

"왜 화를 안 내?"

"아마, 그럴 거라고 짐작은 하고 있었다."

그리고 그 사실을 이렇게 말한다는 건 임무를 포기했다는 의미가 되니 기쁘다, 하고 덧대는 그의 말은 전혀 기껍게 들리지 않았다. 이젠 침을 삼킬 때마다 불에 달군 자갈이 목구멍으로 연달아 넘어가는 것 같다.

"그런데 넌 그거 알면서 왜 그렇게 무방비하게 내 옆에서 퍼질러 자고 그랬어? 갑옷 하나 안 입고, 무기 하나 안 들고? 내가 너를 어떻게 할 줄 알고?"

"네게 얻은 목숨이니, 네가 지금 다시 취한다 하면 내어 줄 생각이었다. 내가 예전에 그리 말했던 것 같은데, 기억 안 나나?"

"이 바보 자식아. 기껏 구해 준 목숨을 그렇게 아무렇게나 팽개치지 말라고 했잖아. 그건 기억 안 나냐?"

레니에는 고개를 바짝 쳐든 채 손등으로 눈물을 문질렀다. 쿤은 레니에를 안타까운 듯 내려다보며 조용히 물었다.

"그것 말고는 없나?"

"하나 더 있어."

"뭔가."

"쿤, 나 아이를 못 낳아."

손등으로 막지 못한 눈물이 침대 위로 후드득 떨어진다. 이건 예상하지 못했던 듯, 쿤의 목소리가 흔들렸다.

"무슨 말인가, 그게?"

"기치다 님이 내 목숨을 구해 주려고, 그러니까 인신제사에서 빼돌리려고 나한테 독한 약을 먹였어. 태의 혈을 말리는 약이랬어. 그래서 그때부터 달거리가 없어. 나는 아기를 못 낳아."

그의 손이 천천히 우그러들었다. 꽉 움켜쥔 주먹이 부르르 떨렸다.

쿤에게 아기를 낳지 못한다는 것이 무슨 의미인지는 레니에도 잘 알았다. 소금산 부족은 북국의 장자 부족이며, 쿤은 소금산 부족장 집안, 즉 식인수리의 직계 후손 중 유일하게 남은 사람이라고 했다.

천족들만큼이나 배타적이고 혈통을 중시하는 북국 사람들은 쿤이 지금까지 후사를 보지 못한 일에 대해 극도로 불안해하고 있었다. 왕비를 찾았다고 기뻐하는 사람들의 진짜 속마음은, 남국 여자든 북국 여자든 이젠 아무라도 좋으니 그저 왕의 혈통이 끊어지지 않고 무사히 이어지기를 바라는 마음이 가장 컸을 것이다.

"닌갈사르밧에게 한번 물어보겠다. 방법을 찾을 수 있을 것이다."

"내가 무슨 약을 먹었는지도 모르잖아. 나도 모르는 걸 닌갈사르밧이 어떻게 알고 방법을 찾아?"

쿤은 괜찮아, 혹은 찾을 수 있어, 라고 말하지 못했다. 그가 움켜쥔 주먹은 계속 가늘게 흔들리고 있었다. 레니에는 고개를 저으며 못을 박았다.

"그런 방법이 있었다면 기치다 님이 진작 해독해 주었겠지. 기치다 님은 황금숲에서 약초에 가장 해박한 의사고 치유 신관이었어."

레니에는 조금 주저하며 말했다. 기치다 님이 해독해 주지 않은 이유에 대해서는 정말 방법이 없어서, 라고 정확하게 자신할 수가 없었다.

"미안해, 쿤. 네게 후계자가 꼭 필요한 건 알아."

쿤은 여전히 괜찮다는 말도, 후계자가 필요 없다는 말도 하지 못했다. 잘 갖춰 입은 제례복처럼 단정하게 정돈되어 있던 얼굴이 천천히 일그러진다. 그는 레니에가 눈을 열 번쯤 깜박거릴 때까지, 끝내 버티지 못하고 눈물을 툭 떨굴 때까지 아무 말도 하지 못했다.

"레니에."

그가 한참 만에야 눈을 끔벅이며 물었다.

"'기치다 님'이라 하는 자는 네게 어떤 사람인가."

아, 이런.

레니에는 당황했다. 쿤이 후계자 문제를 건너뛰고 이런 것을 물어볼 줄은 몰랐다. '황금숲의 알티르'가 아닌 '기치다 님'이라는 호칭이 그리 일반적으로 들리지 않으리라는 것을 간과했다. 그렇게 부드러워 보이던 잿빛 눈동자는 이제 이글이글 불타오르고 있었다.

"그리고, 엘데 섬의 레니에는 알티르 기치다에게 어떤 사람인가."

레니에가 대답하지 않자 쿤은 입을 꾹 다물고 길게 심호흡을 했다. 한 번, 두 번, 세 번의 심호흡이 지나간 후에야 그는 무겁게 입술을 뗐다.

"예전에 어떤 사내를 만났느냐, 좋아했었느냐, 무슨 일이 있었느냐, 못난 사내처럼 따지고 괴롭히려는 게 아니다. 다만 우리가 온전한 관계로 맺어지려면 그자와의 모든 관계가 소멸한 상태여야 옳고, 그것을 확인하려는 것뿐이다."

말하는 중간중간, 쿤은 두 번 더 심호흡을 하고 눈을 감았다. 그의 성격에 이런 것을 입 밖에 내서 확인해야 하는 마음이 어떠할지 짐작하기는 어렵지 않았다.

마음이 찢어지는 것 같았다. 숨기고 싶었지만, 숨기면 안 되는 일이고, 쿤에게 더 이상 무언가를 감추고 싶지도 않았다. 레니에는 잠긴 목소리로 속삭였다.

"기치다 님은 황금숲에서 내 목숨을 구해 주고 큰 은혜를 베풀어 주셨어. 나 때문에 여러 가지로 힘든 일도 많이 겪으셨고. 정말 고마운 분이야. 그래서 그 고마움을 갚기 위해서 평생 그분께 충성을 드리겠다고 약속했었어."

쿤의 눈썹이 크게 꿈틀거렸다. 하지만 레니에는 말을 멈추지 않고 계속 이었다.

"하지만 기치다 님은 그때 이미 날 마음에 두고 계셨고, 곁에 붙잡아 두려고 날 속여서 불의 아크를 걸기도 했지. 그래서 그 저주를 피하려고 열네 살 때 백염산맥으로 도망쳐 왔던 거야. 그때 오면서, 그분께 얽혀 있던 마음은 사라졌어. 남은 건 그분이 나한테 베푼 은혜와, 내 모든 걸 다 바쳐서 그분을 지켜 드리기로 했던 약속뿐이지.”

“내 앞에서 그자를 높여 칭하지 마라. 나 역시 우투의 대신관이며 북국 열한 부족의 수장이다.”

쿤은 단호하게 말을 자른 후 한풀 가라앉은 목소리로 물었다.

“그 맹세를 지킬 참인가, 너는?”

레니에는 희미하게 웃으며 고개를 저었다.

“알티르가 이번에 날 북국에 보내면서 그 맹세에서 풀려났어. 그게 내 마지막 임무라고 하셨거든. 너한테 들키거나 임무에 실패하면 죽으리라는 걸 알고 계셨던 거지.”

“이해할 수 없다. 마음에 두고 있는 자를 사지로 보낸단 말인가?”

쿤은 험악한 얼굴로 물었다.

“쿤, 천족이 진흙인간을 마음에 둔다는 건 큰 의미가 없어. 그리고 알티르는 천족의 신성한 임무를 위해서라면 무슨 일이든 해. 필요하면 감정을 도려낼 수도 있고, 아끼는 사람도 사지로 밀어 넣을 수 있어. 알티르의 비밀 전사인 ‘에레쉬키갈의 갈라’는 황금 숲에서 암습에 가장 능했고 북국 사정도 가장 잘 아는 사람이었어. 알티르가 아니라 누가 보아도 적임자였을 거야.”

물론 그때 충성을 할 것인지 다시 물었을 때, 조금이라도 다른 대답을 했으면 결과는 달라졌을 수도 있지만 그건 레니에에게 가능한 일이 아니었다.

쿤이 여전히 구겨진 미간을 펴지 못한 채 생각에 잠기는 것을 보며 레니에는 조금 웃었다.

쿤은 기치다의 사고방식이나 행동 방식을 영원히 이해하지 못할 것이다. 기치다의 내면은 오랫동안 그를 이해하려 노력하고 그와 가장 가까운 곳에서 머물렀던 레니에조차 이해하기 버거운 구석이 있었다.

그의 인생의 목표는 오로지 천족으로서의 영광을 회복하는 신성한 임무에 맞추어져 있었다. 나머지는 부차적인 것, 버릴 수 있는 것, 필요하면 얼마든지 이용할 수 있는 것이어야 했다. 심지어 기치다 자신의, 그렇게 간절하고 절절한 어떤 감정까지도.

레니에는 기치다의 마음을 애써 설명하는 대신 부드럽게 웃으며 쿤의 뺨에 손을 댔다.

"쿤, 나는 네 짝이야. 나는 너를 택했고, 나는 너를 사랑하고, 너를 떠나고 싶지 않아."

쿤의 눈이 커다랗게 벌어진다. 레니에는 좀 더 선명하게 웃으면서 말을 이었다.

"그래서 지금 이렇게 뻔뻔하게 말하는 거야. 나는 가진 것이 아무것도 없는 노예고, 네게 아이도 낳아 주지 못할 거라고, 그래도 제발 나를 받아 달라고, 뻔뻔하게 말하는 거야, 쿤."

"레니에, 알았다. 그만 말하라. 알았어."

쿤은 황급히 고개를 저으며 말을 막았다. 하지만 도무지 말이 멈춰지지 않았다. 레니에는 고개를 들고 또박또박 말을 이었다.

"다른 여자를 들여 아이를 낳아도 괜찮고, 그 아이를 내 손으로 키우라고 해도 괜찮고, 다른 여자를 왕비로 들이고 나를 뒷방의 노예로 두어도 괜찮아. 네가 무슨 짓을 해도 괜찮아. 그냥 나는 네 옆에 있고 싶어. 무슨 욕을 듣고 살아도 되니까, 그냥 네 옆에……."

"레니에! 입 다물어!"

쿤이 레니에를 억세게 끌어안았다. 레니에는 구차하게 동정을 유발할까 봐 눈을 크게 뜨고 꿀럭꿀럭 올라오는 울음덩어리를 계속 삼켰다. 하지만 눈을 아무리 부릅떠도 뺨을 타고 흘러내리는 눈물을 막을 수는 없었다. 쿤이 한 손으로 레니에의 눈을 감쌌다.

"그만해."

"……."

"바로 대답하지 못해 미안하다. 누구를 후계로 세워야 합당할까 생각해 보느라고 그랬어. 나는 너 하나만 있으면 된다. 뒷방 노예라니, 너는 대체 나를 어떻게 보고 이런 소리를 해."

그는 손으로 레니에의 뺨을 눌렀다. 손바닥은 순식간에 축축해졌다. 그는 흠뻑 젖은 손을 옷자락에 문지르고, 레니에의 뺨을 닦고, 다시 옷자락에 문지르는 짓을 하염없이 반복했다. 그가 비통한 목소리로 씹어뱉었다.

"나는 내 바닥이 이렇게 얄팍했는지 미처 몰랐다. 그 시기에 내가 네 옆에 없었던 것이 이렇게 이가 갈리도록 분할 줄은 몰랐다. 다시는 이 문제로 너를 괴롭게 하지 않겠다."

레니에는 여전히 눈을 부릅뜬 채 쿤을 올려다보았다. 무슨 말이든 하고 싶은데 목구멍이 꽉 막혀서 한마디도 나오지 않았다. 쿤은 짠물로 범벅이 된 눈과 뺨에 입을 맞추며 속삭였다.

"너는 내 유일한 아내가 될 것이고, 나는 너를 마음껏 사랑할 것이다. 너 역시 마음껏 나를 사랑해 줘. 천족은 하늘에서의 삶을 꿈꾸게 내버려 두고, 우리는 지상에서 허락된 시간 동안, 우리가 누릴 수 있는 모든 행복을 마음껏 누리면 된다. 지상의 행복이 천상의 그것에 뒤진다고 누가 장담하는가."

"……."

"사랑한다."

눈을 감았다. 더 이상 눈을 뜨고 있을 수가 없다. 레니에는 팔을 들어 그의 굵은 목을 끌어안고 매달렸다. 그가 레니에의 허리를 감싸 안고 그대로 침대 위로 허물어진다.

쿤이라는 인간의 넓이가 궁금해졌다. 이 사내가 끌어안고 품을 수 있는 범위가 과연 어디까지일까. 레니에는 자신의 몸을 누르고 있는, 한때 어리고 귀여워 보였던 동갑내기 소년의 크고 웅장한 그늘에 푹 파묻혔고, 자신의 작은 몸이 그 그늘에 온전히 감추어지는 것을 알게 되었고, 그래서 안도했다.

그날 초하루의 제사는 엔릴의 제관인 훔바가 대신하여 집전했다.

❖ ✝✝ ❖

"아 시발, 대체 일이 어떻게 돌아가는 거야. 일이 어떻게 되고 있는 건지 알려 주면 이빨이 몽창 빠지기라도 한대? 이 방에 갇힌 지가 벌써 열흘이 되어 가는데, 빡빡이 놈 소식은 알 수도 없고!"

텔코스는 나무 쟁반에 담겨 나온 아침을 먹어 치우고는 침상에 주저앉아 머리를 쥐어 싸맸다.

돌로 만든 작은 방에 갇혀 있긴 한데, 처우가 썩 나쁜 것은 아니었다. 식사도 소박하긴 하지만 따뜻하고 배부르게 나왔고, 장작도 충분히 넣어 주어서 밤이고 낮이고 따스했다. 침상의 짚단도 눅눅하지 않았고, 깔린 침구도 깨끗하고, 요강도 제대로 비워 주었다. 몸은 갇혀 있을지언정 나름 호사라면 호사라 할 지경이었다.

레니에가 걱정한 것이 무색하게, 텔코스는 자신이 믿고 있는 레니에의 임무뿐 아니라 자신이 받은 임무에 대해서도 줄줄이 털어놓았다. 손가락 발가락을 깨는 망치나 채찍을 동원할 필요도 없었다.

조사하러 들어온 훔바라는 사내는 텔코스가 너무 순순하게 임무를 불어 버리자 도리어 자백용 가짜 임무 아니냐며 팔짱을 끼고 흰 눈을 했다. 하지만 텔코스는 자신의 목숨과 안전이 가장 중요한 장사꾼이었고 임무 누설 따위에 전혀 가책을 느끼지 않았다.

텔코스의 '가늘고 길게, 벽에 똥칠을 향하여' 인생철학을 한참 들어 주던 훔바라는 사내는 몹시 한심하다는 듯 한참 헛웃음을 지었다. 하지만 텔코스의 실토가 진실이라는 것은 수월하게 받아 주었다. 그 후부터 괜찮은 식사와 장작이 공급되기 시작했다.

어쨌든 임무는 말아먹었고, 황금 10마나도 날아갔고, 알티르 님의 불의 아크 점토판 백 장도 날아갔고, 한탕의 꿈도 날아갔다. 이제는 그저 레니에가 죽었는지 살았는지, 나는 죽을지 살지 그 걱정 말고는 아무것도 남지 않았다.

"젠장! 차라리 처형 날짜가 잡혔다고 알려 주면 속이라도 편……."

……하지는 않을 거라고 텔코스는 얼른 생각을 바꿨다.

레니에가 여자라는 것을 알게 된 직후, 그는 레니에와 알티르에게 심한 배신감을 느꼈다. 아니, 속일 게 따로 있지 그걸 언제까지 속일 수 있다고 생각한 거냐. 하지만 쿤과의 결투가 없었다면 아마 지금까지 레니에가 여자라는 것을 모르고 있었을 것 같긴 하다.

하여 텔코스는 눈치 하나로 이 풍진 세상을 살아왔다 자부했던 헤다 섬의 텔코스라는 빌어먹을 자식, 아니 빌어먹을 자신에게도 큰 배신감을 느꼈다. 옆에 여자가 있는데 아무런 낌새도 눈치채지 못했다는 것은 사내로서 죽을 때가 다 됐다는 뜻 아니던가.

하지만 열흘쯤 지나고 보니 이제 배신감이고 나발이고 레니에가 살았는지 죽었는지만이라도 알고 싶었다. 너무 겁이 나서 아는 것을 술술 불어 버린 것이 미치도록 후회되었다.

피를 철철 흘리다 그냥 죽었을까, 아니면 정신을 차렸어도 어디 지하 감방에 갇혀서 죽어라 고문을 당하고 있을까, 생각하면 할수록 미안하고 걱정이 돼서 죽을 지경이었다.

갑자기 삐걱, 소리를 내며 나무 문이 열렸다.

"몸은 좀 어떠한가, 헤다 섬의 텔코스."

안으로 들어서는 사람의 낯이 익다. 정강이까지 닿는 검은 망토와 술이 화려한 카우나케스, 긴 만곡도와 큰 활과 도끼까지 매달고 있는 사내의 위용은 무시무시했다. 텔코스는 침상에 앉아 있다가 얼른 돌바닥으로 내려가 엎드렸다.

"아이고, 루갈께서는 평안하셨습니까. 이 장사꾼의 몸이야 호사에 겨워 등짝에서 버섯이 자랄 지경입니다. 아이고, 이놈의 주둥이가! 저는 감사히 잘 지내고 있습니다."

뒤에 서 있던 쌍둥이 여전사 둘이 나와 그의 앞으로 커다란 나무 상자를 내려놓았다.

"열어 보라."

텔코스는 상자의 뚜껑을 열어 보고 입을 딱 벌리고 말았다. 나무 상자 안에는 하얀 은 덩어리로 가득 차 있었다.

"그대의 물건을 모두 소금성에서 사들이기로 했다. 물건들을 그간 통용되던 가격으로, 상인들 사이에서 사용하는 백은으로 달아 1핌(7.76g)도 차착 없이 넣었다. 이것을 가지고 남국으로 돌아가도록 하라."

텔코스는 눈을 커다랗게 뜨고 눈앞에 놓인 은들을 바라보았다. 색으로 보면 불순물이 적은, 상인들 사이에 통용되는 백은이 맞는 것 같고 양도 엄청났다. 물론 바가지 한탕을 꿈꾸던 텔코스가 만족할 만큼은 아니었지만 적어도 후려쳐서 계산한 건 아닌 듯했다.

"헤다 섬의 텔코스, 황금숲의 밀사는 지금 바로 황금숲으로 돌아가서 너를 보낸 알티르에게 전하라. 우리는 전쟁을 두려워 않는 용맹한 전사들이지만, 다른 선택지가 있는데도 굳이 전쟁을 택하는 미련한 자들은 아니라고."

헉. 텔코스는 등으로 소름이 오싹 올라 얼른 이마를 바닥에 박았다. 맞다. 난 명색이 밀사였지. 일확천금 장사꾼으로서의 자각만 충만하고 밀사로서의 임무는 새까맣게 잊고 있던 텔코스는 뒤늦게 진땀을 흘렸다.

적국의 밀사에 대한 처분이 어찌 될지 알 수 없었다. 저 백은을 받았다고 안심할 일이 아니다. 저 왕은 자신을 죽이고 물건값은 잘 계산해서 시체 옆에 묻어 주겠다고 한 자였다. 돈을 주었다고 용서했다는 뜻은 아니었다.

왕은 안절부절못하는 텔코스를 내려다보며 덤덤하게 제 할 말만 했다.

"교역이 이어진다면 우리도 굳이 가나평원을 약탈할 이유가 없다. 그리고 신성석 문제는 남북국 교역이 재개된다면 부분적으로 합의할 의사가 있다."

쿤은 잠시 말을 멈추더니 내키지 않는 듯, 하지만 분명한 목소리로 말했다.

"어제 부족장들의 회합에서 신성석에 대한 다소간의 의논이 있었다. 내가 다스리는 소금산에서는 채굴을 허용하지 않겠지만, 소금산 외 각 부족의 영역에서 나오는 신성석의 교역에 대해서는 각 부족의 결정을 존중하겠다. 다만 양의 제한을 둘 것이다."

텔코스는 눈을 휘둥그레 뜨며 고개를 번쩍 들었다. 대체 무슨 일이 있던 건지는 모르겠는데, 이난나와 아르마누와 우투가 한꺼번에 달려들어도 풀릴 것 같지 않던 난제가 갑자기 절반 이상 풀린 것 같았다.

지금 이 방법은 젊은 루갈의 자존심이 크게 상하지 않고 장자 부족인 소금산 부족의 명예를 지키면서도 전쟁을 피할 수 있는 가장 큰 돌파구가 될 수 있다. 그리고 교역이 트이면 니누르갈 성, 니니갈 성, 가나평원의 약탈도 사라지거나 현저하게 줄어들 것이고 자신 같은 북국 장사꾼들이 큰돈을 벌기에는 두 번 없을 기회도 될 것이다.

"황금숲과 그곳에 모인 남국의 왕들에게 내 의사를 전하고 동행하는 우리 측 사신의 입에 답을 넣어 돌려보내라. 우리 전사들이 너를 황금숲까지 안마르로 데려다줄 것이다. 난기류가 없으면 그리 힘들지는 않을 것이다."

왕은 할 말을 마치고 바로 몸을 돌렸다. 텔코스는 머리를 조아린 채 황급히 고함쳤다.

"루갈, 루갈! 레니에, 그, 그 불쌍한 것은 어찌 되었습니까? 저와 같이 돌아갈 수 있겠습니까?"

"……."

왕은 무섭게 침묵했다. 겁이 더럭 난 텔코스는 다급하게 애걸했다.

"부디 녀석을 용서하고 풀어 주십시오. 녀석은 그저 주인의 명을 따라야 하는 노예 신세일 뿐입니다. 지금까지 힘들게 살아온 딱한 녀석입니다. 루갈께 상처를 입힌 죄는 크지만, 공격을 받다가 정신없이 막느라 부득이하게 일어난 일이니 제발 너그럽게 보아 주십시오. 여기 이 은의 절반을 드릴 터이니……."

꾸물대던 텔코스는 한숨을 쉬고 말을 고쳤다.

"여기 이 은을 전부 드리겠습니다. 전 은전 하나 받지 않아도 좋으니 제발 녀석을 살려 주십시오, 저와 함께 황금숲으로 돌아갈 수 있게 해 주십시오. 부탁입니다요."

텔코스는 머리를 박고 열심히 빌었다. 받은 은을 다시 내준다는 것은 무지하게 아까웠지만 교역이 재개되면 일확천금의 기회는 몇 번쯤 돌아올 것이고, 지금은 레니에를 무사히 알티르에게 끌고 가는 것이 우선이었다. 무엇보다 텔코스는 레니에에게 꽤 정이 들어서 녀석을 이 위험한 곳에 놓고 가자니 속이 몹시 껄끄러웠다.

쿤은 예상 밖이라는 듯 그를 돌아보며 고개를 갸웃했다.

"이 많은 은이 아깝지 않은가? 그자의 목숨을 위해서? 레니에라는 자가 네 목숨을 구하기라도 했는가?"

"아니, 꼭 목숨을 구해야만 그러겠습니까? 같이 여기까지 온 정도 있고, 생각하면 정말 불쌍한 놈입니다. 고생 많이 한 녀석이라 짠해서 그렇습니다. 루갈, 제발 부탁입니다."

쿤은 이 주둥이 싸고 얄미운 장사꾼이 마음에 들지 않았지만 레니에를 위해 열심히 비는 것은 퍽 마음에 들었다. 쿤은 허리를 굽히고 애걸하는 장사꾼을 보고 희미하게 웃었다.

"헤다 섬의 텔코스, 그대는 여러 가지로 운이 좋다."

"예?"

"그대는 북국을 분열시킬 임무를 띠고 파견되었으니 무사히 돌려보낼 생각은 없었다. 물건값을 치른 것과는 별개로 너와 같은 밀정들은 죽이는 것이 옳고, 살려 보낸다 해도 눈을 빼거나 코를 베거나 혹은 발꿈치를 끊어 돌려보내는 것이 관례였다."

"예에?"

뒤늦게 자신에게 닥칠 일을 깨달은 텔코스가 새파랗게 질려서 입을 버벅거렸다. 쿤은 손을 저으며 말을 이었다.

"하지만 가련한 자를 안타까이 여기는 마음이 너를 구했다. 네 몸의 터럭 하나라도 떨어뜨리지 않고 돌려보낼 테니, 레니에라 하는 자에게 감사하도록 하라."

텔코스는 입을 딱 벌리고 몸을 와들와들 떨었다. 얼굴이 하얘졌다 파래졌다 핏기가 올라왔다 야단이다. 쿤은 눈을 가늘게 뜨고 피식 웃었다.

"너와 같이 온 그자는 너와 함께 돌아가지 못한다. 너는 돌아가서 황금숲의 알티르, 기치다를 만나거든."

"예?"

장사꾼이 고개를 번쩍 쳐들고 눈을 데굴데굴 굴린다. 얼굴에는 공포와 걱정스러운 기색이 가득했다.

"당신의 충성스러운 전사는 임무 수행에 실패했으며, 북국에서 죽었다고 전하라."

30. 황금숲의 사신

레니에는 몸을 움직일 수 있게 되면서 상당히 바빠졌다. 쿤이 소금성과 인근 지역을 구경시킨답시고 이곳저곳을 끌고 다니기 시작했던 것이다. 주변 사람들에게 겸사겸사 눈도장이라도 찍을 심산인 듯했다.

레니에는 딱히 부담스러워하지 않고 졸랑졸랑 따라다니며 소금성의 정취를 즐겼다. 남국보다 기온이 낮긴 했지만 봄기운도 다가오고 있고, 방한이 잘 되는 옷과 바람이 들지 않는 실내 구조 덕에 그리 춥지도 않았다. 그리고 추위를 잊을 만큼 신기하고 놀라운 것들도 많았다.

솔직하게 말하자면, 레니에는 얼마 전까지 북국 사람들에 대해 선입견이 남아 있었다. 수인종족이라는 말이 그냥 나온 것은 아닐 테니, 생활수준이 사람과 동물의 중간 어느 지점쯤 되는 게 아닐까 하고 막연하게 짐작하고 있었던 것이다.

그도 그럴 것이 지금까지 만나 본 북국 현지인이라야 쿤 하나뿐인데, 외모나 하는 짓으로 보면 세련된 문명인이라는 믿음이 그다지 들지 않았고, 직접 북국의 도시에 와서 살아 본 적도 없고, 들은 정보라야 신성석 동굴의 도굴꾼들이나 남국의 왕들이 비웃듯 떠들어 대는 '무식하고 짐승 같은 북국 거지새끼들'에 대한 욕설이 전부였다.

실상은 전혀 달랐다. 북국 사람들은 남국이나 황금숲 사람들과 같이 식물의 껍질이나 섬유질, 동물의 털로 실을 잣고 천을 짜서 옷을 지어 입을 줄 알았고, 옷의 소맷단과 치맛자락에 곱게 물들인 실로 아름답게 수를 놓을 줄 알았다. 또한 각종 향신료를 넣어 고기를 맛있게 굽고 채소를 말리거나 소금에 절여 저장할 줄 알았고, 약초와 과일로 맛있는 술을 담을 줄도 알았다.

토기장이들은 물레를 돌려 만든 질그릇을 가마에 구워 냈고, 집 짓는 자들은 벽돌 안에 짚을 넣어 구울 때 갈라지지 않게 했으며, 각 부족의 야장들은 쿤이 자랑했던 대로 구리와 주석을 정확한 비율로 녹여 단단한 무기를 만들어 냈다.

거칠고 투박할 거라 생각한 가구는 섬세하고 결이 고왔으며, 벽돌을 쌓거나 돌을 깎거나 아름드리나무를 다듬고 잇대어 만든 집들은 견고하고 아름다웠다. 바람이 스며들고 비가 쉽게 들이치는 남국의 집들과 달리 창을 막으면 바람 한 점, 비 한 방울 들지 않았고 우기에도 나무 바닥이 젖지 않았으며, 엔릴의 채찍이 북국을 후려칠 때도 지붕이 벗겨지지 않는다 했다.

소금산 꼭대기에 세워진 우투의 신전은 웅장한 지구라트로 무려 일곱 단이나 되었다. 일곱 단 신전은 남국에서도 쉽게 찾아보기 힘들었다.

다만 인구가 근 7~8년 사이 폭발적으로 늘기도 했고 기후 문제로 식량과 직조를 위한 작물이 잘 자라지 않아서 전반적으로 궁핍함을 피할 순 없었다. 그것이 남국 곡창지대의 약탈로 이어졌다는 것이 문제였다.

하지만 기술의 수준이라든가 사람들이 모여 살아가는 방식, 좋아하고 싫어하는 것들은 남국 사람과 크게 다를 것이 없었다. 감정 표현이 서툴고 세련되게 돌려 말하는 대신 투박하게 직설적으로 말하는 습관이 있지만, 북국 사람들도 남국 사람들처럼 사랑하는 자에게 호감을 사려고 백분으로 화장을 하고 꽃물을 머리에 뿌리거나 겉옷의 털을 열심히 빗질해 반지르르 윤이 나도록 신경을 썼다.

고기를 맛있게 양념해서 가족과 함께 구워 먹는 것을 좋아했고, 정력에 좋다는 마늘과 양파와 부추라면 사족을 못 썼고, 연인을 만나러 나가기 전엔 입 냄새를 없애기 위해 자작나무 껍질을 벗겨 열심히 씹었다. 과일과 견과, 꿀술을 귀하게 감춰 두고 밤에 부부끼리 몰래 꺼내 먹는 것도 남국 사람들과 비슷했다.

이곳에서 존재하지 않는 것은 아크, 천족들의 신성한 힘뿐이었다. 하지만 단지 그 이유로 저주받은 땅이라며 멸시당하기는 너무 억울할 듯했다.

북국 사람들은 천족의 신성한 기술 따위 없어도 물 잘 대 먹고, 불 잘 피우고, 사다리를 타고 올라가 높은 곳의 과일을 따고, 2층 누대를 올려 튼튼한 집을 짓고 잘만 살았다. 자원도 풍부한 편이라, 그놈의 식량과 의복, 섬유 같은 생필품의 교역만 자유로워진다면, 북국은 지금보다 훨씬 잘 먹고 잘 살 수 있을 것이다.

그리고 또 한 가지 레니에가 예상하지 못했던 것은, 쿤이 손재주가 상당히 좋고 섬세한 사나이라는 점이었다. 그는 어릴 때부터 '좋은 루갈이 되어야 한다'는 의무감(?)에 시달렸고, 그래서 부족 사람들이 실생활에 요긴하게 쓰는 기술을 열심히 배워 왔다고 변명 아닌 변명을 했다.

쿤은 최측근 전사 이야의 부모님이 운영하는 토기 공방에 레니에를 데리고 가서, 직접 물레를 돌려 그릇 만드는 것을 시연해 보였다. 그리고 닌갈사르밧이 관리하는 소금성의 약초 창고에 가서는 이를 앓지 않게 해 준다는 불에 달군 자작나무 껍질을 챙겨 주머니에 넣어 주고 몸을 따뜻하게 만들어 준다는 약차도 직접 끓여 주었다.

그래 놓고는 '꿀을 너무 좋아하면 이를 호되게 앓다가 죽을 수 있으니 아침저녁으로 이 나무껍질을 꼭 씹어야 한다'는 둥, '남국 출신들은 가죽 밑에 기름기가 없어 얼어 죽기 쉬우니 이 약차를 항상 잊지 말고 마셔야 한다'는 둥, 들으면 식겁할 잔소리가 창궐이었다.

과묵한 줄 알았던 놈은 알고 보니 얼빠진 허당이었다. 레니에 앞에서 그는 많이 떠들고, 잔소리를 해 대고, 하염없이 웃었다. 채신머리 따위는 약에 쓸래도 찾아볼 수 없을 지경이었다.

저녁때는 레니에의 곁에 앉아 길고 가는 막대기 두 개를 열심히 휘적거리면서 맨숭맨숭한 레니에의 머리에 두를 머리쓰개를 짜기도 했고, 연하게 휘는 어린 나뭇가지를 엮어 바구니를 만들어 과일과 마른 꽃을 담아 슬그머니 내밀기도 했다.

그러더니 이번엔 레니에가 변변하게 쓰는 무기 하나 없다는 걸 알고 눈꼬리를 세웠다.

"너는 전사라고 하면서 어떻게 제대로 된 무기 하나 없나? 내가 하나 만들어 주겠다."

"아냐, 내가 무슨 전사야. 난 무릿매면 충분해. 필요하면 활을 써도 되고."

“무릿매 따위로 지척의 적을 어찌 죽여! 진정한 전사라면 손에 맞는 날붙이가 있어야 하는 것이다!”

“그럼 네가 쓰던 것 중에서 남는 것 아무거나 하나 주면 되잖아.”

쿤은 입술을 비죽 내밀더니 레니에의 손목을 꽉 쥐고 탈탈 흔들었다.

“손목이고 발목이고 이렇게 바늘같이 가늘어서 내 도끼를 들 수나 있겠는가? 도끼는 고사하고 아쉬나 디쉬가 쓰는 만곡도라도 들 수 있겠나? 내가 쓰는 활의 시위 줄도 못 잡아당기면서!”

“내가 왜 못 당겨! 이게 사람을 무시해도 유분수지, 내가 활을 쏴서 잡아먹은 동물들을 쭉 쌓아 놓으면 소금산 높이만큼 될걸? 활 갖고 와 봐!”

하지만 큰소리는 큰소리로만 끝나고 말았다. 소금산 부족의 시조인 식인수리는 대궁을 쓰는 명사수라 했는데, 누가 식인수리 직계 후손이 아니랄까 봐 쿤이 쓰는 활은 어마어마하게 크고 두꺼운 데다 시윗줄도 고래 심줄을 백 겹은 꼬아 만든 것처럼 억세기가 돌덩어리였다. 레니에는 왼손으로 간신히 활을 들긴 했지만 결국 시윗줄을 한 뼘도 당기지 못했다.

레니에가 두 손을 번쩍 들며 침대에 쭉 뻗자, 쿤은 만족스럽게 손을 비비더니만, 레니에의 손에 이 무기 저 무기를 쥐여 주며 편하게 휘두를 수 있는 무게와 길이를 측정하기 시작했다.

“너는 가볍고 반응이 빨라 근접전에서 결코 밀리지 않으니 찌르는 것이 좋다. 크게 휘두르는 만곡도를 쓰기엔 몸이 너무 가볍고 팔 힘이 약해 빠졌다.”

그러고는 밀랍으로 열심히 칼의 본을 만들고, 장식을 새기기 시작했다. 레니에는 옆에서 눈을 동그랗게 뜨고 구경했다. 손잡이의 장식은 자그마치 꽃무늬였는데, 쿤은 놀랍게도 꽃 그림을 무척 잘

그렸다.

쿤이 밀랍 본을 진흙으로 싸서 볕에 말리고, 이튿날 그것을 불에 얹어 굽는 동안 레니에는 꿀과자를 하나씩 먹으면서 쿤이 일하는 것을 구경했다.

진흙 끄트머리에 낸 구멍으로 밀랍이 조르르 녹아내리며 속이 빈 진흙 거푸집이 만들어지는 것이 신기했다. 만사 억세고 투박할 줄만 알았던 쿤에게 이런 섬세한 재주가 있을 거라곤 상상도 하지 못했다.

"대장간에 함께 가자. 네가 쓸 칼이니 만드는 동안 주인이 옆에 있어 주는 것이 좋다."

결국 쿤은 제가 야금冶金 일을 배우던 대장간까지 레니에를 끌고 가고서야 직성이 풀렸다. 그 대장간은 쿤의 스승이자 훔바의 아버지인 시무그 원로의 작업장이었다.

시무그 원로는, 한 손에는 길쭉한 진흙 거푸집을 들고, 한 손에는 레니에의 손을 잡고 들어오는 쿤을 보고 아래위로 째리려다 간신히 참았다.

시무그의 기준으로—물론 기준이 꽤 높긴 하다— 쿤은 간신히 제 무기나 그럭저럭 만들고 도끼날이나 제대로 갈 정도의 실력이었지만 제 여자에게 잘 보이고 싶어 하는 마음만큼은 충분히 이해했다.

쿤은 구리와 주석 그리고 몇 가지 다른 쇠를 양팔 저울로 정확하게 무게를 재서 도가니에 넣고 불을 피우기 시작했다. 예전에 그가 직접 만들었다는 염소 가죽 풍구로 바람을 훅훅 일으키자 불이 푸르스름한 색이 되며 금속 조각들이 조금씩 녹기 시작했다.

대장간 밖에서는 찬 바람이 윙윙 소리를 내며 휩쓸고 지나가는데, 대장간 안은 뜨거운 열기로 후끈 달아올랐다. 쿤은 웃통을 벗어 던지고 땀을 뻘뻘 흘리며 풍구질을 했다.

……멋지다.

그가 만들어 준다는 것이 칼이든 도끼든 바늘이든 아무래도 좋았다. 그냥 좋았다. 레니에는 턱을 괴고 앉아서 그가 힘주어 풍구를 누를 때마다 어깨 근육이 춤을 추는 것처럼 꿈틀꿈틀 치솟고, 녹은 쇳물을 진흙 거푸집에 따를 때 그의 부드러운 잿빛 홍채에 날카롭게 날이 서는 것을 열심히 바라보았다.

영혼이 고대로 홀려 빠져나가는 것 같다. 그는 접견실에서 부하들이나 원로들을 만날 때나 제례복을 입고 위풍당당 서 있는 모습도 멋있었지만, 땀에 폭 젖어서 쇠를 녹이고 날을 다듬는 야장으로서의 모습이 훨씬 잘 어울렸다.

쿤이 루갈이나 대신관이 아닌 대장장이라면, 대장장이의 아내로 사는 것도 퍽 행복하리라는 생각이 들었다.

대장간으로 점심을 싸서 나르고, 고로高爐 곁의 작은 탁자에 마주 앉아 함께 밥을 먹고, 아껴 둔 마른 과일이나 벌집을 한 조각씩 나누어 먹고, 그가 불을 피우는 일을 돕고 거푸집에서 주조된 칼이나 창날을 꺼내고 날을 벼리는 모습을 지켜보며 땀으로 뒤덮인 얼굴과 몸을 수건으로 닦아 줄 것이다.

집에 와서는 그가 목욕할 따뜻한 물과 갈아입을 보송보송한 자리옷을 준비해 놓고, 화덕에서 갓 구운 호밀빵과, 마늘과 암염과 육두구로 맛을 낸 고기를 꺼낸 후에 뜨겁게 데운 염소젖과 아삭아삭 소리가 나는 싱싱한 양상추와 양파, 그리고 꿀과 마른 무화과를 식탁에 차려 놓을 것이다.

그는 목욕을 마친 후 옷을 갈아입고 나와서는 김이 모락모락 오르는 식탁을 보고 "뭘 이렇게 잔뜩 차려 놨어." 퉁을 놓으면서도 흐뭇한 웃음을 감추지 못할 것이고, 우리는 함께 늦은 저녁을 먹을 것이다.

달그락달그락 후루룩후루룩 소리가 들리는 것 같다. 상상 속의 어둑한 저녁 풍경은 곱씹을수록 아늑하고 평화로웠다.

아니, 꼭 야장이 아니라도 무슨 상관일까. 고래잡이의 아내도 좋고 사냥꾼의 아내도 좋고 목수의 아내도 좋고. 그가 무슨 일을 하든 그의 아내이기만 하면 그냥 무조건 좋을 것 같았다. 더 이상 바랄 게 없었다.

레니에의 열렬한 시선을 느꼈는지 쿤이 뒤를 힐끔 돌아본다.

“다 굳으려면 시간이 걸린다. 내일쯤 틀을 깨고 제대로 날을 세워…….”

시선이 마주치자 레니에가 활짝 웃었고, 쿤은 머쓱하게 헛기침을 하고 고개를 돌렸다. 시무그가 팔짱을 끼고 콧김을 크게 풍, 하고 내뿜는다. 루갈이고 나발이고 이젠 눈꼴이 시어서 도저히 참을 수 없다, 하는 소리가 다 들렸다.

“누구에게 멋지게 보이려고 여기까지 온 겁니까, 루갈.”

쿤은 찍소리도 못 하고 어깨를 움츠렸다. 목덜미뿐 아니라 등짝까지 벌그레한 것 같다. 레니에는 쿤을 보고, 시무그를 보고, 다시 쿤을 보고는 두 손으로 입을 가리고 웃었다.

북국 사람들의 반응은 대체로 시무그처럼 덤덤하거나 닌갈사르밧처럼 우호적인 편이었다. 걱정했던 배타성이나 텃세는 거의 느끼지 못했고, 고마워하는 마음과 따뜻한 관심과 왕비가 될 여인에 대한 합당한 예우만 존재했다. 기껏해야 가까이 와서 눈도장을 찍어 보려 한다거나, 먼발치에서 호기심 어린 시선으로 보는 정도가 고작이었다.

“루갈을 잘 부탁드립니다, 에레쉬. 루갈께서 저렇게 행복해하는 모습은 난생처음 봅니다.”

쿤이 잠시 자리를 비운 사이 시무그 원로가 점잖게 운을 뗐다. 에레쉬는 왕비 혹은 여왕에 대한 경칭이었는데, 이미 많은 사람이 레니에를 에레쉬라는 호칭으로 부르고 있었다.

시무그 원로는 북국 전사 중에서 가장 덩치가 큰 훔바의 아버지라는 말이 무색하게 체구가 작고 깡마른 노인이었지만 말수가 적고 섬세하며 다감한 성격은 훔바와 똑같았다.

"그런데 훔바두무에게 우투의 신관 후계자 교육도 함께 하시겠다는 언질이 있으셨습니다. 그래서 다들 걱정 아닌 걱정을 하는 중입니다. 혹시 무슨 이유라도 있으십니까?"

"그건……."

레니에는 고개를 숙이고 어물어물 말을 삼켰다.

쿤은 신전에서 혼인식을 올리고 혼인 잔치를 열기 전에, 레니에가 신경 쓰지 않도록 후계 문제를 정리해 두겠다고 말한 적이 있었다. 북국의 루갈은 우투의 대신관을 겸하고 있었기 때문에, 그 말은 어린 훔바두무를 후계자로 삼겠다는 간접적인 의사 표현이기도 했다.

훔바의 조상들은 오래전부터 겨울철 폭풍을 잠재우기 위한 제사를 드리곤 했다. 그들에게 폭풍을 지배하는 신의 이름이 '대기의 엔릴'임을 알려 준 후, 삼나무 숲에 돌로 제단을 쌓아 주고 제대로 제사를 드리는 방법까지 알려 준 것이 바로 소금산 부족의 족장이 된 식인수리였다. 그 후로 훔바 집안의 가주들은 대대로 엔릴의 제관이 되어, 겨울의 초엽에 삼나무 숲에서 작은 제사를 드려 왔다.

위대한 신들의 계보에서 대기의 엔릴은 태양신 우투의 할아버지에 해당하므로, 쿤이 결혼을 하지 않은 상태라면 훔바의 아들을 후계로 삼는 것은 적절한 선택이라 할 수 있었다.

하지만 왕비가 될 여자를 찾고 혼례의 최종 과정만 남겨 둔 상태에서 훔바두무에게 후계자 교육을 한다는 것은 전혀 적절하지 않았다. 시무그는 자신의 손자가 북국의 루갈이 될 수도 있는 상황을 기뻐하지 않고 오히려 걱정스러워했다.

레니에는 자신이 아이를 낳을 수 없어서라는 말을 입 밖으로 내지 못했다. 시무그는 눈썹을 지그시 찌푸리며 생각에 잠기더니 쿤이 오기 전에 조용히 말했다.

"에레쉬, 훔바두무에게 대신관 교육을 하는 것은 그리 급하지 않습니다. 두 분께선 아직 젊으시니 아기는 언제든 생길 수 있지요."

"시무그 님."

"닌갈사르밧도 방법을 찾으려고 애를 쓰고 있습니다. 저희는 두 분께서 마음을 편히 갖고 의좋게 행복하시기만 바랄 뿐입니다."

"시무그, 그런 이야기는 내게 직접 하라. 왜 아직 몸도 회복되지 않은 사람에게 부담을 주고 그러나."

쿤이 문을 열고 들어오며 불퉁하게 쏘아붙였다. 하도 기척 없이 들어와서 두 사람은 헉 소리를 내고 말았다.

"죄송합니다. 후계 문제는 몇 년 후에 결정해도 늦지 않으니 두 분께서 천천히 생각해 보십사 하는 말씀이었습니다."

시무그가 고개를 숙이고 조용히 사죄했다. 손자에게 큰 권력이 가는 기회보다 왕과 왕비가 어떻게든 후계자를 낳기를 바라는 마음이 느껴져서 레니에는 부담스럽기도 했지만 고맙기도 했다. 쿤도 그것을 느꼈는지 덤덤한 얼굴로 고개를 끄덕였다.

"알겠다. 시간을 두고 천천히 생각해 보도록 하겠으니, 레니에에게는 따로 말하지 마라."

삐이이, 삐르, 삐르르, 삐이.

높낮이가 다른 휘파람 소리가 창문으로 희미하게 흘러들어 왔다. 쿤과 시무그가 귀를 기울이고 잠시 고개를 갸웃했다.

휘파람 소리. 북국과 황금숲의 의외의 공통점은 휘파람으로 멀리 있는 자들을 호출하거나 급한 용건을 전달한다는 것이다. 물론 휘파람으로 자세한 소식을 일일이 전하기는 어려우니 보통은 누구를 어디로 오라고 하는 급한 호출인 경우가 많았다. 시무그가 걱정스러운 듯 말했다.

"아쉬와 디쉬가 돌아온 모양입니다. 생각보다 귀환 날짜가 지체됐는데 무슨 해를 당하고 온 것은 아니겠지요?"

아쉬와 디쉬는 쿤의 최측근 호위 전사의 일원으로 텔코스를 돌려보내기 위해 며칠 전 황금숲으로 출발했다.

그들은 안마르에 기함을 하는 텔코스를 위해 대평원을 썰매로 우회하는 대신, 텔코스에게 독한 술과 수면 약차를 잔뜩 먹인 후 안마르에 태웠다. 중간에 깨서 발광하지 못하도록 가죽끈으로 몸과 입을 착실하게 묶고, 감시할 전사도 셋을 더 태웠다. 항구에서 빌린 개 열두 마리와 썰매를 되돌려 보내고 나니 안마르에 실을 것은 사정없이 곯아떨어진 장사꾼과 백은이 가득 담긴 무거운 나무 상자뿐이었다.

"우리는 우호적인 소식을 텔코스의 입에 담아 보냈고, 그를 해치지도 않았는데 아쉬와 디쉬를 해칠 이유가 있겠는가?"

쿤은 눈썹을 찌푸리고 말했다. 시무그는 황금숲의 알티르가 텔코스가 무사히 돌아온 것보다는 자신이 총애하는 시동이 죽었다는 소식에 훨씬 크게 반응하지 않을까, 하는 의견을 얌전하게 삼켰다. 레니에도 목소리 큰 쌍둥이 여전사가 혹시 황금숲에 끌려들어가 해를 당하고 오지는 않았을까 걱정스러웠다. 다시 휘파람 소리가 울렸다.

"아, 두 사람은 무사하다는군."

쿤이 안심한 듯 빙긋 웃었다.

"황금숲에서 아쉬와 디쉬 편에 답례 사신단을 딸려 보냈다고 한다. 황금숲의 알티르가 무슨 생각으로 사신을 보냈는지 궁금하지만 적어도 내 제안을 아예 무시하지는 않을 모양이다."

레니에는 숨을 길게 내쉬었다. 일단 쿤이 아끼는 전사들이 무사히 돌아왔다는 것은 천만다행인데 바로 사신단까지 딸려 보냈다? 그의 속을 짐작할 수 없었다.

"아름다운 여자들로 이루어진 사신단이라는군요, 루갈."

"특이하군. 지난번 미노토스의 왕제처럼 불미스러운 일을 되풀이하지 않기 위해서인가?"

"혹시 미인계일까요?"

시무그의 말에 갑자기 분위기가 썰렁해졌다. 쿤이 스승을 무시무시한 눈으로 잠깐 흘겨보더니 얼른 헛기침을 하고 레니에를 돌아보았다.

"그대는 내실에 돌아가 있도록 하라. 혹여 그대 얼굴을 아는 자가 사신단에 따라왔을 수도 있으니, 마주치면 난감하지 않겠는가. 만약 나와야 할 일이 있으면 얼굴을 가리도록 하라. 나도 사신들이 객관을 벗어나지 못하도록 초병들에게 명해 두겠다."

쿤은 아직 완성되지 않은 검을 천에 싸서 한쪽에 밀어 두고 레니에에게 손을 내밀었다.

"검을 받으려면 조금 기다려야 할 듯하다."

레니에는 머리에 두른 긴 천을 바투 여미고 쿤의 손을 잡았다.

쿤이 접견실에 도착하니 황금숲의 사신단은 이미 자리에 앉아

있던 참이었다. 대표 사신은 한 명이고 나머지는 시중을 들 여자 사제 혹은 호위 전사들로 보였다.

"황금숲의 사신, 엔이쉬브 '아쉬 파무세나', 북국의 루갈께 인사드립니다."

쿤은 저도 모르게 입을 벌리고 한동안 답례 인사를 하지 못했다.

쿤은 레니에에게 설명을 들어 엔이쉬브가 고위 남자 신관, 엔누기그가 고위 여자 신관, 그리고 대신관은 황금숲의 수호자라는 의미의 알티르로 불린다는 것을 알고 있었다.

그런데 분명 여자 사신이라는 연락이 왔는데, 그리고 실제로도 눈앞에 서 있는 자는 금발에 새하얀 피부에 푸른 보석 같은 눈을 가진 아름다운 사람인데, 스스로를 엔이쉬브, 남자 신관이라 밝히고 있다. 퍼뜩 정신을 차린 쿤은 얼른 고개를 흔들고 답례했다.

"아, 안마르에 적응하기 쉽지 않았을 텐데 먼 길 오시느라 노고가 많았소. 황금숲의 아쉬 파무세나."

"아쉬와 디쉬 두 전사께서 두 대의 안마르를 평연히 몰아 저희 사신단이 큰 고통 없이 소금성에 이르렀습니다. 감사드립니다."

"불편하지 않게 왔다니 다행이오. 그런데 그대가 한 말 중에 이해가 안 가는 것이 있는데……."

쿤은 고개를 갸웃하며 물었다.

"분명 엔이쉬브라 했는데, 정말 남자요? 외모는 아무리 보아도 여인 같은데?"

조금도 에두르지 않는 직설적인 질문에 뒤에 서 있던 호위 전사들과 여자 신관들의 얼굴이 일그러진다. 하지만 아쉬 파무세나라 하는 사신은 눈썹 하나 까딱하지 않고 말했다.

"엔이쉬브가 남성 신관의 호칭임을 아시는 분이, 이것이 예에 맞는 질문인지 아닌지 모르신다는 것이 놀랍군요. 옷을 벗어 보이라 하시지 않음에 감사드립니다."
"그러니까, 나는 당신이 남자냐고 물었소, 아쉬 파무세나."
아쉬 파무세나는 소맷단이 긴 옷자락으로 입을 가리고 짧게 웃었다.
"글쎄요. 이렇게 협박하는 것처럼 을러대시니 아무래도 루갈의 취향대로 대답해 드려야 할 것 같군요. 제가 사내인 게 좋으십니까, 여인인 게 좋으십니까?"
쿤은 눈썹을 찌푸리고 눈부시게 아름다운 사신을 바라보았다.
사신들과의 접견이 항상 우호적인 분위기인 것은 아니다. 비굴해질 때도 있고, 오만해질 때도 있다.
그런데 이자의 경우는 특이했다. 그는 비굴하지도 오만하지도 않았지만 몇 마디 나누지도 않았는데 쿤을 극도로 피곤하게 만들었다. 알티르가 상대의 진을 빼고 협상할 자를 보낸 거라면 맞게 뽑아 보낸 것 같다.
"어느 쪽이든 좋으실 대로 생각하십시오, 어차피 상대에 대한 예를 잃으신 바, 침실로 끌고 가지만 않으신다면야 제가 남자든 여자든 무슨 상관이겠습니까."
쿤은 예, 아니오의 간명한 대답이 나오지 않는 이런 종류의 대화법이 몹시 피곤했다. 남국 사람을 많이 만나 보지도 않았거니와, 앞으로는 더욱 만나고 싶지 않다는 생각만 솟구쳤다.
하지만 대화법이 피곤하거나 지나치게 아름다워 성별 혼동이 온 것과는 별개로, 자신이 예의가 없었던 것 역시 사실이었다. 쿤은 바로 잘못을 인정하고 고개를 끄덕였다.
"기분이 나빴다면 미안하게 됐소."
"제가 기분이 나쁘지 않았으면 미안하지 않으셨겠습니다."
머리가 지끈거렸다. 쿤은 이마를 손으로 짚고 끙, 소리를 내며 다시 사과했다.

"미안하오, 내가 잠시 예를 잃었소. 황금숲의 아쉬 파무세나."

이번에는 쿤의 뒤에 서 있던 훔바와 아쉬, 디쉬, 그리고 다른 전사들의 얼굴이 일그러졌다. 사과하지 말고 콱콱 찍어 누르라고! 하는 소리가 목구멍 밖으로 튀어나오려 했지만, 곧이곧대로인 왕은 자신이 잘못했다고 생각하자마자 바로 사과를 해 버렸다.

잠시 후 준비된 연회 음식이 나오기 시작했다.

"알티르께서는 북국의 루갈께서 전쟁을 멈출 수 있도록 최대한 배려하여 제안해 주신 것에 대해 깊은 사의를 표하셨습니다. 알티르께서는 신성석의 채굴이 허용되고 채굴하는 남국 사람들을 더 이상 죽이지 않으며, 국경을 넘어 니누르갈과 니니갈, 가나평원 등지를 더 이상 약탈하지 않는다 약조해 주시면 루갈의 제안을 충분히 받아들일 만하다 전하라 하셨습니다."

"황금숲의 알티르가 제안을 우호적으로 받아들이니 나 역시 마음이 좋소."

쿤은 사신을 유심히 관찰했다. 천족을 처음 보는 것이라 호기심도 있었고, 그동안 들었던 소문이 사실인지 확인도 하고 싶었다.

일단 '아름다운 외모'라는 소문은 정확한 사실이 아니었다. '눈알이 튀어나오게 눈부신 외모'였다. 그리고 비아냥을 거두어들인 황금숲의 사신은 대화하기가 상당히 수월하기도 했다.

이 말이 나오기 전까지는.

"다만 알티르께서는 텔코스에게 딸려 보낸 시동을 몹시 총애하셨고, 그 소년이 죽었다는 소식에 몹시 언짢아하셨습니다."

"……시동이 아니라 시녀였겠지. 엘데 섬의 레니에는 여자고 나이가 그리 어리지도 않았소."

"아, 놀라운 일이군요. 저희 모두는 그 시동을 어린 소년으로 알고 있거든요."

사신은 전혀 놀랍지 않은 얼굴로 대답했다.

"북국에서 어떤 일이 있었는지는 텔코스에게 자세히 들었습니다. 그리고 경위 인과야 어찌 되었든 알티르께서는 몹시 상심하셨지요."

"상심? 적국의 왕을 암살하라고 사지로 내몬 주제에 그런 말을 하다니 알티르도 놀랍소. 죽을 걸 뻔히 알고 보냈으니, 그녀가 결투 중 죽었다고 안타까워할 이유는 없지 않소?"

"알티르께서는 레니에가 죽지 않으리라 믿고 있었습니다."

"어떻게? 신탁이라도 받았다 하오?"

"그렇습니다, 루갈. 그래서 임무를 성사하든 실패하든 무사히 돌아오리라 확신하고 보낸 것이죠."

흠. 쿤은 입술을 일그러뜨리고 웃었다.

"황금숲의 신탁이 영험하지 못했나 보오."

"글쎄요. 어느 쪽이 거짓을 말하고 있는지는, 거짓을 발하는 자만 알겠지요."

새파란 눈이 번뜩 빛을 뿜었다.

쿤은 저 신관이 자신의 거짓말을 꼬집는다 생각하고 눈썹을 찌푸렸지만 이내 고개를 갸웃했다. 세 갈래의 꼬리를 가진 말, 자신의 말이 거짓일 수도 있고, 황금숲의 신탁이 엉터리일 수도 있으며, 혹은 저 사신이 거짓을 말하는 것일 수도 있다. 머리가 뭉근히 울리며 등으로 팽팽하게 긴장감이 올라왔다.

"하지만 저희 알티르께서는 루갈께서 제안하신 화해 제안을 기쁘게 생각하며, 한 가지 청만 들어준다면 그 일에 대해서는 마음에 묻고, 각 도시의 왕들과 다시 회합을 열어, 가나평원에 모으기로 한 대규모 연합군을 해산시키도록 촉구하겠다 말씀하셨습니다."
"한 가지 청이란 무엇이오?"
"북국에서 죽은 시동 레니에의 시신을 수습하여 보내 달라고 했습니다. 황금숲의 알티르에게 속한 자이니 황금숲에서 제대로 장례를 치러 줄 것이라 하셨습니다."
쿤은 맞은편에서 매끄럽게 웃고 있는 사내를 마주 보며 눈썹을 찌푸렸다. 기분이 좋지 않았다. 아쉬 파무세나는 입으로는 화사하게 웃고 있었으나 시선에는 웃음기가 전혀 느껴지지 않았다. 웃음기는 고사하고, 저 새파란 눈동자가 향하는 곳마다 모조리 얼어붙는 느낌이었다. 얼음으로 만들어진 뱀 한 마리가 자신을 삼키려 고개를 바짝 쳐들고 있는 것 같았다.
"시신이 남아 있지 않다면 어쩔 것이오?"
"설마, 루갈과 일대일로 맞대결까지 한 전사를 들개들이 먹도록 땅에 방치하셨다는 말씀은 아니겠지요?"
"승자가 패자의 시신을 들개가 먹게 두든 말든 무슨 상관이란 말이오?"
"제가 알기로 북국은 전사들의 명예를 중히 여기며 적 부족의 전사라도 명예롭게 전사했으면 합당하게 예우한다고 들었습니다. 들개나 수리에게 쪼아 먹히게 방치하는 것은 더럽고 파렴치한 강간범이나 사후의 안식을 방해하는 도굴꾼들에게 가하는 벌 아니었습니까?"
"아쉬 파무세나는 북국의 전통에 대해 어디선가 전해 들었던 모양이오만, 패자의 시신은 승자의 의지대로 처분하는 것 역시 북국의 예요. 내가 검은바위산 부족의 시신을 모두 들개와 새들에게 던진 일을 듣지 못하셨나 보오. 알티르에게 시동의 시신이 남아 있지 않다 전하시오."

"신체 일부라도 남은 것을 내어 주신다면 예를 갖추어 황금숲에서 장사할 것입니다, 루갈."

화사하게 웃고 있는 사신의 새파란 눈이 지글지글 타올랐다.

쿤은 맞은편에 앉은 사내의 분노를 이해할 수 없었다. 아니, 저 사람의 속에서 끓어오르는 것은 분노라기보다 절박함이 틀림없다. 시신 일부라도 달라는 것은 정말 레니에의 죽음을, 아니 사실은 레니에가 살아 있음을 기어코 확인하겠다는 뜻이었다.

쿤은 알티르의 장단에 맞춰 줄 생각도 없었고, 레니에의 가짜 시신을 만들어 내밀 생각은 더더욱 없었다. 레니에에 대한 것은 이제 알티르의 손에서 완전히 빼내서 더 이상 입에도 오르내리지 않도록 만들 생각이었다.

"시신은 돌려줄 수 없으니 그리 전하시오."

"루갈, 알티르께서 말씀하시는 타협과 화해의 선결 조건은 바로 레니에라 하는 시동의 시신입니다."

쿤은 미간을 잔뜩 찌푸리며 내뱉었다.

"사지로 밀어 보낼 때는 언제고, 왜 그리 애틋한 시늉을 하시오? 그리 소중했으면 보내지 말았어야 옳지. 안 그렇소?"

"아하, 현명한 말씀이십니다. 그렇죠. 알티르께서는 시동을 북국에 보내지 말았어야 옳지요."

맞은편에 앉아 있는 사신이 팔짱을 끼고 콧소리를 내며 쿤을 지그시 노려본다. 특이한 시선이었다. 오만도 비굴도 없는, 아니 누가 더 높은 자인지 힘겨루기조차 느껴지지 않는 시선.

쿤은 그 이유가 무엇일지 곰곰이 생각해 보다가 그다지 좋지 않은 결론에 다다랐다.

저 사신은 수인종족의 왕을 인간 취급도 안 하고 있다. 힘겨루기란 비슷한 힘을 가진 자들끼리 하는 것이다. 왕이 노예를 대상으로 힘겨루기를 하지 않듯, 천족은 수인종족을 대상으로 위계를 겨룰 필요가 없다……는 것이 저 사신의 생각이었다.

저자가 죽고 싶은가.

쿤은 우르르 끓어오르는 분노를 지그시 눌렀다. 아직은 화를 낼 때가 아니었다. 쿤은 호흡을 깊이 다스리며 사신의 이름을 천천히 뇌었다.

아쉬 파무세나, 아쉬 파무세나.

문득 사신의 이름의 의미가 특이하다는 생각이 들었다.

여섯 개의 날개……라?

쿤이 알고 있는 여섯 개의 날개는 레니에에게 들었던 황금숲의 이야기 속에 있는 카타의 별칭이었다. 여섯 날개의 카타.

저자는 스스로가 카타의 현신이 되기를 바라고 있는 것일까?

그렇다면 저자 역시 현 알티르를 죽이고 차기 알티르가 되기를 꿈꾸고 있는 것일까?

적어도 여섯 날개라는 이름을 가진 자라면 그를 길러 준 어머니 신관이 골수 원리주의자라는 의미일 것이고, 그렇다면 저 사신 역시 크게 다르지 않을 것이다. 물론 그러니까 강경한 원리주의자인 알티르 기치다의 사신으로 파견되었겠지.

하지만 레니에에 대한 강렬한 반응은 끝까지 이해가 되지 않았다. 알티르가 레니에에게 가지고 있는 집착을 대언하는 것인가, 혹은 저자 역시 레니에에게 개인적인 집착을 지니고 있었던 건가. 현재 사신의 얼굴은 조용한 호수처럼 보였지만 속에서는 벌겋게 끓어오르는 용암 물이 금방이라도 폭발할 것처럼 느껴졌다. 불쾌하기 짝이 없다. 쿤은 차가운 목소리로 물었다.

"아쉬 파무세나, 그대는 엘데 섬의 레니에를 알고 있소?"

"물론입니다. 저는 알티르의 최측근이고, 레니에라 하는 시동이 알티르를 헌신적으로 섬기면서 밤이고 낮이고 최선을 다해 봉사하는 모습을 오래 지켜보았습니다. 모를 리가 있을까요."

지금 뭐라 했나, 아쉬 파무세나!

쿤은 자리에서 벌떡 일어나 고함을 치려다가 이를 악물고 다시 자리에 앉았다.

밤이고 낮이고 최선을 다해 봉사하는 모습이라니. 레니에에게 들은 말과 완전히 다르다. 그것은 저 사신이 자신을 도발하기 위해 거짓을 말하고 있거나 혹은 레니에가 거짓을 말했다는 의미였다.

그런데 저 사신이 나를 이렇게 도발할 이유가 있을까? 나와 레니에가 어떤 관계인지 저 사신이 어찌 알겠는가. 게다가 저자는 지금 타협과 화해의 사신으로 온 것이니 불필요한 일로 적국의 왕을 자극할 이유가 없다. 화해를 말하면서 전쟁을 도발하려는 것이 알티르 기치다의 속마음이라면 모를까.

쿤은 노기를 굳이 감추지 않고 차갑게 씹어뱉었다.

"뭔가를 도발하려 아무 소릴 지껄이는 것까지는 자유지만, 북국에선 그 자유에 대한 책임을 묻소. 그러니 타국의 사신일지라도 몸조심 입조심을 하는 게 안전할 것이오."

"아하? 북국에선 시동이 주인을 충성스럽게 섬겼다는 말이 도발로 들리는 모양입니다? 신기하군요."

쿤은 다시 한숨을 쉬며 머리를 짚었다. 화를 내서는 안 될 상황이라는 것은 알겠는데, 그와 별개로 저 사신과의 대화는 극도로 피곤했다. 쿤은 이제 저 빌어먹을 말꼬리에 휘둘리는 대신, 도끼질을 하는 기분으로 말꼬리를 턱턱 잘라 내기 시작했다.

"다시 말하건대 시신은 줄 수 없소. 만약 시신을 얻지 못해 화해와 타협이 결렬된다면 그 또한 우투와 운명을 결정하는 신들의 뜻이겠지. 알티르가 그녀를 북국으로 보낸 것도, 그녀가 돌아가지 못하게 된 것도 모두 위대한 신들의 뜻이듯이."

"인간이 선택한 일의 결과를 위대한 신들께 뒤집어씌우는 겁니까, 루갈? 거참 편하시겠습니다."

"나는 애석하게도 북국의 대신관이라 신의 섭리에 대해 말할 의무가 있소. 아쉬 파무세나, 당신 역시 신관이면서 그 말은 배우지 못한 모양이오. 그렇다면 신관보다 숲 밖으로 나가서 대장장이라도 하는 것이 낫지 않겠소? 아, 그 손목으론 좀 무리겠소만."

"신의 땅에 거하는 신관은 신성한 힘을 사용하므로 균이 육체의 힘을 쓸 필요가 없습니다. 짐승의 땅에 거하는 신관은 이해하기 어렵겠지만요."

"아, 황금숲이 신의 땅이오? 그럼 왜 당신들은 하늘에 올라가려 그렇게 안달을 하시오?"

아쉬 파무세나의 눈썹 끝이 쫙 곤두서더니 붉은 입술 끝자락이 살짝 올라간다. 불쾌하다는 뜻일까, 흥미롭다는 뜻일까. 쿤은 입씨름이 길어지기 전에 바로 말을 끊었다.

"시동에 대한 이야기는 협상 조건으로 받을 수 없으니 더 이상 거론하지 않겠소. 피곤할 테니 이만 객사에서 쉬도록 하시오."

쿤이 자리에서 일어서자 무거운 나무 의자가 쾅당 소리를 내며 넘어갔다. 그는 불쾌한 기색을 애써 누르며 덧붙였다.

"남국과 북국의 문화가 상이하여 객관 밖에서 혹여 불편한 일을 당할까 염려스러우니 원하는 것이 있으면 객관의 초병들이나 시녀들에게 바로 말하도록 하시오. 불편함 없이 잘 모시라 특별히 명해 두겠소."

아쉬 파무세나는 꼼짝도 하지 않고 앉아 쿤이 검은 옷자락을 펄럭거리며 거친 발걸음으로 접견실 밖으로 나가는 뒷모습을 지켜

보았다.

그의 모습은 생명이 깃들지 않은, 흰 돌을 깎아 만든 조각 같았다.

❖ ✝✝ ❖

아쉬 파무세나를 수행한 황금숲의 엔누기그는 총 일곱 명이었고, 그들은 현재 돌아가는 기막힌 상황에 대해 이해하기를 포기한 상태였다. 특히 그들의 우두머리인 키리아케는 거의 공황 상태였다.

키리아케가 밀사 이야기를 들은 것은 네 이레 전이었다. 이곳에 종종 드나드는 텔코스라는 장사꾼이 우회 경로로 들어가도록 파견되었고, 알티르가 총애하는 시동이 감시꾼으로 따라붙었다는 소식이었다.

키리아케와 몇몇 엔누기그들은 알티르를 달랑달랑 따라다니는 조그만 시동이 악명 높은 호위 무사 벙어리 노예와 동일인이 아닐까 어렴풋이 추측하고 있었다. 하지만 입 밖으로 내어 말을 하거나 티를 낼 수는 없었다. 그랬다가는 언제 목숨을 잃게 될지 몰랐던 것이다.

현 알티르 기치다는 원리주의자들의 열렬한 지지를 받고 있고, 현실주의자도 감탄할 만한 고도의 정치력으로 황금숲의 위상을 높여 왔다.

인근 백성과 남국 중부 도시의 통치자들은 몇 해 동안 이어진 풍년을 '아르마누께서 새로운 알티르에게 만족하신다, 총애하신다'라고 해석했다. 신임 알티르에게 반발하는 현실주의자들은 큰

폭으로 줄어들고 있었다. 하지만 기치다의 다스림은 기본적으로 공포와 불신에 근거하고 있었다.

그래서 키리아케나 다른 엔누기그들은 알티르와 관계를 가질 때마다 곁에 다른 이들을 두는 일, 특히 진흙인간 따위를 두는 일에 대해 반발하지 못했다. 따지고 보면 그때가 암살 위험이 가장 크기도 했고, 관계 중에 실제로 암살 시도가 몇 번이나 있던 것도 사실이었다.

하지만 시간이 갈수록 느낌이 이상했다. 알티르는 관계를 하는 내내 구석에서 자리를 지키고 있는 조그마한 시동을 신경 쓰고 있었다. 보지 않는 것 같으면서도, 그의 시선은 구석에 쭈그리고 앉아 있는 시동에게 쉴 새 없이 꽂히곤 했다.

키리아케는 혹시 알티르가 미동을 탐하는 취향이 있는가, 그와 무슨 특별한 관계인가 의심했지만 아무리 주의 깊게 관찰해도 그런 기미는 보이지 않았다.

그래서일까. 알티르를 섬기던 최측근 신관들은 북국에 파견하는 밀사에 그 시동을 딸려 보낸다는 이야기를 들었을 때 적잖이 충격을 받았다. 그렇게 아끼고 총애하시더니만 가차 없다, 비정하다 하며 수군수군하는 자들도 있었다. 그때 키리아케는 웃으며 말했다.

"그분은 뼛속까지 원리주의자십니다. 진흙인간에게 마음을 뺏기고 발목을 묶이는 일이라면 치를 떠시는 거 몰랐나요? 당연히 일어날 일이 일어난 겁니다."

하지만 키리아케의 자신 있는 대답은 오래가지 못했다. 기치다는 시동을 보내 놓은 날부터 점점 과민하고 날카로워졌으며 잠도 제대로 이루지 못했다.

수면 약차 따위는 전혀 도움이 되지 않았다. 남국에서 손꼽히는 약초학의 대가이기도 한 기치다는 자신부터 여러 약초와 독초에 적잖이 잠식된 상태였다.

그는 시동이 떠난 날부터 신전의 침소를 벗어나 물의 집에서 혼자 밤을 보내고 돌아왔다. 누구든 그곳에 접근하면 그 자리에서 죽으리라는 엄한 경고가 있었다. 물의 집은 이제 알티르의 가장 사적인 공간으로, 예전과 달리 아무도 그곳에 들어가지 못했다.

사흘, 이레, 열흘이 지나도록 밤마다 물의 집에 틀어박히는 알티르를 보며, 키리아케는 심한 위기의식을 느꼈다.

"이제는 정말 안 되겠어. 이대로 내버려 뒀다간 결국 무슨 일이 나고 말 거야."

키리아케는 한숨을 쉬며 사바토를 불러냈다. 이제 도저히 알티르를 두고 볼 수 없는 지경이 되었다. 알티르는 남국 연합군의 총사령관으로 추대된 상태이고 이 상황을 방치하는 것은 모두에게 너무 위험한 일이었다.

명민한 스승이자 냉철한 치자였던 알티르는 현재 날이 바짝 서 있는 칼끝에 한 발로 서 있는 것 같았다. 작은 시동의 빈자리는 그들이 생각하는 것보다 훨씬 컸다.

키리아케와 사바토는 눈에 띄지 않게 검은 옷으로 갈아입고 검은 머리쓰개를 두른 후, 한밤중에 물의 집을 찾았다. 사바토가 조심스럽게 말했다.

"……아직 주무시지 않는 것 같아요."

사방은 온통 깜깜하고, 물의 집에서는 작은 불씨 하나만 희미하게 일렁거렸다. 그는 예전에 작은 노예를 보내던 그 자리에 꼼짝도 하지 않고 서 있었다.

무엇을 하는지는 잘 보이지 않는다. 그냥 아무런 움직임 없이 서 있을 뿐이었다. 두 사람은 기치다의 눈에 띄지 않도록 나무 아래 숨어서 무슨 일이 벌어지지 않을까 조마조마하며 그를 살펴보았다.

별다른 일은 없었다. 아주 가끔 물의 집 안에서 크고 작은 불꽃들이 날아다니거나, 큰 불길이 치솟기는 했다. 하지만 그는 움직임조차 없이 멍하니 그것들을 쳐다보고 서 있을 뿐이었다.

딱 한 번 정체를 알 수 없는 희미한 소리를 듣기는 했다. 두 겹으로 가린 소매 사이로 흘러나온 짧은 소리. 오랫동안 졸여 새카맣게 눌어 버린 신음 같기도 하고, 채찍질을 당할 때 들었던 비명 같기도 하고, 악다문 입술에 짓눌린 오열 같기도 했다. 하지만 어찌 들으면 날카로운 웃음소리 같기도 해서, 도무지 정체를 알 수 없었다.

키리아케와 사바토는 불경한 추측을 갖다 댈 수 없어서, 분명 들었으면서도 서로 들은 내색조차 하지 못했다. 모든 것은 알티르가 아닌 기치다만의 영역 안에서 이루어진 일이고, 누구도 끼어들 수 없었다.

새벽이 되어 물의 집 아래로 내려온 기치다는 나무 아래서 기다리다 황급히 무릎을 꿇는 키리아케와 사바토를 보고 흠칫 걸음을 멈췄다. 그가 거칠게 갈라진 목소리로 내뱉었다.

"키리아케, 사바토. 내 휴식을 방해하면 죽는다고 말했는데."

키리아케는 그가 붉게 부은 눈자위와 쉰 목소리를 감추지 않는 것을 보며, 자신이 이 자리에서 죽게 되리라 직감했다. 기치다가 천천히 손을 들어 올렸다.

"개죽음을 자초하는 방법도 참 여러 가지구나."

"요, 용서하십시오, 알티르, 알티르가 걱정이 되어 그만……."

키리아케는 와들와들 떨었다. 알티르에게는 반격이 불가능했고, 자비를 구하기도 쉽지 않았다. 새파랗게 질린 키리아케를 대신해서 사바토가 나섰다.

"알티르 님. 죽기 전에 한 가지만 여쭈어도 될까요."

기치다가 눈을 가늘게 뜨고 잠시 손을 멈춘다. 동정이 아닌 잠시의 호기심이기는 했지만, 아무래도 좋았다. 사바토는 떨림조차 없는 목소리로 말을 이었다.

"죄송합니다. 마음의 오랜 괴로움을 이기지 못한 제자가 지혜로운 스승께 해결 방안을 여쭤보고자 무례를 무릅쓰고 찾아왔나이다. 알티르의 휴식을 방해할 마음은 없었지만 마음이 너무 절박하여 무례를 범하였으니 부디 불쌍히 여겨 주십시오."

알티르가 아닌 스승을 찾아왔다라. 기치다는 여전히 손을 들어 올린 채 코웃음을 치며 물었다.

"네 괴로움이 무엇이지, 사바토?"

"마음이 의지를 기어코 배반하려 할 때, 어찌해야 합니까?"

엎드려 있던 키리아케는 완전히 얼어붙었다. 얘가 정말 죽으려고 작정을 했구나. 하필 지금 알티르를 가장 들쑤시는 말을 해야 할까? 아니나 다를까, 기치다의 목소리에 서릿발이 박힌다.

"누구 이야기를 하는 거지, 사바토?"

"제 이야기입니다, 알티르. 마음에 담아서는 안 될 사람을 마음에 담아 두고 매일 자신의 마음을 증오하고 있는 제 이야기입니다."

기치다의 눈이 더욱 가늘어졌다. 그는 사바토에게 한 걸음 다가가 허리를 굽혔다. 희고 긴 손가락이 제자의 머리채를 잡아 들어 올린다. 하지만 이내 제자의 눈시울에 흠뻑 괴어 있는 습기를 발견하고는 움직임을 멈추고 눈썹을 찡그렸다.

"거짓으로 내 마음을 떠보고자 한 말이라면, 너는 지금 내 손에 죽었을 것이다."

"……."

"마음에 담아서는 안 될 사람을 마음에 담고, 매일 네 마음을 증오하고 있다?"

"예. 스승님."

"그래서 너는 어찌하고 있니?"

"예?"

"매일매일 마음이 의지를 배반할 때, 너는 어찌하고 있느냐 물었다."

"저는 아무것도 하지 못했습니다. 그래서 이렇게 스승님을 찾아온 것입니다."

기치다의 손아귀에서 힘이 풀렸다. 사바토의 고개가 다시 아래로 푹 떨어진다. 그는 몸을 바짝 말고 땅에 엎드린 두 제자를 보며 날카로운 목소리로 웃기 시작했다. 웃음은 시간이 흘러갈수록 더욱 광적으로 변해 갔다.

"바보구나, 사바토. 그 상황에서 마음을 베어야겠니, 의지를 베어야겠니? 그 당연한 걸 물으러 죽음을 무릅쓰고 여기까지 왔어?"

"……."

"있어서는 안 될 거라면 마음이 아니라 팔다리라도 잘라 내야지. 안 그러니?"

"……잘라도 잘리지 않으면요?"

사바토가 떨리는 목소리로 물었다.

기치다는 오랜 제자이자 최측근 호위 신관의 얼굴을 가만히 내려다보았다. 거짓을 말하는 것은 아니지만, 한편으로 자신에게 어떤 의도를 가진 말을 하고 있는 것도 사실이었다. 죽이고 싶다는 마음과 연민하는 마음이 극심하게 엇갈렸다.

"칼날과 도끼날을 새파랗게 잘 갈아야지."

"스승님."

기치다는 허리를 조금 더 수그린 후 달고 부드러운 목소리로 속삭였다.

"원래, 의지를 배반하는 마음은 잡초와 같아서 매일 돋아나잖니. 그러니 매일 칼날과 도끼날을 바짝 세워서 힘껏 베어 내야지. 밤마다 발목을 찍고, 손목을 찍고, 팔과 다리까지 일일이 잘라 낸 후에, 피를 줄줄 흘리면서 새로운 아침을 맞이하는 거란다."

사바토와 키리아케는 질린 얼굴로 고개를 들어 올렸다. 눈이 붉게 충혈되고 얼굴에 혈색 하나 남지 않은 스승이 일그러진 얼굴로 웃고 있었다.

"못 할 거 같지? 해 보면 안 될 것도 없다. 끔찍하게 아픈 순간은 감수해야지. 마음 밭에서 몹쓸 것이 자라도록 방치했던 죗값이니까."

키리아케는 속으로 안도의 한숨을 쉬었다. 살벌한 말의 내용과 달리, 그에게서 일던 차가운 살기가 천천히 가라앉는 것이 느껴진다. 그는 두 사람을 내려다보며 말했다.

"너를 죽일 수는 없겠구나. 나는 누군가에게 안식을 주기 위해 죽이지는 않아. 알다시피 내가 그리 선량한 성정은 아니라서."

"……."

"너를 연민한다, 사바토."

스승의 부드럽게 가라앉은 목소리가 두 사람의 등으로 내려앉았다. 사바토는 필사적으로 용기를 내어 눈물로 얼룩진 고개를 들어 올렸다.

"저희는 알티르께서 왜 이렇게 힘들어하시는지 정확히 모릅니다. 하지만 저희는 알티르께서 안심하고 등을 기댈 수 있는 자들이 되고자 아르마누께 맹세한 자들입니다. 제발 저희를 믿어 주시고, 힘든 것을 털어 내고 나눠 주십시오. 이렇게 혼자 괴로워하시는 모습은 저희도 차마 견디기 어렵……."

"……내가 여기 와 있는 꼴이 몹시 우스워 보였나 보구나."

기치다는 차가운 목소리로 사바토의 말을 끊었다.

"그래, 무슨 이야기를 듣고 싶은데? 설마 너희가 듣고 싶은 이야기가 이런 거냐? 알티르가 밤마다 '진흙인간으로 태어났으면 차라리 좋았겠다.' 따위의 망상에 잠기기나 하고, 신성한 임무를 완수할 수 있는 천재일우의 기회, 아니, 앞으로는 영원히 오지 않을 유일한 기회를 포기하고 땅에 남을 궁리나 하고 있었다는, 그따위 미친 이야기?"

헉. 두 사람의 입에서 짧은 들숨소리가 비어졌다. 맙소사, 도무지 믿을 수 없는 말이었다. 기치다는 여전히 얼음장 같은 목소리로 두 사람에게 쏘아붙였다.

"너희의 걱정은 이해하지만 아무 쓸데 없다. 나는 내 본분을 잊지 않는다. 나는 신성한 임무를 위해 내가 바칠 수 있는 것을 모두 바쳤고, 버려야 할 것은 모두 버렸다. 충성을 택한 전사에게 합당한 충성을 요구했고, 황금숲에서 가장 빼어난 전사에게 가장 중요하고 어려운 임무를 맡겼다. 그게 전부야."

기치다는 물의 집을 향해 몸을 돌렸다. 두 사람은 그가 무슨 말을 하는지 제대로 이해하지 못했고, 그래서 한 마디 대답도, 만류도 하지 못한 채 그가 하는 일을 멍청한 눈으로 지켜볼 수밖에 없었다.

"매일 돋아나는 팔다리 따위는 백 번이든 천 번이든 잘라 낼 수 있어. 그게 황금숲의 알티르고, 그래서 내가 알티르가 된 거야,

알았니?”

그가 물의 집을 향해 손을 확 휘둘렀다. 순간 오랜 시간 흔들림 없이 둥근 형태로 유지되던 물의 집이 크게 흔들린다.

촤아아!

물의 집을 이루고 있던 반투명한 벽이 갑자기 요란한 소리를 내며 나무 아래로 쏟아져 내렸다. 뒤이어 그곳에 있던 마룻바닥과 가구, 항아리, 탁자와 의자, 그리고 잡다한 물건들이 모조리 아래로 떨어져 내리며 부서졌다.

파아앗!

뒤이어 물에 흠뻑 젖은 잡다한 물건에 화르르 불이 붙었다. 물이 뚝뚝 떨어지는 나무 아래서 흠뻑 젖은 물건들이 불타오르는 장면이 너무 기이하고 두려워, 두 사람은 어젯밤부터 지금까지 밤새 보고 들었던 것을 모두 잊을 수 있었다.

“옷이 많이 젖었구나. 감기 조심하렴.”

몸을 돌리고 신전으로 향하는 사내는 다시 예전의 부드럽고도 차가운 황금숲의 지배자로 돌아와 있었다.

❖ ✝ ❖

북국으로 밀사가 떠난 지 네 이레가 지난 후, 두 명의 밀사 중 한 명만이 살아 돌아왔다. 알티르의 곁에서 항상 재재재 수다를 떨며 그에게 실없는 웃음을 안겨 주던 작은 시동이 난데없이 북국왕과 싸우다가 도끼에 찍혀 죽었다고 했다.

고위 신관 대여섯 명과 함께 아침 식사를 하다가 그 보고를 받은 알티르는 들고 있던 수저를 바닥에 떨어뜨렸다.

“뭐라 했지, 사바토?”

목소리가 이상해 고개를 들어 알티르를 바라보았다. 입꼬리는 웃는 모습으로 올라가 있는데, 얼굴은 핏기가 완전히 빠져나가 설화석고 덩어리 같았다.

"다시 말해 보렴, 사바토."

사바토는 같은 말을 네 번 되풀이하면서 새파랗게 질려 들들 떨었다. 같이 앉아 있던 고위 신관들도 온몸이 얼어붙는 것 같았다. 쩡, 쩌그럭, 쩍. 앞에 놓여 있던 돌로 된 탁자가 대여섯 조각으로 죽죽 갈라졌다.

"이런, 이게 무슨 희한한 일일까."

돌을 움직임도 없이 갈라 버린 게 누구의 소행인지 모르는 신관들은 없었다. 그들은 그대로 얼어붙은 채 꼼짝도 하지 못했고 기치다는 여전히 미소를 띤 얼굴로 조용히 자리에서 일어섰다.

"일이 있어 먼저 실례하도록 하지요. 다른 분들은 계속 조찬을 즐겨 주시기 바랍니다."

황급히 기치다를 뒤따라가던 사바토는 그의 방까지 따라가 문을 연 순간, 더 이상 들어가지 못하고 멈춰 섰다.

그는 방구석의 기둥을 붙잡고 허리를 구부린 채 먹은 것을 모조리 토하고 있었다. 나중에는 게워 낼 것이 없는지 한참 동안 헛구역질을 하며 숨을 헐떡거리더니, 긴 소맷자락으로 얼굴을 감싸 눌렀다.

"뒤에 누구지?"

"알티르, 접니다. ……사바토입니다."

순간 핏, 소리가 나더니 목덜미가 뜨끔했다. 사바토는 황급히 땅에 엎드려 한 손으로 목을 눌렀다. 손바닥으로 순식간에 피가 흥건하게 스며 나왔다.

"몇 번이나 경고해야 할까. 너를 몇 번 품에 들였다 해서, 너를 혹 연민한다 해서 부르지 않았는데 함부로 곁에 와 있어도 된다는 뜻은 아니야. 그러다 암살범으로 오해받아 내 손에 죽으면 슬프지 않겠니?"

오금이 그대로 굳는 것 같았다. 실제 그렇게 죽은 신관들이 또 한두 명도 아니었다.

저 우아하고 아름다운 스승은 역대 알티르 중 가장 현명하고 생각이 많으면서도, 가장 무자비하고 냉혹하기도 했다. 그 무자비함과 냉혹함은 자신에게나 남에게나 공평하게 적용되었다.

아니, 아니다. 사바토의 예상은 틀렸다. 문을 닫으며 잠시 방 안을 돌아보았을 때, 알티르는 점점 허리를 구부리더니 돌바닥에 무너지듯 허물어지는 중이었다.

하지만 이제 그에게 남은 것은 아무것도 없었다. 맑은 목소리로 재잘거리며 어처구니없는 웃음을 유발하는 작은 시동도 없었고, 밤에 안심하고 잠을 잘 수 있게 해 줄 수 있는 믿음직한 전사도 없었고, 혼자 숨어 오열할 수 있는 작은 공간조차 없었다.

이튿날, 기치다는 예전과 전혀 다름없는 모습으로 방 밖으로 나왔다. 그리고 회의를 주재하고, 의식을 회복한 텔코스의 보고를 받은 후, 소금성에 답례 사신을 파견할 것을 명했다. 그리고 담담한 어투로 덧붙였다.

"내가 사신단의 대표로 소금성에 직접 갈 것이다. 북국에서 온 자들에게 나의 이름과 신분을 말하지 마라."

말투가 너무 평온해서 뜻을 이해하는 데 오히려 시간이 걸렸다. 회의 장소에 모인 사람들은 한 박자 늦게 경악하며 벌떡 일어났다.

"알티르! 그게 무슨 말씀입니까! 알티르께서는 지금 남국 연합군의 총사령관이십니다!”
“북국의 왕이 전쟁을 앞두고 사신들을 무사히 보낼 리가 없습니다!”
“북국은 아크가 통하지 않는다 하지 않습니까! 위험합니다!”
사방에서 고함 소리가 빗발치듯 쏟아졌다. 될 말이 아니었다. 사신단 전원 시체로 돌아와도 하등 이상하지 않을 상황이었다. 알티르는 자리에서 일어나 엄한 목소리로 말했다.
“내가 직접 가서 확인하고 알아볼 것들이 있다. 반대는 허락하지 않겠다.”
“알티르! 다시 한 번 생각해 보십시오! 절대 안 됩니다!”
벌떡 일어나 고함을 지르던 엔이쉬브 한 명이 갑자기 목을 움켜잡고 그 자리에서 뒹굴었다. 동료 신관들은 입을 틀어막은 채 한 걸음 뒤로 물러섰다. 그는 눈이 튀어나올 정도로 홉뜨고 바닥에서 몸부림치다가 숨이 멎기 일보 직전에야 간신히 헐떡이며 일어설 수 있었다. 알티르는 눈을 가늘게 뜨고 좌중을 훑어보더니 차갑게 내뱉었다.
“다시 말하지만, 반대는 허하지 않는다. 내가 직접 갈 것이다. 이만 물러가라.”
모인 사람들은 새하얗게 질린 채 한 마디도 반대하지 못하고 복명했다.
사바토는 그날 알티르가 새로 돋아난 팔다리를 제 손으로 잘라내는 데 결국 실패했음을 알았다.

“아쉬 파무세나 님…….”

목소리를 낮추어 아쉬 파무세나를 부르던 키리아케는 사방을 둘러보고 주변에 아무도 없다는 것을 확인한 후 호칭을 바꿨다.

"알티르 님! 이제는 저희에게 설명 좀 해 주십시오. 이 위험한 곳까지 알티르께서 직접 오실 이유가 무엇입니까? 북국의 왕이라는 자에게 정체가 탄로 나면 어쩌시려고요."

"직접 올 이유가 있으니 왔겠지, 키리아케? 그러니 조용히 하렴."

"레니에라 하는 시동은 죽었다 했습니다. 알티르께서 이 위험한 곳까지 오실 이유가 없습니다. 지금이라도 저나 다른 사람에게 뒤를 맡기고 제발 돌아가십시오."

키리아케는 필사적으로 용기를 쥐어짜 애걸했다. 기치다는 눈썹을 찌푸리면서 짜증스럽게 손을 흔들었다.

"입 다물라고 했다, 키리아케! 더 이상 경고는 안 한다 했어!"

이내 쉿, 하는 짧은 소리가 나더니 오른쪽 귓가의 머리카락이 한들, 흔들렸다. 고개를 갸웃하며 머리를 매만지던 키리아케는 바닥에서 울리는 달그락, 하는 소리에 고개를 갸웃했다.

오른쪽 귀에 늘어져 있던 가는 귀걸이가 끊어져 바닥에 떨어져 있었다. 잠시 후 날카로운 바람 소리와 함께 왼쪽에 있던 귀걸이도 어깨로 툭 떨어졌다가 미끄러진다.

"아, 알티르님?"

알티르는 대답 대신 다시 손을 저었다. 이번에는 목덜미 앞에서 묶은 가죽끈이 소리 없이 끊어지면서 어깨에 걸쳐 있던 무거운 카우나케스 숄이 바닥으로 주르르 미끄러져 떨어졌다. 키리아케는 딱딱하게 얼어붙었다.

"자, 알티르. 무, 무슨……? 혹 저를 공격하시는 건가요?"

키리아케는 순간 말을 멈췄다. 아니다. 이 정도는 알티르에게 공격이랄 수준도 아니다. 그러면 말 함부로 하지 말라는 경고일까? 눈을 크게 뜨고 생각을 더듬던 키리아케는 갑자기 입을 딱 벌렸다. 뒤통수로 벼락이 떨어진 것 같았다.

"자, 알티르! 부, 북국에서도 아크가! 아크가……."

"……통하지 않는다고 알려져 있었지."

"예. 실제로 아크 점토판으로 불의 아크가 박힌 노예들이 북국으로 도망치기도 하잖습니까!"

키리아케는 새파랗게 질린 얼굴로 부르짖었다. 기치다의 입가가 괴이하게 틀어졌다.

"아하, 그깟 점토판에 박은 허술한 아크? 하지만 보렴. 눈앞에 보이는 상황은 그것과는 좀 다르지 않니?"

"아, 아아……."

"확실히 직접 온 보람이 있구나. 이걸 다른 신관들에게 시켜 본다 한들 어느 정도 발현되는 건지 짐작도 할 수 없었을 테고, 그 결과를 믿을 수도 없었을 텐데."

"아, 알티르. 그럼 지금 그걸 시험해 보신 건가요? 그것을 직접 확인하기 위해 이렇게 위험을 무릅쓰고 오신 건가요? 아, 그보다 정말 발현이 된 건가요?"

키리아케는 눈을 크게 뜨고 닥치는 대로 질문을 쏟아 냈다. 알티르는 대답하는 대신 눈을 가느스름하게 뜨고 웃었다. 키리아케의 손으로 진득하게 땀이 괴었다.

북국에서 아크가 통한다고 하면 그것은 전쟁의 판도를 바꾸는 정도가 아니라 압도적으로 유리한 전쟁이 된다. 굳이 남국까지 북국 사람들을 끌어내지 않아도 된다. 아크가 통하기만 하면, 소금성까지 오르는 것도, 공중에서 아래를 내려다보며 기척도 형상도 소리도 없이 공격하는 것도 모두 가능해지기 때문이다.

황금숲에서 빼어난 전사란 힘을 잘 쓰는 신관이 아니라 아크를 잘 다룰 줄 아는 자들이다. 아무리 힘이 연약한 누기그라도 아크만 능숙하게 다룬다면, 외부의 이름난 전사 이상의 몫을 할 수 있었다. 실제로 알티르를 호위하는 최측근 전사들은 대부분 엔누기그들이기도 했다.

"알티르!"

거듭된 채근에도 알티르는 성공했는지 실패했는지 대답하지 않았다. 키리아케는 그의 얼굴에서 대답을 읽을 수 있기를 바랐지만 아무런 감정도 읽을 수가 없었다.

"키리아케, 아까 북국의 왕이 한 말과 행동들을 기억해?"

"어떤 행동 말씀입니까?"

기치다는 눈을 가느스름하게 뜨고 웃었다. 레니에가 알티르에게 밤이고 낮이고 최선을 다해 봉사했다는 말을 아무 말이라 단정하는 것을 보면 그것이 사실이 아니라는 것을 알고 있다는 뜻이고, 그럼에도 그 말에 격분하는 것을 보면 자신의 짐작대로 쿤과 레니에는 보통 관계가 아니라는 의미였다.

게다가 레니에라는 이름을 친숙하게 말하고, 텔코스에게서 왕이란 작자가 싸우다가 다친 레니에를 안고 들어가 치료를 시작했다 들었는데, 싸우다 죽어 시신이 남아 있지 않다고 한다.

무엇보다, 알티르가 레니에를 북국에 보낸 것과 그녀가 황금숲에 돌아가지 못하게 된 것 모두 우투와 운명을 정하는 위대한 신들의 뜻이며 섭리라고 말했다. 이 말이 의미하는 바는 과연 무엇이겠는가?

기치다는 천천히 허리를 펴고 팔을 앞으로 내밀었다. 팔찌를 감싸 쥔 손이 피로 흠뻑 젖어 있다. 키리아케는 그 자리에 여전히 얼어붙은 채 서 있었다.

"레니에는 죽지 않았다."

"……알티르?"

"그리고 쿤은 내 손에 죽는다."

핏, 소리가 들릴락 말락 허공을 치고 지나가더니, 이번엔 바닥에 떨어진 양털 카우나케스가 붕, 공중으로 떠오른다. 핏, 핏, 파앗! 바람 소리에 뒤이어 찌익, 짜악, 하는 소리와 함께 두꺼운 양털 카우나케스가 가닥가닥 찢겨 나가기 시작했다.

그의 입술 끝이 비틀린다. 전혀 아름답지 않은, 생전 처음 보는 듯한 기괴한 웃음이었다.

키리아케는 그 웃음이 알티르의 진짜 웃음이라는 느낌이 들었다.

❖ ✝✝ ❖

"레니에! 레니에! 지금 어디 있나?"

쿤은 내실에 들어서자마자 무겁고 긴 털 망토를 벗어 던지고 외쳤다.

"쿤?"

"루갈, 오셨습니까?"

침상 위에 앉아 있던 레니에가 반색하며 고개를 든다. 목소리를 듣자마자 얼굴이 확 펴지고 입에 활짝 웃음이 걸리는 모습을 보니 저절로 발이 멈춰 버렸다.

곁에는 어제부터 내실의 출입을 허가받은 이야가 앉아 있다가 자리에서 일어나 공손히 예를 올린다. 이야는 성격이 밝고 눈치도 빠른 데다 손재주도 좋아서 레니에의 말벗이 되어 주면 좋을 듯하여 쿤이 부탁해 둔 참이었다.

두 사람의 손에는 길고 가는 막대기들이 쥐어져 있었고, 둥글게 사려 놓은 실뭉치가 막대기에 길게 매달려 있었다. 레니에는 이야에게 뜨개질하는 방법을 배우는 중인 듯했다.

"쿤, 나 지금 막대기로 천 짜는 법을 배우고 있었어. 너에게 줄 어깨 덮개를……."

"이야, 나가라."

"예, 루갈."

이야는 쿤의 살벌한 분위기에 화들짝 놀라 레니에에게 제대로 인사도 하지 못한 채 황급히 밖으로 뛰어나갔다. 혼자 남은 레니에가 걱정스러웠지만 한 마디라도 말을 붙일 수 있는 분위기가 아니었다.

쿤은 문을 닫아건 후, 문에 등을 기대고 한동안 서 있었다. 고개를 수그리고 있는 그의 이마로 긴 머리카락이 흘러 내려와서 얼굴이 잘 보이지 않았다.

"쿤? 무슨……?"

쿤은 대답하지 않고 한동안 그 자세로 서 있다가 천천히 고개를 들었다. 할 말이 많은 얼굴이었지만, 그는 한 마디 말도 없이 서 있기만 했다.

"쿤, 무슨 안 좋은 일 있었어?"

묻던 레니에는 아차 싶어 입을 다물었다. 맞다. 황금숲의 사신을 접견하고 온 거구나. 눈이 욱신 쑤시면서 시야가 순식간에 뿌옇게 흐려졌다.

쿤, 황금숲의 사신이 너한테 무슨 말을 했어?

레니에는 혀까지 치밀어 오른 말을 간신히 삼켰다. 쿤의 반응을 보면 사신이 레니에와 알티르의 관계에 대해 이야기를 한 것이 틀림없다. 알티르의 최측근, 항상 그림자처럼 따라다니면서 같은 방에서 함께 먹고 함께 잠을 자던 어린 시동. 어린 시동에게 이상할 정도로 관대하던 알티르.

그런데 그 시동이 사실은 여자였다?

그것은 외부 사람의 눈으로 보았을 때, 도저히 해명을 하거나 오해를 풀거나 할 수 있는 성질의 것이 아니었다. 그리고 지금 쿤은 사신의 말 중에 거짓이 무엇이고 참이 무엇이고 하며 따지고 시시비비를 차분히 가릴 상황이 아닌 것 같았다.

레니에는 그에게서 격노한 고함이 터질 거라 예상하고 어깨를 움츠렸다. 무슨 말을 들었는지 알 수 없으니 섣불리 아니라고 믿지 말라고 말을 꺼낼 수도 없었다.

하지만 레니에의 귀로 조용한 목소리가 떨어졌다.

"널 안고 싶다, 레니에."

레니에는 조용히 고개를 들어 문 앞에 서 있는 사내를 바라보았다. 그는 이런저런 말을 들이대고 따지는 대신, 고집스럽게 되풀이했다.

"난, 지금 널 안고 싶다, 레니에."

"왜 그래? 황금숲의 사신한테 혹시 무슨 기분 나쁜 말을 들었니?"

쿤은 머리를 확확 저으며 내뱉었다.

"사신 따위가 하는 말이 우리와 무슨 상관인가. 난 네 말을 믿는다, 믿을 것이다."

쿤의 대답은 레니에에 대한 믿음이 아니라, 레니에를 믿기 위한 애처로운 노력을 보여 주고 있었다.

믿음이란 저절로 믿어지는 것이 아니라 의지가 필요한 일이었다. 특히 두 사람처럼 중간에 끼어든 많은 어긋남과 비틀림을 긴 시간과 고통으로 갈음해야 했던 인연이라면 더더욱 그랬다.

레니에는 쿤을 속인 것이 없었다. 말하기 힘들었지만, 속이지 않고 모든 것을 말한 것이 얼마나 다행스러운지 뒤늦게야 새삼스러웠다.

레니에는 그 자리에서 일어나서 걸치고 있던 것을 모조리 벗었다. 옷들은 무겁거나 가벼운 소리를 내며 발치에 떨어졌고, 쿤의 시선은 도끼날처럼 온몸을 찍어 댔다. 후끈후끈하게 불을 피워 놓았지만, 온몸에 소름이 돋았다. 레니에는 허리를 펴고 서서 쿤을 똑바로 바라보았다.

"난, 네가 좋아."

"레니에."

"어디서 무슨 말을 들었는지 모르지만, 내가 좋아하는 건 너 하나뿐이야. 남들이 무슨 말을 하든, 무슨 생각을 하든, 난 네가 좋아. 너만 좋아."

무시무시한 침묵이 두 사람의 사이를 팽팽하게 채웠다. 그의 굵은 눈썹과 미간이 크게 꿈틀거린다. 레니에는 고개를 들고 단호하게 말했다.

"소금성의 쿤, 후와투와 카할라의 아들의 이름으로 맹세할게. 난 네게 거짓말한 게 없어."

쿤의 눈이 크게 벌어진다. 힘을 주어 하얗게 움켜쥔 주먹, 단단히 맞물린 입술. 그의 눈빛이 온몸을 지글지글 태워 버리는 것 같다.

"……사랑해, 쿤."

쿵, 쿵, 쿠쿵, 그의 무거운 발걸음 소리가 들이닥쳤다. 레니에는 눈을 꽉 감고 두 팔을 활짝 벌렸다.

31. 선택

새벽부터 내실로 불려 들어간 닌갈사르밧은 이번에는 한 마디도 하지 못했다. 정신을 잃은 여자의 몸은 붉은 울혈로 가득했고, 침상 위는 폭풍이라도 휩쓸고 지나간 것처럼 엉망진창이었다. 그리고 쿤은 머리를 움켜잡은 채 옆의 탁자에 엎드려 있었다.

어제 회담 장소에 들어갔던 측근 전사들의 이야기와 이야의 말을 전해 듣고 내심 걱정을 하던 참이었다. 하지만 정작 이런 꼴을 보게 되니 걱정이나 속상한 건 둘째 치고, 그저 암담하기만 할 뿐이었다.

소금성의 자랑이며 북국 최고의 전사라는 루갈은, 왜 하필이면 남국 출신의, 이렇게 말도 많고 탈도 많은 여자를 택했을까. 우투께서 혹은 운명을 정하는 일곱 신께서 인도했다고 할 수밖에 없는 인연이라지만, 저 딱한 여자에 대한 연민이 없는 것도 아니지만, 닌갈사르밧은 이쯤 되자 레니에가 원망스러워지기 시작했다.

쿤은 북국의 누가 본다 해도 나무랄 데 없는 사내였다. 사내로서도, 왕으로서도, 신관으로서도, 한 개인의 인격과 품성으로서도 흠잡을 데가 없었다. 꼭 자신이 젖을 먹여 길러서 그렇게 좋은 점수를 주는 건 아니었다—닌갈사르밧은 친아들인 훔바에 대해서는 쿤에게 주는 점수의 반의반밖에 주지 않았다—.

그런 쿤이 여자 문제에 대해서는 도무지 스스로를 감당하지 못하고 이성을 놓아 버린다. 죽었다고 한 여자를 8년 동안 잊지 못하고 찾아 헤맨 것부터가 정상적인 것은 아니었다. 운명으로 정해진 짝이 정말 있는 건진 모르지만, 이 모진 과정을 겪어야만 만날 수 있는 짝이라면 그것이 과연 축복받은 만남일까 하는 생각까지 드는 것이다.

"으음. 으, 흐으, 으으으."

침상에서 희미한 신음이 흘러나오자 쿤이 고개를 번쩍 쳐들었다. 하룻밤 사이에 10년은 삭아 버린 듯한 얼굴이었다. 환자의 눈꺼풀이 파르르 떨리며 허옇게 갈라진 입술이 달싹거린다. 쿤, 쿤, 어디, 어디 있어. 손이 꿈틀거리며 허공을 휘젓는다. 쿤은 닌갈사르밧을 돌아보며 다급하게 말했다.

"가라. 이제는 내가 돌보겠다."

나가라고? 이 꼴로 만들어 놓은 주제에 제 손으로 돌보겠다고?

하지만 닌갈사르밧은 침대 옆의 바닥에 천천히 꿇어앉는 쿤과, 눈을 감은 채 그의 손을 더듬더듬 움켜쥐는 여자를 보고는 자신이 이곳에 있으면 안 된다는 것을 알았다.

그녀는 화로 위에서 자르르르 끓어오르는 약차 주전자를 옆에 내려놓고, 상처에 갈아 붙일 찧은 약초를 확인하고는 조용히 문을 닫았다.

두 사람만 남겨 두어야 할 시간이었다.

❖ ✝✝ ❖

"내가 잘못했다. 네 말이 맞다. 나는 수인종족이고 짐승이고 사람도 되어 먹지 못한 놈이다. 나를 벌해라. 때리고 차고 욕하고, 아니 그냥 네가 원하는 대로 해라."

쿤은 고개를 바닥에 박고 사죄했다. 사신의 말을 믿었던 것도 아니고 분노를 핑계하지도 않았다. 그렇다고 자신이 들었던 말을 레니에에게 확인하지도 않았다. 그로서는 사신이 지껄였던 말을 입에 담아 확인하는 것조차 용납이 되지 않았다.

레니에가 말한 것은 의심하지 않을 것이고, 믿을 것이다. 말하지 않은 것은 캐묻지 않을 것이다. 더욱이 자신이 곁에 없었던 긴 시간 동안 그녀가 겪었던 일에 관해서는 더더욱 그럴 것이다.

하지만 머리와 가슴은 따로 놀았다. 가슴에 찍힌 나무 모양의 낙인만 보면 속이 끓어올랐다. 그렇지만 자신이 어젯밤에 남겨 둔 흔적을 보니 그것은 그것대로 기가 막히고 비참했다.

레니에의 맑고 조용한 웃음소리가 들렸다.

"쿤, 그런데 왜 내가 너한테 벌을 주어야 해?"

"내, 내가 어제, 너를…… 마, 많이 아프게……."

그는 고개를 숙이고 말끝을 흐렸다.

레니에는 쿤의 머리를 차근히 쓰다듬었다.

쿤은 자신을 조금이라도 아프게 하는 것을 몹시 두려워했다. 동굴에서 겪었던 첫 번째 경험은 레니에에게 아픈 고통이었지만 쿤에게도 큰 상처였다. 그는 그 일에 대해 큰 죄책감을 갖고 있는 듯했다. 레니에를 안을 때마다 몹시 조심하면서 몸이 아픈 건 아닌지, 괴롭거나 거부반응이 느껴지는지 끝없이 확인하곤 했다.

하지만 어제의 쿤은 그렇게 할 경황이 없어 보였다. 레니에는 어젯밤 내내 대평원을 휩쓰는 폭풍우 한가운데 휘말려 있는 기분이었다.

"대체 무슨 말이야, 쿤? 내가 언제 싫다고 했어? 네가 나를 강제로 범하기라도 했어? 앓던 끝이라 몸이 못 버티고 정신을 놓은 것뿐인데, 대체 뭘 벌을 주라는 거야?"

쿤이 핏발이 선 눈을 부릅뜨고 고개를 들어 올린다. 엉망으로 흩어진 머리카락 속에 파묻힌 얼굴이 초췌하고 거칠었다. 대장간이나 토기방에선 그렇게 풋풋하고 싱그럽게 웃고 있었는데, 속상해 죽겠다. 레니에는 손을 뻗어 그의 머리카락을 쓸어 올리고 뺨을 부드럽게 어루만졌다.

"나는 너의 모든 모습이 좋아. 어디서 어떤 몹쓸 말을 듣고 왔는지는 모르겠지만."

"……."

"날 믿겠다 결심은 했고, 의심스럽다 거짓말이냐 따지지는 못하겠고, 그래도 분하고 화나는 건 어쩔 수 없고, 이래저래 속만 지글지글 끓이다가 결국 하는 짓이라는 게 이젠 나만 봐 줘, 이제는 나만 사랑해 줘 하고 악을 쓰는 것뿐인데, 그걸 왜 벌을 주어야 해?"

"나는 그런 말을 하지 않았다. 너는 왜 하지도 않은 말을."

"그 정도는 다 들려, 이 바보야."

"……."

"그리고 네 어젯밤 모습도 꽤 괜찮던데? 싫었으면 내가 가만히 있었을 것 같아?"

고개를 든 사내의 입이 멍청하게 벌어진다. 레니에는 이 와중에 그의 뺨과 목이 슬그머니 붉어지는 것을 보고 소리 내어 웃고 말았다.

"너는…… 정말 이상하다."

쿤은 끙, 앓는 소리를 냈다. 레니에는 이마에 손을 짚고는 키들키들 웃었다.

"옛날부터 생각한 건데, 넌 고맙다고 말하는 법하고, 사과하는 법을 제대로 배워야 해."

"내가 잘못했다. 많이 맞아야 할 만큼 잘못했다. 가죽 채찍으로 백 대쯤 맞아야 할 것이다. 그래야 정신 차리고 이따위 멍청한 짓을 하지 않을 것이다."

레니에는 그의 꽉 잠긴 목소리를 듣고 그의 머리를 가만히 끌어안았다.

"너를 그렇게 때리면 내가 더 아파서 그건 안 되겠다. 아 진짜, 뭔가 불공평해."

심장이 뛸 때마다 가슴이 아린 것은, 그의 이마가 가슴의 상처를 심하게 눌러서일 거라 생각하기로 했다. 레니에는 그의 머리를 매만지며 부드럽게 말했다.

"쿤. 사신에게서 무슨 말을 들었는지 모르겠지만, 나는 네게 거짓말 안 했어. 기치다 님, 아니 알티르와는 아무 일도 없었고, 어제 말했던 것처럼, 주종 관계 외에는 아무 관계도 아니었어."

"……그래. 네 말을 믿는데, 내가 어제 속 좁고 못난 짓을 했다."

이 바보야. 속 좁고 못났다 머리통이나 두들기지 말고, 차라리 나를 보면서 사랑한다고 말해 봐. 이제부터는 나만 사랑해 달라고 떼를 쓰고 빡빡 졸라 보라고, 이 바보 강아지야.

하지만 레니에는 시커멓게 가라앉은 그의 얼굴을 보며 말하는 것을 포기했다. 쿤은 사려 깊고 신중하고, 인내심도 발군이고, 스스로 생각하는 것보다 훨씬 지혜로운 통치자였지만, 남녀 간의 감정을 표현하는 방법에 대해서는 숙맥 중의 숙맥이었다.

어쩌겠는가. 북국에서는 부부 사이의 방중 기교나 남녀 간의 섬세한 감정을 이끄는 것은 여인들의 영역이라 여기고 있는 데다, 소금산 부족장 가문은 엄한 가정교육으로 소문이 자자하다는데.

레니에는 쿤의 손을 감싸 쥐고 토닥이며 말했다.

"쿤. 나도 너한테 지금까지 미안한 게 있어."

"뭔가?"

"네가 오해할 수 있는 상황인 거 알아. 알티르는 분명 날 힘들게 했지만 나에게 많은 것을 베풀고 도와주신 것도 맞거든. 그래서 충성이라는 이름으로, 사랑을 제외한 모든 것을 드렸던 거야. 황금숲에 머무르는 8년 동안."

쿤은 눈을 가만히 내리깔고 레니에의 말을 들었다. 그 덤덤하면서도 진지한 얼굴을 보고 있으니 더 미안하고 애처로웠다.

"하지만 너한테는 사랑 말고는 지금까지 아무것도 주지 못했어. 줄 기회조차 없었지만 사실 줄 수 있는 것도 별로 없어. 난 그게 제일 미안해. 너에게 뭔가 많이 주고 싶은데, 내가 가진 거나 해 줄 수 있는 게 너무 없어서 미안해. 정말 미안해, 쿤."

"그걸 말이라고 하나!"

갑자기 쿤의 목소리가 울컥 치솟았다.

"그런 말을 하면 정말 화를 내겠다. 너는 나에게 생명을 주고, 사랑을 주고, 살아갈 힘을 주었다. 그리고 난 네가 주는 거라면 생명부터 죽음까지, 그사이에 존재하는 모든 것을 기쁘게 받을 것이다."

레니에는 그를 다시 끌어안았다. 쿤은 침상 위로 올라와 이불로 그녀를 꼭꼭 감은 후 볼에 입을 맞춰 주었다.

"얼른 몸을 회복해서 마지막 절차를 치르도록 하자. 신전에 올라가서 우투 님께 정식으로 고하고 축복을 받고, 크게 잔치를 열어서 사람들에게 알리고 싶다. 두 이레 동안 큰 잔치를 할 것이고, 사람들은 우투께서 나와 짝지어 주시고 축복하신 왕비를 칭송할 것이다."

"다른 누군가가 우리를 짝지어 준 거라고 하지 마."

레니에는 손가락으로 쿤의 입술을 지그시 눌렀다.

"우리가 이렇게 함께 있게 된 건, 이난나가 심술 맞게 던진 선물도 아니고, 우투 님이 억지로 끌어다 붙인 것도 아니야. 너는 8년 전에 나를 평생의 짝으로 선택한 거고, 나도 너를 사랑하기로 결심한 거야."

쿤의 눈꺼풀이 느리게 깜박인다. 레니에는 우투의 대신관에게 자신의 생각을 강요할 수는 없으리라는 것을 알았다. 하지만 자신의 말이 틀렸다는 생각은 들지 않았다.

이난나 여신의 축복을 거절하고 그 모진 고생을 할 때, 그냥 죽고만 싶었다. 그때 꿈은 동굴 천장에서 떨어지는 큰 돌에 머리를 맞고 즉사하는 것이었다. 이난나가 원한 대로, 사내들 속을 흘러 다니며 되는대로 살았으면 꽤 호사를 누리며 살긴 했을 것이다. 적어도 그렇게 진창을 구르지는 않았을 것이다.

하지만 그 고통의 시간을 고집스럽게 버텨 낸 덕에 쿤을 만날 수 있었다. 사내들의 탐욕에 휩쓸리지 않고 버티다가 황금숲에 팔렸고, 기치다 님에게서 벗어나기 위해 북국으로 도망쳤다가 쿤을 만났다. 신들의 저주를 무서워하지 않기로 결심한 그 짧은 순간 덕분에 쿤의 예물을 받아들일 수 있었고, 그를 사랑했음을 인정했기에 소금성까지 갈 용기를 낼 수 있었다. 그리고 내가 소금성에 갔던 덕에 쿤 역시 내가 살아 있음을 믿고, 포기하지 않고 버틸 수 있었다.

그 모진 시간을 겪은 후 간신히 만나고도, 그는 후손을 포기하고 나는 평생의 가책과 미안함을 끌어안는 길을 다시 선택해야 했다.

하지만 그렇게 모든 선택을 마친 후, 우리는 이제 서로의 곁을 지킬 수 있게 되었다. 서로의 곁을 지킬 수 있게 되었다는 그 한 가지만으로도 죽음보다 힘들었던 모든 시간에 의미가 생겼다.

쿤. 나는 대체 언제부터 너를 이렇게 미칠 정도로 사랑하게 되었을까.

처음 만났을 때부터? 나를 강제로 범해 달라 했을 때 경멸을 숨기지도 않고 거절했을 때? 네 눈물을 처음 보았을 때? 네가 죽기 직전에 그 창날을 뽑고 눈물범벅이 돼서 상처를 치료할 때?

무수한 장면들이 눈앞으로 지나간다. 콧등이 빨개지도록 문지르는 네 모습. 깜깜한 어둠 속에서 일렁대는 작은 불꽃, 탁탁 소리를 내며 튀는 불티. 내가 말을 걸 때마다 지어 보이던 쑥스러운 듯한 웃음 한 자락, 음, 응, 그래, 어둠 속에서 뭉근히 퍼지던 네 대답 소리. 손안에서 꼼틀꼼틀하던 귀의 감촉과 붉게 달아오른 목덜미. 발을 감싸 안았을 때 손끝으로 느껴지던 팽팽한 긴장감. 네가 나를 안고 맞을 때, 온몸으로 느껴지던 둔탁한 울림과 네 잇새로 새던 짧고 억눌린 소리.

나를 강제로 범해야 한다는 조건을 끔찍하게 괴로워했던 그날 밤, 설원에서 소중한 돌을 쥐여 주면서 애타게 손을 붙잡던 때, 손아귀에서 생생하게 느껴지던 그 떨림, 그 절박한 울부짖음, 하지만 안대는 차마 풀지 못하고 그대로 허물어지던, 너무나 너다웠던 그 모습.

……그 모든 순간에 사랑이 쌓여 가고 있었던가 보다.

그가 침상에 걸터앉아 레니에를 끌어안는다. 목덜미에 그의 입술이 부드럽고 습한 소리를 내며 내려앉는다.

"그렇다. 너는…… 다른 누군가가 아닌, 내가 선택한 내 유일한 짝이다."

그리고 지금 이 순간에도 사랑이 한 켜 한 켜 새롭게 쌓여 가고 있다. 그가 하는 모든 행동이 좋고, 미칠 것처럼 안쓰럽고, 눈물겹게 사랑스럽다.

목이 막혀 더 이상 말을 할 수가 없어서, 레니에는 두 팔로 그의 목에 매달렸다.

❖ ✝✝ ❖

훔바는 왕의 급한 호출을 받고 네르갈의 무두질 작업장으로 달려갔다가 할 말을 잃고 말았다. 왕은 가죽 냄새가 가득한 공방의 구석에 쭈그리고 앉아 무언가를 열심히 주물럭대고 있었다.

"이 목걸이 줄을 예쁜 가죽 줄로 갈아 주고 싶어서. 그녀가 평생 간직할 물건인데, 줄에 피도 너무 많이 묻고 더럽고 투박하지 않은가. 그런데, 내가 가죽 매듭을 예쁘게 못 지어서."

쿤이 들어 올리는 것은 눈에 익은 검은 돌과, 지금까지 예쁜 매듭짓기에 대대적으로 실패한 가죽끈 뭉치였다. 훔바는 왕을 위아래로 째려보려다 간신히 참았다.

댓바람부터 어머니가 내실에 불려 간 꼴을 보니 또 뭔가 수인종족임을 증명할 짓거리를 하신 모양인데, 그래 놓고 다시 뭔가 점수를 따 보려고 저런 지지리 궁상 짓을 하는 것이다.

그런데요 루갈, 에레쉬 정도 되는 분이 빨갛고 노란 목걸이 매듭 끈 같은 거에 딱히 혹하실 것 같진 않은데요.

하지만 훔바는 그렇게 말하는 대신 쿤의 맞은편에 털썩 앉아서 쿤이 낑낑대며 매듭을 짓고 있는 가죽끈을 받아 들었다. 사나이 순정을 무시했다간 대대로 벼락을 맞을 일이다.

그리고 훔바는 소금성에서 둘째가라면 서러워할 정도로 손재주가 좋았다. 바느질, 실잣기, 옷 만들기, 화원 관리, 가죽끈 매듭 따위를 맵시 있게 만드는 일에서 훔바를 따라올 자는 아무도 없었다.

쿤은 찍소리도 하지 않고 훔바의 손안에서 다양하게 장식 매듭이 지어지는 가죽끈을 지켜보았다.

"훔바, 음. 그러니까, 레니에가, 이걸 계속 하고 다녔다고 한다."

"아아, 예."

"그러니까, 내가 준 걸, 8년 내내."

"아아, 예."

쿤은 한참 꾸물대다가 또 얼빠진 듯 중얼거린다.

"참말 예쁘지 않은가?"

"가죽끈 매듭 말씀이시죠? 제가 솜씨 좋다는 말은 많이 듣습니다."

"……음."

쿤은 불만스러운 듯, 하지만 아니라 반박은 못 하고 대답만 두루뭉술 뭉개 놓고는, 검은 돌을 만지작대다가 또 중얼거린다.

"훔바. 이상하다."

"뭐가 말씀이십니까."

"예쁜 사람이 오래 걸고 있어서 그런가, 색깔도 예뻐졌다."

이제 훔바는 도저히 참을 수가 없었다. 가죽끈을 탁 내려놓고 불퉁하게 말했다.

"똑같이 시꺼먼 색깔이 아닙니까! 예뻐지긴 뭐가 예뻐졌단 말입니까?"

"이런 두더지 같은 놈. 나이……."

"나이 서른에 노안이 오기도 합니다, 루갈. 주변에서 누군가가 속을 푹푹 썩이면요. 아, 제 말이 아니고 저희 어머니 말씀입니다. 음. 그러고 보니 완전히 검지는 않군요."

"그래. 레니에에게 줄 때만 해도 그을음 덩어리처럼 완전히 검은색이었다. 그런데 지금은."

"……희미하긴 하지만 보라색이 감도는 것 같습니다."

"희미한 게 아니라 제대로 된 보라색이다. 봐 봐."

쿤은 햇빛을 향해 돌을 들어 올렸다. 훔바는 눈을 둥그렇게 떴다. 신기하다. 칙칙해 보이던 돌에서 보라색이 뚜렷해지며 투명하고 맑은 기운이 선명하게 드러났다.

"검은색이 빠져나갔군요."

"검은색에서 검은색이 빠져나가면 보라색이 되나?"

쿤은 한심하다는 듯 혀를 찼다. 훔바가 고개를 갸웃하자 쿤이 답을 일러 주었다.

"노란색이 더 빠져나가야 보라색이 되지 않겠나."

"예? 왜 그렇게 됩니까? 보라색은 조개에서 만들어지는데요."

"그 조개 염료가 굉장히 귀하다고 닌갈사르밧이 말 안 해 주던가? 그래서 쪽잎의 푸른 물하고 잇꽃의 붉은 물을 섞어서 어두운 보라색 염료로 만드는 것을 배웠다."

쿤만큼 열성적이고 성실한 학생은 못 되었던 훔바가 우물쭈물 말을 돌렸다.

"닌갈사르밧이 누구 어머니인지 몰라도 참 똑똑한 분이군요."

"그런데 내가 그 염료 섞은 통에 황금색이 나는 울금 가루를 섞어 보았는데."

"아 저런, 그 귀한 것을요."

"예쁜 색깔 셋이 합쳐졌으니 최고로 아름다운 뭔가가 나올 줄 알았지. 그런데 칙칙한 검은색이 되었다."

"루갈, 원래 인생사 마음대로 되는 법은 없는 겁니다."

"닌갈사르밧이 그날 부지깽이를 들고 소금궁까지 나를 쫓아왔던 것 아나?"

"그분이 젊었을 때 한가락 하던 여전사였다는 소문이 있습니다. 카할라 님 말고는 말릴 수 있는 분이 아무도 없으셨지요."

"안다. 그래서 어머님 뒤로 숨었는데, 닌갈사르밧에게 울금 가루 이야기를 듣더니 부지깽이를 하나 더 내주시고는 내 귀를 잡아서 닌갈사르밧에게 넘겨주셨다."

"오, 그러고도 무사히 살아남으셨으니 루갈께서는 장차 성군이 되실 겁니다."

훔바의 대답에 쿤이 웃기 시작했다.

"그래서요, 루갈? 이 검은 돌에서 빠져나온 색깔이 뭡니까?"

"갈색."

쿤은 돌을 다시 들어 올리며 대답했다.

"갈색, 검은 빛깔이 빠져 가벼워지고, 황금 색깔이 빠져 보랏빛을 얻었으니 황금빛과 검은색이 합쳐진 색이 아니겠는가."

"그럼 그 갈색은 대체 어디로 도망간 겁니까?"

"갈색은 레니에의 예전 머리카락 색깔이다."

"루갈……."

무슨 말을 하건 깔때기를 타고 하나로 모여드는 결론에 훔바는 한숨을 쉬었다. 수리의 심장에서도 갈색이 빠졌고, 에레쉬의 머리에서도 갈색이 빠졌다면 결론이야 뻔한 것 아닌가.

"황금숲에서 살면 몸에 있는 갈색을 모두 나무들에게 뺏기는 모양입니다. 황금숲 신관들의 머리카락도 죄다 누르퉁퉁 허여둥

둥하잖습니까. 정말 사악한 숲입니다."

"……그런가?"

훔바의 엄청난 결론에 쿤의 얼굴이 멀뚱해진다. 웃자고 한 말에 진지하게 고뇌하는 왕을 보며 훔바는 에레쉬가 짊어지게 될 막중한 임무에 잠시 애도를 표했다.

"자, 다 됐습니다, 루갈. 누가 만들었는지 모르지만 정말 근사한 솜씨로군요."

훔바는 매듭지어진 가는 가죽끈 세 가닥을 목걸이의 고리에 끼우고 쿤에게 건네주었다.

쿤은 검은 돌을 눈앞에 바짝 대며 불현듯 중얼거렸다.

"그런데 정말 이상하다, 훔바."

"……또 뭐가요."

"피의 냄새가 난다. 아주 오래된 피의 비린내."

두 사람 사이로 잠시 침묵이 흘렀다. 하지만 침묵은 오래가지 못했다. 잠시 후 발이 가벼운 누군가가 다다다닥, 부산하게 뛰어오는 소리가 나더니 공방의 문이 활짝 열린 것이다.

"아이 참, 루갈! 행선지도 안 알리시고 이런 곳에 숨어 계시면 저희가 어떻게 찾습니까?"

"루갈께선 북국의 루갈이 누구신지 가끔 잊어버리시는 것 같습니다!"

최측근 전사 중 말 빠르고 시끄럽기로 소문난 아쉬와 디쉬였다.

"루갈! 원로들과 열 명의 족장들이 다 모였습니다. 이제 회의장으로 가셔야 합니다."

훔바는 쿤에게, 그리고 쿤은 레니에에게 '오래된 피의 비린내'에 대해 묻지 못했다.

❖ ✝✝ ❖

“남국과 황금숲 연합군의 규모는 7만 명 정도로 예상합니다. 각 성에서 5천에서 1만 명 정도의 전사를 보낼 것이고, 황금숲에서도 1천의 신관들이 나올 것입니다. 서역의 키시 성과 우루크 지역에서도 전사들을 보낼 예정이라 했습니다. 그리고 남국 서역 연합군을 지휘하는 총사령관에는 황금숲의 대신관 기치다가 선출된 상태입니다.”

레니에는 잠시 한숨 돌리며 모인 사람을 둘러보았다. 스무 명이 넘는 사람들이 눈을 말똥말똥 뜨고 자신을 쳐다보고 있었다.

“적어도 두 달 안에 가나평원에 최대 7만 명에 이르는 남국 연합군이 집결할 것으로 보입니다.”

그날 저녁 소금성의 작은 회의실에서는 일곱 명의 측근 전사들과 그들의 대장 격인 훔바, 그리고 다섯 명의 원로와 각 부족의 족장들이 모였다.

황금숲의 사신단이 돌아가기 전에 화해 혹은 전쟁의 가능성에 대해 타진해 보고 알티르에게 양보 가능한 선을 사신에게 알려 주어야 했다. 하지만 남국의 도시들, 특히 황금숲의 신관들에 대해 제대로 된 정보를 가진 이들이 없다는 것이 문제였다.

결국 쿤은 레니에에게 도움을 청했다. 실제로 왕들의 회의장에까지 동석했던 레니에는 남국 연합군과 황금숲의 사정에 대해 남들보다는 훨씬 자세히 알고 있었다.

레니에는 쿤이 만들어 준 머리쓰개로 짧은 머리와 얼굴을 가리고 이야를 따라 회의실로 들어갔다. 이야는 쿤의 부탁을 받아들여 레니에의 말벗이 되어 주고 모르는 것을 이리저리 챙겨 주게 된

지 이틀 만에 레니에 전속 호위 전사 겸 시녀가 돼 버렸다.

그녀는 레니에와 복도를 함께 지나는 동안 주의사항을 조잘조잘 일러 주었다. 북국 사람들이 워낙 소탈하고 실리적이라 왕성에서의 예절 역시 간소한 편이었지만, 레니에는 그것마저 하나하나 배워야 했다.

"에레쉬, 에레쉬께서는 다른 전사님들이나 원로님들이 인사하셔도 똑같이 인사하시는 거 아니에요. 루갈께서 하시는 것처럼 그냥 가볍게 고개만 끄덕하시는 거예요. 가볍게 고개만 끄덕, 요게 중요해요. 아셨죠?"

"아? 응, 아, 네?"

"저하고만 계실 때는 그냥 편히 말씀하시고요, 모두에게 말씀하실 때는 존대를 하시면 됩니다. 루갈께는 정식으로 예를 갖춰서 인사하시고요. 소금성의 레니에, 명에 따라 루갈을 뵙습니다, 하시고요. 아, 아직 마지막 절차가 남았으니까 아직은 '엘데 섬의 레니에'라고 하셔야 하나? 어쨌든 혼례의 마지막 절차까지 올리시면 남국 엘데 섬의 레니에, 말고 소금성의 레니에라고 말씀해 주세요."

레니에는 중간을 질러 대답할 기회조차 얻지 못하고, 입을 벌린 채 열심히 듣기만 했다. 북국 여자가 되려면 제일 먼저 강력한 말발부터 갖추어야 할 것 같다.

"그렇게 인사를 올리면 루갈께서도 똑같이 예를 갖춰 맞배를 하실 거예요. 다른 분들과 같이 계실 때는 쿤, 야, 너, 그러시면 안 돼요. 꼭 루갈이라고 해 주셔야 해요. 그리고 지금 황금숲의 사신이 와 있으니 혹시 몰라 얼굴을 가리시는 거지만 평소에는 편히 다니셔도 되니까 조금만 참으세요. 아, 그래도 사신단은 객관에만 있을 거라니까 너무 걱정하지는 마시고요. 그래도 어딜 가시려면 미리 말씀해 주세요. 제가 어디든 따라 모시겠습니다. 아셨죠?"

한때 엘데 섬의 기억하는 아이로 위명을 날렸던 레니에지만 가는 내내 폭포처럼 쏟아지는 잔소리를 듣다 보니, 회의장에 도착할 때쯤에는 머릿속에 '쿤, 야, 너, 라고 하면 안 된다'는 사실 말고는 아무것도 남아 있지 않게 되었다.

레니에가 자리에 들어서자 모인 사람들은 쿤에게 했던 것과 마찬가지로 자리에서 일어나 깊이 고개를 숙여 왕비에 대한 예를 올렸다. 아직 신전에 올라가 우투 앞에 고하는 것과 혼인 잔치 과정이 남아 있다고는 하지만 그들은 이미 레니에를 '에레쉬'라 부르며 왕비로 예우하고 있었다.

가장 안쪽 높은 의자에 근엄한 얼굴로 앉아 있던 쿤은, 레니에를 보자마자 입이 벌쭉 벌어지려다 얼른 표정을 딱딱하게 바꾸어 맞인사를 하고는 무뚝뚝한 목소리로 말했다.

"회의 계속하지."

"황금숲의 알티르는 루갈께서 제안한 화의에 긍정적인 반응을 보이고 있습니다. 그런데 에레쉬의 말씀대로라면, 현 알티르가 입으로는 화해를 말하면서 뒤통수를 칠 가능성이 높다는 겁니까?"

"당연히 높아요. 황금숲의 현 알티르는 골수 원리주의자거든요."

원리주의자가 무슨 뜻인지 모르는 전사와 원로들은 눈을 껌벅이기만 했다.

키로스를 비롯한 현실주의자 알티르들이 오래 집권한 덕에, 가뜩이나 남국의 정보가 모자란 북국 사람들은 황금숲의 전설이나 천족들의 신성한 임무 따위에 대해서는 깜깜 무지렁이가 되고 말았다. 그저 '망할 놈의 신관들이 신성석 때문에 소금성 거민들을 잡아 죽이려 안달한다'는 것이 그들이 아는 정보의 전부였다.

"황금숲의 원리주의자들은 소금성의 거주민을 한 명도 남김없이 멸해야만 다시 하늘로 올라갈 수 있다고 문자 그대로 믿고 있습니다. 그리고 현 알티르 기치다는 가장 강경한 원리주의자고요."

그래서 레니에는 연합군의 동향과 왕들의 회의 내용 이전에, 황금숲의 태곳적 전설과 원리주의자 신관들의 황당한 신념부터 간략하게 알려 주어야 했다.

"그렇다면 에레쉬, 남국과 황금숲 연합군이 준비하고 있는 이번 전쟁의 목적이 가나평원의 약탈 금지나 신성석의 수급이 아니라는 말입니까?"

"그건 표면적인 목표고, 남국의 진짜 목표는 풍부한 자원과 노예 수급입니다. 그리고 황금숲의 진짜 목표는 소금성 사람들을 몰살해서 '빛의 영광'을 돌려받은 후에, 신성한 나무에서 '영원한 생명'까지 돌려받아 하늘로 올라가는 데 있습니다."

"소금성 거민의 몰살이 정말로 가능할 거라 생각합니까, 황금숲의 알티르는?"

어이없다는 웃음이 여기저기서 터져 나왔다. 레니에는 한숨을 쉬며 고개를 끄덕였다.

"북국 사람들이 국경을 넘어 남국으로 넘어갈 경우 불가능하지 않습니다. 황금숲의 신관들이 1천 명 정도 참전할 예정이라 하는데 그들은 전사는 아니지만 아크라는 힘을 사용해서 눈에 보이지 않는 무기를 만들 수 있거든요."

모여 있는 전사와 원로, 부족장들이 고개를 갸웃했다. 북국 사람들은 남녀 가릴 것 없이 용맹한 전사들이고 싸움질이라면 이력이 나 있지만, 보이지 않는 무기는 난생처음 듣는 말이었다.

"아니, 대체 무슨 그런 무기가……? 정확하게 어떤 무기란 말입니까?"

"그러면 그에 대한 대응 방법은 무엇이 있습니까? 전사들이 모두 청동 판금 갑옷과 투구로 무장하고 나가야 할까요?"

"만들 시간도 촉박하거니와, 전사 모두가 입을 청동 갑옷과 투구와 팔 가리개, 방패를 만들 쇠를 대체 어디서 구한단 말입니까?"

모인 사람들이 크게 웅성거리며 걱정스러운 얼굴을 했다. 용맹함만으로는 강력한 신무기를 감당할 수 없다는 것을 경험 많은 전사들은 잘 알고 있었다. 레니에는 얼른 말을 덧댔다.

"방법이 없는 건 아니에요. 북국 사람들은 백염산맥에서 벗어나지만 않으면 안전합니다. 아크는 천만다행히 북국에서는 발현되지 않거든요. 그래서 아크가 걸린 도망 노예들이 백염산맥의 신성석 동굴로 도망을 오는 거고요."

"하지만 북국의 전사들은 도전하는 자가 앞에 와 있는데 굴에 숨어 있지 않습니다."

안쪽에 앉아 있던 젊은 족장이 벌떡 일어나 분기 어린 목소리로 외쳤다. 얼음숲의 부족장인 시시라고 했다. 쿤은 눈썹을 찌푸리고 생각하더니 가라앉은 목소리로 말했다.

"그건 맞는 말이다. 북국 전사들은 적 앞에서 등을 보이지는 않는다. 하지만 여기 모인 자들은 전사이기 전에 백성을 다스리는 자다. 우리는 최소한의 희생으로 백성을 지킬 의무가 있다. 염두에 두고 생각해 주기 바란다."

"걱정 마십시오, 루갈. 저희에게는 안마르가 있지 않습니까? 그들은 안마르를 보면 혼비백산할 것이고, 하늘에서 쏟아지는 화살을 막지도 피하지도 못하고 땅에서 몰살당할 것입니다."

"무엇보다 북국 최고의 전사인 루갈께서 계시지 않습니까! 루갈께서 도끼를 한 번 휘두르시면 적군의 모가지 다섯이 한꺼번에 날아갈 것이고, 활을 한 번 쏘시면 적군의 염통 다섯이 한꺼번에 꿰뚫릴 것입니다!"

아쉬, 디쉬가 앞다투어 말했다. 성질 급한 쌍둥이 여전사는 목소리도 어찌나 우렁찬지 입에서 불을 뿜는 것 같았다. 모여 앉은 부족장과 원로들은 크게 웃었고, 쿤은 손등으로 콧잔등을 문지르며 난처한 얼굴을 했다.

하지만 안쪽에 앉아 있던 시랑산 부족의 족장 우르바라가 침통한 얼굴로 자리에서 일어나자 분위기가 다시 가라앉았다.

"루갈, 아무리 백염산맥이 안전하면 뭐합니까. 먹을 것이 없는데요. 다음 겨울이 되기 전에 방법을 찾지 못하면 저희는 끝장입니다! 저희 부족은 세 명 중 한 명이 굶어 죽게 될 것입니다."

부족 간 전쟁이 멈추고 각 부족에서 젊은이의 비율이 커지면서 그들이 낳는 아기들의 수도 폭발적으로 늘었다. 늘어난 인구를 먹여 살리려면 더 넓은 사냥 영역이 필요했지만 부족 간의 사냥 영역은 한계가 있었다.

쿤은 식량 부족 사태에 대해 깊은 책임감을 느끼고 사냥과 곡물 경작의 병행 가능성을 주의 깊게 실험해 보는 중이었다. 관건은 북국에서 어떤 곡물과 섬유 작물 재배가 가능한가 하는 것이었다. 다행히 쿤의 필사적인 노력은 조금씩 열매를 맺는 중이었다.

"나 역시 식량 문제를 해결하기 위해 여러 가지 시도를 해 보고 있었다. 다행히 최근 들어 해결의 실마리가 조금씩 보이고는 있다. 시간이 꽤 걸릴 것 같긴 하지만……."

"해결의 실마리라뇨?"

시시가 눈을 둥그렇게 뜨고 물었다.

"북국의 추위를 이길 수 있는 곡물을 알아보기 위해 그동안 남국에서 수입하던 곡식의 좋은 종자를 종류별로 구해 여러 곳에서 재배해 보게 했고, 대평원 남쪽 지역에서 어느 정도 결실이 있었다. 그곳에서 가장 많은 개체가 발아하는 곡물은 호밀이었다."

레니에와 족장들은 눈을 둥그렇게 뜨고 쿤을 바라보았다.

"그래서 호밀 종자 중 추위를 잘 이겨 낸 놈들만 계속 골라서 해마다 대평원 남쪽 지역에 심어 기르게 하면서 결과를 관찰하고 있었다. 아직은 시험 단계고 종자 한 알당 수확량이 남국만큼 많은 편은 아니지만, 최대 40배까지 수확했다는 보고를 받았다."

"오 맙소사, 루갈. 언제 그런……."

족장들 사이에서 감탄사가 흘러나왔다.

"3~4년 정도만 버티면, 그때는 각 부족에 추위를 이긴 호밀 종자를 10이메루(1이메루—당나귀 한 짐 분량, 약 220L) 정도 내줄 수 있을 듯하다. 대평원에 두어 계절 머무르며 정해진 땅을 개간해 그 씨를 뿌리고, 수확한 호밀을 가지고 각자 부족으로 돌아가서 부족의 사냥터에서 사냥을 병행한다면 겨울 식량 문제를 어느 정도 해결할 수 있을 것이다."

레니에는 멍청하게 눈을 깜박거렸다. 사람들이 흥분해서 수군대는 소리도 잘 들리지 않는다.

가슴이 뻥 뚫리는 것 같다. 식량만 확보된다면 북국 사람들은 남국 사람들이 국경 너머에서 백 년, 천 년 무슨 짓을 하든 아무런 상관이 없다. 북국은 아크가 통하지 않고 백염산맥은 그 자체가 난공불락의 요새였다.

남국에서 유행하는 호사스러운 의복이나 장신구 따위 없으면 어떤가. 먹을 것이 있고, 집을 짓고 불을 피울 나무가 있고, 불을 밝힐 기름이 있고, 소금이 있고, 고기가 있다. 후추와 육두구가 모자라도 굶어 죽지는 않고, 부드럽고 색깔 고운 옷감이 없어도 얼어 죽는 건 아니다. 교역이 끊어지더라도 부족한 대로 안에서 자급하며 안전하게 살 수 있는 것이다.

그렇다면 쿤은 전장에 나가지 않아도 된다. 나는 이곳에서 불안에 떨지 않고 그와 함께 남은 시간을 살아가면 된다. 이것은 더 이상 꿈이 아니다. 레니에는 허리를 수그리고 두 손으로 가슴을 꽉 눌렀다. 너무 기쁘고 벅차서 속이 울렁울렁했다.

그 모습을 본 쿤이 눈을 크게 뜨더니 자리에서 벌떡 일어났다.

"잠시만. 에레쉬께서 몸이 좋지 않으신 듯하다. 아크 무기에 대한 설명은 나중에 듣도록 하고, 이야, 에레쉬를 내실로 모셔다 드리고 다시 오도록 하라."

레니에는 이야의 부축을 받아 밖으로 나왔다. 연인으로서의 쿤은 무디고 눈치 없지만, 치자로서의 쿤은 상황 판단력이 좋고, 나라의 명예는 지키되 백성을 위해 자존심을 접고 인내할 줄도 아는 좋은 군주였다.

그는 남국의 도발에 휘말리지 않을 것이다. 신성석의 채굴과 교역을 이미 각 부족의 자율에 맡겼고, 식량의 교역을 재개하면 약탈을 중지하겠다는 제안만으로도 남국이 전쟁을 일으킬 명분은 대부분 사라졌다.

그들이 무슨 트집을 잡아 무력도발을 감행한다 해도, 북국에서 응하지 않으면 그만이다. 아무리 기치다 님이 소금산 부족을 몰살하고 싶어도, 아크도 통하지 않는 험한 백염산맥을 넘어오는 미련한 짓을 하지는 않을 것이다.

쿤. 나는 이제 진짜로, 너와 함께 이곳에서 남은 시간은 살아갈 수 있겠어.

눈길이 닿는 곳마다 온통 물에 잠긴 듯 출렁거리는데, 그 물결마저 반짝반짝 빛나는 것 같다. 온 세상이 마냥 눈부시다. 계속 실없이 웃음이 난다.

"에레쉬, 뭐가 그렇게 좋으세요? 그런데 지금 우시는 거예요? 어디 아프세요? 아픈 건 아니라고요? 그러면 왜요? 세상에, 남국 최고의 전사라면서 눈물도 흔해라!"

"이야, 난 남국 최고의 전사가 아니야."

"루갈과 10합이나 겨루는 걸 제 눈으로 봤는데 무슨 말씀이세요. 그나저나 이렇게 우시면 제가 얼마나 구박을 받는데요! 어머어머! 그렇게 울면서 웃으시면 어째요. 일곱 살 어린아이도 아니고 옛날에 성인식도 하신 분이, 예? 뚝, 하세요, 뚝! 아이참, 어떡해. 에레쉬?"

무릿매와 채찍을 귀신처럼 다룬다는 젊은 전사는 복도에 서서 하염없이 우는 레니에를 열심히 달래야 했다. 하지만 이야가 소맷부리로 눈물을 아무리 훔쳐 내도 레니에의 눈시울엔 계속 새로운 눈물이 고였다.

"레니에! 왜 울어!"

벼락 치는 소리가 들렸다. 이내 쿵쿵대는 소리가 급하게 다가왔고, 이야는 겁에 질린 얼굴로 순식간에 복도 끝까지 도망쳤다.

"이야! 에레쉬께 대체 무슨 짓을 했어! 엉!"

"루, 루루루, 루갈, 제, 제가 무슨 짓을 한 게 아니고, 에레쉬께서 그냥 우시는 겁니다. 아프신 것도 아니고, 슬프신 것도 아니고 좋아서, 아 정말, 살다 보면 가끔 그럴 때가 있지 않습니까?"

"그게 대체 무슨 이유야! 제대로 말 안 하나!"

"물론 루갈께서 그 복잡 미묘한 심리를 이해하시리라 기대는 안 합니다만 어쨌든 그런 게 있습니다. 에레쉬? 제발 설명 좀 해 주세요. 아, 물론 루갈께서 알아들으시려면 2백 년쯤 걸리겠지만 저를 위해서 노력이라도 좀 해 주세요!"

이야가 복도 끝에서 팔을 버둥버둥하며 애처롭게 고함을 질렀다. 레니에는 콧김을 시근시근하며 눈알이 빠져나오도록 눈가를 빡빡 문질러 주는 쿤을 보고 히죽 웃고 말았다.

"회의는 어쩌고."

"저녁 먹고 오라고 했다. 그런데 너는 아픈 것도 슬픈 것도 아니라면서 대체 왜 우나? 아 정말 속상해서 미치겠다, 네가 울면! 나는!"

덩치가 산 같은 사내가 발을 구르며 속상해하는 모습을 보니 우습기도 하고 가슴이 먹먹하기도 했다. 레니에는 조그맣게 중얼거렸다.

"꾀병은 아니야. 가슴이 아프긴 아파."

너무 벅차서 가슴이 미어지게 아파, 쿤. 이런 너를 볼 때마다 너무 좋아서.

"가슴이 아파? 제기랄, 내가 이럴 줄 알았다!"

쿤은 펄쩍 뛰더니만 냉큼 쭈그리고 앉아 등짝을 들이댔다.

"많이 아픈가? 어, 그래. 내가 업어서 내실로 데려다주겠다. 업혀, 얼른!"

레니에는 기겁해서 사방을 둘러보았다.

"이게 지금 무슨 짓이야! 부족장이랑 전사들이랑 복도로 와글와글 몰려나올 판에!"

"무슨 상관인가? 내 아내가 아파서 내가 업겠다는데."

쿤은 여전히 쭈그리고 앉은 채 뒤로 돌린 손을 펄럭펄럭 흔들며 고집을 부렸다. 레니에는 사람들이 회의실 밖으로 나오기 전에 얼른 업혔다.

빠, 빨리 가. 남들이 본단 말이야. 레니에가 속삭이자 쿤은 저도 조금은 창피했는지 복도를 달리기 시작했다. 쿵쿵쿵쿵 천장 울리는 소리가 났다. 그러면서 또 투덜거린다.

“몸이 왜 이렇게 가벼워. 바람에 날아갈 낙엽 같지 않나. 앞으로 식사를 두 배씩 하고 검사를 받도록 해.”

“내가 너처럼 무거워지면 업지도 못할 텐데? 그래도 좋겠어?”

“나를 어떻게 보고! 곰 한 마리도 짊어지고 달릴 수 있어!”

쿤은 고함을 우르릉 치더니 이내 말꼬리를 흐린다.

“넓적다리에 기름 하나 없이 뼈가 만져져서 속상해서 그랬다. 사람이 너무 마르면 일찍 죽는다. 곰처럼 살이 쪄도 얼마든지 업고 다닐 테니 염려 말고 많이 먹어라.”

이렇게 애정이 넘치는 마음으로 이렇게 분위기 산통 다 깨는 말만 골라 하는 것도 재주다, 재주. 레니에는 쿤의 어깨에 이마를 대고 웃었다.

“아, 잠깐만. 들어가기 전에 줄 게 있다.”

내실로 향하는 복도 입구에 도착한 쿤은 레니에를 잠시 내려놓고는 사방을 두리번거리며 주머니를 뒤적거렸다.

……뭔가 급한 게 생각났나?

주머니에서 무언가를 꺼내 든 쿤은 회의장에서 나온 사람들이 복도를 오가는 것을 힐끗 보더니, 레니에의 손을 꼭 쥐고 옆에 있는 돌기둥 뒤로 몸을 숨긴다.

“이게 뭐야? 어……?”

그의 손에 쥐어진 것이 레니에의 목에 얌전하게 걸린다. 내려다보니 거무스름한 목걸이가 가슴께에서 달랑달랑 흔들리고 있었다. 아침에 잠시 가져간다 해서 무엇을 하려나 했더니 줄을 갈았던 모양이다.

피에 흠뻑 젖고 끊어진 투박한 줄 대신 세 가지 색깔의 가늘고 예쁜 가죽 줄로 끼워 놓았다. 매듭도 온갖 솜씨를 부려 가며 맵시 있게 잡아 놓은 것이, 꽤나 공을 들인 모양새다.

레니에는 쿤의 얼굴을 보고, 목걸이를 내려다보고, 다시 쿤의 얼굴을 올려다보았다. 심드렁한 척, 아무것도 아닌 척 표정을 지으려 애는 쓰지만, 입부터 헤벌쭉 벌어지는 것을 숨길 재간은 없었다. 쿤은 스물다섯 살이 된 지금까지도 속을 감추는 일에 정말로 재능이 없었다. 레니에는 쿤을 향해 활짝 웃으며 말했다.

"예뻐, 쿤."

"어, 음, 그래. 실은 훔바에게 매듭을 부탁했다."

그리고 이런 일에서조차 쓸데없이 솔직했다. 레니에는 더 활짝 웃으면서 말했다.

"정말 예뻐, 쿤. 고마워."

쿤은 눈을 몇 번 껌벅거리더니 사방을 둘러본다. 그리고 주변에 보는 눈이 없는 것을 확인하고는 갑자기 레니에의 허리를 끌어안고 고개를 숙였다. 긴 머리카락이 흘러내려 레니에의 뺨과 목을 간질였다.

"맘에 든 것 같아 다행이다."

오랫동안 입을 맞춘 그가 고개를 들고 조그맣게 중얼거렸다. 예의 순하고 꾸밈없는 미소가 얼굴에 가득했다.

레니에는 자신이 예쁘다고 한 것이 목걸이가 아니라는 것을 굳이 말하지 않았다. 북국의 사나이는 예쁘다는 말을 들으면 질색했다. 그는 레니에의 뺨에 다시 입을 맞추며 멋쩍은 목소리로 덧붙였다.

"결혼 예물이니까, 미리 걸고 다녀도 괜찮다. 예쁘다. ……아,

정말 예쁘다, 레니에."

그러더니 레니에를 다시 냉큼 업는다. 복도에서 오가던 전사들과 족장, 원로들은 그 꼴을 보고는 고개를 돌려 점잖게 외면해 주었다.

"루갈? 이곳에서 이렇게 뵙게 되니 반갑군요."

기름 바른 청동검처럼 반드르르한 목소리가 들렸다. 쿤은 레니에를 업은 채 우뚝 걸음을 멈췄고, 레니에는 익숙한 목소리에 퍼뜩 소스라쳤다. 쿤이 고개를 갸웃한다.

"아쉬 파무세나?"

황금숲의 사신이 엔누기그 서넛을 거느리고 복도를 배회하다가 천천히 다가왔다. 레니에는 새파랗게 질려 쿤의 등에서 내렸다.

쿤 역시 바짝 긴장했다. 제기랄, 저자가 레니에를 안다 하지 않았던가? 쿤은 레니에를 몸으로 가린 채 노한 소리로 말했다.

"이게 무슨 무례한 짓이오. 이곳은 소금성 내실의 입구요! 불편함이 있으면 객관의 초병과 시녀들에게 말하라 하지 않았소!"

아무래도 이상했다. 이렇게 사신들이 밖에서 돌아다니도록 객관의 초병이나 시녀들이 놔뒀을 리가 없다. 분명 저들이 객관에서 나오지 못하도록 엄하게 명령을 해 두었는데?

앞에 선 아쉬 파무세나가 차갑게 내뱉는다.

"아 물론, 그 초병과 시녀들이 사신단의 식사도 장작도 챙기지 않고 곤하게 주무시리라곤 저희도 예상치 못했으니, 당연히 저희 불찰이겠지요. 객관에서 저희가 모조리 얼어 죽고 굶어 죽어야 옳았을 텐데 말이죠."

쿤의 눈썹이 불끈 올라섰다. 시녀들은 물론이고 기강이 엄한 소금성의 초병들까지 모조리 잠에 취하다니 말도 안 된다.

하지만 이들이 아무런 제지도 받지 않고 나와 돌아다니는 걸 보면 아주 거짓말 같지는 않다. 혹시 몰래 수면향이라도 피운 건가? 도무지 트집을 잡을 수 없는, 하지만 속이 빤히 보이는 수작에 쿤은 이를 꽉 물었다.

"그보다 뒤에 계시는 분은……."

등 뒤에 있는 레니에가 달달 떠는 것이 느껴진다. 아쉬 파무세나의 눈이 실처럼 가늘어진다. 무시무시한 침묵이 흘렀고, 한참 후 매끄러운 웃음소리가 흘러나왔다.

"어디서 많이 본 듯한데."

이상하다. 이럴 리가. 저분이 제정신이라면 여기 와 있을 리가. 이 위험한 곳에.

그의 새파란 눈동자가 눈에 들어오는 순간, 머리가 새하얗게 비어 버렸다. 날이 바짝 서 있는 검 끝이 눈을 헤집는 것 같고, 심장이 미친 듯이 날뛰기 시작했다.

정체를 들킨 이상 얼굴을 가리거나 쿤의 뒤에 숨는 것은 아무 소용이 없었다. 그나마 다행인 것은 이곳에서 아크가 통하지 않는다는 점이었다. 레니에는 주춤대며 앞으로 나섰다.

"다, 당신이…… 왜, 왜 여기까지……."

그는 대답 한 마디 없이 턱을 들어 올리고 레니에를 오연하게 내려다본다. 무시무시한 침묵이 두 사람 사이에 내려앉는다. 희게 칠한 나무 가면과 같은 저 얼굴로는 속을 전혀 짐작할 수 없다.

지금 안심하고 계시는 걸까. 죽은 줄 알았던 내가 살아 있어서 몹시 감격하고 기뻐하시는 걸까. 아니면 내가 쿤의 옆에 서 있는 예상 외의 장면—아니, 사실은 당연히 예상했어야 할 장면—에 대해서 극심하게 노하신 걸까. 극한으로 치달은 감정들이 뒤섞였을 때, 대체 어떤 반응이 먼저 나오게 될까.

기치다는 의중을 잘 감추는 만큼 내면이 복잡했고, 예민한 만큼 날카로웠으며, 명철한 만큼 냉혹했다. 그의 기질과 주변의 상황은 그를 계속 위태롭게 몰아가고 있었다. 그동안 그를 붕괴하지 않게 버텨 주던 자신은 결국 그에게 가장 큰 충격을 안겨 주고 말았다. 그의 반응이 어떨지 상상하는 것만으로도 숨이 막힌다. 누군가 보이지 않는 손으로 목을 조르는 것 같다.

"타국에서 아는 얼굴을 보니 꽤 반갑구나."

드디어 비틀린 웃음소리가 흘러나오기 시작했다. 기치다가 붉은 입술을 비스듬하게 비틀어 웃고 있다. 찬물이 쏟아진 것처럼 퍼뜩 정신이 들었다.

극한으로 치달았던 그의 감정들 중 가장 강력하게 그를 휩쓴 것이 무엇인지 드러났다. 레니에는 저 웃음이 극심한 분노를 나타내며 그 끝이 몹시 좋지 않다는 것을 알고 있었다.

"알아볼 것이 몇 가지 있어서 왔지, 레니에."

"아무리, 아무리 그래도 기치다 님이 직접 여기까지……."

"아, 그래. 내가 여기까지 직접 올 줄 몰랐으니 꼴사나운 줄도 모르고 그리 희희낙락하고 있었겠지?"

"기치다? 레니에, 저자가 황금숲의 알티르라는 말인가?"

쿤의 목소리가 크게 흔들렸다. 이건 아무도 예상하지 못한 일이다. 난공불락 소금산 한복판에 적국의 수장이 직접 와 있다니.

아하, 하하하. 기치다가 쿤을 향해 고개를 돌리더니 크게 웃었다. 이내 부드럽고 반드레한 대답이 흘러나왔다.

"알티르 기치다, 맞습니다. '아쉬 파무세나'는 어렸을 때 썼던 이름이에요. 아하, 소개를 다시 해야 할까요?"

그의 웃음 어린 말이 떨어지기가 무섭게, 쿤은 레니에를 꽉 붙잡아 등 뒤로 숨겼다. 그리고 멀찍이 서 있는 전사들을 향해 벼락처럼 고함을 내질렀다.

"이야! 아쉬! 디쉬! 당장 에레쉬를 내실로 모셔!"

"이런이런, 왜 이리 당황하지? 내가 설마 애지중지 아끼는 시동을 내 손으로 해치기라도 할까 봐 그래?"

"그걸 말이라 하나? 아쉬 파무세나라니. 왜 그런 거짓말을!"

"음? 뒤에 서 있는 사람이 시신조차 남지 않았다는 거짓말에 비하면 애교 아닐까?"

기치다가 싸늘하게 덧붙인다.

"다시 말하지만 알아볼 것이 몇 개 있어서 온 거야. 내가 직접 오지 않았으면 영원히 확인하지 못할 것들이었거든. 역시 오길 잘했어."

레니에는 쿤의 옷자락을 꽉 움켜쥐었다. 안 그러면 그 자리에서 쓰러질 것만 같았다. 그녀는 후들후들 떨리는 다리에 힘을 주고 말했다.

"기치다 님, 죄송합니다. 저는 이제 황금숲에 돌아가지 못해요. 저는 싸우다가 임무에 실패했고, 거의 죽었다가 얼마 전에 간신히 살아났어요. 제발 결투 도중에 그냥 죽었다 생각하시고……."

"아, 시체하고 이야기를 나누게 될 날이 오다니. 영광이야."

기치다는 매섭게 말을 자르며 대답했다.

"넌 설마 진흙인간 시동 하나 때문에 내가 여기까지 왔다고 생각하는 거니? 자신감이 대단하구나. 다시 말하는데, 나는 이곳에 직접 알아볼 게 있어서 온 거고, 중요한 협상을 위해 남국의 대표 사신으로 온 거야. 알았니?"

새파랗게 번득이는 눈빛이 레니에의 몸을 도려내는 것 같다. 하지만 레니에는 손가락이 부러질 정도로 주먹을 힘껏 움켜쥐고 고개를 들었다. 지금 이 상황을 어떻게든 수습해야 했다. 쿤과 기치다가 직접 맞부딪치는 일은 상상만 해도 끔찍했다.

“기치다 님, 남국하고 북국은 이제 싸울 이유가 없어졌어요. 신성석 채굴을 부족 자율에 맡기기로 했으니 채굴 금지도 풀리게 될 거고, 그러면 교역을 막을 이유가 없어요. 교역로가 열리면 식량 약탈도 없어질 거예요. 그러면…….”

“왜 이제 와서 순진한 척을 하고 그래? 황금숲 신관들이 진짜 원하는 게 뭔지 모르진 않잖니?”

“그래서 정말 신성한 임무 때문에, 아무 죄도 없는 한 부족의 씨를 말릴 건가요?”

말이 끝나기도 전에 차가운 코웃음이 튀어나왔다.

“검은바위산 부족의 씨를 말린 누구 앞에서 할 말은 아닐 텐데?”

몸이 걷잡을 수 없이 떨렸다. 레니에는 기치다에게서 이렇게 숨막히는 공포를 느껴 본 적이 없었다. 대체 이 상황에서 뭘 어떻게 해야 할까?

쿤이 엄한 목소리로 두 사람 사이를 가로막았다.

“그만 말하라, 아쉬 파무세나, 아니 기치다. 북국은 비합리적이고 무고한 희생은 원치 않지만, 힘을 겨루어 승부를 내야 할 상황이 온다면 그 역시 절대 피하지 않는다. 그리고 레니에는 조만간 북국 내실의 주인이 될 자이니 함부로 말하지 마라.”

“내실? 내실의 주인이라.”

하, 하, 아하하하하. 날 선 웃음소리가 귓속으로 쏟아져 들어온다. 레니에는 저도 모르게 어깨를 움츠렸다. 누가 거친 돌조각을 귓속에 넣고 문질러 대는 것 같다. 쿤이 한 손을 뒤로 돌려 레니에의 손을 꽉 움켜잡는다. 눈물이 쏟아질 것 같다.

"쿤, 레니에는 아직 내게 속한 사람이고, 터놓고 말하면 내 도망 노예야. 일국의 왕이 다른 나라 통치자의 도망 노예를 숨기는 것은 좀 망신스러운 일 아닐까? 게다가 왕비라? 그쯤 되면 나라 망신이지."

쿤의 얼굴이 지글지글 타올랐다. 주변에 모여 선 사람들 역시 이를 물고 한탄했다. 레니에와 왕과의 인연이 어찌 되었든, 북국 사람으로서 이런 말을 듣는 상황만큼 망신스러운 일은 없었다.

"속환 비용을 말하라. 얼마가 들든지 내가 지불할 것이다."

"레니에가 어떤 대가를 약속받았는지 말 안 하던가? 그 이야기를 했으면 이렇게 자신만만하게 속환 비용을 말하지는 못할 텐데?"

"……."

"나는 레니에의 목숨을 구해 주었고, 레니에는 자신의 모든 것을 평생 내게 주기로 자기 입으로 약속했지. 레니에가 북국에서 나에게 돌아왔을 때, 난 그 계약의 이행을 요구하고 그에 따른 합당한 대가도 약속했어. 레니에는 계약을 받아들였고."

주변에 있는 사람들에게 살의가 지글지글 끓어올랐다. 특히 앞에 서 있는 훔바와 아쉬, 디쉬는 금방이라도 칼을 빼 저 신관의 목을 후려치기라도 할 것처럼 주먹을 불끈거렸다.

하지만 전쟁이 터질지 화의가 성립할지 알 수 없는 상황에서 기치다의 목을 치거나 함부로 포로로 잡을 수는 없었다. 적에게 첩첩 둘러싸인 기치다는 여전히 눈썹 하나 까딱 않는다. 쿤은 거친 목소리로 내뱉었다.

"네가 던져 주는 하찮은 대가 따위 필요 없다. 레니에는 내 곁에서 모든 것을 부족함 없이 누리게 될 테니까."

"그게 그렇게 썩 하찮지는 않다니까? 우리 신관들이 신성한 임무를 마치고 승천하면, 남아 있는 황금숲의 영토와 부와 권력을 모조리 레니에에게 주고 가기로 했거든. 레니에는 '그 정도 조건이면 목숨 걸고 충성하겠다'면서 제안을 수락했지. 이번에 마지막 임무를 수행하고 우리가 고향으로 돌아가면 그것들은 조만간 레니에의 손으로 넘어가겠지."

순간 돌덩이 같은 침묵이 내려앉았다.

쿤이 천천히 고개를 돌려 레니에를 내려다본다. 레니에는 퀭한 눈으로 두 사람의 얼굴을 번갈아 바라보았다. 쿤의 커다랗게 벌어진 눈, 그리고 부들부들 떨리는 손은 그가 받은 충격을 고스란히 드러내고 있었다. 주변에서 들리는 나직한 신음과 한숨 소리가 가슴을 찢어 놓는다.

레니에는 눈물이 잔뜩 괸 눈으로 고개를 저었다. 너무 기가 막혀서 말이 나오지 않는다.

아니야, 쿤. 나는 그런 식으로 말하지 않았어. 난 그따위 것들 필요 없어! 내 입에서 그런 말이 나온 건 사실이지만 비아냥대는 마음으로 꼬아 말했던 거였다고. 저 사람이 말한 의미대로 얘기했던 거 아니야. 그런 분위기도 그런 상황도 아니었어! 저 사람도 내가 그런 뜻으로 말한 게 아니란 걸 알고 있단 말이야.

기치다는 사실을 말하고 있지만, 그것은 진실이 아니다. 그러나 사실에 근거한 거짓은 반박할 수도, 해명할 수도 없다. 이런 속임은 기치다가 예전부터 가장 잘 사용하던 방법이었고, 그의 지혜에는 진실과 거짓, 정의와 불의의 구별이 없었다.

하지만, 이걸 쿤에게 어떻게 설명하지?

레니에는 분하고 억울해 죽을 지경이었지만 한 마디도 반박할 수 없었다. 지금 쿤의 부들부들 떨리는 주먹은, 이제 쿤의 곁에 남는다 해도 조금 전까지 보여 주었던 전적인 신뢰나 온전한 사랑을 받을 수 없으리라는 것을 말하고 있다.

주변 사람들의 경멸과 배척도 피할 수 없을 것이다. 기치다는 단 몇 마디로 레니에가 간신히 찾아냈다고 생각한 마지막 안식처를 허무는 중이었다.

뒤이어 그의 매끄러운 목소리가 윙, 소리를 내며 날아든다.

"그럼 다시 묻지. 쿤, 넌 레니에를 속환하는 대가로 황금숲의 영토와 부귀와 권력에 준하는 대가를 치르겠나?"

"너는 교활한 말장난을 즐기는 자로군. 치자로서 좋지 못한 버릇이다."

무겁지만 덤덤한 대답이 떨어졌다.

"노예인 레니에의 속환비는 레니에가 노예로서 팔렸을 때의 가격을 기준으로 해야지, 네가 먼 훗날 약속한 보상과는 아무 상관이 없다. 목숨을 구해 주었으니 목숨으로 갚겠다 하는 것은 당연한 일이지만, 너는 레니에를 북국으로 보내면서, 그 계약을 네 손으로 끝냈다."

레니에는 고개를 번쩍 들었다. 그 순간 자신을 내려다보는 쿤과 시선이 마주쳤다. 놀랍게도 그의 눈빛은 변함없이 단단하고 따뜻했다. 그가 빙그레 웃는다.

괜찮다. 이제 너는 내 울타리 안에 있고, 내가 보호하겠다.

투박하지만 애정이 듬뿍 담긴 그의 목소리가 레니에의 가슴으로 생생하게 전해진다. 왈칵 눈물이 쏟아지려는 것을 필사적으로 참았다. 우는 것은 나중에, 쿤의 앞에서만 할 것이다. 지금은 울어 봤자 사람들에게 추하게 기억될 뿐이고, 지금은 그가 당당하니 자신도 당당해야 했다.

쿤은 대를 쪼개는 것 같은 엄정한 목소리로 조목조목 따져 내려갔다.

"레니에는 네게 받은 임무대로 나와 결투를 했으나, 나를 죽이지 못하고 포로로 잡히고 말았다. 너와의 모든 계약은 그 순간 끝났다. 너는 포로에 대한 권리가 잡은 자에게 주어지는 것을 알고 있을 것이다. 현재 레니에의 생사 거취를 정하는 권한은 내게 있음을 기억하라."

기치다는 짧게 코웃음을 쳤지만 별다른 대거리 없이 잠자코 쿤의 이야기를 들어 주었다.

"하지만, 네가 천금의 몸값으로 포로의 귀환을 청해도 들어줄 이유가 전혀 없는 상황에서, 내가 굳이 속환을 제안한 이유는 단 하나다. 그녀에게 어떤 빚이든 남겨 두고 싶지 않기 때문이다."

"아하."

"레니에가 황금숲에 빚진 것은 네가 사들일 때 지불한 은 10세켈뿐이다. 그리고 도망 노예가 스스로를 속환할 때는 몸값의 네 배를 치르는 게 관습이지. 그러니 네가 굳이 그녀의 몸값을 받고자 한다면, 은 40세켈을 지불하고 끝내면 될 일이다. 그렇지 않은가?"

레니에는 눈을 번쩍 떴다. 그는 기치다의 말에 현혹되지 않고 바로 일의 중심을 잡아냈다.

"훔바! 백은과 저울을 준비하라!"

갑자기 주변에 모인 사람들이 허둥지둥 전대를 부스럭거리기 시작했다. 뒤에 서 있던 닌갈사르밧이 약초를 다는 저울과 돌로 만든 분동을 허리춤에서 꺼냈고, 크고 작은 은 덩어리들이 훔바의 옷 앞자락에 쌓였다. 닌갈사르밧은 순식간에 은 40세켈을 달아 천에 묶어 왕에게 건넸고, 쿤은 그것을 기치다의 발치에 집어 던졌다.

"이것으로 너와 레니에 사이에 남은 것은 없다. 이곳에 있는 수 많은 전사와 북국을 대표하는 열 명의 부족장, 그리고 너희 신관들이 이 속환의 증인이 될 것이다."

기치다는 발치에 있는 주머니를 물끄러미 내려다보았다. 그의 고개가 갸웃 기울어지더니 얼굴에 묘한 미소가 어렸다. 쿤은 딱딱한 어조로 말을 이었다.

"적국의 총사령관인 너를 이 자리에 잡아 죽일 수도 있으나 내가 먼저 남국에 화의를 제안한 바, 가부간의 대답을 받기 전까지는 잠시 참도록 하겠다. 물론 화의를 거부하고 전면전을 택한다 해도 얼마든지 받아 주겠다."

"소금성의 쿤, 네가 뭘 잘못 알고 있는 게 있어."

그는 어린아이를 달래는 것처럼 조곤조곤한 목소리로 말했다. 하지만 듣는 사람들의 등 뒤로 주르르 소름이 돋았다.

그가 발치에 있는 주머니를 발로 툭 걷어차자 바닥으로 은빛 물이 주르르 꼬리를 달고 미끄러진다. 뒤집힌 주머니엔 커다란 구멍이 뚫렸고, 그 아래로는 은 대신 허여스름한 액체만 흥건하게 고여 있었다. 사람들은 멍청하게 서서 바닥의 주머니와 쿤의 얼굴만 바라보았다.

뒤에 서 있던 키리아케가 주머니를 주워 들고 기치다에게 공손히 바친다. 기치다는 두 손가락으로 빈 주머니를 집어 들고 살랑살랑 흔들어 보이더니 경멸하듯 웃으며 쿤의 발치로 내던졌다.

"이것 봐. 난 받은 게 없는데? 대체 일국의 왕이라는 자가 은 40세켈이 아까워서 부끄러운 줄도 모르고 이따위 눈속임인가?"

모여 있는 사람들은 뒤에서 웅성웅성했고, 쿤은 눈썹을 찌푸리며 닌갈사르밧을 돌아보았다. 닌갈사르밧이 워낙 잡다한 손재주가 많기는 하지만 이런 자리에서 적국의 수장을 모욕하기 위해 이상한 눈속임을 할 사람은 아니라 생각했다. 아니나 다를까, 닌갈사르밧의 얼굴에도 당황한 기색이 역력했다.

쿤은 다시 고개를 돌려 바닥에 고인 허여스름한 웅덩이를 바라보았다. 이게 어떻게 된 일인지 짐작조차 가지 않으니 제대로 대거리도 할 수 없었다. 기치다의 나긋한 목소리가 이어졌다.

"그리고 쿤, 목숨을 살려 주는 건 나야, 네가 아니라."

기치다의 시선이 힐끗 레니에를 향했다. 레니에는 눈을 크게 뜨고 그의 움직임을 살폈다. 대체 무슨 짓을 하려는 건가? 기치다의 입술이 보일락 말락 달싹거리며, 팔찌를 쥔 손이 보이지 않을 정도로 움직인다.

아! 레니에의 등으로 소름이 쫙 올라왔다. 아무런 소리도 기척도 없었지만 레니에는 기치다의 묵언 엔이 발현됐음을 알았다. 그를 모시면서 숱하게 겪었던, 굉장히 익숙한 감각. 늦었다, 생각이 드는 순간 사그락 하는 소리가 들리며 어깨 위로 무언가 스르르 미끄러져 내려갔다.

"헉!"

레니에는 자리에 쭈그리고 앉았다. 머리에서 떨어진 것은 쿤이 며칠 전에 직접 만들어 준 머리쓰개였다. 그것을 고정해 묶은 끈을 기치다가 잘라 낸 것이다. 머리쓰개가 아래로 툭 떨어지자 레니에의 맨머리가 그대로 드러나고 말았다.

"무슨 일인가? 어디 아픈가?"

"무슨 일입니까, 에레쉬, 괜찮으십니까?"

"어디 아프십니까?"

이곳저곳에서 걱정스러운 목소리가 한꺼번에 튀어나왔다. 뒤에 와 있던 이야가 황급히 레니에를 부축해 일으켰다. 레니에는 눈을 커다랗게 뜨고 간신히 중얼거렸다.

"아, 아니에요. 머, 머리쓰개가 떨어져서……."

……이건 아크 공격이야.

깨닫는 순간 심장이 그대로 멈추는 것 같았다.

북국 사람들은 기치다가 아크를 사용하거나 공격하는 방식을 전혀 본 적이 없었다. 한 번도 겪어 본 적이 없으니 머리쓰개가 떨어진 것을 보고도 이것이 아크에 의한 공격이라는 것을 상상조차 하지 못하는 것이다.

하지만 레니에는 알고 있었다. 이건 도저히 부인할 수 없는 기치다 님의 공격 방식이다. 기치다 님은 지금 북국에서 아크 공격에 성공했고, 자신에게 경고를 보낸 것이다. 도저히 무시하거나 잘못 알아들을 수 없는, 너무나 또렷한 경고였다.

레니에는 그제야 그가 여기까지 와서 알아보려 했던 것이 무엇이었는지 깨닫게 되었다. 나의 생사 여부 외에도 그가 전쟁 전에 반드시 알아내야 했던 어떤 정보.

기치다 님은 북국에서 정말 아크가 통하지 않는지, 만약 통한다면 어느 정도 수준으로 통하는지 가늠하기 위해서 직접 온 것이다. 다른 신관들을 불신하는 그가 남이 말하는 정보만 믿고 전략을 세울 수 없어서.

그렇다면 아크 공격이 북국 소금성 한복판에서 성공했다는 의미는? 생각을 잠시 이어 보던 레니에는 이내 눈을 질끈 감았다.

……소금산 부족의 전멸이다.

멀리 갈 것도 없다. 지금 이 복도에 있는 전사들이 모두 힘을 합친다 해도 기치다 한 명의 공격도 막을 수 없을 것이다. 아크의 공격 방식을 전혀 모르는 그들은 이유도 모른 채 삽시간에 죽어 나갈 것이다. 심지어 북국 최고의 전사라는 쿤이라 해도, 반항조차 하지 못한 채 당하고 말 것이다.

"무슨 일이지, 레니에? 몸이 많이 안 좋은가?"

쿤의 걱정에도 괜찮다는 말이 나오지 않는다. 너무나도 끔찍하고 명징한 결론에 레니에는 입이 얼어붙었다.

기치다 님은 이제 여기 있는 사람들을……

눈앞이 하얗게 물들어 간다. 보이지 않는 공격. 기척 없는 무기, 기치다 님은 지금 사람들이 반격할 생각조차 하지 않을 때 공격할 것이다. 지금 이 순간, 이 자리에서!

레니에는 저도 모르게 쿤의 앞을 막아서서 팔을 벌렸다. 어떡해! 어떡해, 쿤! 기치다 님, 제발!

하지만 이내 끔찍한 무력감이 온몸을 덮쳤다. 손발은 부들부들 떨리는데 할 수 있는 건 아무것도 없고, 눈치 없는 눈물만 왈칵 치밀어 오를 뿐이다. 하, 하, 아하하하. 레니에의 모습을 본 기치다가 고개를 뒤로 젖히고 맑은 목소리로 웃기 시작했다.

"무슨 짓을 한 건가, 기치다!"

이상한 분위기를 눈치챈 쿤은 도끼를 뽑아 들고 레니에의 앞을 막아섰고, 아쉬와 디쉬, 이야도 바로 만곡도와 채찍을 뽑았다. 훔바가 길게 휘파람을 불자 무장한 전사들이 복도로 몰려들었다. 복도 양쪽에서 갑자기 시커먼 기운이 쫙 솟구친다.

기치다가 웃음을 멈추더니 고개를 갸웃한다.

"신기하군, 쿤. 북국도 황금숲과 같은 휘파람 소리를 사용하나? 이건 우리 조상 카타가 부하인 천족 전사들을 부를 때 사용하던 것인데, 너희 같은 수인종족이 이걸 언제 배워 갔을까?"

"허튼소리 마라. 이것은 우리 조상인 큰수리가 소금산 부족 사람들에게 인간다운 지혜를 가르쳐 줄 때 알려 준 비밀의 언어다. 모르면서 아는 척하지 마라."

"호, 자그마치 식인수리가 인간다운 지혜를? 과연 그럴까?"

기치다는 그의 말을 비웃기라도 하는 듯 손가락을 입에 넣고 휘파람을 불기 시작했다.

빼르르, 삐익, 휘익, 삑. 삐잇삐잇, 빼르르 삑.

「무기를 내려놓아라. 나를 공격하면 저 여자부터 죽일 것이다.」

전사들의 얼굴이 하얗게 질렸다. 황금숲의 신관들이 소금산의 비밀 언어를 정확하게 알고 있다는 것부터 소름 끼치는 일인데, 왕비를 대상으로 협박까지 하고 있다.

레니에의 입속에서 침이 바작바작 말라 간다. 지금 맞붙으면 안 돼. 쿤은 죽는다. 아주 짧은 시간에, 말 한 마디 하지 못하고, 죽는 줄도 모르고 목이 잘릴 것이다. 레니에는 쿤에게 미친 듯이 고개를 저으며 고함을 질렀다.

"공격하지 마, 쿤! 제발 손 내려, 공격하지 마! 기치다 님! 제발 잠시만, 잠시만요!"

쿤은 눈을 크게 뜨고 레니에를 내려다보았다. 레니에는 지금 온몸을 와들와들 떨며 자신을 막아서서 악을 쓰고 있다. 이마에 순식간에 진땀이 올라온 것이 보인다. 혹시 보이지 않게 위협이라도 당한 건가?

"레니에! 대체 무슨……."

순간 쿤은 이를 지그시 물고 말을 멈췄다. 머리가 띵, 울렸다.

제기랄. 낙인인가?

레니에의 가슴에 박혀 있는 낙인을 저자가 박은 거라 했었다. 심장을 태우는 저주라고. 북국에서는 분명 아크가 통하지 않는다 했지만, 저렇게 말하는 걸 보니 저자가 낙인에 걸어 둔 무언가를 작동시킨 것 같기도 하다.

다행히 레니에가 아직 고통스러워하는 것 같지는 않다. 아직은 협박뿐일까? 정확한 사정을 모르니 어떻게 대처해야 할지 판단이 서지 않았다.

다만 확실한 것은 지금 레니에가 이렇게 겁에 질려서 공격을 못 하도록 막고 있다는 것뿐이었다. 그는 레니에가 이렇게 인질로 걸린 상태에서는 도저히 모험을 할 수가 없었다. 쿤은 이를 악문 채 뒤를 돌아보며 명령했다.

"……다들 무기를 내려라."

쿤이 천천히 팔을 내리는 것을 보며 뒤에 있던 전사들도 어쩔 수 없이 무기를 내려놓았다.

"빠르고 현명한 결단이야, 루갈."

수런대는 소리 사이로 기치다의 맑은 웃음소리가 끼어들었다. 레니에는 그가 공격을 시작하기 전에 급하게 끼어들어 고함을 질렀다.

"잠깐만요! 제발 잠깐만 기다리세요! 기치다 님, 지금 화의 사신으로 오신 거잖아요! 저를 여기 보내실 때는 언제고, 대체 지금 와서 왜 이러세요. 저한테 뭘 원하는데요!"

기치다의 손이 허공에 멎었다. 사람들은 그의 손이 피로 흠뻑 젖어 있는 것을 의아하게 생각하며 고개를 갸웃거린다. 레니에를 빤히 바라보는 기치다의 웃음은 점점 기괴하게 비틀렸다.

"뭘 원하느냐고? 왜 이러냐고? 지금 몰라서 묻니?"

기치다의 전사와 고위 신관들이 기치다의 뒤로 바짝 붙었고, 쿤의 최측근 전사들은 쿤과 레니에의 뒤로 겹겹이 둘러섰다. 그리고 복도의 양 끝을 전사들이 빽빽하게 막아섰다. 날카로운 살기가 천장을 찌를 듯이 치밀었다. 기치다가 웃음기 어린 목소리로 말했다.

"금발이 아주 예쁘구나, 레니에."

아, 이런! 레니에의 등으로 다시 소름이 쫙 올라왔다. 북국에 오면서 금발로 변했다는 걸 잠시 잊고 있었다.

그녀는 기치다를 보며 절박하게 고개를 저었다. 아니, 아니야! 아니에요! 나는 천족 같은 거 아니야. 신관 같은 거 안 해요. 신관 따위가 되고 싶었으면, 8년 전에 당신한테 말했을 거야. 당신이 힘들거나 말거나, 망가지고 미쳐 가거나 말거나 그냥 다 말했을 거야. 기치다 님, 저는 진흙인간이에요.

하지만 레니에가 쿤의 옆을 선택했다는 것도 모자라, 8년간 태연하게 속여 왔다는 배신감까지 겹쳐 머리끝까지 격분한 기치다에게 그런 애원이 가 닿을 리가 없었다. 차갑게 웃던 기치다가 쿤을 향해 고개를 돌렸다.

"쿤. 잠시만 사람을 물려 줘야겠어. 내가 황금숲의 새로운 신관에게 해 줘야 할 말이 있어서."

"그건 또 무슨 소리지? 황금숲의 새로운 신관이라니?"

쿤이 미심쩍은 목소리로 묻는다. 레니에는 눈물이 잔뜩 괸 눈으로 소리 없이 애원했다. 제발, 제발 그만해. 제발 아무것도 묻지 마. 쿤의 맑고 부드러운 잿빛 눈동자가 의아함과 안타까움으로 부옇게 흐려진다.

하지만 레니에는 알고 있었다. 모든 일은 최악의 방향으로 치닫고 있고, 레니에가 손쓸 수 있는 것은 거의 남아 있지 않다. 눈을 꽉 감고 고개를 숙였다. 그냥 이 자리에서 죽고 싶다. 당장 아무 꼴도 안 보고 죽을 수만 있다면 무슨 짓이든 하겠다. 아하, 하하하, 이제 기치다는 짧은 웃음에서조차 경멸을 숨기지 않는다.

"쿤, 너는 명색 정혼자에게 듣지 못한 것이 많군그래. 엘데 섬의 레니에, 황금숲의 신참 신관 말이야."

"……뭐?"

쿤의 눈이 더 이상 커질 수 없을 만큼 벌어졌다. 그는 믿을 수 없다는 듯 레니에와 기치다를 번갈아 바라보았다. 기치다는 쿤이 이해할 수 있을 정도로 차근차근 설명을 붙여 주었다.

"지난번 북국에 머무를 때는 갈색 머리였고 지금은 금발 아닌가. 이상하지도 않았어? 그사이에 레니에가 황금숲의 신관으로 발현했다는 뜻이지. 그렇지 않니, 레니에?"

쿤의 시선이 레니에에게 내리꽂혔다. 이제는 이유조차 궁금해하지 않는 것 같다. 그는 눈빛으로 레니에를 을러댔다. 제발 아니라고 말해. 거짓말이라고 해. 무슨 다른 이유가 있다고, 아니 차라리 모른다고 해. 왜 이렇게 변했는지 나도 모른다고 해, 제발! 하지만 레니에는 쿤이 원하는 대답을 해 줄 수 없었다.

"……레니에."

쿤의 잇새로 나직한 신음이 샌다. 이제 목소리에서조차 그의 좌절과 암담함을 읽을 수 있다. 숨기는 게 없다 했잖아. 그런데 왜. 대체 왜 이렇게 양파처럼 까도 까도 끝이 없어. 왜!

눈앞으로 시커먼 연기가 차오른다. 서 있을 땅이 점점 좁아지는 것 같다. 발 디딜 곳이 한 뼘이나 남았을까. 아니, 그보다는 쿤이 자신에게 점점 실망하고 불신한다는 생각에 그만 미쳐 버릴 것 같다. 쿤이 지글지글 끓어오르는 목소리로 레니에에게 묻는다.

"저 사람의 말이 사실인가."

레니에가 천천히 고개를 끄덕이자, 쿤은 눌린 듯한 목소리로 조용히 물었다.

"……무엇이 두려워 말하지 않았는가. 내가 그리 못 미더웠는가? 나는, 네가 천족이든 반인반수든, 출신이든 신분이든 아무 상관 하지 않을 것인데."

레니에가 입을 떼기도 전에 차가운 목소리가 두 사람을 가로막았다.

"쿤. 이해가 안 되는 모양인데, 레니에는 나와 같은 천족이야.

천족은 진흙종족에 속할 수 없고 섞여 살 이유도 없는 존재지. 그리고 수인종족은 허락 없이 천족들의 대화에 끼어들 자격조차 없다. 그러니 비켜라. 내가 레니에에게 할 말이 있다."

"자격 따위 개 짖는 소리는 황금숲이나 하늘에 올라가서나 씨불여라. 이곳은 인간들이 사는 북국이고, 북국에선 대화할 때 자격 따위 따지지 않는다. 북국에선 입이 있어 말할 줄 아는 자라면 누구든 원하는 자와 말할 수 있고, 말하기 싫은 자와 말하지 않을 수 있다."

쿤은 단호하게 말했고, 기치다는 오만하게 웃었다.

"짐승은 죽이거나 때려 길들이는 것이지, 대화할 대상이 아니다. 천족에게 수인종족이 그와 다르리라 생각하나? 게다가 레니에는 벙어리도 아니고 백치도 아닌데 왜 이종족이 끼어들어서 이럴까?"

기치다는 냉소를 한껏 머금고 대답했다. 그의 말에 쿤의 뒤에 있는 전사들에게 무시무시한 살기가 뻗쳐올랐다. 그들이 이를 갈며 웅성대는 소리도 들린다. 뒤에서 덩치가 큰 사내가 칼을 뽑아 들고 고함을 질렀다.

"루갈! 당장 저자를……."

"칼을 넣어라, 훔바! 명령이 있기 전엔 아무도 움직이지 마!"

쿤은 기치다를 노려보며 고함을 질렀다. 수런거리는 소리는 잦아들었지만 살기는 점점 흉흉해졌다. 하지만 기치다는 그것들을 모조리 무시한 채, 레니에를 향해 예의 솜털처럼 보드라운 목소리로 말했다.

"저들의 짖는 소리는 필요 없다, 레니에. 네가 직접 대답해야지?"

레니에의 속으로 천천히 어떤 목소리가 차오르기 시작했다. 인간은 신과 싸울 수 없단다. 인간의 운명은 인간의 마음대로 선택할 수 있는 게 아니야. 너무나도 절망적이어서 외려 달콤하고 편안하게 느껴지는 목소리. 도저히 무시할 수 없을 만큼 명료해지는 그 목소리.

아니야, 싫어. 그건 아니야. 악착같이 고함을 지르고 싶지만, 고함은 목구멍을 넘기도 전부터 쪼그라들어 끝내 입 밖으로 나오지도 못한다. 쿤이 눈앞에서 죽을 수도 있는 이 상황에서는, 반항이라는 말조차 낭만적이고 사치스럽게 들린다.

무슨 말이라도 대답해 주기를 기다리는 쿤의 시선이 느껴졌지만, 레니에는 한 마디도 할 수 없었다. 쿤은 천장을 올려다보며 마른침만 삼키더니 낮은 목소리로 물었다.

"……저자와 둘이 이야기하고 싶은가? 네가 원한다면 자리를 피해 주겠다."

하지만 레니에는 쿤의 상반된 속내를 선명하게 읽을 수 있었다. 그는 레니에가 기치다의 요구를 그의 면전에서 단호하게 거절할 거라 믿고 있다. 레니에가 고개를 저으며 '나는 저 사람과 인연을 끊었고, 천족으로서의 삶을 살지 않을 것이며, 소금성에 남아 북국의 왕비로, 쿤의 아내로 남은 생을 살아갈 것이다.' 하고 당당하게 말해 줄 거라 확신하고 있다.

하지만 레니에는 그렇게 말할 수 없었다. 지금 그런 말을 해서는 안 된다. 절대 안 된다. 쿤이나 전사들은 눈치채지 못하고 있지만, 지금 기치다는 이 자리에 모인 자들을 순식간에 몰살하려는 것을 참고 있는 중이다.

참고…… 있는 중?

레니에는 불현듯 머리를 치고 지나간 의아함에 눈물이 괸 눈을 잠시 깜박깜박했다.

왜? 기치다 님은 지금 왜 참고 계시는 거지? 북국 왕과 측근을 죽이려면 지금 누구와 말을 섞을 것도 없이 모조리 죽이는 게 훨씬 수월할 텐데, 왜?

잠시 생각하던 레니에는 이마를 확 구기고 입술이 터지도록 깨물었다. 레니에의 추측은 가장 원치 않는 결론까지 순식간에 흘러가 버렸다.

지금 쿤과 소금성의 전사들은 '인질'이구나.

기치다 님은 내가 천족인 것을 알았고, 쿤을 사랑하게 된 것을 알았고, 내가 쿤과 여기서 함께 죽으면 죽었지 황금숲에 따라가지 않으리라는 것을 알았다. 그리고 자신이 그것을 절대 용납하지 못하리라는 것도 뒤늦게 알아 버렸다. 하여, 저들을 인질 삼아 나를 황금숲으로 끌고 가려 결심한 것이다.

레니에는 암담한 얼굴로 기치다를 바라보며 눈을 깜박거렸다.

'그래서인가요? 기어이 저를 끌고 황금숲으로 가시려고, 쿤을 인질로 잠깐 살려 두는 건가요?'

'그래…… 아니, 정확히 말하자면 놈을 잠시 인질로 살려 둘지 말지 망설이는 중이지.'

레니에는 그의 살짝 비틀린 입술에서 대답을 읽었다. 그를 잘 아는 만큼 대답도 지나치게 선명하게 읽혀서 더 괴로웠다.

'알았으면 빨리 저 멍청한 녀석과 방해꾼들을 물리지 그러니? 우리 할 말이 좀 많을 것 같지 않아?'

레니에는 필사적으로 시간을 끌며 생각했다. 지금 격분한 기치다를 잠시라도 막을 수 있는 사람은 자신뿐이었다. 하지만 그것을 쿤에게 설명해서 물러나 있으라 설득할 순 없었다.

레니에는 북국 사람들의 기질을 안다. 부러질망정 휘지 않고 죽을망정 포기하지 않는 사람들. 그들 자신이 인질이 되어 레니에가 협박을 받고 있다는 사실이 알려지면, 쿤과 긍지 높은 전사들은 크게 분노할 것이고, 그것은 이곳에 있는 자들을 모조리 죽음으로 몰아넣는 도화선이 될 것이다.

그럼…… 그냥 이 자리에서 같이 죽는 게 나을까? 정말 그러면 어떨까?

너무나 달콤한 유혹이라, 순간 가슴이 덜컹 흔들렸다. 레니에는 쿤의 얼굴을 올려다보며 조금 웃었다. 영문을 모르는 쿤이 커다란 눈을 끔벅대고 어색하게 따라 웃는 모습을 보며, 레니에는 자신의 뻔뻔한 생각을 아주 조금, 딱 한 뼘 정도 더 이어 보았다.

쿤, 미안한데 혹시 지금 말이야, 나하고 여기서 같이…….

하지만 머릿속에서만 감돌던 말은 그나마 끝을 맺지도 못했다. 갑자기 목구멍으로 불덩이가 치밀었다. 레니에는 고개를 확확 저었다.

……미쳤어. 아니야. 이건 아니다, 레니에.

내가 8년 전에 널 살려 줄 때, 고작 이딴 식으로 같이 개죽음이나 당하자고 살려 준 건 아니었다. 나는 네가 백 살이든, 백오십 살이든 내가 빚진 몫만큼 오래오래 살기를 간절히 바랐다.

너 역시 나와 살고 싶은 것이지, 나와 죽고 싶은 것은 아닐 것이다. 나 때문에 동료들과 몰살당하고 싶은 것은 더욱 아닐 것이다.

마음을 결정한 레니에는 웃음기를 거두고 조금 뻣뻣한 목소리로 말했다.

"쿤, 자리를 피해 줘. 기치다 님과 이야기 좀 해 봐야겠어."

"……레니에?"

쿤은 레니에의 대답을 믿을 수 없다는 듯 고개를 저었다.

"레니에, 다시 묻겠다. 저자와 단둘이 이야기해 보겠다는 게 진심인가?"

이제 그의 얼굴에서는 분노와 배신감이 뚜렷하게 드러났다. 레니에는 그에게 돌아갈 외나무다리가 금방이라도 끊어질 듯 위태롭게 흔들리는 것을 느꼈지만, 그래도 최대한 단호하게 말했다.

"진심이야. 기치다 님과 둘이서 이야기할 수 있게 해 줘."

"이유가 뭔가. 대체 무슨 이야기를……."

"제발, 쿤. 아무것도 묻지 말고."

쿤은 레니에를 이상한 눈으로 한참 응시하더니 결국 무뚝뚝한 얼굴로 뒤를 돌아 손을 저었다. 복도가 빽빽하도록 몰려온 전사들은 놀란 빛을 감추지 못하면서도 아무 말 없이 복도 밖으로 물러섰다.

레니에는 머릿수건을 손으로 꽉 움켜쥐었다. 이제 텅 비어 버린 복도 한가운데에는 두 사람만 남았다. 손으로 진땀이 축축하게 스며 나왔다.

32. 거래

“예까지 직접 온 보람이 있구나, 레니에.”

기치다의 목소리는 생각보다 차분했다.

“아크가 북국에서 통하지 않을 거라 믿었는데 잘 통한다는 것을 알게 되었고, 죽은 줄로만 알았던 네가 살아 있다는 것도 알게 되었고, 남자가 손대는 걸 증오한다는 네 말이 말짱 거짓말이라는 것도 알게 되었으니, 이런 큰 수확이 있나.”

“…….”

“아, 물론 네가 천족…… 황금숲의 신관이라는 것을 알게 된 게 가장 큰 수확이지. 언제부터였지?”

“기치다 님을 따라 황금숲에 돌아간 날부터요.”

“놀라운 일이구나. 그것도 모르고 너에게 내 명줄을 8년 내내 맡겨 놓고 있었네.”

“…….”

"네가 천족인 것도 모르고, 널 옆에 두고 내내 괴로워하던 내 꼬락서니가 아주 우스웠겠구나. 그래…… 나도 우습다. 숨긴 이유가 뭐지?"

그의 웃음은 극단의 감정들이 뒤섞여 뭐라 설명할 수 없을 만큼 기괴해졌다. 그의 날숨은 가늘고 밭았으며 위로 오만하게 들어 올린 턱은 가늘게 떨리고 있었다.

레니에는 그를 처음 만났던 열네 살 때처럼 두 손을 모으고 우들우들 떨면서도 그때처럼 끝까지 말을 맺었다.

"기치다 님께 말씀 못 드린 건 정말 죄송합니다. 저도 그때 굉장히 놀라고 당황했습니다. 하지만 저는 그때 기치다 님께 신뢰할 만한 측근이 절실하게 필요한 상황이라고 생각했습니다."

"그래, 어디 계속해 봐라. 나를 위해서 8년간 거룩한 희생을 한 거라고 헛소리도 한번 해 봐."

차가운 안개가 자욱하니 차오른다. 레니에는 움츠러든 목소리를 내지 않으려고 기를 쓰면서 말을 이었다.

"그래서 전 그때부터 진흙인간으로 살기로 결심했고, 하늘이 아니라 땅에서 살기로 마음먹었어요. 게다가 저는 더러운 진흙인간의 피가 섞인……."

기치다가 코웃음 치며 차갑게 말을 끊었다.

"천족이냐 아니냐의 기준은 신성석에서 아크를 발현할 수 있느냐, 없느냐 단 한 가지다. 네 멋대로 정하는 게 아니야. 금발을 아크로 8년이나 감추고 살았으면서 진흙인간? 웃기는 소리."

"제가 진흙인간으로 살기로 했다니까요! 황금숲 신관 같은 거 안 하기로 했다고요, 제가!"

차분하게 말하려 했는데 뒤로 갈수록 속이 북받쳤다.

"하긴, 오랫동안 진흙인간으로 살았으니 천족이라면 당연히 가져야 할 자부심 따위는 없을 거고, 천족의 영광과 영원한 생명이 실감 안 날 수도 있겠지. 정 마땅치 않으면 땅에서 황금숲을 차지하는 것도 괜찮을 거야. 황금숲의 쿠그시그평원은 소출이 풍부하고, 신전에 쌓여 있는 보화는 열 개 성의 왕들의 보화를 합친 것보다 많단다."

벽에 대고 이야기를 하는 것 같다. 초조해서 피가 마르는 것 같은데 대체 이 위기를 어떻게 넘겨야 할지 감도 잡히지 않았다. 레니에는 뱃속에서 구역질처럼 치미는 떨림을 꾸역꾸역 삼키며 말을 이었다.

"어, 어차피 저 보내실 때…… 가면 죽을 수도 있다는 거 다 감안하고 보내신…… 거잖아요. 암살에 실패했을 때 원래대로라면 전 그 자리에서 죽었을 거였어요. ……그러니까 제발 죽었……다 생각하시고 절 그냥 놔두시면 안 되나요, 네?"

"글쎄. 죽었다는 말 한 마디에 손 탁 털고 놓을 수 있었으면…… 내가 이 위험한 곳까지 왔을까?"

기치다의 목소리가 쩍, 길게 갈라졌다. 그는 잠시 고개를 옆으로 돌리고 눈을 감고 조용히 웃었다.

"하긴. 나도 널 보내면서 너 없어도 괜찮을 거라 믿었지."

레니에는 욱신욱신 달아오르는 눈을 치뜨고 기치다를 올려다보았다. 그는 자신의 감정을 직선적으로 말하지 않는다. 그의 사랑한다는 말로는 사랑임을 확신할 수 없고, 네가 없어도 괜찮으리라는 말로는 무관심을 단정할 수 없다.

"네게 족쇄를 박은 대가를 이런 식으로 받는구나. 날카로운 반격이 너답다. 어쨌든 좋다. 아주 좋아. 난 이 대가가 상으로 느껴질 지경이야. 신께서 내리는 상과 벌은 뿌리가 동일하다 하더니."

기치다는 드디어 자신의 분노를 응집시키고 있는 알맹이를 게워 내기 시작했다.

"하지만 사내에 대한 거부감이 그렇게 끔찍하다던 네가, 순식간에 다른 사내에게 마음을 주고 품에 안겼다는 건 정말 믿을 수 없구나. 나는 그것도 모르고 네 거짓말을 존중한답시고 필사…… 나름대로 노력했거든. 그동안 네 앞에서 질투나 경멸이라도 받아보겠다고 온갖 낯 뜨거운 짓까지 저질렀던 게 우스워 죽을 지경이야."

레니에는 그의 비웃음과 냉소를 필사적으로 버텼다.

"진흙인간에게 씨를 남기시는 게 싫었던 건 아니고요?"

"씨를 품지 못하는 흙이라면 무엇이 문제일까?"

"씨를 품지 못하게 만드신 분도 기치다 님이시고요."

"네 목숨을 살리기 위해서 내가 그때 못 할 짓이 있었을 것 같으냐? 아, 그래. 내가 그 이후로 너를 회복시키기 위해 다른 독한 약들을 들이붓는 짓 따윈 안 했던 건 사실이지. 네가 누군가를 사랑해서 아기를 원할 거라곤 상상도 못 했지 뭐냐. 언젠가 풀릴 날이 오겠거니 하고 귀찮은 대로 내버려 뒀다. 인정하마."

기치다는 턱을 들고 차갑게 이죽거렸다. 그는 이제 레니에의 호감을 얻기 위한 모든 노력을 포기한 것 같았다. 레니에는 주먹을 꽉 쥐고 힘겹게 말을 돌렸다. 지금은 그런 일로 시시비비를 가릴 때가 아니었다.

"사내에 대한 거부감은 거짓말이 아니었어요."

"그런 것치고는 네 목에 남은 흔적들이 무척 볼만하구나. 사내의 몸 맛을 제대로 알게 되니 창피한 것도 모르게 된 모양이지?"

제기랄. 레니에는 벌어진 옷깃을 황급히 여몄다. 이렇게 공격을 당할 때마다 창으로 명치를 푹푹 찔리는 기분이었다. 짤막한 코웃음 소리가 들린다. 웃음소리마저 날카로운 화살촉으로 온몸을 긁어내리는 것처럼 아팠다.
“레니에. 신성석에서 천족들에게 허락되지 않은 단 한 가지 요소가 뭐였는지 기억하니?”
“……시간이요.”
“그래. 영원한 시간을 갖게 된다는 건 불가능한 일이 사라진다는 뜻이기도 하다. 영원한 시간이란 결국 무한의 가능성을 말하거든.”
“그……런데요?”
“그런데 조만간 영원한 시간도 내 편이 될 것 같구나. 그러니 지금 네가 저 녀석의 곁에 남는다는 게 무슨 의미가 있을까?”
“기치다 님, 저는 영원한 시간 그런 거 필요 없다 했잖아요! 진흙인간의 한평생이 길든 짧든, 저는 이곳에 남아서…….”
레니에가 악에 받쳐 고함을 치려 하자, 기치다가 이를 드러내고 웃으며 말을 끊었다.
“시끄러우니까 그만 닥치렴. 나는 이제 여길 정리하고 돌아갈 거야. 그러니 너도 같이 돌아가는 거야.”
“기, 기치다 님…….”
레니에는 부들부들 떨며 그의 말을 막으려 애썼다.
“지금까지 황금숲 신관이 한 명이라도 여기 와서 아크를 발현시켜 보았으면 소금산 부족이 지금까지 이렇게 남아 있진 못했을 텐데. 이게 무슨 의미인지는 똑똑한 네가 가장 잘 알겠지?”
레니에는 눈을 부릅뜨고 몸을 부르르 떨었다.
잘 안다. 아크의 공격 앞에서는 아무리 뛰어난 전사도 장님과 마찬가지였다. 눈이 보이지 않는다면 전사의 수가 십만이든 백만이든 대체 무슨 소용이겠는가.
그럼 난 대체 뭘 해야 하지? 소금성의 사람들 앞에 놓인 것은 전멸뿐이고, 쿤도 그 운명에서 피할 수 없을 텐데, 나는 대체 뭘 어떻게 해야 해?

기치다 님이 천상에서의 삶을 포기하지 않는 이상, 황금숲과 북국이 공존할 수 있는 방법은 없다. 지상의 모든 것을 움켜쥔 것으로 보이는 그의 삶은 사실 행복과 가장 거리가 멀었으니, 이번 기회에 기어이 승천의 꿈을 이루려 할 것이다. 나는 어쩌면 그를 따라 하늘로 오를 수도 있고, 지상에 남아 황금숲을 물려받을지도 모른다.

하지만 그 대가로 나는 시체들이 널린 들판에서 쿤을 찾아 헤매야 할 것이다. 운이 좋으면 넓은 가나평원 한구석에서 피와 칼자국으로 뒤덮인, 혹은 돌덩이처럼 차고 딱딱하게 굳거나 검게 썩어 가는 그를 찾아내게 될 것이다.

나와 함께 따뜻하고 소박한 저녁을 먹지 못하게 되어 버린 그는, 순하게 웃고 격하게 울고 다정하게 안아 주지 못하게 된 그는, 사랑한다, 고맙다, 미안하다, 울부짖는 나의 뒤늦은 고백도 영원히 듣지 못할 것이다.

될 일이 아니다. 내가 이 자리에서 그보다 먼저 죽으면 죽었지, 그것만은 견딜 수 없을 것이다.

그렇다면 남은 방법은 거래, 아니 거래를 빙자한 도박뿐이다. 하지만…….

지금 레니에가 걸 수 있는 것은 자기 자신밖에 없었고, 그것으로 얻을 수 있는 것은 많지 않았다. 레니에는 자신의 가치와 기치다가 허용할 수 있는 선을 필사적으로 계산하다가, 울컥 치밀어 오른 눈물을 놓치고 말았다. 아무리 생각해도 얻을 수 있는 것은 비참할 정도로 적었다.

하지만 그대로 물러설 수도 없는 상황이었다. 레니에는 이 순백의 아름다운 성에서 쿤과 함께 죽으면 좋겠다 하는 달콤한 상상을 기어이 밟아 넣고, 기치다를 처음 만났을 때처럼 천천히 무릎을 꿇었다.

"기치다 님, 부탁이 있습니다."

무자비한 알티르, 잔혹한 원리주의자. 그에게 인간적인 호소나 동정심, 애걸 따위는 아무 의미 없음을 레니에는 뼈가 시리도록 알고 있다. 입술을 지그시 짓씹었다. 혀로 스며드는 아릿한 비린내마저 비참하게 느껴진다.

"기치다 님, 쿤하고 소금성 사람들을 살려 주세요."

"……거래냐?"

"예. 기치다 님."

부탁이라 해 보았자, 힘겨루기의 본질을 아는 자 앞에서는 쓸데없다. 드디어 흡족한 웃음소리가 흘러나왔다.

"여전히 상황 판단이 빠르구나. 그래, 이게 내가 좋아한 레니에지."

"말씀대로 황금숲으로 따라가겠습니다. 그러니 소금성 사람들을 멸하시는 걸 그만둬 주세요. 부탁드립니다."

작은 것을 내놓고 큰 것을 요구했을 때의 반응이 어떨지 모르지 않는다. 하지만 너무 절실하니, 결국 말하지 않을 수 없었다. 아니나 다를까. 하, 흐흐. 짧게 비웃는 소리가 가장 먼저 튀어나온다.

"레니에. 판을 깨고 싶지 않으면 네가 건 돈과 비슷한 걸 요구해야지. 고작 나를 따라오는 걸로 신성한 임무와 하늘의 영화를 영영 포기하라고? 제정신이냐?"

그의 부드러운 목소리가 쇳조각이 박힌 채찍처럼 등을 휘감는다. 눈시울이 욱신하더니, 차가운 돌바닥 위에서 톡, 하는 소리가 올라온다. 톡, 톡톡, 투두둑. 이런 상황에서 눈치 없이 굴러 나오는 짠물만 차가운 돌 위에서 둔탁한 소리를 내며 깨져 나간다.

“거래하는 기본 태도가 글러 먹었구나. 이렇게 질질 짜고 있을 때가 아닐 텐데?”

눈물처럼 무력하고 쓸모없는 게 세상에 다시 있을까, 응? 그는 사랑을 고백하는 사내처럼 한껏 달콤하고 부드러운 목소리로 속삭였다.

“그러니, 제대로 거래를 해 보렴.”

“…….”

“한번 골라 봐. 네 눈앞에서 쿤과 이 성 사람들을 모두 죽인 후에 네가 좌절해서 목숨을 끊는 방법도 있고, 저들을 지금 잠시 살려 주는 대가로 네가 나를 따라가는 방법도 있지.”

“고작…… 잠시…… 살려 주는 거요? 저를 통째로 건 대가가 고작?”

레니에의 얼굴에 치미는 분노와 좌절을 읽은 기치다는 웃음기를 거두고 마지막 조건을 내밀었다.

“신성한 임무를 영영 포기하라는 건 불가능해. 하지만 네가 황금숲에 가서 나를 적당히 만족시켜 준다면, 나도 그에 따른 대가를 추가로 베풀 순 있어. 네 원대로 신성한 임무를 수행하는 것을 미뤄 줄 수도 있겠지. 네게 만족하는 시간이 길어지는 만큼, 저 멍청한 왕이 살아남는 시간도 늘어나겠지? 원래 단꿀을 흠뻑 먹으면 너그러워지는 법이고, 창부들도 자신의 노고에 대한 대가는 당연히 받게 마련이잖아. 안 그래?”

현실을 적나라하게 일깨우는 말에 머리가 싸늘해진다. 선택지는 좁고, 자신의 몸값은 이 정도에 불과했다. 지금 이 순간, 이곳에 있는 사람들의 목숨을 붙여 놓는 것. 혹은 창부처럼 몸을 팔아

가며 천족의 신성한 임무를 하루하루 막아 내는 것.

나 혼자였으면 아무도 나를 이런 식으로 강제할 수 없었을 것이다. 나는 지금까지 힘센 사내들이든 돈 많은 주인이든 이난나 여신이든 날 강제로 휘두르려는 모든 힘에 대해 끝까지 대들고, 바락바락 버티며 살아왔다.

그런데 등 뒤에 지켜야 할 사람이 생기니 사정이 달라졌다. 내 목숨보다 더 소중한 무언가가 존재하는 삶이란 구차하고 비참해질 수밖에 없는 거였다.

이렇게 구차하고 비참해지기 위해서는 전장에서 선봉에 서는 것보다, 아니, 적국에 암살자로 파견되는 것보다 더 큰 용기가 필요했다.

……나는 그것을 너무 늦게 알았다.

레니에는 입을 틀어막고 심하게 기침을 했다. 이난나의 선물은 선물이 아니고, 당신의 사실은 진실이 아니며, 나의 선택은 결국 선택이 될 수 없다. 그래서 나에 대한 당신의 감정이 사랑이 될 수 없는 것이고, 쿤에 대한 나의 감정 역시 사랑일 수 없게 되는 것이다.

침묵이 길어지자 기치다는 차갑게 웃으며 몸을 돌렸다.

"그래, 쿤하고 한날한시에 죽는 것을 선택해도 좋겠지. ……포기하면 이리 간단한 것을."

기치다는 바닥에 들러붙어 가슴을 짓누르는 레니에를 두고 몸을 돌렸다. 레니에는 고개를 번쩍 들었다. 기치다가 복도 끝에 서 있는 쿤 앞으로 천천히 걸어가는 모습이 보인다. 피에 젖은 그의 손이 팔목에 감긴 신성석 팔찌를 꽉 움켜잡는다. 레니에는 자리에서 벌떡 일어났다.

"협상은 결렬이다, 소금성의 쿤."

"잠깐만요, 기치다 님!"

레니에의 날카로운 고함에, 기치다가 멈추어 서서 조용히 뒤를 돌아본다. 쿤은 복도 끝에서 팔짱을 낀 채 돌덩이처럼 서 있다. 세 사람 사이로 무시무시한 적막이 내려앉았다.

레니에는 뒤를 돌아 옷소매로 얼굴을 정리하고 옷을 깨끗하게 털기 시작했다. 그녀는 거래와 결정을 끝냈고, 이제는 저 물렁물렁한 순둥이 바보 녀석 앞에서, 얄밉도록 뻔뻔하고 독한 모습을 보여 줄 일만 남았다.

떠올리기만 해도 이가 부드득 갈릴 정도로 뻔뻔한 모습이어야 할 것이다. 그래서 매무시를 정리하는 데 시간이 한참 걸렸다. 복도 끄트머리에 서 있던 사람들은 무시무시한 침묵으로 기다렸다.

레니에는 고개를 똑바로 들고 복도 끝까지 걸어갔다. 쿤과 기치다 앞으로 간 레니에는 이제 떨지 않고 또박또박 말했다.

"기치다 님의 말씀을 받들겠습니다. 지금 기치다 님을 따라 황금숲으로 돌아가겠습니다."

레니에는 충격으로 크게 일그러지는 쿤의 얼굴을 보며 천천히 웃었다.

8년 전, 네가 나를 위해 네 울타리를 모조리 허물고 부수었을 때, 나는 너를 위해 내 견고한 방벽을 어느 정도까지 부수어 줄 수 있을지 조금 궁금했었다. 네가 나를 위해 모든 신의 저주까지 끌어안겠다는 말을 했을 때, 나는 멍청하게도 조금 기뻐했었던 것 같다.

너는 그때 네 손으로 울타리를 허물어서는 안 되었다. 나는 그때 기뻐해서는 안 되었다. 그 벌을 받는 거다. 우리는 지금 같이 그 벌을 받고 있는 거다.

그리고 나는 이제야, 여기까지 와서야, 나 역시 너를 위해 나를 두른 방벽을 모조리 때려 부술 수 있다는 걸 알았다.

하지만 이제 더 이상 네 곁에 있을 수는 없으니 말짱 부질없는 일이다. 레니에는 허리를 곧게 펴고 기치다를 향해 명료한 목소리로 덧붙였다.

"그리고 기치다 님께서는 원하시는 것을 얻을 수 있으실 거예요."

기치다의 입술 끝이 비틀렸다. 입술 끝이 푸들푸들 떨리는 것이 보인다. 원하는 것을 얻은 자의 웃음치고 이상할 정도로 기쁨이 없었다. 두 사람의 대화를 듣던 쿤의 눈에서 불이 튀었다.

"가지 마라, 레니에. 너는 북국의 왕비다. 남국과의 모든 일에 대한 책임은 내가 질 것이다. 가지 마라."

입안 가득 비리고 짠맛이 들어찬다. 나를 포기하게 만들려면, 너에게 얼마나 큰 상처를 주고 독한 말을 퍼부어야 할까. 동굴의 도굴꾼들한테는 별 개 같은 욕을 다 퍼붓고 다녔어도, 너한테는 작은 상처 하나 주는 것도 그렇게 아파서 심한 소리 한 번 못 했었는데.

레니에는 고개를 흔들고 입가에 힘을 꽉 주어서 단단하게 웃어 보였다. 눈물을 보일 때는 이미 지났다. 눈물 따위는 이 복도를 나가고, 백염산맥을 벗어나고, 황금숲까지 가도 내 속에 충분히, 지나치게 충분히 남아 있을 것이다. 눈물을 흘릴 수 있는 시간 역시 지나치게 충분하거나, 혹은 영원할 것이다.

"쿤, 놀라게 해서 미안해. 딱히 숨길 생각은 아니었어. 제대로 된 천족이 아니라 그냥 진흙인간이라 생각했거든."

말 한 마디를 할 때마다 목으로 끓는 쇳물이 넘어오는 것처럼 아팠다. 하지만 그보다 더 고통스러운 것은, 처참하게 일그러지는 그의 얼굴을 똑바로 쳐다봐야 하는 것이었다. 레니에는 고개를 바짝 쳐들고 웃는 입에 끝까지 힘을 잔뜩 주었다.

"……그런데 왜?"

"그런데 아크를 사용하고 머리가 변하면 혼혈이라도 천족이 맞대. 미안해, 쿤."

쿤이 한 걸음 가까이 다가온다. 이해할 수 없다, 믿을 수 없다, 받아들일 수 없다, 그의 얼굴은 온통 혼돈의 도가니였다.

"가지 말라고 했다. 천족이든 아니든, 너는 나와 결혼하기로 약속했다. 북국에서는 정혼한 자를 버리고 다른 사내에게 간 자를 용서하지 않는다. 그런 자는 정혼자의 손에 반드시 죽는다."

"그럼 여기서…… 죽이든가."

레니에는 진심을 담아 차분하게 말했다. 지금 여기서 네 손에 죽는 것 이상으로 행복한 일이 있을까, 하는 생각이 들다가도 끄트머리엔, '나는 죽어서 편하겠지만 남은 너는 또 얼마나 아프고 힘들까.' 하는 걱정만 덩그러니 남는다.

이제는 쿤을 위해 무엇을 바라야 할지도 몰라서, 레니에는 그냥 멍청하게 쿤의 얼굴만 바라보았다. 쾅! 쾅쾅! 결국 그가 발을 구르면서 고함을 지른다.

"레니에! 너는 지금 진심이 아니다! 대체 왜 이러나! 저자가 무슨 말을 했기에 이렇게 단번에!"

"왜 진심이 아니라 생각해? 천족은 수인종족의 아내보다 훨씬 좋은 것을 선택할 권리가 있다고! 황금숲을 받을 수도 있고, 승천해서 영원히 살 수도 있단 말이야!"

레니에가 고함을 지르자 쿤은 입술을 버들버들 떨며 물었다.

"화, 황금……숲이 네 손에 들어올 거라 정말, 정말 민……는 건가, 너는?"

"황금숲이 다인 줄 알아? 기치다 님이 임무를 완수하면, 나도 그동안 나를 조롱하고 좌지우지했던 이난나 여신처럼 될 수 있어! 더 이상 누군가 멋대로 정해 주는 개 같은 운명에 휘둘리지 않게 되는 거야. 여섯 날개의 카타나 아르마누, 이난나! 나도 그런 천신이 될 수 있다고!"

드디어 쿤의 몸이 크게 휘청거린다. 자신이 말한 핑계를 쿤이 납득하는 것을 보며, 레니에는 가슴에 박힌 아크가 다시 발현한 것 같았다.

"너희가 하늘로 돌아가려면 우리 소금산 부족을 멸살해야 한다 하지 않았나."

"미안해, 쿤. 그건 기치다 님이 알아서 하실 일이라 나는 몰라. 그딴 거 묻지 말고 나 좀 그냥 보내 줘."

"제대로 대답하라, 레니에. 반려자를 버리고 가는 것도 모자라서 죽이러 올 여자를 살려 보낼 수는 없다."

"반려자는 무슨 반려자야. 아직 혼인한 거 아니잖아! 너 혼자 멋대로 우투께 고했다고 부부가 되는 게 아니라고! 내 마음에 안 들면 당연히 결혼 안 할 수도 있는 거야!"

마음에 안 들면, 이라는 말에 쿤이 다시 주춤하자 레니에는 얼른 덧대 말했다.

"솔직히 말해 줘? 누가 너 같은 수인종족하고 결혼하고 싶었는지 알아?"

"……."

"그냥 포기했던 거라고! 임무는 실패했고, 저주는 안 풀렸고, 지쳐서 그랬어. 먹고살기 너무 힘들고 조용히 어딘가에서 없는 사람처럼 숨어 살고 싶은데, 때마침 네가!"

"그만……. 됐다, 그만하라."

쿤이 얼굴을 일그러뜨리며 고개를 돌린다. 하지만 가도 좋다는 말은 끝내 나오지 않는다. 레니에는 왈칵 고함을 질렀다.

“누가 짐승 종족이랑 자고 싶었는지 알아? 끔찍하게 싫었어! 개돼지한테 당하는 것 같았어! 하루 이틀도 아니고 평생을 어떻게 참고 살아!”

레니에는 제가 말을 해 놓고도 충격을 받아서 입을 틀어막았다. 사람들 사이에서 헉, 하는 신음이 흘러나온다. 레니에는 입을 틀어막은 채 뒷걸음질했다.

미안해. 미안해. 쿤. 너, 너한테 이런 말까지 해야 하다니. 미안해. 하지만 저절로 튀어 나가려는 사과를 레니에는 필사적으로 집어삼켰다. 우우우, 분노에 찬 신음 사이로, 들들 떨리는 쿤의 목소리가 들렸다.

“……그만하라고 했다, 레니에.”

쿤은 눈을 부릅뜨고 도끼를 천천히 들어 올렸다. 너무 심한 모욕에 온몸이 부들부들 떨렸다. 개돼지한테 당하는 것 같았다고? 눈앞이 온통 하얗게 변해 버리는 것 같다.

하지만 그대로 팔을 휘둘러 도끼를 내리찍을 수가 없었다. 도저히 믿을 수가 없었다. 어제까지만 해도 그렇게 눈물겹고 진실하게 사랑을 이야기하던 여자가 어떻게 이렇게 순식간에 변할 수가 있을까? 이 상황은 뭔가 이상하고 납득이 되지 않았다.

하지만 이제 이해가 가지 않는 것을 따지고 바로잡고 할 때는 지났다. 레니에는 자신에게 결코 해서는 안 될 말을 했고, 많은 사람이 그 말을 들었다. 쿤은 이를 꽉 문 채 잇새로 으득으득 소리를 내며 중얼거렸다.

“……잊고 있었다. 너는 본디 숨기는 게 많은 사람이었지. 내가 미련했다.”

주변에 서 있는 전사들은 아무도 쿤을 만류하지 않았다. 그들 역시 분노로 이글이글 타오르고 있었다. 지금 레니에는 자신의 왕을, 아니 북국 사람 전체를 말할 수 없이 심하게 모욕하고 배신한 것이다. 쿤은 이 자리에서 당장 레니에의 목을 쳐야 했다. 그것이 북국의 명예이자 정의였다.

레니에는 고개를 올리고 똑바로 쿤을 바라보았다. 오래전 신성석 동굴에서는 잘 때 무거운 돌이 머리로 떨어지기를 바랐었지만, 저 무거운 도끼에 죽는 것도 괜찮을 것 같다는 생각이 든다.

"너를 이 자리에서 죽이는 것이 옳다."

레니에는 느리게 눈을 깜박거렸다. 눈물로 일그러진 공간 속에서, 덩치 큰 사내는 도끼를 움켜쥔 채 망설이고 있었다. 터질 듯이 치솟은 힘줄은 오랫동안 가라앉지 않았다.

"하지만 나는 네게 목숨을 빚진 바가 있지."

눈이 저절로 감긴다. 도끼가 자신에게 떨어지는 건 두렵지 않은데, 처참하게 일그러진 저 얼굴을 보는 것은 너무나 두려웠다. 여기까지가 레니에의 한계였다.

"……그것으로 지금의 몫을 갈음하겠다."

천천히 도끼가 내려왔다. 쿤은 시커멓게 가라앉은 낯으로 레니에를 내려다보았다. 목의 울대뼈가 크게 요동친다.

"훔바, 회의장 내 자리 곁에 둔 것을 가지고 와라."

훔바가 가져온 것이 눈에 익었다. 쿤이 밀랍으로 본을 뜨고 직접 주조한 가늘고 가벼운 청동 단검이다. 반질반질 윤기가 흐르는 가죽 검집도 갖춰져 있었다.

"네게 맞춰 만든 것이라 내겐 쓸모가 없다. 이것이 눈에 띌 때마다 너를 죽이고 싶어질 테니 네가 가지고 가라."

쿤은 쓰레기를 던지듯 단검을 바닥에 내던졌고, 레니에는 쪼그리고 앉아 두 손으로 그것을 쥐었다. 그가 퉁명스러운 목소리로 내뱉었다.

"처량한 척하지 마라. 구역질 난다!"

그래도 고개를 들 수 없었다. 멍청한 눈물 한 방울이 주인의 의지를 무시하고 다시 튀어나오려 했던 것이다. 레니에는 쪼그리고 앉은 채 눈에 힘을 잔뜩 주고 꾸역꾸역 숨을 참았다. 싸구려 물방울은 숨이 멎을 지경이 되자 비굴하게 꼬리를 말고 도망쳤다. 기치다는 말 한 마디 없이 두 사람의 모습을 응시하고 있었다.

"가자."

쿤은 몸을 거칠게 확 돌려 빠른 걸음으로 복도를 빠져나갔다. 모인 전사들은 그를 위해 양쪽으로 갈라서 길을 내준 후 그를 길게 따라갔다. 복도 끝에서 그가 내지르는 소리가 들렸다.

"엘데 섬의 레니에는 이제 북국에 오지 마라. 오면 내 손에 죽을 것이다!"

"……."

"전장에서 내 눈에 띄지도 마라. 잡히면 그 자리에서 죽이거나 서역에 노예로 팔아 버릴 것이다. 그게 네게 가장 잘 어울린다."

레니에가 끝까지 침묵으로 버티자, 쿤은 복도 천장이 쩡쩡 울리도록 고함을 질렀다.

"훔바! 안마르를 준비하라. 지금 당장 사신단을 국경까지 모셔드려라!"

"옛, 루갈!"

"신관 일행을 수행할 전사들을 한 명당 서넛씩 붙여라. 안마르의 운행을 방해하는 자는 그 자리에서 목을 쳐라."

"알겠습니다, 루갈!"

레니에는 그가 남겨 준 칼을 한 손으로 꽉 움켜쥐었다. 손바닥이, 손가락이 그의 손길로 만든 흔적을 감지한다. 궁상스럽게 가슴에 꼭 끌어안지는 않기로 마음먹었다. 그의 마지막 선물까지 조롱거리로 만들고 싶지 않았다.

……괜찮다. 이렇게 격하게 화내도 괜찮고, 미워해도 괜찮다. 넌 이렇게 화를 내고 미워하면서 이 백염산맥에서 나오지 말고 살면 된다. 애초에 은혜니 원한이니 그런 거 다 필요 없는 거였다. 8년 전에도 난 그냥 너를 구해 주고 싶었을 뿐이고, 지금도 그냥 너를 살려 주고 싶은 것뿐이다.

그래도, 네가 예쁜 왕비를 얻어서 아이를 낳고 산다는 소문이 들린다면, 마음이 많이 아플 것 같긴 하다.

레니에는 복도 끝으로 멀어지는 그의 뒷모습을 멀거니 바라보았다.

그의 얼굴이 벌써, 다시 보고 싶었다.

안마르를 조종할 전사들이 다가오고 있었다. 아쉬와 디쉬, 이야, 이름과 얼굴을 맞춰서 익히기에 정신없었던 측근 전사들 민, 에쉬, 림무, 이민, 혹은 닌갈사르밧. 다정하고 익숙하던 이들의 얼굴은 이제 말도 붙이지 못할 정도로 차가웠다. 그들은 이제 레니에에 대한 경멸을 조금도 숨기지 않았다.

안마르는 사신단 일행의 수효대로 아홉 대가 동원되었다. 안마르 한 대에 신관이 한 명, 그리고 고삐를 잡을 자와 감시하는 전사가 서너 명씩 붙게 되어, 소금성 광장은 안마르 아홉 대와, 안마르에 매인 큰 새들과, 새를 몰고 사신을 호송할 전사들로 큰 무리를 이루었다.

이야는 자신이 호송할 사신이 레니에인 것을 알고 잠시 고민에 빠졌다. 루갈은 그녀를 용서했을지 모르지만, 자신은 도저히 용서할 수 없었다.

다른 전사들도 마찬가지였다. 나중에 돌아와 큰 벌을 받는다 해도 북국과 루갈을 심하게 모욕한 저 몹쓸 년을 살려 보내고 싶지는 않았다. 호송하다가 실수인 척 죽이고 돌아가서 죄를 청할까. 안마르의 고삐를 잡은 나를 공격해서 죽였다 거짓말이라도 할까.

이야는 안마르 앞에 멀찍이 서 있는 레니에를 흘낏 바라보았다. 이제 그녀는 루갈이 마련해 준 옷이 아닌, 소맷단과 자락이 긴, 새하얀 신관복을 입고 있었다.

헐렁한 소맷부리와 카우나케스 자락 사이로 찬 바람이 들어가 옷자락이 세차게 펄럭거린다. 큰 신관복에 감싸인 여자는 생각보다 훨씬 작고 연약해 보여서, 바람에 금방이라도 쓰러질 것 같았다.

이야는 등을 돌리고 서 있는 여자를 물끄러미 바라보았다. 느낌이 좀 이상했다.

대체 저 여자는 지금 뭘 하는 걸까? 뭘 보는 걸까?

여자의 시선을 끝까지 따라가 본 이야는 눈썹을 확 찡그렸다.

여자는 지금 소금성을 바라보고 있었다. 정확히 말하면 루갈의 집무실이 있는 방향으로, 시선 끝에는 작은 창문이 자리 잡고 있었다.

반쯤 열린 창문 틈으로, 누군가가 서 있는 것이 보인다. 검은 망토를 두르고 털모자를 깊이 눌러쓴 덩치 큰 사내가 눈에 잘 띄지 않는 위치에서 비스듬히 서서 밖을 내다보고 있다.

여자는 그를 보고 있었다. 정말 열심히, 조금의 움직임조차 없이 그렇게 온 정신을 집중해서 그 작은 창문을 바라보고 있었다.

엔릴의 채찍이, 가림막 하나 없는 곳에 동그마니 서 있는 여자의 조그마한 몸을 무섭게 후려치는데, 여자는 꼼짝도 하지 않고 그 창문을 바라보고 있었다. 채찍질보다 더 매운 바람도 제대로 느끼지 못하는 것 같았다.

여자는 조금의 움직임도 없이 눈을 크게 부릅뜬 채, 그 작은 창문을 뚫어질 정도로 바라보았다. 창문 안에 있는 인영이 몸을 확 돌리자 여자의 어깨가 움찔한다. 창문에서 그림자가 사라진다. 새파랗게 얼어 있던 손이 경련이라도 일어나는 것처럼 꿈틀하더니 꽉, 둥그렇게 말린다.

그게 전부였다. 여자의 움켜쥔 손은 펄럭대는 소맷자락에 휩쓸려 감추어졌고, 몸을 돌린 여자는 더 이상 뒤를 돌아보지 않았다.

이야는 안마르로 다가오는 여자의 얼굴을 물끄러미 응시했다. 추위에 너무 오래 서 있어서인지, 시퍼렇게 얼어붙은 여자의 얼굴에는 표정이 전혀 남아 있지 않았다.

핏줄이 돋을 정도로 단단히 움켜쥔 이야의 손에서 천천히 힘이 빠지기 시작했다.

“이달 안으로 회의를 마치고 사신을 보내겠다 말해 두었다. 이달이면 두 이레 남았으니 돌아가서 꽤 바쁠 것 같구나.”

기치다는 레니에의 곁으로 다가와 부드러운 목소리로 말을 건넸다. 잠시 보였던 배신감이나 격렬한 분노를 말끔히 감춘 기치다는 예전의 조용하고 다정한 주인으로 되돌아가 있었고, 레니에는 그런 괴리에 너무 익숙해 이질감조차 느끼지 못했다. 다정한 주인이 여전히 다정한 목소리로 말을 덧붙인다.

“레니에, 저기 창가에 서 있는 검은 형체는 네가 아는 그 사람일까?”

"……그런 것 같습니다, 기치다 님."

"네가 가는 게 그와 북국을 위한 일이라 설득하는 게 나을까, 아니면 포기하도록 도와주는 게 나을까?"

레니에는 단호하게 고개를 저었다.

"그를 도발해 죽일 생각은 없어요. 설득은 되지 않을 거고요. 영원히 되지 않을 거예요."

"그럼 포기하도록 도와주는 게 낫겠구나. 그렇지?"

"……예."

기치다는 레니에의 허리를 잡아당기고 고개를 숙여 입을 맞췄다. 쿤이 충분히, 오래 볼 수 있도록, 그래서 포기할 수 있도록 오래도록 입을 맞췄다. 기치다는 쿤과 달리 입맞춤이 부드럽고 능숙했으며, 레니에는 덧없이 비참해졌다.

4부. 가나평원

GANA EDEN

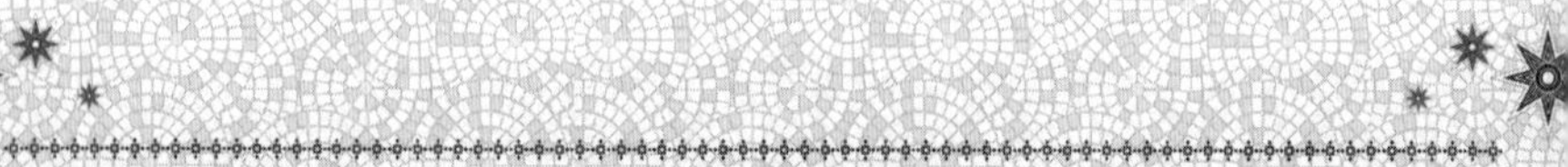

33. 선전포고

쿤은 어둠 속에서 불도 켜지 않고 앉아 있었다. 분홍빛이 감도는 반투명한 암염은 밖에서 들어오는 희미한 빛을 조각조각 반사했다. 그 조각난 빛으로도, 어제까지 여자가 누워 있던 침대가 너무 넓어 보였다.

차라리 아예 만나지 않는 것이 좋았을 것이다.

아니, 이렇게 잠시라도 만난 것이 나았다.

그 자리에서 죽이고 나도 함께 죽는 것이 좋았을 것이다.

아니, 그런 무책임한 행동을 하지 않아서 다행이다.

쿤은 가슴을 움켜잡고 허리를 구부렸다. 아파, 아프다. 허벅지에 창날이 꽂혔을 때만큼 아팠다. 곪아 가던 상처에서 창날을 뽑는 것만큼 아팠다. 뽑힌 상처를 불에 달군 칼날로 지지는 것처럼 아팠다.

하지만 그때의 기억은 너무 달콤하게 왜곡돼서, 쿤은 지금의 통증이 가장 견디기 어려웠다. 레니에와 함께 있던 순간들만 떠올리면 속이 터져서 미칠 것만 같다. 쿤은 빈 옆자리를 응시하며 멍청하게 중얼거렸다.

"개돼지한테 당하는 것 같았다고."

콰당, 주먹으로 후려갈긴 탁자가 결국 옆으로 넘어간다. 그 말만 떠올리면 온몸의 피가 들들 끓었다가 얼어붙기를 반복했다. 천족에게 인간도 아닌 수인종족은 그냥 개돼지인가. 나에겐 그렇게 행복하고 미칠 듯 좋았던 시간이 너는 그리도 끔찍하게 싫었나.

죽이고 싶었다. 많은 사람 앞에서 그런 모욕을 당했으니 당연히 그래야 했다. 그대로 목을 내리찍을 참이었는데, 손이 돌처럼 굳어 움직이지 않았다. 미련한 미련에 대한 후회는 이내 엉뚱한 곳으로 훌훌 번져 갔다.

"칼을 주는 게 아니었는데."

하지만 바닥에 쪼그리고 앉아 두 손으로 칼을 꼭 쥐던 모습이 떠오르자, 그 칼끝으로 가슴을 난도질당하는 것처럼 통증이 끓어오른다. 저 좋자고 다른 놈한테 가는 주제에 왜 그따위 궁상인가.

"기왕 줄 거면…… 그렇게 집어 던지는 건 아니었는데."

그렇게 애써 날을 곱게 세워 놓고, 꼴같잖게 집어 던질 필요는 없었는데. 그냥 손으로 건네줘도 됐는데.

"목걸이를 돌려받았어야 했는데. 지금이라도 황금숲에 사람을 보내서……. 아니, 아니야. 제기랄!"

쿤은 생각을 멈추고 머리를 확확 저었다.

이건 뭔가 이상해. 아무리 이해하려 애를 써도 도저히 이해할 수가 없다.

레니에가 갑자기 얼굴을 바꾸어 떠난 것이 여전히 믿어지지 않는다. 나도 모르는 뭔가에 삐쳐서 아주 잠깐 고약한 장난을 친 것만 같다. 내일이나 모레쯤, 장난이었어! 하고 웃으며 되돌아올 것 같다.

가슴속에 있는 미련한 놈 하나가, '아니야, 레니에가 사랑하는 건 너라고!' 하며 고함을 지르고 있다. '데려와! 가서 레니에 데려오라니까!' 이 멍청한 녀석이 떼를 쓰는 목소리가 너무 커서, 제대로 된 생각을 모조리 막아 버리고 있었다.

순간 쿤은 퍼뜩 소스라쳤다.

"……이렇게 멍청할 수가."

멍청하다. 내가 8년 동안 여자를 잊지 못했던 것은 우리 인연이 특별해서도 아니고 내 감정이 지고지순해서도 아니었다. 그저 내가 멍청해서다. 내가 감정을 제대로 정리하지 못해서 생긴 일일 뿐이다.

레니에는 총명하고 딱 부러지는 여자다. 나처럼 감정을 끊지 못하고 질질 끌고 가지 않을 것이다. 게다가 천족이라지 않아. 그런 큰 사건을 나에게 말도 안 하고 있었던 것은 최후까지 저울질을 했다는 뜻일 것이다.

속에서는 여전히 아니라고, 레니에가 그럴 리 없다고 우겨 대는 소리가 들리지만, 쿤은 애처로운 희망을 안간힘을 다해 짓눌렀다. 그녀는 속였고, 비교했고, 결국 천칭이 반대편으로 기울어졌다. 그게 두 이레 동안 나와 그녀 사이에 일어났던 일의 전부다.

어쩌면 나를 사랑한다는 말이 아주 거짓은 아니었을지도 모른다. 하지만 나를 택하지 않은 것도 이해는 간다. 이난나 여신의 신탁에 매여 비참할 정도로 진창을 구르며 살아왔던 레니에에게 천족의 신적인 지위와 능력은 다른 이들보다 백배는 더 매혹적으로 보였을 것이다.

그 진창에서 벗어날 기회를 잡아서 있는 힘껏 도망치겠다는데,

대체 거기에 대고 무슨 말을 하겠는가.

하지만 이해가 간다 해서 아픈 것이 줄어들지는 않는다. 자신을 볼 때마다 기꺼이 웃어 주고, 팔을 활짝 벌려 안아 주던 여자의 하얗고 작은 얼굴만 생각하면 심장이 녹아내리는 것 같고, 먼발치에서 보았던 두 사람의 입맞춤 모습만 생각하면 목구멍에서 불덩어리가 치밀었다.

집어치워!

쿤은 이불을 걷어치우고 벌떡 일어났다. 방을 빙빙 돌아도, 발을 쾅쾅 굴러도, 목구멍이 터지도록 소리를 질러도 부글대는 속이 가라앉지 않는다.

창을 활짝 열자 습기를 먹은 차가운 바람이 온몸에 들이박힌다. 새까맣게 몰려드는 화살 떼가 한꺼번에 꽂히는 것 같다. 가슴에 박힌 화살들을 염통까지 박아 넣으려는 듯 쿤은 가슴을 퍽퍽 쳤다. 정신 빠지게 아프기라도 해야지, 안 그러면 뒤에 이어지는 상상을 견딜 수 없을 것이다.

그자는 돌아가 바로 레니에를 품에 들였겠지. 레니에 역시 그에게 마음이 없던 것이 아니니 그의 손을 거부하지 않을 것이다.

추측하건대 레니에는 나를 처음 만나기 전, 그를 잠시 마음에 담았다가 상황이 맞지 않아 접어 넣었던 것 같다. 접었던 것을 다시 펼치는 것은 새로 만들기보다 훨씬 쉬울 것이다. 나에 대해 그랬던 것처럼.

“크으……윽.”

두 사람이 함께 있는 모습을 상상하자마자 배 속에서 격통이 일었다. 끓는 기름이 지글지글 소리를 내며 내장을 타고 내려가는 것 같다. 이대로 그냥 죽고 싶다. 쿤은 머리를 감싸고 앉아 신음했다.

지금이라도 당장 황금숲으로 날아가서 알티르의 목을 찍고 레니에를 납치해서 소금성에 가둬 두고 싶었다. 내실에 꽉꽉 묶어 두고 꼼짝도 못 하게 하고 싶었다. 다른 사람들이 죽든 말든, 전쟁이 나든 말든.

전쟁이 나든 말든?

머리가 어찔했다. 쿤은 곁에 있는 가죽 채찍을 집어 들고 등을 호되게 후려쳤다. 정신이 번쩍 들게 아팠다.

……네가 미쳤구나. 넌 북국을 다스릴 자격이 없어.

다시 한 번 더 후려쳤다. 한 번 더. 다시 한 번 더. 너무 아파서 아무 생각이 안 들 때까지. 루갈로서 절대 해서는 안 될 생각들이 모조리 날아갈 때까지 계속 후려갈겼다.

한참 후, 쿤은 이마를 침대에 박고 헐떡거렸다. 이제는 끔찍한 통증마저 그녀와의 추억을 소환했다.

레니에. 대체 나한테 어쩌라고 이래.

쿤은 채찍을 집어 던지고 머리를 쥐어뜯었다.

❖ ✝ ❖

소금성은 죽은 듯 침묵에 잠겼다. 훔바와 휘하의 최측근 전사들은 성에 들어갈 때마다 허파가 짓눌리는 것 같았다. 후와투와 카할라가 죽었다는 소식을 받았을 때만큼이나 무겁고 차가운 공기가 소금성을 휘감고 있었다.

루갈은 평시와 다름없이 아침 일찍 외성의 집무실에 나와서 일과를 시작했다. 그는 부지런하고 성실한 왕이었고, 일과가 달라진 것은 거의 없었다.

다만 위로 올려 묶고 다니던 머리를 건성으로 풀어 놓기 시작한 것이 바로 눈에 띄었다. 내실이 비어 있을 때도 항상 묶음 머리로 단정하게 꾸미고 기혼자 행색을 했던 쿤은 레니에가 떠난 다음 날부터 바로 머리를 풀고 나타났다. 뒤늦은 총각 행세라기엔 몸에 올리브기름도 안 바르고 머리에 향 기름도 안 뿌리고 빗질조차 안 한 개산발이라, 아무리 멋지게 봐 주려 해도 그냥 열흘쯤 굶주린 수사자가 퀭한 눈으로 돌아다니는 꼬락서니에 불과했다.

회의 중이나 식사 중 가끔 넋을 놓았고, 원로나 부하들이 묻는 말을 듣지 못하거나 다른 대답을 할 때도 있었다. 이해할 수 없는 이유로 화를 내거나 쓸데없이 크게 웃었다. 회의 때마다 입에서 불을 뿜으며 고함을 쳤고, 정신을 차리면 뒤늦게 찾아가 사과하고 스스로를 비하하며 괴로워했다.

필요 이상으로 많이 먹거나 아예 끼니를 거르기도 했고, 밤을 꼬박 새우거나 수면 약차를 퍼마시고 진종일 잠에 취해 있을 때도 있었다. 병사들의 훈련에 뜬금없이 끼어들어서는 신참 병사들과 함께 고함을 지르고 아직 얼음이 녹지 않은 땅에서 함께 엉켜 뒹굴기도 했다.

문을 잠근 내실에는 불이 켜지지 않았다. 그는 깜깜한 어둠 속에서 가끔 늑대와 비슷한 소리로 울다가, 우는 것을 들킬까 봐 뜻도 모를 고함을 질렀다.

하지만 측근 전사들은 그를 위로할 수도 없었고, 그의 곁에 갈 수도 없었다. 그럴 때 왕은 자신의 모습을 아무에게도 보이고 싶어 하지 않았다. 측근 전사들은 그래서 왕을 혼자 두었다.

훔바는 쿤을 버리고 간 조그맣고 하얀 여자가 가증하고 저주스러웠다. 쿤이 여자를 죽이지 못하는 것을 보고 자신이라도 따라가 여자의 목을 칠 생각을 했다. 다른 전사들의 마음도 마찬가지였다. 그녀는 왕을 심하게 기만했고, 북국 전체를 크게 모욕했다.

하지만 쿤은 그 치 떨리는 모욕을 당하고서도 명예를 지키고자 하는 부하들의 강청을 막았다.

– 내 목숨을 구했던 여자다. 8년 전 목숨을 내걸고 내게 생명을 준 바 있다. 오늘 살려 보내는 것으로 그것을 갈음할 것이다.

– 루갈! 분하지도 않습니까! 그 여자는 루갈의 명예를 짓밟고 북국 사람들까지 싸잡아 모욕했습니다. 백번 죽어 마땅합니다!

– 내 입으로 보낸다 말했으니 보내라. 머리털 하나도 상하게 하지 마라.

쿤을 호위하는 일곱 전사, 특히 아쉬와 디쉬는 훔바를 볼 때마다 '죽어 마땅한 남국 계집'에 대한 욕을 퍼부었다. 전장에서 만나기만 하면 그때는 무자비하게 목을 치고 사지를 잘라 수리와 들개에게 던지겠다, 이를 갈며 다짐하고 있었다. 다만 레니에를 잠시 모셨던 이야는 그들의 분노에 동참하는 대신 침묵하는 쪽이었다.

시간이 지나면서 쿤의 과격한 행동이나 분노는 조금씩 줄어들었다. 하지만 아무도 그것을 반가워하지 않았다. 이제 왕은 누가 무슨 말을 하든 격하게 노하지도 않고 기쁘고 반가운 소식에도 잘 웃지 않았다.

왕은 살아 있는 암염 덩어리로 변해 가고 있었다.

약속한 두 이레가 넘어가고 새해인 춘분절이 다가오고 있는데도 황금숲에서는 어떤 응답도 도착하지 않았다. 안마르로 가나평원의 동정을 매일 살펴보는 초병들은 남국과 황금숲 연합군이 점

점 가나평원으로 모여들고 있다고 보고했다.

남부 열 개의 성과 도시, 섬들과 서역에서 온 전사들이 저희끼리 천막을 치고 모여 앉았는데, 무거운 청동 판금 갑주와 투구를 꿰입은 창병과 도부수刀斧手, 가벼운 가죽 갑옷의 무릿매 투석병과 사수들이 수를 헤아릴 수 없을 정도이고, 네 필의 말이 끄는 작은 수레, 전사를 위한 말들과 짐을 나르는 나귀들이 줄지어 돌아다니고, 이곳저곳에서 진형을 갖추어 훈련하는 병사들이 보인다 보고했다.

쿤은 지금까지 올라온 내용을 토대로 결론을 내렸다.

"현재 남국 연합의 반응은 화의에 응하는 자들의 행적이라 볼 수 없다. 훔바! 전령을 띄워 각 부족에서 대기 중인 전사들을 소금성으로 보내라고 전하라. 적을 맞이할 준비를 할 것이다."

"나아루강을 건너 가나평원으로 내려가지는 않으십니까?"

"일단은 이곳에 대기하며 적들이 오기를 기다린다. 우리는 수적으로 불리하지만 백염산맥이라는 난공불락의 요새와 안마르라는 강점이 있다. 저들은 수적인 우세와 황금숲 신관들의 능력이라는 강점이 있다. 각자의 땅에서만 효력이 있는 강점이니, 결국 누가 더 오래 버틸 수 있는가의 싸움이다."

북국이 굶주림에 시달리다 못해 가나평원으로 진격하는 게 먼저일까, 7만 남국 연합군이 열악한 보급과 야전 생활을 견디지 못하고 북국으로 올라오는 게 먼저일까.

"저희가 가나평원의 식량 없이 과연 얼마나 버틸 수 있겠습니까? 저희와 인근 부족에선 벌써 아사자가 속출하고 있습니다."

일출산 부족의 족장인 마쉬타라가 반발했다. 대평원 지역과 가장 가까운 곳에 자리한 일출산은 식량이 가장 부족한 지역 중 하나였다. 따뜻한 샘 부족의 족장 카아가 조심스럽게 반박했다.

"하지만 남국에선 신관들의 '아크'라는 보이지 않는 공격을 받게 된다고 하지 않소? 차라리 보이는 적 백 명하고 싸우는 게 낫지, 보이지도 않는 무기를 상대로 어찌 싸우겠소. 전사들은 공격하기도 전에 불안에 떨 것이고 사기가 크게 떨어질 것이오."

"사정거리가 긴 활과 안마르를 효율적으로 사용하면 되지 않겠소?"

"백염산맥을 넘어가면 바람이 없고 덥고 습해서 새들의 날개가 무거워지고, 하늘에서 장시간 버티지 못하는 걸 모르시오?"

"카아 족장, 북국의 열두 봉우리에 모두 당신네 산처럼 온천이 있어, 동물들이 끊임없이 찾아오는 게 아니오! 북쪽 대평원에 인접한 일출산 부족과 큰호수산 부족, 얼음호수 부족은 이제 가나평원을 차지하든 굶어 죽든 선택을 해야 한단 말이오!"

"예전처럼 내려가서 약탈이라도 하면 안 됩니까? 지금이 딱 보리를 수확하는 계절이란 말입니다!"

큰호수 부족의 족장인 시물리는 참다못해 고함을 버럭 내질렀다. 작년 같았으면 벌써 가나평원에 가도 열 번은 내려가서 식량을 구해 왔을 텐데, 지금은 남국과 화의가 진행되는 중이라 하여 가나평원에 발도 디디지 못하는 중이었다.

쿤은 속이 바작바작 타들어 갔다. 그는 책임감이 강한 왕이었다. 왕이 되기 전의 그는 다른 북국 사람들과 마찬가지로 굶어 죽는 한이 있어도 신성석 채굴을 허용하면 안 된다 믿었지만 왕이 된 후로는 개인적인 신념으로 백성을 굶어 죽게 만들어선 안 된다고 생각하게 되었다.

몇 년이 걸릴지 모르는 호밀의 자급 시기를 기다리며 요행을 바랄 수도 없다. 화의가 진행되는데 선공을 했다가 실패하면 그때는 모든 사람이 굶어 죽는 수밖에 없다. 한참 생각하던 쿤은 무겁게 머리를 들어 올렸다.

"한 이레."

"……."

"남국 총사령관이 약속한 두 이레의 기간을 넘겼으나, 황금숲과 북국 사이의 길이 험난한 것을 고려하여 한 이레만 더 기다리며 전사들을 준비시키도록 하겠다. 현재 우리 입장에선 화의가 성사되는 것이 가장 바람직하고, 북국 측에서는 화의가 이루어질 수 있는 최선의 조건을 제시했으나……."

쿤은 무거운 시선으로 좌중을 둘러보았다. 부족장과 원로들, 전사들의 팽팽한 시선이 쿤을 향한다. 북국 열한 개 부족의 운명을 결정하는 순간이 급박하게 다가오고 있었다.

"그때까지 대답이 없으면 더는 기다리지 않는다. 국경을 넘어 가나평원으로 진격할 것이다."

순간 밖에서 쿵쿵쿵쿵 급하게 달려오는 발걸음 소리가 들리더니 귀에 익은 목소리가 들렸다.

"루갈! 루갈! 급하게 드릴 말씀이 있습니다!"

훔바가 문을 열자 한 사람이 번개처럼 회의장 안으로 들이닥쳐 쿤 앞에 고개를 숙였다. 최측근 일곱 전사 중에서 가장 발이 빨라 급한 전언을 도맡아 전달하는 이야였다.

"루갈! 황금숲의 알티르가 보낸 대규모 사신단이 당도했습니다!"

"……대규모 사신단?"

쿤이 눈을 크게 뜨고 천천히 일어났다. 모인 사람들도 반색하며 자리에서 일어났다. 드디어 기다리던 남국 연합군의 회답이다.

하지만 대규모라니 뭔가 미심쩍다. 물자 교역이 아닌 화의 제안에 대한 대답만이라면 사신단의 규모가 클 이유가 없다. 쿤은 반신반의하며 물었다.

"혹시 물자를 실은 상인들이 사신단을 따라왔는가?"

"예, 루갈. 사신단의 수장은 사바토라는 엔누기그로 지난번에 알티르 기치다를 수행했던 고위 신관 중 한 명입니다. 그리고 북국 말 50마리 규모의 대규모 상단이 동행했습니다. 상단을 딸려 보내느라 일정이 지체되었다고 양해를 구하더군요."

"아, 반가운 소식이군."

쿤과 훔바는 그제야 안도하며 희미하게 웃었다. 대규모 상단을 보냈다는 의미는 기치다와 남국 연합이 화의를 받아들여 교역을 재개하겠다는 간접적인 의사 표현이고, 북국의 물자 부족을 감안한 배려이기도 했다. 하지만 달려온 이야의 표정이 썩 좋지는 않았다.

"왜 그러지, 이야? 무슨 문제가 있는가?"

"상단의 수장이 히코르테스의 아들 텔코스, 헤다 섬 출신의 그 상인입니다."

❖ ✝ ❖

사신단의 우두머리는 사바토라 불리는 매우 젊은 신관이었다. 기치다를 호위하는 최측근 신관 중 가장 젊은 여자로, 지난번 기치다를 수행했던 일곱 명 중에 포함되어 있었다.

나이가 어려 보인다 해도 그것으로 지위를 짐작하기는 어려웠다. 사실 쿤의 최측근 전사 중 이야만 해도 나이로는 막내였지만 전사의 능력으로는 세 손가락 안에 꼽혔기 때문이다.

사바토는 기치다와 달리 말을 복잡하게 하지도 않았고 오만한 빛도 없이 정중했다.

"남국 열 개 도시와 황금숲, 서역 두 개 도시 연합군의 총사령관이신 알티르 기치다 님께서는 회의를 마치신 후, 북국 소금성의 루갈께서 제의한 화의를 기꺼운 마음으로 받아들이겠다 하셨습니다."

"그런데 가나평원에서는 어째서 남국 연합 병사들이 점점 모여들고 있으며, 아침부터 저녁까지 진을 짜고 훈련을 한단 말인가?"

"군주들의 모임과 군사의 진퇴에는 이유가 있는 법이니, 군주들의 귀환과 군사들의 해산에도 역시 적법한 이유가 있어야 할 것이라 하셨습니다. 화의에 응하는 증거로 곡물과 의복, 향신료와 약초를 실은 상단을 딸려 보내는 것이오니, 루갈께서도 화의에 맞는 성의를 행동으로 보여 주시길 청합니다."

"화의에 맞는 성의라?"

"그렇습니다. 말 그대로 성의의 표현일 뿐이며 별도의 큰 요구가 덧붙는 것이 아닙니다. 그렇다면 저희 남국 연합도 수월히 진을 풀고 군사를 물릴 것입니다. 그런 연후에 국경에서 남국 열 개 도시와 북국 열한 개 부족의 수장이 모여 축제를 열고, 화해의 돌탑을 높이 쌓자 하셨습니다."

생각 밖의 선선한 수락이었다. 쿤은 미소를 띠며 고개를 끄덕였다.

"그러면 지금 남국 연합이 우리에게 원하는 것이 무엇인가? 알티르가 화의 제안에 온전한 성의를 보여 응답했으니, 그쪽의 요청사항을 말하라. 가능한 것이면 우리 역시 기쁜 마음으로 협조하리라."

"그렇다면, 저희 사신단이 열 부족의 족장들을 개별적으로 만나도록 허락하소서."

"개별적으로 족장들을? 왜?"

"화의 조건에 언급된 신성석의 채굴과 교역에 대한 것을 의논하고자 함입니다. 소금성의 주인인 루갈께서는 신성석 채굴을 기꺼워하지 않으시니 남은 열 부족을 별도로 만나 채굴이 가능한지 여부를 타진하고 해마다 확보 가능한 신성석의 양과 가격, 그리고 동원할 수 있는 인원들을 협의해 보고자 하나이다."

대답이 매끈하고 트집을 잡을 데가 없다. 하지만 쿤은 지나치게 매끈하게 넘어가는 것이 거슬렸다. 그리고 각 부족장을 만나 신성석에 대한 협상이 아닌 왕에 대한 모반을 논의할 가능성도 있었다. 실제로 기치다는 텔코스와 레니에를 북국에 보내며 그런 획책을 한 전적도 있었다.

"내가 그 협상에 참가하는 게 무슨 문제가 되겠는가?"

"루갈께서는 신성석 채굴을 몹시 언짢아하신다 들었습니다. 그러니 오시게 되면 피차 불편하고 힘든 시간이 될 것입니다."

"내가 협조하겠다 해 놓고 말을 뒤집을 자로 보았다면 오해다. 나는 각 부족 연합을 통합하여 다스리는 북국의 루갈이며, 협상이 어찌 진행되는지 자세히 알아야 할 필요가 있다."

"황공하오나 저희 측도 곤란합니다, 루갈. 부족장들께서 루갈의 눈치를 보느라 수월하게 의견 표명을 하지 못할까 염려스럽습니다. 이것은 저희에게 약속한 신성석의 안정적인 확보를 방해하는 일이 될 것입니다."

"흠……."

"나중에 그 일로 루갈과 부족장들 사이에 불필요한 앙금이 생길까 저어되오니 협상장에는 저희 사신단과 각 부족의 족장들만 개별적으로 참석하도록 허락하소서. 그 자리에 기억하는 자들을 배석시켜도 좋습니다. 물론 저희도 귀국 전에 부족별 회합의 결과를 루갈께 자세히 보고하고 갈 것입니다."

겸손하고 트집 잡을 데 없는 대답. 천족의 오만방자함을 극한까지 겪었던 쿤은 사바토의 극단적인 정중함이 오히려 미심쩍었다.

"어떤 의논이 오가는지 확인할 수 없는 부족별 회합은 섣불리 허락할 수 없다. 더욱이 몇몇 부족은 예전에 황금숲과 비밀리에 회합을 가지고 북국을 와해시키려 한 전적이 있다."

"그 회합이 확보되지 않으면 화의 성사가 어렵게 될 것입니다. 하니 다시 한 번 고려해 주시길 청하나이다, 루갈."

조금의 망설임이 없는 단호한 대답에 쿤은 눈을 가느스름하게 떴다.

"사바토라 했던가."

"그렇습니다, 루갈."

"그대의 강경한 대답이 알티르와 동일한 견해일 거라 확신하나? 알티르가 진심으로 화해를 원한다면 그대보다 유연하게 생각할 듯한데?"

"알티르의 견해가 틀림없음을 황금숲의 아르마누와 카타의 이름으로 맹세합니다. 저는 그분의 의사를 한 글자의 차착도 없이 전해 드린 것입니다."

사바토는 이번에도 조금의 망설임 없이 대답했다. 하지만 쿤은 마음이 풀리기는 고사하고 점점 신경이 곤두섰다. 뭔가 짚이는 게 있었다.

"혹시 알티르가 내 질문들을 예상해 보고 그에 대한 대답을 모두 그대의 입에 넣어 주었나?"

"그렇습니다, 루갈."

쿤은 팔짱을 끼고 눈썹을 찡그렸다. 그 말은 사바토가 전권 사신이 아니며, 수많은 예상 질문에 대한 기치다의 대답을 한 글자도 남김없이 모두 외워 왔다는 뜻이기도 했다.

"그대는 알티르 기치다의 '기억하는 자'인가?"

"……그렇습니다, 루갈."

사바토는 내키지는 않는 듯, 하지만 속일 수도 없는 일인지라 한숨을 쉬며 대답했다.

대화가 잠시 멎었다. 요리를 내오는 시녀들이 빠르게 움직여 사신들과 쿤 사이에 음식을 가득 늘어놓기 시작했던 것이다.

식탁 위를 바라보는 신관들의 얼굴에는 무시와 경멸의 표정이 뚜렷해진다. 천족으로서 수인종족에게 이렇게 공손하게 말해야 하는 것이 같잖다는 표정 같기도 했고, 진설하는 음식의 꾸밈새가 그들의 눈에 한심하고 조잡해 보여 그럴 수도 있겠다는 생각이 들었다.

쿤은 의자에 등을 기대고 말을 멈췄다. 그는 북국의 연회 음식이 초라하다거나 흥을 돋울 아름다운 무희나 악사가 없음을 부끄러워한 적은 없었다. 하지만 전권 사신이 아닌 '기억하는 자' 따위가 사신 대표로 왔다는 것에는 자존심이 구겨졌다.

기억하는 자는 재능이 있는 자이지 권한이 있는 자는 아니며, 왕의 도구이지 왕의 결정에 영향을 미치는 자는 아니었다.

혹시…… 고의로 급을 낮춘 사신을 보낸 것일까?

하지만 화의를 받아들이겠다며 회답 사신을 보내는 판에 굳이 그런 짓을 할 이유가 없을 텐데.

쿤은 생각에 잠겼다. 그가 자신을 무시한다고 단순하게 화를 낼 일이 아니었다.

기치다는 감정대로 단순하게 행동하는 자가 아니다. 하여 입으로 나오는 말, 겉으로 보이는 행동, 외부에 드러난 상황만 액면 그대로 받아들여서는 안 되며, 그가 모든 상황마다 매달아 둔 두 갈래의 꼬리를 잘 분석해야 했다.

쿤은 사바토를 따라온 대규모 상단의 우두머리가 헤다 섬의 텔코스라는 점을 떠올리고 눈썹을 찌푸렸다. 무엇인가 잡힐 듯 말 듯 하다. 쿤은 필사적으로 생각의 꼬리를 잡아 연결하기 시작했다.

이제는 남 · 북국 대립의 원인이었던 신성석이나 교역로 차단은 더 이상 문제가 되지 않는다. 그것을 걷어 내고 나면 남국과 북국이 아닌 황금숲과 소금성의 대립이 남는다.

소금성 거민을 모조리 죽여야 이루어질 천족의 임무. 그리고 그것에서 한 겹을 더 벗어던지고 기치다와 쿤 개인으로 맞선다면 그 사이에는 레니에가 오롯이 남게 된다.

그렇다면…….

이제야 헤다 섬의 텔코스가 상단의 수장으로 따라온 이유가 어렴풋이 감이 잡힌다. 텔코스는 입이 너무 가벼워 사신이나 밀사로서의 자질은 형편없지만 레니에와 인간적인 관계를 맺고 그녀를 연민하고 아껴 주었던 사람인 것은 확실했다. 게다가 자신의 모든 재물을 던져서라도 레니에를 살리려 했던 사람이다.

레니에는 그 일을 듣고 감격했고, 쿤은 그 일을 고맙게 여겼다. 그것이 엉터리 밀사였던 텔코스가 손가락 하나 다치지 않고 무사히 남국으로 돌아갈 수 있었던 이유였다.

레니에와 나를 연결할 수 있는 유일한 장사꾼. 기치다가 그런 장사꾼을 사신단에 굳이 딸려서 내게 보낸 이유.

남국 연합의 총사령관인 기치다와 개인으로서의 기치다는 내게 다른 말을 하고 싶은 것 같다. 특히 레니에에 대해서.

쿤은 잠시 이마를 짚었다. 머리가 무지근하다. 이 와중에도 레니에에 대해 무언가 주워듣고 싶어 하는 자신이 미치도록 한심했다.

대체 무슨 소식을 듣고 싶은 건데? 혹시라도 나를 생각하며 울고 있다는 소식? 아니면 기치다와 하하호호 웃으면서 잘 지내고 있다는 소식? 어느 쪽이든 결코 듣고 싶지 않은 내용인데 대체 왜? 한동안 잠을 제대로 이루지 못해 무거워진 머리가 이젠 쇠북을 치는 것처럼 징징쟁쟁 울렸다.

"루갈, 음식 준비가 다 되었습니다."

"아, 이런."

훔바가 옆에서 속삭이는 말을 듣고서야 쿤은 퍼뜩 정신을 차렸다. 천족 사신들의 시선에 온몸이 따끔거렸다. 그들의 눈빛은 늪지에 엉긴 진흙처럼 무겁고 차가워 속내를 짐작하기 어려웠다. 이런 자리에서까지 넋을 놓은 자신을 믿을 수 없었다.

쿤은 자리에서 일어나 손님들에게 웃음을 짓고 물소 뿔로 만든 술잔을 들어 올렸다.

"북국의 음식이 본디 거칠고 간소해 그대들의 입맛에 맞지 않을까 염려스럽다. 음식에 과한 꾸밈이나 향신채의 호사는 부족할지 모르나 그래도 북국의 정취와 정성을 오롯이 담은 것이니, 복잡한 사안은 찬찬히 이야기하도록 하고, 지금 이 시간은 모쪼록 편히 즐기기를."

❖ ☩ ❖

"어, 어서 오십시오, 어떻게 이런 장사꾼과 일꾼들의 숙소까지 왕림하시, 아니 그보다 이렇게 다시 뵙게 되어 영광이올시다. 북국의 가장 강한 전사이며, 열두 부족의 위대한 루갈이시며……."

"검은바위산 부족 빼고 열한 부족이다, 히코르테스의 아들, 텔코스."

"아, 예, 검은바위산 부족 빼고, 아, 으으,"

"인사는 됐다. 편히 앉으라."

쿤은 자신을 보자마자 바짝 얼어 와들와들 떠는 장사꾼을 보고 자신의 짐작이 맞는지 잠시 고개를 갸웃했다.

그는 사신단을 따라온 상단을 위해서도 별도로 저녁 진찬을 베풀도록 했고, 텔코스와 그를 따라온 짐꾼들은 북국의 질긴 고기와 독한 술을 한껏 배 속에 밀어 넣은 후 곤드레만드레 곯아떨어진 참이었다. 그나마 텔코스는 바짝 긴장하고 있어서인지 잠에든 술에든 취한 기색이 없었다.

쿤은 호위 전사들을 멀찍이 앉혀 놓고, 텔코스에게 술 깨는 약차를 직접 끓여 내주었다. 그는 황송해 쩔쩔매면서 차를 마셨다. 물론 차를 마시기 전부터도 두려움과 긴장으로 정신은 말짱하다 못해 과잉각성 상태이긴 했다. 한 마디를 물으면 아는 것을 총동원해서 와다다다 쏟아 내는 것을 보면.

"알티르가 자네를 보내면서 별다른 이야기는 안 하던가? 지난번 일도 있고 해서 북국에 들어오기 꽤 겁이 났을 텐데. 그래, 이번엔 무슨 밀명을 받았나?"

"아닙니다! 이번엔 알티르께서 보내신 거 정말 아닙니다! 또다시 그런 위험한 일을 맡느니 열 번 파산하는 쪽을 택하겠습니다. 그런 경험은 평생에 딱 한 번으로 충분합니다!"

아무런 일도 하지 못하고 잡혀서 추방당한 주제에 엄청난 비밀 임무를 수행하기라도 한 것처럼 왁왁 호들갑이다. 쿤은 푸스스 웃고 말았다.

"그렇게 겁을 내면서 어떻게 다시 올 생각을 했을까?"

"이번 상행 조건이 굉장히 좋았거든요. 우르키 신관님께서 귀띔해 주지 않으셨으면 다른 놈에게 기회가 넘어갈 뻔했지 뭡니까."

"우르키라는 자는 고위 신관인가?"

"아닙니다. '신도들의 집'에서 일하는 분이니까 수습 신관일 겁니다. 신도들의 집이 뭐냐 하면 아크 점토판을 파는 곳인데, 그렇죠, 가게, 가게입니다! 고위 신관님들은 면 안 서게 장사 같은 거 하지 않으십니다."

"그렇다면 알티르나 고위 신관들에게 명을 받고 온 게 아니란 말인가?"

"아닙니다! 얼굴도 뵙지 못했어요. 제가 원래 점토판을 대량으로 사들이는 큰손이, 아니, 단골이라 우르키 신관님께서 좋은 선을 소개해 주신 것뿐입죠. '화의를 수락하는 사신 일행이니 죽을 염려도 없고, 따라가서 신관님들 대신 흥정 붙이고 물건 파는 일만 맡으면 된다.' 하셨거든요. 싫다 하면 옆에 있는 다른 장사꾼 놈한테 이 좋은 기회를 넘기겠다 하시는데, 조건이 워낙 좋다 보니 머리는 덜덜 떨면서도 글쎄 요놈의 주둥이가 '제가 가겠습니다!' 하고 홀라당 사고를…… 뭐 그런 일이 있었습죠, 예."

"조건이 어떻게 좋았기에?"

쿤은 등을 의자에 기대며 물었다. 보통 상인들은 자신의 이익분에 대해서는 어지간하면 감추려고 할 테지만 겉과 속이 똑같은 이 장사꾼에게는 그런 의뭉함도 없었다. 물론 두려움에 바짝 얼어붙은 걸지도 모르지만.

"제가 가져온 곡물과 천과 말린 과일과 향신료를 전부 신성석으로 교환할 예정인데, 거기서 나온 순익을 백은으로 환산해서 세 몫을 준다고 했습니다. 1천 셰켈을 벌었으면 그중 3백 셰켈이 제 몫이라는 거죠. 제 돈 한 푼도 안 들이고요! 세상 그런 조건이 어디 있습니까? 두 번 생각하지 않고 수락했습니다."

"허? 고작 그런 일로 세 몫이나? 사신단으로 온 신관들이 거래를 해도 될 일인데?"

"무슨 말씀이십니까, 루갈! 저렇게 아름답고 우아한 신관님들이 좌판 벌여 놓고 '골라 골라. 거기 언니 오빠들, 오늘 들어온 물 좋은 옷 좀 보고 가.' 그러라는 말씀이십니까? 대체 그게 그림이 되겠습니까?"

"아하, 하하하하. 그도 그렇다, 텔코스."

쿤의 입에서 결국 웃음이 터졌다. 알티르 기치다가 넋 빠지게 아름다운 외모로 호객을 하는 장면을 상상하니 황금숲의 신도가 아니라도 뭐랄까, 정신이 이상해지는 것 같았다.

저 장사꾼은 소문의 축복과 흥정의 축복 말고도 사람들을 무장해제시키는 축복도 받은 것 같다. 레니에는 워낙 경계심이 많고 사람에게 속을 드러내기 싫어하는데 이 장사꾼과 짧은 기간이지만 격의 없이 지낼 수 있던 것 역시 이자의 타고난 성격 덕인 듯했다.

다만 눈앞의 장사꾼은 입이 가볍고 공포에 약했다. 흥정엔 귀신일지 몰라도 거짓말은 미숙했고, 헤아림도 그리 깊지 않고, 속에 진득하게 무언가 담아 두지도 못했다.

……알티르 기치다가 그것을 감안하지 않았을 리 없지.

쿤은 조용히 약차를 마셨다. 자신의 차는 진정케 하고 상대의 차는 각성하게 하는 것. 텔코스가 흥분에 들떠 자신의 속에 든 것을 모조리 털어놓는 동안 쿤은 차근차근 생각을 연결하기 시작했다.

알티르는 화의를 원하지 않고 전쟁을 원한다. 자신이 진정으로 원하는 것은 소금산 부족의 몰살이기 때문에. 하지만 북국은 식량만 확보된다면 굳이 전쟁을 할 필요가 없어, 남국 연합군이 거절 못 할 조건으로 화의를 제안했다.

남국 연합에선 거절할 이유가 없다. 그리고 '남국 연합 총사령관'으로서의 기치다는 화의를 거절할 수 없는 상황이다. 자신의 욕심대로 전쟁을 강행하면 열두 개 도시의 왕들은 당연히 황금숲을 외면하고 연합을 빠져나갈 것이다. 그들이 빠져나가면 황금숲은 혼자 백염산맥을 넘어와서 북국 열한 개 부족의 전사들을 상대해야 하고, 그것은 승산이 크지 않은 싸움이다.

그렇다면 남은 방법은 나를 도발해서 내가 남국에 선전포고를 하게 만드는 방법뿐이지.

하지만 화의가 당연시되는 분위기에서 총사령관이 '정식 사신'을 통해 '황금숲의 신성한 임무' 따위의 사유로 적국을 도발할 수는 없을 것이다. 그 역시 연합 도시들의 외면을 자초할 일이었다.

하지만 그 영악한 자가 7만 연합군이 모인 좋은 기회를 놓칠 리는 없겠지.

그렇다면.

쿤은 고개를 들어 맞은편을 빤히 바라보았다. 찻잔을 두 손으로 꼭 움켜쥔, 얼굴이 뚱그런 사내가 눈을 깜박깜박 흘끔흘끔하며 자신을 훔쳐보고 있었다.

내가 기치다라면, 생각하던 쿤은 고개를 옆으로 돌리고 쓰게 웃고 말았다.

……나 역시 정식 사신이 아닌, 이자를 통해 도발했겠지.

물론 저번처럼 대놓고 밀명을 내리지는 못할 것이다. 그랬다면 이 소심하고 겁 많은 장사꾼은 북국에 들어오는 대신 꽁무니를 빼고 도망쳤을 테니까.

그렇다면 자신이 말하기를 원하는 소문을 저 장사꾼의 귀에 잔뜩 집어넣고, 좋은 조건을 제시해 사신단을 따라오게 만들고, 그 소문을 비공식적으로, 가령 이런 자리에서 내게 풀어놓기를 원하는 것이다. 정식 사신단을 통해서는 결코 도발할 수 없는 그런 내용으로.

쿤은 찻잔을 내려놓은 후 고개를 숙이고 한숨을 지었다. 무엇으로 도발할지 짐작할 수 있다. 그것은 내가 지금 간절히 듣고자 하는 누군가에 대한 소식일 것이고, 한편으로 가장 듣고 싶지 않은 소식일 것이다.

이쯤 해서 일어나야 옳을까.

아니, 어떤 소식인지 듣기는 해야 하지 않을까.

어떤 소식이든 들어서 무슨 좋을 일이 생기겠는가. 결국 마음 아프고 속상하거나, 도발에 휘말리거나 둘 중에 하나 아니겠나.

고개가 점점 바닥으로 처박히기 시작했다. 싸움은 점점 강력하고 치열해진다.

뒤에 서 있는 전사들을 내보내는 것이 나을까.

아니, 그냥 뒤에 있게 하는 게 좋다. 아니면 나는 참지 못하고 그녀에 대해 아는 대로 소식을 풀어놓으라 명령했을 것이다.

하지만 듣고 싶은데.

아니, 그녀의 소식을 들어도 괜찮을까. 아무것도 듣지 않는 것이 나을까.

이성은 이 장사꾼에게서 어떤 말도 듣지 말고 자리에서 일어나야 한다 말하고 있지만, 속에서는 레니에에 대한 소식을 단 한 조각이라도 듣고 싶어 고함을 질러 대는 멍청한 쿤이 있었다.

"……루갈, 정말 죄송하지만 부탁드릴 것이 있습니다."

그래서 쿤은 텔코스가 의자에서 내려가 바닥에 엎드리는 것을 보면서도, 그의 말을 막지 못했다. 이 한순간의 망설임이 자신과 북국의 운명을 크게 바꾸게 되리라 직감하면서도 그랬다.

"루갈, 레니에 그 불쌍한 녀석을 살려 주십시오. 제가 녀석만 생각하면 짠하고 복장이 터지고 속이 미어집니다. 그런데 부탁드릴 분이 이제 루갈밖에 없어서……. 제발 좀 도와주십시오.”

뭐? 레니에를 살려 달라……?

기치다! 너는 레니에에게 대체 무슨 짓을!

머리가 아뜩해지면서 손등 위로 혈관이 툭 튀어 올랐다. 레니에에 대한 이야기일 줄은 알았지만 이런 식의 도발일 줄은 몰랐다. 왜, 무슨 일인데! 그 여자에게 무슨 일이 일어났는데! 텔코스의 멱살을 잡고 흔들며 묻고 싶은 것을 쿤은 필사적으로 다스렸다.

“왜, 그 여자가 죽을병에라도 걸렸다던가?”

“그, 그런 것은 아니지만…….”

일단 안심이 되는 마음이 한심하고, 또 이렇게 한 조각의 이야기라도 간절하게 바라는 마음이 한심했다. 그는 자세한 소식을 물어보라 졸라 대는 목소리를 필사적으로 누르고 심드렁하게 반문했다.

“그 여자가 나와 무슨 상관이기에 내게 와서 이러나?”

텔코스의 얼굴이 어두워진다. 장사꾼의 찌그러진 눈은 그가 북국의 왕과 레니에 사이에 있던 일에 대해 자세한 소문을 들었음을 말하고 있었다. 쿤은 심한 모욕감과 스스로에 대한 환멸을 동시에 맛보아야 했다.

“헤다 섬의 텔코스. 그따위 부탁은 그녀의 주인인 알티르에게나 가서 청하라. 약초에 대해 해박하고 아크로 사람을 죽이고 살리고, 인간의 마음까지 마음대로 휘둘러야 직성이 풀리는 고귀한 족속이니 제 여자도 알아서 할 터이지.”

“알티르께서는 레니에를 버렸습니다. 레니에는 그대로 두면 얼마 안 가 죽을 것 같습니다! 레니에를 살려 주십시오, 루갈!”

“……무슨 말인가?”

“알티르께서 레니에를 불기 하나 없는 지하 돌방에 가두었습니다. 레니에는 그곳에서 두 번 자해를 해서 이젠 온몸이 묶여 있다고 합니다. 제가 여기까지 오는 동안 어떻게 됐을지도 모릅니다.”

텔코스는 엎드려서 눈물을 흘리며 애걸했다.

제기랄. 쿤은 자신의 추측이 맞았다는 것을 알았다. 텔코스는 알티르가 보낸 ‘진짜 사신’이며, 자신을 가장 효과적으로 자극하고 도발하는 중이다. 다만 자신이 ‘진짜 사신’으로 보내졌다는 것에 대해서는 전혀 자각이 없을 뿐이었다.

뒤에 서 있는 부하들의 동요가 느껴졌다. 저들을 내보내야 할까. 하지만 그러기엔 이미 때가 늦었다. 쿤은 징징 울려 대는 머리를 꽉 움켜잡았다. 시끄럽다, 듣기 싫다, 그만 말하라! 말을 해야 하는데 혀가 붙어 버린 것 같다.

레니에, 너는 가서 무슨 일을 당하고 있는 거지? 좋은 것을 선택해서 갔으면, 소리 소문 없이 잘 지내면 될 것이지 왜 내 속을 긁어 대는가. 너는 왜. 너는 대체 왜!

“비정한 자로군. 그리 총애하는 척하며 끌고 가더니. 이유가 뭐라던가? 변덕이라던가? 아님, 자신을 죽일 수도 있는 경쟁자로 인식하게 되었다던가?”

“알티르께서 레니에를 불신하게 된 것은 맞습니다. 알티르 님은 천족이라면 그 누구도 신뢰하지 않습니다. 하지만 지하 돌방에 갇히게 된 진짜 이유는…….”

“…….”

“그, 그게, 레니에가 창부처럼 알티르 님을 유혹했기 때문이라 합니다.”

갑자기 방이 쥐 죽은 듯 조용해졌다.

쿤은 자신이 잘못 들은 줄 알았다. 사내라면 그렇게 거부감을 느낀다고 하던 여자가 창부처럼 유혹했다? 그녀를 손에 넣고 싶어 하던 기치다가 역겨워할 정도로?

그럴 리가 없다. 레니에가 사내와의 관계에 거부감이 큰 것은 사실이었고, 상대의 신체 반응에 민감한 쿤은 레니에를 안을 때마다 그녀의 본능적인 거부감을 느끼곤 했다. 그것은 감춘다고 감춰지거나 의지로 눌러질 수 있는 것이 아니었다. 쿤은 그것을 내내 마음 아프게 생각했고, 자신이 오랫동안 위로하고 감싸 안으며 노력할 부분이라 받아들이고 있었다.

그가 아는 레니에라면, 아무리 반대급부가 크고 좋다 해도 그렇게 행동하지 못할 것이다. 다른 사람일 것이다. 그럴 리가 없다, 내가 아는 레니에는.

쿤의 미적지근한 반응에 텔코스는 이제 카우나케스 자락을 붙잡고 애걸하기 시작했다.

"틀림없는 사실입니다. 저도 도저히 믿어지지 않아 그곳에 계셨던 신관님들에, 아니 지나가던 노예들까지 모조리 붙잡고 물어봤는데 어긋나는 말 하나 없는 사실이었습니다. 알티르의 손에 언제 죽을지 모른다고 다들 수군수군하고 있습니다."

"……그만."

"루갈께서 잠시지만 레니에를 아끼시지 않으셨습니까. 화의가 성립되면, 혹시 레니에를 다시 이곳으로 보내 달라 부탁하실 수도 있지 않겠습니까?"

"그만하라 했다! 남국의 창부가 나중에 죽든 지금 죽든 대체 나와 무슨 상관이란 말인가!"

쿤은 울컥 화를 내며 고함을 질렀다. 그 말을 내뱉는데 젖먹이 때부터 모아 왔던 모든 힘을 쏟아부은 것 같다. 하지만 텔코스는 여전히 옷자락에 달라붙은 채 도리어 목소리를 높였다.

"루갈께선 인간적으로 레니에한테 그러시면 안 됩니다. 알티르께서 레니에를 불러들였을 때, 그 바보 같은 것이 그 자리에서 조건을 걸었더라지 뭡니까. 그런데 그 조건이 뭔지 아십니까?"
"조건……?"
"제발 북국을 공격하지 마시라고, 꼭 공격해야겠으면 자기가 죽은 다음에 해 달라고, 그것만 들어주시면 원하는 건 다 해 드리겠다고 했더랍니다. 그 바보가, 바보 같은 것이, 속도 없이……."
쿤의 눈이 커다랗게 벌어진다. 그의 손이 천천히 앞에 있는 찻잔을 움켜쥔다. 손등으로 굵은 혈관이 툭툭 솟아오른다. 찻잔이 탁자 위에서 들들들 소리를 냈다. 쿤은 쩍쩍 갈라진 목소리로 더듬거렸다.
"자, 자세히, 자세히…… 말하라."

❖ ☩ ❖

황금숲에 도착한 날 저녁, 레니에는 사바토의 언질을 받았다. 몸을 단장하고 기치다 님께 들라는 전언이었다. 레니에가 그동안 파라스키에나 사바토, 키리아케 같은 측근 여자 신관들에게 전달해 주던 내용과 똑같은 말이었다.
레니에는 거절하지 않고 자리에서 일어났다. 여기까지 왔으면서 이 일을 피할 생각은 없었다. 먼저 거래를 제의한 자는 레니에 자신이었다.
레니에는 북국에서 의문과 좌절과 고통에 잠겨 있을 누군가를 위해, 눈앞의 사내에게서 최대한의 것을 얻어 내야 했다. 그러기 위해서는 용기가 필요했다. 자신의 모든 것을 집어던지기 위해서는 더욱 많은 용기가 필요했다.

사람마다 그날그날 허락된 용기는 정해져 있는데, 두려운 일은 매일매일 너무나 많이 생겨났고, 용기는 항상 부족하게 느껴졌다. 지켜 주고 싶은 사람, 잃고 싶지 않은 소중한 무언가가 생긴 후부터는 더욱 모자랐다. 용기가 고이는 샘의 바닥을 닥닥 긁어야 할 정도로 모자랐다.

그래서 레니에는 쿤을 사랑하기로 결심한 후부터 항상 두려움에 시달렸다. 누군가를 사랑한다는 것은 비굴해져야 한다는 뜻이고, 그 몇 배로 용감해져야 한다는 뜻이기도 했다.

누군가를 사랑한다는 것, 비굴해진다는 것, 그리고 용감해진다는 것은 모두 아프고 고통스러운 일이었다.

레니에는 다른 이들이 보는 앞에서 맨몸을 내보이는 일이 몹시 비참하고 부끄러울 것이라 생각했었다. 하지만 지금 느껴지는 것은 오로지 추위뿐이었다. 화로에 불이 지글대는데도 채찍질당하는 것처럼 추웠다.

붉고 화려하게 꾸며진 침상 위에는 기치다가 아무 감흥 없는 얼굴로 앉아 있었고, 예전에 레니에가 쭈그리고 앉아 있던 방 귀퉁이에는 이제 최측근 호위 신관인 키리아케와 데위테라, 사바토가 차가운 표정으로 시립하고 있었다.

레니에는 예전에 그들이 그랬던 것처럼 스스로 옷을 벗고 사지를 벌려 한 바퀴를 빙 돌아 몸에 무기와 신성석이 없는 것을 보여 주어야 했다.

목숨처럼 애지중지하던 목걸이와 칼은 진작 뺏겨 기치다에게 바쳐졌다. 그는 그것을 곁에 서 있던 사바토의 발치로 던져 주었다. 레니에가 눈물이 잔뜩 괸 눈으로 그것을 바라보자 기치다는 짧게 명령했다.

“돌은 부수어 가루로 만들고 칼은 녹여라. 지저분해서 견딜 수가 없구나."

레니에는 그것을 주워 드는 사바토를 애타게 바라보았다. 눈이 마주친 사바토의 미간이 가만히 찌푸려지는 것이 보인다. 그것을 주워 갈무리하는 여자의 흐릿하게 젖은 눈이 불쾌감이 아닌 연민이었으면 좋겠다고 레니에는 부질없는 기대를 했다.

"분부대로 하겠습니다, 알티르."

레니에는 그 자리에서 고개를 숙였다. 눈물이 떨어지지 않도록 눈과 주먹에 힘을 주어야 했다. 사랑하는 것보다, 비굴해지는 것보다, 어쩌면 포기할 때 가장 많은 용기가 필요한 걸지도 몰랐다. 레니에가 속으로 오열을 짓밟아야 하는 시간은 길었고, 기치다는 그보다 훨씬 더 긴 시간 동안 그녀를 기다려 주었다.

"네가 천족이라는 것을 진작 알았으면……."

"저는 천족이 아닙니다. 진흙인간입니다, 기치다 님."

기치다는 레니에의 대답을 듣지 않았다.

"아마, 많은 것이 달라졌을 것이다, 레니에."

기치다는 눈을 감은 채 중얼거렸다. 레니에는 기치다 역시 누군가를 사랑하며 비굴해지고, 비굴해지기 위해 용감해지는 시간이 있었고, 아프고 고통스러운 시간을 오래 겪었으리라 생각하며 반박을 멈췄다.

"그래. 한 가지를 포기하니 이렇게 쉽고 편안한 것을."

그의 입술과 눈썹이 잠시 경련하듯 떨렸다. 그것을 감추기 위해 잠시 웃었지만 떨림이 옮겨 간 웃음은 어색했다. 그는 예전처럼 웃는 방법을 잊어버린 것 같았다.

"내 인내의 시간은 허망하고 부질없었고, 내 숱한 고뇌는 진흙탕에 처박히기 위한 것이었다. 괜찮다. 네게 얻는 희락이 다른 천족 여인들에게서 얻는 기쁨과 별다를 것 같지 않다. 네 마음을 사서 몸을 취하든, 거래를 통해 몸을 취하든 다를 게 있겠니. 오너라."

레니에가 그에게 다가가는 동안 그의 웃음소리가 간헐적으로 들렸다. 그녀의 몸에 난잡하게 찍힌 붉은 자국 때문인지, 그의 웃음에 온기라고는 전혀 느껴지지 않았다. 그의 웃음으로 인해 레니에를 둘러싼 밤공기는 더욱 차가워졌다.

"별로 춥지도 않은데 요란하게도 몸을 떠는구나."

레니에를 침상 곁으로 불러 세운 그는 가슴의 상처를 매만지며 혀를 찼다.

"싸울 때 상처가 깊이 생겼구나. 숲의 낙인보다 그 녀석이 낸 상처가 훨씬 크고 깊어. 아팠어?"

"예."

"낙인에 아크를 걸 때보다, 아니 아크가 발현했을 때보다 더 아팠니?"

"……아뇨."

쿤에게 얻은 아픔은 잘 기억나지 않는다. 아예 존재하지 않았던 것처럼. 그래서 아크가 발현되었을 때의 아픔밖에 기억할 수 없다. 아팠다. 열 배, 백 배 더 아팠다. 원하는 대답을 얻은 듯, 그가 희미하게 웃었다.

"그건 다행이구나."

레니에는 무엇이 다행인지 혼란스러웠다. 그가 남긴 상처가 덜 아픈 것이? 당신이 남긴 상처가 더 아픈 것이?

생각이 툭, 끊어졌다. 기치다가 무덤덤한 얼굴로 레니에의 허리를 끌어당겨 안더니 입을 맞췄던 것이다. 거부도 흐느낌도 없이 그의 입술을 받아들이는 레니에를 보며 기치다가 목으로 웃었다.

"네 입속에 숨은 말이 있구나. 거슬린다."

레니에는 내려가 무릎을 꿇었다. 뒤에 신관들이 있는지 없는지 따위는 하등 중요하지 않았다.

“부탁드릴 것이 있습니다, 기치다 님.”

“거래의 요령이 없구나. 지금 듣겠다고 하지 않았는데?”

“소금산 사람들을 건드리지 않겠다고 먼저 약속을…… 아니, 먼저 맹세를 해 주세요. 그럼 시키시는 건 뭐든지 하겠습니다.”

기치다는 허락하는 대신 웃었고, 레니에는 그가 허락하건 말건 말하기 시작했다. 영원히는 아니라도 괜찮아요. 제가 살아 있을 때까지만, 아니면, 쿤이 살아 있을 때까지만, 제발 약속을, 맹세를. 하지만 기치다는 레니에가 절박하게 비는 내내 웃고, 웃고 또 웃기만 했다.

“베갯머리송사는 거저 되는 게 아니야. 방법은 진작 말했잖아. 나를 만족시키라고. 단꿀에 흠뻑 취하면 내가 정말 정신이 나가서 해야 할 일을 잠시 잊을 수도 있고 미룰 수도 있다고. 어차피 지금 내가 제정신으로 보이지는 않잖니?”

레니에는 망연하게 그를 올려다보았다. 그가 무미건조한 움직임으로 긴 가운을 벗는 것이 보인다. 예전에도 보아 왔던 그의 나신은, 가까이서 보니 지나치게 하얗고 매끄러워 살아 있는 생명체의 피부 같지 않았다. 기름을 바른 대리석 덩어리 같았다. 그리고 그의 몸에서는 떨림도 흥분도 열기도 아무것도 느껴지지 않았다.

“나는 오늘 미혼향을 쓰지 않았어. 맨정신으로 여자를 안아 본 게 언젠지도 모르겠어. 그러니 나를 만족하게 하려면 꽤 고생해야 할 거야.”

레니에는 무릎걸음으로 다가가 그의 다리 사이에 꿇어앉았다. 온몸이 우들우들 떨리고 구토가 나왔다. 숨이 막혀 죽을 것 같아, 레니에는 눈을 질끈 감고 이를 악물었다.

"기특하구나. 몸을 팔아서 흥정할 생각도 다 하고. 이제 어엿한 창부가 다 됐구나. 잘 어울린다. 역시 이난나 여신의 신탁은 영험하기 짝이 없어."

레니에를 냉랭하게 내려다보던 기치다는 다시 킬킬대며 웃기 시작했다. 한 손으로 얼굴을 가린 채 웃고 또 웃으며 레니에의 짧은 금빛 머리카락을 쓰다듬었다. 힐끔 올려다보는 레니에의 눈에 눈물이 스며 있는 것이 보인다. 그 눈에는 분노나 거부감 대신 간절함과 절박함만 남아 있었기에, 그는 점점 가슴이 끓어올랐다.

"좋다. 네가 내 끝을 보고자 한다면 못 할 것도 없다. 나를 8년이나 모셨으니 내 역겹고 우스꽝스러운 모습도 생소하지는 않겠지."

그는 웃음을 거두고 이를 드러냈다.

"이제부터 창부답게 길게 누워 유혹해 보렴. 그래야 꿀에 잠긴 느낌이라도 날 거 아니니. 아니, 넌 엎드리는 게 익숙하고 편하겠구나. 수인종족하고는 개처럼 엎드려서 흘레질을 했을 거 아니냐. 온몸이 이렇게 시뻘건 얼룩투성이가 되도록. 아, 정말 짐승이 온통 물어뜯어 놓은 것 같구나."

하지만 기치다는 레니에가 한 마디 반박도 하지 않고 정말 침상에 올라가 허리를 들고 엎드리는 것을 보고 더 이상 웃음을 가장할 수 없었다. 그는 자리에서 벌떡 일어나 고함을 질렀다.

"사바토, 키리아케! 이 창부 같은 계집의 입을 틀어막고 지하 돌방에 처박아!"

팍! 촥촥촥! 팍팍!

베개와 이불이 날카로운 소리를 내며 갈가리 찢겨 나가기 시작했다. 레니에는 두 사람에게 입을 틀어막힌 채 질질 끌려 나갔다. 사바토의 손바닥 속에서 뭉개지는 그녀의 절규에서, 어떤 이름 하나가 끝없이 비어져 나온다. 레니에가 누워 있던 침상 위로, 조각조각 찢긴 붉은 천 조각과 새하얀 깃털들이 허우적대며 날았다.

기치다는 붉은 천 조각과 깃털 더미 위에 허물어지듯 앉아 머리를 움켜잡았다. 그의 악다문 입술 사이로 비통한 신음이 흘러나왔다.

"그때 잘린 것이 네 머리끈이 아니고 네 목이었으면 차라리 나았을까……."

잠시 후, 쿤의 손에 쥐여 있던 찻잔이 돌바닥에 떨어지며 퍼석, 하는 소리를 냈다.

"지금 무슨……."

방 안에 있던 자들은 움직임을 멈추고 숨을 죽였다. 쿤은 천천히 고개를 들고 다시 물었다.

"방금 뭐라 했지, 텔코스?"

"그때 잘린 것이 네 머리끈이 아니고 네 목이었으면 차라리 나았을까……."

장사꾼은 무슨 의미인지도 모르고 눈물이 잔뜩 괸 눈을 껌벅이며 되풀이했다. 뒤에서 호위 전사들의 술렁거리는 소리가 귓가에서 웡웡 울린다.

루갈, 루갈? 그, 그게 무슨. 그들이 당황해서 웅성웅성하는 소리를 들으며, 쿤은 자리에서 천천히 일어섰다.

"제기랄. 그렇다면 그때 머릿수건이 떨어졌던 게……."

눈앞으로 새까만 안개가 자욱하게 퍼져 가고, 쿤은 엉거주춤 일어선 채 우들우들 떨었다. 알겠다, 이제 알겠다. 북국에 기치다가 굳이 왔던 이유는 레니에의 생사를 확인하기 위한 것 말고도 한 가지가 더 있었다.

다른 신관들을 철저하게 불신하는 알티르 기치다는, 전쟁에서 가장 큰 변수가 될 아크가 북국에서 혹시 발현이 되는지, 된다면 어느 정도로 발현하는지 정확하게 알아보기 위해 직접 와야만 했을 것이다.

그리고 원하는 것을 확인한 후, 자신과 만난 자리에서 레니에에게 보이지 않게 경고했다. 주머니에 든 백은이 뜬금없이 녹아내리고, 레니에의 머리끈이 갑자기 끊어져 머릿수건이 흘러내렸던 바로 그때.

……맞다. 레니에는 그때 그것을 보고 사색이 돼서 새파랗게 질렸었다. 그건 레니에가 따라오지 않으면, 우리 모두를 그 자리에서 죽이겠다는 기치다의 말 없는 협박이었고 레니에는 그 협박을 바로 알아차렸던 거였다.

쿤은 그 시간 복도에서 있었던 일을 하나하나 떠올리며 자신이 알지 못하는 무슨 일이 있었던 건지 다시 조합하기 시작했다. 한 가지 새로운 실마리가 주어지자 이야기는 완전히 새로운 방향으로 만들어지기 시작했다. 쿤은 얼빠진 목소리로 중얼거렸다.

"……이런, 제기랄, 그럼 대체……."

그 짧은 순간, 아무도 알아차리지 못했던 그 순간 우리는 인질이었고, 레니에는 나에게 말 한 마디 하지 못하고 자신의 남은 인생을 걸고 그와 거래를 해야 했다. 그리고 내색 한 자락 하지 못하고 자신이 꿈꾸던 모든 것을 순식간에 포기해야 했다. 그 짧은 순간에. 나한테, 나한테 말 한 마디 하지 못하고.

그 이유도 자연스럽게 연결이 된다. 레니에가 그 순간 나에게 아크 공격을 당했음을 한 마디라도 말했으면, 그래서 우리가 그 자리에서 신관들과 맞붙기라도 했으면, 그 복도에서 살아남은 북국 사람은 아무도 없었을 것이다. 심지어 북국 제일의 전사라는 자신조차도 레니에가 바로 곁에서 공격을 당했는데 전혀 눈치채지 못했었다.

쿤은 그 자리에 허물어지듯 주저앉았다. 방문 곁에 서 있던 자들이 황급히 쿤의 곁으로 몰려온다. 얼굴이 허옇게 질린 것이, 그들도 레니에가 어떤 선택을 했는지 뒤늦게 알아차린 것 같다. 쿤은 눈을 부릅뜬 채, 주먹으로 바닥을 내리쳤다. 퍽퍽 소리가 나고 손가락에 피멍이 맺히는데 통증은 전혀 느껴지지 않는다.

"레니에, 레니에에에!"

누가 너한테 우릴 살려 달라 했어! 누가 너한테 대신 죽으러 가라 했어! 누가 너한테 멋대로 나를 포기하라 했어! 누가, 너한테 누가!

"레니에에에! 레니에에에! 레니, 레니에에에! 억, 흐억."

고함을 지를수록 목구멍이 막힌다. 가슴을 콱콱 질러 대도 숨은 점점 가빠진다.

온갖 경멸과 증오, 극한 저주를 끌어안은 채 내색 하나 없이 끌려간 여자는 내 아내였다. 나를 버리고 다른 사내에게 간 줄 알았던 여자는 끝까지 나를 사랑한, 나만 사랑한 내 여자였다.

그런 너에게 나는 무어라 했지? 구역질이 난다고, 다시 북국에 오면 죽여 버리겠다고 했었다. 생각할수록 기가 막히고 억장이 무너졌다.

왜 나는 진작 눈치채지 못했을까. 조금만 더 눈여겨보았더라면, 너를 그렇게 보내지 않았을 텐데. 조금만 더 생각해 보았더라면, 내가 준 칼을 두 손으로 꼭 쥐고 고개를 숙이던 모습을 보면서 무언가를 알아차릴 수 있었을 텐데. 그렇다면 너를 지킬 수 있었을 텐데. 그 자리에서 목숨을 잃는 한이 있어도!

쿤은 핏발이 선 눈으로 천천히 일어섰다. 머리가 터져 나갈 것만 같다.

기치다, 네가 이겼다. 네가 원하는 대로 도발에 응해 주마.

"훔바."

"예, 루갈."

"남국 사신단이 머무는 객사로 가서 전하라."

"예, 루갈."

"화의는 결렬이다. 가나평원에서 보자고 기치다에게 전하라 하라."

"알겠습니다, 루갈."

훔바는 아무런 토를 달지 않고 고개를 숙였다. 전사들 역시 비장한 얼굴로 입을 꾹 다물었다. 쿤의 다리를 붙잡은 텔코스만 눈물범벅이 된 얼굴로 크게 울었다.

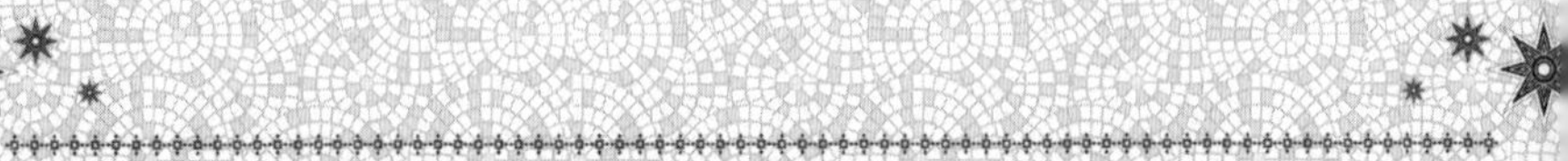

34. 가나평원

남국 연합군이 진을 치고 있는 가나평원 한가운데 북국의 첫 화살이 박힌 것은 올리브 수확을 앞둔 아부 월(현 7~8월) 초하루 새벽, 달은 보이지 않고 횃불마저 가물가물해 사방이 칠흑처럼 깜깜하던 때였다.

"림무! 이야! 오늘 가나평원 동정은 어떠했나?"

쿤은 출정을 결정하고도 공격을 서두르지 않았다. 남국 연합군은 백염산맥에서의 전투가 그들에게 절대적으로 불리한 것을 알기 때문에 국경인 나아루강을 선불리 건너 올라오지 않았다. 그들은 밀을 거두고 합동 훈련을 하며 굶주림에 지친 북국이 가나평원으로 내려오기를 기다리는 중이었다.

그렇다면 공격 개시의 시기는 북국의 손에 달려 있었다. 쿤은 그것을 십분 이용하기로 하고 군장과 무기를 준비하며 두 달간의 버티기에 돌입했다.

밀을 본격적으로 수확하는 시마누 월(현 5~6월)부터 울룰루 월까지 넉 달간은 가나평원에 열풍이 불고 지독한 무더위가 이어진다.

가나평원은 북으로 국경인 나아루강이 흐르고 남으로는 쉬냐르강이 있는 데다 중간중간 개천도 있어 물이 적은 편은 아니었다. 하지만 이 기간엔 비가 거의 내리지 않아 온 들판이 그야말로 냄비 속처럼 지글지글 끓어올랐다. 강물은 혼탁해지고 개천에는 벌레가 들끓어 물을 잘못 마시면 입에서 거품을 물고 설사를 하다가 죽었다.

이쯤 되니 남국 연합군 사이에도 차츰 분열이 일기 시작했다. 불리하더라도 북국으로 올라가야 하나, 북국의 식량 줄을 틀어잡고 가나평원에서 기다릴 것인가 끝없이 논쟁했다.

지리적으로 불리하더라도 수적으로 유리하니 치고 올라가자는 파올리아 여왕의 맹렬한 요구가 설득력을 얻을 즈음, 쿤은 3만 명의 전사를 끌고 벼락처럼 산을 내려와 나아루강 앞에 진을 쳤다. 사냥을 업으로 삼는 이들이라 산에서의 빠른 이동이 익숙하여 가능한 일이었다.

"저, 저게 뭐야? 어젯밤에 없던 진이 어떻게 갑자기 생겼어?"

"대체 소리 소문 없이 언제 이동한 거야?"

하룻밤 만에 강 너머에 3만 전사들이 일사불란하게 진을 치고 도열한 모습에, 남국 연합군은 얼이 빠지고 말았다.

진을 치고도 대치 상황은 두 이레 넘게 이어졌다. 서로에 대한 정보를 얻어야 했던 것이다. 캄캄한 어둠을 틈타 간자들이 강을 헤엄쳐 건너 적진을 탐색하고 돌아가거나 나그네나 장사치로 꾸미거나 광증에 사로잡힌 걸인으로 위장해 정보를 모았다. 적진에서 도망하는 노예나 병사들, 혹은 고향으로 소식을 전하기 위해 빠져나가는 자를 뒷길에서 매복하다 붙잡아서 끌고 가기도 했다.

정보 수집에 있어서는 안마르가 있고 수적으로도 열세인 북국이 훨씬 적극적이었다. 그들은 새벽 혹은 낮에도 한두 차례씩 안마르를 높이 띄워 적진의 움직임을 살폈다. 심지어 왕이 직접 안마르를 끌고 가서 그들의 진세와 움직임을 살피기도 했다. 그는 어떤 초병보다도 눈이 밝았고 지형지물에 대한 기억력이 좋았다.

"아쉬, 디쉬! 탈영 포로들이나 도망 노예들의 진술은 서로 일치하는가?"

쿤은 옆에서 시립하고 있는 쌍둥이 여전사에게 고개를 돌렸다.

"상부의 작전이나 공격 계획에 대해서는 아직 파악하기 어렵지만 훈련이나 지휘관들에 대한 불만 사항은 거의 일치합니다."

"포로가 전부 몇 명이고, 어디 사람이라 하던가?"

"강의 상류와 중류, 하류 쪽에서 각각 잡혔는데, 전사는 한 명이고, 나머지 다섯 명은 전사들을 시중하러 온 노예들이었습니다. 미노토스, 크레토스, 아이기스 군도의 노예가 한 명씩, 니누르갈, 니니갈 성의 노예가 하나씩, 그리고 서역 키시 성에서 온 탈영 전사 한 명입니다. 돌려보내지 말라 애걸하는 걸 보니 거짓 정보를 위해 짜고 보낸 자들 같지는 않습니다."

짙은 잿빛 눈동자가 이글이글 빛을 뿜었다.

"좋다. 그러면, 이제 그들이 털어놓은 정보에 대해 하나씩 보고하도록 하라."

보고가 끝나자 쿤은 자리에서 일어나 나뭇가지로 바닥에 큼직한 그림을 그리기 시작했다. 나아루강을 사이에 둔, 남국과 북국의 진형이 흙바닥 위에 빠르게 모습을 드러냈다.

"현재 가나평원에는 남국 연합군의 열세 개 진이 이러한 형태로 나뉘어 있다. 참전 도시별로 진을 따로 치고 있다는 뜻이겠지?"
"복식이 같은 전사들끼리 모인 것을 보면 그런 듯합니다."
"가장 가운데, 이 위치에 작은 수풀이 있고, 그 옆으로 흰 천으로 덮인 막사가 모여 있다. 이곳 정중앙에 흰 깃발이 높이 꽂혀 있는데, 그곳이 총사령관 기치다의 막사로 보인다. 신관들의 막사는 남녀 막사로 크게 분리해 둔 듯한데, 막사 수가 비슷하고, 막사 크기와 수효로 미루어 보면 신관들의 수는 8백에서 1천 명 남짓으로 추정된다. 아마 황금숲의 신관 대부분이 참전한 것으로 보인다."
"포로와 도망 노예들의 말을 조합하면 수효는 비슷한 것으로 추정됩니다."
쿤은 고개를 끄덕이고 고개를 돌렸다.
"림무! 남국의 훈련 상황과 식량 수급 상태에 대해 조사한 것을 보고하라."

두 달간 연합 훈련을 해 온 남국 전사들은 호각 소리, 북소리에 맞춰 진형을 짜고 흩고 일사불란하게 합동 공격을 할 수 있을 정도가 되었다. 밀 수확이 끝나고 포도와 올리브 수확철이라 식량 역시 충분히 확보된 듯했다.
하지만 두 달간의 야전 생활로 인한 피로감은 어쩔 수 없는 듯했다. 특히 가나평원의 끔찍한 더위와 습기, 질병으로 많이 지쳤고, 탈영병과 도망 노예도 꾸준히 늘어나고 있었다.
연합 훈련의 책임을 맡은 자는 기치다가 아닌 미노토스의 피디오스 왕이었다. 미노토스에서 가장 많은 병사가 차출되었기 때문이고, 무엇보다 기치다가 야전 경험은 고사하고 칼과 방패를 들어본 적도 없어서 처음부터 그렇게 하기로 합의한 상태였다.

같은 이유로 신관들 역시 연합 훈련에 참가하지 못했다. 인간들과 말 섞는 것 자체를 경멸하는 원리주의자 천족도 많았고, 신관들이 갑주 투구와 장비를 제대로 갖춰 입으려면 시중드는 자가 둘이나 필요했던 것이다.

그 말에 모여 앉은 전사들이 대놓고 폭소를 터뜨리는 것을 쿤은 엄한 말투로 나무랐다.

“웃을 일이 아니다. 현재 신관들은 안마르의 하늘 공격을 무력화시킬 수 있는 가장 강력한 힘을 갖고 있다. 기치다가 멍청해서 숲까지 비워 놓고 신관들을 모조리 끌고 나온 게 아니야. 우리는 전투에 들어가기 전에 신관들부터 처리해야 승산이 있다.”

“죄송합니다, 루갈. 생각이 짧았습니다.”

“이야. 남국 연합군의 훈련 방법에 대해 알아본 바가 있나?”

“대오를 이룬 병사들이 북소리와 호각 소리에 맞춰 몇 걸음 전진하고, 투석병들이 돌을 던지고 빠지고, 투창을 던진 후 뒤에 포진한 사수들이 활을 쏜 후에 칼을 뽑아 전원 돌격하는 연습을 하고 있다고 합니다. 화살이 작고 가벼워 40~50보 정도 거리에서 떨어지는 것이 많습니다. 갑옷의 관통을 면하려면 적어도 25보에서 30보 거리는 넘어야 안전할 것 같습니다.”

무릇매 투석, 투창, 화살로 엄호, 그리고 칼로 하는 백병전은 평지에서 이루어지는 대규모 회전에서는 매우 정석적인 방법이라 할 수 있었다.

반면 쿤이나 북국의 전사들은 개별적이고 변칙적인 방법에 익숙했다. 그들은 안마르의 선제공격 후 백병전에 투입된 전사들이 치고 빠지는 전법을 주로 사용했다. 현재 어떤 방식이 유리한지는 감을 잡기 어려웠다.

“그들이 원하는 방법대로 응해 줄 필요는 없겠지. 그다음, 마쉬타라! 내가 알아보라 한 것에 대해 조사를 해 보았는가? 네 마리 말이 끄는 네 바퀴 나무수레가 열을 맞춰 들판을 달리고 있었다. 그것을 무엇이라 하던가?"

"예, 루갈. 그건 '전차'라고 합니다. 진을 빠르게 돌파할 수 있고, 천둥처럼 커다란 소리가 납니다. 무척 무거워서 깔리면 말발굽에 짓밟히는 것처럼 뼈가 부러지거나 내장이 터져 죽는다고 합니다. 다른 도시 간 전쟁에서 몇 번 사용한 적이 있다는데, 전차가 전장에 나오면 다들 도망가기 바빴다고 합니다."

일출산 부족의 젊은 족장이 일어나서 빠르게 대답했다. 쿤은 고개를 갸웃하며 물었다.

"안마르로 살펴보니, 그것에는 사람이 두세 명밖에 타지 못하고, 한 명은 고삐를 잡아야 해서 활을 쏘는 이는 한 명이나 두 명에 불과하다. 게다가 진흙이나 자갈밭에 들면 움직이지 못하고, 방향을 바꾸지 못해 직선으로만 달리던데 큰 위협이 되겠는가? 화살이 오는 쪽으로 방패를 두고 옆으로 피하면 큰 희생이 없을 듯한데?"

"잘 짜인 진형을 흩어 버리는 데는 큰 효과가 있다고 합니다."

"그렇다면 진형을 짜지 않는 우리에겐 큰 효과가 없다는 의미다. 우리는 안마르로 선제 타격하여 상대방의 진을 흩은 후 빠른 이합집산이 가능한 산발 백병전으로 들어갈 테니까."

빠르게 결론을 내린 쿤은 자리에서 일어나 좌우를 둘러보고 말했다.

"전사들에게 만곡도의 날을 갈고 방패를 수리하고 화살을 최대한 준비하게 하라. 출정할 때가 된 듯하다."

막사 안에 팽팽한 긴장감이 흘렀다. 타고난 사냥꾼이자 호승심 넘치는 북국의 전사들은 두 달 넘게 전투를 기다려 온 남국 전사들만큼이나 끓는 피를 눌러 놓기 위해 애를 먹고 있었다.

"날을 언제로 잡는 것이 좋겠습니까?"

시무그 원로의 질문에 쿤은 목소리를 낮추어 대답했다.

"우투 님께서 새로 힘을 얻는 날로 정하는 것이 좋겠지. 내일모레, 아부 월 초하루가 좋을 것이다."

쿤은 곁에 세워 두었던 무거운 도끼를 꽉 움켜쥐었다. 밤새 갈아 둔 청동 도끼의 날이 서늘했다.

"초하루 일몰 직후, 우투께 작은 제사를 올리고, 밤 7시(현 새벽 3시경)에 안마르 2백 기가 선제공격한다. 다른 전사들은 나아루강 상류의 얕은 곳을 골라 도하하여 공격에 합류한다."

북국과 남국의 경계가 되는 나아루강은 강폭이 80에서 100보 정도이고 상류는 수심까지 얕아 헤엄쳐야 하는 구간은 절반도 되지 않았다. 어쭙잖게 가죽배를 동원하거나 시간을 들여 교량을 놓느니 헤엄을 치는 것이 훨씬 빠를 것이다.

쿤은 터질 것처럼 끓어오르는 속을 누르고 단호하게 말했다.

"안마르 부대의 첫 번째 목표는 신관들의 막사와 지휘관들이다. 안마르마다 강궁을 쓰는 사수를 둘, 눈이 밝은 고삐잡이를 한 명씩 배치하고, 첫 번째 공격에서 신관들의 전력을 무력화시킨다. 그리고 판금 갑주와 장식이 달린 투구를 두르고 두 명 이상의 호위 전사를 달고 말을 달리는 자들도 집중 공격하라. 그들은 왕이나 지휘관 혹은 뛰어난 전사들이니 사수들이 공중에서 최대한 처리하는 것이 좋을 것이다."

"옛, 루갈."

"방향을 틀지 못하는 전차는 백병전에서 큰 효과를 발휘하지 못하지만 만약 크게 피해를 주는 전차가 있으면 살펴보고 고삐를 잡은 자부터 먼저 처리하라. 수레가 멈추면 경무장 상태로 고립된

사수는 주변의 공격만으로도 바로 죽을 것이다."

전사들은 입을 꽉 다물고 고개를 끄덕였고, 쿤은 빠르게 말을 이었다.

"본진의 전사들은 미리 상류에 올라가 있다가 안마르 부대가 시선을 끄는 동안 조용하고 신속히 도하해서 그들이 진형을 갖추기 전에 공격을 시작한다. 적절한 시각에 불화살로 신호를 보낼 것이다."

"옛! 루갈!"

"동이 트기 전에 승세를 잡아야 한다. 적의 수장이 죽고 승기가 잡히면 여세를 몰아 가나평원을 접수할 것이고, 여의치 않으면 날이 밝아지기 전에 퇴각 신호를 보낼 것이다. 백병전이 길어지면 숫자가 많은 쪽이 유리하니 시간을 길게 끄는 대신 단시간에 최대한의 타격을 주는 것을 목표로 한다. 알겠나?"

"옛! 루갈!"

쿤은 도끼를 움켜쥔 오른손을 번쩍 들어 올리고 크게 외쳤다.

"우리는 반드시 가나평원을 차지할 것이다. 나는 그대들을 믿는다!"

우와아아아아! 막사 지붕이 날아갈 듯 우렁찬 고함이 터졌다.

기치다는 두 달 내내 몸이 좋지 않았다. 머리가 아프고 오한이 들고 잠을 이루지 못했다. 가나평원에 합류한 후부터 시작된 배앓이도 그의 진을 빼놓았다.

기치다뿐이 아니었다. 평생 황금숲에서 태어나 황금숲에서 자란 신관들은 가나평원의 살을 태우는 듯한 불볕더위와 심한 일교

차, 그리고 거친 야전 생활을 견디지 못했다. 그들은 숨을 쉬는 것만으로도 버거워하며 종일 막사에 늘어져 있었다.

땡볕에서 뒹굴어야 하는 전사들의 사정은 더욱 딱했다. 예상보다 개전 시기가 늦어지면서 지글지글 끓어 대는 땅의 열기에 시달리던 전사들은 여름철의 복병인 식중독과 벌레들의 공격에 맞닥뜨리게 되었고, 도시별 미묘한 자존심 싸움까지 이곳저곳에서 비어지기 시작했다. 날이 갈수록 신경이 날카로워져서 충돌도 잦았다.

가장 큰 문제는 총사령관인 기치다였다. 각 도시의 왕들이 가장 우려하던 사태가 가시적으로 드러나기 시작했다. 전쟁의 경험은 고사하고 칼과 방패를 잡아 본 적도 없는 사령관이라니. 전쟁이 시작되기도 전에 막사에서 늘어져 있는 지휘관이라니.

물론 그는 황금숲의 역대 대신관 중 가장 지혜롭고 능력 있는 자로 소문이 자자했다. 모인 자들 중 그것을 모르는 자는 없었다. 하지만, 그 능력이 도시의 쟁쟁한 왕들과 억센 전사들을 휘어잡아 끌고 가는 야전사령관으로서의 능력을 말하는 것은 아니었다.

"천족의 대신관을 총사령관으로 삼은 것이 문제였어."

"저리 고귀하셔서야 어디 전투 벌어지면 우리하고 어깨 맞대고 싸우실 순 있으실까나?"

"천족도 우리도 다 똑같이 먹고 배설하고 불과 물이 필요하고 더위를 먹으면 병이 나는데 왜 우리 전사들이 가서 시중씩이나 들어 주어야 하지?"

그중 불만이 가장 많이 쌓인 이들은 우부르알라산지의 전사들이었다. 파올리아 여왕이 다른 왕들에게 공공연히 불만을 터뜨리는 것도 이유가 있었다.

황금숲에서 온 신관들은 여자와 남자가 반반이었는데 여자 신관들은 남자 전사들의 호위를 신뢰하기는커녕 밤새 불안에 떨었다. 그래서 여자 신관들의 막사는 같은 여자인 우부르알라산지에서 온 전사들이 지켜 줄 수밖에 없었다.

그러다 보니 우부르알라에서 차출해야 하는 '신관 호위 인원'은 다른 도시의 열 배에 이르렀다. 용맹하고 자존심 강한 여전사들은 '신관님들 시중이나 들러 가나평원까지 온 줄 아느냐' 하며 불만이 대단했고, 다른 이들도 말없이 동의를 표할 수밖에 없었다.

하지만 다른 도시의 왕을 총사령관으로 세우기는 곤란했다. 알티르는 몇몇 도시들 사이에 숨어 있는 갈등의 불씨를 천족 대신관이라는 후광으로 간신히 눌러 둘 수 있는 유일한 자였다.

게다가 북국의 강력한 병기인 안마르를 무력화하려면 천족의 능력이 꼭 필요했는데, 문제는 천족이라는 족속이 인간의 통제를 전혀 받지 않았던 것이다. 아니, 명령을 받지 않는 것은 둘째 치고 인간과 말조차 섞지 않으려는 신관이 한둘이 아니었다.

부사령관이라는 어정쩡한 이름으로 연합군의 훈련과 작전에 대해 책임을 지게 된 피디오스는 속이 바작바작 타들어 갔다. 신속한 반응과 일사불란한 군율이 생명인 전장에서 이런 식의 분란이 치명적인 약점이라는 것을 피디오스는 누구보다 잘 알았다.

현재 남국 연합군의 가장 큰 힘이자 약점은 알티르와 황금숲의 신관들이었다.

❖ ⁂ ❖

아부 월 초하루, 총사령관의 막사 앞에서 불침번을 서던 소년병 키토는 무엇인가 이상한 소리를 듣고 하늘을 올려다보며 고개를 갸웃했다.

밤 7시, 어둠이 가장 짙은 시간. 사방은 온통 깜깜하고 여기저기 피워 둔 모닥불도 거의 꺼져 가던 참이었다.

"철새 떼가 지나가나? 이상한 새 소리가……."

"이런 병신 새끼. 철새도 밤에 잠은 잔다고. 올빼미 부엉이 박쥐도 아니고."

옆에서 꾸벅꾸벅 졸던 고참 초병이 눈을 비비더니 피식 웃었다. 하지만 키토는 틀림없이 새들의 날갯소리라 생각했다. 그는 아이기스 군도 출신으로 태어나서 지금까지 계속 바닷가에서 살았고 물새 떼가 오가며 내는 시끄러운 소리에 익숙했다.

"어, 잠깐만요, 저기 유성이 떨어지나 봐요. 북극성 방향에서……."

"흐응, 땅에 떨어지기 전에 소원이나 빌든가."

"그, 그게, 그게, 별똥별이 이리로 오는데요."

"이게 무슨 자면서 똥 싸는 소릴 하고……."

눈을 비비며 눈을 뜬 고참 초병은 순간 눈을 커다랗게 떴다. 주먹만 한 불덩이를 앞에 매단 화살이 날아오더니 퍽, 소리를 내며 총사령관의 막사 바로 옆에 꽂혔던 것이다. 뒤이어 한 대, 또 한 대의 화살이 총사령관의 깃발을 꿰뚫고, 막사의 지붕을 뚫었다.

"헉! 저, 저게 뭐야!"

깜깜한 밤하늘에 일렁대는 불빛들이 별 무리처럼 한꺼번에 떠올랐다. 이제 새들이 날개 퍼덕이는 소리는 누구의 귀에나 들릴 정도로 뚜렷해졌다. 고참 초병과 키토의 입에서 저절로 비명이 터졌다.

"저, 저게 설마 말로만 듣던 안마르인가? 저, 저렇게 많이? 키토, 키…… 어억!"

짧은 비명과 함께 키토의 옆에 서 있던 고참 초병이 쓰러졌다.

키토의 팔보다 긴 화살이 가슴을 관통했던 것이다. 기겁한 키토는 황급히 방패를 들어 머리를 가렸다.

"공격이다! 적의 공격이다!"

키토는 큰 소리로 외치며 목에 걸린 호각을 크게 불었다. 삐이익, 삑, 삐이익! 뒤이어 각 진지에서 초계를 맡고 있던 병사들이 뒤늦게 징징쟁쟁 북과 징을 울리며 적의 공격을 알렸다.

그것을 신호로 삼기라도 한 듯, 불화살들이 우박처럼 쏟아지기 시작했다.

아악, 윽, 으아아아! 신관들의 막사 안에서도 비명이 터져 나온다. 막사 안에 있는 자들은 혼자 갑옷도 못 꿰어 입고 전장 한복판에서 금술이 주렁주렁한 예복을 잘잘 끌고 다니는 작자들이라 이대로 놔두면 동이 트기 전에 몰살할 판이었다.

키토는 방패로 최대한 몸을 가리며 총사령관의 막사로 정신없이 달려갔다. 일단 그를 깨워야 했다. 아니, 총사령관이 첫 공격에 허무하게 화살에 맞아 죽지 않게 막아 주기라도 해야 했다.

"사령관님! 기습 공격입니다! 어서 갑주와 방패를 들고 피하……."

하지만 막사의 덧문을 확 들추고 뛰어든 키토는 그 자리에서 그대로 얼어붙고 말았다.

"나가라."

막사 안의 풍경은 기괴했다. 나신의 여자 신관 한 명과 호위병으로 보이는 다른 신관 두어 명이 화살을 맞은 채 고꾸라져 있었고, 온몸을 결박당하고 재갈이 물린, 머리가 짧은 여자가 막사 구석의 기둥에 묶여 있었다. 허름한 입성과 묶여 있는 모습을 보면 포로나 노예가 아닐까 싶었다.

그리고 기가 막히게도, 총사령관께서는 얇은 자리옷 한 장만 걸친 채 커다란 나무 탁자를 그 노예의 머리 위로 급하게 옮겨 놓는 중이었다.

키토는 정신이 빠질 것만 같았다. 나가란다고 나갈 수 있는 상황은 아니었다. 아니, 당장 몸을 가리고 갑옷이라도 입어야 할 판에 대체 뭘 하시는 거냐고! 이 와중에도 막사의 지붕을 뚫고 키토와 총사령관의 발 근처로 화살이 푹푹 박혔다. 신관들의 막사를 집중 공격하는 모양이었다. 키토는 판금 갑옷과 방패를 들이밀며 고함을 질렀다.

"사령관님! 얼른 입고 몸을 피하십시오!"

"레니에, 어설프게 화살 따위 맞고 죽지 마라. 명령이다."

총사령관은 차가운 목소리로 내뱉더니 신관복과 갑옷을 걸치고 투구를 쓴 후 방패를 받았다. 그리고 키토를 향해 몸을 돌렸다.

"이름과 고향을 대라."

이 와중에 저런 것을 묻는 총사령관이 미친 것 같았다. 아니 그의 새파란 눈이 이글이글 끓어오르는 모습부터가 정상이 아닌 것 같기도 하다. 키토는 구역질을 참으며 대답했다.

"아이기스 군도에서 온, 펠리시오스의 아들 키토입니다."

"펠리시오스의 아들 키토, 이 여자를 지켜라. 반드시 지켜라. 무사하면 큰 상을 내리고, 다치면 네 목숨을 받을 것이다."

키토는 빳빳하게 얼어붙어 탁자 앞을 가로막고 섰다. 여자는 이미 죽은 것처럼 움직임이 없었으나, 숨결을 확인해 볼 엄두가 나지 않았다.

총사령관은 호위를 맡고 있다가 화살을 맞고 바닥에 쓰러진 두 명의 여자 신관 중 간신히 일어나려 버둥대는 신관에게 다가갔다. 그는 종아리에 박혀 있는 화살을 무자비하게 뽑은 후 긴 천으로 꽉 동여맸다. 여자의 비명 소리는 아예 귀에 들어오지도 않는 것 같았다.
“사바토. 괜찮아? 움직일 수 있어?”
“예, 예. 알티르 님.”
“나가서 남아 있는 측근 호위들을 모아 오너라. 살아 있다면 내 막사로 달려오고 있을 것이다.”
“예, 알티르 님.”
사바토라는 신관은 얼굴이 새하얘지면서도 필사적으로 자리에서 일어나 방패를 챙겼다. 절룩대며 막사 밖으로 뛰어나가는 사바토를 향해 총사령관이 덧붙였다.
“모여서 레니에를 지켜라. 열 겹 가죽끈을 그물처럼 엮어도 좋고 손발을 묶어 자루에 넣어도 좋으니 북국으로 도망치지 못하도록 철저히 지켜라. 레니에가 죽거나 북국으로 도망치면 너희는 내 손에 죽을 것이다.”
나가려던 사바토가 멈칫한다. 키토는 사바토라는 신관이 뒤를 돌아서 무슨 말이라도 하리라 생각했지만 사바토는 잠시 후 조용히 대답했다.
“분부대로 하겠습니다, 알티르 님.”
“공격이 급박할 수 있다. 전선이 밀리면 내 명령이 없어도 레니에를 끌고 바로 쉬냐르강을 건너 황금숲으로 돌아가라. 가서 레니에가 빠져나가지 못하도록 철저하게 감시하는 것이 너희들의 임무다. 알겠니?”
“저희 임무는 알티르 님을 안전하게 보호하는 것입니다.”
“임무를 정하는 것은 나다. 그리고 너희의 생사를 정하는 것은 레니에의 생사다. 명심해라.”
“……알겠습니다, 알티르 님.”
사바토는 쥐어짜는 듯한 목소리로 대답한 후, 다리를 절룩거리며 밖으로 나갔다. 키토는 총사령관이 최측근 전사들의 생사를 결정하는 중요한 여자를 이렇게 노예처럼 묶어 놓는 것을 이해할 수 없었지만, 분위기가 너무 이상해서 한 마디도 물어볼 수 없었다.

총사령관은 밖으로 나가기 전에 뒤를 돌아보며 말했다.

"레니에, 듣고 있는 것 안다."

탁자 밑에서는 아무 소리도 들리지 않았다. 총사령관의 말끝이 잘게 떨리는 것처럼 들리는 것이 이상했다.

"네가 도망치거나 죽으면 다섯, 아니 일곱 목숨이 사라지겠구나. 그렇지?"

키토는 조마조마하게 여자의 대답을 기다렸다. 저 부드러운 목소리가 커다란 소리로 협박하는 상급 전사의 목소리보다 백배는 무섭게 느껴졌다. 누워 있는 여자는 여전히 의식이 없는 것처럼 움직임도 대답도 없었다.

"너와 그를 잇기 위해서 도굴꾼 다섯 목숨이 필요했으니, 너와 그를 끊기 위해선 더 많은 목숨이 필요하겠지. 많으면 많을수록 좋겠구나. 만약 네가 도망친다면 그 대가로 북국 포로 7백을 한꺼번에 잔혹하게 참할 참이다. 장관일 것이다. 그리고."

퍽! 총사령관의 발치로 굵은 화살이 와 박힌다. 키토는 신음을 삼키며 방패를 뒤집어쓰고 쭈그려 앉았지만, 사령관은 자신이 죽을 뻔했다는 것도 모르는 듯 똑같은 어조로 말을 이었다.

"무슨 수를 써서라도 쿤을 잡아 와 죽일 것이다. 7백의 포로를 찢어 죽이는 앞에 데려다 놓고, 가장 나중에, 가장 끔찍한 방법으로 죽일 것이다."

아래에 죽은 듯 누워 있는 여자의 손끝이 아주 잠깐 꿈틀, 하고 움직였다. 그것을 미처 보지 못한 사령관은 가슴을 지그시 누르고 숨을 몰아쉬며 조용히 말했다.

"너를 보았던 눈을 뽑고, 네 향취를 맡았던 코를 베고, 네 입을 범했던 혀를 자르고, 네 고백을 들었던 귀를 찌르고, 너를 안았던 손을 자르고, 너를 감쌌던 다리를 끊어 내고, 너를 범했던 성기를 지지고, 나머지 몸뚱이는 산 채로 찢어 수리와 들개의 밥으로 던질 것이다. 행여 도망칠 생각을 하기 전에 내 말을 잘 기억해 둬."

말을 맺은 사령관은 방패를 집어 들더니 막사의 문을 거칠게 들추고 밖으로 나갔다.

기치다가 막사 밖으로 나갔을 때, 주변은 이미 불길에 휩싸여 정신이 하나도 없었다.

이제 신관들뿐 아니라 다른 도시의 막사에서도 전사들과 병사들, 그리고 노예들까지 허둥지둥 막사 밖으로 뛰어나오는 중이었다. 판금 갑주든 가죽 갑옷이든 투구든 무엇 하나 제대로 챙길 겨를도 없었는지, 대부분 맨발에 창과 방패, 혹은 칼 한 자루만 든 상태였다.

쟁쟁쟁쟁, 둥둥둥둥! 기습이다! 기습이다!

우와아아, 아아, 와아아, 악! 으악!

하늘에서는 불화살이 아예 소나기처럼 쏟아지고 있었고 여기저기서 비명이 터졌다. 남국 연합군은 방패를 머리로 치켜들고 화살을 막으면서 발로는 풀밭과 막사에 번져 가는 불을 눌러 가며 우왕좌왕했다.

누가 적이고 아군인지 분별할 수 없었다. 남국 연합군이라는 것을 나타내기 위해 병사들의 목에 흰 아마천을 두르기로 했지만, 창황 중에 두르고 나온 병사들은 많지 않았다. 게다가 깜깜한 어둠 속이라 적군인지 아군인지 제대로 보이지도 않았다. 남국 병사들은 서로를 확인하지도 못한 채 정신없이 칼을 휘둘렀다.

기치다는 무장 없이 우왕좌왕하는 신관들이 무시무시한 속도로 내리박히는 화살에 픽픽 쓰러지는 것을 보고 이를 갈았다.

"피디오스! 미노토스의 피디오스는 지금 대체 어디 있나!"

때마침 피디오스 왕과 니누르갈의 칸토스 왕이 가죽 갑옷에 칼과 방패만 들고 신관들의 막사가 있는 곳으로 달려왔다. 그를 따르는 호위 전사들의 갑옷과 칼과 방패는 이미 피로 젖어 있었다. 기치다는 날카롭게 고함을 질렀다.

"피디오스! 신관들이 죽는 게 보이지 않소! 그들을 보호할 호위병들과 초병들은 대체 왜 자리를 지키지 않는 건가!"

"환장하겠군. 지금 그걸 따질 때요? 알티르는 지금 이 불구덩이가 보이지 않습니까? 다른 전사들이 불을 끄다가 죽어 나가는 건 보이지 않소! 지금 이러는 사이에도 전사들이 떼로 죽어 가고 있단 말이오! 으앗!"

갑자기 피디오스의 곁으로 쏟아지는 화살에 옆에 있던 호위병이 황급히 방패를 들어 막다가 비명을 질렀다. 위에서 내리꽂히는 화살의 힘이 어마어마해 나무 방패를 뚫고 그의 팔에 박혔다. 그가 비명을 지르며 화살을 뽑으려 허우적대는 동안 새로운 화살이 그의 가죽 갑옷을 꿰뚫고 옆구리에 박혔다.

기치다는 사방을 둘러보고 밤하늘을 올려다본 후, 바로 이성을 되찾았다.

"내가 성급했소, 천족 진영 사정이 너무 급박해서. 양해하시오, 미노토스의 루갈이여."

피디오스 왕 뒤로 보이는 천족 진영의 모습은 아비규환 아수라장이었다. 기치다가 빠르게 휘파람을 불자, 아직 막사에 숨어 있던 신관들은 방패만 들고 급하게 밖으로 뛰어나왔다. 흰색 천막이 화살 공격에서 좋은 표적이 된 만큼 차라리 밖으로 나와서 피하는 게 나왔다.

하지만 간신히 나온 신관들은 커다란 청동 방패를 들고 칼을 휘두르는 것조차 버거워하며 갈팡질팡했고, 다시 대여섯 명의 신관이 화살을 맞고 쓰러졌다. 기치다는 그들을 향해 고함을 질렀다.

“하늘 위로 불을 밝혀라! 지금 적과 아군을 구별할 수 없다! 간체르!”

기치다의 손에서 거대한 불꽃이 하늘로 치솟았다. 펑, 하는 소리가 공중에서 터지더니 하늘에서 커다란 불꽃이 이글대며 타올랐다. 그의 입에서 같은 엔이 반복해서 터졌고, 뒤이어 신관들의 입에서도 동일한 엔이 터졌다. 온통 새까맣던 밤하늘이, 갑자기 보름달이 뜬 것처럼 환해졌다.

사람들은 그제야 정신을 차리고 사방을 둘러보았다. 빛이 있으니 드디어 그들을 공격한 자들을 발견할 수 있었다.

깜깜한 밤하늘을 거대한 안마르 부대가 가로지르고 있었다. 2백~3백 기는 될 듯한 하늘수레와 그것을 끌고 있는 새들의 엄청난 날갯소리가 뒤늦게 평원으로 내리박힌다.

아래에서 위로 쏘아 올리는 화살은 그들에게 닿지 않았고, 위에서 아래로 쏘아 대는 화살은 무시무시한 힘으로 방패를 뚫었다. 안마르 부대에서 가장 앞장을 선 자가 크게 휘파람을 불자 수레들이 천천히 하강하기 시작한다.

거대한 새들의 날갯소리가 점점 커지면서 북국 전사들의 모습도 점차 뚜렷해진다. 가장 앞에 있는 하늘수레에 탄 자의 형체가 보인다.

큰 방패로 몸을 가리고 서 있는 그는 거대한 체구를 판금 갑옷으로 두르고 있었다. 그 장대한 위용이 낯설지 않다. 남국에서 사용하는 활의 두 배는 될 법한 커다란 활이 그의 팔에서 휘어진다.

빡!

"와악!"

키를 다 가리는 방패를 들고 있던 젊은 신관이 옆에서 비명을 지르며 쓰러졌다. 길고 굵은 화살이 방패를 관통해 그의 머리를 꿰뚫었다. 다시 화살이 날아왔다. 기치다는 옆으로 몸을 피했고, 화살은 정확하게 그가 서 있던 자리로 날아왔다. 기치다는 활을 든 자가 북국의 루갈이며, 그가 자신을 목표로 삼고 있다는 것을 알았다.

"간체르!"

거대한 불덩어리가 쿤을 향해 날아갔다. 불덩어리는 위로 솟아오르며 힘이 많이 약해졌지만 누움마 한 마리의 깃털에 불을 붙일 정도는 되었다. 안마르는 크게 휘청거렸지만 얼마 지나지 않아 안정을 찾았다. 쿤이 빠르게 도끼를 휘둘러 그 새와 수레를 연결한 줄을 끊어 낸 것이다.

빠르고 좋은 판단이군, 기치다가 잠시 감탄하는 동안, 날개에 불이 붙은 누움마는 한참 동안 괴성을 지르다가 가나평원 한가운데로 추락했다.

남국 전사들이 달려가 죽어 가는 새를 칼로 난자할 때, 위에서 다섯 발의 화살이 연이어 쏟아졌다. 화살은 그들의 등에 정확하게 꽂혔다. 기치다는 소금산 부족장의 조상인 식인수리가 강궁을 사용했다는 전설을 불현듯 떠올리고는 쓰게 입맛을 다셨다.

"삐르르, 삐익, 삑. 삐잇."

「적의 공격 범위 밖의 거리를 유지하고 기다려라. 불이 점점 번지고 있다.」

쿤의 휘파람 소리를 기치다는 정확히 알아들을 수 있었다. 역시 북국 놈들은 불로 건조한 평원을 휩쓸고 남군을 크게 어지럽힌 후 백병전으로 돌입할 계획인 듯했다. 기치다는 팔찌를 꽉 움켜쥐고 두 손을 번쩍 들어 올렸다. 목이 터질 것 같은 고함이 터졌다.

"이드—아, 안, 무구, 쉬우스!"

멀찍이 떨어진 나아루강의 물이 크게 출렁였다. 그는 이를 물고 다시 한 번 크게 동일한 엔을 외쳤다. 한 번 더. 손안에 있던 팔찌의 신성석 몇 개가 색깔과 단단함을 잃고 파팍 터져 나갔다. 그의 손에서 시작된 핏줄기가 팔꿈치를 타고 겨드랑이까지 흘러내려 갔다.

좌아아아아!

크게 출렁이던 강물이 쿠르르르 소리를 내며 비틀리더니 커다란 물기둥으로 변해 하늘로 쭉 솟아올라, 평원을 뒤덮을 정도로 넓게 퍼졌다. 모여 있던 병사들은 순간 움직임을 멈추고 돌처럼 굳어 버렸다. 하늘 위에서 쏟아지던 불화살도 갑자기 멈췄다. 기치다의 노성이 다시 터졌다.

"슈브!"

기치다가 손을 쫙 펴서 대지를 향해 후려갈기자 여기저기 불길에 휩싸인 가나평원 위로 거센 물줄기가 쏟아져 내렸다.

신관들의 막사를 삼킬 것처럼 이글대던 불도 순식간에 꺼졌다. 사람들은 얼빠진 얼굴로 하늘에서 쏟아지는 비와 기치다의 얼굴을 바라보았다. 그중에서는 넋이 나간 얼굴로 신관들이 있는 방향을 향해 무릎을 꿇는 자들도 있었다.

기치다는 그 자리에서 그대로 주저앉아 가슴을 움켜잡고 헐떡거렸다. 단번에 힘을 너무 써서 죽을 것 같다. 간신히 정신을 차린 왕과 전사들이 달려와 그를 부축하고 황급히 주변을 방패로 가렸다.

기치다의 반격을 기점으로 신관들의 공격이 시작됐다. 새들의 날개, 혹은 수레에 불이 붙었고, 간혹 불을 끄지 못하고 추락하는 안마르가 잇달아 나오기 시작했다.

안마르가 추락하면 그곳에 타고 있던 전사들은 부상자나 포로가 될 기회조차 없이 그대로 즉사했다. 안마르나 새들에게 불이 붙었을 때, 쿤처럼 바로 끊어 내지 못하면 그대로 추락이었고, 안타깝게도 쿤처럼 빠르게 판단해 줄을 끊어 낼 수 있는 전사는 많지 않았다.

신관들의 공격이 이어지며, 안마르의 움직임은 확실히 조심스럽고 둔해졌다. 신관들의 공격은 화살과 달리 높이에 크게 제약을 받지는 않았던 것이다. 안마르와 신관들의 싸움은 어느새 호각으로 바뀌었다.

"알티르, 잠시 기다리십시오. 동이 트고 있습니다. 밝아지면 신관들께서 목표를 정확히 분별할 수 있기 때문에 안마르 공격은 힘을 잃을 것이고, 화살도 곧 떨어질 것입니다. 사수 한 명이 준비할 수 있는 화살의 양이라는 한계가 있으니……."

"루갈 피디오스, 저들은 전통을 짊어진 게 아니라 안마르에 타고 있습니다. 화살을 안마르 가득 쌓아 두고 있다면 어찌할 것입니까?"

"그, 그건……."

말이 채 떨어지기도 전에 나아루강 상류에서 커다란 북소리와 징 소리가 들렸다. 안마르의 공격에 정신이 팔린 틈을 타서 북국 전사들이 나아루강을 도하한 것이다.

그들은 대열을 갖추지 않은 상태로 떼 지어 달려와 우왕좌왕하는 남국 병사들에게 칼을 휘둘렀다. 그들은 투창보다 찌르는 창, 달리면서 휘두르는 무거운 만곡도에 익숙했다. 남국 전사들은 대열을 제대로 갖추지 못한 상태에서 정신없이 밀리며 싸워 댔다.

"알티르 님! 해가 뜨고 있습니다!"

해가 솟아오를 듯 하늘 한구석이 불그레하게 물들기 시작하며, 엉망으로 뒤엉켜 싸우고 있는 가나평원의 모습이 조금씩 드러나기 시작했다.

안마르 한 대가 천천히 하강하고 있었다. 아까 보았던, 커다란 활을 든 사수. 기치다는 그것이 북국의 왕인 것과, 그가 자신을 목표로 삼았음을 직감적으로 알아차렸다.

쌕, 날카로운 소리와 함께 몇 개의 화살이 연이어 허공을 꿴다. 펑, 빽, 빡. 그의 화살은 나무 방패를 뚫을 정도로 강력했다. 방패를 들고 자신의 앞을 가로막은 병사 세 명이 비명을 토하며 쓰러진다.

그가 큰 활을 다시 힘껏 잡아당긴다. 그는 오늘 기치다를 쏘아 죽이는 것이 가장 큰 목표인 것처럼 보였다. 기치다는 몸을 가리고 있던 방패를 잡아채고 그 위에 올라탄 후 손잡이를 꽉 붙잡았다.

"바라스!"

옷자락이 커다랗게 펄럭였다. 방패가 위로 부우우 솟아오를 때, 기치다는 한 손으로 방패 손잡이를 잡고 휘청거리며 균형을 맞췄다. 병사들 사이에서 다시 비명이 터졌다. 그들 중 천족의 이능을 눈앞에서 본 자들은 거의 없었고, 가끔 본 적이 있다 해도 이렇게 폭우를 내리고 하늘을 나는 능력은 상상도 하지 못했다.

안마르에서도 순간적으로 공격이 멎었다. 기치다는 그사이를 틈타 순식간에 쿤의 안마르를 따라잡았다. 뒤늦게 화살이 몇 대 그의 곁을 스치고 지나갔지만 그들의 공격은 오래가지 못했다. 기치다가 공격을 시작했던 것이다.

"투무달, 임훌! 두!"

거대한 바람이 휘몰아쳤다. 그것도 일반적인 바람과 달리 양쪽에서 다른 형태로 밀려드는 바람이었다. 두 갈래, 세 갈래 바람이 허공에서 맞부딪치자 이내 거센 소용돌이로 화하여 안마르 부대를 덮쳤다.

아크의 효과는 눈 깜짝할 사이에 나타났다. 바람에 휩쓸린 새들이 서로 부딪치며 묶인 줄이 엉키면서 안마르는 부양 능력을 순식간에 잃었던 것이다.

아아악, 으앗! 여기저기서 단말마의 비명이 솟아오른다. 펑, 펑펑, 펑! 뒤이어 신관들이 쏘아 올리는 불덩어리가 미친 듯이 울부짖는 새들과 수레를 맞추면서 북국의 안마르 부대는 크게 어지러워졌다. 순식간에 40~50기 이상의 안마르가 가나평원으로 추락했다.

가나평원은 이미 강을 건너 공격을 시작한 북국 전사들과 남국 병사들의 백병전으로 아수라장이었다. 위에서 내려다보니 백병전은 확실히 북국 전사들이 유리했지만 일단 수적으로 열세여서 싸우는 것은 백중세였다. 이 상태에서 남국 측이 빠르게 진형을 갖춘다면 북국은 승산이 없을 것이지만 상황이 어찌 될지는 장담할 수 없었다.

흰옷을 입은 신관들은 첫 번째 공격에서 대거 쓰러져, 움직이지 않는 자가 대부분이었다. 하지만 남은 신관들은 도망치는 대신 필사적으로 안마르를 향해 불을 쏘아 올리고 있었다. 남국의 정예 전사로 보이는 이들이 신관들을 빙 둘러싸고 지키고 있었다.

순간 쌕 하는 소리가 귀를 스치고 지나간다. 팔이 뜨끔해서 보니 하얀 옷소매로 피가 스며 나오고 있었다. 기치다는 그제야 쿤이 공격을 당하는 와중에 자신에게 화살을 날린 것을 알았다.

"기치다! 여기까지 올라와서 아래를 볼 정신머리가 남았나!"

"남의 정신머리 걱정할 때가 아닐걸? 지금이라도 신관 막사 쪽 공격을 멈춰야 한다고 친절하게 알려 주러 왔더니 영 예의가 없네."

기치다는 방패 위에서 최대한 균형을 잡으려고 애를 쓰며 침착하게 말했다. 부양 아크 연습을 많이 하긴 했지만 이렇게 높이 올라와 본 것은 드물었고, 방패 따위를 부양체로 연습한 적도 없었다. 쿤이 큰 소리로 대답하는 것이 바람에 실려 가까워진다.

"그건 곤란하다. 오늘 참전한 신관들을 모조리 없앨 계획이라."

쿤의 모습이 지척으로 다가왔다. 쿤의 손이 긴 화살을 잡아 메긴다. 그에게 어울릴 만한 활이란 생각이 든다. 남국에서는 한 번도 본 적이 없는 굵고 억센 강궁에 팔 길이만큼이나 긴 화살. 기치다는 그것을 피하는 대신 오만하게 턱을 들어 올렸다.

"오호, 그렇게 자신만만하다간 나중에 틀림없이 피눈물을 쏟을 텐데 안타까워 어쩌지?"

순간 쿤의 손에서 화살이 툭 떨어졌다. 설마, 설마? 그의 눈이 커다랗게 벌어지는 것이 먼발치에서도 보였다. 기치다! 귀청이 나갈 듯 거센 고함이 터져 나왔다.

"레니에를 이곳에 데려왔나? 이 위험한 곳에? 제정신인가?"

그의 당황한 모습을 보니 드디어 웃음이 나오기 시작했다. 와하하하하. 기치다는 마음껏 웃어 주며 큰 소리로 말했다.

"왜 이래? 레니에는 황금숲에서 전설적인 전사였어. 에레쉬키갈의 갈라, 하면 얼굴 한 번 본 적 없으면서도 다들 공포에 떨었지. 자네도 싸워 봤으니 알 거 아닌가?"

"나라면, 내가 두 번 죽는 한이 있어도 소중한 사람을 전장에 끌고 나오진 않는다. 그래서 레니에를 여기 끌고 나왔느냐고!"

기치다는 싸늘하게 비웃으며 내뱉었다.

"한번 사고의 틀을 바꿔 봐. 소중하니 안전하게 숨겨 둘 수도 있지만, 그보다 더 소중해서 잠시라도 떨어지지 못할 수도 있지."

이제 레니에가 기치다에게 불러일으키는 감정은 너무 극단으로 갈라져서 기치다는 도무지 그 중간점을 찾을 수 없을 지경이 되었다. 극단으로 갈라진 감정만큼, 기치다가 그녀에게 하는 행동도 극단으로 갈라져서, 기치다는 이제 자신마저 증오스러웠다.

이러한 끔찍한 고통 없이 우직하게 사랑하고, 선명하게 증오할 수 있는 맞은편의 사내가 부러웠고, 그를 부러워해야 하는 자신이 더욱 증오스러웠다.

"숲에 두고 왔다면 도망치지 못하게 가둬 두기 위해서일 테고, 데려왔다면 인질의 용도로 강제로 끌고 온 거겠지. 지금 같은 상황에 써먹으려고. 과연 너다운 방법이다."

쿤은 기치다의 두 갈래 대답에 갈팡질팡하는 대신 빠르게 결론을 내리고 크게 휘파람을 불었다.

「신관들의 막사에 화살 공격을 멈춘다.」

후드드드, 핑핑, 이어지던 소리가 갑자기 뚝 끊어졌다. 안마르에 탄 전사들은 이렇게 좋은 공격 기회를 접는 이유를 이해할 수 없었지만, 쿤의 명령 한 마디에 바로 활을 내렸다. 기치다는 다시 웃었다. 말 한 마디로 가장 파괴적이었던 공중 공격을 단번에 멈추게 했지만 뒤따라오는 자괴감은 극심했다.

"그렇게 생각하면 섭섭한데, 쿤? 나는 레니에를 정말 사랑해서, 말 한 마디에 널름 쫓아내는 누구와 달리 절대 떨어질 생각이 없어."

쿤의 눈썹이 크게 꿈틀거렸다. 하지만 대답은 무섭도록 침착했다.

"사랑이라. 내 손에 죽으라고 북국에 보내고, 협박해서 끌고 가고, 창부 취급을 해서 가둬 놓고, 전장에 인질로 끌고 온 자가 감히 입에 담을 수 있는 말은 아닌데. 그대는 생각보다 훨씬 뻔뻔한 자였군."

"맞아, 나는 너무 뻔뻔해서, 8년 동안 그 말을 레니에에게 한 번도 해 준 적이 없었지."

기치다는 방패 위에서 웃었다. 생각해 보니 이렇게 미련할 수가. 레니에를 북국에 보내기 전에 충성하느냐 묻는 대신 사랑한다고 했으면 어땠을까. 아니 북국에 보내지 말고 차라리 약을 먹여 죽게 했으면 나았을까, 나도 같이 죽는 게 나았을까, 이 급박한 상황에 그따위 생각이나 하고 있다니 이젠 자신이 제정신인지도 믿을 수 없다. 기치다는 바람칼을 발현하는 엔을 빠르게 읊었다.

"쉬르 미르, 키추라 바주, 페쉬!"

하지만 공격은 엉뚱한 방향으로 흘러가 버리고 말았다. 바람이 심하게 불어 방패가 크게 휘청거린 탓이었다. 몸에 기운이 빠지고 방패가 흔들려서 공격이 점점 엉망이 되는 것이 느껴진다. 자세를 바로잡기 위해 시간, 시간을 잠시라도 벌어야 하는데. 기치다는 헐떡대는 숨을 고르며 쿤에게 내뱉었다.

"오래 살고 볼 일이야. 우리가 이렇게 다정하게 대화를 하는 날이 오다니. 꼭 30년쯤 사귄 친구 같잖은가. 아, 북국의 루갈은 아직 서른 살도 안 됐던가? 저런."

적나라한 비웃음을 바람에 실어 보내자, 쿤의 눈썹이 크게 일그러진다. 기치다는 차가운 목소리로 내처 쏘아붙였다.

"아직 어려서 잘 모르나 본데, 신성한 임무를 우선시한다 해서, 있던 감정이 없어지는 건 아니야. 우선순위의 문제일 뿐, 양립할 수 없는 건 아니거든. 물론 네가 그걸 이해할 것 같지는 않지만."

하지만 쿤은 기치다의 말에도 분노하는 기색이 없었다.

"이상하군. 너는 그게 가능한가? 나는 가능하지 않은데. 너는 네 조상 여섯 날개 카타와는 많이 다른 모양이야."

"같으면 곤란하지. 난 내 조상들이 마음에 들지 않거든. 그래도 아내까지 잡아먹은 식인수리보다는 나으니, 감사하며 살고 있지."

"넌 그것에 대해 잘못 알고 있는 게 있다. 신성한 임무가 그렇게 중요하다면서, 그에 대한 조사도 제대로 하지 않았나?"

"오호, 그럼 황금숲의 신성한 임무를 알티르보다 네가 더 잘 안다고? 이건 또 무슨 만용일까?"

"……소금산 부족 모두를 죽일 필요가 없다."

기치다의 움직임이 돌처럼 굳었다. 쿤은 두 손으로 고삐를 잡고 크게 요동치는 안마르를 통제한 후 차분하게 말했다.

"외부엔 잘 알려지지 않았지만, 내 집안은 대대로 가내혼을 지켜 왔다. 식인수리의 후손인 족장 집안과 혼인하는 것을 부족민들이 두려워해서 시작된 일이 관습으로 굳어 버린 셈이지. 애초에 우리 집안사람들은 다 합쳐 봐야 백 명도 채 되지 않았고, 그나마 네놈이 검은바위산 부족을 들쑤셔서 몰살시킨 덕에 현재는 나 혼자밖에 안 남은 상태다."

기가 막혀 몸이 크게 휘청거렸다. 그럼 레니에가 저 녀석을 구해 주지 않았다면, 그 순간 천족의 염원이 이루어질 수 있었다는 말이다. 천족들이 염원을 이룰 기회는 아주 가까이 있었다. 레니에의 한순간 자비심으로 너무나도 허무하게 날아가 버린 그 기회. 이가 부드득 갈렸다. 이제는 자신과 레니에가 선연善緣인지 악연인지도 분간할 수 없었다.

그리고 기회는 지금 다시 한 번, 거짓말처럼 아주 가까이 다가왔다. 지금 이 자리에서 쿤의 목숨만 취할 수 있다면, 신관들은 전쟁을 접고 바로 황금숲으로 돌아가도 된다. 기치다는 주문을 입에 감추고 가볍게 웃으며 대답했다.

"아하. 만일의 사태에 대비해서 부족 사람들의 목숨이라도 미리 구걸해 두는 건가? 하지만 그 덕에 모든 공격이 네게 집중될 거란 생각은 안 해 봤나?"

"당연히 해 봤다. 하지만 아무리 생각해도 식인수리와 상관도 없는 이들이 왜 아무 이유도 없이 수만 명씩 희생을 당해야 하는지 모르겠다. 나 혼자 받아들이는 것이 당연하다."

"오! 그야말로 올바른 왕의 자세 아닌가! 너무 감동적이라 눈물이 날 것 같아."

쿤은 비꼬는 기색 하나 없이 반문했다.

"그럼, 자신의 백성을 끝없이 의심하고 죽여 대는 게 올바른 치자의 모습인가? 하긴, 황금숲의 수장은 절대 이해할 수 없겠지. 너를 딱히 여긴다."

"그럼 백성을 불리한 전쟁터에 모조리 끌고 나온 게 자랑인가? 어쨌든, 당장 너를 죽여야 한다는 결론을 피할 수가 없게 됐으니 나 역시 너를 딱히 여긴다. 에쉬바르, 간체르! 바주 페쉬!"

미리 준비해 둔 불과 바람칼의 엔이 줄줄줄 한꺼번에 터졌다. 쿤은 맞은편에서 엄청난 살기가 쏟아지는 것을 느끼고 방패를 들어 몸을 막으며 빠르게 안마르를 옮겼다.

솩, 솨아, 솨아악. 후르르.

바로 옆으로 형체가 보이지 않는 무언가가 날카로운 소리를 내며 지나간다. 뒤를 이어 주먹만 한 불덩이가 연이어 날아오는 것이 보였다. 쿤이 방패를 돌려 막으려 하자, 갑자기 불덩어리의 궤적이 크게 휘었다. 빗나갔나? 고개를 갸웃하던 쿤은 한 박자 늦게 불꽃의 움직임을 황급히 좇았다.

제기랄!

핑, 핑, 펑펑펑, 펑! 새들이 모여 있는 꼭대기에서 불꽃이 터졌다. 다시 새 한 마리가 화염에 휩싸였고, 안마르는 크게 휘청거렸다. 쿤이 밧줄을 잘라 내는 사이 이번엔 안마르에 불이 붙었다. 그리고 날갯짓을 하던 새들이 갑자기 미친 듯이 울부짖더니 날개를 꺾고 아래로 툭툭 늘어지기 시작했다. 쿤은 그가 보이지 않는 바람칼로 새들을 공격하는 것을 알았다.

더 이상 버틸 수 없을 것이다. 추락하면 즉사다. 남은 새는 넷, 아니, 이제 셋. 끼이잇, 끼이이, 끼이잇! 남은 새들은 필사적으로 날개를 퍼덕였지만 안마르는 빠른 속도로 하강하기 시작했다. 루갈, 루가아알! 멀리서 들리는 훔바와 최측근 전사들의 기겁한 외침이 들린다.

쿤은 발치를 내려다보고 이를 악물었다. 안마르 안에는 화염 공격을 받고 시신이 된 전사가 둘이 있었다. 아무리 누움마의 추력이 크더라도 세 마리로는 사람 셋의 무게를 감당하지 못한다. 쿤은 허리에서 단창을 꺼내 들고 한 손으로 휘둘렀다. 쉭, 하는 소리가 허공을 찢었다.

"헉! 이런 제기랄!"

기치다는 새로운 공격을 발하려던 손을 거두어들이고 황급히 몸을 바로잡았다. 쿤이 날린 단창이 기치다의 팔을 스치고 지나가 나무 방패에 들이박힌다. 그 서슬에 방패가 크게 기울어지자 기치다는 결국 쭉 미끄러져 잡고 있던 손잡이를 놓쳤고, 방패와 함께 그대로 아래로 떨어졌다. 알티르! 가나평원에서 숨 막히는 비명소리가 치솟았다.

"바라, 바라아스!"

기치다는 자신의 몸에 부양 아크를 급히 걸어 다시 위로 올라왔다. 일촉즉발이었다. 하지만 쿤을 당장 죽여야 한다는 간절한 마음과 반대로, 상황은 더욱 악화되었다. 몸에 부양 엔을 직접 발현시킬 경우 수평을 유지하도록 통제하기가 몇 배나 힘들었고, 높은 곳이라 바람도 너무 심했던 것이다.

옷자락과 머리카락이 정신없이 날려 시야를 가렸다. 퇴각 명령을 받은 안마르들은 그래도 여전히 물러서지 않고 먼발치에서 왕을 엄호하려는 듯 대기하고 있었다. 기치다에게 화살을 쏘고 싶지만 쿤이 함께 있어 망설이는 듯했다.

기치다는 눈앞에서 벌어지는 모습을 보고 이를 갈았다. 조금 전의 공격으로 쿤의 새들은 절반 넘게 죽고 수레는 불타고 있었다. 그대로 두면 쿤은 추락하여 죽을 것이니, 조금만 더 버티면 될 거라고 생각했다.

하지만 지금 쿤은 너무나 익숙하게, 당황하는 기색조차 없이 죽은 새들을 끊어 내고 살아 있는 새들을 묶은 끈을 요대의 고리에 연결하고 있었다. 이렇게 급박한 상황 속에서도 저런 침착함과 담대함을 유지할 수 있다는 것을 믿을 수가 없었다.

쿤은 재빨리 세 갈래 고삐를 움켜쥐고 새들을 진정시키더니, 무기를 챙긴 후 안마르 자체를 끊어 냈다. 둥그런 수레는 빠르게 아래로 추락했고 쿤은 세 마리 새들에게 매달린 채 기치다를 향해 다시 활을 겨누었다.

기치다는 선제공격을 하려고 애를 썼으나 이제는 몸의 균형조차 잡을 수 없었다. 두 사람 모두 몸을 가누는 데 훨씬 많은 힘을 써야 했지만, 가나평원의 불을 끄느라 기운이 빠진 기치다가 조건이 훨씬 불리했다. 흔들리는 몸으로 바람칼과 작은 불덩어리를 날렸지만 허탕이었다. 조준은 빗나가고 목표까지 제대로 날아가지도 못했다.

핑!

날카로운 파공성과 함께 쿤의 화살이 기치다의 소맷자락을 꿰뚫었다. 핑, 핑, 핑. 남아 있는 다섯 개의 화살 중 두 개가 필사적으로 몸을 날리며 피하는 기치다의 팔과 다리를 긁었다.

"와라, 기치다. 땅에 내려갈 것 없이 여기서 결판을 내자."

화살이 다 떨어졌는지, 쿤이 활을 집어 던지고 허리춤에서 도끼를 꺼내 든다. 아예 공중에서 치고받는 난투로 끝을 낼 모양이었다.

"얼마든지."

기치다는 이를 악물고 신성석 팔찌를 움켜쥔 손을 피가 나도록 움켜잡았다. 신성석 두 개가 푸스스 소리를 내며 다시 부서져 나갔다.

❖ †† ❖

읍, 읍읍, 으으, 윽, 읍!

키토는 탁자 밑에서 나는 소리를 듣고 고개를 돌렸다. 정신을 차렸는지 여자가 몸부림을 치고 있었다.

그러고 보니 이상하기도 했다. 보통 포로나 노예의 경우 손목과 발목을 묶어 두는데 레니에라는 여자는 그야말로 피도 통하지 않을 정도로 아래부터 위까지 몇 겹으로 동여매 놓고 입에 재갈까지 물려 놓았다. 아니 사람이 미꾸리나 뱀이 아닌 다음에야 저렇게 친친 묶어 둘 필요가 있나?

그러고 보니 이상한 건 더 있었다. 입성은 추레했지만 여자는 신관들과 같은 눈부신 금발에 우유처럼 흰 피부, 그리고 상당히 아름다운 얼굴을 갖고 있었다. 그렇게 생각하니 노예인지 신관인지도 헷갈렸다. 키토는 조심스럽게 물었다.

"왜요? 급하게 할 말이라도 있으세요?"

"읍읍읍!"

여자가 맹렬하게 고개를 끄덕였다. 키토는 총사령관 알티르가 돌아와 목을 치지 않을까 걱정하며 망설였다.

그래. 그냥 입만 풀어 주었다가 다시 묶어 놓으면 되지 않을까?

키토는 방패를 비스듬하게 걸쳐 놓고 탁자로 엉금엉금 기어가 여자의 재갈을 풀어 주었다. 풀어 주자마자 날카로운 고함이 터졌다.

"지금 도망 안 치고 여기서 뭐 하는 거야! 지금 이 막사가 화살 과녁인 거 몰라? 고슴도치처럼 화살에 꽂혀 죽을래?"

"예? 그렇지만 알티르께서 분명 여기에……."

"지금 밖에서 소리 들리는 거 보면 모르겠어? 지금 북국은 여기를 목표로 삼고 있어. 여기 있으면 우리 얼마 못 가 죽으니까 다른 곳으로 튀어야 해!"

땅, 땅, 딱. 퍽. 우와아아아, 아악 으윽, 밖에서 들리는 고함과 비명 소리는 점점 시끄러워지고 막사를 뚫고 들어오는 화살도 점점 많아졌다. 땅, 뚜앙, 쩍, 이곳저곳에 화살 박히는 소리가 날 때마다 온몸이 오그라들었다. 조금만 더 버티다간 여자의 말대로 고슴도치가 될 판이었다.

"어?, 그, 그럼 어떻게 해야 해요?"

"나를 풀어 줘. 도망칠 수 있게 해 줄게."

"그랬다간 알티르께서 저를 죽이실 거예요."

"여기 있으면 어차피 나도 죽고 너도 죽어. 그러지 말고 나를 풀어 주고 같이 몸을 피했다 돌아오면 되잖아. 난 황금숲에서 손꼽히는 전사라고. 막사 안에서 묶인 채로 개죽음을 당할 순 없어!"

키토는 대놓고 불신을 드러내며 여자를 아래위로 훑어보았다.

아니, 황금숲에서 손꼽히는 전사가 대체 왜 싸우지 않고 사령관님 막사에 꽁꽁 묶여 있어요?

하지만 키토는 궁금한 것을 물을 수는 없었다. 막사의 지붕에 불이 붙었던 것이다. 우르르 딱, 소리와 함께 기둥이 크게 휘청거린다. 찢어진 벽을 통해 사람들이 싸우는 모습이 바로 눈에 들어온다. 모두 눈이 뒤집혀서 적이든 아군이든 분별도 못 하고 미친 듯이 고함을 지르며 칼을 휘두르고 있었다.

난생처음 전투에 참가해 본 키토는 새하얗게 질려 몸을 와들와들 떨기 시작했다. 여자 말이 맞다. 여기 더 있다간 알티르의 손에 죽기 전에 확실하게 죽을 것이다. 사바토라는 여자 신관이 다른 전사들을 끌고 오는 것을 마냥 기다릴 수도 없고, 저렇게 결박한 여자를 업고 도망을 다닐 수도 없을 것이다.

키토는 탁자 앞에 쭈그리고 앉아 방패 두 개로 몸을 가리고 허겁지겁 레니에의 결박을 잘랐다. 불은 빠르게 막사를 먹어 들어가고 벌써 두 개의 화살이 방패를 후려친다. 겁이 나서 칼을 쥔 손이 벌벌 떨린다.

결박이 풀린 후 키토가 허둥지둥 레니에의 몸에 방패를 씌우자 그녀는 엉금엉금 기어 막사 구석에 있는 판금 갑주를 빠르게 주워 입더니 방패 두 개를 양쪽 손에 쥐었다. 그 재빠르고 간결한 동작을 보니 전사라는 말은 맞는 듯했다. 적어도 유약하고 칼 방패를 잡을 줄도 모른다는 여느 신관으로 보이지는 않았다.

"뭐 하는 거야? 얼른 도망 안 가?"

여자가 황급히 밖으로 달려 나가려는 것을 키토가 질겁하고 다리에 매달렸다.

"지금 이렇게 도망가면 전 알티르 님께 죽어요. 그런데 이름이 레니에……라 하셨나요? 신관님이신가요?"

레니에라는 여자는 잠깐 생각하더니 고개를 저었다.

"아니. 난 신관 같은 거 안 해. 넌 이름이 키토라 했지? 그럼 따라와. 지금 분위기를 보아하니 안마르 공격이고, 신관들을 몰살한 다음에 본격적으로 공격할 것 같아."

신관 같은 거 안 한다는 말에, 키토는 여자가 신관임을 바로 알게 되었다. 하지만 여자가 신관이 아니라고 한 이유도 알 것 같았다.

여자는 한눈에 보아도 뛰어난 전사였다. 키도 작고 바짝 말랐지만 기가 막히게 재빠르고 눈이 밝았다. 여자는 방패 하나는 위로 들고 하나는 앞으로 움켜쥔 채 시체들 사이를 미친 듯 달리기 시작했다.

어스름한 어둠 속, 이곳저곳에서 불꽃이 펑펑 터지고 땅에서는 불길이 번지고 사람들은 미친 듯이 고함을 지르며 칼과 창을 휘둘렀다. 그 틈으로 여자는 작은 족제비가 풀숲에서 미끄러지듯 달렸다. 생전 달음박질 솜씨 하나는 자신하던 키토였지만 따라가는 것만으로도 벅찼다.

풍덩!

레니에는 세 대의 수레와 네 마리 말이 뒤엉켜 처박혀 있는 개천으로 물을 튀기며 뛰어들었다. 키토는 저도 모르게 같이 뛰어들어 여자의 옆에 바짝 붙었다. 개천 속에 박힌 수레 속이 눈에도 잘 띄지 않고, 개중 안전한 곳이라는 것을 뒤늦게 알았다.

철벙대는 물소리, 사람들의 비명, 뚜앙, 떵, 빡, 퍽, 화살이 꽂히는 소리가 웅웅웅 크게 울리며 귀에 박힌다. 박히는 장소에 따라 들리는 소리는 모두 달랐지만 한결같이 오금이 오그라들 정도로 무서웠다.

다행히 사람을 여럿 태우도록 만들어진 수레는 방패보다 두껍고 견고했고, 둘이 숨을 수 있을 정도로 넓은 편이었다. 수레의 틈으로 밖을 엿보던 키토는 몸을 덜덜 떨며 말했다.

"레. 레니에 님! 지금 알티르 님이! 알티르 님이!"

"시끄러워, 나도 보고 있어."

하늘에 커다랗게 솟은 불덩어리가 태양처럼 이글이글 타오른다. 까만 밤하늘 이곳저곳에서 작은 불덩어리들이 펑펑대고 터지는데, 하늘을 뒤덮은 새들과 안마르에서는 불화살이 비 오듯 쏟아지고, 그 화살은 신관들의 막사에 집중적으로 내리꽂힌다.

그 화살을 뚫고, 방패 위에 올라선 한 사람이 흰 옷자락을 펄럭거리며 날아오른다.

맙소사. 레니에는 그와 맞서고 있는 북국의 전사가 누군지 바로 알아차렸다. 깜깜해서 제대로 얼굴이 보이지 않아도, 그 사람이 활을 당기는 모습, 손을 움직이는 어스름한 형태만 보아도 알 수 있다. 아주 작은 움직임 하나만 보아도 모를 수 없다. 이제는, 이제는.

"이 바보야! 멍청아! 북국에 박혀 있으라니까 왜 여기까지 기어나와!"

레니에는 수레의 틈으로 두 사람이 맹렬히 싸우는 모습을 보며 주먹으로 땅을 후려쳤다.

소금성의 긴 복도, 돌바닥의 그 차갑던 감촉이 떠오른다. 그 순간 나는 얼음처럼 차가운 암염 위에 엎드려서 너를 살릴 방법만 생각했다. 내게 남은 것들이 모조리 진창에 잠겨도 너만은 살리고 싶었다.

그리고 남국에 온 후부터 내 소원은 단 하나였다.

내가 살아 있는 동안만이라도, 네가 죽었다는 소식을 듣지 않는 것.

하지만 쿤은 지금 레니에의 눈앞에서 싸우고 있다. 레니에를 인질로 걸어 기어이 도발한 기치다와 목숨을 내놓고 싸우는 중이다.

"지금 대체, 이게 뭐 하는 짓이냐고, 지금……."

그때 내가 너한테 무슨 소릴 했는지 기억도 안 나니? 너는 자존심도 없어?

"죽을 줄 뻔히 알면서 가나평원까지 기어 나오면 어떡해. 너는 어떡하고 나는 또 어떡하냐고, 이 바보야."

레니에는 하늘을 멍하니 바라보며 중얼거렸다. 부드득, 주먹 안으로 축축한 진흙이 쓸려 들어왔다.

❖ ✝✝ ❖

기치다의 방에서 질질 끌려 나와 어두컴컴한 지하의 석실에 갇힌 레니에는, 기치다가 제 입으로 제안한 거래를 집어치우고 바로 전쟁을 치를 것임을 알아차렸다.

레니에가 쿤을 위해 어디까지 비굴해질 수 있는지, 기치다는 아마 예상하지 못했던 것 같다. 아니, 정확하게 말하자면 레니에가 쿤을 위해 비굴해지는 모습이 자신에게 얼마나 큰 충격과 괴로움이 될지 몰랐던 것 같다. 그렇지 않고서야 제가 견디지도 못할 거래를 미련하게 제안하지는 않았을 것이다.

그는 레니에에게 집착하는 분량만큼 자신의 이성과 지혜를 짓뭉개는 중이었다. 황금숲의 알티르가 개죽음당할 위험을 감수하고 북국에 직접 갔던 것은 미련한 것을 넘어 미친 짓이었다.

그동안 그를 빛나게 해 주었던 냉혹한 이성과 명철은, 그를 버텨 주던 조그마한 기둥을 제 손으로 부러뜨린 후부터 급속히 붕괴하는 중이었다.

돌방에 갇힌 레니에는 이제 기치다에게 거래든 애걸이든 아무 것도 통하지 않으리라는 것을 알고 좌절했다. 그나마 그 순간의 위기를 넘겨 쿤과 주변 사람들이 무사했던 것만이라도 감사해야 할까.

아니, 자신이 한 일은 파멸의 시간을 잠시 뒤로 미룬 것에 불과했다.

이제 레니에가 할 수 있는 일이라고는 쿤이 자신을 끝까지 증오하면서 기치다의 도발에 휘말리지 않기만 간절히 비는 것뿐이었다. 자신이 쿤의 발목을 잡는 족쇄가 되지 않기 위해서는 더욱 간절히 빌어야 했다.

하지만 과연 이걸 누구에게 빌어야 할까?

레니에는 이난나를 제외한, 운명을 정하는 위대한 신들의 이름을 불러 가며 빌다가, 기원하는 말을 맺지도 못하고 바로 벽을 후려쳤다.

위대한 신들이 자신을 불쌍히 여길 거라고 믿을 수가 없었다. 작은 노예 계집아이의 인생을 이렇게 진창에 구르도록 운명 지어 준 자들에게 자비를 기대한다는 것 자체가 우스운 일이었다.

비는 것을 멈춘 레니에는 벽에 등을 대고 앉아 멍하니 생각에 잠겼다.

쿤, 소금성의 주인, 북국의 위대한 전사이자, 이제는 미추를 알 수 없게 된 어여쁜 수인종족.

그가 떠오를 때마다 가슴에서 격통이 일었다. 그의 도끼에 가슴이 찍힐 때만큼이나, 가슴에 저주가 박힐 때만큼이나 아팠다. 머리는 그를 생각했고, 온몸은 그가 남긴 추억을 그리워했고, 가슴만 난도질당하는 것처럼 홀로 아파했다.

레니에가 기치다의 앞에 엎드려 자신을 담보로 하여 필사적으로 협상을 할 때, 소금성 복도의 돌바닥은 뼛속까지 얼어붙도록 차가웠었다. 여전히 생생하게 느껴지는 돌바닥의 아픈 감촉은 그 순간 상상으로 보았던 끔찍한 장면까지 선명하게 소환했다.

레니에는 북국 전사들의 시체로 덮여 있는 가나평원에서 쿤의 시신을 찾아 헤매고 있었다. 거대한 언덕처럼 쌓인 북국의 전사들, 시신이 썩어 가는 역한 냄새와 발끝에 더럭더럭 엉기는 핏물. 그 사이에서 미친 듯이 헤매던 레니에는 결국 처참하게 난자당해 차게 굳거나 혹은 썩어 가는 그를 발견하곤 했다.

상상 속에서의 레니에는 여전히 노예이기도 했고, 어떤 때는 천족이기도 했고, 어떤 때는 황금숲의 여왕이 되어 있기도 했지만, 어느 쪽이든 결말이 달라지지는 않았다. 그곳에서 레니에는 항상 검게 썩어 가는 그의 몸을 끌어안고 울부짖고 있었다.

"안 돼. 제발, 그건 안 된다고……."

레니에는 석실의 어둠 속에서 그 끔찍한 장면들과 매일 싸웠다. 입술이 터지도록 깨물고 머리를 벽에 쿵쿵 박으면서, 레니에는 그 통증이 절망을 잊게 해 주기만을 간절히 바랐다.

이제 나는 무엇을 해야 할까?

기치다는 이제 자신을 이용하는 데 거리낌이 없을 것이다. 그는 역대 알티르 중 가장 지혜로운 치자인 동시에, 가장 냉혹하고 무자비한 자로 알려져 있었다.

지금까지는 그 냉혹함과 무자비함이 레니에에게 와닿은 적이 없었다. 하지만 이제 그는 레니에에 대해 극심한 분노와 배신감을 느끼고 있으니, 그녀가 이번 전쟁에서 가장 혹독하게 이용당하리라는 건 자명한 일이었다.

"나를 인질로 삼아서, 산에서 버티고 있는 북국 사람들을 끌어

내려 하겠지. 남국 연합에게 유리한 가나평원으로…… 제기랄!"

레니에는 북국을 전장으로 끌어낼 인질로 자신이 이용되는 것만은 피하고 싶었다. 쿤이 자신을 끝끝내 증오하고 저주하더라도, 가나평원으로 끌려 나오지 않기를 바랐다. 아크가 백염산맥에서 통한다는 것은 충격이었지만, 그래도 어떤 종류의 아크가 어느 정도로 통하는지는 아직 확실하지 않았고, 가나평원보다는 백염산맥에 머무는 것이 훨씬 안전했다.

레니에는 낙인이 박혀 있는 가슴께를 지그시 눌렀다. 통증은 없지만 무언가에 잠식된 듯한 이질적인 감촉은 사라지지 않는다.

분명 신성석 동굴에 있을 때, 가슴에 박힌 아크는 발현하지 않았었다. 머리카락을 갈색으로 물들인 아크도 북국에 오면서 저절로 풀렸다. 그것을 보면, 적어도 아크가 황금숲이나 남국에서만큼의 무서운 위력을 발휘하지 못하리라 작은 기대를 해 볼 수는 있었다. 혹은 기치다 개인의 특출한 능력이었을 수도 있다.

뭐든 상관없다. 레니에는 그 순간 최선을 다해 쿤을 살렸고, 이제는 자신이 산 미끼가 되지 않을 방법을 찾아야 했다.

하지만 기치다가 거래를 파한 이상, 레니에가 할 수 있는 일은 정말 아무것도, 아무것도 없었다.

"이게 무슨 짓이지, 레니에?"

레니에는 사흘째 되는 날 자해를 시도했다. 식사를 넣어 주는 질그릇을 깨뜨려 손목의 동맥에 억지로 박았고, 꿀럭꿀럭 솟구치는 피가 돌바닥에 흥건히 괴는 모습을 물끄러미 내려다보다 까무룩 의식을 잃었다.

고통스러웠던 시도는 결국 성공하지 못했다. 며칠 후 눈을 뜬 레니에가 본 것은 휘장이 내려진 알티르의 침실 천장과, 시퍼렇게 굳은 기치다의 얼굴, 침실을 가득 채우고 있는 진한 약차의 연기와 손목에 두껍게 붙은 지혈초, 그리고 자신을 지키던 수직 병사들의 시신이었다.

레니에는 앞이 빙그르르 도는 것을 느꼈다.

"저, 저 사람들은 왜……."

"지키라고 한 자를 지키지 못했으니, 당연하지 않아?"

그는 쩍쩍 갈라지는 목소리로 덧붙였다.

"잘 기억해 두렴. 네가 이따위 짓을 시도할 때마다, 너를 지키는 자들이 네 눈앞에서 처참하게 죽는 꼴을 보게 될 테니."

레니에를 자신의 침상에 직접 옮기고 이틀 밤낮을 치료하고 간호하던 사내의 얼굴에는 핏기가 한 점도 남지 않았고, 실핏줄이 터진 눈자위와 눈가만 온통 붉었다. 발견이 조금만 늦었더라면, 혹은 기치다가 남국에서 가장 뛰어난 치료 신관이 아니었다면, 레니에는 원하는 바를 이루었을 것이다.

"네가 원하는 게 다른 이들의 죽음이라면 계속해 봐라."

"……."

"나는 그동안 너를 죽여야 한다는 생각도 수도 없이 했고, 그게 불가능하면 내가 죽을까 하는 생각도 비슷하게 했고, 신성한 임무 때문이 아니라 너 하나 때문에 북국 사람을 모조리 죽이는 생각도 기꺼이 해 왔다. 이 정도쯤이야 새삼스럽지도 않아."

레니에는 잠자코 입을 다물었다. 자신이 죽을 뻔하다가 간신히 살아난 지금, 그는 말이 통할 만한 상태가 아니었다.

하지만 자신과 아무런 상관도 없는 자들의 죽음은 여전히 끔찍하게 괴로웠다. 더욱이 자신을 지키던 병사들이 죽은 것조차 자신이 잘못한 것처럼 몰리는 것이 너무 괴로웠다.

그렇다면 깨끗하게 굶어 죽으면 어떨까?

이 꼴 저 꼴 아무것도 안 보고 그냥 굶다가 의식을 잃고 숨을 거둔다면 꽤 평화롭고 안온할 것 같기도 했다. 쿤이 아직 나를 증오하고 경멸하고 미워할 때. 내가 죽었다는 소식이 가 닿더라도 입에서 '잘 죽었다, 시원하다.' 소리가 나올 수 있을 때. 내 죽음을 아무도 슬퍼하지 않을 때.

열네 살, 신성석 동굴에서 살던 레니에의 소원은, 맛있는 저녁을 잘 먹고, 단잠을 자다가 천장에서 떨어진 큰 바위에 머리를 맞고 죽는 것이었다. 물론 그것은 노예가 왕이 되는 것만큼이나 이루기 어려운 소원이었다.

그래도 굶어 죽는 것은 돌에 맞아 죽는 것보단 가능성이 훨씬 높지 않을까. 레니에는 바위에 깔려 죽는 것에서 굶어 죽는 것으로 소원이 바뀐 것을 보며 나도 나이를 먹었나, 하는 생각을 했다.

하지만 굶어 죽는 것조차 마음대로 안 되었다.

"……먹어라."

레니에가 식사를 거른다는 보고를 받은 후부터 기치다는 먹을 것이 담긴 쟁반을 들고 끼니때마다 친히 내려왔다. 그는 거듭되는 레니에의 자해 시도에 결국 신경줄이 튕겨 나간 듯, 이제 레니에 앞에서 웃음과 평정을 가장하는 것을 포기해 버렸다.

레니에는 격렬한 분노와 증오, 그리고 자신에 대한 탐욕과 집착이 고스란히 드러난 그의 민얼굴이 차라리 덜 두려웠다.

레니에는 기치다를 물끄러미 올려다보았다. 날이 갈수록 파리하게 말라 가는 얼굴 때문일까. 그가 죽이고 싶을 만큼 원망스러우면서도, 그를 마음껏 증오할 수 없었다. 자신을 향한 그의 감정을 모르는 바가 아니었고, 그가 어떤 마음으로 그 감정을 다스려 왔는지도 잘 알고 있었기 때문이다.

레니에는 지난 8년간 기치다에게 깊이 고마워하고, 존경하는 마음을 갖고 있었다. 자신을 속박하는 아크가 남아 있는 한 그의 마음을 받아 줄 수 없음은 확실했지만, 그에게 큰 은혜를 받은 것은 사실이었다. 그래서 레니에 역시 기꺼이 충성을 바쳤고, 그의 정신이 붕괴되지 않도록 버텨 주는 작은 기둥이 되어 주었던 것이다.

신성한 임무를 정말 완수할 수 있는 시기가 도래해서 그가 레니에에게 물었던 것은, 사실 스스로에게 물어보려던 말이기도 했을 것이다. 레니에가 자신을 사랑할 수 있는지, 그리고 자신이 진흙 인간을 위해 모든 것을 버릴 수 있는지.

하지만 그는 그 순간에도 아크를 거둬 준다는 말까지는 하지 못했다. 자신을 버티게 해 주는 기둥을 제 손으로 찍어 내는 순간까지도 그는 레니에를 속박하는 끈을 풀어 주지 못했다.

그 지점이 그가 레니에를 향해 걸어왔던 길의 끝이었다.

그래도 단 하나 안타까운 것은…….

저렇게까지 무너지지 않았을 수도 있었다. 자신이 단 한 명 의지하고 믿어 왔던 사람이 절대 믿어서는 안 될 천족이었다는 걸 끝까지 몰랐다면. 그리고 기치다가 그렇게 필사적으로 인내하며 지켜 온 선을, 레니에가 다른 사람을 위해 기꺼이 허물어 주었다는 것을 몰랐다면.

그리고 이제 그에게는, 극단으로 치닫는 두 갈래의 감정과 광기에 휩쓸리지 않고 버티게 해 줄 기둥이 더 이상 남아 있지 않았다.

기치다는 쟁반을 내려놓고 마주 앉으며 차갑게 말했다.

"명령이다. 먹어라. 먹고 살아야 다른 세상을 볼 수 있을 것이다. 너는 수인종족과 근본이 다른 천족이다. 천족이 왜 진흙인간 따위에 연연하는지 이해할 수 없구나."

레니에는 쟁반에 놓인 석청 벌집과 꿀을 넣은 염소젖, 레니에가 좋아하는 향신료를 듬뿍 넣어 익힌 양고기와 바삭바삭한 꿀과자를 보고 입을 다물었다. 이 상황에서도 코가 시큰해지고 목이 메는 것을 이해할 수 없었다.

"천족이 진흙인간에게 연연하는 이유라면, 기치다 님만큼 잘 이해하실 분은 없을 텐데요."

기치다의 움직임이 멎었다. 웃고 있는 입술의 끄트머리가 가늘게 떨리는 것이 보였다.

"그런데, 너는 왜 나를 이해하지 못하지, 레니에?"

"저는 제대로 된 천족도 아니라 하늘에 올라갈지 못 올라갈지도 모르고, 아크도 제대로 못 써서 사랑하는 사람 가슴에 저주 같은 족쇄를 박아 넣을 줄도 모르니까요. 기치다 님 마음이 이해가 될 리가……."

눈앞에서 불이 번쩍 튀었다. 뺨을 심하게 맞은 레니에는 몸이 묶인 채 바닥에 나동그라졌다. 하지만 아픈 것도 잘 몰랐다. 오히려 손을 휘두른 기치다가 채찍으로 뺨을 맞은 듯, 충격받은 얼굴로 제 손을 내려다보고 있었다.

"나를 가장 아프게 하는 말을 잘 아는구나. 나를 가장 잘 아는 너다운 대답이다."

"……."

"……미안하다. 내가, 내가 정말 내가 아닌 거 같다, 레니에."

그는 비참한 얼굴로 레니에를 붙잡아 일으켰다. 하지만 레니에는 그의 손을 피해 몸을 비틀어 버둥버둥 일어나며 몸서리를 쳤다.

"손 놔요. 소름 끼쳐요."

그는 이제 일그러진 표정을 숨기지도 않고 멈칫거리며 손을 뗐다. 레니에는 눈을 치뜨고 속에 든 말을 쏟아 내기 시작했다. 이제 자신이 할 수 있는 일이 아무것도 없다 생각하니 가릴 것도 없었다.

"저를 죽게 놔두세요. 당신의 인질로 이용당하고 쿤을 끌어내는 미끼가 되느니 그냥 죽어 버릴 거야. 거래를 깨뜨린 건 당신이지, 내가 아니잖아요. 그러니까 굶어 죽게 내버려 둬요, 제발."

"입 닥쳐, 레니에. 또다시 굶어 죽겠다는 말을 하면 용서하지 않겠다."

그는 레니에의 짧은 머리를 억지로 움켜쥐고 끌어 올린 후 으르렁거렸다.

"먹어라. 그리고 나와 함께 전장에 가서, 녀석이 죽고 소금성 부족 사람들까지 모조리 죽는 꼴을 네 눈으로 똑똑히 보란 말이야!"

기치다는 억지로 레니에의 입을 벌린 후 입속에 먹을 것을 쑤셔 넣었다. 목이 막혀서 콜록거리면 황급히 물을 대 주고, 고기를 잘게 썰어서 넣어 주고 뜨거워하면 제 입으로 불어 식혀 주었지만 토할 때까지 쑤셔 넣는 억센 손길은 멈추지 않았다.

레니에는 이제 그의 손이 닿을 때마다 미친 듯이 몸부림을 쳤고, 음식이 들어올 때마다 뱉어 냈다. 싫어, 싫어! 건드리지 마. 싫어어! 결국 그가 정성껏 준비해 온 음식은 모조리 바닥에 흩어져 엉망이 되었고, 기치다는 접시를 팽개치고 레니에의 앞에서 무릎을 꿇은 채 머리를 감쌌다.

"말해라, 레니에. 내가 그 더러운 수인종족보다 못한 게 뭐지? 너는 왜 나를 거부하면서 그는 받아들였지? 대체 왜?"

"왜 거부하는지 정말 모르세요? 아니면 지금 내가 북국의 누구를 사랑한다고, 목숨보다 사랑한다고 고백하는 걸 듣고 싶은 거예요? 사신을 보내서 전해 주기라도 하게? 악!"

기치다가 핏발이 선 눈으로 다시 뺨을 후려쳤지만, 레니에는 여전히 아픈 것을 제대로 느끼지 못했다. 그는 한 걸음, 두 걸음 물러서더니 미친 듯이 웃기 시작했다.

"아무리 그래 봐야, 넌 그자가 내 손에 죽는 꼴을 보게 될 것이다. 아니, 그를 산 채로 잡아서 꿇려 놓고 그 앞에서 너를 취한 후에 죽이는 것도 좋겠어. 이건 전부 네가 자초한 짓 아니냐."

"내 탓이라고 떠넘기지 마! 개새끼들이 날 탐내는 것도 내 탓이고, 강간하려던 새끼들이 다치거나 죽은 것도 내 탓이고, 이제 당신이 쿤을 죽이는 것도 내 탓이야? 지긋지긋해!"

레니에의 격렬한 반응에 기치다의 움직임이 멎었다. 새파란 눈동자가 크게 흔들리는 것을 보며, 레니에는 속에 묶여 있던 말을 시원하게 내질렀다.

"내 몸을 갖고 싶으면 지금 강제로 가져 봐요! 나한테 그랬던 새끼들이 지금까지 한둘이었던 줄 알아? 뒷간의 파리 떼만큼이나 어글어글했어! 당신도 똑같이 파리 새끼가 한번 돼 봐요! 뒤통수에 사금파리 꽂혀 죽기 싫으면 손가락 하나도 움직이지 못하게 꽉꽉 묶어 놓고 해 봐! 아니, 날 죽이고 시체랑 하는 게 제일 낫겠어! 그게 제일 안전하잖아! 반항도 안 하고 위험하지도 않잖아!"

그는 더 이상 대답하지도 않고 화를 내지도 않았다. 흐으. 흐. 으으. 그는 한 손으로 얼굴을 가린 채 정체를 알 수 없는 신음을 내뱉었다

"……우리가 신성한 임무를 완수하고 함께 하늘로 올라간다면, 레니에."

"미친……."

"결국 생각이 달라질 거야. 영원히 살다 보면 언젠가는 내 덕에 영광스러운 삶을 얻게 된 걸 고마워하게 되는 날이 오겠지. 그때도 늦지는 않을 거야, 그렇지? 응?"

"너 같은 새끼한테 고마워하느니 내가 이난나 여신께 1천 번의 제사를 드리겠다, 개새끼야!"

"욕을 해도 좋고 나를 저주해도 좋으니, 죽지만 마라. 남아 있는 게 영원한 시간이라면, 무슨 일이든 가능해지지. 그렇다면 기대해 볼 만하지 않겠니."

한참 후 기치다는 옷을 털고 일어섰다. 머리카락을 정돈하고 옷소매로 얼굴을 문질러 정리하더니 예의 조용하고 부드러운 목소리로 되돌아왔다.

"어쨌든 끼니때마다 뭐라도 좀 먹어 두렴. 나중에 나와 함께 가나평원으로 떠나야 할 테니까. 축 늘어져서 나한테 업혀 가는 건 싫을 거 아니니."

"이럴 거였으면 차라리 소금성 복도에서 싸그리 죽이고 나를 데려오지 그랬어! 그게 더 편했을 거 아니에요?"

"저런, 그렇게 소리 지르면 목이 쉬어. 그리고 말이야. 한 가지 말해 줄 게 있는데, 레니에."

기치다는 소매로 입을 가리고 조용히 웃었다.

"나도 그때 북국에서 모조리 죽이고 너를 끌고 오는 게 가장 좋은 방법이라 생각했었어. 그런데 왜 그러지 않았을까? 똑똑한 머리로 잘 생각해 봐."

기치다는 꽉 묶여 꼼짝도 하지 못하는 레니에의 얼굴을 억지로 들어 올리더니 짧은 입맞춤을 했다. 벌레가 입술에 닿아 꿈틀거리는 것처럼 끔찍하다. 레니에가 입술을 물어뜯으려 이를 딱딱거리자 기치다는 다시 얼굴을 후려쳤다. 레니에는 바닥에 내팽개쳐진 채 몸부림치며 악을 썼다.

"꺼져, 꺼지라고! 이 교활하고, 사악한 자식아! 개자식아!"

대체 나를 가지고 무슨 짓을 하려고 그래. 자기가 협박해서 끌고 와 놓고, 거래도 제 손으로 깨뜨려 놓고, 나한테 뭘 어쩌라는 거야. 레니에는 등 뒤로 흘러내리는 불길한 예감에 잠식되지 않으려고 미친 듯이 고개를 저었다.

불길한 예감은 현실이 됐다. 기치다는 다음 날부터 레니에에게 내려오지 않았고, 며칠 후 사바토가 내려와 쿤이 전쟁에 응했음을 알려 주었다. 그리고 기치다가 텔코스를 동원해 쿤을 어떻게 도발했는지도 자세히 일러 주었다.

기치다는 자신이 겪었던 가장 모욕적이고 비참했던 경험까지 자신의 목적을 위해 고스란히 이용했다. '레니에가 쿤의 목숨을 보호하기 위해 강제로 남국에 끌려갔다'는 사실과, '그를 끌어낼 인질이 되지 않기 위해 자해를 하고 있다'는 소식까지 알뜰하게 넣어서 보냈노라, 그래서 쿤이 북국에 몹시 불리한 가나평원에서의 회전에 응하기로 결정했음을 말하며, 사바토는 딱하다는 듯 혀를 찼다.

레니에는 그 말을 듣고 돌바닥에 머리를 짓찧으며 울었다. 쿤이 자신에 대한 증오심을 오래오래 간직해서 기치다의 도발에 휘말리지 않고 북국에 틀어박혀 오래오래 버티기만 바랐는데 모든 게 허사가 됐다.

인간을 연민하지 않는 것 같은 신들에게 기원하는 것은 부질없고, 그를 위한 모든 노력도 부질없게 되었다. 그렇다 보니 머리가 깨지도록 바닥에 박으며 우는 것 말고는 아무것도 할 수 없었고,

레니에는 그렇게 했다.

하룻밤을 그렇게 울고 일어난 레니에는 허리를 펴고 바로 앉았다. 아침 해가 떠올랐는지 위에 뚫린 작은 구멍으로 빛이 들어와서 발치에 떨어지고 있었다. 레니에는 불현듯 강한 기시감을 느꼈다.

아, 그래, 동굴에서 쿤의 머리를 빗겨 줄 때였던가? 그의 발치로 스며들어 오던, 애처로울 정도로 희미하던 햇빛 한 자락. 이상하게도, 그때는 그의 발치에 닿던 햇빛마저도 그렇게 애처롭고 사랑스럽게 느껴졌었다.

허리를 쭉 펴고 단정하게 앉은 소년의 등에서 긴장감이 느껴졌다. 그의 앞으로 흩어지던 가늘고 열띤 호흡, 붉어지던 목덜미, 사랑하는 여자와의 의미 있는 의식이라 생각해서였을까. 더듬더듬 손으로 머리를 쓰다듬고 보이지 않는 눈으로 자신의 신발 끈을 묶어 줄 때 그는 일생일대의 예식을 치르는 것처럼 정중하고 경건했다.

레니에는 한참 동안 눈을 깜박거렸다. 퉁, 툭툭. 눈물이 손바닥만 한 햇빛 속으로 떨어지며 탁하게 깨지는 소리를 낸다. 레니에는 그 소리가 들리지 않게 될 때까지 눈을 한참 깜박거렸다.

눈물이 그치고 나니 이제야 보이기 시작했다. 뺏긴 것과 남은 것, 가능한 것과 불가능한 것, 그리고 해야 할 것과 포기해야 할 것이 드디어 확실하게 보이기 시작했다.

애초에 그를 내 진창 같은 운명에 끌어들이는 게 아니었다. 내가 중간에 끼어들지 않았으면 쿤은 그때 죽었을 것이고, 기치다님은 지금쯤 천족이 되어 하늘에 있을 것이다.

나와의 인연 때문에 8년을 악몽같이 살고 이제는 백성들을 모조리 이끌고 나와 전쟁까지 치러야 하는 것보다, 그때 죽는 것이 쿤에게는 더 평화로운 길이었을지도 모른다.

쿤과 보냈던 짧고 달콤했던 순간은 원래 일어나지 않았을 일이었다.

그래, 그때 일은 사실 신성석 동굴의 모닥불 옆에서 꾼 짧은 꿈이었어.

레니에는 희미하게 웃었다. 그리 생각하니 이제 모든 것이 편해졌다.

"쿤. 미안해……."

레니에는 가만히 눈을 감았다. 사랑해, 라는 말까지는 입 밖에 내면 안 될 것 같았다. 그러면 마음을 더 걷잡을 수 없을 것 같아서 레니에는 그 말을 삼키고, 삼키고, 삼켰다.

자신의 일을 듣고 그가 울까 봐 걱정이 되기도 했다. 녀석은 덩치에 어울리지 않게 정말 눈물이 많았다. 아무래도 신들이 레니에의 몫으로 정해 놓은 눈물을, 녀석이 정말 한두 바가지, 아니 한두 항아리 정도 훔쳐 간 게 아닐까 싶을 정도였다.

"기치다 님. 그동안 고마웠습니다. 그동안 기치다 님께 많은 은혜를 입었고, 그것을 갚기 위해서 최선을 다했습니다. 진심으로 감사드립니다."

레니에는 눈을 감은 채 조용히 중얼거렸다. 그가 레니에에게 가졌던 두 갈래의 감정, 그가 보여 주는 두 가지의 행동으로 인해 끝내 그를 사랑할 수 없었던 것처럼, 레니에는 그를 온전히 증오하는 것도 어려웠다. 레니에는 고개를 들고 중얼거렸다.

"쿤, 너무 힘들어하지 마. 내가 기치다 님을 막을 거야."

기치다와 엮인 은원의 향방은 이제 온전히 그녀의 손으로 떨어졌다. 그가 레니에의 목숨을 취하든, 레니에가 그의 목숨을 취하든. 이제 레니에에게 남은 선택지는 많지 않았다. 선택지가 적어진다는 것은 어떤 의미에서 가장 편안한 길이기도 했다.

"난 황금숲 제일의 전사라고 소문났잖아. 사실 뻥도 많이 섞였지만, 그래도 너 말곤 누구하고 싸워서 진 적이 없어. 이제 수단 방법 가리지 않고 기치다 님을 막을 거야."

레니에는 잠시 망설이다가 덧붙였다.

"소금성의 쿤, 후와투와 카할라의 아들의 이름으로 약속해."

그의 이름이 입에 감기는 느낌이 너무 감미로워서, 레니에는 눈을 감은 채 달게 웃었다.

❖ ✝✝ ❖

뿌우우, 뿌우, 뿌우우, 뿌우!

난데없이 퇴각 나팔 소리가 길게 울렸다. 맹렬히 싸우던 기치다와 쿤은 잠시 움직임을 멈추었다. 쿤이 전황을 훑어보고 짧게 말했다.

"지금 퇴각령인가? 지휘관이 여기 있는데 저건 뭔가?"

기치다는 지근지근 울리는 머리를 잡았다. 자신을 대신해 퇴각 명령을 내릴 수 있는 사람이라면 단 한 명뿐이었다.

"피디오스! 왜?"

피디오스가 병사들의 훈련과 실전에서의 작전 수행에 대해 기치다에게 권한을 위임받은 것은 사실이었다. 하지만 피디오스의 갑작스러운 후퇴 명령은 예상치 못한 것이었다.

평원을 내려다본 기치다는 주먹을 지그시 쥐었다. 바라지 않았던 장면이 펼쳐져 있다.

북국 전사들이 빠르게 치고 빠질 것이라 생각한 모두의 예상과 달리 맹렬한 백병전이 계속 이어지고 있었다. 남국군의 수적인 우세에도 불구하고 전선은 교착상태였다. 믿었던 전차는 시체들의 산에 걸려 나동그라졌고 훈련받은 말들은 수레가 전복되면서 같이 진창을 뒹굴다가 북국 사람들의 손에 끌려가고 있었다.

신관들 중에는 움직이고 반격하는 자들보다 쓰러진 자들이 훨씬 많았고, 대열을 제대로 이루지 못한 연합군 뒤로는 병기를 던지고 도망치는 탈영병들이 지렁이처럼 꼬리를 잇고 있었다. 한눈에 보아도 아수라장 난전이었다.

그나마 날이 밝아 연합군이 훈련한 대로 진형이 잡히기 시작하면서, 남국 쪽의 전세가 조금씩 회복되던 참이었다. 그런데 이게 무슨.

뿌우우, 뿌우, 뿌우우, 뿌우!

뿌우우, 뿌우, 뿌우우, 뿌우!

퇴각 명령이 잘못된 게 아니라는 듯, 나팔이 연속해서 길게 울렸다. 두 번째 후퇴 나팔 소리를 기점으로, 간신히 대오를 형성한 남국 병사들마저 개미 떼가 흩어지듯 좌르르 사방으로 튀어 달리기 시작했다. 살아남은 신관들이 짧은 휘파람으로 기치다에게 신호를 보낸다.

「니누르갈과 니니갈의 왕이 죽고 두 명의 왕이 부상을 입었습니다.」

「쉬나르강을 건너 아바크 성으로 퇴각합니다.」

휘파람 언어를 알아들은 쿤은 그제야 희미하게 웃었다. 안마르 부대의 첫 번째 공격 목표를 신관들과 '갑주를 두르고 호위를 달고 말을 타고 달리는 자' 즉 지휘관이나 왕으로 집중하라 한 것이 결국 효과를 본 것 같다.

남국 연합군의 갑작스러운 퇴각도 이해가 됐다. 가나평원의 주인인 니누르갈 성과 니니갈 성의 왕이 죽었다면, 남국군은 제대로 된 보급과 지원을 체계적으로 받기 어려워지니 가나평원의 승부를 포기하고 쉬냐르평원으로 전선을 옮기는 것이 유리하겠다고 판단한 것이다.

맞은편에 떠 있는 기치다의 몸이 다시 휘청한다. 머리에 손을 짚고 입술을 꽉 깨무는 것이, 충격도 충격이지만 몸이 더 이상 버티지 못하는 듯했다.

쿤은 아크를 쓸 때 어떤 식으로 힘이 들어가는지 전혀 알 수 없었지만 지금 기치다가 필사적으로 버티고 있다는 것은 알 것 같았다.

"제기랄."

기치다는 이를 물고 나직하게 뇌까렸다. 신관들의 막사가 모인 곳으로 북국 전사들이 몰려가고 있다. 막사에 놔둔 레니에가 어떻게 되었을지 생각을 떨치려 해도 이제는 떨칠 수가 없다.

아직도 막사에 있을까? 그 키토라는 소년병이 풀어 줘서 도망쳤을까? 측근 전사들이 빨리 와서 레니에를 잘 잡아 빼돌렸을까? 아니면 크게 다치거나 혹은…….

"기치다! 혹시 레니에를 결박해 놓고 저 난전 중에 팽개친 건……."

기치다의 생각을 짐작했는지 쿤은 급히 기치다의 시선을 따라 눈을 돌렸다. 그의 어두운 잿빛 눈동자, 꿈틀대는 눈썹, 꽉 맞물린 입술, 신관들의 막사 인근을 필사적으로 눈으로 훑고 있는 쿤은 기치다 이상으로 절박해 보였다.

기치다는 이것이 자신의 손에 남겨진 마지막 기회라는 것을 직감했다. 휘청대는 몸을 가누며 남은 힘을 쥐어짜 팔을 휘둘렀다.

쩡!

"어억!"

쿤은 황급히 목덜미를 감싸고 몸을 구부렸다. 방심하다 당했다. 판금 갑주가 가리지 못한 목 근처에 극심한 통증이 일었다. 보이지 않는 날카로운 무기, 레니에의 머리끈을 자를 때 사용했던 그 무언가가 목을 치고 지나간 듯했다.

다행히 보이지 않는 칼은 판금 갑주 안에 받쳐 입은, 단단하게 말린 가죽 갑주를 완전히 잘라 내지 못하는 바람에 피부를 살짝 베고 지나가는 것으로 그쳤다.

결국 실패했나.

기치다는 쿤이 오른손의 도끼를 꽉 움켜잡는 것을 보고 지독한 현기증을 느꼈다.

저자는 천족도 아니고 아크도 사용하지 못하는데 어찌 저렇게 철벽처럼 견고하고 무지막지할까. 그리고 손에 잡힐 듯 다가온 기회들은 어찌 이렇게 딱 한 걸음 직전에 번번이 손아귀를 빠져나갈까.

이젠 속에서 구토가 올라오고 입에선 피비린내가 난다. 필사적으로 힘을 끌어 올려도 몸이 더 이상 버티지 못한다.

여전히 살기등등한 쿤과 뒤에서 포진하고 있는 안마르들, 그리고 금방이라도 추락할 것 같은 몸의 상태. 거세게 이는 바람 소리가 귀청을 찢을 것 같고, 머리는 깨질 듯이 아프다. 한 번만 더 공격을 했다간, 몸 상태로 보아서는 그대로 추락이다. 쿤의 목숨을 거두는 것은 고사하고 자신의 목숨을 잃을 일만 남았다.

"오늘은 이쯤 하도록 할까. 동료가 부르니 아무래도 신경이 쓰이는걸. 나중에 또 보지."

기치다는 공격을 포기하고 바로 지상을 향해 하강하기 시작했다. 이젠 추락하지 않는 것 한 가지만으로도 남은 힘을 모조리 긁어모아야 할 지경이었다.

쿤은 그를 쫓는 대신 뒤에 떠 있는 안마르 부대를 향해 큰 소리로 외쳤다.

"그대들은 지금 바로 가나평원으로 내려가서 전투에 합류한다!"

"옛, 루갈!"

"측근들은 나를 따른다! 나는 신관들의 막사가 있던 곳으로 갈 것이다!"

"옛, 루갈!"

쿤은 기치다를 따라가 목숨을 취하는 대신 레니에가 있을 수도 있는 가나평원 한복판으로 뛰어들었다.

기치다는 그대로 방향을 틀어 쉬냐르강을 건넜고, 쉬냐르평원에 내려서자마자 바로 땅에 쓰러졌다. 두 발로 서 있을 정도의 기력도 없었고, 극심한 구토가 치밀었다. 손으로 입을 틀어막았지만 손가락 사이로 핏물이 울컥울컥 쏟아져 내렸다.

자신을 보호하러 달려오는 신관들은 눈에 띄지 않는다. 대신 하늘에서의 놀라운 모습에 두려움을 느낀 전사들만 조심스럽게 다가와 그를 부축했다.

남국 연합군의 현황은 그리 좋지 않았다. 신관들이 필사적으로 싸운 덕에 북국의 최정예인 안마르 부대도 절반 가까이 궤멸되었지만, 희생자의 수로 따지면 남국 연합군 쪽이 훨씬 많았다.

7만에 이르는 병사는 첫 번째 접전에서 절반 가까이 죽거나 전투에 참가하지 못할 정도로 다치거나 혹은 강을 건너지 못하고 포로가 됐다. 적과 아군을 분별하지 못하고 싸웠을 때의 피해가 가장 컸고, 위에서 내리꽂히는 화살에 속수무책이었으며 혼란 중에 진형을 이루지도 못하고 마구잡이로 싸운 것이 가장 큰 패착이었다.

그리고 병사들은 퇴각 명령을 듣자마자 후방의 방어건 뭐건 모조리 집어던지고 쉬냐르강을 향해 달렸는데 그것이 피해를 부추겼다. 말과 수레, 막사와 식량, 부상당한 동료 병사들도 팽개치고, 심지어 지켜야 할 왕이 어디 있는지도 확인하지 못한 채 개미떼처럼 어글어글 강가로 몰려가 강물에 뛰어들었다.

쉬냐르강은 나아루강보다 강폭이 좁았지만 수심은 더 깊은 편이었다. 얕보고 첨벙첨벙 뛰어든 이들 중 헤엄을 제대로 치지 못하는 자들은 무거운 갑주 때문에 한참 허우적거리다 강바닥에 가라앉았다. 그것을 본 다른 전사들은 청동 갑주를 벗어서 강변에 던지고 물에 뛰어들었다.

가나평원에 남은 것은 항복하겠다는 고함 아니면 피 튀기는 살육과 단말마의 비명뿐이었다. 강을 건너지 못한 병사들은 전우들의 시체에 걸려 넘어지고 맨발에 피를 줄줄 흘리며 갈팡질팡하다가 항복했고, 저항하는 자들은 바로 목이 잘렸다.

남국 연합군 중에서 항복하지 않는 병사는 거의 없었지만, 신관 중에서는 수인종족에게 항복하는 자가 아무도 없었다.

신관들은 황금숲에서 태어나 평생 그곳에서 자랐기 때문에 헤엄을 칠 줄 아는 자가 없었다. 부양 아크를 사용할 수 있는 자들과 몇 대 안 되는 가죽배에 탄 이들만 쉬냐르강을 건넜고, 나머지 신관들은 쉬냐르강 앞에서 갑옷도 방패도 없이 맨몸으로 싸우다 죽었다. 손에서 불을 뿜는 능력과 날카로운 바람을 일으키는 능력이란 과연 신기한 것이었지만 그 능력을 살상이 가능할 정도로 다듬은 신관은 많지 않았고, 그 힘이 기치다만큼 강력한 신관은 전무했다.

그들은 싸우고 밀리고 혹은 맨발로 도망치다가 등에 칼을 맞고 죽거나 강 앞에서 아크를 사용해 자결했다. 더러운 수인종족의 포로가 되어 노예로 팔리거나 수욕을 당하는 것은 천족으로서 있을 수 없는 일이었다.

전장에서 천족 신관들의 죽음은 기이할 정도로 이질적이었다. 검은 대지 위에 켜켜이 쌓여 가는 흰 예복 차림의 시체 더미, 새하얀 옷을 물들이는 붉은 피, 그리고 피에 흠뻑 젖은 흙투성이 맨발과 이해할 수 없을 정도로 아름다운 외모까지 모두 그랬다.

북국 전사들은 자신들의 왕을 모욕하고 수인종족을 경멸하던 오만한 족속을 존경하지도 불쌍히 여기지도 않았지만, 항복하는 대신 죽음을 택한 그들을 명예를 아는 자라 여겨, 그들의 시신을 전사의 예에 맞추어 예우했다.

정오가 되기 전에 니누르갈과 니니갈 성, 그리고 가나평원은 북국의 손에 떨어졌다.

첫 전투는 북국의 대승이었다.

쿤은 기치다의 막사로 돌아와 사방을 둘러보았다. 안마르 부대가 가장 먼저 목표로 잡았던 신관들의 숙소여서인지 막사 인근은 그야말로 쑥대밭이었다.

벌써 날이 어둑하게 저물고 있고, 몸은 피와 땀으로 푹 잠겼다. 하지만 쿤이 원하는 것은 아직 나타나지 않고 있었다.

설마 이 난전 중에 정말 잘못된 건 아니겠지?

쿤은 불길한 생각이 들 때마다 머리를 힘껏 흔들거나 발을 탁탁 구르며 나쁜 생각을 몰아내려 애를 썼다.

쿤은 전투가 끝난 직후부터 상처를 제대로 싸매지도 못한 채,

신관들의 막사 인근을 샅샅이 뒤졌다. 특히 총사령관의 숙소라고 알려진, 깃발이 꽂혀 있던 작은 막사 부근에서는 시신들을 한 명씩 뒤집어 일일이 얼굴을 확인했다.

막사 주변은 집중 공격을 당한 덕에 그야말로 고슴도치처럼 화살이 빼곡했고, 양측 전사들의 시체로 난장이었지만 그중에 레니에는 없었다.

기치다 그자가 데려오지도 않고 나를 속인 건가?

정말 레니에가 기치다를 따라 이 전쟁 한복판까지 왔을까?

쿤은 막사 귀퉁이의 의자에 앉아 사방을 둘러보며 멍하니 넋을 놓았다. 커다란 나무 탁자가 구석에서 나동그라져 있었고, 나무 탁자 위로 화살이 대여섯 개 꽂혀 있었다. 바닥에도 화살들이 빽빽하게 박혔고, 첫 번째 사신단의 무리 중에서 보았던 낯익은 호위 전사 한 명이 화살을 맞고 바닥에서 뒹굴고 있었다.

만약 이 막사 안에 레니에가 있었다면 무사할 성싶지 않았다.

레니에가 있다는 것을 알았다면 나는 공격 방법을 달리했을까?

잘 모르겠다. 그 방법 외에 북국이 승리할 수 있는 방책은 전무하다시피 했다.

레니에가 있는 것을 알았다면 나는 패전을 무릅쓰고 다른 방법을 택했을까?

기치다가 한 말이 속을 후벼 팠다.

– 백성을 불리한 전쟁터에 모조리 끌고 나온 게 자랑인가?

– 신성한 임무를 우선시한다 해서, 있던 감정이 없어지는 건 아니야. 우선순위의 문제일 뿐.

나도 그런 상황이면 기치다 같은 선택을 했을까?

쿤은 머리를 흔들어서 생각을 털어 냈다. 지나간 일, 그것도 일어나지도 않은 일로 고뇌하는 것은 무익하다. 기치다는 지혜로운 척하며 모든 것을 혼란케 하는 자이고, 나는 그가 흔들어 대는 여러 개의 말꼬리에 휩쓸리지 않을 것이다. 나는 지금 내가 해야 할 일만 하면 된다.

내가 할 일은 이 전쟁에서 기필코 승리하는 것이고, 지금 할 일은 레니에를 찾는 일이다.

쿤은 바닥에 굴러다니는 여자 신관의 시신을 천으로 덮어 주며 고통스럽게 한숨을 쉬었다. 자다가 기습을 당했는지 얇은 자리옷 차림으로 화살을 맞은 자들도 많았고, 옷이 모두 벗겨진 채 바닥에 굴러다니는 시신도 있었다.

만약 이 막사에 레니에가 있었으면 저 꼴로 발견될 수도 있었을 것이라 생각하니 눈앞으로 까맣게 어둠이 내려앉는 것 같다.

넌 대체 지금 어디 있나.

쿤은 두 손으로 얼굴을 감싸고 길게 신음했다. 속이 바작바작 타들어 갔다.

"루갈! 루갈! 여기 계십니까, 루갈!"

사흘째 되던 날 저녁, 이야가 허둥지둥 뛰어 들어오며 고함을 지른다. 아쉬와 디쉬, 훔바도 숨을 크게 씩씩거리며 뒤따라왔다. 밖에서 왁왁 내지르는 고함과 시끄럽게 떠드는 소리가 함께 밀려 들어 온다.

"에레쉬를 모시고 있던 자를 포로로 잡았습니다!"

35. 미끼

"기치다의 막사 앞을 지켰던 소년 초병으로 전투가 벌어지기 전 열흘 동안 번차로 막사 앞을 지켰다고 합니다."

쿤은 의자를 바짝 끌어당겨 소년병의 앞에 앉았다. 바닥에 무릎을 꿇고 앉은 소년병은 체구가 레니에 정도밖에 되지 않았는데, 자신의 얼굴을 보자마자 괴물이라도 만난 것처럼 온몸을 와들와들 떨기 시작했다.

"고향과 이름과 아비의 이름을 대라."

"아, 아이기스 군도에서 왔습니다. 펠리시오스의 아들 키토라 합니다."

키토는 코앞으로 들이닥친 북국의 왕을 보고 완전히 오줌을 지릴 지경이었다.

수인종족의 우두머리라는 덩치 큰 전사는 피에 새카맣게 절인 듯한 가죽 갑옷을 입고 있었고, 머리카락은 사자처럼 흩어져, 말로만 듣던 명부의 무시무시한 괴물 같았다.

하늘에서 수리 세 마리에 매달려 도끼를 쥐고 싸우던 모습보다 지금 눈앞에서 보는 모습이 백배는 더 무서웠다. 게다가 가나평원의 살벌한 전투에서 신들린 듯 날뛰었다는 걸 증명이라도 하듯, 온몸에서 뿜어져 나오는 살기만으로도 숨이 막혀 죽을 지경이었다.

"좋다, 키토. 보고 들은 것을 모두 말해라. 네가 막사 안에서 보았고 지켰다는 짧은 금발의 여자, 엘데 섬의 레니에라는……."

키토가 눈을 둥그렇게 뜨고 고개를 번쩍 들었다. 엘데 섬이라고? 아이기스 군도에 속해 있는 그 작은 엘데 섬? 그럴 리가. 황금숲의 신관들은 황금숲에서만 태어난다고 하지 않던가?

북국의 왕이 숨을 들이쉬고, 다시 한 번 들이쉬고 천천히 말했다.

"……내 아내에 대해서 말이다."

❖ ✝✝ ❖

개울에 처박힌 수레에 숨은 키토는 눈을 커다랗게 뜨고 기치다와 북국의 왕이 공중에서 싸우는 모습을 지켜보았다. 하늘을 나는 대신관도, 새들이 모는 하늘수레도 처음 본 키토는 혼이 빠질 정도로 놀라서, 목숨이 경각에 달린 것도 새카맣게 잊고 감탄을 연발했다.

"화살이 멎었어……."

레니에가 중얼대는 말에 키토는 정신을 번쩍 차렸다. 그러고 보니 허공에서 싸우던 두 사람이 갑자기 무슨 대화라도 하는 것처럼 싸움을 멈추고 서로 대치하고 있고, 쿤의 휘파람 신호에 소나기처럼 쏟아지던 화살이 갑자기 멎었다.

"멎었어요! 화살이 떨어졌나 봐요!"

키토의 순진한 말에 레니에는 킬킬대고 웃기 시작했다. 공격하는 양상을 보면 이건 북국에 가장 위협적인 존재인 신관들을 초장에 완전히 몰살하기 위한 기습 공격이다.

그런 중요한 공격에 화살을 적게 챙겨 왔을 리가 없다. 그렇다면 지금 쿤의 휘파람에 화살 공격이 멎었다는 거고, 그것은 쿤이 공격 중지 명령을 내렸다는 뜻이다. 그의 맞은편에 있는 기치다가 대체 무슨 말로 쿤의 공격을 멎게 했을지 단번에 이해가 됐다.

역시나 나를 이용해 먹는구나. 아주 알뜰하게, 끝까지.

레니에는 끅끅 소리를 내며 실성한 듯 웃었다. 이런 순간에마저 쿤은 너무나 쿤다웠고, 기치다는 너무나 기치다다웠다. 그래서 레니에는 웃는 것 말고는 할 일이 없었다.

화살이 그치자 레니에와 키토는 수레 밖으로 기어 나왔다. 하늘에서 타오르는 불덩어리 때문인지 이제 적군과 아군이 어느 정도 분별이 되어, 아군끼리 싸우던 병사들은 황급히 갑주를 갖춰 입고 지휘관을 찾아 주변을 두리번거렸다. 나아루강 쪽에서 다시 요란한 고함과 시끄러운 소리가 들린다.

"무, 무슨 일일까요, 신관님?"

"안마르가 공격하는 사이 북국 전사들이 강을 건넌 것 같아. 강변에서 전투가 벌어진 거야."

"여기 있다! 사바토! 데위테라! 트리테! 도망친 레니에는 여기 있어!"

키리아케의 날카로운 목소리가 들렸다. 뒤이어 기치다의 최측근 신관 세 명이 사바토를 부축해 함께 달려왔다. 키리아케는 레니에와 키토의 뺨을 후려치며 고함을 질렀다.

"막사에서 기다리라고 한 명령을 듣지 못했어! 알티르의 명을 뭐로 듣고!"

"개 짖는 소리."

"뭐……?"

키리아케는 처음에는 뭔가를 잘못 들었다 생각했고, 그다음에는 레니에가 정신이 나간 게 아닐까 생각했다. 레니에는 비웃음을 감출 생각도 않고 다시 한 번 되풀이했다.

"개, 짖는, 말씀이었다고, 엉? 기치다 말대로 거기 그냥 있었다간 너희는 지금 화살이 다닥다닥한 고슴도치 시체만 끌고 가야 했을걸? 그러면 너희도 모조리 잡아 죽인다 하셨는데 못 들었어?"

"……."

"내가 얼른 도망쳐서 살아났으니까 난 너희들 목숨도 살린 거야. 고맙다고 못할망정 어디 손을 올려?"

결기 어린 대거리에 키리아케는 말문이 막혔다. 키토라는 소년병이 감탄하는 얼굴로 보고 있는 것이 꼴 보기 싫어 그녀는 괜히 애먼 소년병의 따귀만 다시 후려쳤다. 사바토와 다른 측근 전사 너덧 명이 몰려와 레니에를 붙잡고 다시 몸을 결박했다.

키토는 레니에라는 신관이 아무 반항도 하지 않고 결박을 받는 것을 조마조마하게 지켜보며 눈치껏 뒤로 물러섰다. 아까와 달리 레니에는 얌전하게 다섯 겹의 결박을 당한 후 나무에 묶였다.

주변의 전황이 안 좋게 돌아가는지 북쪽의 강가에서 들려오던 고함이 점점 가까워지는 것 같다. 하늘에서는 여전히 목숨을 건 살벌한 싸움이 벌어지고 있다. 키리아케가 급하게 말했다.

"여기 있다간 어떻게 될지 모르겠다. 우리는 레니에를 데리고 먼저 황금숲으로 돌아간다. 말을 준비해!"

"하지만 지금 알티르께서 저렇게 혼자 싸우고 계시는데요?"

데위테라가 말을 막자 키리아케가 단호하게 고개를 젓는다.

"알티르께서 전황이 확실치 않으면 레니에를 바로 황금숲에 데려다 놓으라 명하셨다. 레니에가 이 전장에서 북국으로 넘어가거나 죽으면 알티르의 심기도 크게 어지러워질 것이고 우리는 모두 죽는다."

데위테라와 키리아케는 말을 하다 말고 갑자기 크게 몸을 떨었다. 방패에서 떨어진 기치다가 다시 몸을 띄워 안마르 앞까지 날아가는 모습이 보였던 것이다. 키리아케가 버럭 고함을 질렀다.

"정신 차리고 서둘러! 사바토는 다리를 다쳤으니 아이기스의 꼬맹이 놈하고 같이 레니에를 지키고, 나머지는 저 수레들을 들어내고 넘어진 말들을 일으켜! 데위테라는 식량과 짐을 챙겨 오고 트리테는 말이든 나귀든 모자라는 수만큼 차출해서 끌고 와! 알티르께서 명하신 일이라고 해!"

"예!"

"정신 차리고 서둘러! 알티르께서 낙인에 걸린 아크를 오늘 아침에 연장해 주셨으니, 다들 사흘 안에 황금숲에 도착해야 한다!"

"알겠습니다!"

모인 사람들은 불에 덴 듯 달려가 짐을 챙기고 진창에 빠진 무거운 수레에 달라붙었다.

레니에는 나무에 묶인 채 물끄러미 하늘을 바라보았다. 새까만 하늘을 배경으로, 자신을 이용해서 싸우는 사내와, 자신을 위해 싸우는 사내가 보인다.

나를 위해 유리한 것을 모두 포기하고 불리한 조건은 다 끌어안고 싸워야 하는 불쌍한 아이. 눈물 많고, 우직하고, 한없이 예쁘고 사랑스러운 내 수인종족.

"……쿤."

이럴 줄 알았어. 너를 보면, 내가 이럴 줄 알았어. 레니에는 고개를 푹 숙이고 꿀꺽꿀꺽 침을 삼켰다.

보고 싶다. 위풍당당한 백염산맥, 하얗고 예쁜 소금성, 그곳에서 웃고 있는 네 옆에 가서 서 있고 싶다. 그러다 나와 시선이 마주치면, 너는 천연스럽게 벌쭉 웃어 줄 것 같다.

생각만으로도 발이 동동대며 달려 나가려 한다. 가서, 네 목을 끌어안고 뺨을 맞대고 비비고 싶다. 같이 웃어 주고 싶다. 정말 보고 싶다. 이렇게 숨이 막히도록, 멀리서 보는 것만으로도 목이 졸리는 것처럼, 난 네가 너무나 보고 싶다.

……널 다 놓았다고 생각했는데 아니었나 봐…….

그가 활을 쏘고, 기치다의 공격을 막고, 새들을 움직여 칼을 휘두를 때마다 숨이 턱턱 막히고 하염없이 눈물이 났다. 사람이 누군가를 이렇게 좋아할 수도 있구나. 누군가를 좋아하는 것 때문에 이렇게 죽을 만큼 아플 수도 있구나 싶다.

"레니에."

레니에는 눈을 깜박이며 고개를 들었다. 옆에 서 있던 사바토가 눈썹을 찡그리며 자신을 내려다보고 있었다.

"혹시라도 도망칠 생각이 있으면 포기해. 네가 북국 왕을 어떻게 모욕하고 나왔는지 기억해 봐."

"……알아요."

"그럼 왜 구질구질하게 눈물 바람이야? 아직도 북국으로 가는 게 포기가 안 돼? 그럼 아까 키토를 죽이고 얼른 도망쳐 보지 그랬어. 물론 그랬다간 나아루강을 건너기도 전에 우리 신관들이든 북국 병사들 칼에 맞아 죽었겠지만."

"기치다 님의 아크가 북국에서 통하는 걸 봤는데, 제가 북국에 가면 어쩌라고요. 그분이 다시 북국에 쫓아와서 사람들을 참살하는 꼴을 보라는 건가요?"

사바토의 짧은 코웃음 소리가 들렸다.

"그래. 지킬 자가 뒤에 있으면 두려움에 눈이 멀고 미련해지기 마련이지. 그자가 사랑하는 사람이면 더욱 그렇겠지. 이해한다."

이상하다. 말 사이에서 작은 걸림돌이 느껴진다. 레니에는 고개를 갸웃했다.

"사바토 님, 저는 그때 쿤이 죽을까 봐 두려웠던 건 맞아요. 그런데 눈이 멀어서 미련해졌다뇨? 그게 무슨 뜻인가요?"

"당연히 그렇지. 눈이 멀어서 미련한 짓을 해 놓고 와서는 지금 이렇게 애처로운 시늉을 하면 우리 기분이 어떨까? 지금 가장 죽이고 싶은 너를 목숨 걸고 지켜야 하는 불쌍한 우리들 말이야."

말 속에 든 이상한 가시, 아니 거슬림이 더욱 선명해진다. 레니에는 다급하게 물었다.

"제가 그럼 그때 북국에서 어떻게 해야 했죠? 그 자리에 있는 사람들 다 몰살당하는 거 그대로 보고 있었어야 해요? 그게 똑똑한 짓이에요?"

레니에는 문득 말을 멈췄다. 기치다가 석실로 내려와서 자신을 협박하며 했던 말이 떠올랐다.

- 나도 그때 북국에서 모조리 죽이고 너를 끌고 오는 게 가장 좋은 방법이라 생각했었어. 그런데 왜 그러지 않았을까? 똑똑한 머리로 잘 생각해 봐.

그래. 내내 풀리지 않던 의문점이었다. 그 자리에서 사람들을 모조리 죽이고 나만 자해하지 못하게 막은 후에 빠져나올 수도 있었는데, 기치다 님은 그렇게 하지 않았다.

레니에는 몸서리를 치며 숨을 죽였다. 그때도 풀리지 않았던 의문점. 내 머리는 갈색의 아크가 풀렸는데, 기치다 님은 은을 녹였다. 내 가슴의 아크는 신성석 동굴에서 발현하지 않았는데, 기치다 님은 바람칼로 내 머리끈을 잘라 냈다. 레니에의 혼란을 짐작한 듯, 사바토가 가볍게 웃으며 묻는다.

"그날 기치다 님의 손을 보았니?"

"예? ……예."

레니에는 천천히 눈을 깜박거렸다. 피투성이가 되어 있던 붉은 손. 그러고 보니 그도 이상했다. 기치다 님은 아크를 발현시키는 데 그렇게 많은 피가 필요하진 않다고 했다. 당황해서 세게 긁을 때가 아니라면 그런 실수를 한 적도 없다.

"호, 혹시 그럼……."

그럼 쿤과 다른 사람들을 모조리 죽이려고 묵언으로 엔을 읊었는데, 혹시 하나도 통하지 않았던 거였어?

몸이 앞으로 확 고꾸라진다. 갑자기 극심한 구토가 밀려 나왔다. 손이 묶여서 입을 틀어막을 수도 없다. 끅끅, 끅끅끅. 하지만 요란하게 토해 봤자, 먹은 것이 없어 올라오는 것도 없었다. 레니에는 허리를 구부린 채 헐떡대며 물었다.

"그곳에 있는 '사람들'에게는 통하지 않은 거였나요? 물건에만 통한 건가요?"

맞은편에서 신관들과 병사 몇몇이 수레 한 대를 간신히 옮기는 것이 보인다. 레니에의 머리가 윙윙거린다. 물건에는 통하고, 사람에는 안 통한 건가? 왜?

아, 갑자기 무슨 생각이 날 것도 같은데. 누군가가 어디에 숨은 누군가를 지킨다고, 물건이 아닌 사람을, 소중한 사람들을. 생각나지 않아. 뭐지? 어디서 들은 말이지? 머리는 점점 터질 것 같고, 레니에는 극심하게 치밀어 오르는 구역질을 필사적으로 참아야 했다.

끼이히히, 히힝, 푸르륵. 말의 비명 같은 울음소리가 생각을 끊는다. 말의 다리가 짓눌리지 않게 하려면 사람들의 힘으로 수레를 번쩍 들어 옆으로 옮겨야 했는데 지렛대조차 없어 쉽지 않았다. 사바토는 무심한 목소리로 대답했다.

"여기까지 왔으니 뭐 숨길 일도 아니지. 북국에서 아크의 힘이 확 줄어드는 건 사실이야. 우리는 아크를 거의 발현하지 못했어. 하지만 기치다 님의 아크 실력이야 워낙 무지막지하잖니."

"사, 사바토 님. 알려 주세요. 제발 알려 주세요. 그날 대체 무슨 일이……."

"글쎄. 키리아케 님은 귀걸이가 잘렸고, 우리는 옷자락과 머리띠와 신발 끈이 잘렸지만, 머리카락 하나 상한 사람은 없었어. 우리는 기치다 님이 우리들을 너무 소중히 여겨서, 머리카락 한 올도 잘라 보지 않고 내버려 두셨을 거라 믿기로 했지."

사바토의 비틀린 입술과 허탈한 웃음에서 레니에는 어렵지 않게 그날의 진실을, 기치다가 꾸몄던 가장 드라마틱하고 효과적인 연극을 알아차렸다.

기치다, 그 모사가 풍부한 사내가 원한 관객은 단 한 명이었다. 그리고 그 단 한 명의 관객은 사랑하는 자가 죽을까 봐 혼이 나가서, 사기꾼의 계획대로 멋지게 속아 넘어갔다.

북국이 저주의 땅이라 그곳에서 아크가 발현되지 않는 것이 아니었다. 능력이 강한 신관들은 북국에서도 약하게나마 아크를 발현할 수 있다.

다만, 어떤 이유에서인지 아크는 '북국에 있는 사람'을 건드리지 못하는 것이다. 그리고 그날 기치다는 그 '보호하는 힘'을 뚫고 쿤을 죽이려고 필사적으로 시도하다 실패했던 거였다.

하지만 기치다는 그 마지막 순간까지 스스로의 목숨을 걸고 도박을 했다. 그리고 쿤을 살리려는 레니에의 절박한 마음을 미끼 삼아 결국 그녀를 안전한 땅에서 끌어냈다.

그리고 거기서 한 걸음 더 나아가, 그렇게 끌어낸 레니에를 미끼로 삼아 쿤과 북국 사람들마저 전장으로 끌어낸 것이다. 레니에는 피를 토하는 것처럼 부르짖었다.

"기치다! 기치다아아! 가만두지 않겠어!"

그와 얽힌 기나긴 은원, 그 끈덕진 두 가지 감정 중에서, 은혜의 시간은 이제 끝을 맺었다. 어쩌면 이렇게 완벽하게 부서져 나갈 수 있는지, 레니에는 믿을 수 없었다.

이제 남은 것은 단 하나뿐이다. 레니에는 핏발이 선 눈으로 입술을 꽉 깨물었다.

죽여, 죽여 버릴 거야, 기치다. 내가 반드시, 내 손으로!

손이 부들부들 떨렸다. 사바토에게 고맙다는 인사라도 해야 할까. 이제는 드디어 망설임 없이 그에게 칼을 겨눌 수 있을 것 같으니까. 이제는 정말로, 그에게 받은 것들을 이제 고스란히 그에게 돌려줄 수 있을 것 같다.

좋아, 기치다. 기다려. 받은 그대로 돌려줄게. 네가 나를 미끼로 쿤에게 족쇄를 채우려 했듯이 나도 네게 똑같은 족쇄를 채워줄게. 그 기분이 어떨지 기대해 보라고.

레니에는 손바닥에 손톱자국이 나도록 세게 주먹을 쥐고 눈을 부릅떴다. 마음이 정리되니 오히려 분노가 차분히 가라앉는 것 같다.

기치다를 막을 방법이 아예 없는 건 아니었다. 황금숲의 전설을 생각하면, 그리고 숲이 텅 비다시피 한 이 드문 상황을 생각하면 외려 이렇게 간단한 방법이 있던가, 할 정도였다.

여기까지 와서 하지 못할 일은 없다.

드디어 레니에는 고개를 번쩍 쳐들고 웃기 시작했다.

콰당, 드디어 마지막 수레가 빠져나갔다. 말들이 진창에서 힘껏 발버둥 치다 푸르르, 푸르르 고개를 털고 일어나고, 키리아케가 고삐를 움켜쥐고 고함을 지른다.

"사바토! 키토! 레니에를 끌고 와! 시간이 없어!"

레니에는 고개를 세게 흔들어 눈물을 털어 내고 마지막으로 하늘을 올려다보았다.

눈물이 걷히니, 희끄무레하게 밝아 오는 동쪽 하늘과 평원 위에 높이 솟아오른 불덩어리, 그리고 커다란 수리 세 마리에 매달린 쿤과 휘청대며 간신히 허공에서 버티고 있는 기치다의 모습이 눈에 서서히 들어왔다.

쿤의 모습이 어둠에 가려 잘 보이지 않아 안타까웠다. 저 모습이 내가 기억하게 될 쿤의 마지막 모습일 텐데 하필 저따위로 시커멓고 침침한 모습일까.

"뭘 멍하니 보고 있어? 자꾸 보고 있으면 포기하기도 힘들어. 그럼 너만 괴롭다."

사바토의 목소리는 생각보다 차갑지 않았다. 생각해 보면 그녀는 레니에가 기치다의 침실로 끌려갔을 때, 유일하게 연민의 눈빛을 보여 주었던 사람이기도 했다.

사바토가 다리를 절며 레니에를 묶은 끈을 끌고 무리에게 데려가자, 데위테라와 트리테가 달려와 레니에를 양쪽에서 거칠게 잡아끌었다. 나무 뒤에 바짝 쪼그리고 숨어 있던 키토 역시 눈치를 보며 비슬비슬 따라나섰다.

말과 나귀들이 간신히 사람 수대로 준비가 되었다. 전투가 막바지로 치달을 때, 그들은 뒤로 빠져나가 황급히 쉬냐르강을 건넜다. 키토는 가나평원에 남았다. 레니에와 측근 신관 여섯 명이 황금숲으로 돌아갔다고 알티르에게 보고해야 했다.

그들은 가죽배 두 대에 나누어 타고 쉬냐르강을 건넜다. 그들이 쉬냐르평원에 내렸을 때, 뿌우우, 뿌우우우, 가나평원에서 길게 퇴각 나팔 소리가 울리기 시작했다.

"레니에 신관님, 저는 알티르 님께 전할 말씀이 있어서 가나평원에 남아야 해요. 황금숲까지 조심해서 들어가세요."

아이기스 군도의 소년 병사는 잔뜩 찌그러진 얼굴로 울음을 간신히 참으며 인사를 했다. 레니에의 호송 인원에 딸려 쉬냐르강을 건너서 무사히 아이기스 군도까지 내뺄 생각을 하던 키토는 대놓고 울상이었다.

"키토, 그렇게 무서우면 바로 항복을 해. 북국 사람들은 항복하는 사람을 한심하게 생각하긴 해도 죽이지는 않을 거야."

레니에의 말에 키토는 펄쩍 뛰었다.

"하지만 몸값을 받아야 돌려보내잖아요. 우리 집은 몸값을 낼 정도로 부자가 아니에요! 서역이나 동방에 노예로 팔리느니 죽는 게 나아요!"

키토는 눈물이 잔뜩 괸 눈으로 호소했다. 레니에는 피시시 웃으면서 말했다.

"노예로 팔리는 것이 싫으면 남국 쪽 아는 정보라도 닥닥 팔아서 거래를 하든가."

"거래요? 포로가 감히 누구하고 거래를 해요?"

"가령 북국 왕? 배짱 세게 튕길수록 오히려 안전하거든."

키토는 '저 멀쩡해 보이는 신관님이 영 미쳤는갑다.' 하는 얼굴로 눈을 껌벅껌벅한다.

"신관님은 북국 왕을 본 적 있으세요?"

"응."

"말해 본 적 있으세요? 친해요?"

"응. ……많이 친했었어."

레니에는 빙그레 웃으며 대답했다. 그저 웃기만 하는데도 목이 아리다. 우와, 정말요? 소년병의 눈이 동그래진다. 하지만 눈동자가 빙그르르 요리조리 돌아가는 것이 믿을 염이 절반치도 안 되는 것 같다. 그러더니 반신반의한 목소리로 묻는다.

"안 무서웠어요?"

"무섭긴. 북국의 왕은 말이지, 커다란 강아지처럼 엄청 순하고, 예쁘고, 얌전해. 마음은 더 물렁하고 여려 터졌어. 얼마나 귀여운데!"

"아하, 네에."

이제 키토는 본격적으로 불신을 드러내며 말꼬리를 길게 뺀다. 같잖게 피시시 콧바람까지 흘리며 묻는다.

"그럼 저도 북국의 왕을 만나면 레니에라는 신관님을 아시냐고 여쭤볼게요. 뭐라고 말씀드리면 될까요?"

소년병의 같잖은 비웃음을 알면서도 레니에는 한 마디도 쏘아붙이지 못했다. 어떤 방법으로든, 무슨 말이든, 딱 한 마디라도 더 전할 수 있다면, 하는 생각이 치밀었기 때문이다.

이런 식으로라도 그에게 소식을 전하려 안달하는 마음이 추잡스럽지만, 말을 열심히 고르는 자신을 멈출 수가 없었다. 또 막상 말을 고르려니 튀어나오려는 말이 너무 많아 입술이 떨어지지 않았다. 레니에는 그에게 하고 싶은 말을 가만가만 입속으로 뇌어

보았다.

쿤, 잘 있어. 행복해, 라고 할까. 아니 힘들어도 행복하려고 노력해 봐, 라고 해야 할까.

하지만 쿤의 순하고 부드러운 목소리와 끔벅끔벅하는 커다란 눈을 떠올리니 그 말조차 견딜 수 없어졌다.

네 얼굴, 예쁘고 예쁜 네 얼굴, 한 번만 더 봤으면 좋겠다. 딱 한 번만 더. 딱 한 마디만 더 해 주고 싶었는데. 우리한테 남은 시간이 많을 줄 알고 해 주고 싶은 말을 여한 없이, 마음껏 못 해 주고 온 말이 체증처럼 명치에 맺힌다.

나는 너를 사랑하고, 나는 너를 사랑하고, 나는 너를 사랑하고…….

얼빠진 듯 웃으며 중얼대던 레니에의 발끝으로 눈물이 툭 떨어졌다.

"전할 말 같은 거 없어."

키토는 갑자기 돌변한 반응에 다시 당황했다. 이놈의 신관님은 아무래도 총사령관님만큼이나 정신이 온전치 않은 것 같다. 하긴, 그러니까 이렇게 다섯 겹 가죽끈으로 친친 매여 있는 것이겠다.

손이 꽉꽉 묶인 레니에는 눈물을 닦을 수 없었고, 키토는 진땀을 흘리며 레니에의 옷자락을 끌어당겨 흠뻑 젖은 뺨을 닦아 주었다.

순간, 레니에의 낮고 조용한 목소리가 들렸다.

"키토, 알티르 님을 찾아뵙고 보고를 드릴 때, 몇 마디만 같이 전해 주겠니? 그러면 이 개 같은 전쟁이 후딱 끝날 거야. 정말이야."

"네? 그, 그게 어떤 말씀인데요?"

얼마나 긴장했는지 꼴깍 침 넘어가는 소리가 귀까지 징, 울린다. 눈빛이 이상해진 신관이 더욱 낮은 목소리로 속삭인다.

"'지금 황금숲에는 수호자가 없으니 장작을 쌓아 두기에 좋을 때'라고 전해 드려."

키토는 무슨 의미인지도 모른 채 눈썹을 찡그려 가며 기억하려 애를 썼다. 여자의 정신 상태를 믿을 수는 없었지만, 일단 분위기나 말의 내용으로 보아 굉장히 중요한 일 같았다. 레니에는 눈을 천천히 감으며 덧붙였다.

"은원이 많아 감사하다는 말도 미안하다는 말도 할 수 없을 것 같다고, 그 말도 전해 줘."

❖ ✝✝ ❖

"루갈 피디오스, 우리는 황금숲으로 돌아가겠소."

모여 있는 일곱 명의 왕들은 그 자리에서 그대로 얼어붙었다. 가나평원에서 패한 후 간신히 쉬냐르강을 건넌 왕들이 아바크 성의 난나 신전에 모인 참이었다.

니누르갈 성의 칸토스 왕과 니니갈 성의 기를라 왕의 죽음, 병력의 절반의 희생, 그중 가장 희생이 컸던 것은 황금숲의 신관들로, 1천 명의 신관 중 살아남은 이들은 고작 이백 남짓밖에 되지 않았다.

두 번째 전투를 치르면 회의에 참석한 왕과 대신관들 중에 몇이나 남게 될지 알 수 없고, 황금숲의 신관 중 과연 몇이나 남게 될지도 알 수 없었다. 이대로 가다간 전멸할 가능성도 없지 않았다.

남은 왕들은 침통한 얼굴로 침묵했다. 남국 연합군의 절반도 안 되는 북국 전사들에게 이렇게 가나평원을 뺏길 줄은 아무도 예상하지 못했다. 아무리 기습 공격이라 해도.

더욱이 황금숲 신관들의 희생이 너무 컸다. 황금숲의 신관들, 특히 알티르가 아니었으면 남국 연합의 피해는 더욱 컸을 것이다.

기치다는 아무 말 없이 자리에 앉아 있었다. 아니, 피를 토한 후부터는 긴 장의자에 눕다시피 앉아 간신히 몸만 버티고 있었다. 사실 그것조차 버거웠다. 회의를 주재할 힘도 없어 피디오스가 주재해야 했다.

우부르알라산지의 에레쉬 파올리아가 탁자를 주먹으로 내리쳐 가며 화를 내기 시작했다. 그녀는 야전사령관을 교체하고 진형을 새로 짜서 오늘 밤 북국이 방심하고 있을 때 역습하자고 강청했지만 피디오스는 콧방귀만 뀌었고, 기치다는 여전히 아무런 반응도 하지 않고 늘어져 있었다.

하지만 황금숲의 신관 한 명이 급한 전갈이라며 작은 소년병 하나를 끌고 와 그에게 무슨 말인가를 짧게 보고한 후 기치다의 표정이 이상해졌다. 억지로 몸을 일으켜 앉는 그의 얼굴은 아예 밀랍처럼 새하얗게 변했다.

"다시 말해 봐."

"지금 황금숲에는 수호자가 없으니, 장작을…… 쌓아 두기에……."

헉, 보고를 하던 신관이 갑자기 눈을 홉뜨고 이상한 소리를 내기 시작했다. 보이지도 않는 손에 목이 졸리기라도 하는 것처럼 목을 움켜잡고 컥컥대며 바닥을 구른다. 옆에 서 있던 키토라는 소년병은 얼굴이 파랗게 질려 한 걸음, 두 걸음 뒤로 물러서며 벌벌 떨었다.

기치다는 키토를 보며 부드러운 목소리로 달래듯 물었다.

"레니에가 그런 말을 했단 말이냐?"

"예. 그리고 은원이 많아 감사하다는 말도 미안하다는 말도 할 수 없을 것 같다고……. 그렇게 전해 달라 하셨습니다."

키토는 덜덜 떨리는 무릎이 꺾여 주저앉는 흉한 꼴을 보이지 않으려고 오금에 힘을 주고 버텼다.

하, 아하, 하하하하, 와하하하! 기치다는 허리를 숙이고 크게 웃음을 터뜨렸다. 왕과 신관들은 그가 처음 겪는 전투로 너무 충격을 받아 결국 실성한 것이 아닐까 생각했다. 실제로 처음 참전한 병사 중 정신이 이상해지는 자들이 없는 것은 아니었다.

그는 키토에게 허리를 구부리고 속삭이듯 말했다.

"레니에가 아주 깜찍한 짓을 했구나. 내가 당장에라도 놈의 모가지를 날릴까 봐 아주 정신이 나갔어. 이 전장에서 기어이 나를 끌어내서 놈이랑 떨어뜨려 놔야겠다 이거지?"

"아, 알티르 님."

"그대로 따라가 주면 예의가 아니지. 자, 아이기스 군도에서 온 펠리시오스의 용맹한 아들, 키토. 레니에를 잘 지킨 네게 약속대로 상을 주고, 새로운 임무도 하나 주마."

키토는 다리를 후들후들 떨다가 결국 주저앉고 말았다. 아, 안 되는데. 이러면 정말 안 되는데. 레니에를 지키라는 첫 번째 임무만으로도 벌써 열 번은 죽을 뻔했고, 알티르께 보고하라는 두 번째 임무에서는 당장에라도 목이 졸려 죽을 뻔했는데 세 번째 임무라고?

총사령관이 금으로 만든 묵직한 목걸이를 풀어 자신의 목에 걸어 주는데, 정말이지 하나도 반갑지 않았다. 이런 목걸이 열 개를 받는다 해도 다 뿌리치고 도망치고만 싶었다. 하지만 간절한 바람도 부질없었다. 총사령관의 매끄럽고 다정한 목소리가 이어졌다.

"가나평원으로 돌아가렴."

"예? 거, 거기 갔다간 북국 사람들에게 포로로 잡힐……."

"그래, 포로로 잡히렴."

소름 끼치게 아름다운 신관은 눈을 빛내며 웃었다.

"그래서, 북국의 왕을 좀 만나 줘야겠구나. 걱정 마라. 그는 애타게 찾는 사람이 있으니, 소식을 알 만한 자를 죽이진 않을 게다."

"아, 알티르 님……."

"만나서, 나에게 했던 그 말을 그 짐승 같은 수인종족의 왕에게도 고스란히 전해 줘야겠어. 반드시 그의 귀에 들어가게 해야 할 거야. 네가 편안하게 고향으로 돌아가려면 말이지."

말을 마친 기치다는 자리에서 일어나 둥글게 모여 앉은 왕들을 바라보았다.

"피디오스, 우리는 황금숲으로 돌아가겠소."

"알티르! 그 무슨 말이오!"

피디오스와 몇몇 왕들이 자리에서 일어나 고함을 질렀다. 모래알 같은 연합군의 왕들을 간신히 묶어 놓던 상징적인 존재인 알티르가 빠져나가면, 연합군이 무너지는 것은 시간문제였다. 하지만 기치다는 까딱하지 않고 고개를 저었다.

"황금숲의 신관들은 충분히 희생된 것 같으니 우리의 몫은 다한 것 같소. 그리고 불민하고 능력 없는 사령관에 대한 불만도 많은 것 같으니 총사령관의 검은 기꺼이 내 드리지요. 가장 많은 전사가 참전한 미노토스의 루갈 피디오스든, 우부르알라산지의 에레쉬 파올리아든, 이곳 아바크 성의 루갈 바라든, 아무나 맡으시오. 순번을 정해서 맡아도 좋고 제비를 뽑아도 좋겠지. 어차피 결과는 비슷할 거라 생각하오."

"알티르! 무책임하오!"

"이렇게는 못 가십니다!"

"무책임? 이 무슨 개 같은 소릴."

기치다가 화사하게 웃으며 이죽거린다. 모인 왕들은 다시 귀를 의심했다. 차고 매끄러운 목소리에 점점 날카롭게 날이 섰다.

"내 앞을 막으려면, 이 전장에 우리보다 더 많은 희생의 피를 바친 왕이 와서 막아!"

"……."

"황금숲의 신관들은 1천 명 중에 8백 명이 죽었다. 영생의 권리를 갖고 태어난 천족들이 화살받이로 개죽음을 당했다는 게 어떤 의미인 줄 아나! 그러는 사이 너희 병사들은 줄줄이 탈영하기 바빴지. 내가 북국의 왕과 목숨 걸고 싸우며 하늘에서 쏟아지는 공격을 막고 있을 때, 그대들은 대체 어디서 무슨 짓을 하고 있었나!"

알티르의 격노한 고함에 회의장엔 무거운 침묵이 내려앉았다.

"……."

"테온! 말을 준비해!"

기치다는 뒤도 돌아보지 않고 긴 옷자락을 펄럭이며 회의실을 나섰다.

그날 쉬냐르평원에서는 황금숲의 대신관과 휘하 신관 2백 명이 빠져나갔다. 아무도 그들을 잡지 못했다.

키토는 자신의 앞에 버티고 서 있는 무시무시한 북국 왕과 자신을 겹겹이 둘러싼 전사들을 보며 새삼스럽게, '아, 레니에라는 신관님은 확실히 정신이 온전치 않았어.' 하는 확신과 '알티르 님의 명령을 꼭 따라야만 했나? 나는 왜? 내가 왜?' 하는 회한을 절절하게 느꼈다.

그저 무서웠을 뿐이다. 보이지 않는 손에 목이 졸려 컥컥대고 나뒹구는 신관을 보며 머리가 새하얗게 비어 버렸을 뿐이다. 요컨대, 몽둥이 든 놈을 피해 도망치다가 도끼를 든 놈을 만난 것뿐이다.

고향을 아이기스 군도가 아닌 미노토스라고 할걸, 아버지 이름을 펠리시오스가 아닌 넌기리개똥이라고 할걸, 임무고 귀향이고 다 집어치우고 강을 따라 니나노 동방이든 서역이든 튀어 버릴걸, 하고 후회해 봐야 아무 소용도 없었다. 이미 북국 왕은 자신의 다섯 걸음 앞에 팔짱을 낀 채 온갖 인상을 쓰며 앉아 있고, 그 주변으로 시커멓게 피로 물든 갑옷 차림의 북국 전사들이 열 겹쯤 둘러싸고 있었다.

"그러니까, 제가 레니에라고 하는 분을 처음 뵌 건……."

키토는 레니에를 처음 막사에서 보았던 때부터 기억나는 대로 풀어놓기 시작했다. 기억이 나지 않는 부분은 생각이 날 때까지 머리를 후려치고 탁자에 박고 탈탈 흔들어 가며 기억을 되돌리려 애를 썼다. 왕과 전사들은 그 꼬락서니를 보면서도 숨소리조차 내지 않고 그가 생각이 날 때까지 기다려 주었다.

나무 뒤에서 귀를 쫑긋하고 들었던, 사바토와 레니에가 나누었던 긴 대화, 레니에가 기치다에게 전해 달라 했던 말, 그리고 기치다가 쿤에게도 그대로 전하라 했던 그 말. 키토는 그 의미를 이해할 순 없었지만 기억이 나는 대로 최대한 정확하게 전달했다.

북국 왕의 표정이 이상하게 변해 가는 것을 보며, 키토는 다시 겁에 질렸다. 이제 자신에게 남은 일생일대의 소원은 이 자리에서 오줌을 지리지 않고 무사히 막사 밖으로 나가는 것뿐이었다.

"혹시 그녀가, 내게 전할 말이 있다 하던가?"

"그, 그런 건……."

"무슨 말이든, 한 마디도 빼놓지 말고 들은 대로 고하라. 웃음이든, 한숨이든, 그 입에서 나온 건 숨소리 한 자락이라도 남김없이 전하라."

눈앞이 깜깜해진다. 모른다, 없다, 한 마디로만 대답할 수 있으면 얼마나 좋을까. 뭘 잘났다고 중뿔나게 '북국의 왕께 전할 말이 있으세요?' 하고 비웃었을까?

그때 레니에라는 신관은 하늘을 보며 실성한 것처럼 울다가 웃다가 하면서 하염없이 혼잣말로 중얼거렸다.

– 네 얼굴, 예쁘고 예쁜 네 얼굴, 한 번만 더 봤으면 좋겠다.

– 나는 너를 사랑하고, 나는 너를 사랑하고, 나는 너를 사랑하고…….

"그러고는, 하늘을 보고 하염없이 울면서…… 하실 말씀이 없다고 하셨습니다."

둘러싸고 있는 전사들의 우락부락한 얼굴에 당황한 기색이 뚜렷해졌다. 북국의 왕은 자리에서 조용히 일어나더니 낮은 소리로 명했다.

"다들 나가라."

사람들은 그날 밤새도록 왕이 머무는 막사에 들어가지 못했다.

❖ ✝✝ ❖

"다들 모였나? 그대들에게 할 말이 있다."

막사 안에 빼곡하게 모인 사람들은 열 명의 부족장들과 다섯 장로, 쿤의 최측근 전사이자 친구인 일곱 명의 전사, 그리고 그들의 우두머리인 훔바였다. 쿤은 덤덤한 얼굴로 좌중을 둘러보고 고개를 수그리더니 한참 후 고개를 들었다.

"니누르갈과 니니갈 성에서 왕가의 곡식 창고와 공용 창고를 찾아 확인했다. 수확한 지 얼마 안 되는 밀이 창고에 가득했고, 보리, 버터, 덩어리 치즈, 무화과, 싱싱한 포도, 건포도, 아몬드와 양상추, 양파와 마늘도 창고에 넉넉했다. 각 부족의 족장과 원로들은, 전사들이 무기를 정비하고 상처를 치료하는 동안 포로들을 부려 각 부족에 필요한 양만큼 식량을 보내도록 하라."

"옛, 루갈!"

"남국의 백성들을 몰살함이 목적이 아니니 약탈은 단 사흘만 허락하고, 여인들은 건드리지 않도록 족장들이 단속하라. 왕가의 창고와 공용 창고의 식량은 전량 수거하고 민가의 창고에서 거두는 양은 절반이 넘지 않도록 제한을 둔다. 그래도 각 부족으로 보내는 양으로 충분할 것이다."

이렇게 대승을 거두었는데도 약탈 기간이 짧은 것은 불만이었지만, 북국 사람들은 왕의 엄격한 규율에 나름 익숙해져서 큰 불만을 말하지는 않았다.

"축하드립니다. 드디어 급한 식량 문제를 넘겼습니다!"

"이 모든 것이 루갈의 현명한 판단과 놀라운 용맹 덕입니다!"

모인 사람들이 자리에서 일어나 환성을 지르며 손뼉을 쳤다. 그들의 환호는 사탕발림이나 아첨이 아니었다. 수적으로 우세한 남국 연합군의 진을 빼 놓았던 팽팽한 밀고 당기기, 허를 찌른 야습과 적의 진형 자체를 무용지물로 만드는 속공, 가장 위협적인 신관들을 완벽하게 제압한 공중전에서 보였던 왕의 지략과 패기, 그리고 백병전에서 보여 주었던 왕의 무용과 용맹은 그야말로 압도적이었다.

하지만 왕은 전혀 기꺼워하거나 자랑스러워하는 기색이 없었고, 병사들의 환호나 승리의 기쁨을 만끽하지도 못했다. 지금도 그는 불편한 기색으로 콧등을 문지르기만 했다.

"훔바."

"옛, 루갈."

갑자기 무거워진 분위기에 모인 사람들은 입을 다물고 쿤의 얼굴을 바라보았다.

"지금부터 네가 내 뒤를 이어서 북국을 맡아 다스려라. 쉬냐르강을 건너는 것도 좋지만 일단 새로운 경계를 지키는 일에만 총력을 기울여도 나쁘지 않을 것이다."

갑자기 떨어진 날벼락에 모인 사람들의 턱이 덜렁 아래로 떨어졌다. 쿤은 오랫동안 미리 준비하기라도 한 것처럼 줄줄 말을 이었다.

"가나평원을 확보했고, 경작시킬 노예 포로들도 1만 가까이 헤아리게 되었으니, 그들을 서역에 팔지 말고 노예로 부려 농사를 짓게 하고, 북국 사람들의 일부를 이곳으로 이주시켜 가나평원을 잘 지키게 하라."

모인 사람들은 한 마디도 하지 못하고 입만 벌리고 있었다. 그들은 루갈이 어울리지 않게 농담을 하고 있는 걸까 의심했는데 분위기는 점점 이상하게 흘러갔다.

"북국 대평원의 호밀 경작도 추위에 강한 씨앗을 계속 가리고 눈 폭풍에서 견딜 방법들을 강구하면 좋은 결과가 있을 것이다. 씨앗 하나에서 30~40배의 수확을 안정적으로 얻게 되면 인구가 크게 늘어도 식량 걱정은 하지 않게 될 것이다. 그리고 우투 님께 올리는 제사는 엔릴의 제관이 겸하여 맡도록 하라. 위대한 엔릴께서는 우투 님의 할아버지가 되시니……."

"루갈! 말씀 중에 죄송합니다!"

아쉬와 디쉬가 자리에서 벌떡 일어났다. 너무 기가 막히다 보니 반응이 늦었다.

"루갈! 그게 대체 무슨 말씀이십니까! 대체 왜 훔바에게!"

"훔바가 저희 대장이기는 하지만 루갈에 비하면 정말 대가리에 뭐가 들었는지 알 수 없고……."

"아니, 그보다 왜 그런 말씀을 하십니까! 루갈은 어디 가실 건데요?"

"나는 황금숲에 갈 것이다. 레니에가 나를 위해 미끼가 되어 기치다를 황금숲으로 끌어냈다."

모인 사람들은 술렁술렁 크게 동요했지만, 당사자는 외려 아침 식사를 하러 간다는 듯 심상한 얼굴이었다.

"루갈, 무슨 말씀이신지 설명을 좀 해 주십시오."

시무그 원로가 눈을 둥그렇게 뜨고 물었다. 쿤은 키토에게 들은 전언 뒤에 숨은 말을 차근차근 풀어 설명해 주었다.

"황금숲의 중앙에 있는 나무 '아르마누'는 황금숲의 수호자와 생명이 연결돼 있다고 한다. 그것을 태우면 알티르도 함께 죽는다고 했는데……."

그러고 보면 여섯 날개 카타도 숲의 수호자인 아들에게 참 지랄 같은 짓을 하고 갔다. 영원한 생명을 취할 수 있는 나무를 평생 지키게 하면서, 임무를 다하기 전에 영원한 생명부터 먼저 돌려받으려고 그 나무를 죽이면 아들도 함께 죽게 만들어 놓았다.

영원한 생명을 옆에 놔두고 평생 손도 못 대고 지키기만 하다 죽어 가는 자들의 마음이 어땠을까. 그러면서 나무가 죽을까 봐 평생 노심초사하는 마음은 또 어땠을까. 그리고 얼굴도 알지 못하는 우리 부족에 대한 증오심과 살의는 또 얼마나 차곡차곡 쌓아

갔을까.

“레니에는 그것을 태우러 황금숲으로 갔다.”

헉! 좌중에서 기겁한 신음이 터졌다.

수인종족이라 경멸당하던 북국 사람들은 ‘전설은 전설일 뿐, 현실과 상관없는 옛이야기일 뿐’이라 생각하는 경향이 있었다. 쿤도 마찬가지여서 레니에의 결론과 기치다의 반응을 도저히 이해할 수 없었다.

하지만 전설이 존재 이유가 되는 천족들의 경우는 이야기가 달랐다.

“그 소식을 들은 기치다는 바로 전장을 포기하고 신관들과 함께 황금숲으로 급히 돌아갔다. 레니에의 계획대로, 우리로서는 가장 큰 위협 세력이 없어진 셈이다.”

“…….”

“이제 그가 할 일은 바로 레니에를 죽이는 것…….”

“루갈…….”

“혹은 차마 레니에를 죽이지 못하고 나무에 올라앉아 밤이고 낮이고 나무를 지키는 것뿐이다. 그럴 경우 레니에가 죽기 전까지, 기치다는 이곳에 오기는커녕 황금숲조차 빠져나오지 못할 것이다. 레니에가 황금숲에서 가장 위험하고 빠른 전사란 걸, 기치다는 잘 알고 있다.”

“에레쉬께선…….”

그런 방식으로 루갈을 지키시려 한 겁니까? 전사들은 나머지 말을 차마 내놓지 못하고 삼켰다. 그 말은 쿤에게 너무 비참하고 마음 아픈 말이었다.

“나는 레니에가 섣부른 짓으로 목숨을 잃기 전에 황금숲에 갈 생각이다. 안마르를 타고 간다 해도 기치다보다 소식이 많이 늦었으니 시간이 얼마 없다."

"루갈, 제발, 안 됩니다. 그 간악한 알티르가 지금 함정을 파 놓고 기다리는 겁니다. 자기가 여기 올 수 없게 됐으니까요!"

"맞습니다. 저 키토라는 녀석을 보내서 미끼를 걸고 루갈을 황금숲으로 불러내고 있는 겁니다! 절대 가시면 안 됩니다!"

"숲에선 안마르도 탈 수 없습니다! 신관들의 아크라는 이상한 힘에 저항할 수도 없습니다. 게다가 이상한 능력을 쓰는 신관들이 아직 많이 남아 있고, 그곳에서 부리는 노예들은 또 얼마나 될지 알 수 없습니다!"

"생전 처음 보는 숲에서 보이지도 않는 적들하고 어떻게 싸우시려 하십니까! 에레쉬나 신전을 찾기도 전에 길을 잃기에 십상입니다!"

"그만하라. 그걸 모르고 간다는 건 아니다. 그냥 가야 하니 가는 것이다. 나도 나의 미련함을 잘 아니 그만 말하라."

쿤은 조용히 고개를 저었다. 이미 모든 결과를 받아들이리라 각오한 왕의 얼굴은 비장하지도 슬프지도 않고 물결 없는 호수처럼 담담했다. 쿤은 자리에서 모인 사람들을 둘러보며 더듬더듬 청했다.

"그동안 미욱한 자가 미련한 방법으로 위에 올라서 그대들에게 많은 은혜를 입었다. 감사하고 미안하게 생각한다. 그나마 내 백성들이 배를 곯지 않도록 애쓴 것으로 무책임한 행동을 갈음하고자 하니 이만 나를 놓아주기 바란다."

사람들은 더 이상 막을 수 없었다. 제 자식을 낳은 아내까지 잡아먹었다는 식인수리의 직계 후손들은 대대로, 정말 이해할 수 없을 만큼 지고지순했고, 제 사람이라 인정한 여자에게는 미련할 정도로 정이 깊고 맹목적이었다. 식인수리의 절절한 후회가 후손들에게 이런 형태로 나타나는가 싶을 정도였다.

앞에서 다시 짱짱한 목소리가 튀어 올랐다.

"아, 가시는 건 안 말립니다, 안 말리는데! 왜 저희를 버리고 혼자 가시려고 합니까?"

"왜 쭈글쭈글 비루하게 혼자 가십니까! 명색 북국의 루갈이신데, 1백의 호위 전사, 1만의 병사를 이끌고 위풍당당 가셔야 할 것 아닙니까!"

"나무를 베든, 에레쉬를 멋지게 구출하든, 숲에 불을 싸질러 같잖은 놈들을 모조리 통구이로 만들든, 어쨌든 한 명이 하는 것보단 백 명이 하는 게 훨씬 기운도 나고 모양도 난단 말입니다!"

전사들에게서 동시에 고함이 터졌다. 하지만 쿤은 단호하게 고개를 저었다.

"아쉬, 림무, 가나평원을 차지하는 것은 북국의 필요에 의한 루갈의 결정이라 할 수도 있었다. 하지만."

"루갈!"

"레니에를 찾으러 가는 것은 그녀의 남편인 쿤의 개인적인 결정이다. 북국의 전사들이 더 이상 불필요한 희생을 할 필요는 없다. 이곳에 남아 훔바를 돕도록 하라!"

"저는 훔바란 놈을 루갈로 받아들일 수 없습니다! 그놈은 자수 놓고 꽃밭에 물 주고 마누라 심부름이나 간신히 할 줄 알지, 아무짝에도 쓸모없는 놈입니다! 그놈이 루갈을 좇아가려면 60년이 60번 지나가도 모자랍니다."

천장이 쩌렁쩌렁 울리도록 외친 사람은 시무그 원로의 아들인 훔바였다. 다른 전사들도 앞다투어 일어나 왕왕대기 시작했다.

"훔바의 말이 맞습니다! 저희의 루갈은 후와투와 카할라의 아드님 한 분뿐이십니다!"

"루갈이 쿤이고 쿤이 루갈인 거죠! 루갈께 개인적인 결정 같은 게 어디 있습니까?"

"루갈의 명예는 북국의 명예고, 루갈께서 당한 모욕은 북국이 당한 모욕입니다. 그걸 아직 모르시다니, 믿을 수가 없습니다!"

"저희를 버리고 가시면 끝까지 따라가서 해코지할 겁니다. 그리고 지난 몇 달간 루갈께서 밤마다 울면서 뻘짓하신 것도 에레쉬께 모조리 일러바칠 겁니다!"

"닥쳐!"

뭔가 붕, 하고 허공을 가르는 소리가 나고 쩍, 하는 소리가 이어졌다. 떠들어 대던 사람들은 입을 벌린 채 고스란히 얼어붙었다. 굵은 통나무를 다듬어 만든 탁자가 두 개로 갈라져서 양쪽으로 쿵, 소리를 내며 넘어갔다. 옆에 있던 이야가 폴짝 뛰어서 피하더니 쿤을 째려보며 쫑알거렸다.

"루갈께선 에레쉬께 사랑받으시려면 이렇게 욱할 때마다 때려 부수는 성질머리부터 고치셔야 합니다!"

"맞습니다, 아무 때나 도끼 찍찍 휘두르는 거, 주먹 붕붕 기둥 격파하는 거, 거칠고 박력 있는 거 아닙니다! 결혼식까지 하고서 이랬다간 첫날밤부터 소박맞고 쫓겨나십니다!"

"여자들은 이런 거 싫어합니다! 저희는 섬세하고 감성적이고 부드러운 남자가 좋습니다!"

여전사들이 다시 벌떡 일어나 악머구리처럼 떠들어 댔다. 쿤은 소박맞고 쫓겨난다는 말에 사색이 돼서 찍소리도 못 하고 쭈그리고 앉았다.

"알았다, 알았어, 고치겠다. 안 그럴 테니까 조용히 하라."

"그러면 저희와 함께 가시는 겁니다."

이야가 못을 박자 이제 남자 전사들까지 끼어들어 와글와글 떠들어 대기 시작했다.

"저희도 갑니다. 안 따라가면 집안 망신, 사나이 망신이라고 마누라가 쫓아낼 겁니다."

"뭐, 뒷일을 생각해서 훔바 대장은 흘려 두고 가도록 하겠습니다."

"맞습니다, 뭐 덩치 크고 힘만 좋고 나머진 별로 쓸모도 없으니 니누르갈에 남아서 시체나 치우고 올리브나 따고 기름이나 짜 두라고 하시죠."

"아, 그리고 루갈과 에레쉬께서 쓰실 이불에 꽃무늬 자수도 놓아 두라고 하세요! 사람은 자고로 잘하는 걸 시켜야 열심히 하는 법이니까요."

말이 끝나기가 무섭게 훔바가 자리에서 벌떡 일어나 '꽃무늬 자수로 북국 대평원을 가득 채워 놓고, 나아루강, 쉬냐르강, 티그리스강까지 올리브기름이 찰랑찰랑 흘러가게 만들어 놓을 테니 걱정 말고 다녀오시라'며 가슴을 펑펑 친다.

원로들과 부족장들은 죽을 것이 뻔한 황금숲에 부득부득 따라가겠다는 측근 전사들을 말리지 못하고 물끄러미 바라보기만 했다.

쿤은 말없이 자리에서 일어나 이마를 바닥에 대고 전사들과 원로들에게 절을 했다.

북국의 루갈과 1백의 정예 전사들을 태운 안마르 스무 대가 황금숲에 도착한 것은 이튿날 정오였다.

36. 어느 원리주의자의 죽음

"레니에……. 뭐 하나만 물어봐도 될까?"

황금숲에 들어오기 하룻길 전 새벽, 레니에는 자신을 감시하던 사바토가 희미하게 부르는 소리를 들었다.

레니에는 줄에 묶인 채 엉금엉금 기어 짐 더미에 등을 기대고 앉아 있는 사바토에게 다가갔다. 얼굴이 붉고 호흡이 이상했다. 레니에는 묶인 손으로 사바토의 얼굴을 만져 보고 소스라쳤다.

"사바토 님?"

열이 펄펄 끓고 있다. 눈의 초점도 풀렸다 모였다 한다. 레니에는 그녀가 황금숲에 들어가지 못하고 죽으리라는 것을 알았다.

화살에 박힌 상처가 덧나고 썩어 가는데 치료를 할 방법이 없었다. 쿤은 이보다 큰 상처를 입고도 살았지만, 사바토는 살지 못하리라는 것이 보였다. 사바토도 그것을 알고 있는 듯했다.

"에레쉬키갈의 갈라……."

혹시 허공에 죽음의 사자라도 보이는 걸까. 레니에가 사바토의 어깨를 붙잡아 일으켰다.

"정신 차리세요, 사바토 님. 이상한 게 보이세요?"

"너 말이야."

"……알고 계셨어요?"

사바토가 열에 들뜬 얼굴로 희미하게 웃는다. 초점이 자꾸 풀어지는 게 얼마 버티지 못할 것 같다. 레니에는 한숨을 쉬며 물었다.

"궁금하신 게 뭔데요?"

사바토는 혼몽한 중에도 망설인다. 자신의 최후를 직감한 걸까. 그래서 지금껏 묻지 못한 것을 입 밖으로 내려 하는 걸까. 무언가 부끄러운 듯, 분한 듯, 혹은 자포자기한 듯.

"그분께 사랑받는 느낌은 어땠니?"

레니에는 말문이 막혔다.

"그분께 사랑받은 건 지금까지 너 하나뿐이었어. 모르지는 않을 거 아니니."

"아, 기치다 님께 사랑받으면 죽을 장소로 밀려 나가고 약혼자 옆에서 끌려 나오고 인질로 이용당하고 그러는 건가 보죠?"

"네가 죽었다는 보고를 받고 기치다 님이 얼마나 무너져 내렸는지 안다면…… 난 백번이라도 이용당하면 좋겠구나."

레니에는 고개를 저었다. 그에 대한 변명이든, 그를 향한 뒤틀린 마음이든, 어떤 것도 듣고 싶지 않았다. 하지만 죽어 가는 사람의 고백까지 막을 수는 없어서 잠자코 앉아 있었다. 사바토는 헐떡헐떡 숨을 가쁘게 쉬면서도 필사적으로 물었다.

"막 숨 막히게 행복하고 그랬니? 둘이서만 있을 때, 너한테 재미있고 다정하고 애틋하게 대해 주시고 그랬니? 기치다 님도 사랑하는 사람을 행복하게 해 주실 수 있는 분이었어?"

사바토의 눈꼬리에 눈물이 맺힌 것이 보인다. 레니에는 뭐라 말해야 할지 알 수 없었다. 그냥 같이 울고만 싶었다.

"무슨 대답을 원하세요, 사바토 님?"

"……숨 막히게 행복했다고 해 줘. 그분이 그래도 누군가, 단 한 명이라도 사랑할 수 있는 분이었다면 좋겠어. 그럼 나중에라도 내 마음을 알아주지 않을까."

중얼대던 사바토는 황급히 말을 돌렸다.

"아니, 너무너무 끔찍하게 힘들었다고 말해 줘. 기치다 님께 사랑받지 못해서 다행이라고 말해 줘."

레니에는 대답하는 대신 결박당한 손으로 사바토의 손을 잡고 고개를 숙였다. 죽음이 턱 끝까지 차오른 사람에겐 두 가지 중 어떤 대답도 해서는 안 될 말이었다.

결국 손을 붙잡고 대신 울어 주는 것밖에는 할 게 없었다. 레니에가 대신 울어 준 덕인지, 사바토는 웃기 시작했다.

"한심하지. 난 엄마의 미련한 삶을 절대 되풀이할 생각이 없었는데, 결국은 똑같이 이 모양이네."

"……어머니가 누구신데요?"

등이 조금씩 근지러워진다. 사바토는 내키지 않는 듯 쓰게 웃었다.

"오래전에 돌아가신 분이야. 기치다 님이 아직 엔이쉬브 님이었을 때."

"네."

"우리 어머니는, 황금숲에서 아크 실력으로 다섯 손가락에 꼽히던 분이었지. 그런데 나하고는 사소한 문제가 있었어. 현실주의자였거든."

"……."

"내 가슴에 기치다 님의 낙인이 박힌 걸 들킨 날, 난 엄마한테 정말 목이 잘릴 뻔했어. 기치다 님 집으로 도망치지 않았으면 그 날 황금숲에선 최고의 전사 두 명을 잃었을 거야. 어머니도 날 죽이고 자결하려고 하셨거든."

레니에는 얼굴을 찡그렸다. 어머니의 과격한 반응이 이해가 되지 않았다. 하지만 사바토의 말이 이어지는 순간 머리가 어찔해졌다.

"엄마 가슴에는 현실주의자 알티르의 불의 아크가 박혀 있었거든. 아, 우리 어머니 이름은 민네야. 전임 알티르 키로스 님의 최측근이었지."

레니에의 몸이 천천히 얼어붙었다. 사바토는 헐떡헐떡 숨을 몰아쉬며 웃기 시작했다.

엔누기그 민네, 8년 전 기치다의 거짓을 폭로하고 북국으로 도망칠 수 있게 해 준 분이다. 제물이었던 레니에를 연민하고 남은 힘까지 짜내서 자신을 축복해 주었는데 고맙다는 말조차 제대로 못 했었다.

변절해서 혈육의 연을 끊었다는 딸 이야기도 들은 기억이 난다. 그게 사바토였구나. 생각해 보니 그 얘기를 해 주었던 건 기치다였다.

맙소사, 그럼 기치다는 그것을 모두 알면서도 사바토를 최측근으로 데리고 있었던 건가?

"아무리 아크를 잘 다루면 뭐해. 엄마나 딸이나 똑같은 감정에 빠져서 똑같이 이용만 당하다가 똑같이 비참하게 죽게 됐는데."

대체 무슨 말을 해 주어야 할지 알 수 없었다. 차라리 기치다 님께 사랑받는 기분이 어땠냐 하는 걸 답해 주는 게 쉬울 것 같다. 레니에는 고개를 수그리고 잠자코 이야기를 듣기만 했다.
“어머니는 젊어서 키로스 님의 총애를 받았고, 나도 키로스 님께 손녀처럼 귀여움을 받았어. 어쩌면 딸이었을지도 모르지. 하지만 그게 다야. 결국 남은 건 엄마의 처참한 시신 말고는 아무것도 없었지. 그런데 결국 나도 똑같은 꼴이네. 얼마나 미련하니.”
레니에는 결국 견디지 못하고 조심스럽게 입을 뗐다.
“누가 어머니를 죽였는지 알고 있어요, 사바토 님?”
“10년 전인가, 11년 전인가? 봄의 축제에서 북국으로 탈출하려던 어떤 제물을 잡으려다가 돌아가셨어. 그날 기치다 님께서 알티르가 되셨고.”
“그, 그 제물이, 제물이 민네 님…… 어머니를 정말 죽일 수 있었을 거라 생각하세요? 어머니께서 다섯 손가락에 꼽히는 실력자였다면서요.”
“아마 아닐 거라 생각해.”
너무나도 태연한 대답에 레니에는 어리둥절했다.
“기치다 님이 그렇다 하셔서 믿기로 했어. 그냥 믿고 싶어서 믿었어. ……이제는 다 부질없지만.”
레니에는 문득 사바토가 그를 ‘알티르’가 아닌 ‘기치다’라고 부르고 있다는 것을 알아차렸다. 목이 점점 매캐해졌다.
“알고 싶으시면 알려 드릴 수 있어요.”
사바토는 웃으면서 고개를 저었다.
“알고 싶었으면 내가 진작 알아봤겠지. 일부러 안 했어.”
“……왜요?”
“그러잖아도 현실주의자였다가 누구 때문에 원리주의자로 변절했는데 또 변절할 순 없잖아.”
아, 사바토는 현실주의자였다가 기치다 님 때문에 변절해서 원리주의자로 살고 있다는 건가?

"사바토 님도, 소금산 부족을 몰살하고 나무를 불태운 후에 하늘로 올라가고 싶으신가요? 그런 신념을 갖고 원리주의자 편에 서신 건가요?"

"아니. 난 지금까지 제대로 된 신념 같은 걸 가져 본 적이 없어. 솔직히, 기치다 님 옆이면 땅이든 하늘이든 원리주의자든 현실주의자든 아무 상관 없었어."

사바토는 한참 동안 헐떡거리다가 속삭이듯 말했다.

"레니에. 키로스 님도 젊었을 때는 기치다 님처럼 원리주의자였대."

레니에는 어쩐지 그녀의 목소리가 잠긴 것 같다는 생각이 들었다.

"소금산 부족을 몰살시키려고 필사적으로 준비하다가, 어느 날 갑자기 현실주의자가 되셨다고 들었어."

"왜요?"

"그건 모르지. 다만, 내가 수습 신관이 되던 때, 직접 오셔서 내 머리를 쓰다듬으시면서 축복해 주신 건 기억나. '우리에게 허락된 지상의 풍요와 영화에 감사해라. 그것도 과분한 것이다'라고 하셨었지."

레니에는 눈을 크게 뜨고 점점 의식을 잃어 가는 사바토를 응시했다. 등으로 차가운 무언가가 천천히 흘러내린다.

우리에게 허락된 지상의 풍요와 영화에 감사하라. 우리에게 허락된 지상의 풍요와 영화……. 그의 말을 입속으로 몇 번 되풀이할수록 점점 기분이 이상해졌다. 이런 예감은 좋지 않다. 항상 결말이 좋지 않았다. 간신히 의식을 붙잡은 사바토가 더듬대며 말을 이었다.

"……돌려……줄 게 있어."

"뭔데요?"

"목걸이……하고 단검…… 갖고 있어. 너에게 소중한 물건인 것 같아서 태우지 않고 잘 숨겨 두었어."

숨이 덜컥 막히는 것 같다. 기치다에게 그 물건들을 받아 들었던 사바토의 흐릿한 눈빛에는, 레니에의 생각대로 연민이 담겨 있던 것이 맞았다.

아니, 연민이든 구차한 동정이든 아무래도 좋았다. 그 물건이 남아 있다는 것만으로도 물에 빠졌다가 간신히 위로 솟아나 숨을 쉬게 된 기분이었다. 입술이 부들부들 떨렸다. 고맙습니다, 정말 고맙습니다. 레니에는 손이 묶인 채로 땅에 엎드렸다.

"어디에 숨겨 두셨나요?"

"부탁 하나만 들어줘. 그러면 알려 줄게."

레니에는 이마를 땅에 박은 채 눈을 질끈 감았다. 결국은 그것마저 거래로 되찾아야 하는 건가. 이 상황에서까지.

하지만 망자가 될 자의 마지막 거래에 화를 낼 수 없다. 나에게 그 목걸이가 소중한 만큼, 죽어 가는 사바토에게도 절박한 것이 있을 것이다. 다른 신관들에게는 말할 수 없는, 나에게만 말할 수 있는 어떤 것.

"나무를 태울 거지?"

레니에의 움직임이 그대로 굳었다. 알고 있었어? 그런데 왜 아무에게도 말하지 않았지? 사바토는 레니에의 놀람 따위는 아랑곳하지 않고 말했다.

"태우기 전에, 기치다 님께 한마디만 전해 줘."

레니에는 얼굴을 굳히고 고개를 저었다. 그녀가 레니에의 계획을 알고 있다는 것보다, 그것을 말리지 않는다는 것이 더 놀라웠지만 절대 받아들일 수 없는 부탁이었다.

"안 돼요. 그분이 도착하기 전에 태워야 해요. 말을 전하려고 만났다간 제가 먼저 죽고 말 거예요."

"한마디면 돼. 제발 그분께 기회를 한 번만 줘. 제발."

레니에는 입술을 꽉 깨물었다. 목걸이와 단검만은 꼭 돌려받고 싶었지만, 죽는 사람을 앞에 두고 거짓 약속을 하고 싶진 않았다. 그렇다고 정말 부탁을 들어주기 위해 기치다를 만나는 것은 위험했다.

레니에는 사바토가 같은 말을 두 번 되풀이할 때까지 무섭게 침묵했다. 사바토는 같은 말을 세 번 되풀이하는 대신 처연하게 웃으며 중얼거렸다.

"부탁이야. 너도 우리 엄마한테 빚이 있잖아."

……빌어먹을.

눈에서 뜨끈한 것이 치밀었다. 놀랍지 않다. 이제 세상에는 놀랄 일 따위는 하나도 남아 있을 것 같지 않다. 레니에는 묶여 있는 손으로 눈물을 문지른 후 고개를 끄덕였고, 사바토는 레니에의 귀에 대고 물건을 숨겨 둔 장소를 일러 주었다.

레니에는 눈을 감고 길게 한숨을 쉬며 물었다.

"기치다 님께 전해 드릴 말씀을 알려 주세요."

사랑했다는 말일까. 오래된 원망일까. 혹은 기억해 달라는 부탁일까. 나는 그 목걸이와 단검을 받기 위해 목숨을 거는 것이 과연 옳을까.

쿤이 들으면 무척 화를 낼 것 같긴 하다. 칼이야 열 개든 백 개든 얼마든지 만들어 주겠다! 죽은 자의 심장이 산 자의 목숨보다 중요한가! 그가 버럭 내지르는 소리가 들리는 것 같다. 하지만 레니에는 그 때문에 오히려 목숨을 걸고라도 그가 준 것을 돌려받고 싶었다.

큰 짐을 덜어 낸 듯, 사바토의 입가에 드디어 맑은 미소가 어린다. 고마워, 정말 고마워. 사바토는 눈물이 흠뻑 스민 눈꺼풀을 파르르 떨더니 힘겹게 손을 움직여서, 자신이 지금까지 사용하던 팔찌를 풀어서 레니에의 손에 쥐여 주었다.

레니에는 어리둥절한 얼굴로 팔찌를 받았다. 신관들에게 신성석 팔찌는 힘의 원천이고 목숨보다 소중한 것이었다. 이것을 왜 하필 자신에게 넘겨주는지 도저히 이해할 수 없었다.

다만 거절해선 안 된다는 것만은 확실히 알았다. 레니에가 팔찌를 돌려주는 대신 손에 꼭 움켜쥐자 드디어 사바토의 얼굴에 희미한 미소가 감겼다.

"우리에게 허락된…… 지상의 풍요와 영화……에 감사……해라……."

이게 대체 무슨?

레니에는 얼빠진 얼굴로 눈을 깜박거렸다. 예상과는 달라도 너무 다른 말. 키로스가 오래전 그녀에게 해 주었다던 말이다.

레니에는 자신이 제대로 들은 게 맞을까 싶어 허리를 바짝 구부렸다. 이제 핏기를 완전히 잃은 입술 사이로, 거미줄처럼 가는 목소리가 흘러나온다.

"감사……하세요. 그것도, 우리에겐, 과분한……."

토막토막 부서진 말의 파편은, 결국 끝이 온전히 맺어지지도 못한 채 툭 끊어진다.

그것이 사바토가 남긴 마지막 말이었다.

❖ ✝✝ ❖

동료 신관들은 눈물을 흘리거나 몸을 할퀴어 가며 애곡할 수 없었다. 그들은 사바토가 결국 편한 길을 택했음을 오히려 부러워했다. 땅을 파서 묻을 연장도 시간도 없어서, 길가에 시체를 놓고 아크를 동원해 바위와 돌을 쌓아 올려야 했다.

레니에는 거미줄에 둘둘 말린 벌레처럼 나무에 묶인 채 그들이 동료의 시체 위에 크고 작은 돌을 쌓아 올리는 것을 보았다. 무덤처럼 보이지 않고 소금산 꼭대기에서 보았던 작은 지구라트 같아서 그나마 위안이 되었다.

차츰 사바토의 죽음을 기꺼워해도 괜찮으리라는 생각이 들었다. 사바토에게는 홀가분하고 기쁜 일이고, 자신에게는 다행스러운 일이다.

기치다에게 얽힌 은원을 말소할 때 발에 걸린 족쇄 같은 건 없었으면 했다. 레니에는 조만간 맞이하게 될 자신의 죽음도 사바토의 죽음처럼 기쁘고 기꺼운 일이 되기를 빌었다.

키리아케가 레니에를 돌아보며 차갑게 내뱉었다.

"반나절 후면 아크가 발현할 테니 그전에 황금숲에 도착해야 한다. 도망쳤다간 얼마나 고통스럽게 죽는지는 알고 있겠지? 숲에서 벗어날 생각은 접어 두는 게 좋을 거야."

황금숲을 둘러싸고 있는 금빛의 쿠그시그평원과 빽빽하고 짙은 어둠에 잠긴 황금숲, 그 잔혹한 신들의 땅이 아스라하게 모습을 드러냈다.

레니에는 눈을 감고 생각에 잠겼다.

난 도착하자마자 다시 신전 지하에 있는 돌 감방에 갇히겠지. 하지만 하루가 되기 전에 그곳을 탈출할 것이다.

이틀이 지나기 전에 기치다 님이 오실 것이다. 그가 나를 북국에서 끌어내는 것에 내가 전혀 저항할 수 없었던 것처럼, 그 역시 내가 그를 전장에서 끌어오는 일에 전혀 저항할 수 없을 것이다.

키토가 말을 제대로 전했다면, 그는 올 것이다. 드디어 레니에는 킬킬 웃기 시작했다.

그는 올 것이다. 가나평원, 아니 쉬냐르평원의 전쟁을 집어치우고, 신관들을 모조리 이끌고 올 것이다. 혹은 모든 것을 다 팽개치고 혼자라도 올 것이다. 말을 타고 달려서, 아니면 남아 있는 힘을 모조리 긁어서 하늘을 날아서라도. 최대한 빠른 시간에 올 것이다.

반드시 그래야 할 것이다.

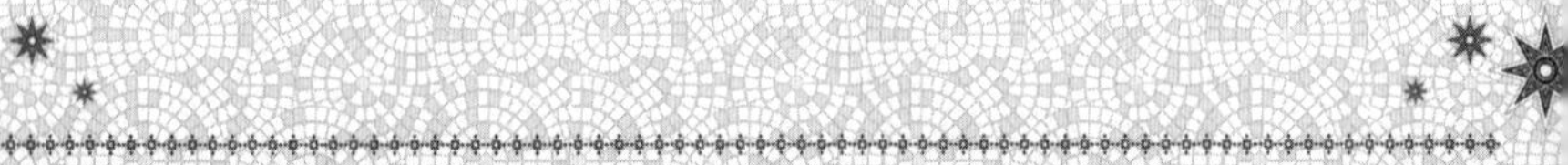

37. 신성한 임무

황금숲에 도착하자마자 지하 감방에 갇힌 레니에는 한참 동안 죽은 듯이 엎드려 있었다. 깜깜한 어둠 속에서 기척을 죽이고 밖의 동정을 살피는 일은 너무 익숙해 숨 쉬는 것만큼 자연스러웠다.

레니에가 갇혀 있는 곳은 창이 아주 작고 사방이 돌로 둘린 방으로, 예전에 그녀가 갇혀 있던 곳이기도 했다. 신관들은 그곳이 레니에에게 익숙한 장소임을 간과했고, 신관으로서의 교육을 전혀 받지 못한 혼혈 천족은 제대로 된 아크도 쓰지 못할 거라 믿었다.

몸을 수색한 신관들은 그녀에게 손톱만 한 신성석도 없다고 결론을 내린 후, 다섯 겹 가죽 줄로 결박하고, 철통처럼 잠근 문 앞에 감시하는 초병을 몇 명 세우는 것으로 충분하다 여겼다. 사실 상대가 레니에가 아니었으면, 그것만으로도 충분하고 남았을 것이다.

레니에는 다리 사이에 손을 넣어 깊이 숨겨 둔 신성석 팔찌를 꺼냈다. 사바토가 죽은 후 그녀의 죽음을 알리기 전에 챙겨 둔 팔찌였다. 전쟁 중에 탁하고 푸석하게 변한 신성석은 대부분 버리고 남은 것은 몇 개 되지 않았지만 아무래도 좋았다. 이 방에서 탈출할 정도의 아크만 남아 있으면 되니까.

레니에는 가죽 줄로 묶인 손목의 관절을 크게 비틀어 가죽끈의 공간을 만들고, 나직하게 엔을 외웠다.

"쉬르 미르……. 키추라 바주, 페쉬, 페쉬!"

바람칼을 사용하는 것은 레니에가 가장 많이, 익숙하게 봐 온 것이지만 실제로 만드는 것은 끔찍하게 어려웠다. 제대로 된 방향을 잡아 자르는 것, 제 살을 베지 않는 것만으로도 진땀으로 목욕을 할 정도였는데, 그래도 손목에는 생채기와 멍 자국이 빼곡해지는 것을 막을 수 없었다.

첫 번째 가죽끈을 자르기까지는 꼬박 반나절이 걸렸다. 그리고 나머지 네 개의 가죽끈을 자르는 데는 뜨거운 염소젖을 한 그릇 마시는 시간만큼 걸렸다.

레니에가 자리에서 일어났을 때는 정확히 일몰, 하루가 시작하는 시간이었다. 서쪽 들판으로 넘어가는 태양 빛이 아주 짧은 시간, 공기구멍으로 들어와 석실을 환하게 빛냈다. 그러고는 이내 깜깜해졌다.

그 상태 그대로 앉아 기다렸다. 숨소리마저 죽이고 기다렸다. 눈썹만큼 굵어진 달이 하늘 꼭대기로 올라갈 때까지 기다린 후, 레니에는 신성석 조각을 꽉 쥐고 일어났다.

천장 위가 제발 눈에 띄지 않는 공간이어야 할 텐데.

사방이 돌로 된 이 방에서 나무로 만들어진 부분은 출입문과 천장이었다. 출입문을 뚫고 나갈 순 없으니 남은 곳은 천장뿐이었다.

위층에는 신관들이 기도하거나 벌을 받는 작은 방들이 있고, 신전에서 가장 큰 강당도 같은 층에 있었는데, 지금 그곳에는 어린 천족들과 보모 신관, 돌보는 노예들이 모여 있었다. 신관들이 대부분 병력으로 차출되다 보니 아이들을 돌볼 사람이 없어서, 아이들은 평소에 교육받던 신전의 강당에 모여 보호를 받는 중이었다.

그런 방 한복판을 뚫고 올라가면 끝장이었다. 그 부분은 온전히 운에 맡길 수밖에 없었다.

레니에는 신중하게 사방에서 들리는 소리에 귀를 기울였다. 지금 복도에는 레니에를 감시하는 신관이 둘, 혹은 셋, 복도를 오가는 다른 노예가 둘 이상이 있다.

밖으로 난 작은 창에서는 신관들의 휘파람 소리가 들어온다. 경계를 서는 신관들은 신전을 한 바퀴 돌고 인근 객관과 노예 숙소, 그리고 아르마누와 주변을 꼼꼼히 둘러본 후에 외곽으로 빠져나갈 것이다. 원래대로라면 감시하는 자들이 훨씬 많을 테지만 지금 숲에 남은 신관들이 거의 없어 딱 그 정도가 한계일 것이다.

레니에는 기척을 죽이고 문틈과 구멍들을 모조리 틀어막았다. 그리고 밖에서 안으로 들어오지 못하도록 가죽 줄로 손잡이와 문고리도 칭칭 감았다.

준비 완료.

깜박, 깜박. 눈을 감았다가 천천히 떴다. 한 번, 두 번, 세 번. 깜박깜박깜박. 어둠 속에서 방과 천장의 위치가 점점 선명하게 눈에 들어온다. 침이 바작바작 마른다. 레니에는 피를 묻힌 신성석 팔찌를 움켜쥐고 불의 모양과 크기를 생각하며 조그맣게 말했다.

“가안체르.”

화르르르. 커다란 화염구가 손에서 폭발하듯 솟아올라 천장으로 치솟았다.

“지! 지이! 아, 씨. 꺼졌네. 간체르!”

레니에는 눈썹을 찡그리고 다시 불꽃을 올렸다. 작게, 더 작게, 아니, 이것보다는 크게. 레니에는 진땀을 뻘뻘 흘리면서 화염의 세기와 방향을 조정했다.

기치다 님은 크기와 방향을 내 마음대로 조정하고 시선으로 움직이면 된다고 했지만 그게 말처럼 쉬우면 연습이 왜 필요하겠는가. 하물며 레니에는 머리 색깔을 바꾸는 것 말고는 아크를 써 본 적이 단 한 번도 없었다. 그나마 기치다를 수행한 기간이 길어 신성한 글자와 주문을 대부분 외워 둔 것이 다행이라면 다행이었다.

천장에 제대로 불이 붙고 레니에의 몸이 나갈 만큼 구멍이 뚫린 것은 초병의 자정 교대를 알리는 종소리가 울리고도 한참 더 시간이 흐른 뒤였다.

하마터면 천장을 홀랑 태울 뻔했다. 대체 어느 방의 바닥을 뚫었는지는 알 수 없지만, 아직도 위층이 조용한 걸 보니 적어도 눈에 잘 띄는 복도나 큰 방에 불을 붙인 건 아닌 듯했다.

레니에는 길게 심호흡을 하고 다음 엔을 외웠다.

“바라스.”

천천히, 조금씩, 흔들리지 않게, 몸이 뒤집히지 않게. 레니에는 아크의 달인인 기치다도 몸을 받쳐 주던 방패를 떨어뜨린 후, 공중에서 균형을 잡기 위해 애를 먹는 것을 보았다. 서두르지 말고, 침착하게. 물론 허공에서 서너 바퀴 빙글빙글 허우적대고 돌바닥에 자빠지면서 침착을 유지하는 건 쉽지 않았다.

레니에는 결국 온몸이 멍투성이가 되어서야 간신히 몸을 가누어 구멍 밖으로 고개를 내밀 수 있었다.

“어딜까? 빈 기도실이나 주방 같은 곳이면 좋겠는데.”

아무것도 보이지 않는다. 팔을 내밀어 몸을 걸친 후, 사방을 둘러보았다. 눈에 익은 무언가가 희미하게 감지된다. 나이가 지긋한 여신관의 목소리가 들린다.

"조용히 해요, 닌아티. 어머니는 지금 가나평원에서 수인종족과 싸우고 있어요. 조금만 더 얌전하게 기다리면 더러운 수인종족을 모두 목 베어 물리치고 돌아오실 거예요. 자랑스럽게 생각해야지, 왜 이렇게 울지?"

썩 운이 좋지는 않았다. 레니에가 고개를 들이민 곳은, 아이들과 보모 신관들이 모인 강당 바로 맞은편에 있는 식재료 창고였던 것이다.

제기랄. 아이들이 모조리 잠들고 불이 꺼질 때까지 쥐 죽은 듯 기다려야 하려나. 레니에는 어깨를 움츠리고 어둠 속에 바짝 엎드렸다. 잠이 없는 아이들이 떠드는 소리가 계속 이어졌다.

"자꾸 이렇게 울고 떼를 쓰면 숲 밖으로 내보내서 더러운 진흙인간으로 살게 할 거예요."

으악, 으아아, 싫어, 싫어! 진흙인간이랑 사는 거, 죽어도 싫어! 아직 어린아이들인 듯, 가늘고 높은 울음소리가 요란하게 터졌다.

"우리 엄마가 빨리 더러운 소금성 수인종족을 다 죽이고 오셨으면 좋겠어요."

"한 명도 빼놓지 말고 다요. 그럼 저희가 하늘로 돌아갈 수 있는 거죠?"

병아리가 삐악거리는 것같이 가늘고 맑은 목소리들이 옆에서 끼어든다. 그럼, 그럼. 대답은 다정하고 확신에 차 있었다.

저 아이들에게 쿤과 소금성 사람들은 하늘에 올라가기 위해 당연히 죽어 줘야 하는 존재에 불과했다. 천족들의 신성한 임무와 자부심이 현실에서 나타나는 모습은 구역질이 났고 그것이 순진한 아이들의 입을 통과하니 더 소름 끼치고 슬퍼졌다.

아이들이 모인 방 밖인지, 두 명의 신관이 속삭이듯 주고받는 이야기가 들린다.

"며칠 전 오신 엔누기그께 전황이 불리하다고 들었습니다. 엔쿰, 저희 신관들이 수인종족에게 포로로 잡히면 어떻게 되나요?"

"수인종족은 천족의 고귀함이나 신성함을 이해하지 못해. 생각이나 행동이 모두 짐승과 같으니 천족도 노예로 팔 거라 들었어."

세상에. 정말 짐승만도 못한 짓을. 젊은 신관이 치를 떨며 나직하게 말했다.

"포로로 잡히면, 시장에 나온 천한 노예들하고 똑같이 알몸으로 서서 진흙인간들에게 팔리는 건가요?"

"천만에, 죽으면 죽었지 그런 수치를 당할 천족은 없어. 그리 두어서도 안 되고."

엔쿰이라 불린 나이 든 신관은 세차게 고개를 저었다.

"그래서 출전하기 전에 알티르께서 자결을 위한 엔을 알려 주셨잖나. 짧은 통증으로 자신의 목숨을 끊어, 길게 이어질 수치와 고통을 면하고 명예를 유지하게 하셨으니 그 얼마나 다행인가. 큰 축복이고 감사할 일이지."

젊은 신관은 신음을 삼키며 한숨을 쉬었다. 나이 든 신관은 단호하게 못을 박았다.

"이 아이들도 마찬가지다, 샤마간. 우리 임무를 잊지 마라!"

"예. 알고 있습니다."

젊은 신관은 내키지 않는 목소리로 대답했다. 엔쿰이라는 신관의 목소리는 더욱 엄해졌다.

"만에 하나 황금숲까지 전화戰禍가 미치면 우리는 수인종족의 더러운 손이 닿기 전에 아이들을 모두 에레쉬키갈의 땅으로 데려가야 한다. 한 명도 남기지 말고. 불쌍하다고 조금이라도 망설이면 천족의 아이들이 노예로 팔리거나 진흙인간의 노리개로 살며 수욕을 당하게 된다."

"……예."

"그게 우리가 맡은 신성한 임무다. 잊지 마라."

"잘 알고 있습니다, 엔쿰."

레니에는 어둠 속에 파묻힌 채 '천족의 신성한 임무'에 대해 오래오래 생각했다. 아무리 생각해도 기치다와 천족들이 지금까지 '신성한 임무'에 환멸을 느끼지 않았다는 것을 도저히 이해할 수 없었다.

그들이 방으로 들어가고 사방이 깜깜해진 후, 레니에는 간신히 창고에서 기어 나와 벌레처럼 납작하게 엎드려 복도를 빠져나왔다. 물건을 숨겨 놓은 곳은 신전에서 아주 가까운 장소였다. 사람들이 함부로 들여다볼 수 없는 곳이기도 했다.

레니에는 물건을 숨겨 두었다는 장소 앞에 서서 위를 올려다보았다. 깜깜한 중에 희미한 달빛으로 윤곽만 어스름 드러내고 있는 아르마누는 위용이 어마어마했다.

– 아르마누 북쪽 방향, 20~30큐비트 높이에 비어 있는 커다란 새 둥지가 있는데, 그 뒤에 사람이 들어갈 만한 큰 구멍이 있어.

고양이처럼 날렵하게 나무에 오른 레니에는 새 둥지 뒤의 구멍 안을 들여다보았다. 구멍이 크고 깊어 바닥이 보이지 않았다. 레니에는 조심스럽게 내려가서 바닥을 더듬어 보았다.

– 그 안에 네 물건이 있어.

달그락, 달칵. 손에 익숙한 것이 잡힌다. 손에 딱 맞게 잡히는 날렵한 가죽 검집. 사르륵, 부드러운 소리를 내며 빠져나오는 가늘고 매끈한 검신. 전사의 무기라기엔 너무나 아름답고 우아하다. 쿤이 길이를 몇 번이나 새로 재고, 그녀에게 맞는 무게를 가늠하고, 몇 번이나 돌려 보며 꼼꼼하게 날을 세워 주었던 바로 그 단검이다.

"아, 여기……."

뒤이어 식인수리의 심장이었다는 목걸이가 손에 잡혀 대롱대롱 흔들리며 올라온다. 그것이 희미한 빛을 받아 모습을 드러내는 순간, 갑자기 가슴이 뻐근해졌다. 그의 숨결이 뺨에 훅 느껴지는 것 같다.

그래. 헤어지기 직전에, 복도 기둥 뒤에 숨어 목에 걸어 주었었다. 뭐가 그리 급하고 뭐가 그리 좋았는지, 그 잠시를 못 참고 기둥 뒤로 데려가서 목에 걸어 주었다. 그때의 숨결이 여전히 뺨에 남아 맴도는 것 같다.

– 예뻐, 쿤.

그 말을 들은 쿤은 그 커다랗고 순한 눈에 웃음을 가득 담고 몇 번 껌벅껌벅하더니, 허리를 수그리고 깊이 입을 맞춰 주었다. 아직도 입속이 달고 아프다. 그가 억세게 감아 안은 손의 감촉이 아직도 허리와 어깨를 꽉 짓누르는 것 같다.

– 실은 훔바에게 매듭을 부탁했다. 맘에 든 것 같아 다행이다.

쿤은 레니에가 예쁘다고 한 것이 목걸이가 아니라는 것을 끝내 몰랐다. 녀석은 자기가 얼마나 귀엽고 사랑스럽고 예쁜지 언제쯤 인식하게 될까. 그가 눈을 내리깔고 조그맣게 중얼대는 소리가 귓속에서 뱅그르르 맴돌았다.

– 결혼 예물이니까, 미리 걸고 다녀도 괜찮다. 예쁘다.

코끝으로 그의 체취가 담백하게 감돈다. 여전히 그의 품 안에 안겨 있는 것 같고, 입맞춤할 때 느껴지던 서툴고 우직한 혀의 감촉이 여전히 입속에 맴도는 것 같다. 얼른 몸을 떼고 사방을 둘러보던 그가 멋쩍어하며 중얼대던 소리, 그의 수줍은 듯한 목소리가 온몸을 사르르 녹인다.

– 예쁘다. ……아, 정말 예쁘다, 레니에.

눈시울이 아프게 달아오른다. 그에 대한 기억은 이제 작은 조각만 튀어나와도 온몸에서 걷잡을 수 없이 아우성을 친다. 사랑해, 사랑해, 사랑해.

레니에는 목걸이를 가슴에 꼭 끌어안은 후, 남은 힘을 모두 그러모아 힘껏 웃었다.

황금숲이 발칵 뒤집혔다. 돌로 사방을 두른 지하 방에 레니에를 가둬 둔 지 정확하게 하루 만에 레니에가 탈출해 버렸다.

“대체…… 이, 이런 짓을 어떻게…….”

귀신이 곡할 노릇이었다. 분명 다섯 겹의 가죽 줄로 손발과 오금을 묶고 여러 겹으로 꼬아 만든 가죽 줄로 벽에 단단히 묶어 놓았다. 돌 감옥에 있는 구멍이라고는 머리도 들어가지 않는 작은 환기 구멍과, 두께가 한 뼘은 될 법한 통나무 문, 그리고 그 아래에 뚫려 있는 식사 구멍뿐이었다. 분명히 부싯깃 하나, 나뭇조각, 쇳조각 하나 없이 들여보냈다.

그런데 어떻게 이렇게 천장을 뚫고 보란 듯이 도망칠 수 있을까?

"찾아! 찾아! 알티르께 소식이 가기 전에 당장 찾아!"

키리아케는 목이 찢어지도록 고함을 질렀다. 밖을 지키고 있던 세 명의 신관과 노예들이 고개도 들지 못하고 쩔쩔맸다. 키리아케는 그날 번을 맡은 노예를 서른 대씩 치라 명하고 신경질적으로 천장을 쳐다보았다.

이 일을 알티르께서 아시면 어찌 될까. 눈앞이 깜깜했다.

"당장 찾아내라. 올리브를 따고 기름을 짜는 노예들도 모조리 불러들여 그년을 찾아내!"

키리아케의 날카로운 고함이 신전의 지붕을 쨍쨍 울렸다.

동이 트자마자 모든 인력이 동원돼서 대대적인 수색 작업이 벌어졌다. 물론 대대적이라 하기에는 몹시 낯부끄러운 규모이긴 했다. 현재 황금숲을 지키고 있는 신관들은 백 명도 되지 않았다.

그나마 숲을 지키거나 쿠그시그평원의 노예들을 관리하거나 혹은 신도들의 집에서 외부인을 접견하는 자들이 대부분이고, 나머지는 아이들을 돌보는 신관들뿐이었다. 그러니 도망친 노예인지 신관 후보인지를 찾기 위해 숲을 샅샅이 뒤질 여력이 있을 턱이 없다.

꼬박 하루를 뒤지고도 흔적조차 찾을 수 없었다. 무엇보다 레니에가 아크를 다룰 수 있고, 신성석까지 갖고 있다는 것이 가장 큰 문제였다. 그렇다면 따로따로 떨어져서 찾으러 다닐 수 없으며, 적어도 세 명이 조를 짜서 수색을 해야 한다는 의미였다. 수색 작업은 더욱 더뎌졌다.

레니에는 눈앞에 난 구멍으로 밖의 동정을 살폈다. 나무의 구멍은 아래로 폭 꺼져 있어서 쪼그리고 앉으면 머리까지 가려졌고, 커다란 새 둥지가 입구를 가려 줘서 동정을 살피기에 여러모로 편했다. 높이도 적당해서 귀를 기울이면 아래에서 나누는 대화를 들을 수도 있었다.

"대체 그 미꾸라지 같은 것은 어디로 숨어 버린 거야!"

"설마 숲 밖으로 빠져나간 건 아니겠죠?"

"아니, 레니에는 틀림없이 숲 안에 있어. 알티르께서 그 아이의 낙인에 사흘마다 지연 엔을 걸어 주시는 걸 분명히 확인했어. 죽으려고 작정한 게 아니면 숲 밖으로 튀어 나가진 않았을 거야."

시간이 흘러갈수록 아래에서 들리는 대화는 더욱 초조하고 다급해졌다. 전쟁이 언제 끝날지, 알티르와 동료 신관들이 언제 돌아올지는 모르지만 북국의 전투 양식을 보니 질질 끄는 장기전으로 돌입할 것 같지 않다. 속이 바작바작 마를 것이다. 이 상태로 알티르가 귀환하면 레니에를 끌고 온 측근 전사들은 죽은 목숨과 다름없었다.

레니에는 낮에는 그곳에 숨어 있고, 밤에는 신전의 창고로 들어가 먹을 것을 훔쳤다. 창고 안에는 쿠그시그평원에서 수확한 밀과 과일이 수북했고, 신전 앞에는 포도주와 올리브기름이 든 가죽 부대가 산더미처럼 쌓여 있었다. 두 달 전부터 포도 수확이 시작되었는데 포도주를 즐겨 마시던 신관들은 가나평원에서 몰살당했고, 남은 포도주만 숨 막히는 향기를 뿜어 대며 익어 가는 중이었다.

지금은 이른 올리브 수확 철이라 노예들은 쿠그시그평원에서 진종일 올리브를 거둬들였다. 기름 짜는 커다란 틀에서 맑은 기름을 끝도 없이 짜내고 그것을 신전의 앞마당으로 끝도 없이 운반해 들였다. 신전 주변에서는 잘 익어 가는 포도주 냄새와 갓 짜낸 올리브기름의 톡 쏘는 향기로 가득했다.

레니에는 밤마다 가죽 부대를 훔쳐 나무 위로 기어 올라가 기름을 부었다. 나무가 너무 커서 티도 나지 않았지만 불꽃이 제대로 튕기면 순식간에 화르르 타오르게 될 수도 있다. 할 수 있는 일은 다 했으니 이제 운명에 맡기는 수밖에 없다. 그렇게 생각하니 이젠 사바토가 딱히 원망스럽지도 않았다.

레니에는 종일 구멍 속에 숨어서 생각하고 생각했다.

나는 쿤을 살릴 수 있을까.

기치다가 천족의 신성한 임무를 포기하게 만들 수 있을까.

나는 이 나무에 불을 붙일 수 있을까.

이 나무가 다 타 버리려면 대체 얼마나 많은 시간이 걸려야 할까.

아르마누는 살아온 세월만큼이나 크기도 높이도 어마어마했다. 높이만 어림잡아 1백 걸음(90m)이 넘는다고 알려져 있다. 아래에서 올려다보면 끝이 보이지도 않았고, 스무 명이 손을 잡고 둘러도 다 감싸지지 않을 만큼 밑동이 굵었다. 이 거대한 숲의 중심이며 영원한 생명을 맡아 두었다는 전설에 어울리게 여전히 위풍당당했다.

하늘과 땅을 이을 가교라도 되고 싶었던 거니, 너는.

레니에는 아르마누의 구멍 속에 폭 쪼그리고 앉았다. 이상하게, 아르마누가 자신을 품에 꼭 끌어안는 듯한 느낌이 들었다.

기치다가 신관 2백 명을 이끌고 숲으로 돌아온 것은 이틀 후의 일이었다. 말을 타는 일에 익숙한 신관은 드물었지만 대부분 쉬냐르강을 부양 아크로 건넜던 자들이라, 말 뒤에 넓은 나무판자를 매달고 부양 아크를 걸어 그것을 타고 달려올 수 있었다. 그러지 않고 걸어서 황금숲까지 왔으면 꼬박 보름이 걸릴 거리였다.

하지만 기치다는 나무에 불이 붙지 않은 것을 보고 안도하는 대신 레니에의 탈출 소식에 그대로 이성을 놓아 버렸다.

"너희는 레니에가 에레쉬키갈의 갈라라는 것을 짐작하고 있었다! 너희 목숨으로 대신해야 한다고 틀림없이 들었을 것이다! 그런데도 이렇게 방심을 하고 놓쳐?"

기치다는 그날 감시를 맡았던 신관들이 기절할 때까지 채찍질을 하고, 노예들의 목을 베었다.

"당장 찾아라. 그녀는 숲을 나가지 못했다. 찾지 못하면 너희가 대신 죽음으로 값을 치러야 할 것이다."

"알티르! 레니에는 제대로 된 신관도 아닙니다! 고작 진흙인간과 피가 섞인 더러운 계집일 뿐입니다. 제발 포기하시고 돌아가십시오. 신성한 임무를 완수할 기회가 목전에 있었습니다! 어째서 이러십니까!"

그들은 신성한 임무를 위해 죽여야 하는 대상이 소금성 부족 전체가 아니라 쿤 단 한 명밖에 남지 않았음을 듣고 크게 놀랐다. 전투에는 한 번 패했지만 오히려 목표를 이루는 일은 훨씬 가까워진 것이다.

북국의 왕이 알티르와 싸우는 모습을 본 그들은, 안마르라는 도구가 없을 경우, 쿤을 죽이는 것이 생각보다 어렵지 않으리라 판단했다. 그런 상황에서 기치다가 돌아왔으니 신관들이 놀라며 분격하는 것은 당연했다. 기치다는 입술을 비틀면서 웃었다.

"물론 그럴 생각이었다. 그런데 너희가 레니에를 놓치는 바람에 일이 굉장히 재미있게 돌아가게 됐지."

"……."

"레니에는 나를 죽이기 위해 아르마누에 불을 지를 생각이야. 아직 실행을 안 하고 기다린 이유가 궁금하긴 하군그래."

헉. 여기저기서 숨이 멎는 듯한 신음이 터졌다. 감히 노예 계집 따위가. 새하얗게 질린 얼굴로 욕설을 삼키는 자들도 있었다.

아르마누는 신관들에게 숭배의 대상이고 자신들의 존재 기반이었다. 그래서 신관들은 '알티르를 죽이기 위해' 아르마누를 해치겠다는 생각 자체를 머릿속에 담을 수가 없었다.

레니에는 달랐다. 애초에 아르마누의 가지를 베어 장작으로 쓸 생각을 하던 노예였다. 천족으로 발현된 후에도 아르마누의 신성성 따위는 눈곱만큼도 신경 쓰지 않았다. 기치다는 머리를 확확 저으며 광적으로 웃었다.

"영원한 생명을 돌려받기 전에 빛의 영광을 돌려받아야 하는 게 순서다. 쿤을 죽이기 전에 아르마누가 죽으면, 나는 그 자리에서 죽을 것이고, 너희는 영원히 지상에 발목을 잡힌 채 비참하게 살아야겠지."

나무 속에서 귀를 기울이던 레니에는 가만히 한숨을 쉬었다. 지상에 발목을 잡힌 채 사는 게 과연 그렇게 비참할까.

– 너는 내 유일한 아내가 될 것이고, 나는 너를 마음껏 사랑할 것이다. 너 역시 마음껏 나를 사랑해 줘. 천족은 하늘에서의 삶을 꿈꾸게 내버려 두고, 우리는 지상에서 허락된 시간 동안, 우리가 누릴 수 있는 모

든 행복을 마음껏 누리면 된다. 지상의 행복이 천상의 그것에 뒤진다고 누가 장담하는가.

– 사랑한다.

레니에는 쿤이 없는 천상에서의 삶이야말로 가장 비참하리라는 것을 이제는 안다. 그와 함께하는 지상에서의 짧은 삶은 천상에서 영원히 이어질 삶보다 백배는 가치 있다.

구멍 틈으로 물끄러미 아래를 내려다보았다. 나무 위를 올려다보는 기치다, 목이 잘린 노예, 피투성이가 되어 쓰러진 신관들, 악을 쓰며 그녀를 찾아내라 닦달하는 키리아케와 측근 전사들. 그들은 레니에보다 훨씬 더 기치다를 두려워했고, 레니에보다 훨씬 더 죽음을 무서워했다.

기치다 님, 당신이 죽였던 그 할아버지가 그랬대요. 지상에서 누리는 영화에 감사하라고.

그 할아버지는, 당신들이 그나마 누릴 수 있는 최대한의 행복을 누리게 해 주고 싶었던 거였어.

삐이익, 삐잇, 삐이이삐이, 삐르르, 삐익.

길고 짧은 휘파람 소리가 미친 듯이 울려 퍼졌다. 모여 있던 사람들의 얼굴이 갑자기 새파랗게 질렸다.

"알티르, 북쪽에서 이상한 새 떼가 날아오는 것이 보인다 합니다. 혹시……."

"키리아케, 트리테, 위로 올라가서 북쪽을 확인해라."

부양 아크에 능한 몇몇 신관들이 황급히 몸을 띄워 곁에 있는 나뭇가지로 올라섰다.

"아, 알티르! 북쪽 하늘에서 이상한 것이 보입니다!"

"안마르 부대 같습니다! 알티르! 수십 기가 날아오는 것 같습니다!"

팟, 기치다는 몸을 솟구쳐 아르마누를 밟고 위로 껑충껑충 올라갔다. 20큐비트, 40큐비트, 70큐비트(35m), 시야가 트인 곳까지 휙휙 올라간 기치다가 큰 소리로 고함을 질렀다.

"안마르가 오고 있다. 쿠그시그평원의 노예들을 모두 불러들이고 무장을 준비하라!"

기치다는 빠르게 지상으로 하강하더니 큰 소리로 명령했다.

"말을 탈 줄 아는 자들은 당장 북쪽 진입로를 막아라! 안마르는 숲에서 날지 못하고, 저들은 북쪽 진입로에서 스스로 길을 찾아와야 할 것이다. 부양 아크를 자유로이 쓰는 자들은 위에 숨어 있다가 그들을 공격하라. 가나평원에서 당한 그대로 그들에게 갚아 주어라!"

"예, 알티르!"

"이 숲은 우리의 영역이다! 아르마누는 저들의 눈을 어둡게 하고 발을 묶고 길을 혼란케 하여 우리를 보호할 것이다."

"그렇습니다, 알티르!"

"북국의 왕을 잡을 수 있는 마지막 기회다! 가라!"

레니에는 얼빠진 얼굴로 구멍 밖을 응시했다.

쿤? ……왜 네가 여길 와?

몸이 걷잡을 수 없이 떨렸다. 손이 와들와들 떨리는 것이 눈으로 똑똑히 보일 지경이었다.

이 바보야! 여기가 어디라고 와? 죽을 걸 뻔히 알면서 왜?

여기에 오면 너는 죽어! 여기선 네게 유리한 조건이 진짜 아무것도 없어. 가나평원에서도 간신히 호각이었는데, 안마르도 날 수 없고 숲의 지리도 전혀 모르는데 뭘 어쩌려고?

무슨 사나이가 이렇게 뚝심도 오기도 없어? 누군가를 한 번 미워하기로 했으면, 좀 뚝심 있게 미워해야 할 거 아니야!

"제발 지금이라도 돌아가. 여기가 어딘데, 겁도 없이……."

"그래도 안 오면 섭섭하지, 기껏 내가 판 깔아 놓고 초대했는데."

등으로 차가운 물이 쫙 쏟아지는 것 같다. 레니에는 입을 틀어막고 빳빳하게 얼어붙었다. 부스럭, 사박, 사박, 굵은 나뭇가지 위로 발을 내딛는 소리가 들린다. 사르락, 사락, 휘감기는 옷자락 소리. 자그락, 자그락, 무성한 나뭇잎이 부딪치며 흔들리는 소리. 그의 부드러운 목소리가 나무 구멍 안으로 흘러들어 온다.

"그가 와 주어야 우리가 오늘 고향인 천계로 돌아갈 거 아니겠니, 레니에."

"기, 기치다 님……."

"왜, 저번처럼 이 새끼 저 새끼 욕도 해 봐. 아주 산뜻했어."

"제, 제가 여기 있는 건…… 언제 아셨어요?"

"아까 올라올 때 바로 알았지. 그리 도발을 해서 나를 질질 끌고 왔으니 빨리 발견해 주는 게 예의잖니. 덕분에 가나평원의 누구는 오늘까지 목숨을 며칠 더 이었으니 소원 성취했구나."

"……."

"일이 되려는지, 때마침 쿤이 제 입으로 실토를 하더구나. 식인수리의 후손 중 남은 사람은 자신뿐이라 다른 자들은 죽일 필요가 없다고. 백성에 대한 애정이 어찌나 철철 넘치시는지 눈물 나게 감동했잖아! 적국의 통치자가 그렇게 미련한 게 얼마나 고맙고 다행인지 모르겠어."

맙소사, 눈앞으로 새까만 연기가 차오른다.

이번 전쟁에서 기치다의 목표는 '승리'가 아니라 '쿤과 소금산 사람들의 멸절'이었다. 실낱같은 가능성이 있어 시도한 것이지만 신관의 대부분이 죽고 가나평원에서 패퇴했으니 실질적으로 불가능해졌다 볼 수 있었다.

하지만 목표가 단 한 명이면 이야기는 완전히 달라진다. 승전이든 패전이든 상관없이, 단 한 명만 죽이면 천족들의 오랜 염원이 이루어지는 것이다. 이번 기회를 놓치면 이런 황금 같은 기회는 앞으로 영원히 찾아오지 않을 것이다.

쿤이 자기 백성을 아끼는 마음을 모르는 것은 아니지만, 녀석의 성격이라면 그런 말을 하고도 남을 것이지만 그래도 사태가 이 지경에 이르고 보니 속이 그냥 녹아 문드러진다.

"그런데 밖으로 좀 나오지 그러니? 아르마누가 너 같은 얼치기 천족을 좋아할 것 같진 않구나."

레니에는 천천히 구멍 밖으로 나갔다. 기치다는 나뭇가지에 한들한들 앉아 있었고, 레니에는 구멍 바로 앞에 걸터앉았다.

"내가 식인수리를 병아리인 줄 알고 키웠어. 왜, 기고만장 협박하던 대로 바로 불 지르지 않고 왜 며칠씩이나 나를 기다려 주었을까?"

"태우려면 태울 수도 있었겠죠. 하지만 기치다 님께 기회를 드리고 싶어서 기다렸어요."

레니에는 사바토의 마지막 말을 생각하며 쓴 물을 삼켰다. 과연 약속대로 기치다 님을 기다린 것이 잘한 것일까? 미리 나무를 태우는 것이 그에게 더 축복이 아니었을까? 그의 냉랭한 코웃음 소리가 들렸다.

"기회? 무슨 기회?"

"지상에서 영화를 누리면서 오래오래 살 기회요."

기치다가 고개를 숙이고 웃기 시작했다. 웃음은 점점 커지고 기괴하게 비틀려 실성한 사람이 웃는 것처럼 들렸다.

"……레니에. 사랑에 빠진 건 좋은데, 미치지는 말아야지. 우선순위를 감정 따위에 내어 주면 사람이 미친단다."

"그래서 기치다 님은 우선순위를 신성한 임무로 놓으셔서 멀쩡하고 행복하신가요?"

그의 웃음 꼬리가 무성한 나뭇잎 사이로 천천히 스며들며 자취를 감춘다. 레니에를 곁눈으로 바라보는 눈이 가늘고 어둑하다.

"신성한 임무를 완전히 우위에 놓을 수라도 있었으면 이렇게 미쳐 가진 않았을 텐데. 누구 때문인지 잘 알면서 그런 잔인한 말을 하고 싶을까?"

그는 어둡게 가라앉는 레니에의 얼굴을 보며 다시 발을 가볍게 흔들었다.

"이제 내 행복은 미래에 있고 하늘에 있어. 네 덕에 손에 잡힐 듯 가까워졌으니, 하늘에서 만나게 되면 고맙다는 인사를 해야겠구나. 아니지, 너도 내 덕에 하늘로 올라가게 되면……."

"저는 하늘로 올라가지 않을 텐데요."

"……아, 정말 지긋지긋한 고집이야."

그가 이마에 손을 짚은 채 머리를 흔들었다.

"사실 오실 때까지 기다린 건 사바토의 마지막 부탁 때문이었어요. 전해 달라는 말이 있어서요."

"아, 사바토가 죽었니?"

기치다의 눈이 실긋 가늘어진다. 그녀의 죽음은 기치다에게 정말 일말의 감정도 불러일으키지 못하는 것 같았다. 언제 죽었느냐, 어찌 죽었느냐 묻지도 않는다.

이따위 반응밖에 보이지 못하는 사내에게서, 인질로 이용당하는 것까지 소망했던 사바토가 안타깝고 슬펐다. 다만, 그럴 가치가 없는 일에 자신의 모든 것을 버렸음을 확인하기 전에 죽었으니 그나마 다행이라면 다행일지도 모르겠다.

레니에는 한숨을 쉬며 말을 전했다.

"'우리에게 허락된 지상의 풍요와 영화에 감사해라. 그것도 과분한 것이다.' 키로스 님이 해 주신 말이라면서, 이걸 꼭 전해 달라고 했어요."

그의 눈이 크게 벌어진다. 깜박, 깜박, 두어 번 깜박거림이 지나간 후 갑자기 커다란 웃음이 터졌다. 와하하하하! 갑자기 그가 허리를 구부리고 미친 듯이 웃기 시작했다.

"지금, 신성한 임무를 지상의 황금 따위에 팔아먹은 변절자의 말이나 전해 주려고 이 좋은 기회를 날려 가며 나를 기다렸단 말이니? 고마운 건 고마운 거지만 네가 정말 제정신이냐? 믿을 수가 없구나."

레니에는 그의 비웃음에도 화가 나지 않았다. 지금이라도, 휘하 신관이 8백 명이나 죽고 몸과 마음이 만신창이가 된 지금이라도 제발 그가 자신의 꿈과 신성한 임무에 대해 한 번만이라도 다시 생각하면 얼마나 좋을까, 하고 부질없이 바랐다.

"저 역시 당신에게 기회를 드리고 싶었어요. 저도 기치다 님께 입은 은혜가 얼마나 큰지 잘 기억하고 있거든요."

하지만 그 희망이 얼마나 부질없는 것인지는, 가장 가까이서 모시고 있던 레니에가 가장 잘 알고 있었다.

아니나 다를까, 말이 떨어지기가 무섭게 기치다가 다시 웃기 시작했다. 은혜, 은혜라. 하하, 와하하하. 그의 웃음은 실소를 넘어서며 광소에 가까워졌다. 레니에는 눈을 치뜨고 조용히 말했다.

"당신은 임무를 완수하지 못할 거고, 임무를 완수한다 해도 영원히 행복하지 못할 거예요."

순간 기치다의 얼굴에서 완전히 웃음이 사라졌다. 가장 아픈 곳을 찔린 사내는 이제 아파하는 대신 극심하게 분노했다.

"억!"

레니에는 두 손으로 목을 감싸고 허리를 훅 구부렸다. 보이지 않는 무언가가 갑자기 목을 졸라 대기 시작했다. 기치다는 이제 아크로 레니에를 공격하는 것을 주저하지 않았다. 레니에가 원하는 것이 자신의 목숨이라는 것을 눈치챘으니, 남은 것은 선공뿐이었다. 레니에는 극심하게 목이 졸리는 중에도 악착같이 내뱉었다.

"당신은, 오, 올라가지 못할 거야! 절대, 절대, 죽어도……."

"레니에, 너 이 자리에서 정말 죽을 셈이냐."

그의 입술 사이로 악물린 쇳소리가 들리더니, 이내 어깨와 머리에서 순식간에 시커먼 안개가 솟구쳤다. 날카로운 냉기가 레니에의 등 뒤를 창날처럼 긁어내린다. 기치다는 지금까지 레니에에게 이런 살기를 발했던 적이 단 한 번도 없었다.

마음을 접어 버린 상대에게 기치다가 얼마나 잔혹하고 무자비하게 변할 수 있는지, 레니에는 헤아릴 수 없었다. 다만 기치다에게 밀리면 이곳에서 가장 끔찍하고 고통스럽게 죽게 되리라는 건 알았다. 숨이 컥컥 막히는 것을 필사적으로 견디며, 레니에는 사바토가 준 팔찌를 움켜잡고 고함을 질렀다.

"간체르!"

커다란 불꽃이 펑, 일어난다. 레니에의 손끝에서 일어난 불길이 아르마누의 줄기를 타고 아래로 확 내달렸다. 순간 기치다의 공격에서 힘이 빠져나간다.

"지이!"

그는 눈썹을 찡그리더니 손가락 하나로 레니에의 엔을 소멸시켰다.

"대체 신성석 팔찌를 어디서 얻은 거니? 깜찍하게 내 앞에서 재주도 부리고. 그래도 나 없을 때 연습 좀 하지, 실력이 이게 뭐야. 가나평원에 비를 쏟아부었던 게 누구였는지 혹시 잊었어?"

"간체르! 간, 체르, 가안체에르! 에쉬바르! 이치!"

레니에는 숨이 남아 있는 동안 필사적으로 엔을 외쳤다. 나무 아래쪽, 위쪽, 줄기, 가지, 가리지 않고 불꽃을 날렸다. 하지만 기치다가 하던 만큼 쉽게 불이 붙지는 않았고, 간신히 달라붙은 불꽃도 그의 가벼운 손가락질에 바로 사그라들었다.

기름을 훨씬 더 많이 부어 놓았어야 했을까? 아크 다루는 실력이 너무 형편없는 걸까? 하지만 공격이 되풀이되면서 기치다는 점점 얼굴을 찡그렸다.

"읏, 제기랄, 바라스!"

레니에는 목에 올가미가 걸린 것처럼 콱 잡아채여 위로 올라갔다. 컥, 컥컥, 목이 졸린 채 허공에 매달려서, 레니에는 정신없이 다리를 버둥거렸다. 눈앞이 점점 새하얘진다.

"적당히 봐줄 때 멈춰라. 내가 아르마누와 함께 타 죽는 꼴을 보고 싶은 모양인데, 될 일이라 생각하니? 으윽. 지이, 지이잇!"

기치다는 레니에를 놔두고 불꽃부터 빠르게 정리하기 시작했다. 레니에가 아르마누에 불을 붙일 때마다 피부에 통증을 느끼는 것 같았다. 카타가 알티르의 몸과 영혼을 아르마누에게 묶어 두었다고 말로만 들었는데, 그것을 실제로 눈앞에서 보는 것은 처음이었다.

그가 짜증스러운 듯 중얼거린다.

"왜 소멸 엔이 이렇게 안 먹히는 거지? 왜 바로 불이 꺼지질 않아."

"내, 내가, 컥, 신전, 기름, 컥, 들이부었……."

"그래, 그으래. 작정하고 기다리고 있었구나. 진작 너를 손봤어야 했는데."

기치다는 불을 끄는 손을 멈추고 레니에에게 다가와 멱살을 움켜잡았다. 레니에는 그가 공격 범위 안에 들어오는 순간, 허리춤에서 칼을 뽑아 들고 휘둘렀다. 긴 소맷자락이 주욱 갈라졌고, 기치다는 부양 엔으로 가볍게 몸을 날려 가지 중간으로 몸을 띄웠다.

"……무기가 있었구나."

기치다의 움직임이 신중해진다. 무기가 있는 레니에는 황금숲에서 가장 빠르고 위협적인 전사일 것이고, 서툴지만 엔을 사용할 수 있는 신관이기도 했다.

"낯이 익은 무기로구나. 사바토의 짓인가?"

그의 차가운 목소리가 끝나기도 전에 쌕, 바람이 이는 소리가 들린다. 레니에는 황급히 고개를 돌려 몸을 피했다. 귓가로 날카로운 바람 소리가 지나가며 소름이 오싹 돋았다. 기치다의 어깨로 다시 검은 안개가 꿈틀대며 치솟았다. 레니에는 한 손으로 단단히 칼을 움켜잡았다.

뿌우우우, 뿌우우, 뿌우우우우!

갑자기 북쪽 경계 지역에서 적의 공격을 알리는 나팔 소리가 크게 울렸다. 그와 동시에 날카로운 고함과 휘파람 소리가 숲의 이곳저곳에서 터지기 시작했다.

"알티르! 알티르! 어디 계십니까! 키리아케 님! 키리아케 님!"

"북쪽이다!"

"아닙니다, 안마르가 두 방향, 세 방향으로 나뉘었습니다!"

"고위 신관들은 아르마누를 지켜라!"

기치다는 그들에게 응답을 할 수 없었다. 레니에의 공격이 시작되었던 것이다. 바람칼이 가장 무용해지는 때는 몸을 밀착한 육박전 같은 근접 공격일 때였고, 그것은 레니에가 가장 효과적으로 사용하는 공격 방법이었다.

기치다는 아크를 가장 잘 사용했지만 전사는 아니었다. 레니에가 바짝 붙어 공격하자 그는 아크를 바로 발현하지 못하고 굵은 가지에서 한참 휘청거리며 밀렸다.

삐르, 삐르, 삐이이, 삐익, 삣.

위에서 날카로운 휘파람 소리가 들렸다. 고개를 번쩍 들자 숲 위로 안마르 여러 대가 길게 줄지어 지나가는 모습이 보인다. 기치다가 차갑게 웃었다.

“기다리던 놈이 친히 이곳까지 왕림하셨군! 북쪽의 진입로 대신 위에서 바로 내려오시겠다? 여기가 어딘 줄 알고?”

머리끝에서 시작된 싸늘한 기운이 척추를 타고 발꿈치까지 쫙 흘러내렸다. 몸이 걷잡을 수 없이 떨리기 시작했다. 예감이 좋지 않다. 언제 이런 느낌이었더라? 언제?

레니에는 지독한 기시감에 머리가 새하얘졌다. 기억난다. 열네 살, 이 나무 바로 옆의 제단 위에서, 그 제단으로 향하는 수레를 타면서, 그날 아침부터 나는 이렇게 두려웠다. 그리고 파라스키에가 기치다를 죽이려 할 때, 동굴에서 다섯 명의 사내에게 둘러싸일 때, 내가 죽어야 했거나, 나 대신 남이 죽었을 때 딱 이런 느낌이었다.

레니에는 지금 이 순간, 에레쉬키갈의 갈라들이 떼 지어 춤을 추며 이 숲을 내려다보고 있다는 것을 직감했다.

“그 녀석을 신경 쓸 여유가 있구나!”

기치다는 레니에의 멱살을 움켜잡고 아래로 훌쩍 뛰어내렸다. 레니에의 입에서 비명이 터졌다. 기치다는 허공을 미끄러지듯 땅으로 내려오더니 땅에 닿기 직전 레니에를 바닥에 팽개쳤다.

"아악!"

왼쪽 팔에서 극심한 통증이 일었다. 팔꿈치가 밖으로 꺾인 것 같다. 팔을 움켜잡고 바닥에서 꿈틀대는 레니에의 머리 위로 차분한 목소리가 흘러내렸다.

"여기가 끝이다. 내게는 끝까지 버릴 수 없는 게 있고, 일이 이 지경이 되도록 몰아붙인 건 너다. ……잘 가라."

레니에는 그가 드디어 자신을 포기했음을 깨달았다. 그답지 않게 오래 끌었다. 그로서도 이해할 수 없는 감정이었을 것이니 오래 괴롭고 당황스러웠을 것이다.

쌕, 바람칼의 공격이 시작됐다. 레니에는 오른손으로 단검을 움켜쥐고 몸을 굴렸다. 긴 시간 동안 자신을 아껴 주었던, 그리고 자신이 헌신적으로 지켜 드렸던 분에게서 새카맣게 솟아오르는 살기를 보는 것은 무섭다기보다 슬프고 아팠다.

"쉬르 미르! ……바주! 페쉬!"

그의 입에서 드디어 치명적인 엔이 터지기 시작했다. 레니에는 바짝 엎드려 그의 첫 공격을 무산시켰다. 그의 손과 시선의 방향, 그리고 바람 소리만으로 방향을 가늠해서 공격을 피해야 했다. 그를 곁에서 모시면서 그의 공격 방식을 오래 봐 오지 않았으면 바로 목이 날아갔을 것이다.

한 번, 두 번, 세 번. 날카로운 바람 소리가 반복될수록 기치다의 공격은 점점 빠르고 강력해졌다. 빗나간 공격이 다른 나무에 쩍쩍 달라붙을 때마다 도끼로 찍은 듯한 자국이 선명하게 생겼다.

"간체르! 간체르, 가안체, 아윽, 이치!"

레니에가 틈을 보아 마구잡이로 쏘아 대는 불꽃이 아르마누의 이곳저곳에서 꽃송이처럼 타오르기 시작했다.

하지만 기치다는 이를 악물고 통증을 참으면서 레니에를 공격하는 데 총력을 다했다. 가장 큰 위험 요소인 레니에를 먼저 죽이고 불을 끌 생각인 듯했다. 그래도 황금숲에서 손꼽히게 날랜 전사였던 레니에를 단번에 죽이기는 쉽지 않았다.

먼 곳에서 키리아케의 찢어지는 듯한 목소리가 들렸다.

"알티르! 알티르! 북쪽의 진입로가 북국의 선발대에게 뚫렸습니다! 신관들이 도륙당하고 있습니다!"

바람을 잘 다루는 이들은 소리를 바람에 실어 쏘아 보낼 수 있었다. 휘파람으로 전하기 어려운 다급한 보고들이 북쪽 진입로 쪽에서 바람을 타고 두 사람의 곁으로 모여들기 시작했다.

"그들이 숲에 불을 지르고 있습니다. 위에서 기름을 뿌리고 불화살을 쏘아 대고 있습니다."

"지금 숲의 여기저기서 불이, 불이! 알티르! 너무 건조해서 소멸 엔이 먹히지 않습니다! 알티르, 강을 끌어 올려 불을 꺼 주셔야 합니다!"

"강을 끌어오라고?"

기치다는 북쪽을 바라보며 이를 갈았다. 미친 소리. 지금 나한테 죽으라는 얘긴가?

게다가 황금숲은 가나평원과 사정이 달랐다. 황금숲은 가나평원보다 훨씬 넓고 시야가 가려진 공간이라 물을 끌어와 군데군데 퍼지는 불을 끄는 것은 애초에 불가능했다.

"북쪽의 진입로로 북국 전사들이 빠르게 들어오고 있습니다. 신도들의 집을 거쳐 들어옵니다! 알티르!"

"벌써? 막는 놈들은 뭐 하고 있나!"

"신관들의 공격이 북국의 판금 갑주와 가죽 갑옷을 제대로 뚫지 못합니다!"

"전사들이 신전 쪽으로 달려 들어오고 있습니다!"

레니에는 기치다가 그들에게 고함을 치느라 잠시 공격을 멈춘 틈을 타서, 그를 향해 달려갔다. 쏴악, 쌕, 쌔액. 검의 파공음과 바람칼의 공기 찢는 소리가 이곳저곳에서 엇갈렸다.

불리한 것은 레니에였다. 보이지도 않는 바람칼을 소리와 살기의 방향만으로 필사적으로 피해 가며 한 손으로 칼을 휘두르자니 치명적인 공격을 입히기 어려웠다. 기치다의 옷에 붉은 핏물이 방울방울 튀는 동안 레니에의 옷은 온통 피투성이가 되어 버렸다. 다만 정신이 없다 보니 통증을 제대로 인식하지 못할 뿐이었다.

"투무달!"

기치다가 버럭 고함을 지른다. 그의 손목에 감긴 신성석 한 알이 단번에 팍, 터지더니 레니에를 향해 어마어마한 바람이 휘몰아쳤다. 숲속에서는 도저히 일 수 없는, 몸을 날려 버릴 정도의 강력한 바람이었다.

크고 작은 돌이 바람에 휩쓸려 레니에의 등과 다리를 치고 지나간다. 바람에 휩쓸린 레니에가 검을 놓치고 바닥에 나동그라지자, 기치다가 달려와 레니에의 팔찌를 뺏고 목을 밟아 누른 후, 북쪽을 향해 큰 소리로 외쳤다.

"키리아케! 노예들에게 활을 쏘게 해!"

"노예들은 숲 밖으로 도망치고 있습니다! 알티르, 도저히 막을 수가 없습니다!"

키리아케는 이미 울부짖고 있었다.

"한 놈만 죽이면 된다, 북국의 왕만 잡아 죽이면 모든 문제가 해결돼! 북국의 왕을 찾아내 집중적으로 공격해라!"

기치다는 헐떡대며 입을 틀어막았다. 어지럽고, 구토감이 치밀고, 무슨 짓을 해야 옳은지 판단도 되지 않는다. 이제 북국의 왕을 죽인다고 모든 문제가 해결되는지도 확신할 수 없었다. 그냥, 남은 길이 하나뿐이라, 그곳으로 미친 듯이 달려가는 것뿐이다. 이제 더 이상 아무것도 생각하고 싶지 않다.

"억!"

생각이 끊어졌다. 레니에가 목이 짓눌린 상태에서 발끝으로 그의 손목을 있는 힘껏 걷어찬 것이다. 레니에의 발끝에 걸린 신성석 팔찌가 핑, 소리를 내며 풀숲으로 떨어졌다.

"레니에!"

발밑에서는 레니에가 필사적으로 버둥거리며 기치다를 후려갈기고 있었다. 그녀가 한 손으로 내리찍는 돌의 모서리에 옷자락이 찢겨 나가고 발목이 찍혔다. 신경 줄이 모조리 튕겨 나갔는지, 극도로 치밀어 오르는 짜증과 살의가 이젠 당혹스러울 지경이었다. 하지만 신성석 없이는 아무런 공격을 할 수 없었다.

"제기랄! 레니에! 네가 끝까지!"

기치다가 풀숲으로 떨어진 팔찌를 주우려 허리를 굽히는 순간 그의 발에 짓눌린 레니에가 길게 늘어진 머리채를 움켜잡고 그의 머리를 바닥에 처박았다. 뒤이어 레니에의 얼굴로 그의 주먹이 들이박히고, 레니에는 무릎으로 그의 명치를 올려쳤다. 기치다가 이를 갈며 레니에의 목을 조르자 레니에는 손에 움켜쥔 돌로 그의 머리를 찍었다. 그가 머리를 움켜쥐고 옆으로 몸을 물렸을 때, 레니에는 엉금엉금 기어 간신히 몸을 빼낼 수 있었다.

고개를 들어 올린 사내의 눈에 핏발이 벌겋게 올라왔다. 레니에는 팔꿈치에 덜렁덜렁 매달린 팔이 끔찍하게 아파서 정신이 하나도 없었다. 그나마 기치다가 팔찌를 떨어뜨려 다행이었다. 자신도 칼을 떨어뜨렸지만, 단검이 아크에 댈 바는 아니었다.

내가 얼마나 버틸 수 있을까. 레니에는 필사적으로 생각했다.

나무에 불은 붙었지만, 불꽃은 작고 여려서 나무를 모두 태우려면 한 이레는 걸릴 것 같다. 저기 떨어진 칼을 주워 공격할 시간이 될까? 기치다 님이 신성석 팔찌를 주워 공격할 시간 안에 움직여야 하는데?

팟!

기치다가 번개처럼 움직여 풀 속에 떨어진 팔찌를 움켜잡았다. 레니에 역시 튕기듯 칼을 움켜잡고 옆으로 몸을 틀었다. 순간 위에서 희미한 소리가 들렸다.

레니에! 레니에! 레니에!

나무 꼭대기 쪽에서 가늘게 내리꽂히는 소리. 레니에는 그대로 얼어붙었다. 환청이야. 이건 환청이라고. 레니에가 덜덜 떨면서 고개를 들어 올리자 끝이 보이지 않을 정도로 어마어마하게 높은 아르마누의 빽빽한 가지가 보이고, 그 사이로 안마르 떼가 유영하는 모습이 어렴풋이 눈에 들어왔다.

기치다가 위를 올려 보며 고함을 질렀다. 아크의 바람에 실린 그의 목소리는 화살처럼 위로 치솟았다.

“쿤! 레니에는 여기 있으니 내려와서 결판을 내!”

잠시 후, 기치다에게 대답이라도 하듯, 쩍, 하는 소리가 들리더니 굵은 화살 한 대가 땅으로 내리박힌다.

“오지 마! 쿤! 이 바보야, 오지 마! 제발 가아아! 악! 아아아!”

얼굴이 확 돌아간다. 보이지 않는 거대한 돌덩어리가 레니에의 머리에 와서 부딪치는 것 같다. 바닥에 나동그라진 레니에는 미친 듯이 비명을 질렀다.

“오지 마, 오지 마, 쿤! 오지 마아아!”

“레니에! 기다려, 레니에!”

피를 토하는 것 같은 그의 목소리가 실처럼 가늘게 귀에 흘러

들어온다. 레니에는 발버둥 치며 고함을 질렀다.

"쿤, 오지 마! 오지 말라니까! 컥!"

곁으로 다가온 기치다가 허리를 굽히고 목을 조르기 시작했다. 레니에는 돌을 들어 기치다의 팔꿈치를 찍고 엉금엉금 기어 몸을 빼냈다. 부러진 팔이 점점 심하게 아팠고, 너무 심하게 맞아 한쪽 눈이 제대로 보이지 않았지만 조금이라도 꾸물댔다간 바로 죽을 판이었다. 레니에는 벌떡 일어나 나무 뒤로 황급히 도망쳤다.

기치다는 레니에의 손에서 떨어진 칼을 주워 들고 자리에서 일어났다. 지이이, 지잇. 그는 눈썹을 찌푸리며 아르마누에 붙은 불을 차근차근 소멸시켰다. 간신히 붙어 있던 불꽃 몇 개는 결국 맥없이 사그라졌다.

❖ ✝✝ ❖

"이 나무가 아르마누다! 레니에의 목소리가 들린다!"

레니에가 여기 있다는 기치다의 목소리는 선명했고, 뒤로 이어지는 희미한 고함은 레니에의 것이 틀림없었다.

아르마누는 숲의 한가운데 있었다. 북쪽 진입로로 돌아가 아르마누까지 달려 들어가면 시간이 오래 걸릴 것이다. 게다가 중간에 막고 있는 신관들과 보이지 않는 아크와 싸워 가며 들어와야 했다. 쿤은 목이 바작바작 졸리는 것 같았다.

"너희는 지금 당장 북쪽 진입로로 돌아가 신관들과 싸우고 있는 전사들을 지원해서 아르마누로 달려와라. 조금도 지체해선 안 된다!"

"루갈께서는요?"

"나는 이곳에서 너희가 도착할 때까지 기다렸다가 아르마누를 타고 바로 아래로 내려가겠다."

"알겠습니다!"

아쉬와 디쉬가 동시에 큰 소리로 대답하며 안마르의 기수를 북쪽으로 틀었다. 이야가 큰 소리로 덧붙였다.

"먼저 내려가시면 안 됩니다! 저희가 막는 신관들을 모조리 해치우고 바로 달려올 테니 그때까지 먼저 내려가지 말고 기다리셔야 합니다!"

그를 따라온 안마르들이 빠르게 북쪽으로 향하는 것을 보며, 쿤은 함께 타고 있는 림무에게 고삐를 맡기고 긴 밧줄을 허리에 맸다. 림무는 왕이 어차피 저들이 올 때까지 기다리지 않으리라는 것을 알고 있었다.

"에레쉬와 함께 돌아오십시오. 기다리고 있겠습니다."

과묵한 림무는 길게 말하는 대신 짧게 동료들의 마음을 전했다. 쿤은 그의 어깨를 툭툭 치고는 아르마누를 향해 풀썩 뛰어내렸다.

림무는 그가 떨어지면서 크게 휘청대는 안마르를 안간힘을 써서 조종해 그가 무사히 아르마누의 윗부분의 가지에 매달릴 수 있도록 만들었다. 쿤이 아르마누의 꼭대기 가지에 매달려 칼로 밧줄을 끊는 것을 보며, 림무는 안마르의 기수를 북쪽으로 틀었다.

이제 그가 할 수 있는 것은 얼른 북쪽으로 가서 아르마누까지 돌파해서 지원하는 것, 그리고 두 분의 무사함을 우투께 간절히 비는 것뿐이었다.

"으윽. 제기랄."

쿤은 짧게 신음을 삼켰다. 밧줄에 매여 흔들리는 채로 가지를 잡으려니 상처를 피할 수가 없었다. 갑옷을 입지 않았으면 훨씬 큰 상처를 입었을 것이다.

무성한 잎이 시야를 가려, 아래에서 무슨 일이 일어나고 있는지 잘 보이지 않았다. 꼭대기에서 사방을 둘러보았다. 숲의 이곳저곳에서 치솟는 연기가 보인다. 기름을 뿌리고 불화살을 쏘아 댄 것이 몇 군데서 효과를 본 모양이었다.

숲은 지독하게 건조했고, 기름을 뿌린 나무는 빠르게 타올랐다. 이 불이 신관들의 수비력을 분산하는 사이 그들은 아르마누로 집결해 레니에를 구출하고 빠져나갈 계획이었다.

레니에. 기다려. 조금만 버텨. 조금만.

쿤은 이를 악물고 나무를 타고 내려가기 시작했다. 나무는 상상했던 것보다 훨씬 크고 높아서 땅이 보이지도 않았다. 사박, 사박. 그는 표범처럼 몸을 말아 아래로 빠르게 내려가기 시작했다.

이곳저곳에서 미친 듯한 절규가 쏟아져 들어오기 시작했다.

"알티르! 키리아케와 트리테가 전사했습니다!"

"알티르, 지원, 신도들의 집, 지원할 신관들이 없습니까?"

"지금 북쪽에 있는 나무들이 화염에 휩싸여 있습니다, 알티르, 대책을, 대책을!"

드디어 숲의 북쪽에서 뭉게뭉게 연기가 올라오는 것이 보인다. 여기저기서 길고 짧은 비명이 치솟는다.

필사적으로 아르마누를 돌며 도망치던 레니에는 신전에서 한 어린아이가 튀어나오는 것을 보고 입술을 깨물었다. 아이는 얼마 가지 못하고 비틀거리다 자리에서 쓰러졌다. 이런 사태를 대비해서 아이들을 지키던 신관들이 결국 '신성한 임무'를 수행한 것이다.

레니에는 걸음을 멈추고 뒤따라오는 기치다를 노려보며 물었다.

"꼭 이래야만 해요? 신성한 임무가 뭔데? 아이들까지 기어코 죽여야 그게 신성한 임무예요?"

"천족은 천족으로, 천족답게 살아야 한다. 그걸 네가 이해할 수 없으니 일이 이 지경이 된 거야!"

"그게 말이야 개 짖는 소리야! 당신이 사람이야? 아이들이 대체 무슨 잘못이야!"

"계속 말해 오고 있지만, 레니에! 바주, 페쉬!"

기치다는 빠르게 손을 휘저었다. 레니에는 다시 몸을 굴러 공격을 피했지만, 결국 한쪽 다리를 베이고 말았다. 레니에가 비명을 지르며 바닥에 주저앉자 기치다가 다가와 손을 들었다.

"우리는, 사람이 아니고 천족이다."

"기치다, 레니에에게서 손 떼라!"

위에서 벼락같은 고함이 터졌다.

기치다는 손을 멈추고 위를 올려다보았다. 눈에 익은 형태의 인영이 가지 사이로 모습을 드러낸다. 나무의 중턱까지 내려온 북국의 왕은 굵은 가지 위에 우뚝 서서 기치다에게 화살을 겨누고 있었다. 하지만 기치다와 레니에가 너무 가까이 얽혀 있는 중이라 활을 쏘지 못하고 머뭇거린다. 기치다는 시원하게 웃음을 터뜨렸다.

"오호, 초대에 신속히 응해 줘서 고맙군. 어서 와."

"쿤! 이 멍청아! 여기가 어디라고 와! 가! 지금이라도 가!"

레니에가 악을 쓰자 기치다가 입을 틀어막았다. 낮게 으르렁대는 소리가 잇새로 스멀스멀 기어 나온다.

"레니에. 저들은 식인수리의 아들이었을 때 죽었어야 했다. 우리는 그때 하늘로 돌아갔어야 했고, 나는 천족 중에서도 존귀한 엔릴과 난나와 우투의 후손으로 태어났어야 했고, 쿤은 지상에 태어나지 말았어야 했다! 그게 오늘까지 미뤄진 것뿐이다.”

“읍, 아니야, 읍, 우읍, 아니야! 당신은 하늘에 못 올라가!”

“너도 변절자들의 헛소리에 넘어간 거냐?”

레니에는 격하게 몸부림치다가 드디어 몸을 빼서 옆으로 뒹굴었다. 기치다의 팔에 거무스름한 작은 얼룩이 나타난 것이 보인다. 레니에가는 눈을 크게 뜨고 그 얼룩을 바라보자 기치다는 신경질적으로 웃음을 터뜨렸다.

“이 얼룩이 왜 생겼는지 이제야 궁금해? 네가 아까 아르마누의 이곳저곳에 불을 지를 때, 내 몸도 아르마누와 함께 타들어 갔던 흔적이다. 이게 같잖은 감정에 눈이 먼 카타가 제 핏줄인 알티르들에게 걸어 놓은, 축복을 빙자한 저주지.”

“아…….”

“빛의 영광을 돌려받기 전에 영원한 생명을 받으려고 나무를 먼저 태우면 이 꼴로 죽게 된다는 거, 알고는 있었지만 막상 당해 보니 기분이 굉장히 더럽구나.”

그는 말을 하다 말고 눈썹을 찡그리며 얼룩을 감싸 쥐었다.

쿤은 아래의 상황을 훑어보며 초조하게 입술을 깨물었다. 극심한 긴장과 걱정으로 목구멍 속에서 피 냄새가 올라온다.

어차피 기치다의 옆에 레니에가 있으면 활로 공격하는 건 불가능하고, 그렇다면 최대한 빨리 내려가 지상에서 격투를 벌여야 할 것이다.

거리가 점점 가까워진다. 지면까지 20~30보 남짓. 지금 지상에선 기치다가 레니에를 공격하고 있고, 레니에는 필사적으로 도망을 치면서 아르마누에게 불을 쏘아 올리고 있다. 불꽃은 애처로울 정도로 작고, 나무는 너무 커서 나무를 태워 기치다를 죽이기 전에 레니에가 먼저 죽을 것 같았다.

"제기랄, 팔은 왜!"

덜렁대는 한쪽 팔을 움켜쥐고 필사적으로 달리는 레니에를 보니 머릿속이 새하얗게 바랬다. 그는 아래를 내려다보며 고함을 질렀다.

"레니에! 공격하지 말고 네 몸부터 피해!"

말이 끝나기가 무섭게 이어 쌕, 하는 파공음이 들린다. 쿤은 황급히 몸을 날려 피하다가 가지에서 떨어졌다. 레니에의 비명이 터졌다. 천만다행히, 쿤은 아래에 있는 가지에 매달릴 수 있었다.

아크 공격이 이어지면서, 몸에 둔탁한 타격이 오기 시작했다. 바람칼은 판금 갑주를 자르진 못하지만 목과 얼굴 같은, 드러난 몸을 공격할 수 있다. 아무리 표범처럼 나무를 잘 탄다고 해도 허공에서 이어지는 공격을 나뭇가지 위에서 자유롭게 피할 수는 없었다.

쿤은 한 팔로 목을 가리고 아래쪽 가지로 껑충껑충 뛰어내렸다. 한 걸음이라도 잘못 디디면 그대로 추락해서 죽으리라는 것을 알았지만 선택의 여지가 없었다.

쿤은 레니에가 숨어 있던 구멍까지 간신히 내려와 숨을 헐떡였다. 레니에가 비척비척 달려가 쿤을 공격하려는 기치다를 머리로 들이받더니 그를 끌어안고 뒹구는 것이 보인다. 몸을 크게 다친 것 같은데, 목숨을 신경 쓰지 않고 공격을 하고 있었다. 움직임을 보면 한쪽 눈도 제대로 보이지 않는 것 같다. 속이 지글지글 녹는다.

쿤은 이를 악물고 다시 나무를 타고 내려가기 시작했다.

"아악! 기치다 이 개자식아!"

레니에가 다시 비명을 지르며 바닥에 나뒹굴었다. 북쪽에서 들리는 사람들의 고함이 조금씩 선명하게 들린다. 서로를 향해 고함을 지르고 악을 쓰고 엔을 읊고 혹은 단말마의 비명을 지른다. 뒤이어 기치다의 날카로운 고함이 레니에의 귓속을 긁어 댔다.

"내가 진작 너를 죽이지 않았음이 이렇게 뼈저리게 후회가 되는구나!"

덜렁덜렁 늘어져 있던 팔이 기치다에게 꽉 밟혔다. 레니에는 그의 손에 자신의 단검이 쥐어진 것을 발견했다. 칼을 쥔 팔이 붕, 허공을 가르며 움직였다.

빡!

기치다가 날카로운 비명을 지르며 어깨를 움켜잡고 고꾸라졌다. 어느새 나무에서 10큐비트(5m) 정도 높이까지 내려온 쿤이 결국 위험을 감수하고 활을 쏜 것이다. 화살은 기치다의 어깨에 박혔다.

그는 화살도 뽑지 못한 채, 비틀거리며 쿤을 향해 몸을 돌렸다.

"간체르! 페쉬!"

손끝에서 불과 바람칼이 동시에 쏟아져 나왔다. 쿤의 목을 향해 날아가던 바람칼은 그가 몸을 크게 뒤틀며 아래로 뛰어내리는 바람에 팔만 베고 스쳐 지나갔다.

하지만 쿤도 운이 썩 좋은 편은 아니었다. 그가 마지막으로 발을 디딘 가지의 중간이 삭아 있었던 것이다. 쿤은 외마디 비명과 함께 그대로 바닥으로 추락했다.

"쿤! 괜찮아? 쿤!"

레니에가 비명을 지르며 입을 틀어막았다. 중간중간 걸리는 가지가 있었다고 해도 10큐비트는 떨어졌을 때 무사할 만한 높이가 아니었다. 쿤은 땅에 나동그라져서 한참 동안 일어나지 못하다가 간신히 일어나서 한 걸음 내딛고는 다시 바닥에 엎어졌다. 한쪽

다리뼈가 어긋나거나 접질린 모양이다.

"레니에!"

목이 터져 나가도록 외치던 쿤은 활을 짚고 일어나며 고함을 질렀다.

"기치다! 네가 원하는 게 나 아닌가, 레니에는 놔둬! 제발, 레니에는! 기치다!"

"쿤, 이 멍청아! 내가, 너, 너 그러라고 살려 준 줄 알아! 꺼져! 내가 그렇게 목숨 함부로 내팽개치지 말라고 했어 안 했어! 어흐어, 어어어!"

울부짖던 레니에는 쿤을 공격하려는 기치다를 보고 벌떡 일어나 그의 가슴을 머리로 치받았다. 빗나간 공격이 레니에의 어깨와 가슴으로 들이박힌다. 온몸의 뼈가 부서지는 듯한 충격에, 레니에는 다섯 걸음이나 되는 곳까지 날아가 바닥에 나뒹굴었다. 그 서슬에 목에 걸어 둔 검은 돌이 툭 튀어나와 눈앞에 굴러떨어진다.

"어……."

레니에는 홀린 것처럼 그것을 잡았다. 머리가 텅 비는 것 같고, 아무 소리도 들리지 않고, 아무 생각도 나지 않는다. 그냥 이 자리에서 그대로 죽겠다, 하는 생각밖에 들지 않았다.

기치다가 비틀거리며 다가오는 것이 희미하게 느껴진다. 이제 모든 것은 끝났다. 레니에는 눈을 꽉 감고, 주먹 안에 든 돌을 있는 힘껏 움켜쥐었다.

"……간체르!"

아랫배에서 뜨끈한 감촉이 치솟았다. 온몸의 힘이 한군데서 모였다가 손을 통해 거대한 불기둥으로 변해 쑥 빠져나가는 것 같다. 순간, 기치다의 손에 들린 검이 옆구리에 박혔다.

"레니에에에!"

펑!

쿤의 울부짖음이 먼저인지, 폭발음이 먼저인지는 모르겠다. 갑자기 아르마누가 위에서부터 폭발하듯 불타오르기 시작했다. 믿을 수 없을 만큼 커다란 불꽃이 꼭대기에서부터 터져 순식간에 미끄러져 내려온다.

레니에는 쩍쩍 소리를 내며 크게 타오르는 나무를 멍하니 올려다보았다. 이상하다. 뭔가 이상해. 왜 이렇게 갑자기 기다렸다는 듯이 불이 붙는 거지? 내가 이렇게 아크를 잘 쓸 리가 없는데.

그냥 모든 것이 얼떨떨하고 희미하다. 옆구리는 화끈화끈한데, 피가 나는지 안 나는지, 아픈지 안 아픈지도 모르겠다.

고개를 옆으로 돌리니 새하얗게 질린 기치다의 얼굴이 보인다. 제 손으로 해치운 짓에 대한 충격, 그리고 나무에서 폭포처럼 쏟아져 들어오는 격심한 통증인지 기치다의 얼굴은 이제 손쓸 수 없이 일그러져 있었다.

"자, 잘 가라. 그동안……."

"……."

"너와, 너와 가고 싶었다. 너만큼은……."

하지만 제가 생각해도 부질없는 말이었던 듯, 그는 아랫입술을 짓씹으며 고개를 돌렸다. 그는 고맙다는 말도, 미안하다는 말도, 사랑한다는 말도 끝내 삼키는 것으로 자신의 마지막 남은 오연함을 지키려 했다.

그는 활을 짚고 다가오는 쿤을 향해 몸을 돌렸다.

"무기를 버려라, 쿤. 버리지 않으면 지금 당장 이 칼을 크게 헤집은 다음에 뽑을 테니까."

쿤이 레니에의 옆구리에 박힌 단검을 보고 크게 몸을 휘청거린다. 자신이 만든 칼이 사랑하는 자의 몸에 박힐 거라고는 단 한 번도 상상하지 못했을 것이다. 그의 얼굴이 처참하게 구겨지며 피와 그을음으로 엉망이 된 뺨에 새로운 물길이 생긴다.

그는 아무 말도 하지 않고 도끼와 활과 전통, 단검까지 풀어서 내려놓았다. 한 부족을 몰살하고, 가나평원의 전투를 승리로 이끌었던 북국 최고의 전사는 이제 생명을 포기한 것 같았다. 그는 바닥에 무릎을 꿇고 앉았다.

"내려놓았다. 네 원대로 내 목숨을 취해 가라. 그리고 레니에를 살려 다오."

"일어나 쿤, 도끼 들고 싸워……. 뭐 하는 짓이야……."

쿤은 얼굴이 새하얗게 질려 움직이지도 못했다. 그는 우들우들 떨리는 목소리로 말했다.

"그 칼 뽑지 말고, 어떻게든 지혈을……. 너, 너는 남국 최고의 치료 신관이라 들었다. 레니에를, 제발, 지금이라도 늦지 않았으니 레니에를 살려 다오. 제발."

"칼, 뽑아. 그리고 시원하게 죽여, 기치다 이 개새끼야."

레니에는 목소리를 쥐어짜 중얼거렸다. 기치다가 손을 내밀면서도 칼을 뽑지 못하고 멈칫거리는 것이 보인다. 칼을 뽑으면 레니에가 얼마 못 버티리라는 것을 아는 것이다.

레니에는 헐떡거리며 고개를 들었다. 기치다의 머리 위로 새파란 하늘과, 하늘을 온통 뒤덮고 있는 거대한 아르마누와, 그 거대한 나무가 믿을 수 없을 정도로 빠르게 불길에 휘말리는 것이 보인다. 그 색의 대비가 너무나 강렬하고 선명해서 오히려 현실감이 하나도 느껴지지 않았다.

펑, 퍼퍼펑, 펑. 따닥, 딱, 쩍. 강렬한 화염에 나무가 쩍쩍 갈라지고 터지는 소리가 들린다. 확실히 뭔가 좀 이상하다. 사바토의 팔찌로는 그렇게 불을 붙이려 해도 바로 꺼지고 말았는데, 쿤이 준 목걸이로 발현한 아크는 단번에 나무를 온통 불로 감싸 버렸다.

……그래. 꼭 이 순간을 기다렸던 것처럼.

그나저나 기치다 님은 우리가 죽고 나서 저 나무의 불을 끌 수 있으려나. 아, 하긴. 강물도 끌어와서 들판에 비도 쏟아붓던 분이었지. 생각해 보니 아주 웃기는 걱정을 하고 있었네.

레니에는 불타 내려오는 아르마누에 등을 기대고 웃기 시작했다. 웃다가 웃다가 결국 기침이 터졌다. 쿨럭, 쿨럭, 몸이 들썩일 때마다 옆구리가 찢어지게 아팠다.

기치다는 레니에의 옆구리에 박힌 칼을 물끄러미 바라보았다. 온몸을 후려치는 통증은 끔찍했지만, 레니에의 눈초리에 비하면 차라리 견딜 만했다.

심장을 찌르려고 했다. 단번에, 고통스럽지 않게 보내려고 했다. 우습게도 칼을 쥔 손이 휘청하며 옆으로 꺾였다. 기치다는 쓰게 웃었다. 이제 내 팔다리도 내 의지를 거역하고 너를 살리려고 발버둥을 치는 걸까.

레니에의 입에서 가늘게 흘러나오는 소리가 들린다.

"이제 날 쿤에게 보내 줘요. 당신 품에서 죽고 싶진 않아요."

"내가 왜? 나야말로 널 저놈 품에서 죽게 하고 싶지 않은데?"

기치다는 바짝 말라 갈라진 목소리로 말을 이었다.

"난 지금 좋아 죽을 지경이야. 네 앞에서 녀석을 비참하게 죽여 버리겠다는 약속을 지킬 수 있게 됐잖니."

기치다가 손을 들어 올리고 엔을 읊으려 한다. 레니에는 씁쓸하게 웃으며 말했다.

"기왕 죽이는 거, 마지막 자비라도 베풀어 주면 안 돼요? 그냥 고통 없이 죽게 해 줘요."

"공짜는 안 돼. 놈을 고통 없이 죽게 해 주고 싶으면, 창부답게 날 유혹이라도 해 보든가."

레니에는 숨을 헐떡대며 힘겹게 웃었다. 기가 막혀서, 너무 기가 막혀서 말도 나오지 않는다. 운명을 정하는 이난나가 이 기막힌 장면을 만들어 놓고 구경하는 중이라면, 지금 당장 벌떡 일어나 그 얼굴에 침이라도 뱉어 주고 싶었다.

"뭘 원해요? 내 몸을 원하면 지금이라도 옷 벗기고 취해 봐요. 나 이제 반항도 못 하게 됐잖아. 아니면 그때 소금성에서처럼 입술이라도 내 드려야 해요?"

"……."

"그런데 생각해 보니 이상하긴 해요. 이렇게 고귀한 천족께서 어떻게 진흙인간의 더러운 입속을 개처럼 핥고 빨고 할 수가 있었지? 구역질 나고 역겹지 않았어요?"

"레니에, 내가 지금까지 계속 말하고 있는데."

기치다는 딱딱하게 굳은 목소리로 내뱉었다.

"너는 인간이 아니고 천족이다."

"천족? 개뿔 엿이나 먹어."

"레니에!"

"그래. 천족이라 해. 그럼 나 죽이고 쿤도 죽이고, 아르마누까지 다 타 버리면 이제 기치다 님은 바로 하늘로 올라가서 고귀한 신이 되는 거죠? 아눈나키 만신전 같은 데서 제사도 받게 되시는 건가요?"

그의 얼굴이 무너지는 것을 보면 통쾌할까 했는데 딱히 그렇지도 않아 짜증이 난다.

"축하해요. 이렇게 죽을 줄 알았으면 다 포기하고 진작 축하나 해 줄걸."

“지금이라도 깨달음이 왔으니 다행이구나. 그러면 네 말마따나 축하의 입맞춤이라도 해 주지 그러니? 허락만 해 주시면 네 말대로 정말 개처럼 빨고 핥아 드리지.”

기치다는 처참하게 일그러진 얼굴로 킬킬대며 웃었다.

“좋을 대로 하세요. 어차피 죽으면 썩어 버릴 입술 따위, 뭐. ……대신 나하고 쿤은 편히 죽여 주세요. 그거 정도는 들어줄 수 있지요?”

기치다는 대답하는 대신 레니에를 가만히 내려다보기만 한다.

이제 사방은 점점 조용해진다. 레니에는 왜 이렇게 조용한지 갸웃하다가 이내 고개를 끄덕였다. 이제 귀도 먹먹해져서 멀리서 나는 소리가 안 들리는 것이다.

기치다의 대답도 들렸다가 끊겼다가 한다. 뒤에서 누군가, 뭐라고 고함을 지르는 것도 같은데, 아까부터 귓속으로 스며드는 것이 핏물인지 눈물인지, 어쨌든 저 고함 소리가 잘 들리지 않아서 너무나 고마웠다.

“어…… 생각해 보면 내가 당신을 좋아하던 때도 있었던 것 같은데.”

레니에는 아르마누에 기댄 채 빙그레 웃으며 기치다를 향해 팔을 벌렸다. 기치다는 이를 악물고, 쓰러질 것처럼 휘청대면서 레니에의 앞으로 다가왔다.

그가 레니에의 앞에 무릎을 꿇고 허리를 굽히는 시간이 아득하게 길었다. 고통스러운 듯 온통 일그러진 얼굴과 여전히 부드럽게 흘러내리는 금발이 지독하게 어울리지 않았다.

얼굴 위로 그의 그늘이 내려앉는다. 그의 숨소리가 뺨으로 와닿고, 가늘고 부드러운 그의 머리카락이 귀와 목덜미를 쓰다듬듯 간질인다.

"흡."

레니에는 눈을 부릅뜨고 숨을 들이쉬었다. 기치다가 레니에의 뒤통수를 움켜잡고 입술을 집어삼킬 듯 강하게 누르기 시작했다. 그의 눈꼬리에서 지저분하게 흘러내리는 눈물 같은 건 안 봤으면 좋았겠지만, 보았어도 이제 큰 상관은 없었다.

레니에는 부러진 팔을 그의 목에 힘겹게 올려 그를 엉성하게 끌어안은 후, 오른팔로 더듬더듬 옆을 더듬었다. 옆으로 길게 솟은 나뭇가지가 잡힌다. 흐으읍. 흐읍. 마주한 입술 사이로 가는 흐느낌이 새어 나온다.

레니에는 그 나뭇가지를 꺾어 기치다의 귀 뒤에 있는 힘껏 박았다.

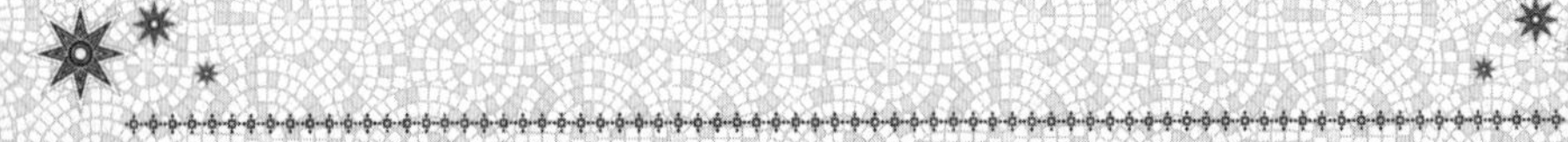

38. 황금숲의 마지막 수호자

"레니에……."

레니에는 눈앞의 아름답고 해사한 사내의 얼굴이 괴물처럼 일그러지는 모습을 물끄러미 바라보았다.

"네, 네가 기어이……."

기치다의 목소리가 잘 들리지 않는다. 레니에, 정신 차려! 다리를 제대로 움직일 수 없는 쿤이 튕겨 나간 발목뼈를 제 손으로 맞추느라 이를 악무는 모습이 보인다. 삐르르, 삐잇, 삣, 삐르르, 삐잇. 가까이서 들리는 휘파람 소리는 환희에 차 있다. 누가 이긴 걸까. 살아남은 사람은 있을까.

몸을 움직일 수 없다. 귀가 먹먹하다. 쿤이 뭐라고 울부짖으면서 악을 쓰는데, 들리지 않는다, 사랑해, 라는 말이면 좋겠다. 미안해, 라는 말은 아니었으면 좋겠다.

아르마누는 무시무시한 기세로 불이 번지고 있다. 빠직, 빠짓,

드드득, 나무를 통해 들리는 희미한 진동은 분해서 이를 가는 소리하고 비슷하게 느껴진다.

손목에 감아 걸어 둔 식인수리의 심장, 내 혼인 예물이 될 뻔했던 이 볼품없는 돌덩어리에 이런 엄청난 힘이 있었는지 몰랐다. 흐, 흐흐, 기치다가 레니에에게 몸을 겹친 채 웃기 시작했다.

"레니에."

"……안 들……."

"나뭇가지……."

"……잘 안 들려요."

"그게 무슨 색깔인지 확인하렴."

레니에는 천천히 눈을 깜박거렸다. 입술의 모양으로 말을 간신히 짐작했다. 이게 무슨 소릴까. 이게. 무슨 색인지가 무슨. 레니에는 눈을 간신히 깜박거리며 기치다의 목에 꽂힌 가지의 끄트머리를 확인했다. 선명하게 황금색으로 물들어 있는 나뭇가지였다.

황금숲의 수호자, 알티르. 황금색으로 빛나는 가지.

레니에의 눈앞으로 온통 새까만 심연이 펼쳐진다. 어? 그럼 뭐가 어떻게 되는 거지? 나는 어떻게 되는 거지? 이러면, 이러면 안 되는데? 안 될 게 뭐가 있지? 레니에의 입술이 정신없이 들썩거린다. 하지만 목구멍에 걸린 말은 도저히 나오지 않는다.

"내게 말하고 싶은 게 있었지?"

"네, 기치다 님."

"……반드시 말해야만 하는 거였니?"

"……네."

"말…… 안 한 게 아니라 차마 못 했던 거였지?"

드디어 레니에의 눈에서 눈물이 왈칵 쏟아졌다. 기치다가 입술을 악문다. 그의 눈에도 새로운 눈물이 괴는 것이 보인다.

"말하지 마라."
"……."
"제발, 제발, 절대 말하지 마라. 부탁하마."
그가 속삭이는 것처럼 흐느끼기 시작했다. 말, 말하지 마, 절대, 절대. 흐으, 흐으으. 나중에는 나무에 이마를 박고 헐떡이며 오열했다.
레니에의 눈꼬리에서도 새로 눈물이 터졌다. 아르마누가 타들어 가는 것처럼, 기치다의 얼굴과 온몸은 천천히 갈색으로 물들기 시작했다. 손발을 부들부들 떨고 허리를 꺾으며 비틀거린다. 웃는 것도 우는 것도 아닌 이상한 얼굴이 점차 일그러진다.
"말하지 마. 나는…… 천족의 수장으로 죽겠다."
기치다의 몸이 천천히 고꾸라졌다.

간신히 발목뼈를 맞춘 쿤이 나무에 가까이 다가왔을 때, 레니에는 나무에 기댄 채 헐떡대고 있었고, 기치다는 목덜미에 나뭇가지가 비스듬하게 박힌 채 바닥에서 뒹굴고 있었다. 이제 레니에의 옆구리에서는 피가 걷잡을 수 없이 흘러내리고 있다. 쿤은 두 손으로 상처를 힘껏 누르며 울부짖었다.
"레니에, 죽지 마라. 너 이렇게 죽으면 안 된다. 늦어서 미안해, 미안해. 정신 놓지 마라! 조금만 버텨 줘, 응? 레니에!"
레니에는 자꾸 감기려는 눈을 억지로 떴다. 피가 너무 많이 빠져나가서 그런지 온통 어질어질하다. 그가 울부짖는 소리가 귀가 아니라 온몸을 통해 들린다. 귀가 아픈 게 아니라 온몸이 아프다.
"쿤, 뒤, 뒤에……."
바닥에 죽은 듯 엎드려 있던 기치다의 몸이 꿈틀하더니 쿤의 위로 와락 솟구쳤다. 레니에는 기겁하며 쿤을 있는 힘껏 옆으로 밀었다.

"쿤, 저리 가아아!"

쿤은 밀리는 대신 몸을 돌려 레니에를 와락 끌어안았다. 퍽, 하는 소리와 함께 등으로 뜨끔, 하는 강한 통증이 일었다. 중량감이나 타격감이 없는 날카로운 통증. 쿤은 그가 바람칼을 판금 갑주의 이음매 부분으로 박아 넣은 것을 알았다.

쿤이 이를 갈며 몸을 돌렸다. 기치다의 손이 갈고리처럼 고부라지며 레니에를 향해 내리찍힌다. 부웅, 날카로운 파공음이 들린다.

기어이 레니에도 함께 데려갈 생각인가!

쿤은 도끼를 집어 들어 휘두르는 대신 공격을 한 팔로 맞받아치며 목에 비스듬히 꽂혀 있는 가지를 꽉 움켜잡았다. 손에 잡힌 가지에서 노랗게 빛나는 화사함이 너무 이질적이었다.

쿤은 그것을 있는 힘껏 뽑았다. 그의 목줄기에서 붉은 피가 위로 팍 터지듯 솟구친다.

깜박깜박 명멸하는 의식에서, 기치다는 필사적으로 팔다리를 허우적거렸다. 허우적대며 생각을 이어 보려 애를 썼다. 하지만 이제 모든 생각은 조각조각 부서져 연결되지 않는다.

지금 쿤을 죽이고 아르마누까지 불에 타 버리면, 우투가 명령한 신성한 임무가 완성된다. 여섯 날개 카타의 후손들이 빛의 영광을 찾고 아르마누에게 맡겨 둔 영원한 생명까지 돌려받아 하늘로 올라가게 되는 것이다.

지금 쿤을 죽이고 아르마누가 완전히 불타면, 나는 빛의 영광과 생명을 받아서, 받아서? 그래서? 나는 하늘로 올라갈 수 있을까? 말하지 마라, 레니에. 제발, 절대 말하지 마. 그런데 뭘 말하지 말라고 했지? 점점 의식이 희미해지면서 아무 말도 들리지 않는다. 내가 죽여야 할 여자. 북소리가 들린다. 두두두두, 타타타타. 두두두두, 타타타타, 오오, 아르마누, 오오오, 아르마누, 이 더럽고 추악한 창기 같은 여자. 그보다 더욱 창기 같은 숲의 수호자. 제물은 그의 갈고리 같은 손가락에 찍혀 심장을 드러낸다. 기치다는 심장을 번쩍 위로 쳐든다. 여섯 날개의 카타에게 영광을, 위대한 어머니 아르마누께 영광을! 천족에게 영광을.

……그런데 나는 과연 내 진짜 고향인 천계로 돌아갈 수 있을까.

– 기치다 님은 하늘로 올라가지 못할 거예요.

– 말하지 마라, 레니에, 제발, 제발 절대 말하지 마.

아, 이런! 이런!

간신히 생각의 가닥을 잡자 정신이 번쩍 들었다. 할 일이 있었다. 그는 마지막 힘을 모아 손가락을 갈고리처럼 구부려 레니에의 심장을 향해 악착같이 찍어 내렸다. 쿤의 고함 소리가 쩍쩍 갈라진다.

"지금 뭐 하는 거야!"

레니에는 나무 아래 축 늘어진 채, 두 사람이 싸우는 모습을 멍하니 지켜보았다. 쿤의 팔다리와 목에서 흘러내리는 피는 이미 옷을 시뻘겋게 물들이고 있었고, 기치다는 몸을 제대로 가누지도 못했다. 어느 쪽도 제대로 살아날 것 같지 않다. 나도 금방 죽을 것 같다. 죽는다면 내가 제일 먼저 죽었으면 좋겠다.

내 소원은, 신성석 동굴에서, 커다란 돌이 머리에 떨어져서 죽는 줄도 모르게 죽는 것. 고통 없이 쿤의 도끼에 맞아 죽는 것. 밥을 안 먹고 굶다가 그대로 의식을 잃고 죽는 것, 혹은, 그냥 사람으로 태어나지 않았어야 했던 것.

위대한 엔키와 닌후르상께서는 왜 굳이 더러운 진흙으로, 왜 굳이 반역자 이기기의 사악한 피로 인간을 만들어서, 왜 굳이 레니에라는 계집애를 태어나게 해서, 왜 끝끝내 한세상을 살게 만들었을까? 기왕 만들려면 좋은 것으로 곱게 만들어 예쁘게 만들어 사랑해 주지, 왜 하필 가증한 피와 더러운 진흙으로 만들어 놓고 미워하며 진창에 굴리는 걸까?

나뭇가지가 뽑힌 기치다의 몸이 크게 휘청이며 허물어진다. 그래도 그의 손은 방향을 크게 틀어 레니에를 향해 집요하게 내리꽂힌다. 쿤이 레니에를 급하게 뒤로 밀치면서 한 손으로 바닥에 있는 도끼를 집어 휘두른다. 후웅, 동굴에서 들었던 엔릴의 채찍 소리와 비슷한, 깊고 무거운 소리가 울렸다.

기치다의 손이 심장 위를 내리찍는다, 찍힌다, 튕겨 나간다. 쿤이 자신의 몸을 세게 밀어내자 칼이 박힌 옆구리에서 격통이 인다. 흡, 숨을 몰아쉬는 순간, 쿤의 도끼가 자신의 가슴을 찍어 내리던 기치다의 손목을 날린다.

뒤이어 그의 도끼는 기치다의 갈비뼈를 박살 내고 허파에 박힌다. 우르투르, 저 웃기는 이름을 가진 도끼는 도무지 빗나가는 법이 없다.

기치다의 입술이 보일락 말락 달싹거리는 것이 뒤늦게 보인다. 기치다의 입에서 흘러나오는 소리가, 잘 들리지 않는다. 들리는 것 같다. 들리지 않……

"지이……."

순간 가슴에 박힌 낙인에서 써늘하게 찌르는 듯한 느낌이 들었다. 이물감을 느끼게 하던 무언가가 쑥 뽑혀 나가는 듯, 혹은 허공으로 흩어져 버리는 듯한 이상한 느낌이었다.

레니에는 입을 벌린 채 눈을 크게 떴고, 쿤 역시 기치다의 목으로 향하던 두 번째 연속 공격을 멈췄다. 쿤도 기치다가 무엇을 했는지 바로 알아차린 듯했다.

이미 몸의 절반이 갈색으로 물들어 버린 사내는, 더 이상 통증도, 뜨거움도 느끼지 못하는 듯 눈을 감고 마지막 엔을 읊었다. 읊으려 했다.

……아아?

기치다는 눈썹을 찡그렸다. 숨이 너무 차서 엔이 입 밖으로 나오지 않고, 아무리 애를 써도 엔이 기억나지 않는다. 기억이 조각조각 나서 흩어져 버리는 것 같다.

불이라도 꺼 주고 가야 하는데. 저 아이가 좋아하는 신기하고 재미있는 것들을 보여 주고 싶은데. 아이를 달래 주어야 하는데. 예쁜, 별, 꽃, 나비들이 어디선가 떠올라 허공을 휘돌아 날아간다.

오래전 아이를 감싸고 있던 노란 꽃들과 나비, 며칠 후 죽으러 갈 아이를 달래 주기 위해, 나는 내가 가진 아크 능력을 남김없이 사용했었다.

기치다는 필사적으로 눈을 떴다. 자신이 만든, 아니 만들려 했던 나비 몇 마리가 꽃잎이 지듯 하느작하느작 바닥으로 떨어지고 있다. 이것이 정말 자신이 만들어 낸 것인지 환상인지도 구별이 되지 않았다. 흐릿하게 번져 가는 노란 꽃잎들 뒤로, 손목과 팔찌가 날아간 팔이 허공을 휘젓고 있었다.

아하. 어차피 안 될 일이었구나.

순간 기치다는 자신이 잊어버렸던 중요한 것을 생각해 냈다.

……그래. 어차피 안 될 일.

기치다는 빙그레 웃었다. 이제 그가 레니에를 위해 할 수 있는 일은 그녀를 향해 다정하게 웃어 보이는 일밖에 남지 않았다.

그래서 기치다는 그렇게 했다.

❖ ☩ ❖

"으으, 으으으! 아아악!"

레니에는 이내 자신의 온몸을 타고 오르는 뜨거운 기운에 몸을 뒤틀었다. 애도할 시간도, 기뻐할 시간도 없이 이제 갓 알티르가 된 레니에는, 여섯 날개의 카타가 영원한 생명만 탐욕하던 숲의 수호자에게 남겨 놓은 족쇄에 바로 휘말렸다.

옆구리의 피를 지혈시키느라 안간힘을 쓰던 쿤은 레니에의 비명에 황급히 손을 떼었다.

"레니에! 왜 그래! 무슨 일……. 이, 이 얼룩은 뭔가!"

레니에의 손끝과 발끝에서부터 갈색 얼룩이 빠르게 올라오고 있었다. 쿤은 기겁하며 고함을 지르다가, 입을 벌린 채 말을 멈추었다. 그는 옆에 쓰러진 기치다의 몸을 잠식한 갈색 얼룩과 바닥에 팽개쳐진 황금빛 가지를 내려다보고 몸을 크게 떨었다.

"레니에, 지금, 너는 혹시 황금숲의 수호자가 되어서 이러는 건가?"

레니에는 간신히 고개를 끄덕였다. 쿤은 믿을 수 없는 속도로 불길이 번지는 나무와 옆으로 옮겨붙는 불길을 번갈아 바라보며 입술을 벌벌 떨었다.

"그럼, 이 나무가 다 타면……."

레니에는 대답할 수 없었다. 쿤은 새하얗게 질린 얼굴로 계속 물었다.

"내, 내가 기치다를 죽여서 네가 죽게 된 건가? 아, 아니, 내, 내가 만든 칼이 너를 죽게 하는 건가?"

빌어먹을. 레니에는 이난나의 신탁을 떠올리고 이를 갈았다. 너를 죽이는 두 명의 남자. 너를 죽이는.

이난나, 이 빌어먹을 여자야. 이런 식으로, 기어이 당신이 정한 운명을 맞춰야겠어?

레니에는 필사적으로 고개를 저었다. 아니야, 쿤. 그런 거 아니야. 제발 그렇게 생각하지 마. 이건 그냥, 우리가 열심히 사랑하고, 힘들게 싸우면서 버티다 일어난 일이야. 저 고약한 여신이 주절댄 신탁이 실현된 거라고 말하지 마. 고개가 움직였는지 안 움직였는지 잘 알 수 없어서 레니에는 힘껏 목소리를 높였다.

"이 바보……야. 네가 안 왔으면 난 진작 죽었을 거……. 그리고 나무에 불…… 붙인 건 나야……. 칼 박은 건 기치다 님이고……!"

하지만 이 상황에서 누구 때문에 죽었느니 마느니 따지는 것조차 너무 부질없고 우스웠다. 쿤 역시 그것을 알고 있었다.

"죽는다고? 저 나무가 다 타면? 저, 저 나무는 왜 이렇게 빨리 타오르는 건데?"

"그러게. 나도 그게…… 참 이상……하다."

레니에는 희미하게 중얼거렸다. 저 하늘까지 솟은 나무가 다 타오르려면 이레는 꼬박 걸릴 거라고 생각했는데. 이 순간을 기다려왔던 건 저 나무일까, 아니면 이 쪼그라 붙은 심장 조각의 주인이었을까.

"나, 난…… 이제 간신히 너를 만났……는데?"

쿤의 입술이 부들부들 떨리는 것이 보인다. 그가 아르마누를 집어삼키고 있는 커다란 불길을 보고, 다시 레니에를 보고, 다시 고개를 들어 불길을 본다. 천천히 열기가 밀려오고 있는데 도망쳐야 한다는 생각조차 못 하는 것 같다.

"부, 불을 꺼야 한다. 레니에. 불을……."

하지만 불길을 보는 쿤의 얼굴은 점점 절망으로 일그러졌다.

산에서 평생을 살아온 쿤은 건조한 산에 불이 붙었을 때 인간이 얼마나 속수무책이 되는지 귀에 못이 박히도록 들으며 자라 왔다. 하물며 이곳에는 가까운 강도 어디 있는지 알 수 없고, 저 위에서부터 미친 듯이 흘러내리는 불길을 무슨 방법으로 잡아야 할지도 알 수 없었다.

나무는 끝도 보이지 않을 만큼 높았고, 수십 명이 팔을 둘러도 다 감싸지 못할 만큼 어마어마하게 굵었다. 훅훅 밀려오는 열기만으로도 몸이 녹아 버릴 지경이었다.

"안 돼. 지금, 지금 이러면 안 돼. 지금 죽으면 안 돼, 레니에, 제발 이러지 마."

쿤은 안절부절못하며 자리에서 앉았다가 벌떡 일어나기를 반복했다.

"불, 불을 꺼야, 아르마누에 붙은 불을 꺼야 하는데."

그는 사방을 둘러보며 휘파람을 불어 대기 시작했다. 삐이, 삑, 삐르르, 삐이이, 삐이삐이, 몇 번이고 되풀이해서 보내는 휘파람 신호는 길고, 빠르고 간절했다. 보내는 것에 비해 돌아오는 휘파람 소리는 적었다.

"물을, 물을 가지고 오라 했어. 신관들을 물리치면 안마르에 물을 잔뜩 싣고, 여기에, 여기에……."

하지만 아르마누를 올려다본 쿤은 말을 채 맺지 못하고 입술을 피가 나도록 깨물었다. 안마르에 물을 아무리 채워 와 봤자 이렇게 무시무시한 기세로 타오르는 불길을 잡을 수 있을 것 같지 않다. 게다가 이렇게 열기가 위로 치솟는데 그 위를 유영했다간 안마르부터 숯덩이가 될지도 모른다.

불길은 빠르게 번져 이제 사방은 연기로 부옇게 흐려지기 시작했다. 쿤은 레니에를 안고 불길을 피해 물러서고 다시 물러섰다. 아무리 둘러보아도 사람들은 오지 않고, 죽었는지 살았는지 신호도 들리지 않는다.

레니에는 눈앞에서 고통에 일그러진 채 죽어 가는데, 할 수 있는 것은 아무것도 없으니 정말 미칠 지경이었다. 어떡해, 아, 나는 어떡하면 좋지. 나는 대체!

쿤은 불을 끄려고 자리에서 일어났다가 레니에를 보고 발을 구르며 주저앉기를 반복했다. 레니에는 다시 자리에서 일어나려는 쿤의 옷자락을 필사적으로 잡고 매달렸다.

"가지 마, 쿤. 어차피…… 불 못 꺼."

"왜 이래! 왜! 지금 두 눈 멀쩡히 뜨고 너 죽어 가는 걸 보라는 건가? 넌 대체 나한테 어떡하라고 이래! 나한테 대체 왜 이래, 레니에!"

결국 그는 다시 자리에 주저앉아 레니에를 붙잡고 통곡하기 시작했다.

"시간 얼마 안 남았어, 제발…… 부탁할게. 내 옆에 있어 줘, 이 바보야……."

레니에는 고통을 참으며 애걸했다. 마지막으로 기억에 담아 가져가야 할 그의 모습이 이렇게 비통하고 좌절하며 안절부절못하는 모습이면 많이 슬플 것 같았다. 불을 끄려고 허둥대는 그를 기다리다가 바닥에 널브러진 시신이 되어 그를 맞이하고 싶지도 않았다.

이 말을 하고 싶은데, 목소리가 여전히 잘 나오지 않아 안타까웠다. 그가 하는 말도 잘 들리지 않는다. 그나마 그가 끌어안고 있으면, 몸이 그의 말을 감지했다. 레니에의 얼굴 위로 미지근한 물이 줄줄줄 흘러 떨어졌다.

"너는 나쁘다, 정말, 흐으, 으으, 정말 나쁘다."

쿤은 레니에를 꽉 끌어안고 중얼거렸다.

"나도 알……아."

"나한테 왜 이러나. 너는 정말 나쁜 사람이다."

"안다니까. 그래도 죽어 가……는 마당에 못됐다는 소리 듣고 싶진 않……아."

"흐으, 씨. 미안하다, 그런 뜻으로 말한 건 아니었다."

레니에는 힘겹게 눈을 뜨고 그를 올려다보았다. 시커먼 먼지와 그을음으로 뒤덮인 얼굴에 그물 같은 눈물 자국이 얽혀 있으니 정말 볼만했다. 레니에는 한쪽 팔로 그의 얼굴을 쓰다듬으며 힘껏 웃었다.

"……예뻐."

"그딴 소리 하지 마라, 레니에."

그래도 예쁜데 예쁘다고 하지, 그럼 어떡해?

남은 시간 내내 해 주어도 모자랄 말. 예뻐, 귀여워, 고마워. 사랑해, 미안해, 행복해. 사랑해, 네가 좋아, 쿤. 네가 좋아. 너를 사랑해. 네가 참 좋다. 사랑해. 사랑해. 쿤, 너를 사랑해. 아, 아쉽다. 이렇게 좋은데. 이 말이 네 귀에 가서 닿을까.

아마도 닿은 것 같다. 그가 무릎걸음으로 바짝 다가앉아 허리를 굽히고 꼭 안아 주는 걸 보면. 이제 옆구리의 통증도 잘 모르겠고, 온몸을 훑듯 난도질하는 고통도 잘 느껴지지 않는다. 그냥 온몸의 감각이 별로 남아 있는 것 같지 않다. 그렇게 되니 도리어 몸이 천천히 편해지는 느낌이 들었다.

"바보……짓을 했어……."

레니에는 그에게 안겨 옷자락을 꼭 잡은 채 중얼거렸다.
"뭘?"
그가 잠긴 목소리로 묻는다. 레니에는 히히 웃었다.
"그때 네가 신전에 같이 올라가자…… 했을 때 미친…… 척하고 따라갈걸."
"……."
"네 아내로 하루라도 살아 봤으면 참 좋았을 텐데. '소금성의 울보대왕 쿤의 아내, 용감하고 씩씩한 레니에'라고 한번 말해 보고 싶었는데……. 아, 진짜 바보짓을 했어."
"나는, 우, 울보가 아니야……."
레니에에게 가야 할 눈물을 한 항아리쯤 훔쳐 간 게 분명한 사내가 여전히 눈물을 줄줄 흘리면서 울보가 아니라고 우기고 있다.
그럼 내 얼굴로 떨어지는 이거 눈물 아니고 콧물이야? 그러지 말고 그냥 울보 해. 북국 사람들한테는 말 안 할게.
머릿속에서만 뱅그르르 도는 줄 알았던 말이 그래도 무사히 쿤의 귀에 들어간 건지, 울보가 아니라는 억지는 바로 꼬리를 감췄다. 아니, 사실 그동안 우는 모습을 너무 많이 들켰다는 자각이 든 걸 수도 있다.
레니에는 바들바들 떨리는 손을 그의 입술에 갖다 댔다. 거슬거슬 갈라진 입술의 결이 손끝으로 느껴졌다.
"울지 마. 웃는 얼굴을 기억하고 싶어, 쿤."
쿤은 고개를 끄덕이며 소맷자락으로 얼굴을 벅벅 문지르더니, 양쪽 입술 끝을 있는 힘껏 끌어 올렸다. 속에서 쿨럭쿨럭 올라오는 울음을 참느라, 희한한 얼굴로 웃고 있는 그의 거대한 어깨가 출썩출썩 오르내린다.
"어, 조금만, 조금만 기다려, 그, 그치는 게, 잘 안 돼……."

한참 만에야 울음을 추스른 사내가 그제야 제대로 웃어 보인다. 웃는 얼굴이 너무 심하게 찌그러져서 웃는지 우는지도 여전히 구별이 되지 않았지만, 이젠 아무래도 상관없었다.

그의 뺨이 레니에의 뺨에 와서 맞닿는다. 고통에 오그라들던 몸은 이제 거의 아무런 감각도 남지 않았는데, 그래도 그가 비비는 뺨의 감촉이 간지럽게 와닿고 그가 내쉬는 날숨이 여전히 달게 느껴지는 것이 너무 고마웠다.

"음……."

쿤의 입술이 레니에의 이마로 천천히 와닿는다. 그의 마르고 거친 입술이 천천히 눈과 뺨을 타고 내려오더니 레니에의 입술에 가만히 내려앉는다.

그의 입맞춤은 금방 녹아 버릴 눈송이를 만지는 것처럼 조심스럽고 애틋했다. 레니에는 오른손을 올려서 쿤의 목을 끌어안았다. 녀석의 몸은 여전히 단단하고 따뜻해서 이런 순간에도 안심이 됐다.

"레니에. 우리가 할 일이 있어."

쿤은 입술을 맞댄 채 조용히 속삭였다.

"원래 이러면 안 되는 거지만, 그냥 우리가 하고 싶은 대로 하자. 닌갈사르밧이 야단치면 내가 얌전하게 혼나면 된다."

"누가 감히 북국……의 왕을 혼내. 내가 당장 ……부지깽이라도 들고 가서……."

쿤이 드디어 웃기 시작했다. 눈물 자국과 그을음과 피로 얼룩덜룩해진 얼굴에 웃음기가 감도니, 그게 뭐라고 또 예쁘고 사랑스러웠다.

쿤은 레니에의 이마에 입을 맞추고 허리를 일으켜 나무에 기대 앉혔다. 숲의 위로 태양이 지나가고 있는지 나뭇잎을 뚫고 들어온 눈부신 빛이 그들의 앞으로 환하게 내리쬐었다.

쿤은 지저분하게 얼룩진 얼굴을 소매로 문질러 닦고 피투성이가 된 청동 판금 갑주를 벗은 후 무기들까지 모두 내려놓고 피로 흠뻑 젖은 옷도 나름 단정히 정리했다. 레니에는 뒤에서 그의 모습을 물끄러미 바라보았다.

무얼 하려는 걸까?

쿤은 레니에의 곁으로 다가오더니 빛이 들어오는 방향을 향해 세 번 절하고 다시 이마를 땅에 대고 말하기 시작했다.

"태양의 우투께 당신의 작은 종이 감히 고합니다. 신전에 올라가 고함이 마땅할 줄 아나, 사정이 이러하여 이곳에서 소략하게나마 고함을 부디 용납하소서."

……쿤?

"제가 세상에서 제일 사랑하는 사람입니다. 엘데 섬의 레니에라 합니다. 참 예쁘지요?"

레니에는 자꾸 감기려는 눈을 힘껏 뜨고 눈앞의 사내가 자신이 섬기는 신에게 고하는 모습을 바라보았다. 그는 차분하고 담담한 목소리로 말을 이어 나갔다.

"저는, 소금성의 쿤은, 엘데 섬의 레니에를 아내로 맞으려 합니다. 에레쉬키갈의 사자들이 와서 우리를 갈라놓기까지, 아니 갈라놓은 후에도 저는 제 아내 레니에를 사랑하고 위하고 아껴 주겠습니다. 어떤 일이 있어도 배신하지 않을 남편이 되겠습니다. 이제 저와 레니에를 하나로 묶은 끈이, 죽을 때까지, 아니 죽은 후에도 끊어지지 않도록, 저희를 축복하소서."

쿤이 우투에게 고하는 말은 다른 대신관들의 엄숙하고 미사여구로 가득 찬 딱딱한 말이 아니었다. 아버지에게 고하는 것처럼 자연스럽고 편안해서 이상하게 들리면서도 가장 쿤답게 느껴졌다. 쿤은 어쩌면 위대한 신들이 진흙인간을 사랑한다고 여전히 믿고 있는 건지도 모르겠다.

말을 끊은 쿤은 레니에의 곁으로 와서 고개를 받쳐 주었다. 레니에는 자신이 우투에게 고해야 하는 순서인 것을 알았다. 레니에가 한참 동안 말을 잇지 못하자 쿤이 조심스러운 목소리로 덧붙였다.

"싫으면 안 해도 된다. 괜찮다."

그럴 리가. 이제 내 마지막 소원은 하루라도 네 아내로 사는 것인데. 하루가 아니라 단 1시간이라도. 네가 대장장이라면 대장장이의 아내로, 네가 어부면 어부의 아내로, 네가 사냥꾼이라면 사냥꾼의 아내로. 네가 북국의 사랑스러운 울보 왕이라면, 울보 왕의 용감하고 씩씩한 아내로.

레니에는 입술을 한참 달싹거렸다. 목이 너무 아프고 귀가 멍해서 말이 제대로 나오고 있는지도 알지 못했지만, 이 서약만큼은 기어코 해야 했다.

"저는, 엘데…… 섬의 레니에는, 소금성의 쿤을 남편으로 맞이……하겠습니다."

쿤은 조용히 기다렸다. 딱, 따르르, 쩍. 멀찍이 불타고 있는 아르마누가 중간중간 불에 터지고 쪼개지면서 불티가 튀는 소리가 점점 크게 들렸다.

레니에는 입 밖으로 말이 나오는지 안 나오는지 자신이 없었지만 어쨌든 입술이라도 달싹여 보려 최선을 다했다.

저는, 엘데 섬의 레니에는 소금성의 쿤을 남편으로 맞으려 합니다. 에레쉬키갈의 사자들이 와서 우리를 갈라놓기까지, 아니 갈라놓은 후에도, 저는 제 남편 쿤을 사랑하고 위하고 아껴 주겠습니다. 어떤 일이 있어도 배신하지 않을 아내가 되겠습니다. 이제 저와 쿤을 하나로 묶은 끈이 죽을 때까지, 아니 죽은 후에도 끊어지지 않도록…….

끊어지지 않도록 축복해 주세요, 기원하려던 레니에는 단단히 결심을 하고 말끝을 바꾸었다. 이 말은 쿤의 귀에 똑똑하게 들렸으면 싶어서, 레니에는 필사적으로 힘을 짜냈다.

"끊어지지…… 않도록 저희 둘이 꼭 잡……고 있겠습니다."

"레니에."

그래도 레니에의 말이 용케 들렸는지, 쿤이 레니에를 제지하려다 멈칫한다. 잠시 후 그는 천천히 고개를 끄덕였다. 레니에는 자신의 말이 꽤 만족스러워서 쿤을 바라보며 힘껏 웃었다.

옆에서 무릎을 꿇은 채 두 손을 모으고 있는 쿤이 눈을 감고 빙그레 웃는 모습이 보였다.

이제 이 사랑을 위해 누군가의 허락을 받고, 누군가의 눈치를 보거나 누군가의 저주를 걱정하며 겁에 질리고 물러날 필요가 없어졌으니, 그것이 참 좋았다. 진작 이럴걸, 하는 후회조차 필요 없는 순간이라, 레니에는 이 순간이 너무 좋고 행복했다.

레니에가 맹세를 마치자, 쿤이 무릎걸음으로 다가와 레니에를 끌어안고 긴 입맞춤을 시작했다. 입맞춤을 끝낸 쿤은 자신의 머리카락과 레니에의 머리카락을 자른 후, 한데 모아 곱게 묶어서 햇빛이 드는 땅에 파묻었다.

그리고 레니에의 곁으로 돌아와 그녀의 손에 쥐어진, 이제는 선명하게 푸른빛을 띠게 된 아름다운 돌을 레니에의 목에 다시 걸어주었다.

"……색이 다시 바뀌었다."

그가 고개를 갸웃하며 중얼거린다.

"내가, 아크를 꺼내서 써……서 그래. 엉터리…… 신관이라,

저……렇게 어마어마한 불이 될 줄은 몰랐다고……."

쿤은 멀찍이 불타오르는 나무를 보고, 다시 목걸이와 레니에를 내려다보았다.

"죽기를 기다렸던 걸까, 저 나무는?"

이 돌이 저 나무를 태우길 기다리고 있던 건지도 모르지.

"이 돌은 그러면 신성석인가, 레니에?"

아니. 네 먼 조상인 식인수리의 심장이 쪼그라 붙은 거야.

레니에는 다시 웃었고, 쿤은 성격대로 '왜'라고 묻는 대신 그냥 따라 웃었다. 지금까지는 온통 힘들고 아픈 일투성이였지만, 이제 레니에의 남은 생애는 온통 웃을 일밖에 안 남은 것 같았다.

쿤은 레니에의 옆에서 단정하게 무릎을 꿇은 후 다시 엄숙한 목소리로 고했다.

"이제 저희 두 사람은 위대한 우투의 앞에 부부가 됐음을 고하나이다. 저희는 죽을 때까지 사랑하고, 사랑하고, 많이 사랑하고, 죽는 순간까지 아끼고 행복하게 살 것입니다. 저희를 축복하소서."

고하는 순서가 끝난 쿤이 레니에를 향해 몸을 돌리고 손으로 머리를 쓰다듬었다. 레니에는 눈을 감은 채 그의 손이 주는 따뜻한 느낌을 기억하려 애썼다.

아니다. 이건 쓰다듬는 게 아니다. 쿤은 손으로 레니에의 짧은 머리를 빗겨 주는 중이었다.

"이 머리 대체 언제 자라나. 왜 자꾸 이렇게 짧게 밀어."

"이제 좀 길러 보려고."

레니에가 몽롱한 목소리로 중얼거리자 쿤이 조금 잠긴 목소리로 대답했다.

"음. 잘 생각했다. ……예쁠 것이다."

쿤은 레니에의 머리를 묶어 주는 대신, 옷자락을 찢어 가장자리를 곱게 말아 넣고 띠를 둘러 주었다. 정수리에 그가 입을 맞추는 것이 느껴진다.

발을 감싸는 손, 그러고 보니 신발도 없는 맨발이었다. 발목에 무엇인가 조심스럽게 묶이는 느낌이 나고, 그의 따뜻한 손이 발을 꼭 감싸는 것이 느껴진다. 발가락, 발등에 간지러운 감촉. 촉, 촉, 촉. 부드럽고 애처로운 소리가 몸을 통해 귀까지 힘겹게 올라온다.

레니에는 간신히 손을 들어 올려 그의 어깨에 얹고, 조금 더 기운을 내서 그의 머리에 얹었다. 갈색으로 물든 손이 후들후들 흔들리는 것이 보인다.

그래도 팔을 들어 올릴 기운이라도 남아 있는 것이 고마웠다. 레니에는 그의 머리를 손으로 빗고 묶어 줄 기운이 없어서, 그의 정수리에 손을 얹어 두기만 했다. 쿤은 고개를 깊이 수그리고 기다렸다. 대신관에게 축복을 받는 것처럼 경건하고 엄숙했다. 레니에는 기꺼이 쿤을 축복했다.

"네가 참 좋아, 쿤…… 많이 좋아해."

"……그래, 안다."

이렇게 낭만적이지 못하고 투박한 대답이 미치도록 사랑스러웠다. 뭐가 어디서부터 잘못되었는지도 모를 만큼 사랑스러웠다. 그래서 레니에는 혼신의 힘을 다해서, 그를 있는 힘껏 축복했다.

쿤, 사랑해, 많이, 많이, 아주 많이.

제물도 포도주도 잔치도 없는 결혼식은 이렇게 끝났다. 쿤은 레니에를 다시 나무에 기대앉혀 놓고 옆에 앉아 레니에를 한 팔로 가만히 당겨 안았다.

이제 불을 피할 생각은 아예 없는 것 같았다. 레니에는 자신의 손과 팔은 물론 가슴까지 갈색 얼룩으로 물들어 가는 것을 물끄러미 내려다보았다.

"쿤…… 뜨거워."

"아, 그래. 그러면 저 나무하고 아주 멀리 떨어진 곳으로 갈까?"

쿤은 자리에서 일어나 레니에를 안고 천천히 걸었다. 그것 때문에 뜨거운 것은 아니지만 레니에는 가만히 그의 품에 안긴 채 그의 가슴에 얼굴을 기댔다.

"쿤, 그때 소금성 떠나면서…… 너한테 나쁜 말 했던 거 미안해. 진심은 아니었어."

레니에는 그동안 속에 맺혀 있던 말을 가만가만 속삭였다. 내 가슴에 맺혀 있던 말, 아마도 그에게는 도끼로 찍힌 것처럼 크게 아팠을 말. 쿤의 목에서 울대뼈가 크게 출렁거렸다. 그는 목멘 소리로 더듬더듬 대답했다.

"안다. 괜찮다. 매일매일 개돼지라 해도 괜찮고, 벌레, 지렁이라고 해도 괜찮다. 나는 뭐가 되어도 괜찮아."

"그래도 미안해. 이제 매……일 예쁘다, 아니 잘생겼다고 해 줄게."

"레니에. 얼굴은 중요한 게 아니…… 그래. 그래 주면 고맙다."

대체 너는 내가 널 좋아하는 이유가 얼굴이 예뻐서라는 당연한 사실을 대체 언제쯤 믿어 줄까?

"쿤, 나……하고 너는 이제, 부부……가 됐으니까, 음…… 뭘 하면 좋을까? 하고 싶었던 거……?"

"그냥, 이렇게 걷는 게 좋다. 나는 아내를 안고 정원을 산책하는 게 소원이었다."

쿤의 무덤덤한 목소리에 레니에는 웃었다. 웃으면서 흐릿한 눈으로 안간힘을 써 가며 그를 올려다보았다. 지금 보니 목덜미도 땀인지 눈물인지 알 수 없는 자국이 그물처럼 나 있었다. 그가 무언가를 목구멍으로 꿀꺽꿀꺽 넘길 때마다 울대뼈가 크게 오르락 내리락한다.

"아쉬하고, 디쉬가 너 욕한 거 미안하다고……. 오면 정말 잘해 주겠다고 전해 달라 했다."

"미안…… 미안하다고 말……해 줘. 못 간다고."

"두 사람 다 죽었다고 신호가 왔다. 여기 오면서, 북쪽 진입로에서. 두 사람이 선봉을 섰다고……."

쿤이 잠긴 목소리로, 하지만 여전히 덤덤하게 중얼거렸다.

레니에는 눈을 감은 채 쿤의 얼굴을 더듬더듬 쓰다듬었다. 쿤은 천천히 걸으면서 레니에가 편하게 뺨을 쓰다듬을 수 있게 고개를 수그렸다.

손끝은 흠뻑 젖었지만, 레니에는 그가 안간힘을 써 가면서 웃음을 머금고 있다는 것을 알았다. 눈을 감고도 알았다.

레니에가 그의 귀를 쓰다듬자, 레니에의 손안에서 그의 귀가 살그머니 꼼지락거린다. 예뻐. 귀여워. 예뻐. 이제 녀석이 질색할까 봐 조심할 필요도 없이, 레니에는 마음껏 말했다. 예쁘다, 쿤. 내 예쁜 우르투르.

쿤, 나 예뻐? 흉하지는 않아?

"예뻐. 세상에서 제일 예쁘다."

쿤의 걸음이 점점 느릿해지더니 조금씩 휘청거린다. 삐잇, 삐르르, 삐르르. 삐익! 멀리서 가늘게 휘파람 소리가 들린다. 쿤도 몇 번 짧은 휘파람으로 회답을 보낸다.

저건 무슨 소리야?

"우리가 이겼다고, 지금 우리 있는 쪽으로 오고 있다고 한다."

이겼대?

"음. 진입로를 지키던 신관들이 전멸했다 해서, 여기도 기치다가 죽었다고 알려 주었다."

새로운 알티르도 뽑혔다고 얘기……해 줘야지…….

목소리가 나오는지 안 나오는지도 이제는 모르겠다. 쿤은 레니에를 한 번 보고 뒤를 돌아보았다. 기이할 정도로 빠르게 불길에 잠식되는 아르마누는 이제 하늘까지 치솟은 거대한 불기둥처럼 보였다.

레니에의 팔다리를 잠식한 갈색 얼룩은 이제 목과 얼굴까지 기어 올라오기 시작했다. 쿤은 고개를 숙이고 천천히 걸었다. 이제 눈도 거의 보이지 않게 된 듯, 레니에는 손을 들어서 그의 뺨과 눈과 코와 턱을 열심히 더듬고 있다.

"예뻐. 쿤."

"레니에, 얼굴은 중요한 게 아니라고 했다."

쿤은 자신의 목소리에 울음이 섞이지 않도록 우투께 필사적으로 빌었다. 이제 빌 것은 그것밖에 남지 않았다.

"웃기……지 마. 자고로 사나이가 사……랑받으려면 얼굴이 예……쁘고 봐야 해. 그리고 넌…… 정말 예뻐."

"……고맙다."

"아, 좋다."

레니에의 얼굴로 미지근한 물방울이 새롭게 떨어진다. 꿀꺽, 꿀꺽. 꿀꺽. 그가 고개를 위로 쳐들고 한참 동안 침을 삼킨다. 그래도 흐느낌은 단 한 자락도 들리지 않아, 레니에는 그것이 무척 고마웠다.

"루갈! 루갈! 저희가 승리했습니다!"

"신관들이 전멸했습니다. 저희가 한 명도 빠짐없이……."
"루갈, 신전이 불타고 있습니다! 안에 살아 있는 자들은 아무도 없습니다."
"노예들은 모두 도망……."
전사들은 그 자리에서 멈췄다.
피투성이가 된 덩치 큰 사내가 온몸이 시커멓게 변한 여자를 끌어안고 천천히 걸어 나오고 있었다. 그들이 보이지도 않고 그들의 고함이 들리지도 않는 듯, 그는 온몸이 축 늘어진 여자만 내려다보며 걸어 나오고 있다.
사내의 어깨에 얹혀 있던 여자의 팔이 갑자기 툭, 아래로 떨어진다. 사내는 그 자리에 조용히 멈추어 선다. 그는 입술을 꽉 깨물고 한참 동안 멈추어 선 채 여자의 얼굴을 내려다보았다.
사내의 고개가 천천히 수그러든다. 그가 여자의 입에 입술을 댄다. 그의 어깨가, 커다란 몸집이 한참 들먹거리는데, 여자는 더 이상 움직이지 않는다. 온통 피로 물든 치맛자락 아래로 시커멓게 변한 맨발과 그 발목에 묶인 천 조각이 힘없이 흔들거린다.
그의 뺨으로 굵은 눈물이 줄줄 미끄러져 내려오고 있었다. 이제 그는 그것을 감출 생각도 하지 않는다. 흐으, 으, 흐으, 흐느낌만 억지로 삼키며, 그는 여자의 입에 오랫동안 입을 맞추었다.
쿵, 빠드드드, 쾅!
하늘까지 닿을 듯 높이 솟아올라 있던 나무, 이제는 거대한 불기둥으로 변해 버린 나무가 먼발치에서 천천히 옆으로 넘어간다. 거대한 아르마누는 생각보다 몹시 짧고 성근 뿌리를 갖고 있었다.
아르마누는 옆에 있는 나무들과 신전까지 그대로 뭉개 버리며 쓰러졌다. 와르르, 딱, 우지끈. 쾅, 숲 전체가 흔들릴 것 같은 커다란 소리가 났다.

"억!"

쿤이 눈을 부릅뜨며 고개를 들어 올린다. 여자를 끌어안은 채, 눈썹을 잔뜩 찌푸리고 이를 악문다. 어깨를 비틀며 짤막한 신음을 삼키던 그가 갑자기 자리에 고꾸라졌다. 피로 흠뻑 젖은 어깨와 등이 심하게 꿈틀거렸다.

"루갈?"

그들이 깜짝 놀라 멈칫대는 사이, 퍽, 소리와 함께 쿤의 등에서 갑자기 피가 화산처럼 솟구쳤다.

"루, 루갈!"

"누, 누가 공격을!"

모여 있던 전사들은 기겁하며 고함을 질렀다. 하지만 황급히 앞으로 달려가던 사람들이 갑자기 벼락 맞은 것처럼 멈춰 서더니 한 걸음, 두 걸음 물러선다. 숨을 몰아쉬며 무기를 놓치고 자리에 주저앉는 사람도 있었다.

쿤의 뒤로 무언가 붉고 희끄무레한 것이 꿈틀대며 솟아오르기 시작했다.

"아윽, 아흐으, 으윽."

쿤이 여자를 끌어안은 채 허리를 구부리고 앉아 극심한 통증에 몸부림을 친다. 모여든 전사들이 입을 틀어막고 찢어지는 비명을 질렀다.

"루갈, 루갈! 아니, 저, 저게 도대체 어떻게 된……."

"오, 마, 맙소사, 우투시여! 이, 이게 대체!"

펄럭, 파드드, 푸르르르, 펄럭, 바람 치는 소리가 들린다. 붉은 피에 흠뻑 젖은 날개가 하나, 둘, 셋, 넷, 다섯, 여섯.

여섯 장의 거대한 날개가 그의 등에서 활짝 펼쳐졌다.

39. 겨울나무

“이봐, 이봐! 너 소문 들었어?”

“무슨? 혹시 그 황금숲 이야기 말인가? 황금숲 신관님이 모조리 돌아가신 거?”

“한 명도 남지 않고 돌아가셨다며? 게다가 황금숲 신관님들이 실은 천족이 아니었다면서?”

“맙소사. 그럼 대체 뭐가 어떻게 돌아가는 거야?”

쉬냐르평원과 가나평원에 모인 남국, 북국 병사들 사이로 놀라운 소문이 빠르게 퍼져 나갔다.

병사들은 이제 두세 명이 모여 앉기만 하면 이게 대체 무슨 일인가, 우리가 뭘 잘못 알고 있었는가에 대해 미친 듯이 떠들어 댔다.

그동안 천족이라 알려졌던 신관들이 사실은 천족이 아닌 식인수리의 후손이었고, 그동안 식인수리의 후손이라 경멸당하던 자들이 진짜 천족이었다는 것부터 놀라운 일이었다. 그들은 삼삼오오 모여 앉아 서로 모은 정보를 풀어놓고 이야기를 짜 맞추느라 정신이 없었다.

"잠깐, 잠깐, 그, 그러면 여섯 날개의 카타는 아르마누를 안기 전에 빛의 영광을 주었고, 그래서 아르마누는 아름다워지고 카타는 외양이 추해진 거고, 그 자식들도 카타를 닮아서 추해진 건가?"

"그렇지! 그리고 식인수리의 아들딸은 빛의 영광을 얻은 아르마누를 닮아서 그렇게 말갛고 뽀얀 하늘 족속 같았던 거야. 그리고 카타가 자기 아들로 잘못 알고 사용하도록 허락해 준 능력으로 아크를 사용하면서, 그렇게 오만하게 살았던 거고. 우리는 그것도 모르고 지금까지 황금숲 신관놈들한테 그렇게 굽실굽실했던 거였어! 나 원 참! 기가 막혀서."

"검은 용이란 놈은 그럼 그 모든 걸 알고도 카타한테 거짓말로 알려 준 거여? 그래서 자식이 바뀌게 된 거여? 그런 벼락 맞을 놈이 있나!"

"뭐, 카타한테 '네 자식은 너를 닮고 식인수리 자식은 아르마누를 닮았다' 했으니 거짓말은 아니지. 그저 카타가 제가 추해졌다는 걸 모르고 있는데, 그거 뻔히 알면서 헷갈리게 가르쳐 준 것뿐이지. 그래도 정말 몹쓸 놈은 맞지 뭐. 확 천벌이나 받아라."

그들이 남국과 북국의 이야기를 조각조각 이어 붙여 재구성한 '숨겨진 진실'은 이러했다.

백염산맥에 살던 식인수리는 제 자식까지 낳아 준 아르마누를 잡아먹은 후, 카타의 화살을 맞아 죽었다. 하지만 빛의 영광을 잃고 짐승처럼 변한 카타가 친자식들을 찾아 소금산으로 찾아왔을 때, 소금산 사람들은 카타를 사람이 되다 만 식인수리라고 오해했다.

식인수리, 사악한 신탁에 무기력하게 잠식되어 점점 암흑의 길로만 치닫던 그 영물 짐승은 결국 카타의 손에 비참하게 죽었고 다시 살아나지 못했다. 하지만 그의 어둡고 악한 그림자는 그의 후손들을 통해 황금숲에 오랫동안 남아 있게 되었다.

카타는 황금숲에서 아르마누를 기다리며 나무를 지키게 할 능력을, 아들이라 믿었던 알티르에게 모두 주었다. 하지만 그 후 연못에 비친 자기 모습을 보고 자신이 속은 것을 알게 되었다.

그는 분신인 천족 전사들과 함께 소금산으로 가서 친자식들을 만났고, 그들이 황금숲의 가짜 후손들에게 목숨을 위협받게 되자 눈물로 소금기둥을 쌓아 가며 백염산맥에 거하는 사람들을 지키게 되었다.

그 이야기는 자식이 뒤바뀐 것을 뒤늦게 알아차린, 백염산맥을 지키는 장사꾼 이야기와 오래전부터 내려오는 구슬픈 자장가에 희미하게 흔적이 남아 있었으나, 지금까지 그것을 카타의 이야기라 의심한 사람은 거의 없었다.

사랑하는 자들을 하나씩 잃고 눈물로 소금산과 소금길과 소금강과 소금기둥을 만들었다는 노래는 아내까지 잡아먹은 식인수리에게는 너무나 어울리지 않는 내용이었지만, 식인수리의 자리에 여섯 날개의 카타를 옮겨 놓으면 그제야 딱 맞아떨어지는 모양새가 된다.

자장가 가사와 이야기 조각을 열심히 맞추던 북국 사람들은 뒤늦게 뒤통수를 맞은 듯이 얼얼한 표정을 지었다.

카타가 자신이 천족임을 적극적으로 밝히지 않고 진실을 옛이야기와 노래 속에만 감추어 둔 이유는 정확하게 알기 어려웠다. 다만 천족의 영광이 사라지고 영락한 모습을 부끄러워했을 수도 있고,

자신의 신적 능력을 이어받은 가짜 아들로부터 힘없는 친자식들을 보호하기 위한 궁여지책이 아니었을까 추측만 할 뿐이었다.

죽을 날이 머지않은 한 아버지의 애처로운 사랑은 이렇게 오랜 시간이 흐른 후에도 여전히 슬프고 애달팠다.

그렇다. 생각해 보면 이상했던 것이 한두 개가 아니다. 교류가 거의 없던 황금숲 신관들과 소금성의 휘파람 언어가 동일한 것도 그렇고, 식인수리가 우투의 신전을 쌓았다는 것도 이상했고, 식인수리의 후손들이 대대로 우투의 대신관이 되었다는 것은 더 이상했다.

그리고 신성석이 출토되는 위치도 이상하긴 마찬가지였다. 카타와 그의 분신인 천족 전사들이 죽어서 만들어졌다는 신성석은 북국의 백염산맥, 그것도 소금산에서 가장 많이 출토되었다.

특히 식인수리의 심장—부족장 조상의 심장이라 알려졌던 검은 돌이 사실은 가장 강력한 신성석이고, 아르마누를 한꺼번에 터뜨리듯 불태웠던 신성석도 그 돌이었다는 점이 그들의 추측을 뒷받침하는 데 일조했다.

게다가 아르마누에게 그리 지고지순했던 카타의 후손이라는 황금숲의 신관들에게선 아르마누를 잡아먹는 식인의 전통과 난교의 흔적이 제의로 전해지고 있었고, 북국 소금산 부족의 족장 집안 사내들은 자신의 여자와 가족에게 믿을 수 없을 만큼 지고지순하고 헌신적이었다고 했다.

그 비밀을 드물게 알아차린 황금숲의 신관 몇 명은 현실주의자의 효시가 되었으나, 그들의 존재 이유 자체를 부정하게 될 비밀을 외부에 알릴 수는 없었다. 그래서 그 내용은 비밀을 알아차렸던 소수의 알티르와 몇몇 측근 범위를 벗어나지는 못했다.

모인 사람들은 둘러앉은 곳마다 알고 있는 이야기 조각들을 모조리 풀어놓고, 서로 머리를 맞대고 어렵게 짜 맞춰 가며 결론을 내리고 새로운 가설을 내놓았다. 그러면서 서로 얼빠진 얼굴로 신음을 삼키거나 비명 같은 환성을 지르거나 혀를 내둘렀다.

새로운 소문은 가나평원과 쉬냐르평원을 휩쓸었고, 순식간에 북국 백염산맥과 남국 열 개 도시, 서역과 동방의 도시까지 퍼져 나갔다.

수인종족의 왕이라 알려졌던, 사실은 카타의 진짜 후손이었던 북국의 루갈이, 전설 속에 나오는 여섯 날개의 카타처럼 거대한 여섯 개의 날개를 펼치고 황금숲을 완전히 잿더미로 만들고 나오는 모습을 본 자들이 한둘이 아니었으니 온갖 소문이 안 퍼질 수가 없었다.

황금숲이 불탄 후 몇 이레 동안, 동서남북 어딜 가나 그 소문으로 와글와글 시끌시끌했다.

가장 적막한 곳은, 그 떠들썩한 소문의 주인공이 머무르는 작은 막사였다.

황금숲은 꼬박 열흘간 불탔다.

비가 오지 않는 건조한 여름, 하늘까지 솟은 나무들이 한 줄기 강에 의지해 바싹바싹 마르는 몸을 추슬러야 하는 계절이었다.

특히 아르마누는 이때를 기다려 왔다는 듯 폭발하며 타올랐는데, 아르마누가 쓰러지면서 주변의 나무들로 불이 크게 옮겨붙었다. 불은 이내 인근의 신전을 집어삼켰고, 그 앞마당에 쌓아 둔,

막 수확해 들인 올리브기름 수천 통을 덮치며 순식간에 악화되었다.

쿤과 전사들이 전사자들과 검게 물든 기치다의 시신과 아르마누의 손가락까지 수습해 숲을 빠져나올 즈음, 불길은 이미 하룻길(32km) 밖에서도 보일 정도로 엄청나게 커졌다.

숲은 아르마누고, 아르마누는 바로 숲이었다. 숲은 아르마누의 죽음을 애도하며 옥쇄라도 하는 듯, 풀 한 포기, 나뭇조각 하나 남기지 않고 완전히 잿더미가 됐다.

전쟁이 완전히 끝난 것은 황금숲이 완전히 잿더미가 된 지 두 이레 후였다. 여름 막바지, 가나평원에서 올리브 수확이 끝나고 여름 무화과와 대추야자까지 거두어들일 즈음, 쉬냐르평원 끝까지 밀려 내려간 남국 연합군이 결국 백기를 들었다.

어차피 패색이 짙어 가던 싸움이었다. 남국 연합군은 워낙 대군이 참가했고, 북국도 전사자가 적지 않아 수적으로는 여전히 남국 연합군이 유리한 편이긴 했다.

하지만 남국 연합군은 황금숲의 알티르와 신관들이 빠져나가면서 크게 흔들렸고, 그로 인해 각 도시 사이에 쌓여 있던 해묵은 갈등이 여기저기서 터지기 시작했다. 이제는 그것을 봉합할 수 있는 지휘관조차 없어, 상황은 악화일로를 치달았다.

소규모로 되풀이되는 안마르의 기습 공격에도 속수무책이었다. 거기에 황금숲으로 돌아간 신관들이 전멸하고 황금숲마저 전소했다는 말에 남국 연합군은 크게 충격을 받았다.

하지만 그들이 가장 큰 충격을 받은 것은, 황금숲이 사라진 후 이어진 전투에서 안마르 부대를 이끌고 쉬냐르평원 상공에 모습을 드러낸 북국 왕의 모습 때문이었다.

그는 사람 키의 세 배가 넘을 것 같은 거대한 날개, 눈처럼 새하얀 여섯 개의 날개를 활짝 펼치고 하늘을 날며 전투를 지휘하고 활을 쏘았다.

남국 병사들은 그가 나타나기만 하면 그대로 얼어붙거나 명령에 불복하고 도망쳤는데, 지휘관들은 도저히 그들을 통제할 수 없었다. 병사들은 인간 왕보다 하늘을 나는 신을 훨씬 무서워했다. 그에게 공격을 퍼부을 만큼 간덩이가 큰 병사가 있을 리 만무했다.

남국 연합군 사이로 하늘의 신을 공격하면 대대로 저주를 받으리라는 소문이 빠르게 퍼지기 시작했다. 병사들은 천족과 싸우다 저주를 받느니 도망치다 죽겠다 하며 대놓고 탈주를 시작했다.

아부 월 마지막 날 새벽, 쿤과 북국 전사들은 가죽배에 나무를 엮어 만든 열다섯 개의 다리를 놓고 순식간에 쉬냐르강을 건넜다.

강변을 막고 지키던 우부르알라산지의 5천 전사들과 아이기스 군도의 3천 병사, 아바크 성의 4천 병사들이 필사적으로 버티며 시간을 버는 동안, 남국 연합군은 장비를 챙겨 진을 형성하는 대신 등을 돌려 도망치거나 창을 거꾸로 들고 항복했다. 특히 전쟁을 주도했던 미노토스 성과 비르투키 성의 왕들이 가장 먼저 말을 타고 도주했다.

우부르알라의 파올리아 여왕, 아이기스 군도의 히레오스 대신관, 그리고 아바크 성의 바라 왕이 전사하고, 그들 휘하의 1만 2천 전사들이 전원 옥쇄하거나 포로로 잡히면서 쉬냐르평원의 전투 역시 북국의 승리로 막을 내리게 되었다.

쿤은 안마르 1백여 기를 끌고 미노토스 성으로 향하는 길목을 앞질러 점령한 후, 급하게 말을 달려 도주한 피디오스 왕과 왕제

퀴리오스, 그리고 비르투키 성의 우숩갈 왕을 생포했다.

그로부터 두 이레가 지난 울룰루 월 보름 정오. 가나평원 한복판에서 항복 의식이 치러졌다. 찌는 듯 맹렬한 햇볕이 머리와 등을 지글지글 익혀 버릴 듯, 막바지 더위가 기승하던 날이었다.

북국 전사들이 가나평원에 하얀 돌로 세 단의 제단을 쌓아 올렸고, 쿤이 제사를 집전했다. 그는 대신관의 예복을 입을 수가 없어, 새하얗고 긴 카우나케스를 두른 후 어깨와 팔을 덮는 긴 천을 늘어뜨려 허리를 묶고 날개를 펴서 등을 가려야 했다.

쿤은 가나평원에서 수확한 햇밀로 만든 빵과 햇과일, 야채를 단 앞에 진설하고, 열두 마리의 소를 죽여 단 위에 제물로 바친 후, 쩌렁쩌렁한 목소리로 태양을 향해 고했다.

"삼가, 하늘의 영광이며 빛의 아버지인 태양의 우투께 고하나이다. 저희 북국 열한 부족은 당신의 도움으로 이번 전쟁에서 크게 승리했습니다. 저희는 이번 승전으로 니누르갈, 니니갈 성과 가나평원, 아바크 성과 쉬냐르평원, 황금숲과 쿠그시그평원, 비르투키 성, 미노토스 성과 아르고평원까지 차지하게 되었나이다. 이에 제물과 함께 깊이 엎드려 감사를 올립니다."

벌판에 모인 왕과 제사장, 전사들과 병사들은 모두 자리에 엎드린 채, 제사를 집전하는 왕의 뒷모습을 경외에 찬 시선으로 올려다보았다. 피에 젖어 있던 날개는 이제 눈부시게 희고 깨끗했고, 태양 빛을 받으니 눈부신 금빛마저 감돌았다. 희고 깨끗하게 변한 피부와 맑은 태양 빛으로 바뀐 머리카락도 신비함을 덧입히는 데 한몫했다.

남국 연합군의 사령관 미노토스 왕과 비르투키 성의 우숩갈 왕, 그 외 사로잡힌 다른 왕들은 북국 전사 2만 명과 남국 포로 1만

명이 둘러싼 한가운데서 쿤 앞에 무릎을 꿇고 그의 발에 입을 맞추었다. 쿤은 그들의 눈을 뽑고 발목을 자른 후 가나평원 한가운데 거대한 기억의 돌무더기를 쌓는 것으로 의식을 마무리했다.

전사자들은 기억의 돌무더기 옆에 묻혔다. 다만 쿤은 부하들이 수습해 온 기치다의 시신과 그를 죽음에 이르게 한 검게 그을린 나뭇가지는 아르마누의 옆에 안장하도록 지시했다. 정말 나무와 생명이 묶여 있기라도 했던 듯, 그의 시체는 검게 변한 채 작게 쪼그라들어 마치 허물을 벗고 남겨 놓은 껍질처럼 보였다.

쿤은 전쟁의 종료를 선포하고 두 이레 동안의 애곡 기간을 허락했다.

"루갈께서는 어떠신가?"

"여전히 아무것도 안 드십니다. 물밖에 안 드시고 침대 곁을 지키고만 계십니다."

"큰일 아닌가. 그동안 장례를 치러도 백번을 치렀을 텐데 이게 대체 무슨."

"몸 상태는 어떠신 것 같은가?"

"잘 모르겠습니다. 워낙 반응도 말씀도 없으셔서 상태를 짐작하기 어렵습니다만……."

시녀는 치맛자락에 쓸어 담아 온 것을 모인 사람들 앞에 내보이며 한숨을 쉬었다.

"깃털이 지난달보다 훨씬 많이 빠지고 있습니다. 건강이 좋지 않으신가 걱정스럽습니다."

문밖에서 초조하게 기다리고 있던 측근 전사들은 어두운 얼굴로 한숨을 쉬다가 조심스럽게 말했다.

"호, 혹시 터, 털갈이 같은 거 아닐까. 지금 가을이니 수리들 깃털 갈이 계절 아닌가."

"아, 맞다. 그래, 그럴 거야."

"그럼. 우리 루갈이 어떤 분이신데. 아파서 그러시는 건 아닐 거야. 가을철 깃털 갈이……."

서로 위안이랍시고 아무 말이나 갖다 붙이던 그들은 이내 신성모독이라도 저지른 듯 찔끔하며 고개를 움츠렸다.

"기껏 그렇게 대승을 거두어 놓고 이게 웬 변고란 말인가."

"그러게 말입니다. 남국의 북부, 중부, 황금숲까지 차지하셔 놓고 이게 무슨."

"아무리 그렇게 차지하면 뭐하나요. 세상 기쁠 일이 없게 됐는데."

옆에 있던 이야가 씁쓸한 얼굴로 중얼거렸다.

생각할 때마다 후회와 자책이 밀려왔다. 그때 에레쉬께서 소금성을 떠나기 직전, 이상한 기색을 비치시는 걸 눈치챘을 때 가지 못하게 막았어야 했는데. 한마디라도 묻거나 확인해서 막았어야 했는데.

이야뿐 아니라 레니에를 주변에서 모셨던 사람들은 정도만 다를 뿐 다 비슷한 마음을 갖고 있었다. 생각할수록 레니에처럼 왕과 어울리고 잘 맞는 여자는 없는 것만 같다. 원망스러운 만큼 고맙고, 고마운 만큼 가슴이 미어졌다. 다들 어두운 얼굴로 고개를 끄덕이며 가늘게 한숨을 쉬었다.

덜컥.

내실의 문이 열린다. 날개 때문에 옷을 대충 걸쳐 입고 머리도 대충 묶어 올린 왕이 날개를 질질 끌며 걸어 나온다. 주변 사람들이 그의 날개와 변해 가는 외양에 적응을 못 하는 것 이상으로, 쿤은 여섯 개의 날개와 '천족답게' 변해 가는 자신의 외양을 버겁고 거추장스러워했다.

복도에 모여 있던 사람들은 황급히 벽으로 붙어 서서 고개를 숙였다. 쿤은 그들을 보는 둥 마는 둥 문을 열고 정원으로 나가 날개를 훌쩍 펼쳤다. 후드득, 가을꽃이 깔린 정원으로 새하얀 깃털 몇 개가 나풀나풀 떨어져 내렸다.

그들은 이제 왕이 어디로 가는지 묻지도 않는다. 그는 천족에게 약속되었던 하늘로 돌아가지 않고 계속 지상에, 죽은 아내 곁에 머물렀다. 산꼭대기의 신전에 가서 고행 기도를 다시 드리는 중이고, 오는 길에는 어디인가 들러 꽃을 잔뜩 따 온다. 손에 생채기를 잔뜩 내 가며 석청을 한 덩어리씩 들고 날아올 때도 있다.

침대 위에는 몇 이레 전에 죽은 레니에의 시신이 누워 있고, 쿤은 그녀의 주변을 매일 화려한 꽃으로 장식했다. 레니에의 작은 몸이 꽃에 완전히 파묻힐 정도였다. 탁자의 나무 접시에는 석청과 아몬드, 과일을 항상 쌓아 두고, 그는 침대 옆에 엎드려 밤을 지새운다. 가끔 다정하고 부드러운 말을 해 주기도 하고, 웃기도 한다.

그들은 도저히 쿤을 말릴 수 없었다. 그것까지 못 하게 만류하거나 제지했다가는 쿤이 그대로 죽어 버릴 것만 같았다.

이해할 수 없는 것은, 쿤이 아무리 음식을 먹지 않아도 아침마다 멀쩡하게 눈을 뜨고 일어난다는 점이었다. 쿤 역시 그것을 이상하게 여기며 먹지 않고 버티고 버티다가 결국 체념하고 받아들였다. 천상의 존재가 굶어 죽지 않는 것은, 인간에게 어느 날 갑자기 여섯 개의 날개가 솟아나는 것보다는 덜 이상했다.

❖ ✝✝✝ ❖

"그러니까 닌갈사르밧. 이난나 여신께서 저승에서 살아 돌아올 수 있었던 이유는……."

닌갈사르밧은 침대 곁에서 두 손을 모으고 대답했다.

"루갈. 이난나 여신을 구하신 건 위대한 치료자인 엔키 님이십니다. 엔키 님께서 생명의 풀과 생명의 물로 에레쉬키갈의 땅에서 시체가 되어 나무못에 사흘째 매달려 있던 이난나 님을 구하셨지요."

"그 생명의 물과 생명의 풀이 무엇인지 아는가?"

"위대하신 엔키 님만 아시겠지요. 저 같은 노파가 그걸 어찌 알겠습니까."

쿤은 레니에의 장례를 치르지 못하고 있었다. 하지만 주변 사람들은 그를 만류하지 못했다. 쿤의 고집이 대단하기도 했지만, 레니에의 상태도 이상했기 때문이었다.

시체가 썩지 않고 있었다. 아르마누가 불길에 휩싸여 죽으면서 몸이 갈색으로 변해 버린 레니에의 시신은 썩는 대신 아주 조금씩 말라 갔다. 쿤은 죽을 때와 크게 달라지지 않은 아내의 시신을 도저히 장사 지낼 수 없었다.

"동굴에 묻었는데 어느 날 갑자기 어두컴컴한 어둠에서 일어나면 어쩌는가. 날짐승 들짐승이 동굴에 들어와 살을 물어뜯으면? 땅에 묻었다가 벌레들이 먹으면 어찌하나. 몸은 차갑지만 이렇게 멀쩡한데 깜깜한 땅속에서 무거운 흙에 묻혀 있다가 눈을 뜨기라도 하면 얼마나 끔찍하겠는가."

주변 사람들은 그를 말리는 대신 지혜로운 노파 닌갈사르밧을 불렀다. 그는 닌갈사르밧을 보자 다짜고짜 물었다.

"혹시 죽은 자들을 에레쉬키갈의 땅에서 불러내는 의식이 있는가?"

닌갈사르밧은 꽃에 둘러싸여 침대에 누워 있는 왕비를 보며 가늘게 한숨을 쉬었다. 에레쉬의 시신이 여전히 썩지도 않는다는 말을 들은 이후, 왕이 언젠가 이것을 물을 거라 생각했다.

무슨 이유에서인지 죽었지만 썩지 않는 왕비에 대해서도 소문이 무성했다. 에레쉬께서는 대체 황량한 아라리 들판(arali, 저승길)의 어디쯤에서 헤매고 계시는 걸까.

"저승에서 잡혔다가 돌아온 사람은 없었습니다, 루갈."

닌갈사르밧은 가라앉은 목소리로 천천히 말을 이었다.

"다만, 위대한 신들 중에서는 이난나 여신이 유일하게 저승에서 돌아왔다고 전해지고 있습니다."

그것도 시체가 되어 흉하게 벽에 걸려 있다가 엔키가 내린 생명의 물과 생명의 풀로 간신히 살아났다. 그리고 사실 생명의 물이나 생명의 풀보다 더 중요한 조건이 있었다.

"행여 엔키 님의 생명수와 생명초가 있어 무사히 에레쉬키갈의 성문 앞까지 나왔다고 해도 그것이 다가 아닙니다."

"무엇이 더 필요한가?"

"오십의 고귀한 아눈나키가 에레쉬키갈의 성문을 나서려는 이난나 여신을 막고 말했습니다. 머리에는 머리, 심장에는 심장. 그래서 이난나 여신은 남편인 두무지 왕의 목숨을 저승에 바쳤고, 두무지 왕은 자신이 빠져나오기 위해 누이의 생명을 맡겨야 했습니다."

왕은 눈을 부릅뜨고 노파가 해 주는 이야기를 들었다. 이야기를 아무리 외우도록 들어도 부질없을 뿐이다. 그녀가 말하는 엔키의 생명의 물과 생명의 풀을 어떻게 구해야 하는지도 전혀 알지 못했다. 닌갈사르밧이 단호하게 말했다.

"에레쉬의 생명이 멎었고 심장에서 뜨거운 피가 멎었으니, 그를 위해 하나의 온전한 생명과 뜨거운 심장의 피가 필요할 터인데, 살아날 가능성도 희박한 일에 다른 이들의 귀한 생명을 헛되이 갈아 넣었다가는 오히려 신들의 노여움을 받을 것입니다. 루갈이시여, 부디 헛된 생각을 자중하소서. 부디 슬픔을 이겨 내시고 장례를 치르소서."

"닌갈사르밧."

쿤은 머리를 두 손으로 감싸고 침통하게 말했다.

"슬픔을 이겨 내는 방법이 있으면, 제발 알려 다오."

"루갈."

"예전의 지옥 같던 8년은 그녀가 없었지만 어디엔가 살아 있다는 희망으로 버틸 수 있었다. 그런데 이제는 눈앞에 있어도 내 앞에 없는 것과 마찬가지니, 나는 무슨 희망으로 살아야 하는가?"

"……루갈."

"없으면…… 그냥 물러가라. 혼자 있겠다."

혼자 남은 그는 침대 모서리에 엎드린 채 생각했다. 신들도 그렇게 죽는다는데 나는 왜 죽지 않을까. 이렇게 심장이 터질 것처럼 아픈데 왜 죽지 않을까.

그는 평시와 다름없이 행동하려 노력했지만 가끔 넋을 놓았고, 가끔 말을 잃었고, 가끔 죽은 자를 향해 웃거나 울거나 말을 걸었다.

아내의 죽음을 받아들일 수 없던 왕은 안으로부터 천천히 무너지고 있었다.

❖ ✝✝ ❖

티쉬리툼 월(현 9~10월)이 시작되면서 본격적으로 가을 우기로 접어들었다. 비가 내리기 시작하면서부터 땅과 대기를 가득 채운 열기가 빠져나가고 들판을 적셨던 피가 씻겨 내려갔다.

쿤은 니누르갈 성에 가으내 머무르며 전후 처리를 했다. 전사자들의 장례와 과부, 고아들의 생계 문제, 부상자들의 치료, 포로의 몸값 책정과 송환 결정, 북국 사람들의 남부 이주 문제, 곡물의 수확과 분배, 각 지역에 머무르게 할 감독관과 병사들의 규모를 결정해야 했고, 그들이 머무를 처소, 치안, 재판을 담당할 지혜로운 원로들의 선출 같은 문제들을 한꺼번에 처리해야 했다. 급한 일을 처리하는 데만도 한 달 가까운 시일이 소요됐다.

"소금성으로 돌아가겠다. 훔바, 네가 이곳을 지키고 관리해라."

소금성에 첫눈이 내렸다는 보고를 들은 날, 쿤은 훔바와 원로들을 불러 통보했다.

이제 사람들은 더 이상 그를 만류할 수 없었다. 그는 황금숲에서 레니에가 죽은 후부터 외양이 이상할 정도로 아름답게 변해 가고 있었는데, 얼굴과 행동, 목소리에서는 반대로 날이 갈수록 생기가 빠져나가고 있었다.

"루갈, 제발 한 번만 다시 생각해 주십시오."

"난 해야 할 일을 이미 충분히 다 했다. 이제 아내와 함께 남은 시간을 보내고 싶다."

할 수 있는 상황이라 한 것은 아니었다. 그저 그 일이 북국의 통치자인 자신의 책임이고 해야 할 일이라 꾸역꾸역 버틴 것뿐이었다. 그것을 아는 사람들은 지친 왕에게 무엇인가를 더 이상 요구하지 못하고 물러섰다.

무엇보다 레니에의 시신이 곱게 싸여 그의 팔에 안겨 있는 것을 보니, 더 이상 그를 잡아 놓을 수 없겠다는 생각이 들었다. 이제 그는 정신이 이상해진 왕이기 전에 천족이며, 하늘의 신성한 존재였다. 고귀한 신들의 광기는 진흙인간이 입에 담아 옳고 그름을 논할 수 없었다.

쿤은 그날 니누르갈 성을 떠나 소금성으로 돌아갔다. 짐은 아무것도 없었고, 오로지 품에 안긴 아내의 시신 하나뿐이었다.

소금성으로 돌아가기 전, 그는 잿더미가 된 황금숲에 들렀다. 하늘을 찌를 듯 울울창창 솟아 있던 숲은 이제 시커멓게 타서 잿더미가 되어 있었다.

그 많은 생명은 모두 어디로 사라졌을까?

그는 여자의 시신을 안은 채 숲의 한가운데 내려섰다. 생명의 기운이라고는 아무것도 느껴지지 않는, 온통 시커멓고 적막하고 을씨년스럽기만 한 숲이었다.

레니에의 사체가 썩지 않고 남아 있는 이유를 쿤은 여전히 알지 못했다. 죽은 자를 놓아 보내지 못하는 자신이 이상하다는 것도 잘 알고 있었다. 하지만 외형이 이렇게 멀쩡한데 장례를 치를 수는 없다며 하루하루 버티던 것이, 이젠 보낼 수 없다는 집착으로 바뀌어 가는 것 같았다.

새카맣게 타서 쓰러진 아르마누를 따라 길게 둘러보았다. 부하들이 그의 명대로 기치다의 무덤을 뿌리 부근에 조성해 놓은 것이 보인다.

쿤은 무덤 옆을 지나 쓰러진 나무 주변을 천천히 돌았다. 나무의 길이만 쿤의 걸음으로 백 걸음이 훨씬 넘었는데, 뿌리부터 꼭대기까지 완전히 새까맣게 변해 있었다.

혹시나, 혹시나 이 숲에 살아 있는 무언가가 있을까. 아르마누와 알티르의 생명이 연결되어 있다고 했는데 혹시 아르마누가 완전히 죽지 않고 어디 한구석이 살아 있거나 그런 건 아닐까.

아니었다. 아르마누는 가장 먼저 불타기 시작했고, 폭발하는 것처럼 산산이 부서지면서 완전히 거대한 숯 덩어리가 되어 버렸다. 살아 있는 나뭇가지, 잎사귀 한 장 없었다. 뿌리까지 뽑힌 아르마누의 검고 거대한 사체에는 생명력이 한 낱도 남아 있지 않았다.

천천히 주변을 걷던 쿤은 기치다의 무덤 위에 길쭉한 나뭇가지 하나가 얹혀 있는 것을 발견했다. 그 가지 역시 불에 그을어 시커멨지만, 형태를 알아볼 수는 있었다.

"아르마누의 손가락……?"

레니에가 기치다에게 찔러 넣었던 황금색 가지. 한때 그를 알티르로 선택하고 결국 그와 레니에를 죽음에 이르게 한 아르마누의 손가락이었다.

"이게 여기에 버려져 있었나?"

시신을 수습할 때 같이 묻어 버리라 말했는데 아마 함께 묻는 것을 깜박 잊어버려서 위에 얹어 둔 모양이었다. 시신을 수습하기 전에 이미 불티에 잠식돼 숯덩이로 변한 아르마누의 손가락은 영 볼썽사나웠다.

"그러고 보니 레니에가 황금숲의 마지막 신관이고 마지막 수호자였던가."

쿤은 씁쓸하게 웃었다. 레니에를 위해 만든 칼은 레니에를 죽음에 이르게 했고, 그녀를 알티르로 선택한 아르마누의 손가락 역시 결국 그녀를 죽음으로 몰아넣고 쿤의 정체를 드러낸 후 임무를 마쳤다는 듯 장렬히 산화했다.

쿤은 길쭉한 숯 덩어리를 품에 넣은 후 레니에를 안고 소금산으로 돌아갔다.

북국은 겨울이 이르게 찾아와 길게 이어진다. 소금산에 첫눈이 내린 후부터 바로 긴 겨울이 시작되었다.

쿤은 불에 탄 나뭇가지를 마당에 조심스럽게 꽂고 고운 흙으로 북을 돋워 주었지만, 이튿날 몰아닥친 찬 바람에 바로 가지가 꺾이더니 눈보라가 심하게 치던 날, 숯덩이가 된 줄기마저 부러졌다. 그는 더 이상 보지 못하고 창문을 닫아 버렸다.

쿤은 겨우내 거의 아무도 만나지 않았다. 가나평원과 쉬냐르평원, 혹은 쿠그시그평원에서 사람들이 자주 전령을 보냈다. 최측근 전사들은 아침저녁으로 찾아와 문안하고, 각 지역의 왕이나 신관, 고귀한 자들은 인간 세계에 현현한 신을 알현하기 위해 예물을 들고 험한 소금산까지 찾아 올라왔으나 왕을 만날 수는 없었다.

그는 잠이 오지 않는 긴 밤이면, 침대 옆에 앉아 실과 두 개의 가는 막대기로 아내에게 덮어 줄 천과 옷을 만들고, 양털 가죽과 가죽끈으로 따뜻한 신발을 만들었다. 암염을 칼로 조각해 장식품을 만들어 아내의 곁에 놓아 주기도 했다.

그러다가 피곤하면 긴 의자를 침대 옆에 붙여 놓고 잠들거나 침대 발치에 팔을 괴고 앉아 잠들곤 했다. 가끔 아내의 꿈을 꾸면 자면서는 함빡 웃었고, 일어나서는 얼굴을 감싸고 침대에 오래 엎드려 있었다.

쿤은 그렇게, 얼음이 된 시간 속에 박제된 듯 갇혀 버렸다.

"루갈께선 아직 신전에서 안 내려오셨나?"

"아직입니다. 아무도 올라오지 말라 하셨습니다만……."

그해 샤바투 월(현 1~2월)은 윤달이었다. 사람들은 이 겨울이 유난히 길고 괴롭게 느껴지는 것은 같은 달이 두 번 반복이 되기 때문이라 믿기로 했다.

윤달의 선포는 대신관이 반드시 해야 하는 중요한 일이라, 쿤은 간신히 일어나 신전까지 올라갔다. 허깨비처럼 서서 제사를 지내고, 윤달을 선포하고, 모인 사람들을 축복했다. 측근 부하들과 원로, 모인 백성들은 그나마 다행이라며 뒤를 돌아 안도의 한숨을 내쉬었다.

아니, 안도의 한숨을 내쉬려 했다. 쿤이 그들에게 짧게 명령을 내리기 전까지는.

"다들 내려가라. 내가 내려가기 전까지는 신전에 아무도 올라오지 마라."

주변 사람들은 그가 무슨 짓이라도 저지를까 봐 안절부절못했다. 예전처럼 고행 기도라도 드리시려나. 하필이면 이 추운 날에. 하지만 말릴 수도 없었다. 지금 그가 무언가 하려는 의지를 보였다는 것만으로도 감사 기도를 올리고 싶을 지경이었다.

쿤은 사람들을 모두 내려보내고 혼자 신전에 남았다.

"우투시여. 저는 이렇게 살고 싶지 않습니다."

쿤은 얼어붙은 신전의 돌바닥에 엎드려 멍하니 중얼거렸다.

"레니에는 지금 어디 있습니까? 그 혼이 아직 지상에 남아 있습니까? 저승길에서 헤매면서 저승에도 이승에도 들지 못해 썩지도 못하고 있는 겁니까? 우투시여, 여섯 날개 카타의 아버지시며, 제 시원始原이 되시는 분이시여. 지금 어디에 있는지도 모르는 아내를 찾아 제발 제 곁으로 돌려보내 주십시오. 진흙인간의 생은 눈 한 번 깜박이면 다 지나갈 정도로 짧습니다. 그 짧은 기간만이라도 사랑하면서 함께 살고 싶은 건데, 그것마저 안 됩니까?"

그의 기도는 항상 짧고 투박하고 솔직했다. 자신이 섬기는 신이 진흙인간을 사랑하고 불쌍히 여기며, 거짓이 없고 신뢰할 수 있는 존재라고 믿었기 때문이었다.

"아니면 저를 아내가 있는 곳에 보내 주십시오. 레니에는 지금 어디에 있습니까? 에레쉬키갈의 땅에 있습니까? 그럼 저도 그곳으로 따라가고 싶습니다. 우투시여, 제발 저를 도와주십시오. 그녀가 있는 곳에 가게 해 주십시오. 불경하게 떼를 쓰고 그러는 게 아닙니다. 진심으로 그곳에 가고 싶습니다."

쿤은 그 자리에 엎드린 채, 꼼짝도 하지 않고 계속 중얼거렸다.

신전이 있는 산꼭대기는 여름에도 눈이 녹지 않는 곳이었다. 한겨울인 지금은 혀가 얼어 버릴 정도로 추웠다.

그는 제대로 움직이지도 않는 입을 힘겹게 움직여 가며, 신전 바닥에 엎드린 채 응답이 올 때까지 고집스럽게 버텼다. 하지만 우투는 오래전 카타에게 그리했듯 아무런 대답도 하지 않았다.

밤이 되어 추위가 점점 심해지며 몸의 감각도 점점 없어졌다. 팔다리를 움직이려 해도 말을 듣지 않고 자꾸 잠이 쏟아졌다.

예전이라면 이것이 얼어 죽기 직전의 상황이라는 것을 알아 무슨 짓이라도 하겠지만 지금은 그럴 이유도 알지 못했다. 그는 해일처럼 쏟아지는 졸음에 그대로 의식을 맡겼다.

생각이 가물가물 사라지는 중에 희미한 목소리가 바람결에 설핏 들린 듯도 했다. 아니, 몸이 부르르 떨리는 것을 보면 자신의 뱃속에서 웅웅웅 치밀어 오르는 울림 같기도 했다.

나는 나의 아르마누를 얻기 위해 빛의 영광과 영원한 생명을 바쳤다.

너의 아르마누는 에레쉬키갈의 성문 앞, 문지기 네티의 앞에 서 있다.

너는 너의 아르마누를 위해 무엇을 바치겠는가.

쿤은 눈을 끔벅거리며 고개를 흔들었다. 정신을 차릴 수가 없다.

환청을 들었나?

끙끙대며 정신을 다잡으려 하는데 몸이 움직이지 않는다. 간신히 몸을 버스럭버스럭 움직이니 감각을 잃어 가던 몸에 칼로 저미는 듯한 통증이 몰아쳤다.

……신탁일까?

그것도 잘 모르겠다. 내용으로 짐작하면 우투라기보다 카타가 말하는 것 같기도 했다. 쿤은 다른 신관들과 달리 미혼약에 취해 신탁을 받아 본 적이 없어서 신탁인지 꿈결에 들린 헛소리인지 분별하기 어려웠다.

의식을 놓지 않으려고 애를 쓰며 버티자 다시 몸속 깊은 곳에서 울림이 되풀이되었다.

쿤은 드디어 그것이 환청이 아님을 깨달았다. 이젠 귓가에서, 허공에서, 아니 신전의 높은 천장까지 그 목소리로 웅웅 울려 대는 것만 같다.

너는 너의 아르마누를 위해 무엇을 바치겠는가.

머리가 아득해진다. 명부의 문지기 네티의 앞에 서 있는 나의 아르마누, 레니에. 에레쉬키갈의 성문을 지나간 인간은 다시 인간 세계로 되돌아오지 못하며, 다시 돌아오게 하기 위해서는 생명수와 생명초 말고도, 명부에 내놓을 동일한 목숨이 필요했다. 위대한 일곱 신마저도 에레쉬키갈의 법을 벗어날 순 없었다.

닌갈사르밧이 해 주었던 말이 희미하게 떠올랐다.

– 오십의 고귀한 아눈나키가 에레쉬키갈의 성문을 나서려는 이난나 여신을 막고 말했습니다. 머리에는 머리, 심장에는 심장. 그래서 이난나 여신은 남편인 두무지 왕의 목숨을 저승에 바쳤고, 두무지 왕은 자신이 빠져나오기 위해 누이의 생명을 맡겨야 했습니다.

쿤은 뻣뻣하게 얼어 가는 고개를 흔들며 필사적으로 생각했다. 그래서, 그래서 뭐라 했지? 오십의 고귀한 아눈나키는?

다시 그 뒤를 이어 뱃속 깊은 곳에서 우렁우렁 치미는 목소리가 들린다.

너는 너의 아르마누를 위해 무엇을 바치겠는가.

나의 아르마누.

쿤은 눈을 감은 채 가만히 뇌었다.

아르마누…… 나의 아르마누.

희미하게 웃음이 나왔다. 이렇게 지독한 집착과 인연이라면, 너는 먼 과거에 아르마누였을 수도 있겠고, 나 역시 여섯 날개의 천족, 우투의 아름다운 그 아들이었을 수도 있겠다. 그렇지 않고서야 어떻게 이런 지독한 마음이 서로의 속에서 똑같이 자라날 수 있었을까.

쿤은 얼어붙은 입술을 손등으로 문지른 후 더듬더듬 대답했다.

"제가 이제 바치지 못할 것이 무엇이 있겠습니까? 제가 언제 빛의 영광을 달라 했습니까? 다시 가져가십시오. 레니에는 그런 거 없어도 언제나 저를 예쁘다고 했습니다. 빛의 영광 따위가 무슨 상관입니까?”

한 마디씩 힘주어 말할 때마다 입술 사이로 입김이 새하얗게 쏟아져 나왔다. 그는 고개를 힘껏 들어 올린 후 나오지도 않는 목소리를 쥐어짜며 말했다.

“저, 저는, 하늘에서 영원한 생명 같은 거, 바란 적 없습니다. 그것도 다시 가져가십시오. 저는 레니에하고 함께할 지상에서의 한평생을 원합니다. 그거면 됩니다. 우투시여, 저는 정말 그거면 됩니다.”

이제 신들을 재판하는 오십의 고귀한 아눈나키가 이난나에게 요구하는 목소리가 환청처럼 들린다. 그의 사방을 둘러싸고 웅웅 윙윙 울려 대기 시작한다. 바람 소리 같기도 하고, 먼 데서 들려오는 아득한 고함 같기도 하고 엄정한 재판관들의 호령 같기도 하다. 머리에는 머리, 심장에는 심장. 너를 대신할 자를 찾아오라.

이난나는 자신을 대신하기 위하여 자신의 남편 두무지를 밀어 넣었고, 두무지가 잠시라도 나오게 하기 위하여 그의 누이가 에레쉬키갈의 성으로 들어가야만 했다.

머리에는 머리. 심장에는 심장. 차갑게 굳은 심장의 피 대신 뜨겁게 날뛰는 심장의 피.

너는 너의 아르마누를 위해 무엇을 바치겠는가.

이제 도저히 무시할 수 없을 정도로 큰 고함 소리로 아눈나키가, 자신과 똑같은 목소리를 가진 여섯 날개의 카타가, 혹은 여섯 날개의 쿤, 자신이 묻는다.

대답하기 어려운 질문이 아니라 정말 다행이다. 쿤은 와중에 안도의 한숨을 내쉬었다. 그리고 딱딱하게 굳어 가는 몸을 필사적으로 버둥거려 앞으로 기어갔다.

눈앞에 흰 돌로 높직하게 쌓인 제단이 보였다.

❖ ✝✝ ❖

훔바와 닌갈사르밧, 그리고 이야와 전사들이 신전에서 쿤을 끌고 내려온 것은 열흘 후였다. 윤달의 선포 후, 아무리 기다려도 왕이 내려오지 않아 그들은 결국 명을 어기고 신전에 올라가 보았다.

왕을 찾는 것은 어렵지 않았다. 다만…….

"맙소사, 루갈, 루갈! 이게 무슨 일입니까!"

"루갈! 루갈! 오, 우투시여. 여섯 날개의 카타시여, 꼭 이렇게 하셔야만 했습니까!"

모시러 올라간 전사들 사이에서 찢어지는 비명이 터졌다.

왕은 제단 위에서 돌처럼 얼어붙어 있었다. 왕의 명치에 왕비에게 선물했던 청동검이 박혀 있는 것으로 보아, 가슴에 칼을 대고 그대로 엎어진 것 같았다. 바위 제단 위에는 흥건하게 흘러내린 피가 웅덩이처럼 고였고, 그것이 그대로 얼어붙어 그때의 상황을 짐작할 수 있게 했다.

제단 위에서 이런 형태로 죽었다는 게 무슨 의미인지 모르는 사람은 없었다. 사람들은 그의 주변을 둘러싸고 차갑게 굳은 몸을 붙잡고 울부짖었다.

북국의 가장 위대한 전사이며 열한 부족을 통일했던 강력한 왕, 백성을 위해서 최선을 다했던 성실한 통치자, 우투와 카타의 후손이며 고귀한 천족의 몸을 되찾게 된 대신관, 그러나 한편으로 한없이 우직하고 순박했던 한 사내는 너무나도 빠르게 자신의 모든 것을 포기했다.

그들은 한참 동안 망연자실 통곡하다가 간신히 왕의 시신을 수습하기 시작했다. 산꼭대기는 여전히 채찍 같은 바람이 휘몰아쳤고, 시신의 수습도 쉽지 않아 길게 통곡할 경황도 없었다.

그들은 제단에 달라붙은 왕의 몸을 돌바닥에서 힘겹게 떼어야 했다. 그러고도 혹여 얼어붙은 몸이 내려가는 동안 부서질까 조심조심 양털로 감싸 안마르에 싣고 소금성으로 돌아왔다. 내실에 눕혀진 그의 몸은 피가 완전히 빠져나간 것처럼 혈색이 전혀 없었다.

그들은 두 이레 동안의 애곡 기간을 선포하고 왕과 왕비의 장례를 준비했다.

❖ ✝✝ ❖

"훔바 님, 훔바 님께서는 어디 계신가? 지금! 지금 루갈께서!"

사흘 동안 밤샘을 하며 시신이 모셔진 방을 지키던 자들이 외궁으로 달려왔다. 장례 절차를 의논하고 있던 훔바와 원로들은 자리를 박차고 나와서 쿤과 레니에의 시신을 안치해 둔 방으로 달려갔다.

"루, 루갈, 루갈!"

"정신이 드셨습니까! 제가 누군지 아시겠습니까!"

흰 수의에 감싸인 쿤은 혀가 굳어 버린 것처럼 아무 말도 하지 않고 가만히 눈만 끔벅거리더니 옆에 같이 누워 있는 레니에를 보며 얼굴을 찡그리고 고개를 저었다. 장례를 치르지 말라는 뜻이라는 것을 사람들은 어렵지 않게 이해했다.

모인 사람들은 두 사람을 다시 내실에 모시고 애도 의식을 중지했다. 하지만 기쁨의 날을 선포할 수도 없었다. 왕은 곁에 누워 있는 왕비의 상태와 크게 다르지 않았다.

쿤은 자신이 살아 있는 것을 기뻐하는 대신 깊이 절망했다. 운명을 정하는 이난나 여신도 죽을 수 있다더니, 닌갈사르밧이 잘못 일러 준 건가.

아니면 레니에가 아직 에레쉬키갈의 성에 들어가지도 못하고 아라리의 황량한 들판을 헤매고 있는 건가. 혹은 에레쉬키갈의 수문장 네티 앞에서 조잘조잘 수다라도 떨며 서 있는 걸까. 쳇바퀴처럼 빙빙 돌던 생각은 종국엔 멈춰 버렸다.

나는 왜 여기 있을까.

이젠 자신은 암염의 방 안에서 또 다른 암염 덩어리로 굳어 가는 것 같다. 아니, 이 방을 통과해 흘러가는 시간마저 소금 덩어리처럼 굳어 버린 것 같다. 돌려받은 영원한 생명도 빛의 영광도 아무런 의미가 없었다. 그저 길고 귀찮고 괴로울 뿐이었다.

쿤은 이런 것에 모든 것을 걸었던 기치다를 이해할 수 없었고, 이런 일로 모든 것을 버리게 된 자신도 이해할 수 없었다.

가장 이해할 수 없는 것은 자신을 떠나지도, 돌아오지도 않는 레니에였다.

"아, 개운하게 푹 잤다!"

누워 있던 레니에가 갑자기 몸을 부스럭거리더니 요란하게 기지개를 켜며 일어난다. 발치에서 자다가 화들짝 놀라 일어난 쿤이 멀뚱멀뚱 일어나 고개를 들자 레니에는 갑자기 화를 발칵 낸다.

"이 바보야, 왜 침대에서 안 자고 거기서 쭈그리고 자고 그래!"
레니에는 양쪽 볼을 쭉 잡아당기며 잔소리를 해 대기 시작했다. 손은 작은데 손끝은 어찌나 맵고 아픈지 정신이 번쩍 난다. 하지만 오래가진 않는다.
"짜잔! 예쁘게 구워진 호밀빵 아저씨가 고대하던 시간입니다!"
레니에는 쿤의 목에 매달려 입술에 쪽 소리가 나도록 입을 맞추었다.
레니에의 얼굴로 환한 햇빛이 들어와 눈부시게 빛이 났다. 활짝 웃을 때 사르르 가늘어지는 눈과, 입술 속에서 곱게 드러나는 고르고 하얀 이가 예뻤다. 쿤은 레니에의 긴 입맞춤을 받으며 희미하게 웃었다.
오늘은 새로운 꿈이구나.
쿤은 더 이상 속지 않았다. 그래도 꿈에라도 와 줘서 고마웠다.

천천히 눈을 떴다. 눈가에 소금기가 엉켜서인지 버석버석 뻑뻑했다.
오랜만에 꿈에서 레니에를 만났다. 실제로 만날 수 없으니 꿈에서라도 자주 만나고 싶었지만 그나마 마음대로 되는 일은 아니고, 꿈속에서의 자신은 멍청할 정도로 많이 울었다.
누운 채로 한참 눈을 문지르던 쿤은 가만히 눈을 찡그리고 고개를 돌렸다.
"눈이…… 부시다."
창밖에서 들어오는 볕이 많이 따뜻해진 것 같다. 그러고 보니 엔릴의 채찍 소리가 유난히 거세었던 두 번의 샤바투 월도 지나고, 벌써 아다루 월. 봄이 성큼 다가온 모양이다.
그는 창으로 고개를 돌리고 눈을 껌벅거렸다. 말의 감각도, 몸의 감각도 잊고 생각조차 멈춰 있으니 시간도 멈춰 버린 것 같다.

움직이는 것이 힘겨워 한참 만에야 상반신을 일으킬 수 있었다. 파란 하늘이 눈에 들어온다. 뒤늦게 시원하고 맑은 공기가 몸을 휘감는 것이 느껴진다.

쿤은 그제야 겨우내 닫아 두었던 창문이 열려 있다는 것을 알게 되었다. 아마도 닌갈사르밧이나 이야, 혹은 다른 시녀들이 한 일이겠지. 아니, 누군지도 궁금하지 않다.

"루갈, 일어나셨습니까?"

창밖에 서 있던 건 이야였다. 쿤과 눈이 마주치자 눈을 커다랗게 뜨더니 반갑게 웃으며 고개를 숙였다. 이야의 뺨으로 눈물이 왈칵 타고 내려가는 것이 보인다. 그래도 이야는 웃음기 머금은 얼굴로 경쾌하게 말했다.

"루갈, 잠시 나와 보시겠습니까? 그래도 봄이라고, 꽃도 많이 피고 나무에도 잎이 돋았습니다. 오늘따라 햇빛이 유난히 밝아 보여요."

햇빛이라. 그러고 보니 이야가 손으로 가리키는 곳이 정말 유난히 밝아 보인다. 쿤은 비척비척 몸을 일으켰다. 아무리 봐도 햇빛이 한 부분만 특별히 밝게 내리쬐는 것 같다. 그곳을 물끄러미 바라보던 쿤의 눈이 조금씩 크게 벌어졌다.

……저건?

쿤은 천천히 문을 열고 정원으로 걸어 나갔다. 눈앞으로 보이는 꽃밭에는 노랗고 붉은 꽃들이 여기저기 보소소 돋아나고 있었다. 이야의 곁에서 걱정스러운 얼굴로 서 있던 닌갈사르밧이 눈물을 훔쳐 내며 한 걸음 뒤로 물러서서 고개를 숙인다.

"루갈, 여기 좀 보세요."

"지난겨울에 못 보던 숯덩이 같은 막대기가 꽂혀 있었는데, 세상에 그래도 봄이라고…….”

노파의 목소리가 물에 잠겨 있다. 쿤은 그 앞에 쭈그리고 앉아 한참 눈을 깜박였다.

“요 손톱만큼 얼지도 타지도 않은 부분에 겨울눈이 하나 남아 있었던 모양입니다.”

시커멓게 타서 말라 비틀어졌던 나뭇가지. 가지는 겨울 폭풍에 모조리 꺾여 나가고 숯덩이가 된 줄기마저 중동이 부러져 날아가 아무런 생명이 남지 않았다고 생각했었다.

“너, 잎이…… 잎이 났구나.”

너무 오랜만에 입을 떼서 말하는 것이 어색했다. 그는 처음 말을 배우는 아기처럼 더듬더듬 되풀이했다. 잎이, 잎이 났구나. 잎이. 쿤은 나뭇가지 앞에 무릎을 꿇고 앉아 하염없이 되풀이했다.

“그렇습니다. 잎이 났습니다, 루갈.”

이 나뭇가지가 어디에서 왔는지 알지 못하는 이야와 닌갈사르밧이 조금은 어리둥절한 목소리로 대답했다. 쿤은 어떻게든 솟아나려 애쓰는 여리고 작은 잎을 떨리는 손으로 쓰다듬었다.

“죽은 줄 알았는데……. 불에 타서 완전히 죽었다고 생각했는데.”

“…….”

“아직 죽지 않았구나……. 그래서, 그래서.”

여리고 맑은 연둣빛 잎새 위로 거칠게 갈라진 목소리가 서그럭대며 내려앉았다. 뒤이어 뜨끈한 눈물이 툭툭 소리를 내며 나무 위로 떨어졌다.

“기특하구나. 예쁘다. 정말 예쁘고…… 기특하다.”

아침에 내린 이슬로 촉촉해진 땅 위에 작은 물방울이 폭폭 소리를 내며 하염없이 떨어졌다.

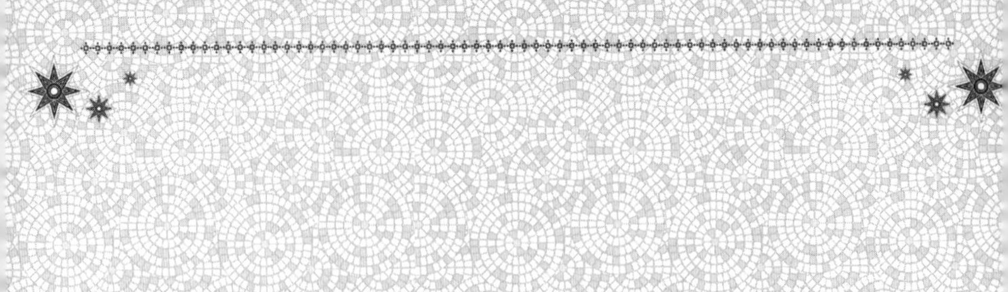

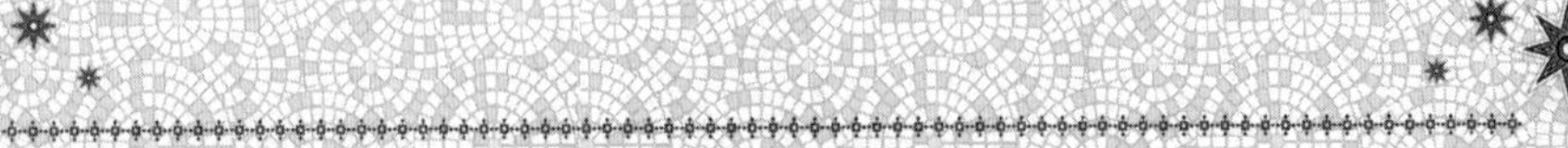

40. 용감하고 씩씩한

레니에는 바위에 주저앉아 다리를 팡팡 치고 열심히 주물렀다. 발을 앞으로 쭉 뻗었다가 달랑달랑 흔들기도 했다.

갈 길이 바쁜데, 다리가 너무너무 무겁고 무릎마저 옥신옥신 아프다. 뭔지 알 수 없는 것이 돌덩이처럼 다리에 매달려 있는 것 같아 힘들어 죽을 지경이었다.

옆을 지나가는 사람들은 뭐가 그리 바쁜지, 자신보다 훨씬 가벼운 걸음으로 주변을 둘러보지도 않고 정신없이 앞으로 걸어만 간다.

레니에는 저들이 뭐가 그리 급한지 이해할 수 없었다. 그녀는 주변의 넓은 들판을 둘러보며 천천히 걸었다. 시간은 밤도 아니고 낮도 아닌 어중간한 시간이었고, 붉게 물든 하늘은 곱고 아름다웠다. 겨울도 아니고 여름도 아닌 어중간한 계절이라 춥지도 덥지도 않았고, 배가 부르지도 고프지도 않아 레니에는 심심했다.

먼발치에 높은 성벽이 솟아 있다. 그 뒤로 웅장한 일곱 단의 지구라트가 보인다. 사람들은 무슨 큰 구경이라도 났는지 그곳으로 열심히 들어간다. 레니에도 어느덧 사람들을 따라 열심히 걸었다. 해가 떨어져서 깜깜해지기 전에 성에 들어가야만 할 것 같았다.

검은 나무로 된 성문은 어마어마하게 높았고, 그 앞에는 무시무시해 보이는 수문장이 팔짱을 끼고 서 있었다. 레니에가 사람들을 따라 성문에 들어가는 대신 수문장 아저씨를 말똥말똥 올려다보았다.

"뭘 보고 있어, 꼬맹이. 왔으면 들어가지 않고."

"제 이름은 꼬맹이가 아니에요. 저는 엘데 섬의, 아니, 황금숲의, 아니 소금성의, 음……."

갑자기 뭐라고 말해야 할지 헷갈리게 된 레니에는 고개를 갸웃하며 머리를 긁다가 그냥 고개를 꼬박 수그리며 말했다.

"그냥 레니에라고 해요. 아저씨 이름은 뭔가요?"

"콩알만 한 게 꼬맹이면 그만이지. 내 이름은 네티라고 한다."

덩치 크고 우락부락한 사내가 투덜거리며 말했다. 레니에는 저 커다란 덩치가 어쩐지 그립고 익숙하게 느껴져 눈을 깜박거리며 물었다.

"전 꼬맹이가 아니에요. 이래 봬도 나이가……."

큰소리를 팡, 치려던 레니에는 다시 꿀 먹은 벙어리가 됐다. 갑자기 자신이 일곱 살인 것도 같고, 열네 살인 것도 같고, 열여섯 살인 것도 같고, 스물다섯인 것도 같다. 네티라는 사내가 킁, 콧방귀를 뀌며 말했다.

"이 바닥에서 나이 자랑처럼 웃기는 건 없어, 꼬맹이. 아, 그런데 왜 안 들어와?"

그가 짜증스러운 듯 고함을 질렀다. 레니에는 다른 사람들을 따라 성으로 들어가려다가 그래도 역시 궁금한 건 참지 못하고 물어보고야 말았다.

"그런데 안에 있는 신전이 굉장해 보여요. 혹시 이 성에서는 이난나 님을 섬기나요?"

레니에가 예전에 들렀던 미노토스 성에서는 이난나 여신을 위한 일곱 단 지구라트가 있었다. 하지만 소문만 듣고 먼발치로만 보았지 가까이서 구경한 적은 없었다. 이렇게 위용이 대단한 신전이라면 역시 이난나 여신의 신전일까? 고개를 갸웃하는데, 네티의 격분한 고함이 터졌다.

"네 이놈! 어디서 그 고약한 이름을 갖다 대느냐! 제아무리 잘난 척 나대는 이난나 여신이라도 이곳의 여주인께는 꼼짝도 하지 못한다! 어디 갖다 댈 게 없어서!"

레니에는 야단을 맞았지만, 기분은 몹시 좋아졌다. 자신 말고도 이렇게 시원 통쾌하게 이난나 여신을 욕하는 사람을 만나게 될 줄은 몰랐다. 너무 기쁘고 반가웠다. 레니에는 고개를 반짝 쳐들고 물었다.

"여기 이난나 여신이 오신 적이 있나요?"

"있다마다! 온갖 화려한 옷과 장식과 관으로 몸을 휘감고 오만방자하게 콧대를 세우고 왔다가, 아홉 개의 문을 지나면서 옷도 보석도 관도 모조리 뺏기고 알몸으로 들어와서는, 감히 우리 에레쉬의 옥좌에 앉으려다가 고깃덩어리가 되도록 두들겨 맞았지. 그리고 그 시체가 나무못에 자그마치 사흘 동안이나 걸려 있었다. 부끄러운 줄도 모르고 어디 감히!"

"우와."

레니에는 눈을 동그랗게 뜨고 감탄했다. 이 성의 주인은 이난나 여신보다 엄청 대단한 힘을 가지고 있는 모양이다.

그러면 여기서 천년만년 벽에 박혀 있을 것이지 왜 빠져나와서 나를 그렇게 괴롭혔을까? 레니에는 시무룩하게 물었다.

"그럼 이난나 님은 어떻게 이 성을 빠져나왔나요? 감시하는 병사들이 낮잠을 잤나요?"

"이 조그만 것이 못 하는 소리가 없구나! 닥쳐라!"

네티가 입에 거품을 물고 화를 냈다. 레니에는 찔끔해서 한 발 뒤로 물러섰다.

"네티, 오랜만일세. 왜 아이한테 화를 내고 그러나."

레니에의 등 뒤로 긴 그림자가 드리워진다. 기세등등하던 수문장이 얼른 고개 숙여 인사를 한다.

"오랜만에 뵙습니다, 닌기쉬지다 님. 여행은 잘 다녀오셨습니까?"

"음. 격조했네. 다들 무고하시지?"

레니에의 등 뒤에 서 있는 키 큰 사내는 검은 옷을 입고 있었고, 검은 두건을 머리에 두르고 있었다. 그는 레니에의 옆을 지나가며 잠시 그녀를 내려다보더니 걸음을 멈췄다.

"넌 누구니? 여기까지 왔는데 왜 안 들어가고 그러고 서 있니?"

"저는 레니에라고 해요. 궁금한 게 있어서 여쭤보던 중이었어요. 아저씨는 이 성에서 일하시나요?"

"나는 이 성 주인의 손자야. 이곳에서 일하는 건 아니지만, 이 길에서 오며 가며 억울하고 힘든 사람을 만나면 얘기를 들어 주거나 달래 주기는 하지. 그래, 넌 궁금한 게 뭔데?"

"이난나 님은 어떻게 이 성에서 빠져나왔나요? 아무도 못 나온다면서요."

"아하. 그게 궁금해?"

검은 옷을 두른 사내는 가볍게 웃더니 레니에의 앞에서 허리를 굽히고 말했다.

"이곳의 규칙은 간단해. 신이든 인간이든, 누구라도 밖에서 한 번 들어오면 나갈 수 없어. 억지로라도 나가려면 다른 자를 자기 대신 집어넣고 가야 하지."

"이난나 님도요? 그렇게 힘세고 대단한 이난나 님도요?"

"이곳은 이난나 님이 가장 무력해지는 땅이야. 이난나 님도 엔키 님의 도움을 받아서 간신히 살아나고도 자기 남편을 인질로 틀어넣고서야 나갈 수 있었어. 남편이 두무지 왕인데 안타깝게도 바람을 피웠다가 들통이 나서 미운털이 박혔거든. 아, 실은 나 아는 형님이야."

그가 입을 가리고 키득키득 웃는다. 레니에가 이 심각한 이야기에 따라 웃어야 할까 말아야 할까 눈을 데굴데굴 굴리자 검은 옷의 사내는 조금 더 유쾌하게 웃었다.

"괜찮아. 그 형님은 또 자기 누이를 인질로 틀어넣고 빠져나갔으니까. 둘이 번갈아 가면서 왔다 갔다 하며 나름 재미는 보고 사는 모양이야."

레니에는 대체 이게 뭐 하자는 막장 놀음인가 싶어서 그를 멀뚱하니 올려다보았다.

"흠. 왜 이렇게 안 들어가고 여기서 꾸물거리나 했더니."

검은 옷의 사내가 레니에의 발 앞에 있는 붉은 웅덩이를 보고 혀를 찼다.

"무언가 네 앞을 막고 있었구나."

그는 레니에의 발 앞에 작은 연못처럼 고인 붉은 자국을 가리켰다. 거무스름한 땅 위의 선명한 붉은색이 너무나도 이질적이라, 레니에는 눈을 깜박이며 한참 동안 내려다보았다.

"누군가가 너를 대신해서 이곳에 인질로 들어오고 싶다고 한 표식이란다. 그런데 네가 걸음이 많이 무거워서 도착이 늦었구나. 뭐가 그렇게 떼 놓고 오기 힘들어서 이 작은 다리가 그렇게 무거워졌을까. 그 덕에 이게 앞질러 와서 네 앞을 막고 있구나."

레니에는 눈앞의 붉은 웅덩이를 내려다보며 고개를 갸웃거렸다. 웅덩이는 그리 크지 않았다. 몇 걸음 뛰어서 껑충, 하면 넘을 수 있을 것 같았다. 하지만, 또 함부로 넘으면 안 될 것 같다는 생각도 들었다. 레니에의 생각을 짐작한 듯, 앞에 서 있는 네티가 내뱉었다.

"그깟 쪼그마한 웅덩이 따위, 네가 마음만 먹으면 껑충 뛰어넘는 거다. 아무 의미도 없어."

레니에는 눈앞에 거대하게 솟은 아름다운 성벽과 그 뒤로 보이는 휘황한 신전을 보았다. 저 안에는 무척 아름답고 신기한 것이 많을 것만 같았다.

하지만 크지도 않고 깊지도 않아 보이는 붉은 웅덩이 하나가 막고 있는 저항감이 꽤 컸다. 레니에가 고민할수록 다리는 점점 천근만근으로 무거워진다.

레니에는 검은 옷을 입은 사내를 보며 조그만 목소리로 물었다.

"저 안에 들어가면 뭐가 좋은가요?"

검은 옷의 사내가 짧게 웃는 소리가 들렸다.

"좋지. 저 안에서는 나쁜 일이 전혀 일어나지 않거든."

"네? 정말인가요?"

레니에가 믿을 수 없어서 눈을 동그랗게 뜨고 묻자 그가 고개를 끄덕였다.

"그럼. 저 안에 들어가면, 더 이상 아플 일도 없고, 슬플 일도 없고, 눈물 흘릴 일도 없고, 병들 일도 없고, 고통도 없지."

"우와."

레니에는 눈을 크게 뜨고 그를 바라보았다. 이렇게 좋은 곳이 있다니! 믿어지지 않았다. 그가 친절하게 덧붙인다.

"다른 사람들한테 채찍으로 맞을 일도 없고, 배신당하고 울 일도 없고, 미움받고 괴롭힘당할 일도 없어. 분하고 억울하고 근심할 일도 없지."

맙소사, 미움받고 괴롭힘당할 일이 없다니. 그렇다면……. 레니에는 오랫동안 가슴에 맺혀 있던 말을 입 밖으로 내놓았다.

"그럼 저기서는 이난나 님도 저를 괴롭히지 못하나요?"

"그럼. 아까 얘기 못 들었니? 이난나 여신도 여기 와선 고깃덩이가 되도록 얻어맞고 시체가 돼서 못에 걸려 있었다니까? 이곳은 시끄러운 신들의 힘이 무력해지는 땅이고, 세상의 희로애락이 사라지는 곳이야. 아무도 널 괴롭히지 못해."

레니에는 눈을 깜박거렸다. 기분이 점점 이상해졌다.

"그럼 여기는 눈물이 얼어붙어 만들어진 산도 없나요?"

"없어."

"눈물로 만든 소금기둥도 없나요?"

"없어."

검은 옷의 사내는 여전히 빙그레 웃으면서 차분하게 대답했다. 레니에는 불현듯 등 뒤로 차가운 기운이 주르르 미끄러지는 것을 느꼈다.

나는 다른 것을 물어봐야 해. 이곳에 없는 것보다, 이곳에 있는 것, 있어야 하는 것들을 물어봐야 해. 레니에에게는 꼭 있어야 하는 것들이 있었다.

"……꿀을 넣은 따뜻한 염소젖은 있나요?"

"없어."

"그럼 햇볕에 잘 말린 무화과는요? 바삭, 소리가 나는 꿀과자는요?"

"없어."

"동굴 속에 피워 놓은 모닥불은요? 따뜻한 양털 깔개는요? 소금만 뿌린 질긴 멧돼지 고기는요?"

"없어."

"예쁜 소금돌로 만들어진 방은요? 강아지라는 이름을 가진 도끼는요?"

"없어."

레니에는, 드디어 자신의 다리를 질기게 잡아끌고 있는 무거운 이름을 기억해 냈다. 이제는 미추를 알 수 없게 된, 그저 예쁘고 아프기만 하던 그 이름. 갑자기 눈이 욱신했다.

"……쿤은요?"

"없어."

그가 너무 간단하고 무성의하게 대답하는 것 같아, 레니에는 더 눈물이 났다. 저 아저씨는 제대로 알고나 대답하는 걸까? 레니에는 가물가물 사라져 가는 기억을 필사적으로 끌어 올려 가며 열심히 설명했다.

"그 애는 후와투와 카할라의 아들이고, 소금성에 살아요. 그래서 소금성의 쿤이라고 해요. 귀가 이렇게 움직이는데 그걸 남한테 보여 주는 걸 창피해하고요, 간지러우면 발가락을 힘껏 오므리고, 얼굴이 잘 빨개지고, 안 운다고 큰소리만 치는데 사실은 완전 울보 대왕이고요, 잘못 구워진 호밀빵처럼 생겼다는데 사실은 정말 예쁘고, 정말정말 예쁜 아이예요. 그런데 정말 여기 없어요?"

"응. 없어."

열심히 설명해도 대답은 똑같았다. 레니에의 가슴속에서 무언가가 천천히 무너져 내리는 것 같았다.

"……저 안에서 아무리 오래 기다려도 그 애는 못 만나나요?"

"응. 영원히 못 만나. 만나도 기억하지 못해. 그래서 슬픔도 눈물도 아픔도 없고 영원히 평화로운 거야."

갑자기 볼이 간지러웠다. 레니에는 자신이 울고 있다는 것도 모른 채 멍하니 서서 한참 울었다. 검은 옷을 입은 사내는 레니에의 눈물이 그칠 때까지 말없이 기다려 주었다.

간신히 울음을 추스른 레니에는 고개를 들어 올렸다.

"들어가지 않을래요."

"왜?"

"그 아이가 있는 곳에 있고 싶어요."

"뭐? 여기까지 와 놓고?"

뒤에서 네티라는 사내가 눈을 부릅뜨고 화를 내려는 것을, 검은 옷의 사내는 손을 저으며 제지했다.

"네 눈물로 소금기둥을 만들어도 좋아? 네가 있던 곳은 그런 곳이야."

"네, 괜찮아요."

레니에는 손등으로 눈물을 문지르며 고개를 끄덕였다.

"네 눈물로 열두 봉우리의 큰 산을 만들어도 좋아? 큰 강을 만들어도 좋아? 네가 있던 곳은 그런 곳이야."

"괜찮아요."

"아파도 좋아? 병들어도 좋아? 실망해도 좋아? 평생 억울하게 맞고 살아도 좋아? 네가 있던 곳은 그런 곳이야."

"다 알아요. 괜찮아요."

"이난나 여신이 열 배, 스무 배, 아니 육십 배의 육십 곱절로 심술을 부려도 좋아? 네가 있던 곳은……."

레니에는 크게 한숨을 쉬고, 다시 한 번 한숨을 쉬었다. 그리고 크게 고개를 끄덕였다.

"네, 괜찮아요. 저는 용감하고 씩씩한 레니에니까요."

"흠."

그의 가벼운 콧소리에 레니에는 다시 한 번 손등으로 눈을 벅벅 문지른 다음, 좀 더 단단한 목소리로 말했다.

"그래도 저는 쿤 옆에 있고 싶어요. 신성석 동굴이든, 얼음 절벽이든, 전쟁터 한복판이든, 그 애 옆에 있고 싶어요. 그 애의 옆에 있는 것이 더 좋아요. 그 애하고 손잡고 같이 가 보고 싶었던 길을, 끝까지 함께 가 보고 싶어요."

그 아이도 그것을 원하리라는 것을 레니에는 믿어야 했다. 그래서 레니에는 그것을 믿기로 했다. 그리고 그것을 믿기 위해 레니에는 일생 중 가장 큰 용기를 내야만 했다. 그녀는 다시 한 번 또랑또랑한 목소리로 말했다.

"저는, 용감하고 씩씩한 레니에니까요."

머리 위에서 맑은 웃음소리가 들렸다. 그는 허리를 펴고 레니에가 쭉 걸어온 오솔길을 돌아보더니 고개를 끄덕였다.

"정말 그렇구나."

레니에는 고개를 들어 올리고 활짝 웃었다. 자신을 내려다보고 있는, 이 성 주인의 손자라 하는 사내는 레니에를 내려다보며 눈을 가느스름하게 뜨고 미소를 지었다.

"네가 누운 땅에 봄이 돌아왔고, 네 목숨을 맡아 두었던 가지에서 싹이 돋았구나. 네가 사랑하는 아이가 네 발을 잡았고, 너를 대신하고자 하는 아이의 심장의 피가 너를 앞질러 와서 길을 막았고, 네 용기가 결국, 이난나 여신마저 무력해지는 이 땅에서 새로운 길을 선택하게 하니, 이제 누가 감히 네 길을 막을 수 있겠니."

뒤에 서 있는 수문장의 눈이 둥그레지는 것이 보인다. 그는 부드럽게 웃으며 레니에의 머리를 쓰다듬었다.

"행복하렴. 용감하고 씩씩한 아이야."

❖ ✝✝ ❖

레니에는 눈을 깜박이며 사방을 두리번거렸다. 새로 눈을 뜬 세상은 레니에가 알던 세상이 아니었다. 사방이 온통 밝고 환하고 아름답기만 한데, 위는 아무것도 거칠 것 없이 새파랗게 탁 트여 있고, 아래는 색색의 꽃으로 가득 덮인 들판이었다. 뒤늦게 진한 꽃향기가 훅 밀려들었다.

레니에는 그 한가운데 폭 파묻혀 누워 있었다.

"……여기가 어디지?"

깜박, 깜박깜박. 아무리 봐도 전혀 모르는 풍경이 눈앞에 펼쳐져 있었다. 레니에는 열심히 눈을 깜박거리며 중얼거렸다.

"아, 드디어 새로운 곳에 태어난 건가? 뭐…… 결국 이렇게 된 건가?"

……그런데 쿤은?

생각하는 순간 갑자기 눈이 욱신욱신했다. 내가 그 모진 고생을 끝내고 이렇게 새롭고 예쁜 세상에 온 건 좋은데, 쿤은 어떻게 되었을까?

기껏 쿤이 있는 세상으로 돌아가겠다고 고집을 피우고 일생일대의 용기를 냈는데, 나는 왜 이렇게 엉뚱한 세상으로 와 버린 걸까?

잘 지내고 있을까? 많이 힘들었을까? 나를 잃고 많이 울었을까? 나는 다시는 그 녀석을 보지 못하는 걸까? 한 번이라도.

이건 진짜 좀 너무하다. 새로운 세상에서 다시 태어나게 할 거면, 차라리 전의 기억은 없어지게 해 주어야 할 거 아닌가?

……아니, 그건 아니다.

레니에는 천천히 고개를 저었다. 아프더라도 기억하고 싶다. 새로운 생에서, 녀석을 잊고 웃는 것보다 평생 아프더라도 기억하고 있는 게 낫다.

눈앞에 작은 나무가 한 그루 서 있는 것이 보인다. 거무스름하고 짤막한 나무토막 하나가 나무 행색을 하고 비척비척 서 있는데 그래도 나무랍시고, 그래도 봄이랍시고 가지가 몇 가닥 솟았고, 가지마다 파르스름한 잎이 몇 장 곱게 돋아 있었다. 레니에는 그 잎이 너무 사랑스럽고 예뻐 손을 내밀어 잎을 만지며 가만히 웃었다.

부드러운 발걸음 소리가 들린다. 익숙한 것도 같고 생소한 것도 같은 기척. 나무 옆으로 누군가 다가온다. 눈부신 금발에 티 하나 없이 깨끗한 피부, 그리고 태양 빛을 받아 새하얗게 빛나는 여섯 개의 날개가 보인다.

……내가 정말, 인간 세상을 떠나 다른 세상으로 온 게 맞구나.

눈물이 무릎 위로 툭 떨어진다. 레니에가 손등으로 눈을 문지르고 다시 고개를 들자 여섯 개의 큰 날개를 가진, 눈부시게 아름다운 사내가 옆에 와 선다.

천족인 카타도 날개가 여섯 개라고 했었다. 그럼 여기는 고귀한 오십의 아눈나키와 위대한 일곱 신이 계시는 천계인가? 나는 지하의 에레쉬키갈의 땅으로 끌려간 게 아니고 하늘로 온 걸까? 신들의 이름을 하도 팔아먹어서 몹쓸 곳으로 끌려갈 줄 알았는데.

그나저나 저 아름다운 분은 누굴까? 오래전 생전 처음 보는 나무 아래서 눈을 떴던 어떤 소녀도 지금 나같이 황당하고 멍한 기분이었을까? 두서없이 생각하던 레니에는 간신히 입술을 떼서 물었다.

"당신은 누군가요?"

앞으로 다가온 아름다운 사내는 대답하는 대신 얼굴을 일그러뜨린다. 하지만 일그러 든 얼굴로 다시 애써 웃으려 한다. 애써 웃으려 하는 입은 실룩실룩 찌그러지고, 힘겹게 만든 웃는 눈에는 축축하게 물기가 배어 나온다.

레니에는 영문을 알 수 없어 고개를 갸웃하면서도, 그 생소한 얼굴이 몹시 익숙하게 느껴져서 한참 동안 그의 얼굴을 올려다보았다.

……이상해.

저 잿빛의 눈동자가 왜 이렇게 미칠 듯이 예쁜지 모르겠다. 저 뒤로 틀어 올려 묶은 아름다운 금발 머리도 왜 이렇게 눈에 익고 예쁜지 모르겠다. 저 사람은 왜 자신이 누구인지 말하지 않을까. 레니에는 목이 점점 잠기는 것을 느끼며 다시 물었다.

"그럼…… 내 이름, 내 이름은 뭔가요?"

"레니에."

그가 잔뜩 갈라진 목소리로 투박하게 말했다. 레니에. 레니에. 이곳에서도 나는 레니에라는 이름으로 불리는구나.

"레니에, 레니에. 레니에."

그는 정신이 이상한 사람처럼 하염없이 되풀이했다. 레니에는 그 목소리마저 참 익숙하다고 느꼈다. 그러고 보니 앞으로 탁 트인 하늘도 퍽 익숙하다. 뒤를 돌아보니 드디어 눈에 익은 무엇인가가 멀찍이 눈에 들어온다.

"여기는……."

레니에는 자신이 누워 있는 곳이 다른 세상이 아니고, 소금성 내실 창 앞에 있던 아마득하게 넓은 정원이고, 바야흐로 지금이

한창 봄이라 봄꽃이 활짝 피어난 것임을 알게 되었다.

이렇게 아름다운 꽃이 흐드러지게 피어 있는 광경을 처음 보았다. 상상했던 천상의 모습만큼이나 아름다운 지상의 정원에서, 눈부시게 아름다워진, 하지만 여전히 예전과 다름없는 사내가 눈앞에 서 있었다.

"쿤."

"그래."

"쿤."

"……응."

녀석의 변한 모습은 놀라웠지만 그 모습에 놀라지 않는 자신이 더 신기하게 느껴졌다. 레니에는 조금 잠긴 소리로 물었다.

"울었니?"

"아니. ……음, 조금."

여전히 쓸데없이 솔직한 사나이가 우물쭈물 대답했다.

레니에는 앞으로 손을 내밀었다. 예전과 변함없이 그는 순순히 자리에 앉아 고개를 수그렸고, 레니에는 그의 뺨을 쓰다듬었다.

"내 앞에선 이제 울지 마. 속 시끄러워서 잠을 잘 수가 없잖아."

"너는, 나쁘다."

쿤은 고개를 수그린 채 중얼거렸다.

"기껏 살려 놨더니 어려운 부탁만 해."

"나 살려 달라고 우투 님한테 막 졸랐어?"

"그래. 빛의 영광이고, 영원한 생명이고 다 필요 없다고, 내가 대신……."

쿤이 말을 하다가 아차 싶었는지 얼른 말을 끊는다. 하지만 레니에는 무슨 일이 있었는지 바로 눈치채고 말았다. 발 앞을 막고 있던 선명하게 붉은 웅덩이. 그게 누구의 것이었는지 이제 묻지 않아도 알겠다. 레니에는 꽉 잠긴 목으로 왈칵 고함을 질렀다.

"너 혹시, 나 대신 죽으려고 염통에 칼이라도 박았니!"

대답 대신 우물쭈물 시선을 피하는 걸 보니 역시나 저 멍청이가 한 짓이 틀림없다. 레니에는 눈물이 터질 것 같아 그의 뺨을 두 손으로 죽 잡아당기며 욕을 퍼부었다.

"야, 이 나쁜 자식아, 바보 멍청아! 내가 너 살려 주면서 분명 그랬지! 애써 구해 준 목숨이니 아무 데나 내팽개치지 말라고 했지! 다섯 배는 살아야 한다고! 너, 나하고 한 약속 다 까먹었어?"

목이 메어서 소리 지르는 것도 잘 되지 않는다. 천족이 되어서도 여전히 곧이곧대로인 사나이는 물어보는 것에 여전히 성실하게 대답했다.

"안 잊어버렸다."

"안 잊어 먹은 새끼가 그딴 짓을 해? 나 혼자 무슨 재미로 살라고 그래! 이 나쁜 자식아."

"너야말로, 나 혼자 어떻게 살라고 이제 왔어? 너는…… 정말 고약하고…… 넌, 정말 나쁘다."

그의 고개가 푹 수그러든다. 목에서 끅끅 소리가 나는 것을 레니에는 못 들은 척하며 목을 끌어안고 등을 토닥거렸다. 하지만 엄청나게 큰 날개가 솟아 있어서 예전처럼 편히 등을 두드릴 수 없다는 것을 깨닫고, 날개를 가만가만 쓰다듬어 주기로 했다.

하지만 그것도 마음먹은 대로 안 되었다. 손이 닿을 때마다 어깨가 꿈틀거리고, 억세고 뻣뻣한 흰 깃털이 푸르르, 푸르르 소리를 내며 흔들리고, 끅끅대는 소리는 더 커졌던 것이다. 결국 레니에는 두 손을 내밀어 짠물에 푹 전 뺨을 다시 주욱 잡아당겼다.

"아, 울지 말라니까! 예나 지금이나 마누라 부탁은 어지간히도 안 들어주지. 이런 놈을 남편이랍시고 죽을 때까지 데리고 살아야 하는 거야?"

"……그래. 흐으, 백 년이든, 2백 년이든, 데리고 살아야 해."

"창피한 줄도 모르고. 고만 좀 해! 사람들이 다 보잖아!"

후드드드. 갑자기 커다란 소리가 나며 사방이 어둑해졌다. 고개를 들어 두리번거리던 레니에는 그가 여섯 개의 날개를 활짝 펼쳐서 두 사람을 한꺼번에 감싼 것을 알게 되었다.

몸까지 가려 놓으니 창피할 것도, 거칠 것도 없게 된 천족 사내는 레니에를 끌어안고 본격적으로 꺽꺽 소리를 내며 울기 시작했다.

천족이 되니 좋은 점도 있긴 있구나, 쿤은 난생처음으로 그렇게 생각했다.

에필로그 — 새로운 축복

아주 오랜만에 고향을 방문하게 된 레니에는 조금 들떴다.

물론 준비 과정이 그리 간단한 것은 아니었다. 자그마치 '위풍당당 북국의 왕과 왕비의 행차'였고, 목적지인 엘데 섬은 그들이 다스리는 북국의 영토가 아니고 남국 아이기스 군도의 끝자락 중에서도 구석에 박혀 있는 작은 섬이었던 것이다.

그 '위풍당당 행차' 준비에는 아이기스 군도를 다스리는 대신관에게 사신을 보내어 방문 날짜를 잡고, 오십 명의 시녀와 백 명의 호위 전사를 거느리고, 예물과 식량과 식수와 옷가지를 바리바리 챙기고, 소금산에서 내려와 말과 낙타와 나귀를 타고, 혹은 수레를 타고, 배를 타고—레니에의 안마르 멀미는 손톱만큼도 나아지지 않았다— 어쨌든 산 넘고 물 넘고 사막까지 건너가야 하는 일련의 과정이 포함되어 있었다.

거리와 날수와 물목들을 한참 계산하던 쿤은 '왕복하는 날수만

한 달'이라는 결과를 받아 보고는 바로 위풍당당을 포기했다.
"하루, 하루면 된다."
포기하면 모든 일은 굉장히 간단해진다. 레니에는 팔짱을 끼고 쿤을 아래위로 째려보았다.
"왕이 아닌 일반 백성으로 꾸미고 살짝 갔다가 얼른 온다고?"
"내가 안고 가면 다녀오는 데 하루면 떡을 친다. 준비할 거는 물 한 자루하고 도시락 두 개면 된다. 시종 백오십에 한 달이 뭔가, 한 달이."
떡을 쳐? 저놈의 말버릇이 왜 저 모양이 되어 갈까?
생각하던 레니에는 얼른 회개하고 반성했다. 저놈의 고린내 나는 말버릇 좀 바꿔 달라는 원성이 워낙 자자했고, 우투 신전에서도 '아드님의 고리타분한 말버릇 개선'을 열심히 비는 측근 전사들과 시녀들의 봉납물이 줄을 잇고 있기에, 레니에도 나름 노력하는 중이기는 했다.
하지만 솔직히 말하자면, 저놈의 말투가 너무 사랑스럽고 귀여워서 대체 왜 바꿔야 할까 아리송했다. 그렇다고 쿤이 레니에의 '그리 어여쁘지 아니한 동굴 말'을 닮기를 원한 것은 정말 아니었다.
"쿤, 진지하게 말하는 건데, 다시 한 번 생각해 봐. 등짝에 그 허옇고 주렁주렁한 걸 달고 일반 백성으로 꾸미고 몰래 가겠다고?"
레니에는 그녀의 발바닥을 자꾸 간질이는 '허옇고 주렁주렁한 것'을 발로 툭 걷어차며 콧방귀를 뀌었다. 쿤은 꿋꿋하게 말을 이었다.
"엘데 섬은, 내가 전에 한 번 가 보니까, 완전히 깡시골 깡촌이다! 천족이 뭔지, 북국하고 남국 전쟁도 뭔지 모르는 완전 시골뜨기들만 득실득실하다! 날개 몇 짝 달린 사람 따위 신경도 안 쓸 것이다."

큰 소리로 열심히 설득하던 쿤은 갑자기 꿀 먹은 벙어리가 됐다. 레니에의 눈이 위로 바짝 치솟았던 것이다.

"그래애, 근데 깡시골 깡촌 엘데 섬은 대체 혼자 언제 갔다 왔어?"

"아, 그게. 그냥 바다라는 곳이 어떤 건지 좀 궁금해서 구경 갔다."

"오호라. 고래 생선 펑펑 잡히는 가까운 북국 바다 팽개치고 머나먼 남방의 바다, 그것도 어디 붙어 있는지도 모르는 콩알만 한 엘데 섬에서 바다 구경?"

시골뜨기라는 말에 상처를 받은 레니에는 열심히 땍땍거렸다. 레니에는 시골뜨기 촌뜨기라는 말에 크나큰 창피함을 느꼈다.

"그래, 뭐 깡시골 출신 마누라 어떻게든 한번 놀려 먹고 싶은 그 마음은 이해한다만, 그러는 너도 백염산맥 심심산골 촌티 좔좔 흐르던 소년 아니었나?"

"그게, 네가 시골뜨기라는 게 아니고, 그냥, 그냥."

그가 허둥지둥하며 손을 젓자 날개가 미친 듯 펄럭펄럭 움직인다. 그가 당황할 때마다 나타나는 새로운 습관인데, 코를 문지르거나 귀나 발가락을 꼼지락거리는 건 저것에 비하면 귀여운 축에 속한다. 저놈의 날개는 크기부터 엄청나게 커 놓으니 팔랑팔랑 귀여운 수준을 넘어 바람에 날아갈까 얻어맞고 자빠질까 무서울 지경이었다.

그런데, 저렇게 지붕만큼이나 큰 날개를 여섯 짝이나 등에 짊어지고, 저 커다란 덩치와 화려한 얼굴로, 자그마치 '눈에 띄지 않게' 엘데 섬에 다녀오신다고. 시골 깡촌이라서 아무도 못 알아봐서 괜찮을 거라고. 저 근거 없는 자신감은 어디서 나왔을까?

레니에의 침묵이 길어지자 쿤이 이것저것 다 걷어치우고 속을 실토했다.

"나는 밤마다 너하고 성교를 하고 싶다. 많이많이 하고 싶다. 그런데 여행을 하는 동안은 한 겹짜리 가죽 천막에서 자야 할 거고, 한 겹짜리 천막 따위로는 안에서 나는 소리가 죄다 들릴 것이고, 우리는 밖에서 기척이 있는지 안 있는지 매번 신경을 써야 할 것이고, 그렇다면 내가 원하는 만큼 양껏 못 할 거 아닌가?"

그러면 그렇지. 이제야 제대로 설득이 되는 것 같다. 레니에는 한숨을 푹 쉬고 조심스럽게 물었다.

"그거 잠시 못 참아?"

"한 달이다! 하루도 아니고 한 달! 한 달 동안 성교를 못 하면 난 말라 죽고 말 것이다."

말이 떨어지기 무섭게 쿤의 입에서 벼락같은 대답이 터졌다. 그러더니 이내 애걸 모드로 돌아섰다.

"레니에, 세상에는 위풍당당보다 훨씬 더 중요한 게 있다. 그냥 아무한테도 말하지 말고, 몰래 후딱 갔다 오자, 응? 레니에, 난 정말 죽고 말 것이다, 제발 이렇게 빌겠다, 레니에에에!"

레니에가 보기에, 쿤은 천족이 되었다지만 사실 겉만 번드르르할 뿐, 알맹이는 여전히 짐승 중의 짐승이었다. 아니, 예전보다 더 참을성이 없어지고, 시도 때도 없이 호시탐탐 기회만 엿보기 시작했다.

레니에가 깨어난 후, 창고를 모조리 털어 백 일 동안 펑펑 잔치를 할 때, 잠깐 내실에 들어와 일을 치르느라—그것도 두세 번으로 끝냈다면 들키지 않았을 텐데— 모인 사람들에게 축복기도를 하고 돌려보내야 한다는 것까지 새까맣게 까먹을 때부터 알아보았어야 했다.

현재 쿤의 모든 생각은 깔때기처럼 '레니에'→'예쁘다'→'하고 싶다'→'해야겠다'라는 단 한 가지 결론만을 향하여 모여들 뿐이었다.

사실 쿤이 안아서 직접 운반(?)해 주면 레니에로서는 더 이상 바랄 것이 없다. 안마르를 탈 때마다 심한 멀미에 정신을 못 차리지만 쿤이 안고 높은 곳까지 날아가 풍광이 좋은 곳을 구경시켜 줄 때는 전혀 멀미를 하지 않았던 것이다.

더 좋은 것은 그때 가장 선명하게 들을 수 있는 쿤의 심장 소리였다. 쿤은 혹시라도 레니에가 품에서 떨어질까 노심초사해서 몸을 가죽끈과 천으로 꽉꽉 동이고, 그것도 모자라서 등짝이 짜부라질 정도로 끌어안고 가는데, 그때 쿵쿵쿵 크게 울려 대는 그의 심장 소리가 그렇게 좋을 수 없었다.

"그래. 우리끼리 몰래 갔다 오자."

레니에가 비시시 웃으며 고개를 끄덕이자 쿤이 벌쭉 웃으며 묻는다.

"엘데 섬에는 그런데 무슨 일로?"

"엄청나게 빨리도 묻네. 이난나 여신의 신전에 한번 가 보려고."

"왜? 우투 대신관의 아내가 이난나 신전엔 무슨 일로?"

느른하던 쿤의 목소리가 불뚝 올라간다. 쿤은 제의에 혼음이나 난교가 포함된 신전에 방문하는 것을 꺼렸다.

"……게다가 그곳은 네게 좋지 않은 기억이 있는 곳 아닌가?"

신탁의 내용을 기억하고 있는 쿤은 눈썹을 찡그리고 레니에를 바라보았다.

너를 사랑하는 두 명의 사내가 보인다.
네가 사랑하는 두 명의 사내가 보인다.
너를 죽이는 두 명의 사내가 보인다.
네가 죽이는 두 명의 사내가 보인다.

용감하고 씩씩한 레니에께서 말씀하신다.
내가 사랑하는 한 명의 사내가 보인다.
나를 사랑하는 한 명의 사내가 보인다.
내가 살리는 한 명의 사내가 보인다.
나를 살리는 한 명의 사내가 보인다.

"이난나 여신이 내린 신탁과 내가 내린 신탁 중에서 어느 것이 이루어질까. 난 항상 궁금했었어."

레니에는 쿤의 머리카락을 가만가만 쓰다듬으며 말했다. 투명하게 빛나는 황금빛 머리카락이 손에 매끄럽게 감겼다가 갓 짜낸 맑은 꿀처럼 손가락 사이로 사르르 흘러내렸다. 살짝 숨이 죽은 목소리가 내려앉았다.

"그때 할머니 신관님한테 오래오래 살라고 말씀드렸었어. 둘 중에 어떤 게 이루어졌는지 나중에 와서 말씀드린다고."

"음."

"……이제 말씀드리러 갈 때가 된 거 같아서."

"그런 거였나? 이제 이야기할 수 있게 된 건가?"

"그렇지."

레니에는 빙긋 웃으며 말했다. 쿤은 그 대답을 굳이 캐묻는 대신 레니에를 안아 침대에 눕히며 덤덤하게 말했다.

"일찍 자라. 내일 아침 엘데 섬에 데려다주겠다."

그것이, 북국의 왕이 남국 아이기스 군도의 깡촌 엘데 섬에 와서 요상한 망발을 듣게 된 경위였다.

❖ ✝✝ ❖

“어이, 젊은이, 날개가 몹시 멋지군그래. 요새 젊은것들 사이에서 유행하는 건가?”

레니에를 신전 안으로 들여보내 놓고, ‘눈에 띄지 않게’ 이난나 신전의 담벼락에 기대 꾸벅꾸벅 졸던 쿤은 눈앞의 노인을 멍하니 바라보며 거물거물한 눈을 비볐다.

이 영감은 뭘까?

몸은 바짝 말랐고 머리는 폭 익은 밀밭처럼 흐릿하게 세어 가는 중인데 그래도 이가 빠진 건 없는지 웃을 때 앞니는 다 보였고, 지팡이를 짚고는 있었지만 허리가 꼬부라지진 않은 걸 보면 오십 정도는 먹었으려나, 싶은 늙은이였다.

봉납물이 든 듯한 주머니를 허리춤에 찬 것을 보면 아무래도 제사를 드리러 온 것 같고, 색실로 수놓은 소맷단과 허리띠, 공들여 빗질한 일곱 단 카우나케스와 끈을 맵시 있게 엮은 가죽 신발을 보면 돈깨나 있는 사람이나 섬에서 행사깨나 하는 나부랭이 정도 되는 것 같았다.

그래도 아직 노망이 들 나이는 아닌 것 같은데…….

머리를 긁던 쿤은 이내 고개를 끄덕였다. 그렇지, 엘데는 깡시골이고, 기억하는 자나 이야기하는 자들이 오지 않으면 외부 소식을 전혀 들을 수 없는 곳이다. 그러니 날개 여섯 개가 ‘젊은것들의 유행’처럼 느껴질 수도 있겠지. 깡시골이나 심심산촌이란 원래 무슨 일이 일어날지 모르는 곳이니까. 쿤은 너그럽게 이해하고 고개를 끄덕였다.

"멋지다니 고맙다. 하지만 유행은 아니다."

갑자기 딱, 소리와 함께 눈앞에서 별이 튀었다. 방심하던 쿤은 노인의 지팡이에 이마를 된통 얻어맞고 자리에서 벌떡 일어나 고함을 질렀다.

"지금 뭐 하는 짓인가! 죽고 싶은가!"

"고약한 놈! 싹퉁머리 없는 저놈의 말본새 좀 봐! 이놈아! 내가 네놈보다 나이를 먹어도 몇 배는 더 먹고, 장가를 들어도 몇 번은 더 들었다!"

쿤은 이마를 문지르며 다시 한 번 생각했다. 그래. 엘데 섬은 깡촌이니 날개 달린 천족의 왕이 있다는 소식을 전혀 모를 수도 있고, 날개 달린 놈들이 세상 어디에선가 떼 지어 살고 있을 수도 있고, 저 영감이 정말 장가를 몇 번씩 들었을 수도 있고, 자신의 말본새가 정말 싹퉁머리 없을 수도 있다.

어릴 때부터 부모 외에는 하대만 하도록 교육을 받고 자란 쿤은 제 말의 '싹퉁머리'에 대해서는 아무런 개념이 없었다.

쿤은 레니에가 들어간 신전을 흘낏 보고, 옆에서 눈을 부릅뜨고 있는 영감도 다시 한 번 본 후 얌전하게 사과하기로 결심했다. 오늘 여행의 목표는 '눈에 안 띄게', '조용히 숨어 있다가', '오늘 안에 소금성으로 귀환'하는 것이었고, 엘데 섬은 언제 어디서 무슨 신비한 일을 겪을지 모르는 미지의 깡촌이었던 것이다.

"미안하게 됐소, 영감. 내 말본새가 원래 이래서."

"죄송합니다, 죽을죄를 지었습니다, 어르신, 해야지! 내가 옆집 노예로 보이냐!"

쿤의 콧잔등이 실룩했다. 아무래도 이것까진 안 되겠다.

"싫다! 네놈은 내가 옆집 어린아이로 보이나! 반말했다고 죽을 죄라니, 나이가 벼슬인가!"

"이 새파란 놈이, 마빡에 물도 안 마른 놈이!"

두 사람은 이마를 맞대고 한참 동안 으르렁으르렁 싸우다가 결국 각자 멋대로 말을 놓는 것으로 합의를 보았다. 열을 내며 싸우기엔 일단 날이 너무 더웠다.

"제사 드리러 왔나? 그러면 들어가지 않고 왜 여기 자빠져서 졸고 있어?"

"제사는 아니고 아내가 여기 볼일이 있어 함께 온 것뿐이다. 아침부터 바쁘게 왔더니 기운도 빠졌고."

사람 하나 안고 북국에서 남국 끝단까지 한나절에 날아오는 것은 생각보다 중노동이었다. 물론 그 말을 설명할 순 없었다. 노인은 그를 아래위로 훑어보며 콧방귀를 뀌었다.

"새파랗게 젊은 게 어디서 기운 없다 엄살인고. 에잉, 한심한 놈. 밥이나 먹어."

노인은 담벼락 옆에 같이 쭈그리고 앉아 주머니를 풀었다. 봉납물이 있을 거라 생각한 주머니 안에는 하얀 밀떡과 마른 무화과가 한 움큼 들어 있었다.

쿤은 노인이 내주는 것을 얌전히 받아먹었다. 배고픈 참이라 맛있었다. 굶어도 굶어도 죽지는 않았지만, 때가 되면 배고프고 땀 흘리면 목말랐다.

영감은 쿤이 말 한 마디 하지 않고 꾸역꾸역 먹는 것을 보고 끌끌 혀를 차며 주머니 안에 든 것을 모두 양보해 주었다.

"허우대는 멀쩡한 놈이, 굶고만 살았나. 천천히 먹어 이놈아!"

"당신은 여기 무슨 일로 왔나? 제사 드리러 온 건가?"

"제사는 무슨. 내 아들 며느리하고 손주들 좀 만나고 가려고."

"왜 집에서 안 만나고 신전에서 만나나?"

노인은 먼 하늘을 바라보며 한숨을 푹 쉬더니 눈물을 고랑고랑 코를 훌쩍훌쩍하며 구질구질 가정사 하소연 모드로 들어섰다.

"예전에 아들놈이 가출을 했어. 천하고 본데없는 계집에게 홀려서는 내 속을 뒤집어 놓았거든. 새끼야, 그러려면 썩 나가라 했더니 정말 집을 나가 버리더라고. 내가 그렇게 사랑하고 동네방네 자랑하던 놈인데, 여자한테 한번 눈이 돌아가니 아비도 어미도 팽개치고는. 하루 이틀이면 정신 차릴 줄 알았는데 아니었어. 그래서 꽤 오랫동안 아들놈 얼굴도 못 보고 살았었어."

"못된 놈이군그래. 그래서?"

"남의 귀한 아들 욕하지 마라, 이놈아!"

영감은 다시 쿤의 이마를 딱 후려갈겼다. 북국 제일의 전사는 분노에 찬 아버지의 공격에는 속수무책으로 당할 수밖에 없었다. 영감은 한 손으로 물코를 휭 풀고는 떨리는 목소리로 말을 이었다.

"그놈의 아버지 아들이란 게 뭐라고. 그래도 놈이 제 여자하고 오손도손 행복하게 산다는 얘길 듣는데 주책맞게 자꾸 눈물이 나는 거라. 손주들도 자꾸자꾸 눈에 밟히는 걸 어쩌겠누. 이젠 밉지도 않고 화도 안 나고, 그래, 그놈이 행복하다는데, 그놈이 사랑한다는데 어쩔 거냐고. 그냥 다 짠하고 딱하고 만나면 토닥토닥 등이나 두드려 주면서 잘 살라고 하고 싶지 뭔가."

"잘 생각했소. 사람이 늙으면 좀 너그러워져야지."

말이 떨어지기가 무섭게 다시 이마에서 별이 번쩍했다.

"이 새파란 놈은 어째 자꾸 내 비위를 긁지. 난 늙은이가 아니야! 팔팔한 현역이라고! 알량한 날갯짓이나 팔랑팔랑 했답시고 금방 비실비실하는 네놈이랑 똑같이 보지 마, 이놈아!"

쿤은 얼얼한 이마를 문지르며 이 빌어먹게 날쌘 영감을 엎어 놓고 쥐어 팰까, 끌고 가서 훈련 교관을 삼을까 잠시 고민했다.

"여기 아들 며느리 손주들이 온다는 건 어찌 알았소? 누가 알려 줬소?"

"누이가 하나 있는데 걔가 알려 줬지. 고것이 얼굴도 이쁘고 나한테도 잘하는데 성질이 쪼끔 고약해서 그 조카며느리한테 이래저래 심술도 많이 부렸고, 나한테 이거저거 일러바치기도 잘 해."

"흠."

"누이가 이 신전에 종종 놀러 오는데, 오늘 아들네가 아이들까지 데리고 예 온다는 걸 알았지. 뭐 잘났다고 궁둥이에 벌 쏘인 것처럼 발발 싸돌아다니냐, 쑤삭쑤삭 흉을 보더라고. 그래 눈 딱 감고 귀 딱 막고 바로 이리로 와 버렸지."

"거 몹쓸 누이 아닌가. 왜 조카의 가정사에 참견질에 고자질인가. 당신도 나이를 헛먹었다! 성질 고약한 누이를 진작 때려 내쫓지 않고 대체 뭐 한 건가!"

쿤의 단호한 대답에 노인은 이마를 쥐어박는 대신 이번엔 이를 드러내고 한참 동안 킬킬 웃어 댔다.

"덥다, 마실 것 좀 내놓고 부채질 좀 해라."

"내가 왜? 그대는 노망이 들려면 좀 곱게 드는 게 좋겠다!"

"시끄럽다, 얻어먹었으면 은혜를 갚아야지!"

은원 개념이 철저한 쿤은 찍소리 하지 못하고 아껴 둔 가죽 부대를 내놓았다. 가죽 부대에는 레니에가 담근 과일주가 들어 있었는데, 노인은 아까운 줄도 모르고 꿀꺽꿀꺽 마셨다.

쿤은 아까워 미칠 지경이었지만 얻어먹은 것이 있어서 속으로 냉가슴만 앓으며 부채질을 해 주었다. 커다란 날개 여섯 개를 열심히 휘젓자 태풍처럼 엄청난 바람이 일었다. 노인은 날개 부채를 몹시 마음에 들어 했고, 쿤은 다시는 빵 쪼가리 따위 함부로 얻어

먹지 않겠다고 맹세했다.

"쿤, 쿠우운! 여기야!"

신전 안쪽에서 레니에가 손을 힘껏 흔들며 포르르 달려 나오는 것이 보인다. 쿤의 앞까지 순식간에 달려온 레니에는 흥분한 목소리로 말했다.

"쿤, 굉장한 걸 알아냈어."

"무슨 일인가?"

"이난나 여신의 신전엔 할머니 신관님이 없대!"

쿤은 고개를 갸웃하며 자리에서 일어났다. 레니에는 눈을 동그랗게 뜨고 토끼처럼 팔짝팔짝 뛰며 되풀이했다.

"이난나 신전에선 아기를 낳을 수 있는 나이의 여자들만 신관으로 머무를 수 있대. 할머니 신관님은 지금까지 한 번도 두어 본 적이 없다는 거야."

"그럼 그때 들었던 신탁은 뭔가?"

"내 말이! 완전히 귀신한테 홀린 것 같다니까."

"가짜한테 속은 건가?"

"그런가?"

"죽었을까?"

"그럴까?"

쿤과 레니에는 얼빠진 얼굴로 한참 마주 보았다. 두 사람 사이로 푸스스스 바람이 한 자락 지나간다.

"그럼 네 대답은 누구한테 하지? 내기에서 이겼다고 꼭 말해 주어야 하잖나."

"그러니까. 기껏 대답해 주러 왔는데 이게 뭐야?"

레니에가 투덜거리자 담벼락에서 술을 꼴꼴 들이켜던 노인이 슬그머니 끼어들었다.

"무슨 대답인지는 모르지만 들어 줄 사람이 없으면 나한테라도 내려놓고 가시게."

"네?"

노인은 쿤에게 하던 것과는 달리 친절하고 부드러운 목소리로 말했다.

"약속을 잡고 만나러 온 것도 아니고, 죽었는지 살았는지도 모를 할망구를 만나러 이 깡촌에 다시 오는 게 쉬운 것도 아니잖나. 내 누이가 이 신전에 종종 들른다고 하니, 이상한 할망구를 만나면 색시가 한 말을 전해 주라 하지, 뭐."

"노인장은 또 뭐라고 끼어드나!"

"이 대가리에 물도 안 마른 놈이, 어르신 말하는데 또 싸가지 없이 끼어든다! 내 지팡이에 마빡이 쪼개져 봐야 정신을 차리겠냐!"

"그쪽 싸가지는 좋은 줄 아나! 내가 노인장 당나귀인 줄 아나! 도끼로 그놈의 지팡이부터 일곱 토막으로 쪼개 놓을 테다!"

레니에는 눈을 동그랗게 떴다. 아니, 처음 보는 할아버지하고 언제 저렇게 친해졌을까? 낯가림도 심한 놈이. 레니에는 고개를 갸웃하다가 깔깔 웃고 말았다.

할아버지 말이 그럴듯했다. 어차피 언제 만나겠다 약속한 것도 아니고, 다시 올 생각도 없었지만 대답은 남겨 놓고 가고 싶었다. 누군가에게라도. 가슴에 오래 맺혀 있던 옹이 같은 것이라 여기 온 김에 빼놓고 가고 싶었다.

"할아버지, 그럼 혹시 여기서 예언을 해 주는 할머니 신관님 비슷한 분을 만나거든 말씀 좀 전해 주세요. 못 만나면 어쩔 수 없지만요."

"그려."

"이난나 님의 신탁은…… 맞긴 맞았어요."

레니에를 사랑하는 두 명의 남자가 있었고, 레니에가 사랑하는 두 명의 남자가 있었다. 두 명의 사내와 레니에는 서로를 죽게 하는 악연으로 운명처럼 몰렸다.

레니에는 기치다를 죽게 했고, 기치다 역시 쿤이 만든 칼로 레니에를 죽게 했다. 쿤은 기치다를 죽임으로 레니에를 죽음에 이르게 했으며, 레니에의 죽음은 쿤을 결국 자신을 산 제물로 삼아 목숨을 내놓도록 몰아붙였다.

이난나 여신은 고약하게도, '자신을' 죽이고 '자신이' 죽인 두 사내가 '자신을' 살리고 '자신이' 살린 자이기도 했음을 말하지 않았었다. 레니에는 이제 그런 심술조차 가볍게 웃어넘길 수 있게 되었다.

"하지만 결국은 제가 내린 신탁이 이루어졌어요. 아니, 이루어진 게 아니고 이루어 낸 거지요."

내가 살린 한 명의 남자, 나를 살린 한 명의 남자. 내가 사랑하는 한 명의 남자, 나를 사랑하는 한 명의 남자. 우리가 용감하고 씩씩하게 선택한 길. 레니에는 쿤을 올려다보며 활짝 웃었다.

어떤 위대하고 고약한 누군가는, 작은 진흙인간 계집아이를 장난감처럼 여기고 그 운명을 농락하며 비웃었다. 그리고 다른 누구들은 그 진흙인간의 불행을 연민하지 않고 방관했다.

하지만 또 다른 누군가는 진흙인간을 너무 사랑해서, 도저히 이해할 수 없는 짓을 저지르기도 했다. 날개가 꺾인 채 진창에 처박히거나, 영원한 생명을 집어던지고 인간의 짧은 한살이를 갈구하거나, 진흙으로 된 몸을 뒤집어쓰고 진흙인간의 곁에 머무르거나, 제 심장의 피로 볼품없는 웅덩이나 만들어 주는 그런 바보 같은 짓거리 말이다.

그래서 레니에는 결국 '자신이 살린', 그리고 '자신을 살린' 한 명의 사내 곁에 서게 되었다. 바보 같은 신과 고집 센 진흙인간이 발을 디디고 선 곳은 밝은 빛으로 둘러싸인 생의 한복판이었으며, 둘은 서로를 기어이 그 눈부신 곳으로 끌어 올렸다.

서 있는 발밑이 유난하게 밝고 따뜻하게 느껴진다. 레니에는 웃으며 말을 이었다.

"그때 할머니 신관님이 저한테 '이난나 님의 선물은 축복일 수도 있고 저주일 수도 있어 진흙인간은 거절할 수 없다.' 하셨는데."

"응."

"그 선물은 축복이 되었고요."

"응."

"그걸 축복으로 만들었던 건 심술맞고 성질 고약한 이난나 님이 아니고, 진흙인간을 사랑하지도 않던 위대한 신들도 아니고, 용감하고 씩씩한 꼬꼬마 진흙인간 계집애하고 한 명의 사내였다고 전해 주세요."

"응. 그려그려. 근데 그 한 명의 사내는 뉘여?"

레니에는 어깨를 으쓱 올리며 짐짓 심드렁하게 말했다.

"저를 사랑하고, 제가 사랑하고, 제가 살려 주고, 저를 살려 준 어떤 잘생긴 남자요."

"저놈 말하는 건가? 저놈 안 잘생겼어! 못생겼다, 이놈아!"

"이 영감이! 나한테 정말 왜 이러나! 내 아내가 나 잘생겼다는데 대체 영감이 왜 끼어드나, 엉?"

쿤이 진심으로 화를 벌컥 냈다. 귀청 나간다, 이 무식하게 시끄러운 놈아. 영감은 콧방귀를 뀌며 귀를 후볐다.

"어쨌든 색시, 그러니까 난 복잡한 건 모르고, 어쨌든 색시가 내기에서 이겼다, 그 말을 전해 주면 되는 거야?"

"네. 맞아요. 아, 그거 말고도, 그 작은 아이는 이제 꿀을 넣은 염소젖도 매일 마시고 있고, 붉게 물들인 일곱 단 카우나케스 치마도 많이 생겼다고 전해 주세요."

레니에는 대답하며 기분 좋게 웃었다. 처음 말을 시작할 때는 괜히 눈물이 막 나올 것 같고 속이 먹먹했는데, 영감님과 이야기를 하다 보니 석 달 열흘 막혀 있던 속이 뻥 뚫린 것처럼 통쾌해졌다.

"아 맞다, 쿤! 오늘 당직 신관님이 그때의 엉터리 신탁을 대신해서 나한테 새로운 신탁을 하나 해 주셨어."

"뭐 신탁? 너는 그때 그 고생을 하고 또 신탁을 받을 생각이 들었나?"

쿤의 목소리가 다시 불끈 올라간다. 레니에는 황급히 말을 덧댔다.

"나쁜 신탁이면 안 받고, 좋으면 골라 가지면 되지! 신탁 처음 받아 보냐? 아, 실은…… 공짜로 해 준다고 해서."

"레니에! 나도 봉납물 안 받고 신탁 받아 줄 수 있다. 너는 잊었나 본데, 나는 북국 우투의 대신관……."

"쿠, 쿤, 쿤? 좋은 신탁이야. 이번엔 진짜로."

레니에는 영감님이 듣기 전에 얼른 쿤의 입을 틀어막고 빠르게 말을 이었다.

"아름답고 강하고 위대한 분께서 이곳에 임하여 말씀하시도다. 소금성의 레니에여, 네가 새로운 선물을 받게 되리라……."

"또 선물? 그따위 선물은 개코에나 갖다 붙이라……."

"명년明年에 네게 아기가 생길 것이니라."

두 사람 사이로 더 큰 바람이 푸르르르 지나간다. 레니에는 여전히 달거리가 없었고, 쿤은 이미 훔바두무를 후계자로 염두에 두고 있었다. 쿤은 더듬대며 물었다.

"그래서 뭐라 했나?"

"뭘 뭐라고 해. 그 '아름답고 강하고 위대한 분'이 이난나가 아니고 정의로운 우투 님이나 자상하기로 소문난 엔키 님쯤 되면 백 번 감사하다고 전해 드리고, 이난나 님이라면 웃기지 마시고 초강력 싸다구나 먹으라 했지. 그것도 양쪽으로 쌍싸다구. 그리고 큰 소리로 똑똑하게 진실을 알려 주었지."

아아? 쿤의 턱이 아래로 덜렁 떨어진다. 뒤에 있는 영감의 턱도 아래로 덜렁 떨어진다. 그러거나 말거나 레니에는 거침없이 진실 선언을 했다.

"만약 아기가 생긴다면 그건 심술 만발 이난나 여사의 선물이 아니고."

"아니고?"

레니에는 까치발을 하고 쿤의 귀에 소곤거렸다.

"아름답고 강하고 위대한……지는 잘 모를 또 다른 누군가가 하루도 거르지 않고 배가 따뜻해지는 약차를 달여 주고, 배도 문질러 주고, 발도 주물러 주고, 무엇보다 밤마다 열 번씩 거사를 치르면서 내 자궁에 정수를 폭포처럼 들이붓고 있기 때문이라고 분명히 말해 줬지."

"레니에! 아, 정말, 레니에!"

쿤은 와락 고함을 질러 놓고는, 당황해서 얼른 뒤에 앉아 있는 영감을 쳐다보았다. 맛 좋은 술을 거덜 내고 햇볕을 쬐던 영감은 예의 바르게 못 들은 척하는 대신 와하하하하, 시원하게 웃음을 터뜨렸다.

두 사람은 길게 머무르지 않고 바로 출발했다. 벌써 해가 많이 기울어져 있었다. 쿤은 떠나기 전, 담벼락에 앉아 해바라기를 하는 노인에게 다가가 인사를 했다. 노인은 두 사람을 보며 빙그레 웃으며 손을 저었다.

"많이 늦었으니 서둘러 올라가게. 비실비실하지 말고 밥 잘 먹고 다니고."

"영감도 너무 늦게까지 기다리지 말고 조심해서 들어가시오."

그러더니 잠시 머뭇거리다 덧붙였다.

"아들놈 오늘 못 보더라도 너무 낙심 마시오. 나중에라도 아버지에게 돌아올 거요. 가족들도 다 데리고 갈 거요. 아버지가 이리 사랑하고 염려하는 마음을 알면 당연히 그리하지 않겠소."

"위로해 줘서 고맙구먼. 나도 그럴 거라 믿고 있네."

"집에 돌아오면 그때 잘 받아 주기나 하시오. 당신 아들이고, 아들이 사랑한 여자고, 당신 아들의 혈육 아니오."

"아무렴. 그렇고말고, 그렇고말고."

영감은 활짝 웃으며 손을 저었다. 웃는 모습이 몹시 흐뭇해 보였다.

❖ ✝✝ ❖

이듬해 봄, 레니에는 네 명의 쌍둥이를 낳았다. 태양처럼 눈부신 금빛 머리카락과 두 쌍, 혹은 세 쌍의 하얀 날개를 가진 아이들이었다.

쿤은 산꼭대기의 신전에 올라가 백 마리의 소를 잡아 감사 제사를 드리고 소금성과 가나평원에서 열흘 동안 잔치를 벌였다.

일곱 이레 후, 이름 짓는 날이 되어 쿤은 네 아이의 이름을 지어 주었다. 이름 짓는 데 영 소질이 없는 왕은 지어야 할 이름이 네 개나 된다는 것을 깨닫고 사색이 됐다.

네 아이는 왕의 머리카락이 한 주먹쯤 빠질 때가 되어서야 간신히 이름을 얻게 되었다. 그들은 각각 '디브', '아셰', '우드나메캄', '두리'라고 불리게 되었다.

'과거', '현재', '미래', 그리고 '영원'이라는 뜻이었다.

외전 3. 깃털

푸드득 푸르르, 푸득, 푸르르.

"레니에, 일어났나?"

안 일어났어. 안 일어났다고. 날 깨우지 마.

"레니에, 해 떴는데. 아직도 안 일어났나? 밥 먹자."

쿤, 난 밥보다 잠이 좋아. 너는 굶어 죽지도 못한다면서 밥에 목숨 걸었니?

"레니에, 혹시 어디 아픈가? 혹시 피곤한가?"

당연히 아파! 피곤해! 너도 머리란 게 있으면 어제 날 몇 시에 재웠는지 생각이나 해 보고, 양심이 있으면 어제 나는 과연 무슨 짓을 한 걸까 반성이나 해 보고, 할 일이 있으면 제발 일하러 나가고, 나 늦잠 좀 자게 내버려 둬.

레니에는 눈을 감은 채 더위를 먹은 척, 피곤한 척, 늘어진 척 끙끙, 제법 가냘픈 신음 소리 내 보았다.

"레니에, 혹시 덥나? 더워서 늘어진 건가?"
"으응……."
말이 끝나기가 무섭게 호들갑스럽……다기보다 과격한 반응이 시작된다. 펄럭펄럭 붕붕 푸드득 푸드득 뭔가 맹렬하고 시끄러운 소리가 나더니 후우우, 쿠우우, 휘이이이이이 소리와 함께 거대한 폭풍우가 휘몰아친다.
으으, 망했다 망했다 망했다!
레니에는 속으로 끙끙 앓았다. 그래, 쿤. 사랑에 빠진 건 좋은데, 힘이 넘치는 것도 좋은데, 너는 '적당히'란 미덕을 모르니? 시원한 걸 넘어 이젠 춥다, 춥다고!
잠옷 자락이 펄럭거리고 머리카락이 개산발이 되어 바람에 휘날리고 이불이 휭, 날려 간다. 어떻게든 뭉그적대며 버텨 보려고 했지만 이불까지 날아갔으니 다 글러 먹었다. 더욱이 예전의 뼈저린 기억까지 떠오르니 도저히 잠을 더 잘 용기가 나지 않았다.
작년 여름, 배가 산더미처럼 나와서 움직이지도 못하고 더워 더워 노래를 하며 늘어져 있었더니, 부채질을 해 주던 쿤이 바구니를 바리바리 끌어안고 어디론가 사라진 적이 있었다.
그가 도착한 곳은 만년설이 쌓여 있는 소금산 꼭대기, 우투의 신전이었다. 그는 대신관이라는 놈이 불경죄고 나발이고 죄 집어치우고 신전 지붕으로 기어 올라가서는 흙이 묻지 않은 흰 눈을 박박 긁어모아 바구니에 수북수북 담아 내려와서는 침대 위에 뻗어 있는 임산부에게 훠이훠이 들이붓는 만행을 저질렀다.
그것도 모자라 눈보라를 재현한답시고 여섯 개의 날개로 엄청난 바람까지 일으켰는데 그 위세가 자못 대단하여 엔릴의 채찍이 따로 없었다.
그 바람에 레니에는 일주일 동안 감기로 눈물 콧물 빼며 오지게 고생해야 했다. 다시 한 번 말하는 바, 사랑에 빠진 사나이들이란 뭔가 '적당히'라는 선을 잘 모르니, 적당한 선이 되면 옆에서 토닥토닥 엉덩이를 두드려 가며 조정을 해 주어야 하는 것이다.

레니에는 침실이 수습 불가의 쑥대밭이 되기 전에 간신히 눈을 비비고 일어났다. 눈을 뜨자마자 침실 바닥과 침상과 탁자에 빼곡하게 굴러다니는 허연 깃털과 솜털 뭉텅이들이 보인다.

"이게 뭐야, 쿤! 이 바보 새야, 새대가리야! 이게 뭐야!"

물론, '엉덩이 토닥토닥 조정' 같은 게 가끔 안 될 때도 있다. 아니, 자주.

레니에는 저놈의 거대 날개 여섯 짝에 대해 할 말이 많았다. 일단 예전에 만들었던 예복과 카우나케스 숄과 갑옷과 잠옷을 하나도 못 입게 되어 등짝을 죄다 반으로 갈라놓아야 하고, 문에도 자주 걸리고 물건에도 자주 걸려 탁자에 있던 귀한 그릇을 수도 없이 깨 먹었다.

뿐만 아니었다. 잘 때 불편하고, 등에 업히는 건 평생 물 건너갔고, 녀석이 돌아누울 때 날개에 얻어맞기 일쑤고, 등 한 번 긁어 주려면 팔이 빠질 것 같고, 펄럭거릴 때마다 시끄럽고 정신 사납기 짝이 없었다.

레니에가 느끼는 좋은 점이라고는 길바닥에서 뽀뽀를 해 줄 때 얼른 가릴 수 있다는 것 한 가지뿐이었다.

그리고 또 한 가지 문제점은 깃털이었다. 평소에는 저렇게 맹렬하게 움직일 때만 깃털이 빠지는데, 깃털 갈이 계절인 봄가을엔 당최 수습이 안 될 지경이었다. 며칠만 청소를 안 하고 내버려 두면 침대 주변이 새 둥지처럼 깃털로 수북하게 쌓였다—물론 동굴 바닥에서도 잘만 자던 몸이라 빳빳한 깃털 정도로 몸이 배긴다거나 잠에서 깼다거나 그럴 일은 없었다.

그나마 시녀들이 부지런을 떨어 준 덕에 침실이 새 둥지가 되는 꼴은 면할 수 있었다. 시녀들은 깃털이 바닥에 떨어지기가 무섭게 바로바로 치워 주었다. 녀석의 깃털은 지상에 거하는 하늘 족속의 몸에서 나온 것이라 하여 비싸게 팔리기 때문이었다. 깃털 하나에 무려 백은 5셰켈! 예전 아크 점토판의 두 배 가까운 가격이다.

물론 깃털을 다른 용도로 재활용하고 있던 깃털의 주인은 그 사실을 전혀 알지 못했다.

쿤은 최근 레니에게 '소리를 영원히 남겨 놓는' '글자'라는 것을 배우는 재미가 들렸다. 그는 '글자'의 용도와 대단한 가능성을 바로 이해한 후 대장장이 토기장이 다 집어치우고 필경사가 되려는 듯 맹렬히 글씨 연습을 해 댔다.

워낙 성실하고 열심인 성격에다 공부 머리도 나쁘지 않아 글자를 배우는 속도도 몹시 빨랐다—남녀 관계에 대해 숙맥이 된 이유는 집안 대대로 내려오는 성교육의 심각한 결함 때문이었던 것으로 잠정 결론이 났다—.

다만 그의 불만은 진흙 점토판에 글씨를 쓸 때 힘을 꾹꾹 주어 누르는 통에 약해 빠진 갈대가 금방 끝이 갈라지고 부러진다는 것이었다.

그는 모든 발명가가 그러하듯 '우연히' 바닥에 떨어진 제 깃털 끝을 잘라 쓰기 시작했고, 제 깃털이 기특하게도 갈대보다 훨씬 질기고 탄력 있으며 쓰기에도 편하다는 것을 알게 되었다.

그 후로 쿤은 갈대 펜의 끝이 갈라지면 바닥에서 제 깃털을 주워 글씨 연습을 했고, 주변 사람들이 버려지는 깃털을 열심히 주워 모으는 것도 기꺼이 용인하게 되었다. 가끔 그들의 등을 두드리며 기특하다, 장하다, 열심히 공부하라, 격려하기도 했다.

물론 그들은 그 귀한 깃털로 진흙 점토판에 글자를 써 갈기는 만행을 저지르지는 않았다. 해마다 하나씩 둘씩 모아 가보로 삼거나 헤다 섬의 어용 장사꾼에게 비싼 값에 팔았다.

헤다 섬의 어용 장사꾼은 그 깃털을 차곡차곡 모아 남국이나 서역, 동방을 돌아다니며 서너 배씩 바가지를 씌워 팔았다. 깃털 하나가 한 큐비트가 넘을 정도로 큰 데다, 얼핏 보면 새하얀데 햇빛을 받으면 금빛으로 은은하게 빛나면서 뭔가 범접할 수 없는 위엄을 풍기다 보니, 다른 새의 깃털을 뽑아 대충 가짜로 만들 수도 없어서 가격은 자꾸자꾸 치솟았다.

'신성한 깃털'을 구하려는 수요는 엄청났다. 북국 왕의 날개 깃털은 과시용 장식품으로, 선물용으로, 특히 축복을 내려 준다는 기복祈福 성물로 각지의 왕과 왕족, 귀족들 사이에서 최고의 인기를 구가하고 있었다. 그래서 그 비싼 가격에도 날개 돋친 듯이 팔려 나갔다.

가늘고 길게, 벽에 똥칠이 인생 모토인 헤다 섬의 장사꾼은 이익의 절반을 깃털의 주인에게 여러 가지 명목으로 바쳤고, 영문을 모르는 깃털의 주인은 얼결에 떼돈을 벌게 되었다.

주변 사람들은 아무도 쿤에게 진실을 말해 주지 않았다. 쿤은 자신의 깃털로 학생들이 열심히 글씨 공부를 하고, 필경사들이 많이 배출되고, 그들이 아름다운 서체로 좋은 기록과 증거 자료들을 많이 남길 거라 상상하며 뿌듯한 웃음을 지었다.

레니에는 쿤이 행복에 잠겨 있도록 내버려 두었다. 진실이야 어떻건, 레니에는 쿤이 행복한 것이 제일 좋았다.

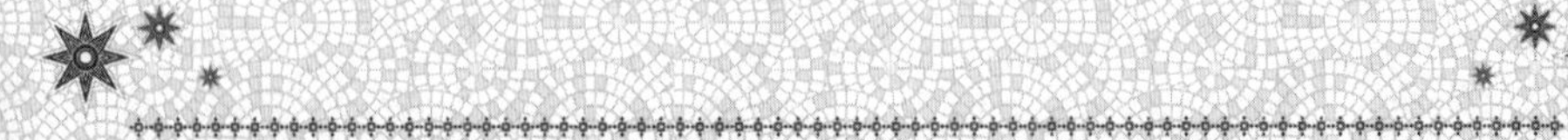

외전 4. 검은 용 이야기

나는 지혜의 주관자 엔키의 아들 된 자, 지혜로운 검은 용.
판단할 뿐 이해하지 않는 자, 관찰할 뿐 휩쓸리지 않는 자.
지상에서 하늘의 지혜를 얻은 자, 앉아서 천 리 밖을 헤아리는 자.
까마득한 과거를 기억하고 먼 미래를 헤아리며 현재를 재단할 수 있는 자.

나의 지혜는 두 개의 색을 가졌다.
선할 수도 있고 악할 수도 있고, 옳을 수도 있고 그를 수도 있고, 강할 수도 있고 약할 수도 있고, 곧을 수도 있고 굽을 수도 있고, 쓸개즙처럼 쓸 수도 있고 꿀처럼 달 수도 있고, 맑을 수도 있고 탁할 수도 있고, 늙은 자에게 속할 수도 있고 젊은 자에게 속할 수도 있고, 흴 수도 있고 검을 수도 있고, 신에게 속할 수도 있고 인간에게 속할 수도 있다.

하여 나의 말은 언제나 두 개의 갈라진 혀, 혹은 두 개의 갈라진 꼬리를 갖게 되었고, 그로 인하여 나는 지혜롭고 자비로운 엔키의 은총을 받아 그의 아들이 되었고, 그의 대지의 배꼽에서 자라난 나무를 지키라 하는 명을 받들게 되었다.

나는 내가 지켜야 할 나무가 탐욕스러운 존재임을 알았다.

그러나 나는 그것을 드러내 말하지 않았다.

나는 맡겨진 임무가 무익하고 불필요한 일임을 알았다.

그러나 나는 그것을 드러내 말하지 않았다.

여섯 날개의 카타는 고귀하고 강한 전사이자 빛의 영광을 지닌 자로, 나는 그를 흠모하고 경외하였다.

그러나 나는 그것을 드러내 말하지 않았다.

우리는 공존할 수 없는 적이자 서로를 가장 깊이 이해하는 친우였다.

그러나 나는 그것을 드러내 말하지 않았다.

나는 나무 아래 놓인 아름다운 여자가 더러운 진흙종족임을 알아보았다.

그러나 나는 그것을 드러내 말하지 않았다.

나는 여자를 물고 와 나무 아래 숨겨 둔 것이 인간이 되고 싶어 하는 식인수리임을 보았다.

그러나 나는 그것을 드러내 말하지 않았다.

나는 그녀가 새로운 세상에서 태어났다고 오해한 것을 알았다.

그러나 나는 그것을 드러내 말하지 않았다.

왜냐하면 나는 그 여자를 사랑하게 되었기 때문이다.

그리하여 나는 지혜를 잃고 이성을 잃고 나 자신을 잃고 말았다.

나는 진흙종족의 여자를 사랑하게 된 것을 드러내 말하고 말았다.

나는 진흙종족의 여자에게 나를 선택하라 드러내 말하고 말았다.

하지만 나는 지혜의 검은 용.

그녀가 나를 버리고 친우를 취하였을 때,

나는 그녀를 버림이 마땅함을 알았다.

내게 주어진 신성한 임무를 취할 기회임을 알았다.

그리하여 그녀가 잠시 내게 온 순간,

나는 그녀의 귀에 지혜로운 말을 속삭이고 말았다.

—너 자신을 아는 것이 모든 지혜의 가장 근본이 되는 것이니, 나는 네게 가장 근본 되는 지혜이자 진실을 이르리라.

—너는 나무의 현신으로 새로 태어난 것이 아니니라.

—너는 여전히 진흙종족, 즉 더러운 진흙과 사악한 피로 빚어진 존재라. 식인수리가 소금산에서 너를 물어 이곳에 숨겨 둔 것이니.

—너는 여섯 날개의 카타, 그 고귀하고 영광스러운 자에게 절대 어울리지 않는 존재로, 너는 그를 망치는 자가 될 것이다.

—생각하라, 더러운 진흙종족이여. 네가 선택하고 너를 선택한 여섯 날개의 고귀한 자가 네 정체를 알면 어찌하겠는가.

—그가 과연 너를 용서하겠는가, 혹은 배신감에 몸을 떨며 너를 비참하게 죽이겠는가. 너는 생각하라.

나는 여자가 알지 말아야 할 것을 지혜의 이름으로 알려 주고,

나를 택하지 않은 데 대한 저주를 선택의 이름으로 넘겨주었다.

나는 여자가 알아야 할 지혜의 두 가지 색깔을 알려 주지 않았고, 여섯 날개의 카타가 여자를 조건 없이 사랑함을 알려 주지 않았다.

—네가 애초에 선택했어야 할 자는, 너를 더 사랑하는 자가 아니라, 네가 더 사랑하는 자.

—네가 애초에 선택했어야 할 자는, 네가 더 사랑하는 자가 아니라, 네게 더 어울리는 자.

—네게 어울리는 곳은, 진흙종족의 더러운 땅. 네 있을 곳은 인간이 되고 싶어 하는 큰수리의 곁, 헛된 신탁에 잠식되어 천 명의 인간을 잡아먹을 그 식인수리의 배 속이다.

—그의 씨를 받아 그의 자식을 낳아라. 혹 식인수리의 마음에 합하면 그가 너를 살리리라.

—자, 소금산의 천한 진흙종족 소녀여. 이제 선택하라. 네게 더 어울리는 자는 누구인가.

그날 더러운 진흙종족 소녀는 감히 바라면 안 되었던 것들을 모두 내려놓고 가장 어울리는 곳으로 돌아갔다.

그날 여섯 날개의 카타는 사랑을 잃고, 아비를 잃고, 신성을 잃고, 빛의 영광을 잃고, 영원한 생명을 잃었다.

나는 모든 일이 태초의 계획, 엔키의 명령대로 되었음을 흡족히 여겼다. 여자에게 지혜를 주어 나무의 영역 밖으로 내쫓음으로 결국 신성한 임무를 완수하게 된 나는, 땅속 깊이 들어가 엔키의 품으로 다시 끌어내려진 나무, 영원한 생명을 맡게 된 탐욕의 나무를 뿌리부터 친친 휘감았다.

나는 호적수이자 경외하는 친우이자 몰락한 하늘 족속이 미쳐서 광야를 돌아다닐 때, 영원한 생명을 갖게 된 나무를 홀로 차지하게 되었다.

나의 아버지이자 주인인 엔키는 품에 돌아온 나무를 몹시 흡족해하며 너는 영원히 그 나무의 주인이 되라 명하였다.

하지만 나는 말하지 말았어야 할 것을 말하고, 휩쓸리지 말았어야 할 것에 휩쓸린 데 대한 끔찍한 대가를 치르게 되었다.

그것은 고독이었다.

친구도 사랑하는 자도 인간도 짐승도 다가오지 않는 신성한 땅과, 탐욕에 사로잡힌 생명의 나무 옆에서, 나는 과거와 현재와 미래를 구별할 수 없는 시간의 늪에 빠지고 말았다.

나는 너무나 끔찍하게 외로워서 광기에 사로잡힌 카타가 지치고 지친 끝에 숲으로 돌아오기를 기다리기 시작했다.

지혜의 용, 나 검은 용은 나의 속성대로 자신을 두 개의 검고 흰 몸으로 나누어 외로움을 달래 보고자 했으나 외로움은 더욱 끔찍해졌다.

나는 생명의 나무, 혹은 탐욕의 나무를 휘감은 채 순간이 영겁처럼 느껴지는 시간을 보냈다. 해마다 껍질을 벗고 새로 태어날 때마다, 혹은 암컷인 나와 수컷인 내가 교미하여 나 자신을 새로 낳을 때마다, 그리하여 영원히 이어지는 몸과 기억이 환멸스러워질 때마다, 나는 그때의 선택에 대해 생각하고 생각하였다.

외로움에 지친 나는 어느덧, 미쳐서 광야를 방황하는 카타를 부러워하기 시작했다. 그리고 어느덧, 카타가 염원하는 그 순간이 오기를 함께 기다리기 시작했다.

카타의 소원대로, 아르마누가 어느 날엔가 되돌아온다면, 우리가 그때 그 순간처럼 다시 만날 기회가 온다면.

나는 간절히 기다렸다. 카타가 식인수리를 찾아가 죽일 때에도, 물에 비친 자신의 모습을 보고 자신의 외형이 추해졌음을 뒤늦게 깨달았을 때에도, 백염산맥에서 자신처럼 추해진 진짜 아들딸을 찾아냈을 때에도, 자식들과 함께 소금산에 거하며 그곳 사람들을 지킬 때에도, 수인종족들에게 지혜를 베풀며 살아가다 결국 숨을 거두었을 때에도 나는 그 순간이 오기를 기다렸다.

그리고 카타가 죽은 후에도 오랫동안, 나는 하염없이 기다렸다. 그녀와 그가 나와 같은 시간에 함께 존재할 날이 다시 돌아오기를 덧없이 기다렸다.

"아들아. 지혜로운 자야. 어찌하여 고뇌하고 어찌하여 이리 말라 가느냐."

대지와 생명수의 신 엔키, 나를 아들로 삼고 기꺼이 총애하는 지혜의 주인이 다가와 물었다. 나는 한때 카타가 아비에게 그리했던 것처럼 바닥에 몸을 붙이고 간절히 빌었다.

"나의 아버지여, 자비로운 주인이여. 저에게도 한 번의 기회를 주사 그녀에게 모든 것을 바칠 감정을 허락하소서. 카타에게 허락되었던 그 놀랍고 생소한 감정을 허락하소서."

"딱한 아들아. 네게 그러한 감정이 없었던 것은 아니로되, 네가 스스로 그것을 선택하지 않았음이니."

"진실로 그러하나이다. 그러니 제게 기회를 허락하소서. 무수히 회귀하고 영원히 이어지며 반복되는 삶 가운데 한 번이라도, 단 한 번이라도 온전히 그 감정을 선택할 기회를 주소서. 그 길의 끝까지 가 볼 수 있는 기회를 허락하소서."

"기회의 다른 이름은 선택이니, 네가 새로운 기회를 얻고자 하면, 네가 그녀에게 선택의 이름으로 행하였던 일에 대한 값을 치러야 하리라. 천칭의 두 팔이 공평해지고서야 너에게도 새로운 기회가 열릴 것이니."

지혜의 엔키는 그것이 내가 그녀에게 행했던 일의 벌인지, 내가 그녀를 포기하고 나무를 지켜 낸 데 대한 상인지 말하지 않았다. 그는 지혜의 주인이었고, 신이 내리는 상과 벌의 구별이 부질없음을 알고 있었다.

자비로운 아버지는 안타까운 목소리로 물었다.

"너는 새로운 기회를 얻기 위해서……."

"……."

"네가 불완전한 지혜로 여자를 고통에 밀어 넣은 만큼, 너 역시 잘못된 지혜로 고통받아야 하리라. 아들아, 너는 현재의 온전한 지혜와 새로운 기회 중 무엇을 선택하겠느냐."

"새로운 기회를 선택하겠나이다."

"네가 오만한 마음으로 비천한 여자를 비참하게 만든 만큼, 너 역시 오만한 마음을 가진 비천한 종족으로 태어나 비참하게 살아가야 하리라. 아들아, 너는 현재의 존귀한 이름과 새로운 기회 중 무엇을 선택하겠느냐."

"……새로운 기회를 선택하겠나이다."

"네가 친우의 간절한 마음을 막아 그를 고뇌와 비탄과 광기에 빠뜨린 만큼, 너 역시 간절한 마음이 막혀 고뇌와 비탄과 광기에 빠지게 되리라. 아들아, 너는 현재의 평안과 새로운 기회 중 무엇을 선택하겠느냐."

"……새로운 기회를…… 선택하겠나이다."

대답하는 것이 점점 힘겨워졌다. 운명을 정하는 위대한 아버지, 지혜의 엔키는 마지막으로 물었다.

"새로운 삶을 얻기 위해서는, 이생에서 얻은 제물을 하나 바쳐야 하리니, 너는 그녀에 대한 사랑을 버리고 온전한 기억만을 가지고 가겠느냐, 그녀에 대한 기억을 버리고 온전한 사랑만 가지고 가겠느냐."

나는 더 이상 대답하지 못하고 그의 발 앞에 엎드려 흐느꼈다. 기억을 잃고 그녀를 알아볼 자신이 없었다. 하지만 사랑을 잃고 그녀를 만나는 것은 아무 의미가 없었다.

"선택하라."

나는 나무뿌리에 스며들어 일곱 번의 이레 동안 깊게 고뇌하였다. 내가 사랑하는 여자와 사랑하는 친구에게 강요했던 선택이라는 이름의 재앙은, 혹은 축복은 이제 온전히 나의 앞으로 떨어졌다.

일곱 이레 후, 나는 지혜의 엔키 앞에 무릎을 꿇고 답했다.

"그녀에 대한 기억을 버리고, 그녀를 위한 사랑을 가지고 가겠나이다."

엔키는 내 머리에 손을 얹고 부드러운 목소리로 축사하였다.

"사랑하는 아들아. 너는 너의 간절한 염원대로, 신성한 임무와 네가 놓은 여자 중에서 다시 선택할 기회를 얻게 되리라."

나는 기억을 잃었더라도, 그녀를 다시 사랑할 수 있으리라 믿었다. 그렇게 믿기로 했다.

나는 그녀를 알아보지 못하더라도, 그녀를 행복하게 해 줄 수 있으리라 믿었다. 그렇게 믿기로 했다.

나는 그렇게 가끔 진흙인간의 몸을 입고, 인간 속을 떠돌게 되었다. 그리고 내가 입은 몸이 인간의 한살이를 마치면, 그때는 명부의 아름다운 평원 아라리에 들러 무거웠던 진흙 허물과 그 허물에 깃든 기억을 땅속 깊이 묻고, 다시 나무로 되돌아오곤 했다.

나, 고독하고 지혜로운 검은 용, 혹은 두 마리의 희고 검은 뱀은 어느 날 문득 영원한 생명을 맡은 나무가 떠나면 북쪽, 하늘 족속이 거하는 아름다운 땅으로 옮겨 갔음을 알았고, 땅과 하늘을 가로지르는 무작한 위용을 버리고, 작은 팔을 위로 뻗어 올린 여린 싹이 되었음을 알았고, 영원한 생명 대신 새로운 생명을 품게 되었음을 알았다.

나는 그 작은 나무를 찾아가 여리고 약한 뿌리를 끌어안은 후, 다시 혼곤한 잠에 빠졌다. 그리고 이내 달고 긴 꿈을 꾸었다.

내가 사랑했고, 나의 지혜로 인하여 고통스럽게 했고, 나의 신성한 임무로 인하여 놓아 보냈고, 나를 끔찍하게 고독하게 만들었고, 내가 오랫동안 기다려 왔던 아르마누는 내가 탄 나귀의 고삐를 잡고 먼 길을 걷고 있었다.

짧게 깎은 머리카락은 풍요한 나무의 색처럼 싱그러웠고 웃을 때마다 드러나는 흰 이가 어여뻤다. 오랫동안 기다려 왔던, 오랫동안 사랑해 왔던, 하지만 내가 기억하지 못했던 아르마누는, 나의 심술궂은 요구에 머쓱한 얼굴로 볼을 붉히며 뫄헤켁켁 소리를 내며 웃고 있었다.

지혜로운 검은 용, 두 마리의 뱀, 닌기쉬지다, 닌기치다, 혹은 기치다라 불리는 생명나무의 주인, 나는 오랫동안 깊은 잠에 빠져 그렇게 행복한 꿈을 꾸었다.

외전 5. 다이달로스

하늘을 날아 본 사람을 아느냐고?

글쎄. 왜 그런 쓸데없는 일에 관심을 두는지 모르겠지만, 하늘을 날아 본 사람이 없었던 건 아니야. 내가 본 것은 아니지만, 내 할아버지의 할아버지의 할아버지가 하늘을 날아 본 적이 있다고 하셨거든.

내 할아버지의 할아버지의 할아버지는 여기 아테네 사람도, 내 고향인 크레테 사람도 아니야. 멀리 아이기스 군도의 헤다 섬이라고 하는 곳에서 태어났지. 이름만 대면 모르는 사람이 없는 유명한 거상이었고 굉장히 큰 부자였어. 커다란 상선이 열일곱 대에 말 3백 마리 규모의 거대 상단을 거느린 분이었지.

할아버지의 할아버지의 할아버지 이름은 황금숲의 텔코스라고 했어. 손을 대는 것마다 돈을 펑펑 벌어서 황금숲의 텔코스인지, 혹은 그분이 살았던 곳이 쿠그시그평원이라서 그런 별명이 붙었는지는 모를 일이지. 쿠그시그라는 뜻이 그 지역 말로 황금이라는 뜻이거든. 뭐 아주 옛날엔 숲도 있긴 있었다고 하더라고. 그래서 폼 나게 황금숲의 텔코스라고 지었을지도 모르지. 별명은 일단 멋지고 볼 일 아니던가.

어쨌든 지금부터 내가 하는 이야기는 그분이 직접 겪었던 이야기로, 우리 집안에 대대로 전해져 내려오고 있는 거야.

지금은 아마 제대로 위치를 아는 사람이 없는 것 같지만, 텔코스 할아버지는 북쪽에 있는 신비한 '신들의 산'을 알고 있었어. 온통 새하얀 바위와 눈으로 덮인 큰 봉우리 열두 개가 연결된 긴 산맥인데, 큰 날개가 달린 하늘의 신들이 지상에 내려와 머물렀던 곳이래. 올림포스의 산보다 훨씬 높고 크고 험하고 웅장한 곳이었다는군.

텔코스 할아버지는 우연한 기회에 하늘의 신들께 은혜를 입어서 1년에 한 번씩 그곳에 방문할 수 있도록 허락을 받았었대. 할아버지는 아들하고 손자, 증손자들까지 데리고 그곳을 방문하곤 했는데, 춘분절이 되면, 가장 좋은 곡식과 물건들을 예물로 골라서 바리바리 짊어지고 그곳에 찾아가 인사를 드리는 것으로 새해 첫날을 시작했다고 해.

그곳에는 날개 달린 하늘의 신들과 그 신들을 섬기는 사람들이 살고 있었대. 하늘을 찌를 듯이 높이 솟은 보석 궁전에 황금으로 깔린 길에, 눈부신 양털이 깔린 복도에, 난생처음 보는 화려한 꽃들이 끝도 없이 깔린 들판에……. 하여튼 눈 돌리는 곳마다 얼이 빠지고, 어딜 가나 천상의 향기가 진동을 해서 숨이 막힐 지경이었다지.

그곳에 머무르는 신들은 사람들보다 키가 두세 배는 더 크고, 태양처럼 눈부신 빛이 온몸에서 나와서 똑바로 바라볼 수조차 없었다 하더라고. 그것 말고도 사방이 온통 휘황하고 눈부신 것들투성이라, 나중엔 눈이 멀까 봐 눈을 가리고 다니기도 했었다지, 아마?

그곳에서 내려 주는 신들의 음료는 어떤 장인이 만든 꿀술보다 훨씬 향기롭고 달콤하고, 한 번 마시면 열흘 동안 목이 마르지 않고, 그곳에서 선물하는 깃털을 몸에 지니면 오랫동안 병에 걸리지 않았대.

하늘을 날아 본 사람을 아느냐고 했지?

텔코스 할아버지는 신들의 산을 다스리는 대왕께 큰 은혜를 입어 하늘을 날아 본 적이 있다고 해. 그 왕은 여섯 개의 날개가 있는 천신으로 자그마치 태양신의 아들인데, 그분께서 할아버지를 하늘수레인지 태양수레인지에 태워서 하루 동안 온 세상을 다 돌아보며 구경을 시켜 주었다는 거야.

어찌나 기기묘묘하고 신기한 것투성이인지 텔코스 할아버지는 그때 있었던 일을 차마 말로 설명하지 못한다고 하셨어. 하늘 위는 몹시 춥고, 괴물들도 우글우글한 데다가 수레까지 몹시 흔들려서 어지간한 담력이 없는 자들은 수레에 발도 올리지 못할 거라 하셨지.

하지만 텔코스 할아버지가 어떤 분이신데. 어릴 때부터 동서남북 세상의 끝에서 끝까지 두루두루 다니며 장사를 하던 분이고 굉장한 모험도 많이 겪으신 분이지.

그날도 태양수레에서 죽을 고비를 여러 번 넘겼다고 해. 괴물을 만나 도끼에 맞아 죽을 뻔하기도 하고, 용감하게 싸워서 아리따운 왕비님의 목숨을 구해 드리기도 하고, 왕비님의 목숨을 구한 대가로 보석이 가득 찬 궤짝과, 쿠그시그평원에 있는 왕궁 같은 저택을 선물 받기도 하셨다더군.

아, 그분이 어떻게 하늘수레에 타게 되었는지 궁금하지?

텔코스 할아버지는 옛날 옛적 남쪽 나라와 북쪽 나라가 큰 전쟁을 했을 때 밀사와 전권 사신 노릇을 하신 적이 있었어. 그 공이 대단히 커서 천족의 대왕께서 특별히 태양수레를 태워 주신 거라고 해.

지금 그곳에 어떻게 찾아가면 되느냐고?

글쎄. 지금 가 보았자 아무것도 찾지 못할 텐데. 아니, 이제 그곳의 위치를 아는 사람들이 남아 있지 않아. 뭐, 이야기를 하자면 좀 긴데……. 그래, 무 에레쉬 이야기부터 해야겠구나.

텔코스 할아버지를 총애하셨던 그 천족 대왕께서는 진흙종족 노예 여자를 아내로 맞으셨지. 그런데 그 왕비님은 여러 가지로 좀 특이한 분이셨던 거 같아.

그분은 천신의 아내로 살면서도 평생 신을 믿지도 섬기지도 않으셨다지. 피부도 불에 그을은 나무처럼 갈색이고, 어렸을 때 화상을 입었는지 외양이 많이 흉측하고 몸도 불편하셨대. 하지만 그 대왕께서는 아내를 항상 무 에레쉬, '아름다운 여왕님'이라는 말로 불렀고, 두 분은 평생 그렇게 의좋게 사랑하면서 사셨다고 해.

두 분은 열두 명의 아들딸을 낳았고, 아들딸들은 모두 열두 명의 손자 손녀를 낳았고, 텔코스 할아버지의 아들의 아들이 돌아가실 때까지 계속 그 신들의 산에서 살았대.

텔코스 할아버지의 손자가 언제인가 새해가 되어 신들의 산을 방문했는데, 마침 무 에레쉬는 와병 중이었다고 해. 무 에레쉬는 아들의 아들의 아들의 아들의 아들까지 볼 정도로, 뭐 그러니 보통 사람들의 다섯 배쯤 오래 사셔서 완전 호호 할머니였는데, 천족의 대왕께서는 여전히 젊고 눈부시게 아름다운 모습으로 무 에레쉬의 곁을 지켜 주었다고 해.

무 에레쉬께서 나이를 많이 먹고 거동이 불편해지니까, 대왕께서는 무 에레쉬를 모시고 궁전 뒤에 있는 울창한 자작나무 숲으로 들어가셨대. 들어가시기 전에 모시던 사람들을 모두 불러 모아서 일일이 축복을 해 주시더래. 그때 우리 조상 할아버지도 축복을 받았더라지.

축복을 마친 대왕께서는 우리가 있는 곳에 아무도 들어오지 못하게 하라, 명하시고는 숲으로 들어가셔서 나오지 않았대.

들리는 말에 의하면 오랜 시간이 지난 후에, 태양 빛이 그 숲을 유난히 환하게 비치는 것 같던 어떤 날에, 숲에서 눈부신 빛의 기둥이 하늘로 솟아오르더래. 그 빛이 태양 빛처럼 너무 강하고 눈이 부셔서 사람들은 제대로 쳐다볼 수도 없을 지경이었다지.

그리고 잠시 후에 그분의 후손인 다른 신들께서 머무르던 궁에서, 정원에서, 산에서, 거리에서 크고 작은 빛의 기둥들이 하늘로 한꺼번에 따라서 솟아오르는데, 그 모습이 땅에서 십만의 전사들이 한꺼번에 빛의 화살을 하늘로 쏘아 올리는 모습처럼 장관이었다지.

정신을 차리고 보니, 그 산엔 신들이 한 명도 남아 있지 않았대.

사람들이 놀라서 조심스럽게 자작나무 숲에 들어가 보니, 숲의 한가운데 엄청나게 커다란, 이름도 모를 나무가 한 그루 솟아 있었고, 일곱 색깔 꽃들이 그 주변에 화사하게 피어 있었대.

그리고 그 숲에는 황금빛이 감도는 새하얀 깃털이 가득 깔려 있었더라지 않아? 자작나무 숲은 땅이든 나무든 그야말로, 눈이 멀어 버릴 정도로 온통 눈부신 은빛이었대.

나중에 들은 소문인데, 그 나무의 꼭대기 어딘가에 커다란 보석이 걸려 있다는 말이 잠시 퍼진 적은 있었어. 정오가 되어 햇빛이 그 나무 위를 통과할 때, 아주 잠깐, 하늘처럼 바다처럼 새파란 빛을 사방으로 눈부시게 반사한다는 거야. 실제로 그걸 본 사람도 몇 명 있다고 하고.

하지만 정말 큰 보석이 있는지 아는 사람은 하나도 없었어. 위대한 신의 심장이라고도 하고, 일국을 파괴할 힘을 가진 돌이라고도 하고, 그 돌을 함부로 건드리면 저주를 받을 거라는 이야기도 있었거든.

몇몇 사람들이 욕심을 내서 나무 꼭대기까지 올라갔다는 얘기는 들었는데, 그 사람들이 어떻게 되었는지는 아무도 몰라. 살았는지 죽었는지도 모르고, 정말 그 보석이 있었는지 없었는지도 몰라. 뭐 그런 거야, 어디까지나 소문일 뿐이니까.

내가 아는 건 거기까지야. 그곳에서 신들을 섬기며 살던 사람들은 그 해가 지나기 전에 니누르갈 성이나 미노토스 성, 크레토스 성 쪽으로 내려와서 살게 되었거든. 우리도 신들의 산에 더 이상 올라갈 일이 없게 되었지.

산에서 내려온 사람 중 천족의 아이를 낳은 여자들이 몇 명 있었다는 말은 들었어. 가끔은 날개가 달린 아이, 가끔은 아주 덩치가 크고 힘이 센 아이, 혹은 가끔은 아주 아름답고 지혜로운 아이들이 태어났는데, 그들은 하늘로 가지 못하고 인간들과 함께 살았다고 하더라고.

세월이 한참 지나서, 미노토스 왕족들하고 크레토스 왕족들이 백성들과 함께 배를 타고 크레테 섬으로 이주할 때, 우리 조상들도 함께 따라와서 정착하게 되었어. 그래서 이젠 그곳의 위치를 제대로 아는 사람이 없게 돼 버렸지.

혹시, 꼬마, 이름이 다이달로스라 했나? 손재주가 그렇게 좋다며? 헤파이스토스 님의 축복을 듬뿍 받았군그래. 아, 그분의 후손이라고? 어쩐지, 어쩐지! 하늘을 날아 보고 싶다고? 좋아, 좋아! 헤파이스토스 님의 축복이 있기를! 꼭 성공하기를 바란다, 꼬마.

만약에 네가 나중에 멋진 날개라도 만들어서 하늘을 날게 된다면 말이지, 태양수레가 다니는 길목에서 기다리다가 태양수레를 한 번쯤 태워 달라고 부탁해 보는 것도 괜찮을 거야. 텔코스 할아버지의 말대로라면 그 수레에서 내려다본 세상의 풍경이 배 속이 뒤집힐 정도로 장관이었다더군.

만에 하나 하늘을 날다가 정말 태양수레라도 만나거나 여섯 개의 날개를 가진 태양신의 아드님이라도 뵙게 되면, 안부라도 대신 전해 줘. 헤다 섬의 거상 텔코스의 손자의 손자의 손자는 크레테 섬으로 이주해서, 축복해 주신 대로 아들 낳고 딸 낳고 밥 잘 먹고 돈 잘 벌면서 행복하게 잘 살고 있다고.

그리고 만약 그분께서 우리 텔코스 할아버지를 기억하신다면, 몇 가지만 여쭤봐 줘. 무 에레쉬께선 안녕하시냐, 그곳에서도 여전히 용감하고 씩씩하게 잘 지내고 계시느냐, 그리고 혹시 기회가 된다면 우리도 텔코스 할아버지처럼 그 태양수레를 타 보는 영광을 딱 한 번만이라도 누릴 수 있겠느냐, 하고.

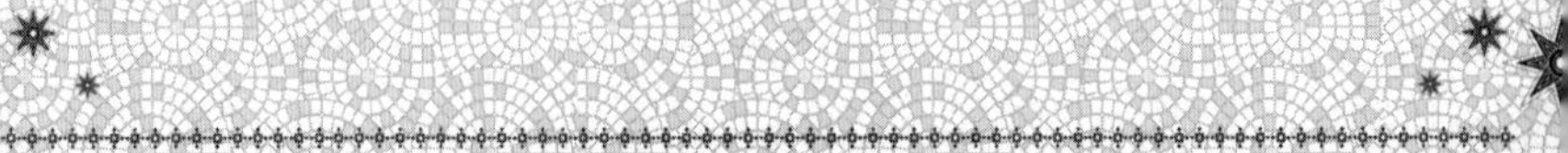

작가 후기

저는 '수메르' 하면 과방에 앉아서 벌레처럼 이상한 글자를 공부하던 어떤 선배가 생각이 납니다. 그 선배가 배우던 게 바로 수메르어였지요. 국내에 강의가 개설된 학교가 없어서 지인분께 개인적으로 배우는 중이며, 더 배우기 위해선 외국에 나가야 한다고 들었습니다.

저는 종이 위에서 스멀스멀 기어 다니는 글자 떼를 보며 뇌세포들이 베텔기우스 항성으로 팔랑팔랑 날아가는 것을 느꼈습니다. 저것들이 그림인지 글자인지, 가로읽기인지 세로읽기인지, 어느 방향으로 읽는 건지 아무것도 알 수 없었습니다.

그중, 가장 알 수 없었던 것은 이것이었습니다.

"선배, 이거…… 대체 왜 배워요?"

그렇게 해맑게 물어보던 후배가, 최근 수메르어 사전을 대가리가 터지도록 들여다볼 팔자가 되었다는 것을 그 선배가 알게 된다면 과연 뭐라 하실지 궁금합니다. 고소하다고 웃을 것 같기도 하고, 네가 드디어 천벌을 받고 있구나 하실지도 모르겠습니다. 다만 선배님이 그때 무슨 대답을 하셨는지 기억나지 않아 안타까울 따름입니다.

"누나, 대체 이거 왜 배워?"

제 책상을 들여다본 동생이, 공책 위에 괴발개발 잔뜩 그려 놓은 이상한 외계 문자를 보더니 저를 돌아보며 진지하게 물어봅니다.

저는 그 얼굴에 대고 '수메르 시대 주인공이 영어로 파이어볼! 하고 외칠 리가 없잖아.'라고 실토할 순 없었습니다. 그렇다고 '새로운 외국어를 배우면 머리가 좋아진대.'라는 실현 가능성이 더럽게 희박한 가설을 들이밀 수도 없었습니다. 그래서 얼토당토않은 거짓말을 해 버리고 말았습니다.

"……재밌어."

동생의 얼굴이 기괴해졌습니다. 선배님이 무슨 대답을 했었는지 그때라도 기억이 났으면 좋았을 텐데요. 삭제 기능에 특화된 뇌세포가 그날따라 심히 원망스러웠습니다.

❖ ☩ ❖

그때 그 시절, 무수히 많은 쿤과 레니에와 기치다들은 과연 어떻게 살았을까? 뭘 먹고, 뭘 입고, 어떤 집에서, 무슨 일을 하면서 지냈을까? 어떤 사건 사고와 황당한 가십들이 있었을까? 저는 글을 쓸 때마다 이렇게 사소하고 하찮은 것들이 항상 궁금했습니다.

놀랍게도, 그들 역시 양념치킨(?)과 맥주를 사랑했습니다! 양파와 양상추와 정력에 좋다는 마늘이라면 환장을 했고, 저 같은 탄수화물 중독자도 있었던 것 같습니다.

학생들은 학교를 땡땡이치다 걸리거나 숙제를 안 해 가서 선생님한테 '뒤지게' 야단맞기 일쑤였습니다. 집집마다 엄마 아버지의 잔소리도 작렬합니다. "너 이렇게 공부 안 해서 나중에 뭐가 될래! 내가 너한테 돈을 벌어 오랬냐, 날 먹여 살리라고 했냐, 엉!(이 점토판의 내용에서 굉장한 기시감을 느낀 이유는, 전생에 수메르 인이라서……라고 해 두겠습니다.)"

흙수저들은 윗사람에게 달달 볶이며 살았고, 그들은 끼리끼리 모여 앉아 상사의 뒷담을 까 댔습니다. 사기 계약, 입금 후 먹튀, 물건 부실 배송도 빠질 수 없습니다. 영농후계자 아들에게 '과학적 영농법'을 전수하는 아버지, 촌철살인의 재치와 유쾌함이 가득한 속담 · 유머 모음집도 있습니다. 이 정도 되면, 이것이 AD 21세기 대한민국의 이야기인지, BC 21세기 수메르의 이야기인지도 모르겠습니다.

이제 저는, 감히 단언합니다. 그들도 불금엔 치맥이었을 겁니다!

❖ ⸸⸸ ❖

이 책이 나오기까지 여러 형태로 도움을 주신 분들에게 감사 인사를 드립니다.

「황금숲」은, 기약 없고 지난한 발굴 작업과 토판 몇 장을 번역하는 데 평생을 바쳤던 무수히 많은 '선배'들에게 큰 빚을 지고 있습니다. 수천, 수만 장의 점토판 해독도 모자라 본격적으로 사전까지 만들어 보급해 준, '아스트랄한 신념을 가진 세력'들 덕분에, 저는 4천 년, 5천 년 전의 수메르의 성벽 위로 난 널찍한 길을 두리번두리번 구경하며 신나게 글을 쓸 수 있었습니다.

J사이트에서 연재할 때 실시간으로 읽어 주시고 응원해 주신 독자님들께 고마운 마음을 전합니다. 한 회차를 몇 번씩 읽고, 레포트만큼이나 길고 정성 어린 덧글과 감상글을 남겨 주신 독자님들을 보며 얼마나 큰 힘을 얻었는지 모릅니다.

지인 H님께는 오랜 동안 신세를 많이 지고 있습니다. H님께서 시시때때로 보내 주신 간식으로 제 벽장에선 항상 카페인과 탄수화물이 넘쳐흘렀습니다. 뿐만 아니라 몹시 빠듯한 일정 중에 모니터링도 해 주시고, 초고 교정까지 기꺼이 봐 주셨습니다. 뭐라 감사드려야 할지 모르겠습니다.

가족들에게는 항상 고마우면서 미안할 뿐입니다. 제 글을 읽어 주는 가족들의 연령대는 실로 다양하여, 75세에서 초등학생까지 고르게 분포되어 있는데, 늘 과분한 응원을 받고 있습니다. (그런데 초등학생 조카는 대체 언제 어른이 될까요? ㅠㅠ)

저를 물심양면 아니 식심양면 열심히 지지해 주는 사나이는 제 책을 읽지 않습니다. 작가는 주변의 의견에 휘둘리면 안 돼, 하고 엄숙근엄한 얼굴로 말합니다만, 진짜 이유는 알 수 없습니다. 저로서야 감사할 따름입니다.

친구라는 죄로 제 글을 기꺼이 읽어 주는 친구들과 항상 잊지 않고 기도해 주신다는 천사 지인님들께 늘 마음의 빚을 지고 있는 느낌입니다. 아무래도 날을 잡아 단백질을 대대적으로 쏴야 하지 않을까 생각하고 있습니다.

로크미디어의 정시연 팀장님은 제 글을 항상 반갑게 읽어 주십니다. "작가님 재밌어요, 완전 재밌어요!" 하는 밝고 경쾌한 목소리를 들으면 어제까지 우울우울 삽질하고 있다가도 힘이 번쩍 나곤 했습니다. 하지만 기획과 수정 방향 잡는 일에 대해선 프로 중의 프로셔서, 마이너 폭주 성향을 가진 저는 그야말로 천군만마의 지원군을 만난 것 같았습니다.

교정을 봐 주신 이은정 대리님과 주수지 대리님! 교정은 물론이고 덜렁이 작가의 설정 오류, 배경 오류 같은 것까지 꼼꼼하게 잘 잡아 주셔서 여기저기 구멍이 숭숭 뚫릴 뻔한 참사를 막아 주셨습니다! 이 자리를 빌려 깊이 감사의 마음을 전합니다.

「타임 트래블러」 때부터 표지를 계속 맡아 주신 이백북 디자인의 이보라 디자이너님, 황금숲 표지를 위해 그야말로 영혼을 갈아 넣으셨습니다. 일일이 직접 짜 주신 디테일 끝판왕의 패턴과 라피스라줄리와 황금색의 환상 콜라보, 머나먼 신화의 세계로 빨려 들어가는 듯한 아름다운 표지를 받아 보고 감격해서 눈이 시큰했습니다. 세상에서 제일 예쁜 옷을 갖춰 입게 된 것 같아 너무 기쁘고 행복합니다. 고맙습니다.

황금숲의 상징적 배경으로 잡았던 '황금의 시대'는, 신과 인간

이 함께 부대끼며 살아가던 신화의 시대를 의미한다고 생각했습니다. 야만적이면서도 거룩하고, 추하면서도 아름답고, 혼돈과 질서가 진득하게 엉겨 있던 시기, 신화가 어느덧 인간의 이야기가 되고, 인간의 이야기가 어느덧 신화가 되는 시기, 너무나도 신성하면서도 너무나도 인간적이었던 바로 그때.

그래서 저는 뜬금없이 이런 생각도 해 봅니다. 어쩌면 저는 신화 혹은 옛이야기라는 가면을 쓰고 있는, 용감하고 씩씩하게 현재를 살아가는 우리들의 이야기를 쓰고 싶었던 게 아닐까 하고요.

유난히 고되고 험했던 이번 여정에 기꺼이 함께해 주신, 용감하고 씩씩한 독자님들께 깊은 감사의 마음을 전합니다.

고맙습니다.

2018년 4월

윤소리 배상

참고 문헌

N.K.샌다즈, 이현주 역, 「길가메시 서사시」, 범우사, 2002

강성열, 「고대 근동의 신화와 종교」, 살림, 2017

계동혁, 「역사를 바꾼 신무기」, 플래닛미디어, 2009

남병식, 「바이블 문화 코드」, 생명의말씀사, 2006

마르치아 엘리아데, 이은봉 역, 「신화와 현실」, 한길사, 2011

새뮤얼 노아 크레이머, 박성식 역, 「역사는 수메르에서 시작되었다」, 가람기획, 2011

송혜경, 「구약 외경 1-에녹서」, 한님성서연구소, 2018

스티븐 버트먼, 김석희 역, 「동굴에서 들려오는 하프 소리」 한길사, 1994

이산해, 「수메르, 최초의 사랑을 외치다」, 휴머니스트, 2007

이산해, 「신화는 수메르에서 시작되었다」, 가람기획, 2006

이산해, 「최초의 신화 길가메쉬 서사시」, 휴머니스트, 2015

정홍숙, 「서양복식문화사」, 교문사, 2015
제임스 조지 프레이저, 박규태 역, 「황금가지 1,2」, 을유문화사, 2005
조셉 캠벨, 「천의 얼굴을 가진 영웅」, 민음사, 2004
조지프 캠벨, 이진구 역, 「신의 가면 1. 원시신화」, 까치, 2006
조지프 캠벨, 이진구 역, 「신의 가면 2. 동양신화」, 까치, 2005
조지프 캠벨, 정영목 역, 「신의 가면 3. 서양신화」, 까치, 2006
조지프 캠벨, 정영목 역, 「신의 가면 4. 창작신화」, 까치, 2009
조철수, 「수메르 신화」, 서해문집, 2003
존 리더, 김명남 역, 「도시, 인류 최후의 고향」, 지호, 2006
존 줄리어스 노리치, 남경태 역, 「위대한 역사도시 70」, 역사의 아침, 2010
파울 프리샤우어, 이윤기 역, 「세계풍속사 상」, 까치, 1995

설정집

일러두는 말

* 황금숲은 수메르 시대의 가상공간을 주 무대로 하고 있습니다만, 실존했던 도시명이나 지명이 등장하기도 합니다.

* 카타와 검은 용 신화는 수메르 신화의 세계관을 베이스로 삼아, 고대 근동, 아프리카 및 세계 각국의 창조신화를 참조하여 만든 오리지널 창작입니다.

* 수메르의 신들은 오랜 시간에 걸쳐 신앙의 대상이 되었으므로 두 가지 이상의 이름을 가진 경우가 많습니다. 이난나(인안나)의 경우는 이쉬타르, 아스타로트 등으로, 닌후르상의 경우는 닌투, 아루루, 닌마흐, 마미 등으로, 안은 아누, 엔릴은 엘릴, 엔키는 에아, 난나는 씬, 우투는 샤마쉬, 이쉬쿠르는 아다드, 바알 등으로 불리기도 했습니다. 이런 경우, 좀 더 오래 전에 사용되던 이름, 그중에서도 더 널리 사용되던 이름을 우선하여 선택했습니다.

* 도시의 흥망성쇠에 따라 그들이 섬기던 신들의 특성이 바뀌거나 계보가 엉키는 경우도 있었습니다.

초기에는 대지와 지하수의 신이었다가 후기에는 물의 신으로만 남게 된 엔키 같은 경우 초기의 설정을 따랐습니다. 그리고 닌기쉬지다의 경우는 신화 자체에서도 설정이 어긋난 부분이 많았습니다. 그래서 이 글 안에서는, 치유의 신이라는 그의 특성상 엔키 계열의 신이라고 판단해 '에레쉬키갈과 구갈안나의 아들인 닌아주의 아들'이자 '엔키가 아들로 삼은 자'라는 방향으로 정리를 하게 되었습니다.

* 황금숲의 정권 교체 방식은 고대 네미 숲에서 실존했던 방식을 모티프로 삼은 것으로, 그 원형은 제임스 프레이저 경의 연구서인 「황금가지」에서 찾아보실 수 있습니다.

* 황금숲의 제의 양식은 수메르를 비롯한 고대 근동 지역의 희생 제의 및 초기 디오니소스 축제, 그리고 세계 각지의 고대 제의 형태를 참고로 하여 재구성한 형태임을 밝힙니다.

<신들의 명칭과 위계>

일곱 대신大神 — 운명을 결정하는 가장 높은 서열의 신.

안 : 신들의 아버지. 하늘을 의미한다.

엔릴 : 안의 아들, 대기, 폭풍의 신, 신들과 세상의 통치자.

엔키 : 안의 아들, 대지와 물, 지혜와 기술의 신, 창조의 신, 지상에 도시를 개척하고 인간을 만든다.

난나 : 엔릴의 아들, 달의 신.

우투 : 난나의 아들, 태양신, 빛과 공의의 주관자, 수리가 끄는 태양 전차를 몰며 큰 활과 철퇴를 사용하는 전사.

이난나 : 난나의 딸이자 우투의 쌍둥이 여동생, 하늘과 땅의 여왕, 전사, 사랑과 풍요와 전쟁을 주관한다.

닌후르상 : 엔키와 엔릴의 누이, 아내. 풍요의 모신母神, 산파와 치유의 여신, 엔키와 함께 인간을 만들었다.

그 외 등장하는 신들

오십의 아눈나키 : 높은 지위의 신들로, 중요한 일을 의논하고 결정하는 회합을 일컫기도 한다.

에레쉬키갈 : 지하 세계의 여왕, 이난나의 자매.

닌기쉬지다 : 억울하게 죽은 자를 위로하는 저승의 선신善神, 치유의 신, 생명나무의 주主로 불린다.

이기기 : 높은 신들에게 필요한 허드렛 노동을 담당하는 하급 신.

<북국 12부족과 족장>

백염산맥에는 열두 개의 큰 산이 있고 그곳에는 각 산의 12부족의 수인종족이 거주하고 있다.

부족명	부족의 조상 혹은 산의 신령한 짐승	부족장 이름
소금산 부족	큰수리(식인수리)	쿤
흰바위산 부족	흰곰	셰그 아츠
하늘산 부족	황금사자	우르굴라
일출산 부족	세뿔염소	마쉬타라
얼음숲 부족	북국말	시시
큰호수산 부족	큰뿔사슴	시물리
따뜻한샘 부족	붉은꼬리여우	카아
검은바위산 부족*	검치호	기기 우르쉬브
얼음호수 부족*	황소	구드
일몰산 부족*	얼룩표범	네무르
구름산 부족*	외눈박이양	아슬룸
시랑산 부족*	늑대	우르바라

*표시는 남국에 우호적인 부족

<남국 10개 도시와 왕 & 대신관>

도시/지역명	위치	통치자	소유지와 섬기는 신
니누르갈	북부	칸토스 왕	가나북평원, 닌후르상
니니갈	북부	기를라 왕	가나남평원, 엔릴
아바크	북부	바라 왕 겸 대신관	쉬냐르평원, 난나
비르투키	북부	우슘갈 왕 겸 대신관	킨킨평원, 엔키
미노토스	중부	피디오스 왕	아르고평원, 이난나
우부르알라산지	남부	파올리아 여왕	우부르알라고원, 이난나
우눅쿨라바	남서부	아슐라 왕	하갈평원, 이난나
미켈로스	남부	아카이스 왕	부루숲, 엔키
크레토스 섬	남부	그노스 왕 겸 대신관	안과 아눈나키 만신전
아이기스 군도	최남부	히레오스, 엔키 대신관	각 섬의 신전에서 개별로 섬김
황금숲	중부	알티르 키로스	쿠그시그평원 아르마누, 여섯 날개의 카타

<기타 용어 설명>

천족 : 하늘과 지상에 거하는 신들을 통틀어 이르는 말. 천신이라고도 한다. 운명을 결정하는 위대한 일곱 신부터 고귀한 아눈나키와 고된 노동을 하는 하급신 이기기까지 모두 포함한다.

진흙인간 : 하급신들이 과중한 노동을 견디다 못해 반란을 일으키자 지혜의 엔키와 산파 닌후르상이 이기기들의 노역을 대신할 존재를 만

들게 된다. 반란자 이기기 수장의 피와 진흙으로 최초의 인간이 만들어졌기 때문에 진흙인간이라 불린다.

수인종족 : 북국 백염 산맥에 거주하는 사람들. 수인종족이라 불리게 된 이유는, 먼 조상이 짐승이었거나, 위대한 일곱 신을 알지 못하고 각 산의 영물인 짐승을 섬겼거나, 혹은 반인반수 짐승처럼 야만적으로 살았기 때문이라고 추측하고 있다.

다른 나라 사람들과 달리 외양이 크고 거칠며 짐승을 잘 다루는 데다 성정이 우직하고 과격한 점도 수인종족이라 불리게 되는 데 일조했다.

황금숲 : 영원한 생명을 맡아 둔 신성목 아르마누가 퍼져서 이루어진 숲. 하늘로 돌아가지 못한 카타의 후손이자 천족 신관들이 머무르는 신성한 땅.

알티르 : 황금숲의 수호자의 호칭, 천족의 대신관. 황금숲에 머무르며 신성한 나무를 지키고, 소금산 부족을 멸하고 천족들을 하늘로 돌려보내야 하는 임무를 갖고 있다.

황금숲의 원리주의자 : 소금산 부족을 멸하고 영원한 생명을 되찾아 하늘로 돌아가기를 꿈꾸는 천족 신관들.

황금숲의 현실주의자 : 원리주의자들의 꿈이 불가능하다 여기고 지상에서 영광과 번영을 누리고자 하는 천족 신관들.

신성석 : 여섯 날개의 카타와 그의 분신인 천족 전사들이 지상에서 죽으며 남긴 돌이라고 알려져 있으나 확실하지는 않다. 카타의 능력이 그 안에 들어 있다고 전해진다.

아크(닝아크) : 신성석에 담긴 힘. 뜨거운 열기와 강한 압력과 아름다운 색깔, 그리고 긴 시간, 네 가지의 힘이 있다. 천족 신관들은 그중 시간을 제외한 세 가지 요소를 뽑아 응용해서 사용할 수 있다. 신관들의 계약의 피가 있어야 발현된다.

엔 : 아크를 발현하게 만드는 주문.

이쉬브, 엔이쉬브 : 황금숲의 남자 신관. 앞에 엔이 붙을 경우 고위 신관을 의미한다.

누기그, 엔누기그 : 황금숲의 여자 신관.

루갈 : 왕, 통치자에 대한 경칭

에레쉬 : 여왕, 왕비, 고귀한 여인들에 대한 경칭.

갈라 : 정령, 사자, 신들의 심부름꾼.

누움마 : 큰 날개를 가진 북국의 수리, 길들여서 하늘수레를 끌게 한다.

안마르 : 하늘수레. 안마르의 고삐를 잡은 자는 절대 공격하지 않는 것이 불문율.

점토판 : 습기 있는 찰흙 판을 반반하게 만들어 글자를 갈대 끝으로 새겨 말리거나 구운 것.

아크 점토판 : 아크를 발현하는 엔의 소리를 점토판에 새긴 후 신관들의 피를 섞은 물을 살짝 덧발라 말린 것. 일반인들도 단기적으로 아크를 발현할 수 있게 만드는 도구.

<도량형>

* 도량형과 단위는 시대에 따라 차이가 있습니다. 참고 바랍니다.

—황금숲에 등장하는 길이 및 거리 단위—

손가락 너비 : 약 2cm

손바닥 너비 : 약 7.5cm

뼘 : 약 23cm

큐비트 : 약 45~50cm

한 걸음 : 약 90cm

리그 : 약 5km

사람의 하룻길 : 약 32km(평지 기준)

개 혹은 말의 하룻길 : 160~200km

—황금숲에 등장하는 화폐, 무게 단위—
셰켈 : 11.4g
핌 : 2/3 셰켈, 7.76g
마나(미나) : 50셰켈, 570g(60셰켈을 1마나로 보기도 함)
탈란트(탈렌트, 구, 균, 빌투) : 34kg
이메루 : 당나귀 한 짐 무게, 220L

<월력과 기후>
* 달의 호칭과 1년의 시작은 시대별로 차이가 있습니다.
가을철 티쉬리툼 월을 1년의 시작으로 보는 견해도 있습니다.

1월, 아라크 니사누, 현 3~4월, 북국 춘분절, 보리 추수기
2월, 아라크 아루, 현 4~5월, 이른 밀 수확, 황금숲 봄의 축제
3월, 아라크 시마누, 현 5~6월, 건기 시작
4월, 아라크 두무주, 현 6~7월, 포도 수확철
5월, 아라크 아부, 현 7~8월, 폭염 건기. 올리브 수확철
6월, 아라크 울룰루, 현 8~9월, 무화과와 대추야자 수확철
7월, 아라크 티쉬리툼, 현 9~10월, 가을 초입. 우기 시작
8월, 아라크 삼누, 현 10~11월, 장마철
9월, 아라크 키슬리무, 현 11~12월, 겨울의 시작
10월, 아라크 테베툼, 현 12~1월, 폭우, 폭설 및 우박, 혹한
11월, 아라크 샤바투, 현 1~2월, 기온이 차츰 높아지기 시작
12월, 아라크 아다루, 현 2~3월, 봄의 시작, 아마피 수확기

* 아라크는 '~의 달'이라는 뜻입니다.

엔의 종류(가나다 순)

* ĝ (ŋ 발음)가 낱말 첫머리에 올 경우 ㅇ으로 처리했습니다. 알티르, 에쉬바르, 이리쿠르, 이리구브, 아크 등이 이에 해당합니다.

간체르 : 불꽃을 일으킴

구르 : 지정 대상을 위로 띄움

닝아크, 아크 : 신성석에 남아 있는 여섯 날개 카타의 힘

두 : 회오리바람을 발현함

디그 미르 : 부드러운 바람을 발현함

딜리브 : 머리카락

무구 : 물을 끌어 올림

미르 : 바람을 발현함

바라스 : 부양 엔. 사물을 띄울 때 사용

바르 : 이전 상태로 회복시킴

바주 : 칼, 칼처럼 만듦

샤한 : 공기나 물 등을 따뜻하게 데움

수 : 갈색, 붉은색

쉬르 : 강한 힘으로 누르기

쉬우스 : 넓게 펼침, 구름처럼 뒤덮음

슈브 : 높은 곳에 있는 것을 떨어뜨림

아 : 물

아실랄 : 거리를 띄울 때, 멀리 보낼 때 사용

안 : 하늘, 신명神名을 나타내는 기호로 쓰였을 경우 딩기르로 읽음

에쉬바르 : 불을 일으킴

엔 : 신성석에 남은 카타의 힘인 아크를 발현하는 언어, 주문

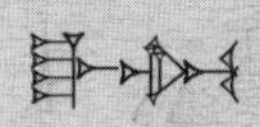

우슘갈 : 큰 용, 뱀

이드 : 강

이딤 : 샘, 샘물

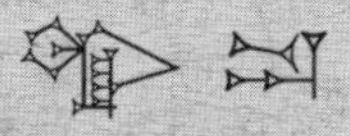

이리구브 : 대기, 기다리게 함, 머무르게 함

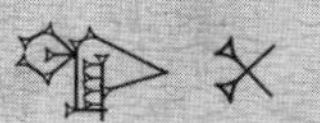

이리쿠르 : 대상을 지정한 상태로 바꿈

이치 : 불을 일으킴

임훌 : 파괴적인 바람을 발현함

지, 지이 : 상대의 주문 등을 막거나 소멸함

쿠그시그 : 금, 금빛, 황금

키 : 땅, 대지

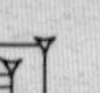

키추라 : 압축된 공기의 가장자리를
날카롭게 다듬음

타브 : 그을리거나 태우는 아크를 발현

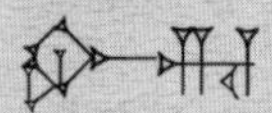

투무달 : 폭풍을 발현함

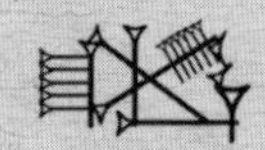

페쉬 : 물건을 칼로 베듯 자를 때 사용

* 3개 명령어 이상의 복합 엔

샤한 디그 미르 : 뜨겁고 부드러운 바람 발현

쉬르 미르 키추라 바주 페쉬 : 공기를 눌러 가장자리를 날카롭게 다듬어 칼을 만들어 자름

쉬르 임훌 키추라 바주 페쉬 : 위와 동일하나 강한 바람이 포함되어 강력한 살상용 무기가 됨

이리쿠르 쿠그시그 딜리브 : 머리카락을 금발로 바꿈

이리쿠르 수 딜리브 : 머리카락을 갈색으로 바꿈

타브 구에아 에쉬 안바 : 3일 후 발화